Susanne Hanika

Der Tod kriegt niemals kalte Füße
Der Tod braucht keinen Brötchendienst
Der Tod liegt unterm Sonnenschirm

Die Autorin

Susanne Hanika, geboren 1969 in Regensburg, lebt noch heute mit ihrem Mann und ihren vier Kindern in ihrer Heimatstadt. Nach dem Studium der Biologie und Chemie promovierte sie in Verhaltensphysiologie und arbeitete als Wissenschaftlerin im Zoologischen Institut der Universität Regensburg. Die Autorin ist selbst begeisterte Camperin und hat bereits zahlreiche Regiokrimis veröffentlicht.

Susanne Hanika

Der Tod kriegt niemals kalte Füße
Der Tod braucht keinen Brötchendienst
Der Tod liegt unterm Sonnenschirm

3 Krimis in 1 Band

Weltbild

Besuchen Sie uns im Internet:
www.weltbild.de

Genehmigte Lizenzausgabe für Weltbild GmbH & Co. KG,
Werner-von-Siemens-Straße 1, 86159 Augsburg
Der Tod kriegt niemals kalte Füße
Copyright der Originalausgabe © 2019 by Bastei Lübbe AG, Köln
Der Tod braucht keinen Brötchendienst
Copyright der Originalausgabe © 2020 by Bastei Lübbe AG, Köln
Der Tod liegt unterm Sonnenschirm
Copyright der Originalausgabe © 2020 by Bastei Lübbe AG, Köln
Umschlaggestaltung: Alexandra Dohse – www.grafikkiosk.de, München
Umschlagmotiv: Artwork unter Verwendung von Bildern von Alexandra Dohse,
AdobeStock/(c)stockone und Shutterstock Images/
(c) anela.k, MaximSob, M. Unal Ozmen
Satz: Datagroup int. SRL, Timisoara
Druck und Bindung: CPI Moravia Books s.r.o., Pohorelice
Printed in the EU
ISBN 978-3-96377-423-2

2024   2023   2022   2021
Die letzte Jahreszahl gibt die aktuelle Lizenzausgabe an.

Susanne Hanika

Der Tod kriegt niemals kalte Füße

Ein Bayernkrimi

Weltbild

Kapitel 1

So weit das Auge reichte, erstreckten sich die Kiefernwälder am anderen Ufer des Hirschgrundsees. Von hier aus sahen sie fast schwarz aus. Das Außenthermometer zeigte zwei Grad, und es fing zu regnen an. Alles wirkte ziemlich ungemütlich draußen. Wie schön, das nur durch die Fensterscheibe zu betrachten, vor sich die Adventsdeko, die mit falschem Schnee bestäubt war.

Hier, in einem Nebenzimmer vom Stöcklbräu, war es wirklich sehr gemütlich. Strumpfsockig, mit den Füßen auf der Nachbarbank, galten die einzigen Überlegungen dem, ob man noch ein bisschen Speck- oder Käsebrot essen sollte.

Gerade hatten Alex und ich noch auf der Terrasse gestanden und gefroren. Ich hatte mich weit über die Brüstung gelehnt und versucht, meinen Campingplatz hinten im letzten Winkel des Hirschgrundsees zu erspähen. Aber von der Terrasse aus hatte man keine Chance, der See machte einen Knick, und mein Campingplatz lag gut geschützt vor neugierigen Blicken im »wilden« Winkel, dort, wo es nur noch die Natur gab – und eben meinen Campingplatz.

»Wie findest du es?«, fragte mich Alex gerade, und seine Augen blitzten neugierig, als ich noch ein Schlückchen von seinem »Weihnachtsbier« probierte. Er hatte mir reichlich von seiner neuen Kreation eingeschenkt, die den vollmundigen Namen »Chocolate Stout« trug.

Chocolate, weil das zu Weihnachten passte und weil das Bier so schwarz war wie dunkle Schokolade.

Nach einem ordentlichen Schluck tendierte meine Urteilsfähigkeit bereits gegen null. Alex erkannte das Problem und schob mir grinsend die Platte mit dem Geräucherten und dem Bauernbrot zu, um die nötige Grundlage zu liefern.

»Lecker«, sagte ich und nickte beifällig. »Hat einen ganz besonders hopfigen Geschmack.« Prüfend hielt ich das Glas gegen das Licht und bewunderte den wunderbar klaren Braunton.

»Du könntest es in deinem Campingladen verkaufen«, schlug Alex vor. »Da gehen die Leute eher hin als in unseren Laden.«

Das stimmte seltsamerweise, denn obwohl es zum nächsten – und günstigeren – Supermarkt so weit nicht war, kauften unsere Camper am liebsten im Campingladen ein. Und wie mir ständig von meinen Gästen gesagt wurde, war unser Angebot durchaus noch ausbaufähig.

»Wir könnten eine Verkostung vor Ort machen«, sinnierte ich weiter. Ich wusste zwar nicht, wie meine Nonna das gesehen hätte, meine Oma war als Italienerin ja eher eine Weintrinkerin gewesen. Aber sie hatte sich nicht gegen die bayerischen Gepflogenheiten gesträubt, als sie vor vielen Jahren mit meinem Großvater hier den Campingplatz gegründet hatte.

Jetzt führte ich ihn, den Campingplatz, und manchmal musste man eben neue Wege gehen. Und Bier aus der Nachbarschaft war doch tatsächlich eine Bereicherung für die Gäste, es war lokal, nachhaltig und außerdem irre lecker, wie ich gerade feststellte. Zufrieden schob ich mir ein kleines Stückchen Speck in den Mund.

Jetzt im Dezember über die neue Campingsaison ab dem Frühjahr nachzudenken, machte tatsächlich richtig Spaß!

»Und Evelyn könnte auf Instagram Werbung für dich machen«, schlug ich vor und schmierte mir ein Butterbrot. »Sie ist schon wieder unglaublich aktiv.«

Ich legte das Messer weg und holte mein Handy hervor. »Ich muss das ganz regelmäßig kontrollieren. Ich habe immer das Gefühl, dass ihr das bald entgleist.«

Und wer dann hauptsächlich darunter zu leiden hatte, war natürlich nicht sie, sondern ich, als Inhaberin des Campingplatzes, den Evelyn freiwillig auf Social Media inszenierte. Alex stand auf und setzte sich neben mich auf die Bank. Zusammen sahen wir uns Evelyns neueste Story an: Sexy.Hirschin, wie sie sich nannte, war heute trotz des schlechten Wetters unterwegs gewesen. Sie trug einen olivgrünen Parka mit einer fellbesetzten Kapuze und eine Hose, die sehr nach Tarnhose der Bundeswehr aussah.

»Meine Güte«, sagte ich. »Das ist ja mal ein krasser Outfitwechsel.«

Evelyn, die nicht mehr die Jüngste war, liebte nämlich jede Form von Modeschmuck, je glitzernder, desto besser. Tarnung war nicht so das Ihre. Das mit Boomerang erstellte Videofilmchen, zeigte ihre Füße, die vor- und zurückliefen. Und diese steckten definitiv in Bundeswehrstiefeln.

»Ich glaube es einfach nicht«, sagte ich. »Was will sie denn jetzt damit?«

»Auch bei schlechtem Wetter ist unser See am Hirschgrund ein wunderbares Ausflugsziel!«, hauchte Evelyn ins Mikro. Hinter ihr sah man den See, der trotz des schlechten Wetters leicht türkis schimmerte. Außerdem wirbelten ein paar Schneeflocken durchs Bild, was dem Ganzen einen weihnachtlichen Touch verpasste.

»Es schneit?«, fragte Alex und sah zum Fenster hinaus.

»Nein. Es regnet«, sagte ich schlecht gelaunt. »Das ist nur für Instagram. Und die Dummköpfe, die das glauben, werden dann bei mir am Campingplatz stehen und feststellen, dass es keinen Spaß macht, bei drei Grad über null und Regen im Matsch zu stehen.«

Alex lachte und legte mir den Arm um die Schulter. Fast Wange an Wange sahen wir zu, wie sich Evelyn im Kreis drehte und so tat, als würde sie mit dem Mund Schneeflocken auffangen.

»Unsere Advents-Weeeeek«, quiekte sie dabei, »die wird einfach großartig! Mit vielen Sonderaktionen und richtigem Camperspaß!«

»Himmelherrgott«, sagte ich. Im Hintergrund des Videos lief gerade der Gröning vorbei. Das war mein dienstältester Camper, der unabhängig vom Wetter immer auf dem Campingplatz war und ganztags damit beschäftigt, sich im Wald herumzutreiben. Im Gegensatz übrigens zu Evelyn, die eigentlich keinen Fuß vor die Tür setzte, wenn sie es nicht unbedingt musste. Nur zu bestimmten Gelegenheiten, wie zum Beispiel, wenn sie sich vorgenommen hatte, Instagram-Filmchen zu drehen und so zu tun, als wäre sie leidenschaftlicher Outdoor-Fan. Es wurde echt Zeit, dass wieder Sommer wurde und wir viele Gäste hatten, dann war Evelyn abgelenkt und hatte weniger Zeit für solche Quatsch-Filme!

»Soll ich dir was sagen«, sagte Alex, »ich habe richtig Lust auf Campingurlaub im Winter bekommen. Advents-Weeeeek klingt doch richtig gemütlich!«

»Idiot«, sagte ich, konnte mir aber ein Lächeln nicht verkneifen. Ich musste zugeben, dass Evelyns Videos wirklich Lust auf Camping bei schlechtestem Wetter machten.

Aber der Punkt war doch, dass sie mit der Realität kaum etwas zu tun hatten.

»Mit genügend Bier vom Stöcklbräu wird es noch gemütlicher«, fügte Alex mit einem hoffnungsvollen Tonfall hinzu. Jetzt hatte er ein sehr breites Grinsen im Gesicht. »Ich liefere dir das auch bis zur Haustür. Und räume es dir in die Regale.«

»Der Gröning trinkt kaum was«, sagte ich. »Und andere Camper habe ich momentan nicht auf dem Platz.« Außerdem war der Gröning momentan etwas schusselig und verlegte ständig Sachen. Da war mehr Alkohol nicht das Mittel der Wahl. Und Evelyn stand eher auf Ramazzotti, der in großen Mengen im Wohnzimmerschrank von Nonna stand. Im Gegensatz zu mir vertrug Evelyn nämlich unglaubliche Mengen an Alkohol. Ich konnte mir durchaus vorstellen, dass sie sich mit Begeisterung auf die neue Aufgabe »Vermarktung von neuen Stöckl-Biersorten« stürzen würde.

»Das wird sich bestimmt bald ändern«, lachte Alex nun ganz unverhohlen, und ich sah mit Schrecken, wie die Likes auf den Beitrag von Evelyn explodierten. Zunächst von Leuten, die ich kannte. Wie Fräulein Schmitts, das war unsere Bäckerin, oder Mohnschneckerl, im realen Leben meine Camperin Vroni, die nichts lieber konsumierte als die Mohnschnecken vom Meierbeck. Und natürlich der Rechtsmediziner Stein, der sich auf Instagram »Kiesel« nannte und überhaupt nichts postete. Glücklicherweise, denn wer wollte schon die Leichen sehen, die er so tagtäglich zu Gesicht bekam. Doch es gab noch jede Menge anderer Leute, die

Evelyns Beitrag offenbar gut fanden und denen ich noch nie begegnet war.

»Herr im Himmel!«, stieß ich schon wieder hervor. »Das ist unglaublich. Ich dreh durch, wenn die alle im Winter kommen! Da ist doch Ärger vorprogrammiert!«

»Wem sagst du das«, murmelte Alex, seinem Blick nach zu schließen bezog sich sein Kommentar jedoch auf jemanden, der gerade angekommen war: Jonas Schneider, seines Zeichens Kriminalkommissar in Regensburg, stand an der Tür und schaute grimmig zu uns herüber. Nicht dienstlich grimmig, wie bei Bösewichten, die er festnahm, sondern ganz privat. Schließlich war ich seine Freundin und nicht die von Alex. Aber vielleicht wirkte es gerade ein klein bisschen so. Denn noch immer hatte Alex sehr freundschaftlich seinen Arm um meine Schulter gelegt.

»Du bist total besoffen«, beschwerte sich Jonas, als wir nach draußen gingen. Natürlich ließ er mich nicht mehr ans Steuer, und die Option, dass Alex mich nach Hause fuhr, kam auch nicht infrage.

»Nicht total«, entgegnete ich, während ich mich nun doch ziemlich kräftig bei ihm einhakte. Wie viel ich getrunken hatte, wusste ich nicht mehr. »Was machst du eigentlich hier?«

»Früher aus«, murrte er ärgerlich. »Und was sehe ich? Dein Auto vor dem Stöcklbräu.«

»Alex ist mein Jugendfreund«, erklärte ich ihm, als wüsste er das nicht.

Jonas hielt mir die Wagentür auf, während ich angestrengt überlegte, mit welchem Fuß ich zuerst einsteigen musste.

»Es geht doch nur darum, dass ich die neuen Biersorten mit verkoste. Alex braucht da objektive Anregung«, erklärte ich und merkte, dass meine Aussprache ziemlich verwaschen klang. »Alex bringt neuen Schwung ins Geschäft. Momentan probiert er ein bisschen herum, neue Biersorten. Das ist echt interessant! Er will Ales brauen. Und da hat er in kleinen Mengen ...«

Ups, das Auto vor mir schwankte ziemlich und schien sich von mir wegzubewegen.

»... ein paar Literchen von dem Bier ...«

Was wollte ich sagen?

»Und da will er natürlich wissen, ob es auch schmeckt.«

»Und nutzt die Gunst der Stunde, um mir meine Freundin auszuspannen«, sagte Jonas ziemlich eisig. Vielleicht auch deswegen, weil ihn fror und ich mich noch immer nicht darauf einigen konnte, welcher Fuß nun zuerst hineingehörte.

Ich kicherte.

»Evelyn trägt Bundeswehrstiefel, stell dir das mal vor. Ich sehe sie schon, wie sie Glitzerpailletten auf die Dinger klebt, weil sie ihr zu unauffällig sind.«

»Setzt du dich jetzt mal rein?«, fragte Jonas schlecht gelaunt.

Er war tatsächlich ziemlich ärgerlich auf mich, besonders weil ich nicht zu kichern aufhören konnte, als wir die Landstraße entlang zu meinem Campingplatz fuhren.

»Das ist nur ein Freundschaftsdienst«, sagte ich.

Jonas antwortete mir nicht, vielleicht, weil er unter »Freundschaftsdienst« etwas anderes verstand als ich.

Schweigend stapften wir zu meinem Haus, wo Jonas sich

umgehend vor den Fernseher fläzte. Unten hörte ich kurz darauf die Tür zur Rezeption klappern, was nur bedeuten konnte, dass Evelyn gerade nach Hause kam. Auch Milo, mein alter schwarzer Riesenhund, hatte das bemerkt, denn obwohl er schlaff auf der Seite lag, hob er seinen Schwanz an und klopfte dreimal auf den Holzboden. Im nächsten Moment kam Evelyn auch schon hereingesegelt, mit roten Bäckchen und knallrot geschminkten Lippen. In der Hand trug sie eine Müslischüssel mit Cornflakes, die sie auf dem Couchtisch abstellte. Mit ein paar Handgriffen waren alle Zeitschriften vom Couchtisch weg, ein Stift verschwunden sowie die Autoschlüssel und das Handy von Jonas.

»Hallo, ihr Süßen«, begrüßte sie uns und ließ sich neben Jonas aufs Sofa fallen. Wie nebenbei schaltete sie auch noch den Ton von den Nachrichten aus, die Jonas gerade ansah.

Oh, oh!

Da sägte gerade jemand gewaltig an dem Ast, auf dem er saß! Seufzend streifte sie sich weiße Puschelsocken mit roten Fersen über die Füße.

»Total durchgefroren«, flötete sie und hielt ihre Füße zusammen mit den Cornflakes in der dekorativen weiß-roten Schüssel in die Kamera. »Ein spätes Frühstück vor dem Kamin«, hauchte sie ins Mikro. Jonas warf ihr einen ziemlich schrägen Blick zu.

»Frühstück?«, fragte ich, weil es schließlich abends war. »Kamin?«

Evelyn schien fertiggefilmt zu haben, und ich legte den Schlüssel, die Zeitschriften und den Stift wieder auf den Couchtisch. Jonas schaltete den Fernseher wieder auf laut. Auf ziemlich laut.

»Einen Kamin hätte ich zumindest gerne«, erläuterte Evelyn mit ihrer normalen Stimme, die sich komplett anders anhörte als die rauchig-sinnliche, mit der sie auf Instagram sprach.

»Ich muss mehr Content für Instagram vorbereiten, sonst komme ich den Bedürfnissen meiner Follower nicht nach«, erklärte sie mir. »Übrigens, was hältst du von einem Kamin im Bootshaus?«

Auf dem Handy von Jonas ging eine Nachricht ein, und während er sie las, antwortete ich Evelyn: »Das Bootshaus ist aus Holz. Das brennt uns doch ab, wenn du da ein Feuerchen anzündest.«

»Was ist los?«, fragte ich Jonas, weil er abrupt aufgestanden war.

»Muss noch mal los«, sagte er ziemlich kurz angebunden und stürmte aus dem Haus.

»Der hat ja schlechte Laune«, stellte Evelyn erstaunt fest.

»Weil ich mit Alex Bier probiert habe.«

Evelyn nickte verständnisvoll, während ich aufstand und mich mit meiner Teetasse ans Wohnzimmerfenster stellte. Ich sah, dass Jonas im Auto noch ein Telefongespräch führte und dann den Motor startete. Seufzend sah ich zu, wie er rückwärts auf die Landstraße rangierte. Während Evelyn schon wieder irgendetwas hinter mir filmte, blickte ich über den Campingplatz. Der sah momentan etwas trist aus. Die letzten Tage hatte es nur ein paar Grad über null gehabt und Dauerregen. Dementsprechend aufgeweicht und schlammig war der Boden. Und dementsprechend froh war ich auch, dass außer dem Gröning kein Campinggast da war

»Es will einfach niemand campen«, sagte Evelyn schlecht gelaunt, »und das, obwohl ich so viel Werbung mache.«

»Kein Mensch will im Winter campen«, sagte ich, obwohl sich für nächste Woche die Hetzeneggers und die Schmidkunzens angekündigt hatten und ich wusste, wie vollmundig Evelyn ihr »Adventscampen« promotete samt der vielen »Aktionen«, von denen niemand wusste, was das sein sollte. Jedenfalls war ich heilfroh, dass sich kein Mensch dazu animiert sah, zu uns zu kommen. Kurz sah ich auf mein Handy, in der Hoffnung, dass Jonas etwas geschrieben hatte. So etwas wie: Ich komme bald wieder. Natürlich liebe ich dich über alles, und es ist o. k., wenn du mit Alex Bier probierst.

Stattdessen sah ich nur die tausend Nachrichten von den Hirschgrundis, der WhatsApp-Gruppe unserer Dauercamper, und fast zwanghaft tippte ich darauf, um sie zu lesen.

»Morgen soll es kalt werden!«, schrieb die Vroni. »Ich finde, wir sollten Nägel mit Köpfen machen und zu Sofia fahren. Sonst wird es vor Weihnachten nichts mehr.«

Sofia, das war ich.

»Es ist scheußliches Wetter«, antwortete die Schmidkunz.

Danke!, dachte ich. Gut, dass die Schmidkunz vernünftig war!

»Stellt euch nicht so an«, hatte Evelyn geschrieben. Was etwas unfair war, denn obwohl sie Dauercamperin auf meinem Platz war, schlief sie jetzt schon seit eineinhalb Jahren bei mir im Haus und hatte überhaupt nicht unter dem schlechten Wetter zu leiden.

Es folgte eine längere Unterhaltung darüber, wie sehr sich alle darauf freuten, dass die Campingsaison wieder so richtig losging. Seufzend überflog ich den Rest und scrollte noch schnell durch Instagram, um zu prüfen, was Evelyn Neues hochgeladen hatte. Ich war einerseits dankbar, dass sie sich derart engagiert und vor allem ehrenamtlich um die Social-Media-Präsenz meines Campingplatzes kümmerte. Nur sprengte Evelyn leider regelmäßig die Grenzen des Zumutbaren.

»Winterstimmung am See«, zum Beispiel. Über dem See, der eigentlich trist grau war, hatte Evelyn mit irgendeiner App glitzernde Schneeflocken gelegt, was tatsächlich weihnachtlich aussah, aber mit der Realität überhaupt nichts zu tun hatte. Ich scrollte nach unten, um die Kommentare zu lesen, die Mohnschneckerl und Kiesel hinterlassen hatten. Die fanden das natürlich toll. Daneben fanden es aber auch noch ganz andere Leute toll!

»Sexy Hirschin, ich bin so froh, dich gefunden zu haben!«, hatte jemand mit dem Namen »Hamster« geschrieben. »Du bist ein großes Vorbild für mich!«

»So gerne würde ich deine Adventsaktionen miterleben! Wollen wir nicht ein großes Treffen machen? Mit unserer Sexy Hirschin?«, las ich mit Schrecken den Kommentar einer Person, die sich Outdoorfreaky2 nannte.

Schnell legte ich mein Handy zwischen den Weihnachtskaktus und eine Nussschale, die zur Krippe umgestaltet war. Dabei sah ich nach draußen und bemerkte, dass vor meiner halb kaputten Schranke ein weißer Lieferwagen hielt.

Im Licht der orangen Straßenlaterne stieg eine Frau mit einer riesigen bunten Strickmütze, einem seltsamen überdimensionalen Strickmantel und klobigen Stiefeln aus. Sie ging um den Wagen und öffnete die Beifahrertür. Eine Weile gruschte sie herum, dann schlug sie die Tür wieder zu und kam Richtung Rezeption. Ihre Hände steckten in einem weißen pelzigen Handmuff. Ich seufzte und wollte in die Flipflops meiner Großmutter schlüpfen, was wegen der Wollsocken, die ich trug, aber nicht möglich war. Also lief ich strumpfsockig los. Mannometer!

»Sie haben offen?«, fragte die Frau mit knarziger Stimme. Ihre Stiefel waren furchtbar schmutzig, als wäre sie auf einem sehr matschigen Weg spazieren gegangen.

»Prinzipiell schon«, sagte ich und warnte sie sofort: »Aber das Wetter ist nicht besonders einladend. Und soll sich auch nicht ändern!«

Mich persönlich würden keine zehn Pferde in einen Wohnwagen bringen!

»Das ist ja fantastisch«, sagte sie mit einer Stimme, als würde sie Wintercamping genauso schrecklich finden wie ich.

Ich nickte und ging hinter den Tresen. »Sie können sich einfach einen Platz aussuchen.«

Es war nämlich alles frei, bis auf die Plätze meiner Dauercamper, deren Wohnwägen unter dicken Plastikplanen versteckt darauf warteten, dass ihre Besitzer zurückkehrten. Vielleicht kamen sie aber jetzt im Winter auch gar nicht, nachdem das Wetter wirklich grauenhaft war. Ich hörte, wie eine Windböe Regentropfen an das Fenster prasseln ließ.

»Sie brauchen wahrscheinlich meinen Ausweis«, sagte die Frau und hustete.

»Stimmt, aber den können Sie auch später vorbeibringen«, antwortete ich freundlich. Gerne hätte ich gesagt, brauche ich nicht, denn im Grunde war mir das ziemlich egal. Aber seit hier auf dem Campingplatz ein paar Morde geschehen waren, musste ich immer daran denken, dass ich mich später vor der Polizei rechtfertigen musste!

»Das mache ich lieber gleich«, betonte sie und beugte sich über den Tresen. »Könnten Sie Clärchen mal bitte halten?«

Sie drückte mir den Fellmuff in die Hand, und für einen kurzen Moment dachte ich, dass die Frau komplett gaga war und ihrem Fellmuff einen Namen gegeben hatte. Aber dann sah ich, dass der Fellmuff in Wirklichkeit ein kleiner Hund war. Er sah mich mit riesigen Augen an und schien sich überhaupt nicht darüber zu freuen, in meine Arme gedrückt zu werden.

»Das hat keine Eile«, erwiderte ich eilig, um den Hund nicht nehmen zu müssen, und versuchte ihr das Hundchen wieder über den Tresen zuzuschieben.

»Das geht ganz schnell. Ich habe den Ausweis im Auto.«

Na dann, dachte ich mir und sank auf den Stuhl hinter dem Tresen, das Fellbündel in meinen Armen. Auch wenn es erst ziemlich dick ausgesehen hatte, in meinen Händen spürte ich, dass es nur Haut und Knochen war.

»Na du«, sagte ich zu dem kleinen Wesen, das so regungslos dalag, als würde es damit rechnen, von mir aufgefressen zu werden.

Von draußen hörte ich Motorgeräusche, und es dauerte ein paar Sekunden, bis ich mich fragte, wieso die Frau auf der Suche nach ihrem Ausweis den Motor ihres Lieferwagens anschmiss. Wollte sie schon auf den Campingplatz fahren? Aber die Schranke war geschlossen. Und da sie immer noch kaputt war, würde es auch einen erheblichen Kraftaufwand bedeuten, sie zu öffnen. Es dauerte noch ein paar weitere Sekunden, bis ich kapierte, dass die Frau einfach das Auto wendete und wieder auf die Landstraße hinausfuhr. Ich stand auf und sah durch das Fenster. Aber da war nichts mehr, keine Frau, kein Auto.

Der Hundewelpe und ich starrten uns an.

»Vielleicht hat sie ihren Ausweis zu Hause vergessen«, sagte ich zu Clärchen.

»So ein Quatsch!«, sagte Evelyn kopfschüttelnd, als ich zurück im Wohnzimmer war und ihr die ganze Geschichte erzählte. »Du hättest den Hund einfach nicht annehmen dürfen.«

»Was heißt hier annehmen?«, fragte ich empört. »Zack, hatte ich ihn im Arm. Das war absolut unfreiwillig.«

»Die kommt nicht wieder.«

»Vielleicht wollte sie noch einkaufen oder so«, schlug ich hoffnungsvoll vor.

»Von wegen einkaufen«, erwiderte Evelyn. »Sie hat dir fünf Dosen Welpenfutter vor die Tür gestellt. Die hat dir den Hund dagelassen, so sieht's aus. Der war das einfach zu viel. Schau dir das an, der bieselt dir gerade neben den Ficus. Das kann man doch echt nicht brauchen. Und das hat die natürlich sehr weitsichtig erkannt und wollte sich damit nicht belasten.«

»Wah«, sagte ich fassungslos. »Der ist nicht stubenrein?«

»Was denkst du, wieso die den Hund loshaben wollte? Doch nicht deshalb, weil das Tier komplikationslos ist!«

»Ich dachte, man setzt die an Autobahnraststätten aus«, murrte ich. »So war das früher immer.«

»Doch nicht bei dem Wetter!«, wandte Evelyn ein. »Das ist doch für das arme Tier unzumutbar. Und jetzt wisch das weg, sonst sickert es dir in den Holzboden und stinkt auf ewig.«

Schlecht gelaunt holte ich mir einen Putzlappen. Inzwischen war mein alter, geerbter Hund Milo erwacht und hatte entdeckt, dass wir Zuwachs bekommen hatten. Er stand auf und beschnupperte den dünnen weißen Welpen, der sofort wieder zu bieseln begann, diesmal aus Angst.

»Den Lappen kannst du gleich hierlassen«, schlug Evelyn vor.

»Den Hund bringe ich noch heute ins Tierheim«, sagte ich düster. »Sieh dir doch an, wie dürr der ist, wahrscheinlich ist er todkrank!«

Kapitel 2

Am nächsten Morgen wachte ich auf und bemerkte als Allererstes, dass kein Jonas neben mir lag. Vermutlich hatte er in seiner Regensburger Wohnung übernachtet. Oder er war schon wieder weg, denn es war sehr spät, bereits zehn Uhr, und ich hatte komplett verschlafen, weil ich dreimal in der Nacht draußen gewesen war. Unter den mitleidigen Blicken von Milo, der sich nicht dazu bequemt hatte, mitzugehen. Denn natürlich hatte ich Clärchen am Abend nirgends mehr hingebracht. Schließlich war es schon dunkel gewesen, und ich hatte keine Lust mehr gehabt, mich von der Couch wegzubewegen.

Bis ich mich angezogen und gefrühstückt hatte, war es fast Mittag, und ich hatte schon einmal in Erfahrung gebracht, wo das nächste Tierheim war. Und dass sie absolut keinen Platz hatten für Neuaufnahmen. Erst gestern seien einige sardinische Hunde angekommen, und alle Plätze seien belegt. Ich solle es beim nächsten Tierheim probieren.

Ich ging nach unten in die Rezeption, wo Evelyn vor dem Rechner saß.

»Eigentlich könntest du sie wegbringen«, schlug ich Evelyn vor. »Schließlich bin ich die ganze Nacht wach gewesen. Und habe gerade schon wieder eine Pfütze aufgewischt.«

Wahrscheinlich hatte Clärchen Blasenprobleme!

»Ja, und du warst so blöd und hast sie angenommen. Das wäre mir nie passiert«, behauptete Evelyn.

Bevor wir das ausdiskutieren konnten, kam der Gröning herein.

»Mein Kulturbeutel ist weg«, klagte er. »Ich nehm den immer nur ins Klohäusl und dann wieder zum Wohnwagen. Der ist einfach weg. Ich glaube, es gibt Diebe hier.«

Evelyn verdrehte die Augen. »Der steht drüben im Campingladen«, sagte sie und fügte an mich gewandt hinzu: »Den hat er stehen lassen, als er sich die Semmeln geholt hat.«

Mit grimmiger Miene holte sich der Gröning seinen braunen Cordstoff-Kulturbeutel Marke Sechzigerjahre und ging wortlos von dannen. Als er die Tür hinter sich schloss, hörte ich erneut ein Motorgeräusch. Neugierig trat ich ans Fenster. Vielleicht war die Besitzerin ja wiedergekommen! Aber vor meiner kaputten Schranke hielt gerade ein rostiger alter VW-Bus, und ein Typ in Tarnkleidung sprang heraus.

»Der erste Wintercamper«, sagte Evelyn sehr zufrieden, die neben mich getreten war. »Hab ich's nicht gesagt? Bald geht's los!«

»Vielleicht will er den Hund abholen«, fragte ich hoffnungsvoll.

»Du glaubst auch noch an den Weihnachtsmann«, erwiderte Evelyn.

Im nächsten Moment ging die Tür mit einem Dingeln auf, und ein hünenhafter Mann mit einem wilden roten Wikingerbart und einer roten Wikingermähne kam an den Tresen. Ein breites Grinsen breitete sich über seinem Gesicht aus, als er uns bemerkte.

»Sexy Hirschin!«, strahlte er, und an seiner Stimme merkte ich, dass er noch nicht besonders alt war. »Unsere Sonderbotschafterin!«

Sonderbotschafterin? Ich warf Evelyn einen fragenden Blick zu, aber sie hatte sofort wieder ihren sexy Flirtblick drauf und beachtete mich nicht weiter.

»Ich bin der Stefan«, erklärte er, und als keiner von uns etwas sagte, fügte er hinzu: »Outdoorfreaky2!«

Evelyn quietschte auf, als wäre das die tollste Nachricht ever, und umarmte Stefan Outdoorfreaky2.

»Ich kann's nicht glauben!«, rief sie immer wieder. »Dass ihr tatsächlich gekommen seid!«

Wikinger-Stefan grinste nur breit.

»Dann wollen wir mal schauen, was wir noch frei haben!«, tönte Evelyn, obwohl wir alles frei hatten. Draußen hörte ich erneut Motorengeräusch, und zu meinem großen Erstaunen stauten sich vor meiner Schranke gerade die Fahrzeuge!

»Wer ist das?«, fragte ich energisch, weil es aussah, als wollte Evelyn mich überhaupt nicht mit einbeziehen.

»Das sind die Teilnehmer unseres ersten GPBS-Treffens«, erklärte Evelyn. Sie sprach die Buchstaben englisch aus. TschiPiBiEs.

Der Hüne drehte sich um und verließ die Rezeption. Von draußen hörte ich ein großes Helau.

»Moment!«, zischte ich Evelyn zu. »Was soll das sein, GPBS? Und was machen die hier?«

»German Prepper and Bushcrafting Society«, erklärte sie mir, als wäre ich ein bisschen doof. »Und ich bin jetzt die Sonderbotschafterin!«

»Ah«, machte ich nur und hatte das Gefühl, als wären das ganz schlechte Nachrichten.

»Und hier, bei uns Hirschgrundis, wird das erste Treffen stattfinden.«

»Aha. Ich dachte, du machst eine Advents-Week?«, fragte ich, als ich diverse Männer draußen auf meinem Vorplatz stehen sah, die nicht wirkten, als hätten sie mit Advent irgendetwas am Hut. Sie waren alle in Tarnfarben gekleidet, hatten struppige Bärte im Gesicht und schienen in den letzten Wochen in einem Unterschlupf im Wald gelebt zu haben.

»Ja, das mache ich auch«, erklärte sie mir und schlüpfte in ihre Bundeswehrstiefel. »Es wird Adventscocktails geben und selbst gemachte Plätzchen.«

Die Typen sahen mehr nach Bier und Schnaps und Schweinsbratenplätzchen aus.

»Was sind denn eigentlich Prepper genau?«, fragte ich vorsichtig. Aber Evelyn antwortete nicht, sondern rannte hinauf in die Wohnung. Wahrscheinlich musste sie sich erst einmal für ihre Rolle als Sonderbotschafterin neu einkleiden. Neugierig trat ich ans Fenster und beobachtete die neuen Camper. Neben den vielen Haaren im Gesicht hatten einige von ihnen riesige Bäuche, andere waren zaundürr. Ihre Lieblingsfarben waren auf jeden Fall Olivgrün und Braun. Der leichte Nieselregen, der ständig vom Himmel tropfte, schien sie überhaupt nicht zu stören.

Gerade als ich mich abwenden wollte, hielt oben an der Straße ein sehr seltsames Gefährt. Es war ein bis obenhin vollgestopfter Landrover mit einem riesigen schwarzen Schnorchel neben der Fahrertür und aufgetürmten Alukisten auf dem Dach. An der Anhängerkupplung hing ein ziemlich alter Wohnwagen Marke Eigenbau, der erstaunlicherweise keine Fenster hatte. Die Tür des Landrovers ging auf, und noch ein Typ stieg aus. Sein Anblick ließ mich fassungslos zurück. Der Kerl sah aus wie ein Alien!

Er trug eine Gasmaske!

Die Erklärung, was Prepper waren, musste ich mir selbst zusammensuchen, denn die Sonderbotschafterin Evelyn hatte jetzt andere Dinge zu tun. Sie kam von oben aus der Wohnung gestürmt und rauschte nach draußen zu den Preppern. Obwohl ich mir bis vor Kurzem die Daumen gedrückt hatte, dass meine »Hirschgrundis« vergaßen, dass sie im Advent auf den Campingplatz kommen wollten, war ich plötzlich heilfroh, als ich den Hetzenegger sah, der die Schranke öffnete. Gut, dass ich meine Hirschgrundis hatte! Von denen war keiner Sonderbotschafter. Na gut, der Hetzenegger könnte sofort Sonderbotschafter für die neuesten Campingutensilien werden. Auch die Schmidkunzens waren gekommen, anscheinend hatten sie sich alle für eine bestimmte Uhrzeit verabredet, denn sie polterten gleichzeitig in die Rezeption: der Hetzenegger, seine Frau, die Vroni, der Apotheker Schmidkunz und dessen Frau. Und sie schnatterten drauflos, als hätten wir uns schon seit Jahren nicht mehr gesehen.

»Was für ein süßes Hundchen hast du denn da?«, fragte Vroni begeistert, nachdem die wichtigsten Informationen ausgetauscht waren, und hob das Puschel-Clärchen an ihren riesigen Busen. »Was für ein süßes, süßes Hundilein!«

Das süße Hundilein schleckte das Kinn von Vroni.

»Morgen bringe ich sie ins Tierheim«, kündigte ich an, was große Empörung bei Vroni und der Schmidkunz auslöste.

»Ihr könnt sie auch gerne mitnehmen«, schlug ich vor. »Das süße Hundilein ist nicht stubenrein. Und hat vielleicht Würmer!«

Seltsamerweise war danach meine Rezeption leer. Angeblich, weil dringend die Vorräte und die Wechselklamotten in den Wohnwagen getragen und gelüftet werden mussten. Und weil die Gasflaschen montiert gehörten.

»Feiglinge!«, sagte ich.

Ich nutzte die Gunst der Stunde und verdünnisierte mich nach oben. Dort angekommen, bemerkte ich, dass ich mit meinen Puschelsocken in der nächsten Pfütze von Clärchen stand, und wischte das erst mal sauber. Danach schnappte ich mir neue Puschelsocken, die mit einem Elchgesicht verziert waren und garantiert Evelyn gehörten. Nachdem ich kurz den Begriff »Prepper« gegoogelt hatte, legte ich mich aufs Sofa. Zur Verdrängung aller Probleme eignete sich nämlich bestens eine Netflix-Session im Weihnachtsmodus. Das fand Clärchen auch, denn schwupps saß sie neben mir und kuschelte sich an mich. Sie hatte innerhalb kürzester Zeit kapiert, wer ihr neuer Ansprechpartner war.

Das Idyll dauerte indes nicht lange, denn nach ein paar Minuten klopfte es an der Wohnungstür, und die Hetzeneggers und Schmidkunzens kamen hereingepoltert. Lautstark wurde mir berichtet, was für komisches Volk auf meinem Platz sei. Ich schaltete den Fernseher auf stumm und seufzte innerlich.

»Das ist etwas Hochhonoriges. Die Gesellschaft für Prepper und Bushcrafter«, erklärte ich, während die Schmidkunz eine rechteckige Dose mit Stollen auf den Tisch stellte und Vroni daneben eine mit Plätzchen, die man aufgrund ihrer Größe eher als Tonne bezeichnen musste denn als Dose.

»Prepper?«, fragte Vroni. »Was soll das denn sein?«

»Die sind vorbereitet«, sagte ich. »Für den Ernstfall.«

Das hatte ich jedenfalls so auf Wikipedia nachgelesen.

»Also, die sind überhaupt nicht vorbereitet!«, erklärte der Hetzenegger energisch und setzte sich neben mich aufs Sofa.

Clärchen krabbelte eilig auf meinen Schoß, um sich dort einzuringeln.

Ich hielt die Luft an.

Okay. Nicht gebieselt!

Das Leben konnte auch nett zu einem sein!

»Der eine Typ hat nur eine Hängematte dabei, über die er eine Plane gespannt hat. Im Falle einer Krise hat der doch als Erster verloren!«

Ich antwortete mit einem Schweigen, weil ich gleichzeitig versuchte, etwas von dem Film mitzubekommen, der stumm weiterlief. Clärchen drückte sich eingeschüchtert noch näher an mich.

»Die sind alle komplett durchgeknallt«, stimmte Vroni ihrem Mann zu. »Der eine hatte eine Gasmaske auf!«

»Nur für den Fall der Fälle wahrscheinlich«, sagte ich beruhigend, obwohl ich das mit der Gasmaske auch ziemlich merkwürdig fand.

»Der ist verrückt«, widersprach Vroni. »Ich würde an deiner Stelle verbieten, dass jemand mit Gasmaske auf dem Campingplatz herumläuft.«

Die Schmidkunz riss erschrocken die Augen auf. Sie war nämlich ein ziemlich ängstlicher Mensch. Man konnte sie allein dadurch aus der Fassung bringen, dass man nach der Herkunft irgendwelcher Nahrungsmittel fragte und ob sie sich sicher sei, dass das alles auch pestizidfrei angebaut war.

»Wahrscheinlich werden wir heute Nacht alle umgebracht!«, unkte Vroni hemmungslos weiter und schnitt den Stollen von Schmidkunzens an.

Erschrocken hielt ich die Luft an.

Das Wort »umbringen« wollte ich auf gar keinen Fall mehr auf meinem Campingplatz hören. Schließlich hatte ich hier schon mehr Leichen gehabt, als man sich gemeinhin vorstellen konnte.

»Ich würde sagen, ihr Männer kümmert euch mal um die Wohnwägen«, sagte Vroni sehr resolut. »Wir besprechen uns hier inzwischen.«

»Was gibt es da zu besprechen?«, wollte der Hetzenegger wissen, der jetzt auch lieber in meiner warmen Wohnung mit Stollen sitzen geblieben wäre.

Aber Vroni schob die Männer aus dem Wohnzimmer, ohne ihm eine Antwort zu geben. Als Trost bekamen die beiden noch ein dickes Stück Stollen in die Hand gedrückt, und dann verschwand Vroni bei mir in der Küche und brühte Kaffee auf. Ich versuchte inzwischen, dem lautlos gestellten Fernseher zu entlocken, wie der Film weitergegangen war, was nicht so einfach war, weil die Schmidkunz mir ziemlich detailliert schilderte, welche Ängste sie bezüglich der Prepper hatte.

»Das sind ganz normale Menschen«, behauptete ich. »Prepper bereiten sich halt auf den Weltuntergang vor ...«

Die Schmidkunz zog erschrocken die Luft ein.

»Deswegen machen sie ständig Lagerfeuer, horten Nahrungsmittel und Medikamente ...«

»... und Waffen«, machte die Vroni aus der Küche weiter. Sie hatte offensichtlich auch schon gegoogelt.

»Quatsch«, versuchte ich die Schmidkunz zu beruhigen und stand auf, um die Lage auf meinem Campingplatz wenigstens vom Wohnzimmerfenster aus zu kontrollieren. Wenn da jemand irgendwelche Waffen auspackte, dann würde ich sofort die Polizei anrufen.

Es sah beruhigend friedlich aus.

Hetzenegger und Schmidkunz gingen gerade zu ihren Wohnwägen, um die Gasheizung voll aufzudrehen. Der Typ mit der Gasmaske kurbelte bei seinem Wohnwagen die Stützen herunter, und der Wikinger-Stefan mit dem buschigen Bart, der das Camp organisiert hatte, war damit beschäftigt, Seile zwischen zwei Bäumen zu spannen.

»Im Winter!«, stieß die Schmidkunz hervor. »Mich würden keine zehn Pferde dazu bringen, im Winter in einem Zelt zu übernachten.«

»Der ist morgen in der Früh tot«, behauptete die Vroni, die sich zu mir ans Fenster gesellt hatte.

»Kannst du damit mal aufhören!«, widersprach die Schmidkunz energisch.

Das fand ich auch!

Hinter mir hörte ich einen Plumps. Das war Clärchen, die sich ein Sofakissen gekrallt hatte und jetzt versuchte, es in eine Ecke des Wohnzimmers zu zerren.

»Schluss! Aus!«, schimpfte ich, während ich fast auf den schlafenden Milo trat. Der stand beleidigt auf und legte sich woandershin. Begeistert sprang Clärchen ihm nach und biss ihn in die Ohren.

»Jetzt ist mal Ruhe hier!«, sagte ich bestimmt und hob Clärchen hoch, die plötzlich einen sehr treuherzigen Blick draufhatte und sich auch brav auf meinem Schoß einkuschelte, als ich wieder auf der Wohnzimmercouch landete.

So, ab jetzt nur noch weihnachtliche Prinzessinnen-Romanzen! Clärchen leckte mir mein Kinn, und ich wollte gerade den Ton wieder auf laut stellen, als die Schmidkunz mir in eklatanter Ignoranz meines Wunsches nach Ruhe eine Tasse Kaffee einschenkte. Vroni stellte mir einen Blümchenteller meiner Nonna vor die Nase und häufte zwei Stück Stollen und diverse Plätzchen darauf.

»Wir haben jetzt diese große Tafel besorgt, die Evelyn ausgesucht hat«, erzählte sie mir.

Tafel?

»Die hängt der Franz gleich unten im Café auf.«

»Tafel?«, fragte ich nach, weil ich zum ersten Mal von einer Tafel hörte.

»Statt einer Getränkekarte«, erklärte die Schmidkunz, die anscheinend auch voll informiert war.

»Getränkekarte«, wiederholte ich, und griff blind nach einem Plätzchen.

»Marzipan-Orangen-Keks«, soufflierte mir die Vroni, die diese leckeren Teilchen gebacken hatte.

»Und Kreide.«

»Himmel«, sagte ich, während auf dem Fernseher ein verschneites Schloss auftauchte und die Hauptperson einen verzückten Gesichtsausdruck in die Kamera hielt. Nach wie vor tonlos, versteht sich, weil es schließlich unhöflich war, fernzusehen, während man Gäste hatte.

»Das sehen wir uns gleich vor Ort an«, schlug Vroni vor.

»Es ist Winter!«, widersprach ich und schaltete nun endgültig den Fernseher aus.

»Ja, die beste Zeit, um ein Café einzurichten. Schließlich soll das alles fertig sein, wenn die Campingsaison beginnt!«

»Dort unten am See ist es eiskalt«, widersprach ich. »Und es ist kein Mensch da.«

Jedenfalls kein Mensch, der in einem neuen, süßen Café sitzen wollte. Die Bushcrafter würden sicher lieber unter einer Plane hocken und im Lagerfeuer Wasser in verbeulten Konservendosen erhitzen.

»Sind wir keiner?«, fragte die Vroni beleidigt.

Ich schob mir das nächste Plätzchen in den Mund, um nicht antworten zu müssen.

»Schokoladen-Streusel-Sternchen«, sagte die Vroni. »Ein ganz neues Rezept.«

»Lecker«, bestätigte ich. Streusel mochte ich nämlich in der Tat sehr gerne.

»Der Stollen ist auch selbst gemacht«, sagte die Schmidkunz etwas beleidigt, weil ich den noch nicht probiert hatte. Brav griff ich auch zum Stollen. Eine Rosine fiel mir auf den Schoß, und Clärchen aß sie brav auf. Das sah ausgesprochen niedlich aus.

Kapitel 3

Nur einen Moment später wurde die Tür aufgerissen, und Evelyn kam hereingewirbelt. Ihre Bäckchen leuchteten rot von der Kälte, sie trug einen olivgrünen, warmen Jumpsuit, und ihre Brüste hatten in den letzten zwei Stunden einen enormen Zuwachs bekommen. Wir sahen sie etwas sprachlos an, während sie sich dramatisch die rechte Hand auf ihre riesigen Brüste legte und »Oh! Mein! Gott!« intonierte.

Clärchen sprang begeistert auf und bieselte ihr konsequent vor die Kampfstiefel.

»Wir freuen uns auch, dich zu sehen«, sagte Vroni etwas spitz, weil Evelyn uns überhaupt nicht wahrzunehmen schien.

»Hallo, Vronilein«, zwitscherte Evelyn sofort und drückte zuerst sie und dann die Schmidkunz an ihren Busen, während ich Clärchens Lache wegwischte.

Mit einem weiteren dramatischen Seufzer steckte sich Evelyn ein Plätzchen in den Mund.

»Spitzbuben mit Lemoncurd«, warf die Vroni ein.

»Ich halte das nicht aus«, murmelte Evelyn mit vollem Mund. »Diese Prepper ...«

»Wie bitte?«, fragte ich. »Du bist doch die Sonderbotschafterin. Da hast du dich jetzt nicht über diese Jungs zu beschweren! Oder haben sie Waffen dabei?«

»Dieser Hamster hat eine Gasmaske auf!«, klagte Evelyn. »Wir haben seit Tagen Kontakt auf Instagram, er hat mir seine unendliche Liebe gestanden, und jetzt stellt sich heraus, dass er komplett gaga ist!«

»Hamster?«, fragte ich verständnislos.
»So nennt er sich.«
»Ist der nicht ein bisserl jung?«, wollte die Vroni wissen. Das war ihre Standardsorge in Bezug auf Evelnys Lover. Evelyn stand nämlich auf jüngere Männer, auch wenn sie mit deren Liebhaberqualitäten nie zufrieden war.

»Hast du seinen Wohnwagen gesehen?«, fragte Evelyn, ohne auf die Frage zu antworten.

Wir stellten uns kollektiv ans Fenster und schauten hinunter auf den Campingplatz. Inzwischen standen ziemlich zentral ein großer, uralter Camper, ein noch älterer VW-Bus, vier Zelte mit Tarnnetzen sowie ein Wohnwagen, dessen Fenster komplett mit PVC-Platten versiegelt waren. Das war der Wohnwagen vom Gasmasken-Typen namens Hamster.

»Er hat nicht einmal eine normale Tür«, flüsterte Evelyn, als könnte er uns hören. »Er steigt über eine Luke unten am Boden ein.«

»Uh«, machte ich. Das klang nach einer tiefen Persönlichkeitsstörung.

»Wieso das denn?«, wollte die Schmidkunz wissen.

»Damit ihn keiner in der Nacht überwältigen kann. Im Fall einer globalen Katastrophe kommt es ja zu Ausschreitungen, und da muss man sich schützen können«, wusste Evelyn zu berichten.

»Bei uns am Campingplatz gibt es doch keine Ausschreitungen«, erklärte die Vroni sehr überzeugt.

»Und der dachte allen Ernstes, dass ich mit ihm in diesem schrecklichen Wohnwagen Sex habe!«

Wir starrten eine Weile über den Platz. Ich nahm mir ganz fest vor, niemals im Internet Männer aufzugabeln.

Gerade kam der alte Gröning aus dem Klohäusl und schloss sorgfältig die Tür hinter sich. Dann stiefelte er mit energischen Schritten bis zum Wohnwagen von »Hamster« und blieb dort kopfschüttelnd stehen.

»Hat er Waffen?«, fragte Vroni schaudernd.

»Glaube ich nicht«, sagte Evelyn schlecht gelaunt.

»Nimmt er die Gasmaske beim Sex ab?«, fragte ich nach dem, was mich am meisten interessierte.

»Was weiß denn ich!«, stieß Evelyn hervor. »Ich krabbel doch nicht von unten in einen Wohnwagen!«

»Sehr gut«, nickte die Vroni. »Evelyn, dass du dich da ja nicht umentscheidest! Ich will dich nicht morgen tot aus dem Wohnwagen tragen müssen! Bist du dir sicher, dass er nicht ein psychopathischer Mörder ist?«

War sich Evelyn natürlich nicht. Ich seufzte und hatte das Verlangen, eine irre Menge an Spitzbuben mit Lemon Curd in mich zu stopfen.

»Ich bin auf jeden Fall keine Sonderbotschafterin von einer Horde unzurechnungsfähiger Idioten! Und ich werde auch keinen Sex haben mit jemandem, der den ganzen Tag lang eine Gasmaske trägt!«

»Ich auch nicht«, ergänzte die Schmidkunz erschrocken.

»Wieso denn eigentlich Gasmasken?«, fragte die Vroni.

»Weil jederzeit etwas passieren kann. Sieht man ja an Tschernobyl.«

»Das haben wir damals aber auch ohne Gasmaske überlebt«, erinnerte sich die Vroni.

Ich hörte mein Handy »Kill Bill« dudeln, das Zeichen, dass ich eine WhatsApp-Nachricht erhalten hatte.

»Da hat der doch noch gar nicht gelebt«, lachte die Schmidkunz.

»Der wird auch nicht so alt, dass er noch irgendetwas erlebt«, behauptete Evelyn. »Ich meine, seht ihn euch an, der bekommt doch nie richtig Luft!«

Ich suchte mein Handy, begleitet von Clärchen, die begeistert auf das Sofa sprang und in ein Kissen biss.

»Hörst du jetzt mal auf!«, schimpfte ich, und Clärchen hielt erstaunt inne.

»Du hast doch hoffentlich von jedem den Personalausweis eingesammelt!«, fragte ich.

»Hast du das nicht gemacht?«, antwortete Evelyn mit unverhohlenem Desinteresse.

»Nein, ich würde sagen, das ist dein Job, schließlich bist du die Sonderbotschafterin!«

Endlich hatte ich mein Handy gefunden, es steckte in einer Sofaritze. Erstaunlicherweise zeigte es dreißig neue Nachrichten an, davon ein paar nackte Nikoläuse, die mir meine Freundin Klara aus Hamburg geschickt hatte. Weiterhin eine Ankündigung von Sabrina, meiner neuen besten Freundin und Architektin, dass sie zusammen mit ihren Kindern mal vorbeischauen würde, vielleicht gab es ja in dem Café was zu tun. Und eine Nachricht von Alex.

»Wir können uns neues Bier zapfen«, schrieb er. »Komm doch morgen einfach vorbei.«

»Neue Sorten?«, schrieb ich zurück.

»Nein, unser klassisches Helles, aber noch nicht gefiltert.«

Er schickte noch ein paar breit grinsende Smileys hinterher. Man musste wissen, dass nichts besser war, als sich aus einem riesigen Kühlturm mit etwa zwölftausend Litern Bier das kühle Getränk ungefiltert in ein Glas laufen zu lassen. Das schmeckte komplett anders als das in Flaschen abgefüllte

Bier, und man konnte wie bei einer Tüte Chips kaum mehr aufhören.

Eine Weile zögerte ich mit meiner Antwort, schließlich war Jonas gestern schon ziemlich sauer auf mich gewesen.

Mein Daumen schwebte über dem Smartphone, aber dann dachte ich mir, was soll's. Schließlich war Alex mein Jugendfreund! Und ich konnte ihn so oft besuchen, wie ich wollte.

»Gerne«, schrieb ich zurück und legte schnell das Handy weg, weil ich schon wieder Motorgeräusch hörte.

Auf dem Vorplatz hielt Sabrinas Familienkutsche. Sie wurde sofort vom Hetzenegger begrüßt, der den kleinen Sohn von Sabrina, Ben, einmal in die Luft warf. Selbst durch die geschlossenen Fenster konnte ich hören, wie Ben begeistert quietschte. Eilig zog ich mir einen dicken Norwegerpulli über mein kuscheliges Holzfäller-Hemd.

»Sehr gut!«, sagte Vroni hinter mir. »Die kann uns gleich helfen! Wir haben die Tafel noch im Auto!«

Das Café im ehemaligen Bootshaus unten am See war eigentlich noch nicht fertig renoviert – es war noch ziemlich duster, weil es noch keiner geschafft hatte, die Fenster hineinzumachen. Aber das Häuschen hatte immerhin schon Strom, ein wunderschönes Schild mit der Aufschrift »Fräulein Schmitts«, und vor ein paar Tagen hatte Alex einen Holzofen angeschlossen. Den hatte ich mir noch gar nicht angeschaut.

Unten am Wasser angekommen, sah ich mit großer Überraschung, wie Alex gerade seinen Pick-up hinter der Familienkutsche von Sabrina einparkte. Er stieg aus und wirbelte mich einmal im Kreis, seine übliche Begrüßung. Dann lud er zwei Träger Bier aus seinem Auto. Als ich ihm nachsah, wie er sie Richtung Café trug, hatte ich den Verdacht, dass das alles ein abgekartetes Spiel war.

»Sofia«, sagte Sabrina und umarmte mich kurz, aber innig. »Da, nimm mal!«

Sie drückte mir die kleine Mia in die Arme, dick eingepackt in einen süßen Schneeanzug mit riesigen Mäuseohren. Bald konnten wir ihren ersten Geburtstag feiern! Während wir Frauen über den Campingplatz schlenderten, rannte Ben vor uns her auf den Gröning zu, der zusammen mit dem Hetzenegger bei unseren neuen Campern stand. Der Gröning hatte bestimmt das dringende Bedürfnis, sein geballtes Fachwissen an den Mann zu bringen. Gerade begutachtete er ein kleines Beil der Bushcrafter und nickte beifällig. Dann kniete er sich hin und schlug mit dem Rücken des Beils Heringe gerade. Das konnten die Bushcrafter anscheinend nicht selbst. Oder sie waren vom Gröning zu eingeschüchtert, der wie immer gerne redete, aber die Antworten nicht verstand, weil er ganz arg schwerhörig war.

»Früher war das Campen ja ganz anders. Da hatte ich nicht einmal ein Zelt«, hob der Gröning gerade an. »Nach dem Krieg, da bin ich nur mit einer Decke im Gepäck durch Europa gefahren, einen Schlafsack hatte ich natürlich nicht. Da hab ich mir abends ein trockenes Eckerl gesucht, und dort habe ich dann geschlafen.«

Da konnten sich die Bushcrafter echt mal eine Scheibe von abschneiden! Die waren nämlich richtig teuer ausgerüstet. Der Wikinger-Stefan mit seinen wilden roten Haaren legte gerade eine sehr hochwertige Isomatte in seine Hängematte, die er zwischen die Bäume gespannt hatte.

»Das wird kalt, Stefan!«, erklärte der Gröning, der anscheinend schon alle mit Namen kannte. »Besser ist es auf dem Boden. Sich ein windgeschütztes Lager machen. Und isolieren!«

Wikinger-Stefan lachte nur. »Die Isomatte isoliert. Und es ist besser, Abstand zum Boden zu haben.«

Der Gröning legte sich eine Hand hinter das Ohrwaschel und schaute nur irritiert. Wahrscheinlich hatte er wieder einmal gar nichts verstanden, denn er machte einfach mit seinen Campinggeschichten aus den Jahren 1958 bis 1964 weiter. Dann durfte der kleine Ben noch auf ein paar Heringen herumschlagen, was er mit größter Ernsthaftigkeit tat.

Wir Frauen gingen mit der kleinen Mia weiter zum See hinunter. Inzwischen graupelte es, die Temperaturen waren nahe dem Gefrierpunkt, und ich war froh, die Tür vom Bootshaus hinter uns schließen zu können. Der Schmidkunz kniete gerade vor dem Holzofen und schürte ein. Alex schob die zwei Träger Bier zur Seite und kniete sich daneben.

»Das wird hier jetzt richtig gemütlich!«, sagte die Vroni stolz.

Obwohl es tatsächlich warm wurde und die große Laterne mit der Kerze gemütliches Licht spendete, fand ich das nicht. Es sah ziemlich zugerümpelt aus: Bretter lehnten an der Wand, die alten Holzklappstühle meiner Nonna stapelten sich in einer Ecke, Kartons und ein leerer Bilderrahmen in einer anderen. Gerade kamen der Hetzenegger und der Wikinger-Stefan mit der massiven Tafel zur Tür rein und stellten sie in die Ecke zu den Kartons.

»Wie wir die hier befestigen sollen, weiß ich auch nicht«, sagte der Hetzenegger und stemmte die Hände in die Hüften, während Wikinger-Stefan mit der Faust gegen die Wand des Häuschens klopfte. Hinter ihnen ging erneut die Tür auf, und zwei weitere Bushcrafter kamen herein.

»Schau dir das mal an, Korbi«, sagte Wikinger-Stefan zu einem unglaublich kleinen und unglaublich dicken Mann, der ganz in Olivgrün gekleidet war. Auf seinem Kopf trug er eine Fellmütze mit Ohrenklappen, die er jetzt nach oben stellte, wodurch er ein bisschen aussah wie Meister Yoda. Die beiden Männer prüften die Befestigungshaken, die der Hetzenegger mitgebracht hatte, und beide waren sich einig, dass die Haken nicht passten. Der Hetzenegger versprach, andere zu besorgen, und Wikinger-Stefan und Korbi verzogen sich wieder zu ihrem Lager.

»Vielleicht können die das!«, flüsterte mir Vroni zu und holte aus ihrer Handtasche einen großen Packen Kreide.

»We are the champions«, schrieb Sabrina mit weißer Kreide auf die graue Oberfläche, und wir kicherten albern.

Die Tür ging noch einmal auf, und Ben kam mit dem Gröning herein. Das ging hier ja zu wie im Taubenschlag! Ihnen folgte auf dem Fuße ein weiterer der Bushcraft-Männer. Er hatte breite Schultern, eine olivgrüne Jacke von Jack Wolfskin mit einer pelzumrahmten Kapuze auf dem Kopf, in beiden Händen trug er einen Bierträger.

»Schau, Ferdl«, sagte der Gröning zu ihm und zeigte in meine Richtung. »Das dort ist die Sofia, ihr gehört der Campingplatz.«

»Erdbeerkuchen«, schrieb Vroni gerade auf die Tafel und reichte die Kreide an Ben weiter, der noch ein paar Strichmännchen dazumalte.

»Back to the Roots«, ergänzte die Schmidkunz ganz oben auf der Tafel. Sie hatte eine wunderschöne Schrift – vermutlich, weil sie es als Lehrerin gewöhnt war, schön an die Tafel zu schreiben – und machte gleich mit unseren Kaffeesorten weiter. Das sah jetzt wirklich schon ein wenig nach Speisekarte aus!

»Und Biere«, regte ich an und diktierte: »Roggenbier. Indian Pale Ale. Weihnachts-Chocolate-Stout.« Sabrina legte mir den Arm um die Taille.

Neben mir räusperte sich Ferdl unüberhörbar und blickte schlecht gelaunt auf die Kästen Bier, die Alex mitgebracht hatte.

»Wir haben selbst Bier dabei«, sagte er. »Ich mache nämlich alles selbst. Auch Bier. Das werden wir uns heute noch reinziehen.«

»Klar«, sagte ich. Wegen mir musste keiner das Stöckl-Bier vom Alex trinken. Wobei die Stöckls ziemlich gut in dem waren, was sie taten, und ich unglaublich gerne Stöckl-Bier trank.

»Ich dachte mir, wäre doch eine tolle Idee, das Bier hier am Campingplatz anzubieten«, schlug Ferdl vor.

»Hm«, machte ich nur achselzuckend.

»Ich glaube, es besteht richtig hoher Bedarf an individuellen Bieren. Für die GBP Society wollte ich ein spezielles Prepper-Bier-Etikett machen. Aber ich könnte auch ein Campingplatz-am-Hirschgrund-Etikett produzieren. Das findet bestimmt rasenden Absatz!«

»Aha«, machte ich nur, um nicht gleich antworten zu müssen.

Mit einer energischen Bewegung öffnete Ferdl eine seiner

Flaschen, und das Bier schoss schäumend heraus, lief ihm über die Finger und auf den Boden. Evelyn räusperte sich etwas ungehalten.

»Muss wohl geschüttelt worden sein«, sagte Ferdl entschuldigend.

»Aha«, machte jetzt Evelyn, während sie das Bier entgegennahm, das Ferdl ihr reichte.

»Danke nein«, sagte ich hastig. »Um die Uhrzeit trinke ich noch kein Bier.«

Auch Sabrina lehnte ab, mit dem Hinweis, dass sie noch Auto fahren musste. Evelyn nahm einen kleinen Schluck und verzog sofort das Gesicht.

Ferdl zog los, mit zwei Flaschen Bier in jeder Hand, wohl um die anderen mit seinem Bier zu beglücken. Als sich die Tür hinter ihm schloss, drückte Evelyn Alex sofort die Flasche in die Hand.

»Pfui Teufel«, sagte sie. »Sofia, wenn du dieses Bier in deinem Campingladen anbietest, kannst du gleich zumachen! Magst du mal probieren?«, wandte sie sich an Alex und drückte ihm die Flasche in die Hand. »Das schmeckt nach Wollsocken.«

Alex nahm einen winzigen Schluck und grinste. »Dachte ich mir schon. Wenn es so schäumt, dann ist was faul.«

»Oh Gott, ich werde sterben!«, stieß Evelyn hervor.

»Nein, das jetzt nicht. Aber die Selberbrauer nehmen manchmal zu viel Zucker für die Nachgärung, und dann entsteht beim Einschenken unglaublich viel Schaum. Und dann schmeckt's auch noch sauer, weil es mit Milch- oder Essigbakterien besiedelt ist. Vielleicht hat er bei den letzten Schritten auch nicht sauber genug gearbeitet.«

»Oder er mag es, wenn das Bier sauer schmeckt. Sonst schmeckt es ja nicht selbst gemacht«, schlug ich vor, und Alex gab mir einen kleinen Rempler. »Dann nimm dir eine Flasche mit.«

»Ach nö«, sagte ich grinsend. »Ich habe da von irgend so einer Brauerei aus der Umgebung einen Träger Bier zu Hause stehen.«

»Echt?«, staunte Alex und grinste breit zurück.

»Ich unterstütze die auch nur, weil ich den Sohn der Familie kenne. Schmeckt natürlich furchtbar, das Bier«, lachte ich – und die anderen mit.

»Nimm dieses schreckliche Bier jetzt bloß nicht aus lauter Nettigkeit ins Sortiment deines Campingladens«, warnte mich Evelyn.

»Wieso sollte ich das denn machen?«, fragte ich.

»Du nimmst auch irgendwelche Hunde an«, erinnerte mich Evelyn. »Das macht auch sonst überhaupt niemand. Ich sehe mich schon im Laden stehen und literweise grässliches Bier auskippen.«

»Ja, ich finde auch, du solltest nur mein Bier im Laden haben«, stimmte Alex ihr fröhlich zu.

Als wir alle zusammen aus dem Bootshaus traten, stand Ferdl direkt vor der Tür mit einem weiteren Träger seines Bieres. Ich hatte den Verdacht, dass Ferdl jedes Wort unserer Unterhaltung mitgehört hatte und richtig schlecht gelaunt war. Vielleicht hatte er aber auch immer einen Gesichtsausdruck wie fünf Tage Regenwetter.

Alex verabschiedete sich mit der Begründung, er müsse schlecht schmeckendes Bier brauen, um mich nicht zu enttäuschen, und Sabrina und ich stapften hinter dem kleinen

Ben her in Richtung Haus. Ich trug Mia auf den Schultern und konzentrierte mich darauf, nicht über Clärchen zu stolpern, die es nicht schaffte, geradeaus zu laufen. Ben blieb auf halber Strecke neben dem Wikinger-Stefan stehen, der gerade versuchte, ohne Zündhölzer ein Feuer zu entzünden. Offenes Feuer am Platz war eigentlich nicht erlaubt. Aber weil Ben so unglaublich begeistert war, wollte ich mal ein Auge zudrücken. Und Brandgefahr herrschte momentan auch nicht. Wir stellten uns zu den schweigsamen Männern, die mit einer Schnur, einem Holz und einem Brett ausgerüstet waren. Ferdl hatte jedem von ihnen ein Bier in die Hand gedrückt. Das Bier schäumte auch diesmal über, und nach dem ersten Schluck sahen alle ein bisschen bedröppelt aus und schienen zu überlegen, wo sie das Getränk am elegantesten entsorgen könnten.

Auf meinem Handy ging eine Nachricht ein, und in der Hoffnung, sie könnte von Jonas sein, sah ich schnell nach. Ich war ziemlich enttäuscht, dass es nur ein weiteres Bild eines nackten Nikolauses mit einem Herzen im Arm war, auf dem Sofia stand. Und die Nachricht war natürlich nicht von Jonas, sondern schon wieder von meiner Hamburger Freundin Klara.

»Wetten, Ben wird jetzt ein Bushcrafter?«, flüsterte Sabrina neben mir und fuhr ihrem kleinen Sohn durch das dichte blonde Haar.

Und wetten, es gab bald Ärger zwischen den Männern? Gerade wurde ich nämlich Zeugin, wie der Wikinger-Stefan die Flasche Bier einfach in meine Johannisbeerbüsche entleerte und plötzlich eine neue Flasche mit der Aufschrift »Stöcklbräu« in der Hand hatte.

Kapitel 4

Über Nacht war es nun richtig kalt geworden. Als ich in der Früh über meinen Campingplatz blickte, sah ich, dass das Lager der Bushcrafter eingeschneit war. Hoffentlich hatten sie die Nacht überlebt! Ich selbst war total müde, weil mich Clärchen mehrmals aufgeweckt hatte. Außerdem hatte Jonas eine weitere Nacht in seiner Wohnung in Regensburg geschlafen, und seltsamerweise kam ich viel schlechter durch die Nacht, wenn Jonas nicht neben mir schnarchte. Angeblich hatte der Herr Kommissar in Regensburg übernachtet, weil er früh schon Termine hatte, aber ich hatte den Verdacht, dass er immer noch ziemlich stinkig auf mich war wegen meiner Bierverkostung mit Alex.

Den Vormittag verbrachte ich damit, mit Clärchen regelmäßig rauszugehen. Eigentlich ja, um sie zum Tierheim zu fahren. Aber immer wieder kam etwas dazwischen. Besonders mein Fernseher kam mir immer wieder dazwischen, um genau zu sein. Als es dann Nachmittag geworden war und ich endlich Zeit hatte, war das Tierheim geschlossen. Ich faltete meine Häkeldecke, in die Clärchen schon ein Loch gebissen hatte, legte sie in eine Ecke und schob Clärchen darauf. Jetzt, wo die Decke kaputt war, war's eh schon egal. Und morgen war auch noch ein Tag, um sie wegzubringen.

»Kannst du dich bisschen drum kümmern, sie rauszubringen?«, fragte ich Evelyn. Irgendwie hatte ich den Eindruck, dass sie den Preppern aus dem Weg ging, schon den ganzen Tag hatte sie keinen Fuß vor die Tür gesetzt.

»Was ist eigentlich mit deinem Job als Sonderbotschafterin?«, fragte ich weiter, als keine Reaktion von ihr kam.

»Ich habe keine Lust auf Hamster«, murrte sie.

»Sag ihm doch einfach, dass du nicht bereit für eine Beziehung bist«, schlug ich vor.

»Ja, das habe ich auch vor«, sagte Evelyn und schaute zum Fenster hinaus. »Ich habe ihn heute aber noch gar nicht gesehen.«

»Du gehst auch nicht raus«, zog ich sie auf. »Wahrscheinlich machst du die Augen zu, wenn du ihn siehst.«

»Nein, sein Wohnwagen ist komplett dicht.«

»Echt?«, fragte ich besorgt. »Aber Luft kriegt der schon da drin?«

Nicht, dass wir bald die nächste Leiche hier herumliegen hatten.

»Doch, schon«, sagte Evelyn abgelenkt. »Denke ich mal«, schränkte sie dann ein. »Man hört ja immer so etwas wie eine Klimaanlage brummen.« Sie senkte ein wenig die Stimme. »Also, ich vermute, dass es eine Klimaanlage ist. Das klingt ein bisschen wie auf einer Intensivstation. So mit Beatmungsgerät und so.«

Das hörte sich richtig gruselig an.

»Du machst das schon«, sagte ich trotzdem motivierend und zog mir einen dicken flauschigen roten Pullover über. »Ich muss jetzt zu Alex.«

»Trinken«, sagte Evelyn betrübt, weil sie das wahrscheinlich auch lieber machen würde, als ihre Rolle als Sonderbotschafterin einzunehmen. »Ich muss mir neuen Content für meinen Instagram-Kanal überlegen.«

»Das nächste Mal kommst du mit«, sagte ich. »Sobald wir Clärchen abgegeben haben.«

Evelyn rollte mit den Augen, um mir zu zeigen, dass sie nicht daran glaubte, dass Clärchen irgendwohin verschwand.

»Kannst du noch Bier vom Stöckl besorgen?«, bat sie mich. »Das, was Alex gestern mitgebracht hat, ist schon weg.«

»Das Bier, das du gestern gebracht hast, ist bereits verdunstet«, erzählte ich Alex gleich, während wir vom Restaurant Stöckl zur Brauerei hinübergingen. »Anscheinend hat Evelyn den Bushcraftern erlaubt, sich zu bedienen.«

Alex grinste und versuchte mir wie in unserer Jugend, Schnee in den Ausschnitt rieseln zu lassen.

»Sind ja auch kleine Flaschen«, nahm er die Prepper in Schutz und schaffte es, mir die Mütze herunterzuziehen und in die Luft zu werfen.

Der Hof war übersät mit Fußspuren im Schnee, und zum ersten Mal war ich wirklich weihnachtlich gestimmt.

»Das mit dem Bier hat Evelyn zu neuen Aktionen in ihrer Adventswoche inspiriert. Es soll sich alles ums Bier drehen. Süßigkeiten mit Bier zum Beispiel. Kann ich mir überhaupt nicht vorstellen!«

Da war ich momentan wirklich noch ziemlich skeptisch. Evelyn wollte tatsächlich lauter Rezepte mit Bier auf unserem Campingplatz vorstellen. Wie das jemand mit dem unterirdischen Kochtalent von Evelyn schaffen sollte, war mir nicht ganz klar. Da ging es ja nicht nur um schöne Instagram-Bildchen, das musste ja auch nach was schmecken!

»Evelyn, unser Multitalent!«, grinste Alex.

Die zwei leeren Bierkrüge, die Alex in einer Hand trug, klirrten bei jedem Schritt gegeneinander. Die Kälte bitzelte im Gesicht, und ich blieb mitten im Hof stehen und bestaunte die Weihnachtsbeleuchtung, die in der Dämmerung nun wirklich gut zur Geltung kam. »Hey, da habt ihr euch dieses Jahr total ins Zeug gelegt!«

Die Balkone des Hotels waren mit glitzernden Leuchtsternen dekoriert, und auf einem Balkon saß ein großer roter Weihnachtsmann mit Rauschebart.

»Hat sich meine Mutter ausgedacht. Mein Vater findet das total albern«, erzählte Alex und schüttelte über irgendetwas den Kopf.

»Was ist?«

»Da hat jemand ein Fenster in der Brauerei offen gelassen«, sagte er ärgerlich.

Ich sah auf die Uhr, es war halb fünf am Abend und schon dunkel. »Heute am Samstag hat niemand gearbeitet. Das steht dann seit gestern Abend offen«, regte Alex sich auf.

»Weil du halt nichts kontrollierst.« Ich gab ihm einen kleinen Stoß mit dem Ellbogen und entwendete ihm meine Mütze. Seufzend legte er mir den Arm um die Schulter und nahm ihn erst weg, als er die Tür zur Brauerei aufsperrte und sie für mich aufhielt. Er stutzte ein wenig und schüttelte dann den Kopf.

»Was ist?«, fragte ich.

»Die Tür war nicht richtig abgesperrt«, sagte er und zuckte mit den Schultern, als wäre das ein bekanntes Ärgernis. »Pass auf, dass du über keinen Schlauch stolperst«, warnte er mich noch und nahm mich galant bei der Hand, um genau das zu verhindern. Es roch nach Reinigungsmittel und ein bisschen nach Hopfen. Alles erinnerte mich ein wenig an damals, als wir siebzehn Jahre alt und heimlich durch die Brauerei geschlichen waren, um uns Bier aus dem Tank zu zapfen.

»Ich fühle mich grad irre jung«, gestand ich.

Alex lachte nur und ließ meine Hand kurz los, als er die Tür zum Kühlhaus aufmachte. Eine Welle von kalter Luft schlug uns entgegen. Es fühlte sich noch immer so an, als würden wir etwas Verbotenes machen, obwohl Alex natürlich inzwischen jederzeit zum Tank gehen und sich so viele Biergläser abzapfen durfte, wie er wollte. Die metallenen Türme ragten vor uns auf, und wie früher musste ich daran denken, was passieren würde, wenn man alle Zapfhähne öffnete und sechs Türme mit zwölftausend Litern Fassungsvermögen ausliefen. Schrecklich!

Alex drückte mir meinen Bierkrug in die Hand und betrat das Kühlhaus. Familienbrauerei Stöckl stand auf dem Krug, seit 1886. Und darunter ein Bild von der Brauerei vor einem knallblauen See am Hirschgrund.

»Himmel!«, sagte Alex und blieb abrupt stehen. So abrupt, dass ich in ihn hineinlief und ins Schwanken geriet. Dann sah ich, weshalb Alex erstarrt war, und mein schöner Stöcklbräu-Krug glitt mir aus den Händen und zerschellte am Boden.

Seit ich den Campingplatz am Hirschgrund mein Eigen nannte, war ich ja einiges gewöhnt, was leblose Personen betraf. Schließlich fand ich alle naselang eine Leiche. Zwar konnte ich nicht wissen, ob der Mensch, der zwischen den Biertürmen lag, tatsächlich tot war. Aber leblos sah er allemal aus. Obwohl ich am liebsten kreischend davongelaufen wäre, musste ich hinsehen. Es war ein schlanker Mann, der auf dem Bauch halb unter einem der Biertürme lag. Er trug schwarze Turnschuhe, eine Jeans, und eine alte abgewetzte

Lederjacke. Sein dichtes dunkelbraunes Haar hing ihm ins Gesicht. Aber ich brauchte sein Gesicht nicht zu sehen, um zu erkennen, wer dort lag. Denn neben seinem Arm sah ich eine Gasmaske, die mir wohlvertraut war.

Alex begann unflätig zu fluchen.

»Das ist Hamster!«, stieß ich atemlos hervor. »Was tut Hamster da?«

»Welcher Hamster?«, fragte Alex, der mehr schlecht gelaunt als schockiert schien.

»Einer meiner Campinggäste«, brachte ich noch hervor, bevor ich nur noch Sternchen sah und mich an einem kalten Kühlturm festhielt.

»Aufstehen!«, fuhr Alex Hamster an, als hätte der es sich dort zwischen den Türmen nur gemütlich gemacht.

»Der ist tot!«, hauchte ich.

Schließlich hatte ich schon ziemlich viel Erfahrung mit herumliegenden toten Leuten.

»Der ist randvoll«, sagte Alex ärgerlich, der ziemlich viel Erfahrung mit Leuten hatte, die sich bis Oberkante Unterlippe hatten volllaufen lassen. »Das ist schon öfter vorgekommen. Die schmuggeln sich hier rein und betrinken sich dermaßen, dass sie von Glück reden können, noch am Leben zu sein... Und danach haben sie uns noch alles so vollgekotzt ...«

Ich merkte, dass ich auch nahe dran war, mich zu übergeben. Besonders als ich sah, dass sich Alex bückte und an dem Typen zu rütteln begann.

»Du kennst den auch noch«, sagte er. »Was hast du da für Leute auf deinem Platz?«

»Man erkennt ihn an seiner Gasmaske«, erklärte ich und

spürte, dass meine Zähne gleich aufeinanderschlagen würden. Hamster hatte sich garantiert nicht volllaufen lassen. Dazu hätte er schließlich seine Gasmaske abnehmen müssen! Durch das Gerüttel von Alex bewegte er sich steif hin und her.

Dadurch verschob sich schließlich sein Kopf, und jetzt sah man auch die Blutlache darunter.

Danach war ich erst mal weggebeamt.

Als ich wieder aufwachte, blickte ich in die Augen von Jonas und hatte irgendwie das eigenartige Gefühl, dass ich massiv etwas verpasst hatte.

Was tust du denn hier?, hätte ich beinahe gefragt, aber Jonas sah so ärgerlich aus, dass mir vor Schreck sofort wieder alles einfiel.

»Bleib mal noch ein bisschen liegen«, sagte Alex, der auf der anderen Seite meines Kopfes kniete und mir die Wange tätschelte. Jonas' Stimmung näherte sich gerade dem Gefrierpunkt. Ich bewegte vorsichtshalber nur meine Augen. Die Schmerzen an meinem Hinterkopf drangen langsam zu mir vor. Ich sah die glänzenden metallischen Kühltürme rund um mich herum, die lange Leiter, die an einem der Kühltürme lehnte und deren Trittsprossen mit Lehm verschmiert waren.

Lehm?, dachte ich mir, obwohl meine Kopfschmerzen gerade explodierten. Wieso war da Lehm an den Trittsprossen? Ich wusste, welch großer Wert in der Brauerei auf Hygiene gelegt wurde. Ich verdrehte meine Augen noch ein bisschen mehr, obwohl das große Schmerzen verursachte. Ziemlich nahe an meinem Gesicht waren die Schuhe von Hamster, und ich betrachtete die sauberen Sohlen, die kaum Abnutzungsspuren zeigten. Dann drehte ich meine Augen wieder zurück, um nicht weiter die Leiche ansehen zu müssen. Dabei bemerkte ich unter dem Kühlturm direkt neben mir – der im Übrigen das Bier enthielt, das Alex und ich hatten trinken wollen – eine Plastiktüte von Netto. Das war höchst erstaunlich! Denn ich war mir sicher, dass hier normalerweise auch kein Müll herumflog. Als ich mich aufsetzen wollte, war mir schon wieder ziemlich wirr im Kopf.

Bevor ich Alex noch einen dezenten Hinweis geben konnte, hörte ich eine dröhnende Stimme näher kommen. Ich verdrehte meine Augen erneut und erkannte den Polizisten Brunner, der gerade versuchte, einen anderen Mann daran zu hindern, in den Kühlraum zu stürmen.

»Das ist ein Tatort!«, hörte ich Brunner tönen, »Sie können da nicht rein!«

»Wir wurden darüber informiert, dass es hier ein Hygiene-Problem gibt ...«

Vorsichtig bewegte ich meinen Hals hin und her, und nachdem ich keine Schmerzen spürte, versuchte ich mich aufzusetzen. Dabei fiel mein Blick auf noch etwas, das hier nicht sein sollte: eine ziemliche dicke tote Ratte lag direkt neben dem Plastikbeutel. Ich unterdrückte gerade noch ein Quietschen.

»Hygieneproblem?«, hörte ich Alex ärgerlich sagen. »Nicht bei uns!«

Bis auf die Leiche natürlich. Und die Ratte. Und den Lehm und die Plastiktüte, dachte ich mir. Aber dann schloss sich die Tür hinter dem Kontrolleuer, dem Brunner und dem Alex, und ich rappelte mich auf.

»Und was hast du hier zu suchen?«, fragte Jonas zum zweiten Mal. Er klang überhaupt nicht einfühlsam, sondern super, super ärgerlich. Wahrscheinlich dachte er, ich hätte mich im Kühlhaus mit Alex zum Knutschen verabredet. Da kannte ich nun wirklich bessere Orte!

»Wir wollten ungefiltertes Bier testen«, erklärte ich.

»Aha«, machte Jonas.

Na ja. Testen war der falsche Begriff, an dem Hellen vom Stöcklbräu gab es schon lange nichts mehr zu testen, das war einfach super, so, wie es war. Aber jemand, der noch nie ungefiltertes Bier aus dem Kühlturm getrunken hatte, der konnte vermutlich nicht nachvollziehen, wieso man sich dort verabredete. Und es war vielleicht auch nicht der richtige Zeitpunkt, um Jonas zu erzählen, dass ich vorgehabt hatte, mich mit Alex volllaufen zu lassen.

»Du verdächtigst uns jetzt doch wohl nicht?«, fragte ich und merkte, dass ich gerade auch ziemlich sauer wurde.

»Dich nicht«, sagte er.

»Mich nicht. Wen denn dann?«, fragte ich, obwohl ich wusste, dass er Alex meinte.

»Solange nicht klar ist, woran der Tote gestorben ist und wer es überhaupt ist, kann ich gar nichts dazu sagen«, antwortete er und klang total zufrieden mit sich. Sonst hätte er mich nämlich getröstet und beteuert, dass überhaupt keine Gefahr bestand. Aber anscheinend gefiel ihm der Gedanke, Alex ins Gefängnis zu bringen.

»Alex hat mit dem Tod von Hamster gar nichts zu tun!«, schnauzte ich Jonas an. »Was kann Alex dafür, dass irgendjemand in die Brauerei einbricht und dort ausrutscht und hinfällt und ... du siehst ja, man rutscht hier leicht aus! Man kann über Schläuche stolpern! Besonders wenn man schon Alkohol intus hat!«

Mir gingen die Argumente aus. Schließlich wussten wir überhaupt noch nicht, ob Hamster eingebrochen, ausgerutscht und verunglückt war.

»Alex hatte überhaupt keine Zeit, ihn zu ermorden«, behauptete ich. »Wir sind gemeinsam in die Brauerei gegangen, und da war keine Gelegenheit, ihm noch im Vorbeigehen den Kopf einzuschlagen ...«

Ob Hamster an einer Kopfverletzung gestorben war, wussten wir auch noch nicht, aber immerhin hatte ich ziemlich viel Blut gesehen.

»Und die Tür war abgesperrt, weil die Brauerei schon geschlossen war. Am Samstag ist hier alles dicht«, verriet ich Jonas, dessen Miene sich noch um ein paar Grad verfinsterte. Anscheinend stellte er sich gerade vor, wie Alex mit mir in ein menschenleeres Gebäude ging, um sich dort mit Bier zu verlustieren.

»Obwohl, mir fällt gerade ein: Alex hat gesagt, die Tür sei gar nicht abgesperrt gewesen ... insofern hätte jeder hineingehen können ...«

»Komm mit«, unterbrach Jonas schlecht gelaunt meine Überlegungen und reichte mir die Hand, um mich hochzuziehen.

Ich warf einen letzten Blick auf die Gasmaske und den Toten. Jonas ließ meine Hand gleich wieder los, und wir gingen in den Nachbarraum, wo glücklicherweise kein Toter lag.

»Es ist nicht, was du denkst«, fügte ich noch hinzu. »Wir wollten uns nur Bier holen und wären dann natürlich zurück ins Gasthaus gegangen.«

»Aha«, sagte Jonas finster.

»In dem Kühlhaus ist es doch viel zu kalt!«, erklärte ich und verspürte den Drang, aufzuspringen, rauszurennen und die Zeit noch einmal um vierundzwanzig Stunden zurückzudrehen. Wie war es nur dazu gekommen, dass ich schon wieder in so einer Situation war?

Gerade kam der Rechtsmediziner Stein durch die Tür, der uns bald mehr darüber würde sagen können, wie Hamster gestorben war. Hinter ihm standen die zwei Damen Erika und Lilly von der Spurensicherung. Sie sahen aus, als hätten sie am Samstagabend auch etwas Besseres zu tun, als hier in einem kalten Kühlhaus Spuren zu sichern.

»Du bleibst hier«, sagte Jonas zu mir und ging mit Stein und den Spusitanten zurück in den Kühlraum.

Kapitel 5

Ich setzte mich auf den alten Holzstuhl mit den weißen Farbspritzern, der neben den Rohren, den Putzeimern und einem leeren Träger Bier stand. Bestimmt löste sich das alles ratzfatz auf. Bestimmt hatte Hamster nur Bier klauen wollen, war ausgerutscht und hingefallen. Frustriert starrte ich auf den Boden. Und bestimmt verdächtigte Jonas Alex nicht wirklich! Als ich so vor mich hin auf den Fliesenboden starrte, entdeckte ich plötzlich ganz leichte Lehmspuren. Spuren, die in den Kühlraum hineinführten und auch wieder hinaus! Fast nicht zu sehen, aber doch klar zu erkennen, wenn man genau genug hinsah. Jetzt fiel mir auch wieder ein, dass ich an der Trittleiter vom Kühlturm ebenfalls Lehm gesehen hatte. Das musste ich unbedingt Jonas sagen, schließlich würde Alex nie in der Brauerei mit schmutzigen Stiefeln herumlatschen!

Hinter mir hörte ich ein leises Quietschen, und zu meinem großen Erstaunen streckte Evelyn den Kopf durch die Tür.

»Hi«, flüsterte sie.

»Hi«, flüsterte ich zurück. »Was ist los?«

Und vor allen Dingen, wieso flüsterten wir eigentlich?

»Ich habe gerade den Steglmaier auf unserem Campingplatz ertappt!«, wisperte sie. »Der war auf dem Campingplatz und hat dich beschattet. Ist dir sogar bis hierher gefolgt! Schau, er schleicht dort draußen herum!«

Der Steglmaier war der Besitzer des Nachbarcampingplatzes. Ich hatte mit ihm in der letzten Campingsaison ziemlich

Stress gehabt, weil er sich die Mühe gemacht hatte, elend viele schlechte Rezensionen über meinen Campingplatz zu schreiben und im Internet zu verbreiten. Wir hatten uns zwar auf einen Waffenstillstand geeinigt, aber ich hatte das ungute Gefühl, dass das nicht viel zu bedeuten hatte.

»Hast du das auch bemerkt und deswegen die Polizei benachrichtigt?«, wisperte Evelyn weiter.

»Nein, wegen Hamster«, sagte ich in normaler Lautstärke. Hamster konnte uns schließlich nie wieder hören.

»Der blöde Hamster«, maulte Evelyn. »Ich werde ihn auf allen Kanälen blockieren, das kannst du mir glauben! Ich geh doch nicht mit so einem Verrückten ins Bett. Das zieht einen total runter. Und diesen blöden Job als Sonderbotschafterin will ich auch nicht haben. Ich soll doch allen Ernstes einen Vortrag über die Alien-Apokalypse halten, hat Hamster gestern gesagt. Um mal alle richtig auf Spur zu bringen. Und wenn ich dir sagen soll, was das Problem ist ...«

»Das Problem ist«, stellte ich klar, »dass Hamster tot da drin liegt.«

»Und die wollen einfach nicht begreifen, dass ich mit Bushcrafting rein gar nichts zu tun habe, und auch mit Hamster eigentlich ...«

Sie unterbrach sich selbst, und ihre Augen weiteten sich.

»Hamster ist tot?«

»Ja. Es ist noch nicht klar, ob er ermordet worden ist, aber er liegt tot da drin. Mitsamt seiner Gasmaske.«

»Nein!«

»Doch. Im Kühlraum.«

Eine Weile war es still zwischen uns, dann entspannten sich Evelyns Gesichtszüge, und ich wusste jetzt schon, dass gleich etwas komplett Deplatziertes kommen würde. Und tatsächlich sagte sie: »Na, das löst jetzt einige Probleme.«

»Wie bitte?«, fragte ich irritiert.

»Erstens kann Hamster nicht mehr mitsamt Gasmaske Sex mit mir haben wollen«, zählte Evelyn auf und hob den rechten Daumen nach oben.

Der Zeigefinger folgte: »Zweitens ist jetzt klar, dass Stefan der Vorsitzende vom GPBS ist, und es gibt keine Grabenkämpfe mehr.«

Der Mittelfinger kam nun auch noch dazu: »Und drittens mosert keiner mehr herum, wenn wir uns ins Café setzen, statt draußen zu frieren. Hamster findet uns alle nämlich viel zu verweichlicht. Schließlich sei man nicht als Indoor-Society angetreten.«

»Er ist tot, da finde ich jetzt gar nichts positiv dran.« Denn ganz abgesehen davon, dass es einfach nie schön war, wenn ein gesunder junger Mensch starb, hatte es auch für mich persönlich negative Auswirkungen. Denn ich würde heute kein ungefiltertes Bier mehr trinken, Jonas würde mich zur Minna machen, da war ich mir sicher, und drittens würde Alex ziemlichen Ärger bekommen. Grundlos, aber trotzdem.

Eine Weile schwiegen wir und sahen in den Hof der Brauerei. Draußen schlenderte der Steglmaier über den Platz, als wäre er zufällig hier.

»Darum habe ich den Hamster also den ganzen Tag nicht gesehen!«, stellte Evelyn fest. »Ich habe mich schon total gewundert! Nachdem er mir gestern den ganzen Tag nachgelaufen ist mit seiner bescheuerten Gasmaske und mir irgendetwas von Astronautennahrung erzählt hat!«

Der Steglmaier schlenderte weiter zum Eingang des Restaurants und sah sich die Karte an. Mir wurde plötzlich richtig schlecht. Vielleicht wegen des Gedankens an die Astronautennahrung. Vielleicht aber auch, weil mein Blutdruck gerade in den Keller sank. Vermutlich hatte mein Adrenalinspiegel wieder Normalniveau.

»Stefan hat heute auch schon gesagt, wir müssen unbedingt nachsehen, was mit Hamster ist. Weil der überhaupt nicht aus seinem Wohnwagen gekommen ist.«

Jetzt wussten wir den Grund.

»Alle waren sich einig, dass er wahrscheinlich alles so gut abgedichtet hat, dass er in seinem Wohnwagen erstickt ist.«

»Da hättet ihr ja schon mal nachsehen können«, wagte ich einzuwenden. »Vielleicht wäre er noch zu retten gewesen.«

Evelyn sah mich mit hochgezogenen Augenbrauen an. »Er ist ja gar nicht drin, wie man sieht. Außerdem hatten alle Angst.«

»Eine Leiche zu finden.«

»Nein, dass er da drinsitzt, verrückt geworden ist und dann um sich ballert.«

»Er hat Waffen bei sich?«, fragte ich entsetzt. Und das auf meinem Campingplatz! »Du hast gesagt, dass sie keine Waffen haben!«

»Das wissen wir nicht«, gab Evelyn nach kurzem Zögern zu. »Er war ja auf die totale Apokalypse vorbereitet, deswegen ist anzunehmen, dass er seinen Wohnwagen auch hätte verteidigen können.«

»Gegen wen denn, um Gottes willen?«, fragte ich verständnislos.

»Gegen marodierende Plünderer.«

Ich nickte. Evelyn nickte. Obwohl es rein gar nichts zu nicken gab.

Wir sahen weiter dem Steglmaier zu, das lenkte gut ab. Seiner Laune war bestimmt nicht zuträglich, dass direkt unter der Speisekarte, die er immer noch zu studieren schien, ein Pfeil angebracht war, auf dem stand: Campingplatz am Hirschgrund, 1,5 km. Und das war mein Platz, nicht seiner!

»Also zum Beispiel, wenn wir einen Stromausfall haben. Dann muss man gleich davon ausgehen, dass die ganze gesellschaftliche Ordnung zusammenbricht.«

Ich war sprachlos. »Wie kommt man denn auf die schwachsinnige Idee? So was ist doch kein Notfall! Wir haben doch total häufig Stromausfall auf dem Platz.«

Da mussten nur die Vroni und die Schmidkunz gleichzeitig ihren Wasserkocher einschalten und irgendjemand einen Elektroradiator anwerfen.

Inzwischen sah ich es auch ein klein wenig positiv, dass Hamster tot war. Beim Campen im Winter fiel relativ häufig der Strom aus, weil alle irgendwelche Elektrogeräte laufen hatten. Wenn er dann gleich ballernd über den Platz gelaufen wäre ... Wie gut, dass ich das nicht vorher gewusst hatte! Jedes Lichtflackern hätte bei mir Todesangst ausgelöst!

Ich beobachtete, wie der Steglmaier in mein Auto hineinsah.

»Ich finde, du solltest einen neuen Punkt auf deiner Campingordnung ergänzen. Tragen von Gasmasken grundsätzlich verboten«, schlug Evelyn munter vor. »Dann haben wir das Problem nämlich nicht, dass solche Leute hier abhängen.«

Diese Leute hingen nur ihretwegen hier ab, fand ich. Vielleicht sollte ich stattdessen Evelyn verbieten, weiter auf Instagram aktiv zu sein.

Evelyn zuckte mit den Schultern und spähte weiter durch das kleine Fenster in den Hof. »Aber du hast natürlich recht, man sollte sich nicht über den Tod eines Menschen freuen.«

In diesem Moment kamen Stein und Jonas wieder aus dem Kühlraum, und Jonas sah Evelyn und mich ziemlich ungehalten an. Der Stein dagegen wirkte sehr erfreut, genauso wie Evelyn, die einen bewundernden Blick auf den schönen dunklen Anzug des Rechtsmediziners warf. »Ich war auf dem Weg ins Theater«, erzählte er.

»Ohne mich!«, beklagte sich Evelyn mit einem koketten Lächeln und drohte mit dem Zeigefinger.

Sie gaben sich Küsschen rechts und links und gingen gemeinsam hinaus auf den Hof. Am liebsten hätte ich geheult. Was konnte ich dafür, dass Hamster sich bei uns einquartiert und jetzt auch noch hatte ermorden lassen?

»Du kannst schon mal mit Evelyn nach Hause fahren«, sagte Jonas. »Wir sprechen uns später.«

Das klang nicht besonders nett.

»Ich fahre«, sagte Evelyn, weil ich automatisch zur Fahrertür ging, und hielt mir die Hand entgegen, um mir den Autoschlüssel abzunehmen. Inzwischen war mein angeknackster Fuß zwar wieder voll funktionstüchtig, und ich fuhr wieder selbst Auto, aber Evelyn hatte kein Vertrauen. »Du siehst irgendwie aus wie Weißbier mit Spucke.«

Wortlos rückte ich den Schlüssel raus und setzte mich auf den Beifahrersitz.

»Der Steglmaier hat sich verdünnisiert. Ich habe den starken Verdacht, dass der irgendetwas Böses im Sinn hat.«

»Zum Beispiel, Leute umzubringen?«, fragte ich. »Am besten meine Campinggäste, damit kein Mensch mehr Urlaub bei mir machen will.«

Evelyn antwortete nicht, sondern sagte: »Der Steglmaier hat jetzt eine neue Freundin, bestimmt fünfzehn Jahre jünger als er, das totale Rasseweib. So wie ich. Deswegen muss er wahrscheinlich schauen, dass er die bei Laune hält.«

»Mit einem Mord?«, schüttelte ich ungläubig den Kopf.

»Doch nicht mit einem Mord, sondern damit, dass er die volle Kohle macht und all ihre extravaganten Wünsche erfüllen kann. Schmuck, scharfe Kleider und so 'n Kram.«

Aha. Dann war die neue Freundin sozusagen eine Art Evelyn in jünger. Ich seufzte, und Evelyn wechselte abrupt das Thema: »Der Stein meint, der Tote ist daran gestorben, dass er aus großer Höhe hinuntergestürzt ist.«

Die Leiter. Die an den Kühlturm gelehnt war. Auf deren Stufen die Lehmspuren waren, fiel mir ein. Da ist Hamster hochgeklettert, aus welchem Grund auch immer, hat das Gleichgewicht verloren und ist hinuntergeplumpst. Unten hat er dann nach Luft gerungen und sich die Gasmaske vom Gesicht gerissen ...

Mir fiel ein, dass ich die schwarzen Nike-Turnschuhe von Hamster gesehen hatte, da sie direkt vor meinem Gesicht gelegen hatten. Und die waren sehr sauber gewesen.

Evelyn unterbrach meine Überlegungen. »Allerdings ist er nicht grundlos abgestürzt. Er hat nämlich mit ziemlicher Sicherheit noch einen festen Schlag auf den Kopf bekommen. Hat mir Kieselchen erzählt.«

Dann war ein Unfall endgültig vom Tisch, und ich war schon wieder in einen Mord verwickelt!

»Mitten ins Gesicht«, konkretisierte Evelyn den Tathergang. Wie sie es immer wieder schaffte, innerhalb kürzester Zeit alles herauszufinden, was bedeutsam war, war mir ein Rätsel.

»Ich sag's dir, das sieht ganz schlecht aus für Alex«, wurde Evelyn ganz ernst.

»Was heißt hier, das sieht schlecht aus für Alex!«

»Wer hatte denn unbegrenzt Zugang zur Brauerei?«

»Alle möglichen Leute!«, behauptete ich, weil ich ganz sicher wusste, dass Alex keine Leute umbrachte.

»Außerdem war die Tür überhaupt nicht abgesperrt! Was für einen Grund hätte Alex denn, irgendwelche Leute zu ermorden?«

Evelyn zuckte mit den Schultern. »Das weiß ich jetzt nicht. Aber ich denke, Jonas wird das schon herausbringen.«

»Da gibt es nichts zum Herausbringen«, sagte ich beleidigt.

»Ich glaube ja auch nicht, dass es Alex war. Es muss irgendjemand gewesen sein, der ihm den Schlüssel geklaut hat.«

Als wir zu Hause ankamen, hatte Clärchen wieder die obligatorische Pfütze in der Küche hinterlassen.

»Ich habe einfach vergessen, sie noch mal nach draußen zu lassen!«, klärte mich Evelyn auf. »Ich musste doch den Steglmaier beschatten, und das musste schnell gehen. Der wäre sonst längst über alle Berge gewesen!«

»Das hättest du nicht machen müssen«, wandte ich ein, während ich auf den Knien auf dem Boden herumrutschte.

»Natürlich musste ich das«, erklärte sie mir. »Ich habe von hier oben beobachtet, wie du zu Alex aufbrichst und dabei die ganze Zeit vom Steglmaier verfolgt wirst. Da musste ich doch etwas unternehmen!«

»Aha«, machte ich.

»Genauso gut hätte er vorhaben können, dich zu ermorden.«

»Der Steglmaier ermordet mich doch nicht«, wandte ich ein. Auch wenn er der volle Depp war! Wahrscheinlich wollte er nur wissen, wie gut unser Campingplatz besucht war. Denn auch er hatte diesen Winter Campingurlaub angeboten, aber so viel ich mitgekriegt hatte, war bei ihm tote Hose.

Aber auch bei mir wäre tote Hose ohne das Mordopfer. Ich seufzte.

»Wir müssen es unbedingt den anderen sagen«, erklärte Evelyn, während sie in ihr Zimmer ging, um sich umzuziehen. Sie kehrte in einem olivgrünen einteiligen Schneeanzug zurück, der in der Mitte mit einem Gürtel eng festgezurrt war und eine Kapuze mit schwarzem Fellbesatz hatte. Um den Hals hatte sie einen schneeweißen Puschel-Loop-Schal geschlungen. Bevor wir mit den Hunden rausgingen, zog sie sich »noch schnell« die Lippen nach, in Korallenrot, wodurch das ganze olivgrüne Tarnzeugs auch tatsächlich ziemlich sexy aussah.

»Dann will ich noch schnell ein OOTD machen ... Bequem und stretchy, das fühlt sich echt super an auf der Haut«, flötete Evelyn noch in ihr Handy und filmte in meinen Garderobenspiegel hinein. »Und das macht auch echt einen tollen Po.« Sie drehte sich so, dass man ihren tollen Po sehen konnte. Und ich war mir sicher – dank der Perspektive und ein bisschen Nachbearbeitung sah das auf Instagram später noch viel besser aus als in der Realität.

Danach gingen wir zum Lager der Prepper und Bushcrafter. Dichte Rauchwolken zeigten an, dass jemand ein Feuer entzündet hatte, was total verboten war.

Die Gruppe kauerte um ein Loch in der Erde.

»Was ist das?«, fragte ich fassungslos, denn an dieser Stelle sollte eigentlich kein Loch im Boden sein. Und Feuer schon dreimal nicht!

»Ein Dakota-Feuer«, erklärte mir Wikinger-Stefan begeistert. »Eine tolle Möglichkeit zu kochen. Das hat richtig Fumm!«

Genau das, was man auf einem Campingplatz mit vielen Gasflaschen wollte. Ein offenes Feuer, das Fumm hatte!

»Offene Feuerstellen sind verboten«, sagte ich sehr bestimmt.

»Ist nicht richtig offen«, erklärte mir Wikinger-Stefan. »Es ist ja unterirdisch.« Er nahm einen schwarz berußten Topf und senkte ihn über das Feuer. »Das funktioniert irre gut.«

»Wir machen uns ziemlich Sorgen um Hamster«, wechselte Ferdl das Thema. »Wir haben mehrfach an seinen Wohnwagen geklopft, und gerufen. Aber er hat sich nicht gemeldet.«

»Ihr braucht euch keine Sorgen mehr zu machen«, erzählte Evelyn, während sie auf einem Holzblock Platz nahm und sehr dekorativ ins Feuer sah.

»Wieso?«, wollte Wikinger-Stefan wissen.

»Hamster liegt tot in der Brauerei«, fasste Evelyn die Situation prägnant zusammen.

Die Formulierung fand ich persönlich ziemlich daneben,

und es herrschte auch geraume Zeit erschrockenes Schweigen.

»Tot?«, krächzte Stefan verständnislos.

»Der Hamster?«, sagte Korbi fassungslos.

»Aber weshalb?«, fragte Ferdl kreidebleich.

»Das wissen wir leider noch nicht«, informierte Evelyn sie, als wären wir in die Ermittlungen involviert.

Ferdl sprang so plötzlich auf, dass alle erschraken, und rannte von uns weg zu der Hainbuchenhecke. Wir hörten, wie er sich übergab.

Alle sahen dezent weg.

»Hamster und seine Gasmaske liegen im Kühlraum der Brauerei«, machte Evelyn weiter. »Die Polizei ist vor Ort und ermittelt.«

Wieder herrschte erschrockenes Schweigen.

»War er vielleicht im Restaurant?«, fragte Wikinger-Stefan weiter.

»Zu mir hat er gesagt, er isst nie in Restaurants. Wegen der Vergiftungsgefahr«, erzählte Korbi.

»Beim Stöckl wird man doch nicht vergiftet!« Evelyn schüttelte den Kopf. »Außerdem war er ja in der Brauerei und nicht im Gasthaus.«

»Was hat er denn da gewollt?«, fragte Ferdl, der sich wieder zu uns gesellt hatte. Er sah ziemlich grün im Gesicht aus. »Er hatte doch an Bier überhaupt kein Interesse! Er wollte ja nicht einmal mein Bier trinken!«

Vermutlich, um nicht versehentlich schachmatt zu sein, wenn es zur Apokalypse kam.

»Hattet ihr ein Date?«, mutmaßte Stefan. »Und wart zusammen dort?«

»Schätzchen«, erwiderte Evelyn gelangweilt. »Ich gehe doch mit niemandem aus, der eine Gasmaske vor dem Gesicht hat. Außerdem, wie oft soll ich es noch sagen, war er ja nicht im Restaurant, sondern im Kühlraum der Brauerei. Mitten in der Nacht!«, erzählte Evelyn weiter, und ich gab ihr einen kleinen Rempler, damit sie endlich aufhörte, Ermittlungsdetails weiterzutratschen.

Kapitel 6

Bevor wir ausdiskutieren konnten, was Hamster in der Brauerei getrieben hatte, hörten wir oben bei der Schranke drei Autos halten.

»Lilly!«, rief Evelyn entzückt.

Seit es bei uns ständig zu Mordgeschichten kam, war die Spurensicherung quasi dauerhaft vor Ort. Deswegen war Evelyn auch eng mit den beiden Damen befreundet, besonders mit Lilly, die eigentlich früher Friseuse gewesen war und sich auch ständig überlegte, ob sie nicht wieder in ihrem alten Beruf arbeiten sollte. Besonders seit sie so häufig bei uns Spuren sichern musste.

Aus dem Streifenwagen stieg der Streifenpolizist Bauer aus und dahinter Jonas aus seinem eigenen Auto. Clärchen hörte sofort damit auf, sich in Milos Ohren zu verbeißen und lief Jonas mit unglaublicher Begeisterung entgegen. Sie sprang an ihm hoch und bekam sich gar nicht mehr ein, obwohl sie ihn ja eigentlich noch gar nicht so oft gesehen hatte.

»Wir bräuchten den Namen des Opfers«, erklärte Jonas uns. Dabei hatte er wieder einen ausgesprochen bösen Blick drauf. »Damit wir einen Angehörigen finden können, der ihn identifiziert.«

Mir fiel auf die Schnelle nur der Spitzname »Hamster« ein. Ich sah auffordernd in die Runde. Die anderen mussten doch seinen wirklichen Namen kennen! Neugierig gesellten sich gerade der Hetzenegger und der Schmidkunz zu uns.

»Außerdem wollten wir uns hier kurz umsehen«, fügte

Jonas hinzu, weil kein Mensch etwas sagte. Dabei blickte er jetzt mich an. Noch dazu mit gerunzelter Stirn!

»Du wolltest dich doch um die Ausweise kümmern, Evelyn!«, reichte ich das Problem weiter.

An ihrem Blick sah ich, dass sie das nicht gemacht hatte.

»Ja, er wollte mir seinen Ausweis noch bringen«, sagte Evelyn mit einem betrübten Blick. »Und nun ist er gestorben, bevor er das in die Tat umsetzen konnte.«

Auf gut Deutsch hieß das: Evelyn hatte vergessen, ihn nach seinem Ausweis zu fragen!

»Wir wissen seinen Namen leider auch nicht«, fügte Wikinger-Stefan hinzu. »Wir haben ihn nur Hamster genannt. So wollte er angeredet werden. Wir wissen auch nicht, wie er aussah, weil er seine Gasmaske in Gesellschaft nie abgenommen hat.«

»Hamster«, wiederholte Jonas den Namen.

»Er wollte mit seinem zivilen Namen nicht in Verbindung gebracht werden«, erklärte Stefan weiter, und seine Stimme wurde leiser, weil sich das Stirnrunzeln von Jonas noch vertiefte. »Wegen der Apokalypse. Da wollte er keine Spuren hinterlassen.«

»Apokalypse«, wiederholte Jonas mit einem eigenartigen Blick, der Stefan dazu brachte weiterzureden: »Im Falle der Apokalypse hätte er untertauchen und noch monatelang autark überleben können!«, erklärte Stefan eifrig. »Und keiner hätte seinen wirklichen Namen gekannt.«

»Ja. Deswegen hat er auch immer seine Gasmaske getragen«, erzählte Korbi genauso eifrig.

Die Fragezeichen in Jonas Augen wurden übergroß.

»Weil er immer damit gerechnet hatte, dass es zur

Zombie-Apokalypse kommen würde. Deswegen musste sein Wohnwagen ja auch so extrem gesichert sein.«

»Also von Zombie-Apokalypse war nie die Rede«, stellte ich klar. Den hätte ich niemals auf meinen Campingplatz gelassen, wenn er mir etwas von Zombies erzählt hätte!

»Die Gasmaske war also gar nicht wegen Tschernobyl?«, mischte sich der Hetzenegger ein. »Ich dachte, das wäre wegen der Radioaktivität!«

»Nein, wegen der Viren, die die Zombies aller Vermutung nach an sich haben und die einen dann rasend schnell altern lassen«, erzählte Korbi, und als Jonas ihn mit einem leeren Blick ansah, ergänzte er schnell: »Ich hab das ja alles nicht wirklich geglaubt.«

»Hat dieser ...« Jonas machte eine kleine Pause. »... Hamster ... vielleicht in seinem Wohnwagen persönliche Unterlagen liegen?«

»Wir waren nie bei ihm im Wohnwagen«, nuschelte Korbi etwas verlegen. »Ich hatte keine Lust, mich von Kopf bis Fuß zu desinfizieren. Und ohne Desinfektion hätte er keinen von uns hineingelassen.«

Eine Weile hörte man nur das Knistern des Feuers. Inzwischen roch es ganz appetitlich nach Chili con Carne.

»Du hast ihn aber identifiziert in der Brauerei«, sagte Jonas und warf mir schon wieder so einen schrägen Blick zu, als hätte ich mich desinfiziert und wäre zu Hamster in den Wohnwagen gekrochen!

»Nein, habe ich natürlich nicht! Nur seine Gasmaske«, sagte ich beleidigt. Wie viele Leute mit Gasmasken gab es hier in der Umgebung? Da war es doch naheliegend, dass es der Hamster war, der mausetot in der Brauerei lag.

Früher hätte mich Jonas jetzt angelächelt. Aber er schien ziemlich wütend zu sein, und das nur wegen des bisschen Biertrinkens mit Alex. Das fand ich total überzogen. Am liebsten hätte ich ihn an den Armen gepackt und geschüttelt. Wie konnte er nur so unvernünftig sein!

Jonas ließ mich einfach stehen und ging zum Wohnwagen von Hamster. Alle beobachteten, wie er erst einmal den Wohnwagen umrundete und dann an der Tür klopfte. Er sagte brav seine Standardsprüche. »Hier spricht die Polizei, öffnen Sie bitte die Tür«, und diesen Kram.

Evelyn verdrehte neben mir die Augen.

»Wie lange haben Sie Hamster nicht mehr gesehen?«, wollte Jonas noch wissen, während er die Klinke der Tür drehte, was natürlich nicht funktionierte, weil sie verschlossen war.

»Gestern Abend saß er noch bei uns draußen«, berichtete Stefan. »Wir haben noch Bier zusammen getrunken. Also, wir haben getrunken. Er nicht.«

»Heute Morgen hat er nicht mit uns gefrühstückt«, berichtete Ferdl. »Da haben wir uns schon ein bisschen gewundert.«

»Aber nicht besonders«, schränkte Stefan ein. »Schließlich war er total sauer, dass wir uns in dem Café unten getroffen haben. Also indoors.«

»Deswegen dachten wir, er boykottiert das Café«, erläuterte Ferdl.

»Wobei ich mich schon gewundert habe, wie lange er beleidigt war«, rätselte Stefan. »Schließlich war die Sache mit der Gesellschaft für Prepper seine Idee, und er wollte auf gar keinen Fall, dass jemand anders die Leitung übernahm. Da hätte ich erwartet, dass er immer mit dabei sein will, damit wir keine Absprachen ohne ihn treffen.«

Jonas rüttelte ein klein wenig an der Tür, aber auch das brachte nichts.

»Die Einstiegsluke ist unten«, erinnerte Korbi ihn hilfsbereit.

Jonas hatte anscheinend keine Lust, unter dem Wohnwagen herumzukrabbeln, sondern nickte Herrn Bauer zu, der ein Brecheisen mitgebracht hatte.

Das Öffnen der Tür stellte sich als sehr schwieriges Unterfangen heraus. Anscheinend war die Tür nicht die Original-Wohnwagentür, sondern speziell gesichert. In Kooperation mit den Bushcraftern und der geballten Kraft der Polizei ging die Tür schließlich doch auf. Inzwischen hatten sich auch der Gröning, die Vroni und die Schmidkunz eingefunden und verfolgten das Spektakel.

Als Jonas hineinstieg, hörten wir einen eigenartigen Heulton von innen. Es klang mehr wie ein Tier, und ich war ziemlich besorgt um Jonas.

»Soll ich ihn retten?«, flüsterte ich Evelyn zu.

»Weiß nicht«, flüsterte sie zurück. Das Heulen schien jedenfalls nicht von Jonas zu kommen.

Als der Polizist Bauer ebenfalls im Wohnwagen verschwand, verstummte das Heulen. Mir wurde abwechselnd warm und kalt, weil ich mir die Zombies im Wohnwagen visualisierte.

»Meinst du, er hat giftige Tiere dabei?«, flüsterte Vroni neben mir.

»Oder irgendetwas gefährliches Außerirdisches?«, mutmaßte die Schmidkunz, kreidebleich vor Angst.

»Evelyn?«, hörten wir Jonas rufen. »Kannst du mal bitte kommen?«

Okay, mir war schon klar, dass mit »Evelyn, kannst du kommen« nicht unbedingt ich gemeint war. Aber automatisch packte ich Evelyn bei der Hand und stieg mit ihr in den Wohnwagen hinein. Ich konnte sie doch in so einer Situation nicht alleine mit den Zombie-Viren lassen! Es war ziemlich eng, weil ja schon Jonas und Herr Bauer drinnen waren, aber auch so konnte ich noch genug erkennen, um fassungslos zu sein.

Hamster hatte seinen Wohnwagen komplett entkernt. Auf der einen Seite, an der sich vormals eine Sitzgruppe befunden hatte, waren uralte Kisten aus verrostetem Blech bis an die Decke übereinandergestapelt. Sie waren sehr ordentlich beschriftet mit »Nahrung«, »Medizin« und »Technik«. Die Kochstelle war auch anders als bei anderen Wohnwägen, es sah ziemlich selbst zusammengebaut aus. Der Toilettenraum war zum Stauraum umfunktioniert, hauptsächlich für Alukisten.

Aus der anderen Ecke des Wohnwagens kam ein düsteres Schnorcheln, das von einzelnen Schluchzern unterbrochen wurde. Als ich an Jonas' breitem Rücken vorbeiblickte, sah ich, wie sich Hamster in einer Ecke zusammenkauerte. Er saß mit angezogenen Beinen auf dem Bett und lehnte sich an die Kisten, die hinter ihm standen. Allein von diesem Anblick bekam ich so richtig Platzangst. Wie man es hier drin aushielt, ohne ständig nach Luft zu schnappen, war mir absolut unverständlich!

»Er wollte dich sprechen«, sagte Jonas und trat zur Seite, um Evelyn nach vorne treten zu lassen. Und zu mir sagte er: »Seit wann heißt du Evelyn?«

Ich konnte nicht antworten. Ich konnte nur zusehen, wie

Hamster hinter seiner Gasmaske mit der Luft rang, und fragte mich, wie es sein konnte, dass er hier saß und lebte.

Wer um Himmels willen lag dann tot in der Brauerei?

»Was. Soll. Ich. Tun?«, stieß Hamster abgehackt hervor. Ganz offensichtlich litt er hinter der Maske unter Atemnot. Er sah aus wie ein sterbendes Insekt.

»Na, als Erstes setzt du die bescheuerte Gasmaske ab«, sagte Evelyn ziemlich rüde und schüttelte über so viel Blödheit den Kopf.

Kapitel 7

Eigentlich hätte ich nicht gedacht, dass Hamster seine Gasmaske jemals absetzen würde, aber Evelyns autoritäre Art bewirkte Wunder. Da wir in dem Wohnwagen alle Atemnot bekamen, verfrachteten wir Hamster ins Café. Seit er die Gasmaske abgenommen hatte, sah er relativ normal aus. Okay, bis auf die Prinz-Eisenherz-Frisur, die war gewöhnungsbedürftig. Und die seltsame Sonnenbräune, die genau zeigte, wo normalerweise die Gasmaske saß und wo nicht. Sein kalkweißes Gesicht war nass von Tränen.

Da er sich weigerte, ohne Evelyn irgendwohin zu gehen, konnte uns Jonas nicht hinauskomplimentieren. Ich musste natürlich dringend dabeibleiben, um Evelyn zu unterstützen!

»Natürlich habe ich mich verbarrikadiert«, schluchzte er gerade, nervlich komplett am Ende, und klammerte sich an Evelyns Hand. »Meine Gasmaske ist weg! Ich dachte, die Zombie-Apokalypse steht bevor.«

Evelyn drückte Hamster gewaltsam auf einen der Klappstühle und entwand ihm ihre Hand. Sie sah aus, als hätte sie gerne eine riesige Flasche Desinfektionsmittel.

Wie ein Häuflein Elend saß Hamster auf seinem Stuhl und verkrallte seine Hände ineinander. Evelyn knallte ihm ein Glas Wasser auf den Tisch. Ich hatte den Impuls, sie zu bitten, etwas zartfühlender zu sein, denn Hamster war gerade wirklich am Anschlag. Aber dem bewundernden Blick von Hamster nach zu schließen, war das genau die Behandlung, die er gerade benötigte.

»Das war die einzige Gasmaske, die mir wirklich passt! Die anderen Gasmasken sind ja mehr so ... historisch. Diese hier ist schon hundert Jahre alt, und ich bekomme kaum Luft damit.«

»Die ist ja auch aus dem Ersten Weltkrieg«, stellte Jonas kopfschüttelnd fest. »Also. Noch einmal von vorne. Sie haben Ihre Gasmaske verloren.«

»Natürlich habe ich sie nicht verloren!«, protestierte Hamster energisch. »So etwas verliert man doch nicht! Ich nehme sie nachts ab und lege sie auf die Kiste neben meinem Bett. Damit ich sie gleich in der Früh wieder aufsetzen kann!«

»Und da lag sie die gesamte Nacht?«, fragte ich.

»Ja. Und als ich aufstand, um in der Früh wieder ins Freie zu gehen ...«

... zu kriechen ..., dachte ich bei mir, da er das ja alles über die Bodenluke machte.

»... bemerkte ich, dass sie weg war.«

»Jemand hat sie gestohlen.«

»Ja. Und dieser jemand war kein Mensch«, schluchzte Hamster, schon wieder am Rande eines Nervenzusammenbruchs.

Ich bemerkte, dass ich verständnisvoll nickte, obwohl es nichts zu nicken gab.

»Wie kommst du darauf, dass es kein Mensch war?«, fragte ich, obwohl das die Aufgabe von Jonas gewesen wäre.

»Weil man nicht einfach durch die Luke klettern kann«, erklärte er mir. »Die habe ich natürlich gesichert. Ich habe einen extra Code, den man eintippen muss ...« Er wirkte plötzlich stolz. »Den ändere ich regelmäßig. Damit mich niemand in der Nacht überfallen kann.«

Schon wieder nickte ich. Obwohl Hamster das nicht sehen konnte, schließlich starrte er die ganze Zeit auf seine Hände.

»Man braucht also einen Code«, wiederholte Jonas, weil Hamster nicht weitererzählte.

»Ja. Eigentlich schon«, stieß Hamster atemlos hervor. »Außer natürlich, man ist ein Alien und kann Gedanken lesen.«

Schon wieder nickte ich total blöde. Evelyn hatte sich neben uns gestellt und die Fäuste in die Hüften gestemmt. Sie nickte nicht, sondern verdrehte die Augen.

»Oder Zombies«, relativierte Hamster seine Aussage. »Die Gedanken lesen können.«

»Jedenfalls war die Gasmaske weg«, kürzte Jonas die Gedankengänge ab.

»Ja.«

»Und dann?«

»Dann konnte ich natürlich meinen Wagen nicht verlassen«, sagte Hamster.

»Weswegen?«, fragte ich.

»Nun, was da alles hätte passieren können. Draußen.«

»Wegen der Zombies?«, vergewisserte ich mich.

»Aber du hast doch noch andere Gasmasken, zur Sicherheit«, wandte Evelyn ein. »Dann hättest du ja durchaus nachschauen können, ob draußen irgendwelche Zombies herumgeistern.«

»Ja. Aber mit denen bekomme ich doch so schlecht Luft«, jammerte Hamster. »Außerdem hatte ich Angst, dass die anderen Camper doch Zombies sind. Obwohl man es ihnen nicht ansieht.«

»Und du wärst jetzt tagelang im Wohnwagen geblieben«, fragte Evelyn verständnislos nach.

»Ich kann monatelang in meinem Wohnwagen ausharren«, sagte er stolz. »Im Falle einer ...«

»Zombie-Apokalypse«, sagten Evelyn, ich und Hamster synchron.

Immerhin hatte sich jetzt geklärt, weshalb Hamster den ganzen Tag nicht zu sehen gewesen war. Was wir immer noch nicht wussten, war, weshalb eine Gasmaske – vermutlich die von Hamster – am Tatort lag. Ob es seine war, konnten wir natürlich noch nicht mit Gewissheit sagen. Und auch nicht, wer sie dorthin gebracht hatte.

Hamster saß immer noch zusammengesunken auf seinem Klappstuhl, als Evelyn, Jonas und ich aus dem Bootshäuschen traten. Jonas holte sein Handy heraus und begann ein paar Meter von uns entfernt zu telefonieren.

»Und mit diesem Früchtchen wäre ich beinahe ins Bett gegangen«, sagte Evelyn gerade entsetzt. »Der hat ja noch Pickel im Gesicht.«

Vielleicht von der Gasmaske, dachte ich mir.

»Ich sag dir das doch immer«, meinte Vroni hinter uns. »Nimm den Stein, auf den kannst du dich verlassen.«

Jonas drückte gerade sein Gespräch weg und stand etwas frustriert herum.

»Und?«, fragte ich ihn.

»Ich brauche jemanden, der mir das Opfer identifiziert. Der junge Mann hatte keinen Ausweis bei sich.« Er warf mir einen ziemlich strafenden Blick zu, anscheinend weil er meinetwegen einen Wohnwagen hatte aufbrechen und einen zutiefst gestörten Prepper befreien müssen.

»Soll ich mitkommen?«, fragte ich.

Jonas drehte sich wortlos um und telefonierte wieder.

»Der ist ja ganz schön sauer auf dich«, flüsterte Evelyn. »Da hängt der Haussegen gewaltig schief.«

Bedrückt nickte ich. »Ich kann doch auch nichts dafür, dass ich dachte, es ist dieser Hamster. So viele Leute mit Gasmaske gibt es bei uns im Ort schließlich nicht!«

»Denk dir nichts«, bestätigte Evelyn. »Ich hätte garantiert auch gedacht, es ist der Hamster. Jeder hätte das gedacht.«

Wir sahen beide hinüber zu Hamsters Wohnwagentür, die schief herausgebrochen war.

»Jonas hat irre schlechte Laune«, flüsterte ich.

»Ich nehme an, dass auch ein Polizist Ärger bekommt, wenn er Türen eintritt«, mutmaßte Evelyn.

»Er hat sie ja nicht aufgetreten!«, nahm ich Jonas in Schutz.

»Aber kaputt ist sie jetzt trotzdem«, wandte Evelyn ein.

Ja, das war sie. Weil seine Freundin in der Brauerei gewesen war. Hatten wir nicht längst ausgemacht, dass ich keine Leichen mehr finden würde?

»Männern kann man es nie recht machen«, behauptete Evelyn. »Wenn du nichts über Hamster gesagt hättest, wäre der wahrscheinlich in seinem Wohnwagen gestorben. Prepper hin oder her! Eigentlich hast du ein Menschenleben gerettet, so sieht's aus.«

Danke, Evelyn, dachte ich.

»Das ändert aber leider nichts daran, dass ich einen Campingplatz der Apokalypse habe«, erwiderte ich düster. »Sagen wir doch einfach, wie es ist!«

»Ach was, Schätzchen. Bald hast du ein tolles Café«, zwitscherte Evelyn und hakte sich bei mir unter. »Diese Bushcrafter sind echt wahnsinnig geschickt in handwerklichen Dingen. Die möbeln uns das Café in null Komma nichts auf!«

»Dann haben wir ein Café der Apokalypse«, jammerte ich weiter.

»Und im Sommer werden wir auf der Terrasse sitzen«, setzte Evelyn dagegen. »Und über den See blicken.«

Sie seufzte.

Ich blickte hinunter zum See.

Es war dunkel, auf der anderen Seite des Ufers konnte man die Bäume gerade so erahnen, nur der zugefrorene See glänzte schwach. Ich konnte mir nicht vorstellen, dass es jemals Sommer werden und wir mit einem Kaffee in der Hand über einen glitzernden Sommersee blicken würden.

»Den See der Apokalypse«, fügte ich deswegen nach einer kleinen Pause hinzu.

Evelyn grinste. »Und apokalyptischen Kaffee trinken.«

Dass mich Jonas wieder mit zur Brauerei nahm, sprach dafür, wie verzweifelt ahnungslos die Polizei gerade war. Bedrückt schlich ich hinter Jonas her, der kein Wort mit mir wechselte. Die Spurensicherung musste jetzt, da klar war, dass Hamster nicht die Leiche war, seinen Wohnwagen nicht zerlegen. Dafür waren die beiden Damen der Spurensicherung bestimmt irrsinnig dankbar, denn der Wohnwagen war so vollgestopft mit Dingen, dass sie die nächsten Jahre spurensichernd in diesem Wagen verbracht hätten. Das Positive wäre gewesen, dass sie nicht einmal zum Essen den Wohnwagen hätten verlassen müssen!

»Nein, ich möchte dabei sein«, sagte Jonas gerade am Telefon. »Wir sind auch gleich da.«

Jonas parkte direkt neben einem schwarzen Leichenwagen, und wir gingen schweigend über den Hof auf Brunner und Alex zu, die vor der Brauerei auf uns warteten. Alex hatte eine ziemlich verdrießliche Miene aufgesetzt. Wegen der Leiche, der Verdächtigungen und des Gesundheitsamts. Ein paar Schneeflocken segelten vom Himmel, und die Weihnachtsbeleuchtung glitzerte romantisch. Aber das weihnachtliche Gefühl war verflogen.

»Dann woll'n wir mal!«, sagte der Brunner, und klatschte in die Hände. »Die warten schon, dass sie ihn mitnehmen können!«

Mit »die« waren zwei Männer vom Beerdigungsinstitut gemeint, die in dem Raum direkt hinter der Eingangstür standen. Sie warteten mit vor der Brust verschränkten Armen und leerem Blick. Neben ihnen befand sich ein Sarg, der noch offen stand und leer war.

Bei den Kühltürmen war wenig verändert worden, noch immer lagen dort der Tote und mein zerbrochener Bierkrug. Aber jetzt lag die Leiche auf dem Rücken, sodass man ihr Gesicht sehen konnte. Das war nicht schön.

»Kennst du den Toten?«, fragte mich Jonas mit dienstlicher Stimme, und Alex sah mich etwas irritiert an, weil Jonas so eisig klang.

»Ich kenne ihn«, sagte Alex, bevor ich antworten konnte, und vielleicht auch, um mir den Anblick der Leiche zu ersparen. Aber wie immer wurde mein Blick wie magnetisch angezogen. Auch ich erkannte ihn, obwohl ich nicht wusste, wie er hieß. Ein junger Mann aus dem Ort, dem ich irgendwo schon einmal über den Weg gelaufen war, beim Metzger, im Supermarkt, wo auch immer, ohne je ein Wort mit ihm gewechselt zu haben.

»Kevin Fischer, er wohnt in Hirschlingen«, nahm mir Alex die Antwort ab. »Ist Anfang zwanzig und macht gerade eine Ausbildung zum Mechatroniker.«

»Ein Freund der Familie?«, fragte Jonas, sah dabei aber mich an, als wäre Alex mein Hausfreund, den ich ihm gerade in unserem Kleiderschrank präsentierte.

»Nein. Ich kenne ihn zwar, aber wir hatten privat oder geschäftlich nichts miteinander zu tun.«

Mir wurde etwas flau im Magen, als ich der Leiche weiter ins Gesicht sah und die schlimme Verletzung direkt auf der Stirn bemerkte. Es sah aus, als hätte ihm jemand richtig kräftig mit einem Gegenstand ins Gesicht geschlagen.

»Und er hat auch nie hier in der Brauerei gearbeitet?«, fragte Jonas und vermied es, Alex anzusehen.

»Nein, er hat nicht bei uns gearbeitet. Wir stellen oft in der Ferienzeit Studenten und Schüler ein, aber soweit ich weiß, war Kevin nie dabei«, erzählte Alex. »Aber ich kann noch einmal in unseren Unterlagen nachsehen.«

»Das bedeutet, dass Kevin auch nie im Besitz eines Schlüssels war?«, fragte Jonas.

»Nicht jeder Mitarbeiter hat einen Schlüssel«, erläuterte Alex. »Vor allen Dingen nicht Mitarbeiter, die lediglich einen Ferien- oder Aushilfsjob haben.«

»Wie kommt man sonst hier rein?« So unterkühlt hatte ich Jonas noch nie erlebt.

»Unsere Brauerei ist kein Hochsicherheitstrakt«, erläuterte Alex, jetzt ebenfalls mit eisiger Stimme. »Wenn man sich etwas Mühe gibt, kann man natürlich einbrechen.«

Die beiden Männer sahen sich finster an.

»Und weshalb sollte hier jemand einbrechen?«, hakte Jonas nach.

»Es gibt Zeiten, da sichern wir unsere Brauerei besser«, erklärte Alex, und kurz blitzte ein Lächeln in seinen Augen auf. »Besonders nach Schulabschlussprüfungen.«

»Aha«, sagte Jonas, der einfach nichts verstand.

»Es gibt wenig Schöneres, als ungefiltertes Bier aus einem riesigen Kühlturm zu trinken«, erklärte ich ihm, und Jonas runzelte ärgerlich die Stirn.

»Und ihr denkt, Kevin Fischer wollte saufen?«, fragte Jonas nach einer kurzen Pause.

Alex zuckte mit den Schultern. »Ich weiß es nicht.«

Kapitel 8

Da meine Hilfe nicht mehr gebraucht wurde und ich nicht länger auf die Leiche starren wollte, stiefelte ich nach draußen in den Brauereihof. Ich hatte ein ziemlich blödes Gefühl, vor allen Dingen, weil Jonas konsequent schlecht gelaunt war. Auf meinem Handy ging eine Nachricht von Evelyn ein.

»Wann kommst du endlich wieder?«

Aha, anscheinend gab es erneut ein Hunde-Pfützen-Problem.

»Bin schon fertig. Aber dauert noch, bis ich zurückmarschiert bin«, antwortete ich und riet: »Nimm den Putzlappen.«

Im nächsten Moment klingelte das Telefon, anscheinend hatte Evelyn überhaupt keine Lust auf Putzlappen.

»Stell dir vor, Lilly hat mir erzählt, dass Alex in der Brauerei das volle Hygieneproblem hat.«

»Hat er nicht«, antwortete ich.

»Sie haben eine Tüte gefunden, unter einem der Kühltürme«, berichtete Evelyn gut gelaunt. »Die war voll mit Ratten.«

»Wah!«, machte ich. »Lebenden?«

»Natürlich tot«, antwortete Evelyn. »Aber stell dir das mal vor! Sieben dicke Ratten!«

»Die haben die abgezählt?«, wollte ich wissen.

»Mit sieben Ratten hat man ein Hygieneproblem«, erwiderte Evelyn, ohne mir zu antworten.

»Wieso sollte Alex oder sonst wer aus der Brauerei eine Netto-Tüte mit sieben toten Ratten im Kühlraum abstellen? Das klingt doch sehr an den Haaren herbeigezogen«, gab ich zurück.

»Woher weißt du, dass es eine Netto-Tüte war?«, fragte Evelyn enttäuscht.

»Ich bin dort am Boden gelegen, ohnmächtig«, erzählte ich ihr. »Zwischen den Leichen und den toten Ratten.«

Evelyn machte ein komisches Geräusch am anderen Ende der Leitung und sagte dann: »Pass auf dich auf!«

Da kam Jonas aus der Brauerei. Als er mich sah, verfinsterte sich seine ohnehin düstere Miene noch ein bisschen mehr.

»Du verdächtigst Alex aber nicht wirklich, oder?«, fragte ich.

»Wen sollte ich denn deiner Meinung nach verdächtigen? Alex geht hier ein und aus, er könnte den jungen Mann erwischt haben ...«

»Die Stöckls haben schon seit Generationen Leute erwischt, die sich Bier gezapft haben«, fuhr ich ihm über den Mund, »und umgebracht haben sie bis jetzt noch niemanden. Das ist doch der Klassiker, dass da die jungen Burschen einbrechen!« Ich packte ihn am Arm. »Außerdem sieht man doch, dass der Kerl irgendwo runtergefallen ist.«

»Und wo?«, fragte Jonas mit hochgezogenen Augenbrauen.

»An diesen Kühltürmen lehnt eine hohe Leiter!«, fiel mir ein, und begeistert machte ich weiter: »Und ich habe auch gesehen, dass da jemand hochgestiegen ist. Jemand mit lehmigen Stiefeln!«

»Und das soll der Kevin gewesen sein?«

»Vielleicht hat er nicht gesehen, dass der Zapfhahn unten angebracht ist.«

O. k. Das war ein schwachsinniger Vorschlag.

»Alex hat damit auf jeden Fall nichts zu tun. Schläfst du heute wieder in Regensburg?«, fragte ich und bereute die Formulierung. Ich hätte sagen sollen, dass er bei mir schlafen soll!

»Kein Problem«, sagte er.

»So war das nicht gemeint!«, erklärte ich eilig und wollte ihm die Hand auf den Arm legen, aber im selben Moment drehte er sich um und ging zurück in die Brauerei.

Hin- und hergerissen, ob ich ihm nachlaufen und alles noch mal erklären oder einfach nach Hause gehen sollte, entschied ich mich für den Heimmarsch. Jonas sollte sich nicht so anstellen. Ich war schließlich nicht mit Alex im Bett gewesen, sondern hatte nur ein Bier mit ihm getrunken! Da ich Jonas in dieser Situation nicht um eine Mitfahrgelegenheit bitten wollte, spazierte ich hinunter zum See, um zu Fuß über den schönen Panoramapfad zurückzumarschieren. Hinter mir strahlte die Sternchen-Weihnachtsbeleuchtung vom Stöcklbräu, ich hörte, dass bei einem Auto der Motor ansprang – vermutlich der Leichenwagen. Der Seeweg schlängelte sich sehr romantisch am See entlang, der inzwischen zugefroren war. Das Eis trug natürlich noch nicht, aber es sah schön aus, wie die wenigen Schneeflocken, die gerade heruntersegelten, über der Eisfläche schwebten und dann vom Wind auf der glatten Fläche hin und her geweht wurden. Die Kälte bitzelte in meinem Gesicht, und ich schritt richtig aus, weil ich nun doch zu frieren begann.

Obwohl ich nicht an den Toten denken wollte, hatte ich ihn die ganze Zeit vor Augen.

Vor mir tauchte eine Person in einem silbern glänzenden Schneeanzug mit Fellkapuze auf. Vor ihr hüpfte ein weißer kleiner Hund, und hinter ihr schlurfte ein großer schwarzer.

Evelyn!

»Hallo!«, rief sie mir entgegen und warf ihren langen roten Puschelschal über die Schulter. Sie sah aus, als wäre sie einem Hochglanz-Magazin entsprungen, das Werbung für einen Schweizer Skiort machte. »Ich dachte, die Hunde müssen mal raus.«

»Gute Idee«, sagte ich. Clärchen sprang begeistert an mir hoch und konnte sich gar nicht mehr einkriegen. Ich tätschelte ihr den Rücken. Schon wieder hatte ich dieses andere Tierheim nicht angerufen.

»Und, wisst ihr, wer es war?«, fragte Evelyn.

Aha! Die Neugierde trieb sie hier entlang. Ich tätschelte auch noch Milo den Rücken, weil er gerade hochgradig depressiv neben mir stehen blieb und mit verschnupfter Miene über den See blickte, als hätte ich ihm heute eindeutig zu wenig Liebe entgegengebracht.

»Ja. Kevin Fischer, ein junger Mann aus dem Ort.«

»Kenne ich nicht«, sagte Evelyn mit gerunzelter Stirn, als würde sie über den Namen nachdenken.

»Wahrscheinlich schon, vom Sehen«, sagte ich. »Ich habe mich mit ihm auch noch nie unterhalten, aber gesehen habe ich ihn oft im Ort.«

»Und was meint Jonas, wie es sich zugetragen hat?«

»Alex hat die Theorie, dass er wahrscheinlich Bier klauen wollte.«

»Und dabei hat er sich selbst mit einem Gegenstand gegen den Kopf geschlagen?«, fragte Evelyn, die das anscheinend schon mit jemand anders durchdiskutiert hatte. Vermutlich mit dem Rechtsmediziner Stein.

»Und wieso hatte er die Gasmaske dabei?«

Stimmt. Die Gasmaske hatte ich komplett vergessen.

»Hamsters Gasmaske«, betonte Evelyn, während sie mit mir umkehrte. Wieder rannte Clärchen vor und zurück, während Milo mit dem Kopf direkt neben meinem Knie dahinschlurfte. Seine ganze Körperhaltung zeigte mir, dass ihm Clärchen furchtbar auf die Nerven ging. Ich tätschelte seinen Kopf.

Wir grübelten beide, wie Kevin in den Besitz von Hamsters Gasmaske gekommen war. Eine schlüssige Erklärung wollte uns nicht einfallen.

Vor uns tauchte die Badestelle vom Campingplatz auf, und ich erkannte schon von Weitem die Vroni. Sie hatte einen dicken roten Anorak an und sah ein bisschen aus wie eine entlaufene Christbaumkugel. Auf ihrem Kopf thronte eine riesige rote selbst gestrickte Zipfelmütze.

»Na, ihr Süßen!«, rief sie uns entgegen, strahlend wie immer. Clärchen sprang wie ein Hüpfball an ihr hoch.

»Willst du sie nicht haben?«, fragte ich hoffnungsvoll. »Dann muss ich sie nicht ins Tierheim bringen. Die haben gerade überhaupt keinen Platz frei.«

Die beiden Frauen sahen mich strafend an, weil ich solche bösen Gedanken hatte.

»Kein Platz frei«, sagte Vroni zufrieden. »Das ist ein Zeichen.«

Gerade kamen Hamster, Ferdl und Stefan aus dem Café. Schon wieder hatte Hamster die bescheuerte alte Gasmaske auf und röchelte leidend. Als er Evelyn sah, riss er sich die Maske vom Gesicht und tat, als hätte er sie nie aufgehabt. Evelyn atmete einmal tief durch, als müsste sie sich selbst beruhigen.

»Total verrückt«, murmelte Vroni, als die Männer an uns vorbeigegangen waren.

Ich nickte.

»Aber wie man sieht, kann man ihm ja doch seine Gasmaske abnehmen«, stellte Evelyn fest. Ihre Stimme klang ein wenig schuldbewusst.

Wir sahen den jungen Männern zu, wie sie zum Wohnwagen von Hamster gingen und sich gemeinsam die kaputte Tür ansahen. Auch der Hetzenegger stellte sich dazu und fachsimpelte eine Runde mit.

»Wann fahren die denn endlich ab?«, wollte Vroni wissen. »Ich habe mich auf eine gemütliche Adventswoche gefreut, und jetzt laufen diese gestörten Leute hier herum. Da traust du dich ja nicht aus dem Wohnwagen, wenn die unterwegs sind.«

»Wir könnten Jonas helfen, dann ist der Fall schnell gelöst, und dann schmeißt du sie raus«, schlug Evelyn vor.

»Nein. Wir werden Jonas nicht helfen«, widersprach ich mit großem Nachdruck. Ich hatte schon Ärger genug mit ihm!

»Das mit der Gasmaske, das könnten wir aber doch wenigstens herausfinden«, schlug Vroni vor.

»Also, wenn ich schätzen sollte, wie das mit der Gasmaske war ...«, überlegte Evelyn, »würde ich ja sagen, Hamster wollte mal ausprobieren, wie es ohne die Maske ist, und hat sie in seinem offenen Wohnwagen liegen gelassen ...« Ich schlenderte hinter den Frauen die Treppe Richtung Campingplatz nach oben.

»Und Kevin musste nur die nicht abgesperrte Tür aufdrücken ...«

»Das klingt nicht sehr überzeugend«, sagte ich. »Hamster hat doch seinen Wohnwagen nie offen. Ich finde die Annahme sehr logisch, dass Hamster selbst in der Brauerei gewesen sein muss.«

Die zwei Frauen schwiegen beeindruckt ob meines logischen Denkvermögens. Wir blieben beim Geschirrspülhäuschen stehen und sahen zu, wie sich Ferdl und Stefan daranmachten, die Tür des Wohnwagens ganz herauszuheben. Der Hetzenegger gestikulierte wild, anscheinend hatte er andere Vorstellungen.

»Du meinst also, Hamster war auf der Suche nach einem Mordopfer«, fragte Evelyn erstaunt, »ist deswegen in die Brauerei eingebrochen und dort auf Kevin gestoßen?«

»Ob er ihn gesucht hat, kann ich natürlich nicht sagen«, schränkte ich die Aussage ein bisschen ein. »Aber er war auf jeden Fall in der Brauerei.«

»Und weshalb?«

Wir wussten ja von den anderen, dass sich Hamster nie betrank. Damit fiel Bierklauen als Motiv schon einmal weg.

»Vielleicht war es schlichtweg ein Unfall«, schlug ich vor, weil mir nichts anderes einfiel.

»Er hat sich also versehentlich in der Brauerei verirrt und hatte dann mit Kevin zusammen einen Unfall, bei dem Letzterer zu Tode gekommen ist«, fasste Evelyn meine Aussage so zusammen, dass sie mir selbst auch ziemlich schwachsinnig erschien.

Wir kamen nicht dazu, unsere Gedanken weiterzuspinnen, denn Hamster kam etwas linkisch auf uns zu und wollte sich mit Evelyn unterhalten.

»Nur zu«, sagte Evelyn.

Hamster wirkte, als würde er ein Gespräch unter vier Augen anstreben, aber Vronis und meine Neugierde hinderten uns massiv daran, einfach weiterzugehen.

»Geht's irgendwie um Zombies?«, fragte Vroni.

»Oder um Apokalypse?«, fragte ich.

»Das mit den Zombies ist nicht lustig!«, erwiderte Hamster mit zusammengekniffenen Augen. Vielleicht war ihm auch der Luftzug am Auge zu krass, denn er hatte inzwischen fast schlitzförmige Augen, so sehr presste er sie zusammen. »Denn alle Zombies, ausnahmslos, haben eine CDHD.«

»Aha«, machte ich, weil ich keine Ahnung hatte, was das war.

»Das heißt, sie können ihr Verhalten nicht mehr bewusst steuern. Außerdem erkennen sie keine Gesichter.«

»Bist du schon einem Zombie begegnet?«, fragte Evelyn kopfschüttelnd. »Ich mein ja nur, ich nämlich nicht. Das kann man doch gar nicht sagen.«

»Außerdem sprechen sie ja nicht selbst«, fuhr Hamster profimäßig fort, »und verstehen auch unsere Sprache nicht. Das ist ja das Schlimme.«

»Unansprechbar sozusagen«, sagte Evelyn sehr ernst.

»Ihre räumliche Orientierung ist ebenfalls ganz schlecht. Das sieht man doch in jedem Film.«

»Eben. Das sind Filme«, wandte ich ein. »Und nicht die Realität!«

»Ein Körnchen Wahrheit steckt doch in allem«, wusste Hamster. »Jedenfalls entstehen diese ganzen Defizite wahrscheinlich durch den Sauerstoffmangel beim Tod.«

Das klang doch jetzt zum ersten Mal ausgesprochen logisch.

»Oder eben durch Viren«, redete sich Hamster in Rage. »Und die sind ansteckend.«

Ja, das hatte ich inzwischen begriffen.

»Kann ich dich jetzt bitte mal sprechen?«, fragte Hamster zornig.

Vroni zog mich zur Seite und flüsterte Evelyn beim Weggehen ins Ohr:

»Wenn er dir was antun will, dann schreist gescheit, dann bringen wir ihn um!«

So weit kam es Gott sei Dank nicht. Denn Jonas schien bei seinen Ermittlungen einen Schritt weiter gekommen zu sein. Gerade als wir beim Geschirrspülhäuschen ankamen, sah ich, dass er oben bei der Rezeption vorfuhr und parkte.

Vroni ging zurück zu ihrem Wohnwagen und ließ mich mit dem Problem alleine, Evelyn vor Hamster zu retten. Vorsichtshalber versteckte ich mich mit Clärchen im Geschirrspülhäuschen. Vielleicht konnte ich einen Mord verhindern. Vielleicht versteckte ich mich auch ein klein bisschen vor Jonas, der möglicherweise sauer war, dass ich einfach verschwunden war. Auf jeden Fall konnte ich von hier live die Unterhaltung mit Hamster verfolgen. Als Erstes wurde Evelyn weggeschickt, die wie nebenbei auch ins Geschirrspülhäuschen ging. Wir klebten praktisch am Fenster und drückten uns halb die Nasen platt.

»Meine Tür ist kaputt«, hörten wir Hamster jammern. »Ich weiß gar nicht, wie ich die jemals wieder in Ordnung bringen soll ...«

Jonas sagte etwas, das wir nicht verstanden, was aber zur Zufriedenheit von Hamster ausfiel, denn er klatschte in die Hände.

»Meine Gasmaske!«, rief er in höchster Entzückung. »Da ist sie ja! Ich dachte, die kriege ich nie wieder!«

»Das ist also Ihre Gasmaske?«, fragte Jonas.

»Ja, das ist sie!«, rief er total begeistert und wollte sie gleich wieder aufsetzen. Jonas brachte jedoch die Plastiktüte mit der Maske sofort hinter seinem Rücken in Sicherheit.

»Die muss erst auf Spuren untersucht werden«, erklärte er, ganz Kommissar.

Erschrocken zuckte Hamster zurück, nickte dann aber eifrig. »Natürlich! Aber haben Sie überhaupt geeignete Tests?«

Jonas verstand anscheinend nicht ganz, was Hamster meinte, denn er sagte nur: »Wir müssen uns unterhalten.« Ich hätte ihm jetzt erklären können, dass Hamster apokalyptische Zombie-Viren im Sinn hatte.

Clärchen hatte jetzt wohl die Stimme von Jonas erkannt, denn sie stürmte mit großer Begeisterung aus dem Klohäuschen und begann wie wild an ihm hochzuspringen. Ich sprang vom Fenster weg und lehnte mich gegen die Wand. Ich hatte lediglich die Wasserleitungen kontrolliert, schärfte ich mir ein. Das war wichtig im Winter, damit die Rohre nicht einfroren!

Hamster und Jonas kamen direkt am Geschirrspülhäuschen vorbei, und Clärchen sprang begeistert zu mir hinein. Jonas klopfte gegen die Scheibe, zum Zeichen, dass er durchaus wusste, wo ich gerade war.

Evelyn grinste mich an.

Kapitel 9

An diesem Tag kam Hamster jedenfalls nicht wieder. Jonas im Übrigen auch nicht, was mich total fertigmachte. Ich konnte nicht richtig schlafen, obwohl in der Nacht keiner der Hunde rausmusste. Ständig wachte ich auf und tastete auf der anderen Betthälfte nach Jonas, aber ich fand nur Hundebeine. In der Früh merkte ich, dass tatsächlich beide Hunde neben mir geschlafen hatten, und schmiss sie aus dem Bett. Da das Haus und die Rezeption wieder einmal verwaist waren, sah ich bei Instagram nach. Evelyn hatte gerade eben schon wieder einiges gepostet, unter anderem ein Video, in dem man die Bushcrafter im Café arbeiten sah. Die Tafel hing mittlerweile ordentlich an der Wand.

»Unsere Advents-Week wird ganz unter dem Stern des Biers stehen«, verriet Evelyn mit gespitzten Lippen. »Ich habe für euch lange recherchiert – schließlich braucht man in dieser kalten Jahreszeit nicht nur einen warmen Ofen ...« Die Kamera schwenkte zu dem Bollerofen von Alex, auf dem eine rote Kaffeekanne mit weißen Punkten thronte. »... sondern auch etwas Süßes ...«

Die Kamera zeigte auf ein Buch. »Meine erste Idee sind die traditionellen Bier-Apfelküchle vom Stöcklbräu ... oder, hier im Bild, ein Brotpudding mit Chocolate-Stout-Soße von Jamie Oliver ...«. Die Bilder sahen superlecker aus, aber ich bezweifelte, dass Evelyn je eines der Rezepte eigenhändig backen würde. »Was wollt ihr haben in unserer Advents-Week? Ab morgen geht es los ...«

Wieder explodierten die Likes unter dem Bild, und es wurde abgestimmt, welches Rezept zuerst ausprobiert werden sollte. In Kombination mit einer stimmungsvollen Fackelwanderung um den See.

Evelyn und Fackelwanderung, dachte ich mir verständnislos. Normalerweise bekam man sie überhaupt nicht aus der Wohnung, vor allen Dingen nicht nachts in die Natur!

Bestimmt waren noch alle unten im Café versammelt, überlegte ich und sprang in eine warme rote Leggings und meinen flauschigen Pulli im Norwegermuster. Clärchen freute sich tierisch, nach draußen zu kommen. Tierheim anrufen, notierte ich mir gedanklich, aber gerade wollte ich lieber hinunter ins Bootshaus.

Über Nacht hatte es wieder geschneit, nicht viel, aber der Campingplatz sah inzwischen richtig toll aus. Clärchen flippte komplett aus beim Anblick des Schnees und raste wie ein verrückt gewordenes Huhn über den Platz, stürmte kurz in ein Zelt der Bushcrafter (auweia!) und dann wieder hinaus. Dann kam sie zu mir zurück und warf mich fast um. Ich musste trotzdem lachen.

»Kaffee?«, fragte Evelyn sofort, als ich kurz darauf die Tür zum Café öffnete.

»Hm«, machte ich wohlig.

Natürlich war das Café noch nicht fertig eingerichtet, aber allein, dass die Vroni in ihrem knallroten Christbaumkugel-Outfit herumwuselte und Teller verteilte, machte alles total gemütlich.

»Wir frühstücken alle gemeinsam«, erklärte mir Evelyn die Vorbereitungen im Café. »Dann brauchen die armen Jungs nicht zu frieren, und wir haben Unterhaltung!«

Gute Idee, fand selbst ich, weil ich mich gerade etwas einsam fühlte.

»Ist Hamster wieder da?«, wollte ich wissen.

»Nein. Den haben sie nicht mehr zurückgelassen«, erzählte Wikinger-Stefan.

»Wenn ich mir das überlege, ein Mörder mitten unter uns!«, seufzte Vroni dramatisch und legte eine rote Serviette mit weißen Sternchen in einen Brotkorb. »Füll das mal bitte auf. Wir machen das so buffetartig, dann kann sich jeder holen, was er will.«

Brav füllte ich die frischen Semmelchen vom Meierbeck in den Brotkorb und stellte ihn neben die Rhabarber-Erdbeer-Marmelade von der Schmidkunz, die weihnachtliche Glüh-Kirsch-Marmelade von Vroni und ihr selbst gebackenes Honigbrot. Schön arrangiert stand dort auch Evelyns Spezialität: die Overnight-Oates in dekorativen Gläsern. Ganz Evelyns Stil: Einfach etwas zusammenschütten, stehen lassen und sich nicht mehr darum kümmern.

»Mit Banane, Preiselbeer und Zimt«, erzählte Evelyn gerade ihrem Handy, anscheinend wollte sie das danach noch auf Instagram hochladen. »Und natürlich ganz viel Schoki, das beste Mittel, im kalten Advent einen gemütlichen Start in den Tag zu erleben!«

»Wieso wollte Hamster dich gestern eigentlich noch alleine sprechen?«, fragte Vroni Evelyn. Gespannt spitzte ich die Ohren. Mir hatte Evelyn nämlich eine ziemlich schwafelige Antwort gegeben, von wegen psychischer Probleme, die sie mit ihm angehen wollte.

Evelyn sah Vroni mit gerunzelter Stirn an. »Ach, der Hamster«, sagte sie und klang schon wieder ausweichend. »Wir haben uns über sein Kopfproblem unterhalten.«

»Kopfproblem«, bohrte Vroni nach. »Was soll das sein?«

»Na, sein psychisches Dings-Zombie-Zeugs«, nuschelte Evelyn vor sich hin. »Ist der Kaffee jetzt endlich durchgelaufen?«

Vroni sprang auf und vergaß über dem Kaffee das Hamster-Problem. Gerade als wir uns alle gemütlich hingesetzt hatten, klopfte es, und die beiden Spurensicherungstanten Lilly und Erika stießen zu uns.

»Kommt und trinkt Kaffee mit uns«, schlug Evelyn vor, »Die Spuren laufen euch nicht davon.«

Die Stimmung von Lilly und Erika hellte sich dramatisch auf, und wir setzten uns alle um den größten Tisch, während Vroni weiter um uns herumwuselte. Da kam auch Ferdl mit einem Arm voll Bierflaschen ins Bootshaus.

»Ihr geht wirklich davon aus, dass Hamster der Mörder ist?«, fragte Ferdl ungläubig in die gesamte Runde, während er die Flaschen auf dem Tresen abstellte. Evelyn machte eine etwas angewiderte Miene, und ich wusste jetzt schon, dass keiner das Gebräu anrühren würde.

»Ich nehme gar nichts an«, erwiderte Lilly mies gelaunt. »Ich mache meinen Job.«

»Ich habe zwei Entwürfe für Etiketten gemacht«, sagte Ferdl. »Soll ich euch die mal zeigen? Ihr findet sie auch auf meinem Instagram-Kanal. Ich nenne mich Brauer-Ferdl.«

»Aha«, machte ich und versprach nicht, mir die Etiketten anzusehen.

»Einen Kühlschrank habt ihr nicht?«

»Noch nicht«, sagte Evelyn. »Das kommt schon noch. Ich

dachte an einen roten mit runden Ecken. Der würde sich doch da hinter dem Tresen gut machen! Silberne Schrift, retro und alles glänzend!« Sie geriet richtig ins Schwärmen.

»Solange kannst du das Bier ja draußen lagern«, schlug ich vor, weil Ferdl etwas deprimiert aussah.

»Wenn es da mal nicht friert«, sagte die Schmidkunz.

»So kalt ist es nun auch wieder nicht«, wandte ich ein. »Nachts kann man die Flaschen ja reinholen.«

Ferdl tigerte auf und ab.

»Setz dich doch!«, schlug ich vor, weil er unmotiviert vor der Tafel stehen blieb und tat, als müsste er prüfen, ob sie korrekt aufgehängt war.

»Ich kann mir nicht vorstellen, dass Hamster ein Mörder ist«, sagte er und nahm doch eine Tasse Kaffee an. »Ich kenne den seit bestimmt drei Jahren. Der Hamster ist nicht gewalttätig. Er ist ziemlich ängstlich, das schon.«

So konnte man das auch nennen.

»Aber er würde niemandem etwas antun. Ich glaube, er hat auch eine totale Phobie vor Blut. Er hat mal gesagt, dass er auf gar keinen Fall mit irgendwelchen Körperflüssigkeiten in Kontakt kommen will. Wegen …«

»Der Viren«, sagte ich.

»Der Zombie-Apokalypse«, ergänzte Evelyn.

»Genau«, stimmte Ferdl seufzend zu und trank seine Tasse Kaffee auf ex.

»Wisst ihr irgendetwas über die Befragung?«, wollte Evelyn von Lilly und Erika wissen.

Lilly rührte ihre adventlichen Overnight Oats um und schüttelte den Kopf. »Nein. Angeblich war er ja nicht in der Brauerei.«

»Habt ihr keine Fingerabdrücke von ihm gefunden?«

»Nein. Wir haben nur Fingerabdrücke vom Mordopfer gefunden«, erzählte Lilly bereitwillig und mit vollem Mund. »Er ist von den zwanzig Tritten der Leiter bis zum dreizehnten gekommen und dann abgestürzt. Die anderen Fingerabdrücke stammten von Leuten aus der Brauerei.«

»Dann hat ihn doch einer der Mitarbeiter umgebracht«, sagte die Schmidkunz schaudernd.

»Quatsch«, sagten Vroni und Evelyn synchron, während Vroni mir die Hand tätschelte, als müsste ich Angst haben, dass ich nun verdächtig war.

»Voll lecker«, sagte Lilly.

»Dann nehm ich auch eins«, erwiderte Erika.

»Was ist los?«, fragte ich Ferdl, der gerade abrupt seine Kaffeetasse wegstellte.

»Wir wollten heute das Design von meinen Bier-Etiketten besprechen«, sagte er schlecht gelaunt. »Das sollte doch unser Markenzeichen werden. Das Original Bushcrafter-Bier für Outdoor-Liebhaber. Und jetzt lässt sich Hamster in so einen Schmarrn mit reinziehen!«

Ärgerlich stand er auf und ging hinaus.

»Dem geht's ja gar nicht gut«, stellte Vroni fest.

»Die sind halt befreundet«, sagte ich. »Das macht einen natürlich fertig, wenn man den anderen ganz anders eingeschätzt hat.«

»Was heißt hier eingeschätzt, der Hamster ist einfach komplett verrückt. Ich hätte ihm vielleicht keinen Mord zugetraut, aber ehrlich, so einen Angriff mit Todesfolge schon«, erläuterte Evelyn routiniert.

»Angriff mit Todesfolge«, echote ich verständnislos.

»Na, wenn er meint, er müsste sich verteidigen«, sagte Evelyn und fragte übergangslos in die Runde: »Noch ein Käffchen?«

Aber Lilly und Erika mussten nun doch mal arbeiten.

Evelyn und ich begleiteten die beiden Spusitanten zum Wohnwagen von Hamster. Inzwischen hatten es die Männer hinbekommen, und die Wohnwagentür war wieder geschlossen. Aber das Schloss war derart beschädigt, dass man es nicht absperren konnte. Die Tür schwang mit einem metallischen Kreischen auf. Lilly seufzte schwer, als sie in den Wohnwagen stieg.

Evelyn und ich blieben draußen stehen, beugten uns aber so weit rein, dass wir möglichst alles mitbekamen.

»Ich fand es ja als Friseuse früher so anstrengend. Die ganze Zeit mit irgendwelchen Frauen zu tun zu haben, die sich darüber beschweren, wie ihre Haare aussehen«, sagte Lilly und sah ratlos im Wohnwagen herum. »Falsche Strähnchenfarbe, zu kurz, die Locken zu klein, zu groß. Nur Gemecker.«

Da war natürlich so ein Spurensicherungsort angenehm. Die Gegenstände und Leichen meckerten nicht herum, und mit den Befragungen hatte man auch nichts zu tun.

»Aber sieh dir das an!«, klagte Lilly. »Alles total vollgestopft!«

»Aber immerhin mit System«, versuchte ich es positiv zu sehen. Zum Beispiel die fünf Beile, die an der Wand hingen. Die waren richtig schön nach Größe geordnet und poliert. Mich schauderte es ein wenig, aber die Bushcrafter hatten alle solche Werkzeuge mit dabei, und bis jetzt hatte ich mich nicht bedroht gefühlt.

»Wo willst du da anfangen?«, seufzte Lilly bitter.

»Und am Schluss heißt es dann eh wieder: die Spurensicherung hat nicht gut gearbeitet!«

»Vielleicht mit den Beilen«, schlug ich vor. »Vielleicht hatte er eines davon dabei und hat dem Opfer damit auf den Kopf geschlagen.«

Missmutig betrachtete Lilly die blitzenden Beile.

»Die Luke«, sagte Erika. »Mit der fangen wir an.«

»Immer durch die kleine Luke hier rein und raus«, meckerte Lilly. »Ich würde wahnsinnig werden. So kann man doch nicht leben!«

»Davon brauchen wir auf jeden Fall Fingerabdrücke«, sagte Erika und klappte ihren Koffer auf.

»Wenn Hamster den Mord nicht begangen hat, muss der Mörder ja irgendwie an die Gasmaske gekommen sein. Und dafür muss er den Code eingegeben haben.«

Erika und Lilly sahen sich schweigend an, als würden sie stumm etwas untereinander ausmachen. Dann hielten sie die Fäuste gegeneinander und machten »Schnick, Schnack, Schnuck«.

Lilly verlor. Sie machte ein Gesicht wie drei Tage Regenwetter, sagte aber nichts, sondern setzte sich die Stirnlampe auf und krabbelte unter den Wohnwagen.

»Strähnchen machen ist eigentlich gar nicht so schlimm«, hörten wir sie dumpf sagen. »Ich weiß gar nicht, wieso mich das früher so gestört hat.«

Wir hörten ein Piepsen, als würde sie Tasten drücken.

»Mannometer, ist der paranoid«, hörten wir sie weiterreden. »Ein riesiger Stahlriegel, der mit einem Motor bewegt wird, gesteuert durch ein Codepanel und einen Minicomputer.«

Den Stahlriegel und das Kabel, das zu dem Steuergerät verlief, konnte ich von meiner Position aus erkennen. Es sah selbst zusammengelötet aus.

»Da kommt keiner rein, der den Code nicht kennt«, sagte Lilly.

Wieder piepste es, als würde jemand einen Code eingeben. Lilly seufzte.

Im nächsten Moment schrillte ohrenbetäubend eine Sirene los.

Kapitel 10

Wir begannen alle gleichzeitig zu schreien, am lautesten Lilly, die unter dem Wohnwagen lag und eilig hervorgekrabbelt kam.

»Macht was!«, kreischte Lilly.

Ich presste mir die Hände auf die Ohren. Ich wollte einfach nur, dass dieses höllische Geräusch aufhörte!

Die Hunde hatten sich schon längst verkrümelt.

»Mach was!«, brüllte Lilly schon wieder. Erika hörte auf zu schreien, packte kurzerhand eines der Beile von der Wand und hieb wie eine Irre auf die Luke ein.

Der Sirenenton erstarb. Wir starrten auf die verwüstete Luke. Inzwischen hatten sich auch die anderen Camper eingefunden, allen voran der Hetzenegger.

»Himmel!«, stöhnte Lilly. »Man hätte auch einfach die Drähte rausziehen können.«

»Und warum hast du nicht?«, fragte Erika genervt. »Und wieso hast du überhaupt auf der Tastatur rumgedrückt?«

Lilly zuckte mit den Schultern. »Nur um zu sehen, ob ich den Code einfach so rausbekomme.«

Natürlich bekam man einen komplexen Code nicht einfach durch ein bisschen Rumdrücken raus!

»Aber irgendwie muss der Mörder den ja herausgekriegt haben, weil man nur von unten einsteigen kann«, sagte Lilly schlecht gelaunt.

»Man konnte nicht nur von unten einsteigen«, sagte Evelyn beiläufig, als würde sie über Kochrezepte reden. »Für mich hat Hamster gestern die Tür aufgemacht.«

»Gestern«, sagte ich und hob eine Augenbraue. »Und das fällt dir jetzt ein?«

Evelyn sah etwas verlegen aus. »Es war mir eben unangenehm, okay?«

»Was genau?«

»Dass ich doch in Erwägung gezogen habe, mit ihm Sex zu haben«, gab Evelyn zerknirscht zu. »Wir hatten ausgemacht, dass wir niemandem davon erzählen.«

»Also das wollte er gestern mit dir besprechen.«

»Ja. Er hat gesagt, er müsse es der Polizei sagen, wenn die ein Alibi von ihm brauchen.«

»Und mich lässt du hier rumgrübeln?«, fragte ich verständnislos.

»Es war mir halt unangenehm!«, sagte Evelyn erbost. »Habe ich doch schon gesagt! Wie sieht das denn aus, wenn eine erfolgreiche, wunderschöne und gebildete Frau mit jemandem ins Bett geht, der Angst vor Zombies hat!«

Ich öffnete den Mund, sagte dann aber doch nichts.

Mir tat Evelyn plötzlich leid.

»Siehst du, jetzt schaust du mich nämlich genauso an!«, fauchte Evelyn. »Als hättest du Mitleid mit mir.«

»Ich habe kein Mitleid«, log ich. »Wieso sollte ich mit einer erfolgreichen, wunderschönen und gebildeten Frau Mitleid haben?«

»Eben«, sagte Evelyn und klang ein bisschen beruhigt.

»Das waren meine Bedingungen. Nicht durch die Bodenluke einsteigen und keine Gasmaske.«

»Und dann hattest du Sex mit ihm!«, nickte ich verstehend. »Das hättest du mir durchaus sagen können.«

»Ich hatte natürlich keinen Sex mit ihm!«, korrigierte mich

Evelyn. »Im Übrigen geht das doch überhaupt niemanden was an, mit wem ich Sex habe!« Dabei klang sie ein wenig beleidigt. »Du läufst doch auch nicht herum und erzählst jedem, ob du in der Nacht Sex mit Jonas hattest oder nicht.«

Hatte ich die letzten Tage auch nicht. Schließlich waren wir zerstritten.

»Das ist was anderes!«, behauptete ich. »Jonas und ich führen eine Beziehung. Du dagegen hast gesagt, du würdest mit niemandem Sex haben, der eine Gasmaske aufhat.«

»Ja, die sollte er ja auch abnehmen!«, fauchte Evelyn.

»Aha«, machte ich.

»Und überhaupt ist das anders gelaufen, als ich es mir vorgestellt hatte ...«

»Wie denn?«

»Sag mal«, beschwerte sich Evelyn, »du bist irgendwie ganz schön indiskret!«

»Es geht hier um Mord!«, erklärte ich. »Da gilt Privatsphäre nicht.«

Lilly und Erika seufzten und begannen etwas unmotiviert, Fingerabdrücke zu nehmen und Alukisten zu öffnen.

»Der hätte hier zehn Jahre überleben können«, behauptete Erika.

»Was ist das hier?«, fragte Lilly und hob mit spitzen Fingern mehrere Plastikbeutel aus einer Kiste. »Ist das Heroin?«

Wir starrten auf das weiße Pulver.

»Vielleicht ist es auch Kartoffelbreipulver«, schlug Evelyn vor.

Mit dem nächsten schweren Seufzer packte Lilly den Plastikbeutel mit dem Pulver ein.

»Wie war das jetzt mit dem Sex?«, fragte ich, weil mich das mehr interessierte als Rauschgift.

»Wir hatten beschlossen, uns bei ihm zu treffen«, erklärte Evelyn. »Die Bedingung war eben, nicht durch die Luke einzusteigen. Das hat ihn zwar richtig fertiggemacht, aber er hat mir die Tür geöffnet. Aber ehrlich, da in dieser Ecke Sex zu haben, das konnte ich einfach nicht.«

Wir sahen alle in die betreffende Ecke und nickten. Niemand von uns hätte in der Ecke mit den Alukisten Sex haben wollen. Mit einem erneuten Seufzen öffnete Erika die nächste Alukiste.

»Und dann noch die Gasmaske, das ging einfach nicht!«

Wir starrten sie alle an.

»Jetzt schaut nicht so!«, beschwerte sich Evelyn. »Hattet ihr mal mit jemandem Sex, der aussieht und atmet wie Darth Vader?«

Natürlich hatten wir das noch nicht.

»Also habe ich gesagt, entweder ohne Gasmaske oder gar kein Sex«, erläuterte Evelyn.

Der Hetzenegger räusperte sich verlegen und machte, dass er wegkam.

»Dann haben wir beschlossen, ins Gruberhäusl zu gehen.«

Ich runzelte die Stirn. Das war schließlich mein neues, schickes Ferienhäuschen und kein Ort für apokalyptischen Sex.

»Aha«, sagte ich sauer. »Und, hat's Spaß gemacht?«

»Ich sagte doch schon, wir hatten keinen Sex«, antwortete Evelyn schlecht gelaunt. »Nachdem ich ihn gezwungen hatte, die Gasmaske im Wohnmobil zu lassen, konnte er einfach nicht mehr.«

»Zurückzulassen«, wiederholte ich nur.

»Ja. Und im Gruberhäusl hat er dann keinen mehr hochgekriegt.«

Erika und Lilly hatten aufgehört Fingerabdrücke zu nehmen. Die Vroni schnalzte mit der Zunge.

»Wenn er keine Gasmaske tragen darf, dann kann er sich nicht auf Sex konzentrieren«, erklärte Evelyn. »Da habe ich gesagt, okay, dann eben nicht.«

Wir starrten sie noch immer an.

»Und dann?«

»Und dann haben wir uns wieder getrennt.«

»Ihr wolltet also zuerst im Wohnwagen Sex haben, das klappte wegen dir nicht, und dann seid ihr ins Gruberhäusl, und da ging es wegen ihm nicht«, fasste ich die Situation zusammen.

»Ja.«

»Und wo war die Gasmaske die ganze Zeit?«

»Nun, in seinem Wohnwagen, nehme ich an. Er durfte sie ja nicht mitnehmen.«

»Und während ihr im Gruberhäusl das Unmögliche probiert habt, stand der Wohnwagen die ganze Zeit offen?«, fragte ich nach.

»Nein, natürlich hat er die Tür zugemacht«, behauptete Evelyn.

»Und auch abgesperrt?«, fragte ich weiter. »Wahrscheinlich hat er im Überschwang der Gefühle nicht abgesperrt.«

»Das kann natürlich sein«, ruderte Evelyn zurück. »Ich habe das nicht kontrolliert.«

Natürlich nicht. Evelyn sperrte nie etwas ab, weder die Rezeption noch mein Auto. Wenn man Glück hatte, zog sie grad noch den Autoschlüssel ab.

»Das bedeutet also, dass kein Mensch über die Bodenluke hätte einsteigen müssen.«

»Hm«, machte Evelyn mit einer Miene, als wäre das im Moment irrelevant.

»Das bedeutet damit auch: Jeder hier hätte die Gasmaske mitnehmen können«, schlussfolgerte ich triumphierend. »Das hättest du echt mal früher erzählen können. Jonas ermittelt sich einen Wolf, und du sitzt hier und hast ein Alibi für Hamster!«

»Wir hatten doch ausgemacht, dass es unter uns bleibt«, rechtfertigte sich Evelyn. »Das will doch niemand öffentlich machen, dass man keinen hochkriegt, wenn man die Gasmaske nicht aufhat.«

»Das hättet ihr ja nicht so ausführlich erläutern müssen«, schlug ich vor. »Diese Details spielen keine Rolle.«

»Außerdem ist das kein richtiges Alibi. Schließlich ist dieser Kevin viel später umgebracht worden. Hamster hätte genauso gut seine Gasmaske wieder aufsetzen und in die Brauerei spazieren können. Schließlich haben wir uns schon um halb elf wieder getrennt.« Evelyn hielt kurz inne und überlegte.

»Aber ich nehme mal stark an, er ist nach dem Gruberhäusl direkt ins Wohnmobil gegangen. Und als er gemerkt hat, dass seine Gasmaske weg ist, hat er sich verbarrikadiert.«

Am liebsten hätte ich ihr den Ratschlag von Vroni gegeben, sie solle sich an den Rechtsmediziner Stein halten. Der war nämlich meines Erachtens ziemlich normal und nett, und man musste keine Angst haben, dass er plötzlich wegen vermeintlicher Zombies ausrastete!

Stattdessen schloss ich mich dem allgemeinen Nicken an, während Erika aus einer Schüssel mit schmutzigem Geschirr etwas Langes, Dunkles herauszog.

»Wieso wäscht der seine Taschenlampen?«, fragte sie.

»Der ist komplett verrückt. Sag ich doch«, antwortete Evelyn. »Dem traue ich auch zu, dass er seine Taschenlampe regelmäßig desinfiziert.«

»Wegen der Zombie-Viren«, sagten Evelyn und ich gleichzeitig.

Lilly und Erika nickten.

»Ist ja auch schmutzig«, ergänzte ich, weil ich sah, dass die Stablampe braun verschmiert war. Hinter dem Einschaltknopf war ein silberner Ring, an dem sah man es besonders gut.

Wir schwiegen eine Weile, dann öffnete Lilly eine durchsichtige Plastiktüte, und Erika steckte die Lampe rein.

»Blut!«, sagte ich, als auch ich endlich verstanden hatte.

»Hamster hat den Kevin mit einer Lampe niedergeschlagen!«, stieß Evelyn hervor. »Ich fasse es nicht!«

»Das wissen wir noch nicht. Das muss untersucht werden«, erklärte Lilly.

Mir reichte es fürs Erste mit der ganzen Aufregung, und ich kehrte auf mein Sofa zurück. Als Erstes kontrollierte ich meine WhatsApp-Nachrichten, ob Jonas etwas Nettes geschrieben hatte. Zu meiner Enttäuschung hatte er das nicht. Durchgefroren, wie ich war, kuschelte ich mich zusammen mit den beiden Hunden auf mein Sofa und beschloss, das Winter-Prinzessinnen-Drama weiterzugucken.

Die Hunde waren komplett einverstanden.

Evelyn nicht.

Nachdem ich ungefähr zehn Minuten ungestört ferngesehen hatte, kam sie hereingestürmt und bereitete ihre nächste

Instagram-Session vor. Mir schaltete sie den Ton vom Fernseher aus, weil das beim Filmen natürlich enorm störte.

»Kannst du das nicht woanders machen«, bat ich ohne großen Nachdruck.

»In meinem Zimmer ist das Licht nicht so gut. Außerdem wirkt das Sideboard deiner Nonna da im Hintergrund super.«

Auch hätte sie in ihrem Zimmer erst mal groß aufräumen müssen. Da lag nämlich ganz schön viel Wäsche herum, nachdem sich Evelyn dreimal am Tag umzog, ihrer Stimmung entsprechend.

Als sie kurz verschwand, stellte ich den Fernseher wieder laut. Dann kam Evelyn zurück und schaltete mir den Fernseher komplett aus.

»Ich muss mich jetzt konzentrieren«, erklärte sie mir. Ich ließ sie machen, denn meine Gedanken wanderten eh vom Fernseher zurück zum Fall Kevin/Hamster.

Wir dachten die ganze Zeit über Hamster und die Gasmaske nach und vergaßen Kevin darüber komplett! Wer war er? Was hatte er mit der Brauerei am Hut? Ich beschloss, trotz des Stresses mit Jonas noch einmal mit Alex Kontakt aufzunehmen. Alex war hier im Ort verwurzelt, anders als mein norddeutscher Freund und Hauptkommissar. Alex wusste doch bestimmt mehr über Kevin!

Kapitel 11

Wir verabredeten uns im Stehcafé im Supermarkt. Dort konnte uns nämlich keine neugierige Frau Meierbeck belauschen, vermutlich würde es auch nicht an Jonas weitergetratscht werden, und außerdem wusste Alex, dass dort Kevins Ex-Freundin arbeitete.

Ich hatte mir trotz des eher trüben Tageslichts eine dunkle Sonnenbrille aufgesetzt. Alex lachte sich kaputt.

»Soll ich dir vielleicht noch eine Gasmaske besorgen?«, fragte er liebenswürdig. »Da erkennt dich garantiert niemand ...«

»Idiot«, antwortete ich genervt.

Er grinste, bestellte zwei Latte macchiato und für mich eine Sahneroulade. Weil er so gut aussehend war, brachte die junge blonde Frau uns die Sachen auch direkt an den Stehtisch.

»Schlimme Sache«, sagte Alex ohne weitere Einleitung.

Die Frau verstand die Anspielung sofort. Sie stellte das Tablett vor uns ab und blieb neben uns stehen.

»Wundert mich überhaupt nicht, dass es so mit ihm geendet hat«, sagte sie und drehte sich kurz um, um zu kontrollieren, ob ihre Chefin in der Nähe war.

»Wieso?«, fragte ich und verbrannte mir die Zunge an dem heißen Kaffee.

»Kevin ist total unmöglich!«, klagte sie. »Deswegen habe ich mich auch von ihm getrennt. Er macht so viel Unsinn, das kann man sich nicht vorstellen! Was der schon an Knochenbrüchen hatte – bei der letzten Dult hat ihm einer seiner Kumpels das Ohr mit einem Bierkrug aufgeschlitzt, und ich musste mit ihm in der Notaufnahme meinen Abend verbringen!«

Ich nickte aufmunternd. Genau diese Geschichten wollte ich hören.

»Dass er in die Brauerei eingestiegen ist, wundert mich wirklich überhaupt nicht. Das ist genau der Schmarrn, der ihm den ganzen Tag eingefallen ist. Mich wundert nur, dass er das ganz alleine gemacht hat. Normalerweise nimmt er da einen Spezl mit.«

»Hatte er irgendetwas gegen den Stöckl?«, wollte ich wissen.

»Kann ich mir nicht vorstellen. Das Bier hat er immer gern getrunken. Und die haben im Freundeskreis doch ständig solche Sachen angestellt. In der Nacht ins Freibad eingestiegen. In die Schule eingebrochen und dort Schulaufgaben verbrannt.«

Dann kam leider die Chefin wieder, und die junge Frau verzupfte sich zurück hinter den Tresen.

»Es muss also noch einen Mittäter geben«, flüsterte ich. »Das müssen wir herausbekommen! Da war doch bestimmt einer von seinen Kumpels mit dabei ...«

Alex zuckte mit den Schultern. »Das bekommt dein fescher Freund schon heraus.«

Ja, aber momentan dachte der wahrscheinlich nur daran, wie gerne er Alex im Knast sähe!

»Der Kaffee hier ist total furchtbar«, flüsterte ich, nachdem ich an ihm genippt hatte. »Die sollten mal bei Evelyn in die Lehre gehen.« Und die Sahneroulade war auch nicht wie die vom Meierbeck!

»Ja, du wirst sehen, dein Café wird der totale Renner«, sagte Alex. »Du solltest dich nicht so dagegen sträuben.«

»Ich habe halt keine Lust, mich da einzubringen«, murrte ich. »Es war nicht meine Idee. Ich habe schon den Campingplatz an der Backe, das reicht doch.«

»Dann verpachte das Häuschen an Evelyn. Dann ist es ihre Sache, was sie macht, du kannst einfach nur zum Kaffeetrinken kommen und verdienst noch dran.«

»Gute Idee eigentlich«, stimmte ich ihm zu. Das musste ich mir merken. »Und was machen wir jetzt mit Kevin?«

»Vielleicht gibst du Jonas mal den Tipp mit der Ex-Freundin«, schlug Alex vor.

Wir tranken den Latte auf ex, und Alex half mir mit der Sahneroulade. Gerade als wir aus dem Supermarkt traten, sah ich den dunklen BMW von Jonas vorbei Richtung Campingplatz fahren.

Mir war sofort klar, dass Hamster in der Untersuchungshaft die Sex-mit-Evelyn-Geschichte erzählt hatte und Jonas jetzt natürlich Evelyns Version hören wollte. Bevor er dazu kam, schrien wir uns eine Weile vor der Rezeption an.

»Erstens darf ich mit Alex zum Kaffeetrinken gehen, das hat überhaupt gar nichts mit unserer Beziehung zu tun!«, wurde ich laut. »Und zweitens habe ich das auch nur gemacht, um dir zu helfen.«

Jonas war der Meinung, er bräuchte meine Hilfe nicht, und zum ersten Mal in unserer Beziehung wurde er auch richtig laut. Die Sache mit Kevins Kumpels hätte er natürlich selbst auf dem Schirm gehabt.

Ich stemmte meine Hände in die Hüften und sah ihm ärgerlich nach.

»Und du wirst diesmal nicht in der Rezeption sitzen und heimlich dem Verhör lauschen!«, drehte er sich noch einmal zu mir um.

»Jaja«, antwortete ich und tat, als hätte ich das nie vorgehabt.

Das war einfach oberfies!

Die Informationen hätte ich gut brauchen können!

Nach dem Verhör von Evelyn befragte Jonas noch die Kumpels von Hamster. Währenddessen stapfte ich beleidigt mit Clärchen und Milo um den See. Wenigstens war gerade auf WhatsApp viel los, und ich lenkte mich mit meinem Handy ab. Für die Schönheiten der Natur hatte ich keinen Kopf, ich war viel zu sauer auf Jonas.

»Die Polizei ist weg«, schrieb Evelyn in die Hirschgrundis-Gruppe, als ich einen guten Teil des Sees umrundet hatte. »Und der Steglmaier schleicht schon wieder herum! Sofia, du musst heimkommen und ihm die Meinung geigen!«

Die nächste Nachricht kam von Vroni: »Ein fremder Mann schleicht beim Bootshaus herum!«

»Das ist der Steglmaier!«, schrieb Evelyn prompt. Sie schien ihn zu beobachten.

»Soll ich die Polizei rufen?«, fragte die ängstliche Schmidkunz.

»Nein, wir stellen ihm eine Falle«, schrieb Evelyn im Ermittlermodus.

Ich gab richtig Gas, um rechtzeitig beim Campingplatz zu sein. Momentan traute ich meinen Damen alles zu, auch dass sie den Steglmaier niederschlagen.

Als ich ankam, hörte ich bereits schlimmes Gebrüll aus dem Inneren des Bootshauses und rannte die letzten Meter, um den nächsten Mord zu verhindern.

»Hände hinter den Kopf!«, schrie Evelyn gerade. »Keine Bewegung!«

Ich riss die Tür auf und sah, dass Evelyn hinter dem Steglmaier stand. Der hatte die Hände brav hinter den Kopf genommen und schien Blut und Wasser zu schwitzen. Evelyn hatte ihm einen Stock in den Rücken gedrückt, und er glaubte anscheinend, das sei eine Waffe.

»Evelyn!«, sagte ich empört.

»Er ist bei Fräulein Schmitts eingebrochen!«, berichtete Evelyn ebenfalls empört.

»Ich wollte mir nur das Bootshaus von innen ansehen«, erzählte der Steglmaier mit reichlich weinerlicher Stimme.

»Er hat Fotos geschossen«, stieß Evelyn drohend hervor. »Mit seinem Handy! Ich habe ihn dabei ertappt, wie er unsere Getränkekarte abfotografiert hat!«

Das war natürlich schlimm. Vor allen Dingen, weil es keine richtige Getränkekarte war, sondern nur ein Mischmasch von Getränken, die wir wahrscheinlich nie anbieten würden, Strichmännchen von Ben und blöden Sprüchen übers Campen vom Hetzenegger.

»Ja«, gab der Steglmaier zu.

»Und weshalb?!« Evelyn klang noch immer wie jemand, der eine riesige Waffe in der Hand trug. Hinter uns ging die Tür auf, und die Vroni kam hereingesegelt.

»Um uns auszuspionieren!«, beantwortete sie sich die Frage selbst.

»Bitte, sagen Sie ihr, dass das ein Missverständnis ist, Sie müssen mir helfen!«, flehte der Steglmaier mich an.

»Nimm deine Waffe weg«, sagte ich, und tatsächlich ließ Evelyn den Stock sinken.

»Herr Steglmaier, so geht das nicht! Sie können nicht auf meinem Platz herumspionieren!«

»Ich wollte nur sehen, was ihr hier geplant habt«, gab der Steglmaier zu. Evelyn warf er einen drohenden Blick zu.

»Wir werden ein Café eröffnen«, verriet ihm Evelyn. »Dazu müssen Sie hier gar nicht herumstrolchen, das können Sie uns auch einfach fragen! Das wird der große Publikumsmagnet für den See am Hirschgrund!«

»Aha«, machte er mit böser Miene. »Und da werden Sie dann Bier ausschenken?«

Zumindest standen auf unserer Tafel alle möglichen Biersorten. Auch erfundene, die beim Stöcklbräu überhaupt nicht gebraut wurden.

»Was dagegen?«, fragte Evelyn liebenswürdig. »Wir können ausschenken, was wir wollen.«

»Nur kein Stöcklbier«, sagte der Steglmaier leicht hämisch.

»Natürlich können wir das«, erklärte ihm Evelyn, während sie den Stock auf den Tisch legte.

»Der Stöckl, der kann jetzt eh einpacken! Ratten in der Brauerei, das trinkt kein Mensch!«

»Der hat keine Ratten in der Brauerei«, erklärte ich ihm. Was jetzt so nicht ganz stimmte.

»Das Gesundheitsamt ist alarmiert, der bekommt keinen Fuß mehr auf den Boden«, erklärte der Steglmaier zufrieden. »Da könnt ihr gleich eure Tafel wischen!«

»Also hängen Sie da mit drin«, fauchte Evelyn ihn an. »Das

werden wir jetzt gleich mal der Polizei erzählen. Schade, dass die gerade weggefahren ist!«

»Moment!«, schrie der Steglmaier. »Da hänge ich doch nicht mit drin!«

»Woher wissen Sie denn dann das mit den Ratten?«, fragte ich. »Das können Sie ja nur wissen, wenn Sie in der Brauerei waren. Und die Ratten dort hingelegt haben!«

»Und jemanden ermordet haben!«, setzte Evelyn eins drauf.

»Hinterhältig erschlagen!«, machte auch die Vroni mit.

»Nein!« Entsetzt schüttelte der Steglmaier den Kopf. »Natürlich habe ich das nicht getan!«

Er drängelte sich an Evelyn vorbei zur Tür.

»Soll ich ihn aufhalten?«, fragte Vroni und stellte sich mit vor der Brust gekreuzten Armen vor die Tür.

»Ich werde auf jeden Fall die Polizei benachrichtigen«, sagte ich. »Und meine Rechtsanwälte.«

Er musste ja nicht wissen, dass ich keine Rechtsanwälte hatte.

Der Steglmaier erbleichte.

»Ich finde, nach der Sache mit den gefälschten Rezensionen letztes Jahr könntest du wirklich härtere Saiten aufziehen!«, nickte Evelyn zufrieden. »Wir könnten eine Schadensersatzklage anstreben.«

»Gute Idee«, stimmte ich zu, obwohl ich auch das nicht vorhatte. »Da wir genügend Zeugen haben, kannst du ihn gerne gehen lassen«, schlug ich vor.

»Die Polizei weiß ja, wo sie ihn findet«, nickte Evelyn gnädig, und Vroni trat zur Seite. Hastig drängte der Steglmaier sich an ihr vorbei und suchte das Weite.

Kapitel 12

»Da siehst du mal, was eine junge Freundin aus einem Mann macht«, seufzte Evelyn.

»Glaubt ihr wirklich, der Steglmaier ist der Mörder?«, wollte die Vroni schaudernd wissen. Anscheinend war ihr gerade erst klar geworden, dass sie sich nicht nur einem Campingplatzbesitzer, sondern möglicherweise auch einem Mörder in den Weg gestellt hatte.

»Nein«, sagte ich sehr bestimmt.

»Wir wissen es nicht«, korrigierte mich Evelyn. »Schließlich hat er das mit den Ratten gewusst. Und dem Gesundheitsamt! Vielleicht hat er den Mord in Auftrag gegeben!«

Jetzt fröstelte auch ich.

Vroni sah etwas beschämt drein. »Das mit den Ratten habe ich der Meierbeck erzählt.«

Der Bäckerin etwas zu erzählen, war gleichbedeutend damit, mit einem Lautsprecherwagen durchs Dorf zu fahren.

»Aber es hat ja eh jeder mitgekriegt, dass das Gesundheitsamt beim Stöcklbräu war«, rechtfertigte sie sich. »Das erzählen die doch alle am Ort.«

»Das stimmt«, sagte die Evelyn. »Jeder weiß die Sache mit der Netto-Tüte und den sieben Ratten.«

»Sieben tote Ratten«, seufzte Vroni schaudernd. »Ich sag's euch, das hängt doch alles zusammen.«

Dann nahm sie ihr Handy zur Hand, um den »Hirschgrundis« mitzuteilen, dass sie dringend Stärkung brauchte, jetzt, wo die Polizei weg und der Steglmaier in die Flucht geschlagen war. Das brachte natürlich die Leitung zum Glühen, weil jetzt alle nach Plätzchen suchten.

»Ich sag den anderen Bescheid«, sagte Evelyn und meinte damit offensichtlich die Prepper und Bushcrafter. »Sonst bekommen wir ja überhaupt nicht heraus, was Jonas sie gefragt hat.« Sie warf mir einen Blick zu, der wohl bedeuten sollte, dass ich mittlerweile auch keine verlässliche Informationsquelle mehr war.

Die Stimmung bei den Bushcraftern und Preppern war ziemlich gedämpft, die waren halt nichts gewöhnt. Meine Hirschgrundis ließen sich von so ein bisschen Polizeieinsatz am Nachmittag nicht unterkriegen, Hauptsache, es gab noch den leckeren Stollen von der Schmidkunz, und die beschwipsten Plätzchen von der Vroni, und die Kaffeemaschine war heiß! Ich hatte den Verdacht, die glühenden Wangen lagen auch daran, dass der Schmidkunz irgendetwas Hochprozentiges spendiert hatte. Verhältnis der Flüssigkeiten wahrscheinlich 1:1.

»Das wird sich schon klären«, sagte Vroni gerade. »Der Jonas, der ist ein ganz fantastischer Kriminalkommissar. Der kriegt das in null Komma nichts heraus.«

Wenn ihm nicht wieder Sofia Ziegler dazwischenpfuschte. Das sagte sie zwar nicht, aber dachte es vermutlich.

»Ist Hamster eigentlich noch immer in U-Haft?«, fragte Ferdl nach.

»Nachdem wir eine blutige MagLite gefunden haben, ja«, sagte Evelyn, als wäre sie die Spurensicherung und als hätten wir die Ergebnisse der Untersuchung bereits vorliegen.

»Er hat ihn mit einer MagLite erschlagen?«, fragte ein Bushcrafter mit einem wilden Bart.

»Boah ey«, sagte ein besonders Dicker, mit einem ebenso struppigen Bart. »Das hätte ich ihm nie zugetraut.«

»Ich dachte auch, der ist das volle Weichei«, bestätigte der andere. »Dass der zu einer Gewalttat fähig ist, echt krass!«

»Ich hab den aber auch nicht so gekannt«, brummelte ein anderer.

»Ich auch nicht«, nickte der besonders Dicke. »Aber zugetraut hätte ich ihm das trotzdem nicht. Hat halt so ängstlich gewirkt.«

»Also, wenn er meint, er hat 'nen Zombie vor sich und läuft Gefahr, sich mit Zombie-Viren anzustecken, dann kann er schon ziemlich resolut sein«, schränkte Stefan ein.

»Aber wie kann man Kevin für einen Zombie halten?«, fragte ich.

Der sah aus wie ein ganz normaler junger Mann.

»Na, so in der Nacht. Wenn der ihn verfolgt und vielleicht noch herumgeschrien hat«, überlegte Ferdl. »Wenn der sich mit so richtig wüstem Gebrüll auf ihn gestürzt hätte und am Bein gepackt ... Da kann man schon den Verdacht schöpfen, dass es ein Zombie sein könnte.«

»Wieso sollte Kevin in der Nacht in der Brauerei herumlaufen und dabei schreien?«, fragte ich verständnislos. Das hörte sich komplett gaga an.

»Vielleicht weil er Angst hatte, entdeckt zu werden«, schlug Ferdl vor.

»Kevin?«, vergewisserte ich mich. »Aber dann würde ich doch nicht schreiend herumlaufen und anderer Leute Beine packen!«

Wir schweigen eine Weile.

»Und, was hat der Kommissar euch gefragt?«, wollte Evelyn

wie nebenbei wissen, während sie noch einmal mit einer Kanne Kaffee die Runde machte. Als sie mir einschenkte, konnte ich richtig riechen, dass das nicht reiner Kaffee war.

»Was ist das eigentlich?«, flüsterte ich.

»Gaelic coffee«, sagte Evelyn, gar nicht leise. »Das ist mit Whiskey, Ingwer und Honig. Das zieht richtig rein.«

Sie zwinkerte mir zu und machte eine Kopfbewegung in Richtung Bushcrafter. Sollte wohl heißen, dass sie gerade dabei war, den Männern die Zungen zu lösen.

Der Hetzenegger und der Schmidkunz hatten jedenfalls schon eine hochrote Birne. Und die Vroni kicherte am laufenden Band. Kaffee der Apokalypse!

»Wir haben alle kein Alibi«, gestand der rothaarige Wikinger-Stefan etwas bedrückt.

»Natürlich nicht«, sagte Ferdl genervt. »Schließlich schlafen wir allein in unseren Zelten.«

Ich nippte an meinem Kaffee. Allein die paar Tropfen stiegen mir sofort zu Kopf.

»Ich habe gehört, dass der Mord mit dem Hygieneproblem in der Brauerei zu tun hat«, sagte Ferdl.

»Welches Hygieneproblem?«, fragte ich unschuldig.

»Weiß ich auch nicht so genau. Ich habe gehört, dass der Stöckl nicht mehr ausliefern darf. Das Bier.«

»Wegen der Leiche?«, fragte Vroni ebenso unbedarft. »Aber der ist doch nur am Boden herumgelegen, oder?«

»Das kann ich mir auch nicht vorstellen«, bekräftigte ich.

»Ich habe halt gehört, dass die Polizei unglaublich unhygienische Zustände aufgedeckt hat. Also, nicht die Leiche, sondern das Rundherum«, erklärte Ferdl und zuckte mit den Schultern. »Keine Ahnung, vielleicht ist es ja nur ein Gerücht.«

»Die Ratten halt. Die in den Tüten«, sagte die Schmidkunz. »Das wissen wir ja alle schon. Selbst das Gesundheitsamt war schon da.«

»Ist ja schon komisch. Dass die wegen verpackter Ratten kommen«, überlegte Evelyn. »Ich würde mich einschalten, wenn die da frei rumlaufen.«

Sie nahm ihr Handy heraus und tippte eine Nachricht. Ihre Fingernägel – knallrot und irre lang –, klapperten auf das Display, und ich sah ihr zu, wie geschickt sie damit umging.

»Lilly sagt, es hätte eine Anzeige gegeben. Eine anonyme, am Samstagnachmittag. Und die sieben Ratten seien in einer Plastiktüte von Netto gewesen«, erzählte sie uns. »Unter einem der Kühltürme.«

»Aber die waren schon tot«, sagte ich, weil ich die Tüte auch gesehen hatte.

»Und wieso legen die Stöckls solche Tüten in den Kühlraum?«, fragte die Vroni und stand auf. Geschäftig begann sie die Plätzchenteller neu zu befüllen.

»Das waren doch nicht die Stöckls«, erklärte Evelyn. »Sondern der Mörder.«

»Oder das Mordopfer«, schlug Ferdl vor. »Vielleicht haben die Stöckls diesen Kevin dabei ertappt, wie er die Ratten in die Brauerei bringen wollte, und haben ihn erschlagen.«

Wir drehten uns kollektiv zu Ferdl und warfen ihm einen gemeinschaftlich bösen Blick zu.

»Aber der Mörder war doch Hamster«, warf Vroni begütigend ein und suchte noch ein paar Schokoladenherzen in der Plätzchendose, die sie auf dem Tellerrand platzierte.

»Und was gehen den überhaupt die Ratten und das Bier an?«

Evelyn seufzte, weil Vroni so schwer von Begriff war.

»Vielleicht, weil Hamster gar nicht der Mörder ist«, sagte Ferdl, aber seine Stimme klang entschuldigend. »Ich hab ja nur so herumüberlegt.«

»Wir haben die blutige MagLite in Hamsters Wohnwagen gefunden«, zählte Evelyn auf. »Und seine Gasmaske lag am Tatort. Die Stöckls hätten doch überhaupt keine Möglichkeit gehabt, das alles durchzuführen.«

»Aber mal ehrlich, ich verstehe überhaupt nicht, weshalb Hamster mit Ratten in die Brauerei gehen sollte. Oder das Gesundheitsamt benachrichtigen«, warf ich ein.

Alle tranken weiter apokalyptischen Kaffee.

Die Köpfe wurden röter.

Die Aussprache verwaschener.

»Oder habt ihr in der betreffenden Nacht irgendetwas hier am Campingplatz mitbekommen?«, fragte ich nach. Wenn die Stöckls die halbe Nacht hier herumgeschlichen waren, hätte es ja auch jemand sehen können.

Stefan stöhnte. »Die Nacht war furchtbar! Ich habe die ganze Zeit gefroren und kein Auge zugetan. Herr Gröning hatte nämlich absolut recht, es ist besser, sich das Lager am Boden zu bauen. Seitdem kann ich wieder schlafen!«

Natürlich, der alte Gröning war nämlich voll auf Zack, campingmäßig!

»Das ist ja wunderbar!«, erwiderte Evelyn begeistert. »Dann hast du bestimmt mitbekommen, was so auf dem Campingplatz passiert ist.«

»Zum Beispiel, ob der Hamster rumgegeistert ist«, konkretisierte ich die Frage.

»Ja, er war tatsächlich unterwegs. Ich weiß ja nicht, welche

Zeit relevant ist, aber er war so zwischen zehn und elf unterwegs.«

Evelyn sah enttäuscht aus. Anscheinend war das die Sache mit ihr gewesen.

»Und? Sonst noch was gehört?«, hakte ich nach.

»Nein. Ich habe mir dann irgendwann Kopfhörer in die Ohren gesteckt und ein Hörbuch gehört«, erzählte er. »In der Hoffnung, dass ich dadurch vergesse, wie kalt es ist.«

Schade!

»Und sonst jemand?«, fragte ich weiter.

»Ich war um drei Uhr in der Früh mal auf der Toilette«, erzählte Ferdl. »Und da habe ich eine eigenartige Frau gesehen.«

»Hast du das dem Kommissar gesagt?«, fragte ich hastig.

»Natürlich«, berichtete Ferdl. »Er hat jedoch ausgesehen, als würde er mir nicht glauben. Aber ich war nicht betrunken. Oder bekifft. Die war da wirklich!«

»Eine eigenartige Frau«, schüttelte Evelyn den Kopf, als würde sie das auch nicht wirklich glauben.

»Sie ist vom Ort vorne gekommen und den Weg unten am See entlanggegangen.«

Wir hingen ihm an den Lippen.

»Um drei Uhr in der Früh?«, fragte Evelyn wie gebannt.

»Weiß nicht mehr, ich glaube früher ... Vielleicht so um zwei Uhr?«

Wir wussten leider noch nicht, wann Kevin gestorben war, aber es war immerhin sehr seltsam, im Winter um zwei Uhr in der Früh einen Seespaziergang zu machen.

»Hatte sie einen Hund dabei?«, fragte ich, was für mich ein Grund gewesen wäre.

»Nein. Sie war ganz allein. Genau genommen kann ich gar nicht sagen, ob es eine Frau war, ich habe es nur angenommen«, schränkte er seine Aussage ein.

»Und wie sah sie aus?«, fragte die Vroni.

»Sie hatte einen riesigen bunten Turban auf dem Kopf und trug einen sehr weiten und sehr bunten Mantel.«

An irgendwen erinnerte mich das jetzt, aber ich wusste nicht, an wen.

»Und dann?«, fragte die Schmidkunz, eindeutig ängstlich.

»Sie ist über die Treppe hinauf zum Platz geschritten«, berichtete Ferdl weiter. »Als Erstes ist sie zur Rezeption gegangen. Deswegen dachte ich, dass es jemand vom Haus oben ist.«

Gut, dass ich die Tür abgesperrt hatte. Das machte ich, seit das letzte Mal in meinem Wohnzimmer ein Mörder gestanden hatte. Da hatte ich mir geschworen, das in Zukunft zu verhindern.

»Aber sie ist oben an der Tür umgekehrt.«

»Und ist wieder zum See gegangen?«, fragte ich.

»Nicht auf direktem Weg. Sie ist erst zu unserem Camp. Von einem Zelt zum anderen.«

Wir starrten ihn an.

»Sie hat sich gebückt und hat versucht hineinzusehen.«

»Sie hat die Zelte geöffnet?«, fragte ich irritiert.

»Nein. Das nicht. Ich weiß nicht, was sie da gemacht hat. Ich habe nur gesehen, dass sie sich bei jedem Zelt gebückt hat.«

»Oh Gott! Die Mörderin!«, entfuhr es der Schmidkunz, und sie klammerte sich an ihre Kaffeetasse. »Wir sperren ja immer die Wohnwagentür ab. Aber in einem Zelt, da hat man keine Chance!«

»Hatte sie eine MagLite in der Hand?«, fragte Evelyn. »Dann war es bestimmt die Mörderin, die sich noch ein Opfer gesucht hat.«

Ich verdrehte die Augen.

»Das habe ich nicht gesehen«, sagte Ferdl, und Evelyn schnaubte etwas genervt, weil er auf die wirklich wichtigen Dinge nicht geachtet hatte. »Aber ich hatte schon den Eindruck, dass sie etwas in der Hand hatte. Ich kann aber wirklich nicht sagen, was es war.«

»Die Mörderin, die die MagLite verstecken wollte!«, flüsterte die Schmidkunz, plötzlich auch vom Ermittlungsfieber gepackt. »Das müsst ihr sofort Jonas erzählen! Wer weiß, vielleicht kommt sie noch einmal und bringt uns alle um!«

»War sie auch beim Wohnwagen von Hamster?«, wollte ich wissen. Dann hätten wir zumindest eine Erklärung, wie die Taschenlampe zurück in Hamsters Wohnwagen gekomen war.

»Ich habe sie dann nicht mehr weiter beobachtet«, sagte Ferdl. »Das kann ich jetzt nicht sagen.«

»Nicht weiter beobachtet«, wiederholten wir alle enttäuscht.

»Aber das erscheint mir wahrscheinlich«, sagte die Vroni sehr bestimmt, die den Fall bereits gelöst sah.

Evelyn nahm schon wieder ihr Handy in die Hand und wählte eine Nummer. Während wir anderen überlegten, wer diese Frau gewesen sein könnte, sagte Evelyn »Hallo, Schatz« ins Handy. »Wollte mich nur vergewissern, dass du auch mal zu unserer Adventswoche kommst.«

Sie lächelte, während sie zuhörte.

»Verstehe, dass du viel zu tun hast«, sagte sie. »So eine Todesursache lässt sich ja auch nicht so nebenbei bestimmen.«

Aha! Der Stein!

»Erst vor Kurzem haben wir über deine fantastische Arbeit gesprochen ...« Sie lächelte dabei und strich sich lasziv die Haare aus dem Gesicht. »Und haben uns gefragt, ob man das überhaupt bestimmen kann, wann er gestorben ist. Das muss ein Ding der Unmöglichkeit sein«, schleimte sie. »Aha! Siehst du, ich habe auch gesagt, das ist schwierig.«

Wie gebannt hingen wir ihr an den Lippen.

»Ich sag dir einfach, wann wir unsere große Adventsfeier machen«, flötete sie ins Telefon, da der Stein anscheinend nicht mit den Fakten herausrücken wollte. »Wir haben jetzt dieses wundervolle Bootshäuschen, das zu einem Café wird. Das muss ich dir unbedingt zeigen.«

Der Stein wurde weich. Evelyn grinste uns an und hob einen Daumen.

»Tschüssi, wir sehen uns!«

Mit einem triumphierenden Blick wischte sie das Gespräch weg. »Also, die Leiche war gut gekühlt«, verriet sie uns. »Und er nimmt an, dass die Tatzeit früher liegt als zunächst angenommen.«

»Und?«, bohrte ich weiter.

»Wahrscheinlich schon um ein Uhr«, verriet uns Evelyn. »Das bedeutet, dass diese komische Tante, die hier herumgeschlichen ist, tatsächlich die Mörderin gewesen sein kann!«

»Eine Auftragskillerin, die vom Steglmaier bezahlt wurde«, machte die Vroni blutrünstig weiter.

Der Schmidkunz hatte unsere wilden Spekulationen auf jeden Fall satt, vielleicht auch die Ängste seiner Frau, die er jetzt wahrscheinlich jede Nacht ertragen musste, und stand auf.

»Ich geh zum Wohnwagen«, sagte er. Er lallte zwar nicht, aber seinen Schritten merkte man an, dass er schon getrunken hatte.

»Pass auf dich auf, Schatz!«, empfahl die Schmidkunz, als würden bei uns ständig die Mörder auf dem Platz herumstrolchen, und klammerte sich an ihre Kaffeetasse.

Kurz bevor er die Tür öffnete, blieb der Schmidkunz abrupt stehen und sagte: »Wer ist denn das?«

Wir sprangen alle kollektiv auf, in Erwartung eines neuen Serienmörders, der direkt vor unserem Bootshäuschen herumschlich. Begeistert sprang Clärchen an allen verfügbaren Beinen hoch und versuchte die allgemeine Aufregung noch um ein paar Grad zu steigern. Tatsächlich entfernte sich gerade ein dunkel gekleideter Mann mit einer riesigen Fellmütze.

»Schon wieder der Steglmaier«, sagte die Evelyn. »Irgendetwas führt der doch im Schilde!«

Er ging seltsam gebückt, als würde er nach etwas suchen.

»Den stelle ich jetzt zur Rede!«, sagte ich energisch. »So geht das nicht weiter!«

Ich stürmte nach draußen und vergaß glatt meine Jacke im Bootshäuschen, Clärchen war mir dicht auf den Fersen.

»Hallo, Sie da!«, rief ich dem Mann in Überlautstärke nach. »Bleiben Sie stehen! Was tun Sie da!«

Als der Mann stehen blieb, kam ich mir irgendwie bescheuert vor. Schließlich hatte er nichts Unrechtes getan! Als der Mann sich umdrehte, erkannte ich den Gröning. Ich hatte ihn wegen der turmartigen Fellmütze nicht erkannt!

»Ich suche. Meine Kennkarte«, sagte er, überhaupt nicht beleidigt. Wahrscheinlich hatte er mich gar nicht verstanden. »Meine Kennkarte ist weg.«

»Was für eine Kennkarte denn?«, fragte ich. Mein Puls rauschte im Ohr, so aufgeregt war ich gerade.

»Na, die Kennkarte eben. Die hat jeder.«

»Ich habe keine Kennkarte«, wandte ich ein und hielt Clärchen davon ab, am Gröning hochzuspringen.

»Er meint einen Personalausweis«, sagte hinter mir der Schmidkunz.

»Ich hab Geld geholt«, erklärte der Gröning. »Und in so einem Etui hatte ich die EC-Karte und die Kennkarte, und jetzt ist die Kennkarte weg.«

Brav ging ich neben ihm her und suchte auch den Boden ab.

»Und weshalb suchen Sie hier?«, fragte ich nach.

Er zuckte mit den Schultern. »Weil ich jetzt überall suche, wo ich heute schon war. Ich glaub ja auch nicht, dass ich sie hier verloren habe. Aber irgendwo muss ich anfangen!«

Kapitel 13

Am nächsten Morgen wurde ich davon geweckt, dass ein Hund zu mir ins Bett kroch, sich unter die Bettdecke grub und mit dem Kopf auf meinem Bauch liegen blieb. Vorsichtig tastete ich noch auf die linke Bettseite, aber wie sollte es anders sein – Jonas war nicht da. Wieder einmal sah ich nach, ob mir Jonas wenigstens geschrieben hatte – hatte er aber nicht. Ich tippte versuchsweise eine WhatsApp-Nachricht mit dem Inhalt »Du bist ein alberner Idiot!«, löschte sie jedoch sofort wieder. Dann tippte ich: »Ich liebe dich! Das ist doch alles ein riesiges Missverständnis!«, aber auch das schickte ich nicht ab. Nach dem sehr lauten Streit am Nachmittag hatte ich das Gefühl, dass ein weiterer Tag zum Abkühlen vielleicht doch nicht so schlecht wäre.

Weil ich mich gerade unglaublich einsam fühlte, streichelte ich Clärchen – denn natürlich war der Hund neben mir nicht Milo. Der kroch niemals unter die Bettdecke, sondern lag gerade gemütlich auf der Bettseite von Jonas und schnarchte ziemlich laut.

Eigentlich sollte ich Clärchen heute wirklich im Tierheim abgeben, dachte ich. Schließlich musste ich vermeiden, dass sie sich zu sehr an mich gewöhnte. Und ich mich an sie. Clärchen schien meine Gedanken zu bemerken, denn sie sah mich mit ihrem schmelzenden »Ich hab dich so lieb«-Blick an und brachte mich dazu, diese Aktion schon wieder auf einen anderen Tag zu verschieben.

Nach der Morgentoilette suchte ich nach einem menschlichen Wesen. Evelyn saß vor dem Rechner und shoppte bei irgendeinem Online-Händler; auf dem Bildschirm sah ich diverse Tischdecken. Als sie mich kommen hörte, klickte sie weiter und scrollte sich durch verrückte Skikleidung und riesige Sonnenbrillen. Wieder mal überlegte ich, woher Evelyn das Geld hatte, Tischdecken und andere Utensilien für das Café zu bestellen. Zumal es ja nicht einmal ihr Café war. Also, gefühlt schon, aber rechtlich war es mein altes Bootshaus auf meinem Campingplatz.

Hinter Evelyn standen zwei Kartons, die wohl mit der Post gekommen sein mussten. Von der Treppe zur Wohnung hinauf hörte ich Hundekrallen, und im nächsten Moment kam Clärchen mit einem Maul voller Socken heruntergesaust und überschlug sich fast vor mir.

Eilig nahm ich ihr die Socken ab – anscheinend hatte sie die Schmutzwäsche geräubert – und fragte Evelyn: »Sag mal. Damals, das Geld, dass dir der Mörder im Sommer zugesteckt hatte ... Hast du das alles der Polizei übergeben?«

»Kann ich mich jetzt nicht mehr erinnern«, antwortete Evelyn mit ihrer harmlosesten Stimme. Aha! Dann durfte ich wohl davon ausgehen, dass sie das nicht getan hatte.

»Hättest du vielleicht Lust, das Café zu pachten? Dann kannst du das alles so aufziehen, wie du willst«, fragte ich vorsichtig.

Evelyn lehnte sich zurück und sah mich mit einem Strahlen im Gesicht an. »Echt jetzt? Du überlässt mir das Bootshaus?«

»Ich hatte etwas von Pacht gesagt«, korrigierte ich sie.

Sie strahlte trotzdem weiter. »Das heißt, ich kann machen, was ich will?«

Das tat sie ohnehin schon die ganze Zeit.

»So ungefähr«, antwortete ich, um mich noch nicht komplett festnageln zu lassen.

»Könntest du heute mal die Semmeln holen, ich bin nämlich ultrabeschäftigt«, erklärte Evelyn ihre Zeitnot.

»Kannst du dann mit Clärchen rausgehen?«, fragte ich hoffnungsvoll, aber natürlich konnte sie nicht. Milo kam mit leidender Miene ebenfalls die Treppe herunter und drückte selbstständig die Außentür auf. Clärchen stürmte an ihm vorbei nach draußen. Seufzend nahm ich meine dicke Jacke vom Haken und suchte den Autoschlüssel.

»Vergiss den Semmelkorb nicht«, sagte Eveyln.

»Wo ist der Schlüssel?«, fragte ich.

»Der steckt schon«, erklärte sie, ohne die Augen vom Bildschirm zu nehmen.

»Kannst du dir das nicht abgewöhnen?«, fragte ich, erhielt aber keine Antwort.

Clärchen entpuppte sich als versierte Autofahrerin, obwohl ich sie noch nie mitgenommen hatte. Sie sprang mit einem riesigen Satz in den Kofferraum und machte es sich gemütlich. Milo weigerte sich. Er blieb stur neben der Beifahrertür stehen, bis ich nachgab und ihm die Tür öffnete.

»Du wirst auf deine alten Tage ein richtiger Pascha«, schimpfte ich, während ich rückwärts rausrangierte. Ich beschloss, die Hunde im Auto zu lassen, während ich bei der Meierbeck die vorbestellten Semmeln abholte.

»Was gibt's Neues?«, fragten die Meierbeck und ich gleichzeitig. Ich hatte leider nichts zu bieten.

»Der Jonas soll sich von dir getrennt haben«, informierte mich die Meierbeck.

»Hat er nicht«, behauptete ich, obwohl es sich ein bisschen so anfühlte.

»Und eine Neue haben«, setzte sie noch eins drauf.

»Echt?« Mein Adrenalinspiegel explodierte.

»Das sind natürlich haltlose Gerüchte«, versuchte sich die Meierbeck rauszureden. »Aber vielleicht solltest du ein bisschen netter zu ihm sein. Ihm was kochen oder so.«

Was hieß hier kochen? Er war ja nie zu Hause, da würde kochen jetzt auch nicht helfen.

»Und der Evelyn kannst du sagen, dass wir den Chocolate-Stout-Kuchen ausprobiert haben. Der schmeckt ganz gut, ist aber ziemlich mächtig«, sagte sie. »Und wir brauchen einen anderen Namen. Schokoladenbierkuchen oder so.«

»Schokoladenbier?«, fragte ich. Das klang bescheuert.

»Sie will doch lauter Bierspezialitäten anbieten«, erklärte mir die Meierbeck und holte ihr Handy heraus, um es mir auf Instagram zu zeigen.

»Was wünscht ihr euch zu unserem Bierfest?«, hatte Evelyn auf Instagram gefragt. »Unser Original Hirschgrundi-Grill-Bierbrot oder die Stöcklbier-Apfelküchl?«

Innerhalb einer halben Stunde hatte das Thema ungefähr hundertfünfzig Kommentare erhalten. Die meisten konnten sich nicht entscheiden, denn sie wollten erst das Grill-Bierbrot und danach noch etwas Süßes. »Da hätte sie jetzt schon mal das mit dem Chocolate-Stout-Kuchen erwähnen können. Und dass der von uns ist. Das wäre schon wichtig.«

Ich verkniff mir das Stöhnen.

»Schokoladen-Dunkelbier-Kuchen«, überlegte die Meierbeck. »Malziger Schokoladenkuchen. Original Meierbeck'sche

Schoko-Biertorte. Mit flüssigem Schokokern.« Sie strahlte mich an.

Mir persönlich wäre es jetzt wichtiger gewesen, dass diese Mordgeschichte endlich vom Tisch war.

»Und, was ist mit dem Gesundheitsamt herausgekommen?«, lenkte ich vom Schokoladenthema ab.

»Angeblich hat das Gesundheitsamt die Ermittlungen eingestellt.«

»Aha! Und warum?«

»Weil der Mord mit den Ratten zu tun hat. Angeblich hat der Kevin die Ratten in die Brauerei legen wollen, damit der Stöckl so richtig Ärger bekommt.«

Ich starrte die Meierbeck an.

»Das kommt jetzt nicht von mir«, verteidigte sich die Meierbeck. »Das hat mir meine Cousine gesagt.«

Die mit dem Polizisten Brunner verheiratet war.

»Und was für einen Grund sollte der haben?«

»Kevin ist doch mit Ferdinand Scheuer befreundet.« Sie sah mich an, als würde das alles erklären.

»Sein bester Kumpel!«, betonte sie noch einmal.

»Na und?«, fragte ich, obwohl ich schon ahnte, was jetzt kam. Kumpel. Kevins Kumpel. Der bestimmt jede Menge Mist mitgemacht hatte.

»Scheuer. Vom Scheuerbräu!«

Scheuerbräu sagte mir etwas. Das war eine winzige Brauerei, vielleicht zwanzig Kilometer von hier entfernt, die angefangen hatte, sich auf Craft-Biere zu spezialisieren. Die hatten wahrscheinlich keinen riesigen Umsatz und waren wohl auch keine richtige Konkurrenz zum etablierten Stöcklbräu. Alex hatte mir nur mal erzählt, dass sich der alte Scheuer bei ihm beschwert habe, dass er ein alter Nachmacher sei, weil Alex angefangen hatte, Ales zu brauen. Aber ich konnte mich an keine ernsthaften Konflikte erinnern. Alex hatte trotzdem seine neuen Biersorten gebraut und nie wieder etwas vom Scheuer erzählt.

»Stimmt. Der Scheuerbräu«, sagte ich.

»Der Scheuer wollte ihm bestimmt schaden«, behauptete die Meierbeck. Sie hatte die Semmeln für mich schon hergerichtet, rückte sie aber nicht heraus, vermutlich aus Angst, ich könnte zu schnell abhauen. »Weil, auffällig ist das schon, da liegen die Ratten beim Stöcklbräu, und gleichzeitig bekommt das Gesundheitsamt ganz zufällig eine Meldung, dass es bei Stöckls ein Gesundheitsproblem gibt ...«

»Ah«, machte ich. Dass mir der Zusammenhang nicht gleich aufgefallen war! Da war ich noch auf dem Boden der Brauerei herumgelegen, die Leiche neben mir, noch nicht einmal die Spurensicherung vor Ort, und schon war das Gesundheitsamt gekommen, um zu kontrollieren. Die mussten schon in aller Früh informiert worden sein, sonst wären sie doch gar nicht auf die Idee gekommen, jetzt in der Weihnachtszeit ...

Weil ich nichts Neues mehr zu berichten wusste, rückte die Meierbeck schließlich die Semmeln heraus, und ich zahlte.

Aber wie steckten der Hamster und seine Gasmaske da jetzt mit drin?

Alles komplett verrückt. Eigentlich war ich mir ganz sicher, dass Hamster mit der Sache überhaupt nichts zu tun hatte. Dann doch eher die Frau mit dem Strickmantel, die vielleicht mit dem Steglmaier unter einer Decke steckte.

Bevor ich zurückfuhr, schrieb ich Alex eine Nachricht, um ihm den neuesten Tratsch weiterzusagen.

»Glaubst du, der Scheuer wollte dir Ratten in die Brauerei werfen?«, fragte ich dann noch.

»Nein!«, kam prompt eine sehr klare Antwort.

Etwas enttäuscht darüber, dass Alex von der Theorie nicht begeistert war, kehrte ich zum Campingplatz zurück. Dort fand ich die Rezeption verwaist vor. Ich sah schnell auf dem Instagram-Account von Evelyn nach, was sie so trieb. Sie hatte schon wieder an ihrer »Story« gearbeitet. Anscheinend hatte sie einen richtigen Plan, was sie wann veröffentlichte, denn man konnte lückenlos nachverfolgen, was sie gerade machte. Das letzte Filmchen zeigte sie in einem silberfarbenen Skianzug in meiner Rezeption, und sie zeigte mit knallrot lackierten Fingernägeln auf die Kartons vor ihr. Ich las mir die Kommentare nicht durch, aber immerhin wusste ich dadurch jetzt, dass alle im Bootshaus versammelt waren. Kurzerhand trug ich den Korb mit den Semmeln quer über den Platz. Vor mir knurrte Milo Clärchen an. Die kleine Dame hatte nach wie vor die Angewohnheit, ständig an ihm hochzuspringen und ihn in seine Ohren zu beißen. Sobald er sie dann böse anknurrte, brachte sie sich wie der Wind hinter meinen Beinen in Sicherheit.

»Lass das!«, schimpfte ich, als sie schon wieder zwischen meine Beine sprang und ich beinahe über sie gefallen wäre. »Irgendwann breche ich mir noch das Genick, wenn das so weitergeht!«

In der Nacht hatte es schon wieder geschneit, alle Wohnwägen funkelten zauberhaft in der Morgensonne. Wie ich meine Camper kannte, hatten sie im Café den Bollerofen angeworfen und unterhielten sich über ihre Sommerpläne.

Café!, dachte ich halb belustigt, halb ärgerlich, weil ich selbst schon das Wort »Bootshaus« aus meinem Sprachgebrauch gestrichen hatte. Ich musste mich wohl oder übel langsam daran gewöhnen, dass ich durch Evelyns unfassbare Beharrlichkeit jetzt statt einem halb vermoderten – aber pflegeleichten – Bootshaus ein Café auf dem Campingplatz hatte. Clärchen machte einen riesigen Satz, verfehlte Milo und purzelte ein paar Stufen aufjaulend nach unten. Ich seufzte, als sie wieder aufstand, sich den Schnee aus dem Fell schüttelte und dann vergnügt Richtung »Fräulein Schmitts« rannte.

Tatsächlich schlug mir Stimmengewirr entgegen, als ich die Tür öffnete. Es sah reichlich überfüllt aus, Kartons mit süßem, nostalgischem Kaffeegeschirr standen überall herum, und vor allen Dingen war es bullenheiß. Als ich die Bushcrafter sah, wusste ich auch weshalb: Sie hatten bestimmt schon wieder die gesamte Nacht gefroren und wärmten sich jetzt gerne im Bootshaus auf.

»Guten Morgen!«, rief ich in die Menge und stellte den Korb mit den Semmeln auf einem Tisch ab.

»Guten Morgen!«, riefen alle im Chor zurück, dann jaulte eine Bohrmaschine auf, und Clärchen bieselte mir vor Schreck über die Stiefel.

»Kannst du sie nicht erziehen?«, wollte Evelyn wissen.

»Ich brauche sie nicht erziehen, ich bringe sie einfach ins Tierheim«, kündigte ich an, worauf mir ein vielstimmiges »Das kannst du doch nicht machen, das süße Hündchen!« entgegenschlug. Wedelnd stand Clärchen in der Mitte und sah aus, als würde sie mitbekommen, dass alle anderen auf ihrer Seite waren.

»Jaja«, sagte ich nur. »Was ist hier los?«

»Der Tresen ist gekommen«, sagte Evelyn stolz. »Und meine Jungs bauen ihn gerade zusammen.«

»Meine Jungs« waren die Bushcrafter, die sich ziemlich für »Mommy« Evelyn reinhängten. Gerade waren alle schwer beschäftigt, Stühle und Tische zusammenzubauen, und die Schmidkunz konzentrierte sich wieder darauf, in Schönschrift die Kaffeekarte auf die Tafel zu bringen.

»Ich mach uns inzwischen Frühstück!«, rief Vroni entzückt aus, als sie die Semmelchen sah. »Wie das alles duftet, wirklich wunderbar!«

»Was wird das genau?«, fragte ich, weil es so aussah, als würde eine neue Wand eingezogen werden.

»Das ist der Tresen. Dahinter steht dann die Kaffeemaschine, dann hast du auch wieder mehr Platz im Campingladen«, erklärte mir Evelyn.

»Seit wann hast du so viel Geld, um Tische und Tresen zu kaufen?«, bohrte ich noch einmal nach.

Evelyn druckste ein klein wenig herum. »Ein bisschen Startkapital«, murmelte sie ausweichend. »Man muss eben investieren, wenn es schön sein soll ... nichts gegen die alten Stühle deiner Nonna, die passen wunderbar, wenn man so Shabby Chic haben will. Aber die Tische sehen mehr aus wie Bierbänke, das passt irgendwie gar nicht in ein Café.«

»Ja, aber die Frage ist doch, wer hat dir Geld dafür gegeben?«, fragte ich noch einmal. Schließlich hatte sie nie Geld, um beispielsweise den Pizzadienst zu bezahlen. Oder im Supermarkt die Rechnung zu übernehmen. Aber Tische und Tresen für ein Café, das nicht einmal ihr gehörte, waren plötzlich drin?

»Halt, alles weiter nach rechts«, rief Evelyn statt einer Antwort, und ich hatte sie arg in Verdacht, dass sie weder jetzt noch später Lust hatte, dazu Stellung zu nehmen. »Da vorne will ich noch ein Fenster reinhaben, damit man auf die Terrasse sehen kann.«

Ich runzelte nur die Stirn. »Ein Fenster?«

»Rund um das Bootshaus brauchen wir dringend eine Terrasse. Im Sommer will doch kein Mensch drinnen sitzen. Deswegen also Terrasse«, erklärte sie. »An regnerischen Tagen soll es hier supergemütlich sein, aber an den Sommer-Bade-Eiscremetagen, da wollen wir draußen unter hübschen Sonnenschirmen sitzen und unseren Eiskaffee schlürfen.«

»Schlürfen«, echote ich, als wäre ich geistig nicht ganz dicht. »Unseren Eiskaffee der Apokalypse.«

»Ja. Jungs, ihr seid die Besten!«, flötete sie, an die Bushcrafter gerichtet.

Ja. Das war toll. Die konnten nicht nur draußen Feuer machen, sondern auch eine Theke aufbauen, was wir nicht hinbekommen hätten. Der Hetzenegger hatte schon rote Bäckchen bekommen, so begeistert war er, und die Vroni und die Schmidkunz hatten in einem stillen Eckchen schon einmal zwei neue Tischchen aufgestellt.

Als der Kaffee fertig war, setzten wir uns mit den Bushcraftern und Preppern zum Frühstück, und obwohl ich noch an den Mord denken musste, die Ratten, Kevin und den Scheuerbräu, herrschte eine heitere und gelöste Stimmung. Ich war kurz davor, zum ersten Mal den Gedanken zuzulassen, dass ich es toll fand, ein Café zu haben.

Kapitel 14

Schließlich wurde es mir zu heiß und zu laut im Bootshaus, und ich trat mit Clärchen und Milo ins Freie. Draußen traf ich auf den Gröning, der ziemlich finster guckte.

»Was passiert?«, brüllte ich möglichst abgehackt, um mich verständlich zu machen.

»Du musst nicht so schreien«, sagte er, schlecht gelaunt. »Ist ja nicht so, als würde ich nichts hören.«

Da wusste ich anderes!

»Mein Fernglas ist weg.«

Erschrocken hielt ich die Luft an. Jetzt gab es auch noch Diebe auf unserem Platz. Vielleicht sogar stehlende Mörder!

»Wie bitte?«, fragte ich nach. »Da hat Ihnen jemand das Fernglas aus dem Wohnwagen gestohlen?«

»Nein, das hat mir keiner gestohlen«, erklärte er mir. »Ich hab das wo liegen lassen. Also, konkret kommen drei Bäume infrage. Und ich müsste ganz schnell das Fernglas finden, weil es bald schneit. Damit es nicht nass wird. Und ich weiß nicht, zu welchem Baum ich als Erstes gehen soll.«

»Baum«, wiederholte ich irritiert, weil sich mir der Zusammenhang zwischen dem fehlenden Fernglas und den Bäumen nicht erschloss.

»Ich habe zu rekonstruieren versucht, wie das passiert ist, mit dem Fernglas«, erklärte der Gröning ausführlich. »Das macht man so, wenn man etwas verloren hat. Und dabei bin ich darauf gekommen, dass es folgendermaßen gewesen sein muss: Ich habe gebieselt und dabei das Fernglas an einen

Baum gehängt. Und weil ich bei dem Spaziergang dreimal gebieselt habe, kommen drei Bäume infrage. Einer hinten bei der Quelle, einer im Moor und noch einer.«

»Aha!«

»Das mache ich immer so«, erklärte er mir mit schlecht gelaunter Miene. »Weil ich beim Bieseln kein Fernglas um den Hals haben will.«

»Aha!«, machte ich noch einmal und versuchte nicht so zu schauen, als fände ich das komisch.

»Könntest du nicht zu dem Baum an der Quelle gehen?«, fragte der Gröning. »Den findest du ganz leicht! Dann geh ich zu den zwei anderen.«

Ich seufzte. So richtig Lust hatte ich nicht. Andererseits mussten Clärchen und Milo auch eine Runde gehen, und zur Quelle war es nicht besonders weit.

»Das wäre die Eiche. Rechts hinter der Quelle«, sagte er, »Die kannst du praktisch nicht verfehlen.«

Ich nickte brav. Was tat man nicht alles für seine Camper!

Clärchen und Milo waren begeistert über den Ausflug, also, Clärchen mehr als Milo. Oder man sah es dem alten Hund einfach nicht so an.

Zur Quelle brauchte man nur zwanzig Minuten. Sie war mit Granitsteinen eingefasst und ein sehr beliebtes Ausflugsziel hier am See. Der schmale, mit Kiefernnadeln bedeckte Pfad schlängelte sich hübsch durch den blaubeerbewachsenen Wald. Jetzt im Winter sah man davon natürlich nicht so viel. Aber im Sommer konnte man sich dann bei der Quelle schön auf ein rotes Bänkchen setzen und über den See blicken. Den Lichtreflexen zusehen, die auf der Wasseroberfläche glitzerten, oder den Libellen, die sich dort gerne auf den

Teichrosenblättern niederließen. Oder schlicht die Augen schließen und die Sonnenstrahlen genießen, die sich in dem Winkel besonders warm anfühlten. Momentan bedeckten schneegraue Wolken den Himmel, der See war zugefroren, und der Wind blies eisig. Als ich die steineingefasste Quelle sah, erkannte ich schon aus einiger Entfernung, dass tatsächlich ein Fernglas an einer Eiche hing.

Der Gröning!

Ich nahm das Fernglas von dem Aststummel und hängte es mir um den Hals. Eine Weile ließ ich mich vom kalten Wind durchpusten, lauschte dem steifen Rascheln der Rohrkolben und tätschelte dabei Milos Kopf, der sich an mich anlehnte. Als Clärchen schließlich dazwischensprang, weil sie auch gestreichelt werden wollte, kraulte ich auch ihr kurz den Rücken und machte mich dann wieder auf den Heimweg. Gerne hätte ich dem Gröning eine WhatsApp-Nachricht geschrieben, damit er die Suche einstellen konnte. Aber er besaß natürlich kein Handy, und ein Smartphone schon dreimal nicht.

Gerade als ich bei der Brücke ankam, die an der schmalsten Stelle des Sees die beiden Seeufer verband, sah ich am Seeweg drüben eine gebeugte Gestalt dicht an den Baumreihen entlangeilen. War das der Gröning? Ich nahm sein Fernglas und sah hindurch. Das war vielleicht ein gutes Teil! Man sah glasklar das andere Ufer. Die Baumstämme und das Schilf waren so nah, dass ich das Gefühl hatte, mittendrin zu stehen. Begeistert schwenkte ich das Fernglas und entdeckte nun den Wohnwagen der Hetzeneggers hinter den Pappeln. Die Vroni hatte ihre karierten Geschirrtücher draußen aufgehängt, die gefroren im leichten Wind hin- und herwehten.

Toll, was man da alles sah! Vielleicht sollte ich mir auch so ein Fernglas zulegen.

Ich erinnerte mich wieder, dass ich ja sehen hatte wollen, was der Gröning drüben trieb. Langsam glitt mein Blick am Weg entlang, bis ich endlich die seltsame Gestalt wieder im Bild hatte.

Da!

Es dauerte kurz, bis ich wieder scharf sah, aber dann wusste ich sofort, wer da herumschlich. Denn durch das Fernglas sah man besonders gut, dass derjenige nicht einfach einen Spaziergang machte, sondern darauf bedacht war, nicht erkannt zu werden. Und erstaunlicherweise erkannte ich die Person sofort, obwohl ich das Gesicht überhaupt nicht zu sehen bekam. Am liebsten hätte ich nach drüben geschrien, aber dann wäre die Frau natürlich weg gewesen!

Clärchens Frauchen. Sie hatte einen übergroßen, sehr bunten Strickmantel an und eine riesige Wollmütze auf ihrer buschigen Frisur. Und ein ebenfalls sehr bunter Strickschal flatterte hinter ihr her.

Was machte sie da? Suchte sie vielleicht Clärchen?

Natürlich war mir klar, dass sie das nicht tat. Statt zu schreien und sie auf mich aufmerksam zu machen, beobachtete ich weiter, was sie tat. Sie ging seltsam gekrümmt und schien etwas Schweres in den Armen zu halten. Dabei sah sie sich immer wieder nach hinten um, als würde sie damit rechnen, im nächsten Moment entdeckt zu werden.

Grönings Fernglas war wirklich eine Wucht! Als sich die Frau umdrehte, sah ich deutlich, was sie in der einen Hand trug: Es war definitiv eine Netto-Tüte. Gelb mit roter Schrift, so unverwechselbar, dass mir ganz zitterig wurde. Ich war mir plötzlich hundertprozentig sicher, dass ich eben die Mörderin entdeckt hatte! Womöglich schlich sie schon wieder mit Ratten herum. Ich stellte die Tüte auf scharf, und tatsächlich war sie randvoll gefüllt.

Ich musste ganz dringend jemanden informieren, der mir helfen konnte, die Frau zu überwältigen. Bevor noch jemand zu Schaden kam!

Ohne das Fernglas vom Gesicht zu nehmen, tastete ich mit meiner linken Hand in meiner Jackentasche nach meinem Telefon. Bestimmt waren die Vroni und Evelyn im Café. Dann könnten sie der Frau von vorne den Weg abschneiden, während ich von hinten auf sie zugestürmt kam. Gerade als ich das Handy aus der Tasche zog, legte mir jemand die Hand auf die Schulter, und ich brüllte so entsetzt los, dass mir die Ohren klingelten.

Dem Gröning anscheinend auch, denn er sah mich verständnislos an und sagte: »Du brauchst nicht so zu schreien. Ich bin ja nicht taub!«

Eilig schwenkte ich mein Fernglas wieder zum anderen Ufer. Resigniert bemerkte ich, dass die Frau nun weg war, bestimmt war sie durch mein Gebrüll auf mich aufmerksam geworden. Clärchen sprang an mir auf und ab, und ich überreichte Gröning sein Fernglas.

»Super Teil«, sagte ich, in normaler Lautstärke.

»Ja, ich hab's dir doch gesagt, das hängt hinten bei der Quelle«, antwortete der Gröning.

So viel zum Thema, dass er alles verstand, was man in normaler Lautstärke sagte.

Auch diesen Abend übernachtete Jonas wieder in seiner Wohnung in Regensburg. Natürlich wusste ich, dass er mit mir reden würde, wenn es eine neue Frau gäbe. Aber ich schwankte trotzdem zwischen heulendem Elend und trotzigem »Was soll's!«.

»Ich würde ihm das mit der Frau am See erzählen«, sagte Evelyn nach dem dritten Ramazzotti. »Klingt doch logisch, dass sie die Mörderin ist, oder?«

Wenn Jonas bei mir übernachtet hätte, hätte ich ihm das sicherlich erzählt. Aber um genau zu sein, hatte ich schon ein paarmal angefangen, ihm eine WhatsApp-Nachricht zu schreiben. Und hatte alle wieder gelöscht, weil sie allesamt völlig verrückt klangen. Frau im Strickmantel und einem Nettobeutel gesichtet? Bucklige Frau, die sich in verdächtiger Weise auf dem Seeweg bewegt? Klang, als wäre ich paranoid!

»Sie hat also mir ihren Hund gegeben und ist danach in die Brauerei gegangen, um dort Ratten abzulegen und Kevin zu ermorden?«

»Ja, das war bestimmt alles vorsorglich«, sagte Evelyn. »Sie musste ja damit rechnen, dass sie erwischt wird. Und auch ins Gefängnis kommt. Was hätte sie dann mit Clärchen gemacht? So hat Clärchen schon einen neuen Besitzer, und sie kann in aller Ruhe ...«

Ich schüttelte den Kopf über diesen Schwachsinn.

»Vielleicht hat sie ja auch die Kennkarte vom Gröning gestohlen«, schlug Evelyn vor.

»Um sich als Gröning auszugeben?«, fragte ich. Ich hatte plötzlich irrsinnig Hunger auf ganz viel Süßigkeiten. In Kombination mit ganz viel Alkohol. Am besten stark alkoholische Plätzchen. Ich stand auf, um die Dose zu suchen, die mir Vroni geschenkt hatte. Tatsächlich war sie zur Hälfte mit ihren Beschwipsten gefüllt, von denen ich sofort eines in den Mund steckte. Ich nahm mein Handy zur Hand, um zu sehen, ob mir Jonas wenigstens geschrieben hatte! Aber die Einzige, die furchtbar aktiv war, war Evelyn. Ich sah mir ihre neueste Story an, während sie neben mir saß.

»Schon mein Leben lang bin ich ein richtiger Chocaholic!«, stand unter einem Bild mit einem dunklen, fast schwarzen Kuchen, der mit den Hashtags #Schokoleidenschaftentfacht und #FräuleinSchmitts getagged war. Das Bild sah wahnsinnig appetitlich aus, und ich fragte mich, wo der Kuchen gelandet war. Vielleicht sollte ich mal bei Fräulein Schmitts nachsehen!

Schließlich überwand ich mich und schrieb Jonas: »Ich habe die Frau mit dem Strickmantel, die in der Mordnacht auf unserem Campingplatz war, am Seeweg gesehen. Weiß nicht, ob euch das was hilft. Sie hatte eine Netto-Tüte dabei. Vielleicht mit Ratten gefüllt?«

Aber Jonas hatte sein Handy aus und las die Nachricht nicht mehr.

Kapitel 15

Am nächsten Morgen überschlugen sich die Ereignisse. Es begann damit, dass ich in der Früh aus dem Fenster sah und Hamster entdeckte, der in gebückter Haltung über den Platz schlich.

»Himmel!«, flüsterte ich erst, dann schrie ich so laut ich konnte: »Evelyn!«

Als Erstes kamen natürlich nur die Hunde, die sich von jedem Namen angesprochen fühlten, dann aber auch Evelyn.

»Du musst ihn davon abhalten, noch jemanden umzubringen!«, schrie Evelyn aufgeregt, und wir rannten, so, wie wir waren, also in Schlafanzügen, über den Platz.

Hamster war vollkommen überrumpelt von uns als schneller Eingreiftruppe und fing fast zu weinen an, als Evelyn ihn am Oberarm packte.

»Was machst du hier?«, schrie Evelyn aufgeregt.

»Ich gehe zu meinem Wohnwagen«, schluchzte er. »Ich durfte ...«

Was er durfte, konnte er nicht mehr sagen, weil gerade Jonas über den Platz gelaufen kam, anscheinend in der Annahme, dass wir Hamster niederschlagen würden. Oder er uns.

»Du kannst doch keinen Mörder frei herumlaufen lassen«, sagte Evelyn und ließ Hamster los. »Du musst an unsere Sicherheit denken!«

Jonas sah mich mit tief gerunzelter Stirn an. Am liebsten hätte ich mich ihm an den Hals geworfen, aber das war vielleicht doch nicht der geeignete Moment.

»Ich bin nicht der Mörder!«, rief Hamster aufgeregt. »Außerdem hat die Polizei einen neuen Tatverdächtigen!«

Ich wandte mich Jonas zu. Er sah mich so zornig an, als wäre ich die neue Tatverdächtige.

»Wen denn?«, fragte ich.

»Doch wohl nicht den Alex?«, fragte Evelyn, die ganzen negativen Schwingungen zwischen uns richtig interpretierend.

»Ich kann zu laufenden Ermittlungen nichts sagen.«

»Also Alex«, schlussfolgerte ich. Wegen der Kälte musste ich mich zusammenreißen, nicht mit den Zähnen zu klappern. »Er war das nicht!«

Jonas drehte sich einfach um und ging zurück zum Auto, weil er Hamster nicht mehr vor uns retten musste.

»Wie kommst du auf so einen Unsinn?«, wollte ich wissen, während ich neben ihm herlief.

»Du hast einen Schlafanzug an«, erinnerte mich Jonas und sah mich schief von der Seite an.

»Das weiß ich selbst!«, fauchte ich. »Sag mir lieber, wieso du Alex verhaften willst. Und jetzt erzähl mir nichts von Motiv, Gelegenheit und so einem Quatsch!«

»Du bist nicht gekämmt«, sagte er und betrachtete interessiert die Gänsehaut auf meinem Dekolleté.

»Natürlich nicht! Ständig muss ich mich um etwas kümmern! Ich hab bald einen Burnout von diesem ganzen Gekümmere«, schimpfte ich. »Ich würde mich total gerne mal kämmen und anziehen, aber es passiert immer was, das mich daran hindert!«

»Jetzt könntest du einfach reingehen und dich diesen Dingen widmen«, sagte er sanft, und wir sahen uns eine Weile schweigend an. »Ich muss jetzt arbeiten.«

Damit stieg er in sein Auto und startete den Motor.

»Ich flipp gleich aus!«, flüsterte ich. Dann wurde mir klar, dass er jetzt sofort zum Stöcklbräu vorfahren, dort den Alex verhaften und für immer und ewig hinter Gitter bringen würde. Grundlos natürlich!

»Moment!«, schrie ich ihm nach. »Bestimmt hat Alex ein supertolles Alibi!«

Das hörte er leider nicht mehr.

Hektisch rannte ich nach drinnen und warf mich in den olivgrünen einteiligen Skianzug von Evelyn, ihre riesige Puschelmütze und den knallroten Schal. Insgesamt nicht mein Style, aber ich musste jetzt unbedingt Alex retten! Clärchen hüpfte aufgeregt um mich herum, als wollte sie auch irgendwen retten. Ich sprang noch in die hässlichen UGGs von Evelyn und rannte zum Auto hinaus.

»Wie siehst du denn aus?«, fragte Evelyn erstaunt.

»Ich muss Alex retten!«

»Aber doch nicht in dem Aufzug! Hast du da überhaupt was drunter?«

Klar, ich hatte natürlich noch immer meinen Schlafanzug an. Aber das sah man ja nicht!

Clärchen sprang unaufgefordert ins Auto und machte es sich auf dem Beifahrersitz bequem. Sie hatte schnell von Milo gelernt. Dann schoss ich ziemlich unkontrolliert mit dem Auto raus auf die Landstraße und raste in einem Affenzahn vor in den Ort. Natürlich stand das Auto von Jonas vor der Brauerei!

Aufgeregt rannte ich, verfolgt von einem ebenfalls aufgeregten Hund, in das Restaurant hinein und sah Jonas und

Alex mir entgegenkommen Was das bedeutete, konnte ich mir lebhaft vorstellen!

»Der nimmt dich jetzt nicht fest, oder?«, fauchte ich.

»Nur eine Befragung«, sagte Alex stoisch. »Bin gleich wieder da.«

Clärchen sprang Jonas vor Begeisterung fast in die Arme, und er bequemte sich dazu, sie zu tätscheln.

»Was heißt hier Befragung?«, fragte ich böse.

Jetzt sprang Clärchen ebenso begeistert an Alex hoch, was Jonas überhaupt nicht gefiel.

»Wie kommt ihr überhaupt dazu, irgendwelche Leute zu befragen, die rein gar nichts mit dem Mord zu tun haben?«

Jonas hob nur eine Augenbraue, während Alex grinste.

»Neues Ermittlungsmaterial«, erklärte Alex. »Unsere Überwachungskamera zeigt, dass ich genau zur Tatzeit in die Brauerei gehe.«

»Echt?«, fragte ich fassungslos.

»Nein. Ich schlafe natürlich um diese Uhrzeit«, sagte Alex.

»Da siehst du es!«, erklärte ich Jonas in sehr bestimmtem Tonfall. »Jetzt hat er es dir gesagt, dann kannst du ihn auch gleich hierlassen.«

»Aber man sieht trotzdem auf dem Video, dass jemand wie ich zur Brauerei geht«, nahm Alex Jonas in Schutz.

»So ein Unsinn!« Ich packte Jonas am Arm. »Du wirst doch so was nicht glauben!«

»Man sieht das«, antwortete Alex an der Stelle von Jonas, als wäre er der leitende Ermittler und hätte irgendetwas zu sagen. »Das hat mit glauben doch nichts zu tun.«

»Aber du bist doch nicht zur Tatzeit in die Brauerei gegangen«, schrie ich, während ich Jonas' Arm weiter fest umklammert hielt.

»Nein, das nicht. Aber es sieht so aus.«

»Wie bitte?«

»Man sieht den mutmaßlichen Mörder nur von hinten. Es könnte auch jemand mit einer ähnlichen Jacke sein.«

»Siehst du«, fauchte ich Jonas an.

»Du weißt doch überhaupt nicht, welche Jacke ich getragen habe«, grinste Alex.

»Nein. Das nicht«, sagte ich, und mir gingen die Argumente aus.

»Und es ist einfach nicht auszuschließen, dass ich das bin«, fügte Alex hinzu. »Dem muss die Polizei unbedingt nachgehen.«

Ich stöhnte über so viel eigene Blödheit. »Halt die Klappe! Du brauchst einen Anwalt! Du darfst nichts sagen, die Polizei dreht dir da einen Strick draus!«

Jonas öffnete den Mund, aber es antwortete wieder Alex: »Ja, womöglich. Denn es gibt ein tolles Motiv für mich.«

Jonas schloss den Mund wieder.

»Halt die Klappe!«, empfahl ich Alex noch einmal. Das war zumindest das, was jeder vernünftige Anwalt ihm geraten hätte.

»Ich hätte nämlich Kevin erwischen können, mitten in der Nacht. Und zwar mit seinem Beutel Ratten im Gepäck. Das hat mich dann so verärgert, dass ich nicht anders konnte, als ihn mit einer Stange niederzuschlagen.«

»Ich dachte, es war eine Taschenlampe.«

»Stimmt. Mit meiner Taschenlampe«, nickte Alex. »So war's. Hab's nur kurz vergessen.«

»Aber die Taschenlampe war doch im Wohnwagen von Hamster!« Ich krallte mich noch mehr in den Arm von Jonas. In dem Restaurant war es viel zu warm für einen Skianzug. Ich hatte schon einen mittelmäßigen Schweißausbruch und zog möglichst unauffällig den Reißverschluss ein kleines Stückchen nach unten.

»Und Alex war die ganze Zeit nicht am Campingplatz!«, sagte ich energisch. »Das kann ich bezeugen! Der hätte gar nichts in den Wohnwagen von Hamster legen können.«

»In der Nacht hast du geschlafen«, erinnerte mich Alex. »Vielleicht habe ich die Taschenlampe in der Nacht weggebracht, und du hast das gar nicht bemerkt!«

»Kannst du nicht einfach den Mund halten!«, schrie ich ihn an und wandte mich, meine Stimme mäßigend, wieder an Jonas. »Er war's auf jeden Fall nicht. Dafür kann ich meine Hand ins Feuer legen!«

Clärchen sauste um uns herum wie ein wild gewordener Lemming und freute sich über die Aufregung.

»Manche Leute haben eine dunkle Seite«, erklärte mir Alex weise. »Du hast mich noch nie in einer Extremsituation erlebt. Du weißt nicht, wie ich reagiere, wenn mir jemand Ratten in die Brauerei legt!«

Mann, Alex war einfach ein hoffnungsloser Fall! Das konnte er doch nicht laut vor Jonas sagen.

»Ich nehme nämlich an, dass derjenige mit den Ratten auch noch Ratten in einen Kühlturm werfen wollte.«

»Wieso sollte er das machen?«, fragte ich schwach.

»Um unser ganzes Bier zu ruinieren«, erklärte mir Alex. »Das hätten wir dann alles entsorgen müssen. Zwölftausend Liter Bier. Mal fünf!«

Ich seufzte.

»Deswegen auch die sieben Ratten. Für jeden Kühlturm eine und zwei auf Reserve. Und ich glaube, dass mich so etwas schon ziemlich zornig machen würde.«

Jonas nickte bekräftigend und fragte mich: »Wieso bist du eigentlich so schnell hier? Wie hast du es in dieser kurzen Zeit geschafft, dich anständig anzuziehen?« Dabei linste er mir ziemlich unverhohlen in den Ausschnitt.

Alex grinste von einem Ohr zum anderen und sagte: »Ich sehe da so etwas wie eine Micky Maus. Oben am Kragen. Ist das ein neuer Trend?«

Mit einem Ratschen zog ich den Reißverschluss nach oben. Auch wenn ich als Folge am Hitzetod sterben würde!

»Das Oberteil kenne ich«, sagte Jonas düster und warf Alex einen grimmigen Blick zu, als wäre der auch noch daran schuld.

»Du irrst«, log ich mit würdevoller Stimme.

»Du hast einen Schlafanzug mit diesem Muster«, sagte Jonas noch immer grimmig. »Das weiß ich ganz genau.«

»Den kenne ich nicht«, beteuerte Alex, der den Blick richtig deutete.

»Ich war in den letzten Tagen mehr mit dem Ermorden von Leuten beschäftigt als mit dem Entkleiden von Frauen«, half mir Alex aus, weil ich nur sprachlos zwischen ihnen hin- und hersah.

»Depp«, sagte ich schwach und wusste selbst nicht, welchen der zwei Männer ich jetzt eigentlich meinte.

Danach musste Alex trotz meiner energischen Gegenwehr doch mit nach Regensburg fahren. Ich bekam einen richtig schlimmen Schweißausbruch.

Männer waren einfach unglaublich schrecklich! Und ich würde nie wieder eine Beziehung führen. Mit überhaupt niemandem. Ich stellte mich hinaus in die Kälte und sah zu, wie Alex in seinen Dienstwagen stieg und Jonas auf der Rückbank Platz nahm.

»Das kann doch nicht Alex gewesen sein!«, sagte ich zu dem erstbesten Menschen, der neben mir auftauchte. Das war die Lara, die Bedienung aus dem Stöcklbräu.

»Das glaube ich auch nicht. Der Alex, der ist doch ein ganz ein Lieber.«

»Eben.«

»Die Frizzi versucht schon herauszufinden, wer das war«, verriet sie mir.

»Frizzi?«,

»Die aus dem Büro«, erklärte Lara. »Die hat eine Kopie von dem Video gemacht. Das die Polizei konfisziert hat. Und sie ist sich sicher, dass sie beweisen kann, dass es nicht der Alex ist, der da durchs Bild latscht.«

Das war eine gute Idee. Zusammen mit Lara ging ich in das Büro von Stöckls. Auch hier war es meines Erachtens brüllend heiß. Weil nur Frauen anwesend waren, zog ich mir wenigstens obenherum den Schneeanzug aus, auch wenn mich alle schief anschauten. Mit Begeisterung sah sich Lara das Video an. »Das ist der Kevin«, sagte sie und zeigte auf die dunkle Gestalt, die gerade durch das offene Fenster in die Brauerei einstieg. »Dass der so etwas macht. Mit den Ratten! Das hätte ich ihm nie zugetraut. Das war ja ein ganz ein Lieber.«

Das sagte sie wohl über jeden Mann aus ihrem Bekanntenkreis. Clärchen legte mir den Kopf auf den Oberschenkel und fiepte. Vielleicht war ihr aus Solidarität auch zu heiß. Oder zu langweilig. Auf meinem Handy dingelte eine WhatsApp-Nachricht, und ich sah schnell nach. Es war nur Evelyn, die wissen wollte, wo ich denn nun schon wieder abgeblieben war.

»Da, hier ist jetzt Alex.«

Wir sahen zu, wie ein Mann in einer Winterjacke und dunkler Hose über den Platz ging.

»Das sieht man doch überhaupt nicht, ob das Alex ist oder nicht«, stellte ich erleichtert fest. Eine dunkle Jacke mit Fellkapuze. Natürlich hatte Alex genau so eine in letzter Zeit immer angehabt. Aber die gab es doch zu Hunderten!

»Allerdings ...«, wandte Lara ein. »Es ist unwahrscheinlich, dass irgendjemand anders als Alex einfach durch die Tür in die Brauerei latscht. Der rüttelt da ja nicht einmal oder versucht die Tür einzutreten.«

Der Mann ging tatsächlich zielstrebig auf die Tür zu und machte sie auf. Er verschwand in der Brauerei und schloss die Tür hinter sich.

Das gab es doch nicht! Ich starrte auf das Standbild. Man sah die Uhrzeit in der linken oberen Ecke: Ein Uhr fünf! Genau die Zeit, in der Kevin in der Brauerei gewesen war.

»Kann ich noch einmal den Moment sehen, wo er über den Platz geht?«, fragte ich, und brav wiederholte Frizzi noch einmal die Stelle.

»Findet ihr nicht, dass er anders geht als Alex?«, wollte ich wissen.

Die anderen zwei äußerten sich nicht. Auch ich konnte es von hinten nicht sagen, wer das war. Ich konnte es einfach nicht.

»Noch mal. In Zeitlupe«, sagte ich. Mir war inzwischen so heiß, dass es mir egal war, ob ich im Schlafanzug herumlief oder nicht.

Ein weiteres Mal ging Alex – oder wer auch immer es sein mochte – auf die Tür der Brauerei zu. Zielstrebig, als würde er sich auskennen.

»Stop!«, sagte ich. »Was hat er da in der Hand?«

Frizzi stoppte das Video.

»Das ist ein Stab«, sagte Lara.

»Eine Stablampe«, verbesserte Frizzi sie.

Frizzi drückte wieder auf Play. Kurz drehte sich der Mann um, als hätte er ein Geräusch hinter sich gehört. Der Augenblick war so schnell vorbei, dass ich nichts erkannte, aber ein kurzes Blitzen war da, das mich stutzig werden ließ.

»Kann man das hier anhalten?«, fragte ich, und Frizzi gab sich große Mühe, genau den Moment einzufangen, in dem sich der Mann umdrehte und in Richtung Kamera sah. Es dauerte eine Weile, aber schließlich hatten wir das Bild eingefroren.

»Mannometer«, flüsterte Frizzi. »Was ist das?«

»Ein Außerirdischer!«, wisperte Lara, denn es sah richtig unheimlich aus, als hätte jemand ein Alien auf der Erde ausgesetzt.

»Eine Gasmaske«, antwortete ich routiniert.

Ich sah mir das Video vielleicht noch hundertmal an. Die Mutter von Alex brachte mir Kaffee und Kuchen. Nach etwa einer Stunde kam Jonas zurück, vielleicht, um Spuren zu sichern, vielleicht, um mich im Schlafanzug beim Stöcklbräu im Büro zu sehen.

»Meine Güte«, sagte er. Zum ersten Mal sah er nicht so angepisst aus wie die letzten Tage. »Er liegt dir wirklich am Herzen, oder?«

Ich drehte mich auf dem Drehstuhl zu ihm und bemerkte, dass er unglaublich traurig und müde wirkte. Wahrscheinlich genauso traurig und müde wie ich. Langsam fragte ich mich, ob wir das jemals wieder ins Lot bringen würden, und das machte mich auch unglaublich traurig. Das änderte aber nichts daran, dass ich Alex aus dem Gefängnis holen musste!

»Natürlich liegt er mir am Herzen«, antwortete ich und bot ihm meine Kaffeetasse und den Plätzchenteller von Frau Stöckl an. »Aber das hat doch mit uns nichts zu tun!«, fügte ich eilig hinzu, weil der Blick von Jonas noch eine Spur trauriger wurde.

Eine Weile rührte sich Jonas nicht, dann nahm er mir die Kaffeetasse aus der Hand und trank einen Schluck. Ich drehte mich wieder zum Bildschirm, wo zum gefühlt tausendsten Mal das Videofilmchen ablief. Alex mit Gasmaske und Stablampe. Von Hamster.

So war das einfach.

Er hatte die Tür aufgemacht. Einfach so.

»Ich frage mich nur, was Alex mit einer Gasmaske und einer Taschenlampe in seiner eigenen Brauerei vorhatte?«, wollte ich wissen.

»Vielleicht hat er was gehört«, sagte Jonas.

»Und deswegen hat er sich von Hamster die Gasmaske organisiert? Und eine Taschenlampe? Wo er doch am besten wissen muss, wo die Lichtschalter sind?«, fragte ich.

Jonas antwortete darauf nicht.

Ich beugte mich wieder zum Bildschirm, so nahe, dass ich

die einzelnen Pixel sehen konnte. Wieso war die Aufnahmequalität nur so irre schlecht!

Schließlich sagte Jonas: »Dein Schlafanzug ist irgendwie süß.« Als ich mich zu ihm umdrehte, bemerkte ich, dass er nicht lächelte, sondern mich einfach nur ansah.

»Ich wollte mir schon ewig einen neuen kaufen«, sagte ich, während ich mich nun doch wegdrehte. »Einen für eine erwachsene Frau.« Und nicht für die sechzehnjährige Sofia. Aber den Schlafanzug hatte ich damals von meiner Nonna geschenkt bekommen, damit ich keinen Schlafanzug einpacken musste, wenn ich sie in den Ferien besuchen kam.

»Ach was«, sagte Jonas. »Er passt dir doch perfekt.«

»An den Brüsten spannt er«, wies ich ihn auf etwas hin, das er bestimmt schon selbst bemerkt hatte. Gut, dass die Knöpfe fest angenäht waren, sonst hätte ich sie bestimmt schon längst gesprengt.

Jetzt lächelte Jonas mich tatsächlich kurz an. Eine Weile sagten wir gar nichts, und ich überlegte mir, ob ich ihn fragen sollte, ob er mir den Schlafanzug demnächst einmal ausziehen wollte. Und wann er wieder gedachte, bei mir zu schlafen. Und mit mir.

Aber dann klopfte es, und Frau Stöckl streckte ihren Kopf herein.

»Ich komme«, sagte Jonas und stand auf.

Ich blieb noch ein Weilchen sitzen, einfach nur so. Es war alles viel zu frustrierend. Jonas hatte gewirkt, als hätte er unsere Beziehung total aufgegeben! Und das, wo er mir so wichtig war! Wahrscheinlich hätte ich ihn vor fünf Minuten einfach küssen sollen! Aber auch diese Chance war verstrichen.

Ich trank meinen Kaffee aus und fragte mich, ob ich Alex komplett falsch eingeschätzt hatte. Und ob er tatsächlich so verrückt war und mit Gasmaske in seine eigene Brauerei stiefelte. Ich beschloss, wieder nach Hause zu fahren. Abschließend beugte ich mich noch ein letztes Mal zum Bildschirm und fragte mich, was er da alles genau bei sich trug. Eine Gasmaske – weshalb eigentlich? Um nicht erkannt zu werden? Eine Taschenlampe – weil er nicht wollte, dass man sah, dass jemand in der Brauerei war? Das war doch alles nicht logisch. Und was war da in seiner linken Hand?

Ich hatte das Band günstigerweise zu einem Zeitpunkt gestoppt, an dem man sehen konnte, dass der Mann auch etwas in der linken Hand trug. Wieso mir das nicht aufgefallen war, wusste ich nicht, aber jetzt fiel es mir wie Schuppen von den Augen!

Wenn das mal keine Netto-Tüte mit sieben toten Ratten war!

Jonas erwischte ich leider nicht mehr persönlich, deswegen rief ich ihn eiligst auf seinem Handy an. Er war gerade im Auto unterwegs und hatte immer wieder Funklöcher.

»Was?«, sagte er schon wieder, als ich das mit der Netto-Tüte erzählte.

»Du kannst Alex sofort wieder gehen lassen! Der Typ, der in die Brauerei gegangen ist, hatte eine Netto-Tüte dabei!«

»Was?«, sagte er und man hörte ganz viel Verkehr.

»Die Netto-Tüte«, schrie ich ins Telefon.

»Du brauchst nicht zu schreien«, sagte er, da er anscheinend wieder guten Empfang hatte.

»Alex würde doch niemals Ratten mit in die Brauerei nehmen und dann noch das Gesundheitsamt informieren! Das wäre ja komplett bescheuert!«

»Hm«, machte Jonas, und ich hoffte, dass das ein positives »Hm« war und kein »*Was erzählt sie schon wieder für ein Zeug?*-Hm«.

»Ich glaube, die richtige Spur ist diese Sache mit der Frau im Strickmantel«, fuhr ich motiviert fort. »Die habe ich gestern gesehen, und die hatte auch eine prall gefüllte Netto-Tüte mit dabei. Das habe ich dir doch gesagt.«

»Nein. Das hast du mir nicht gesagt«, erwiderte er.

»Doch, habe ich dir geschrieben.«

»Ach«, sagte er.

Das hatte er dann wohl nicht gelesen, oder wie?

»Also, wie war das noch mal mit der Frau und den Ratten?«, gab er sich nun doch Mühe.

»Sie hat mir doch Clärchen hiergelassen. Und in der Mordnacht war sie auf dem Campingplatz. Gestern habe ich sie dabei ertappt, wie sie wieder auf den Campingplatz gehen wollte, und zwar mit einer Netto-Tüte.«

Jonas war schwer von Begriff. »Na und?«

»Netto-Tüte. Diese gelben Tüten mit der roten Schrift, ganz leicht zu erkennen! Die Tüte war auf jeden Fall prall gefüllt.«

»Mit was?«

»Ich war doch am anderen Ufer«, sagte ich frustriert. »Was weiß denn ich, was sie in der Tüte hatte.«

Wenn man es erzählte, klang es nach wie vor total bescheuert, und ich merkte, dass ich mich schon wieder zum Narren machte.

»Sie ist auf jeden Fall eine sehr auffällige Erscheinung. Sie trägt einen sehr bunten Flickenmantel, Marke selbst gestrickt.«

Ich hörte eine undeutliche Frage von Jonas.

»Vermutlich Mohair. Und auf dem Kopf trägt sie eine selbst gestrickte Mütze mit einem unwahrscheinlich großen Bommel.«

»Und was hast du gerade an?«, fragte er, und in seiner Stimme klang vielleicht ein kleines Lächeln mit.

»Was ICH anhabe?«, fragte ich erstaunt, weil ich die ganze Zeit überlegt hatte, wie ich das Outfit der Strickmantel-Frau am besten beschreiben könnte.

»Ja«, sagte Jonas, und klang total ernst.

Ich sah an mir runter. »Einen silbernen Schneeanzug«, erwiderte ich.

»Und da drunter?«, bohrte er weiter.

Ich musste auch lächeln. »Ich habe mir da so ein neues Höschen gekauft. Mintfarben mit weißen Punkten. Und den dazu passenden BH.«

»Oh!«, machte er. »Den kenne ich nicht.«

»Ja. Schade«, seufzte ich. »Der ist echt süß. Ich überlege mir gerade, ob ich ihn nicht auch noch in Altrosa mit weißen Punkten kaufen soll. Der würde dir vermutlich nicht gefallen, weil er die Pobacken nicht ganz bedeckt.«

Jonas antwortete nicht.

»Und der BH hat weiße Spitzen. Ganz filigran«, prahlte ich, obwohl ich überhaupt keinen BH unter meinem Schlafanzug trug und eine hautfarbene Unterhose in riesengroß anhatte.

»Aha.«

»Wenn du willst, werde ich wegen der Strickjackenfrau

rumfragen«, lenkte ich das Gespräch wieder auf die Mordermittlungen. »Vielleicht könnte ich Vroni und Evelyn dazu überreden, dass sie ein wenig ermitteln.«

»Nicht nötig«, sagte Jonas hastig.

»Wir wollen alles unternehmen, damit wir nicht mehr gefährdet sind. Vielleicht ist sie eine Psychopathin! Ich meine, die Frau ist ständig hier in der Gegend! Mit Netto-Tüten! Nicht auszuschließen, dass sie schon das nächste Opfer ausgespäht hat.«

Dann fuhr Jonas leider in ein ziemlich großes Funkloch. Vielleicht hatte er das Gespräch auch nur so weggedrückt, weil er keine Lust mehr hatte. Ich ärgerte mich, dass mir nicht noch ein paar Sekunden mehr geblieben waren. Dann hätte ich ihm nämlich gesagt, wie sehr ich mich fürchtete und wie dankbar ich wäre für einen Polizisten an meiner Seite. Also nachts. Und bei der Gelegenheit hätte er sich natürlich auch noch mein mintfarbenes Höschen ansehen können. Nicht, dass ich das gerade trug, aber ich hätte es mir ja anziehen können.

Kapitel 16

Als ich endlich zu Hause war, war es schon fast Mittag. Ich fühlte mich wie gerädert und schlich mich hinauf in die Wohnung, um erst einmal zu duschen. Das Mittagessen würde ich ausfallen lassen, schließlich hatte mich Frau Stöckl mit mehr Plätzchen versorgt, als ich in der gesamten Adventszeit verzehren konnte. Ich legte mir mein mintfarbenes Höschen und den dazu passenden BH auf den Stuhl im Badezimmer – ich wollte nicht zu viel versprochen haben – und duschte dann. Gerade als ich mir die Haare eingeseift hatte, stürmte jemand aufgeregt ins Bad. Leider war es nicht Jonas, sondern Evelyn.

»Stell dir vor, Lilly hat mir erzählt ...«

»Darf die das?«, fragte ich, während ich mir das Shampoo aus den Haaren spülte.

Evelyn ging darauf nicht ein. »Sie haben das Handy von Kevin analysiert. Und soll ich dir sagen, was der vorhatte?«

Diesmal antwortete ich nicht, sondern massierte mir Conditioner ins Haar.

»Er hat sich mit seinem Kumpel, dem Scheuer, verabredet. Zum Einbruch beim Stöcklbräu.«

»Echt?« Ich hörte abrupt auf mit meiner Haarpflege. »Und wollte er sich mit dem in der Brauerei besaufen?«

»Besoffen war Kevin auch nicht«, wusste Evelyn zudem noch.

»Dann war es der Scheuer, der ihn umgebracht hat?«

»Das wissen wir natürlich noch nicht«, erzählte Evelyn, als

wäre sie an den Ermittlungen beteiligt. »Denn, das Seltsame ist: Der Scheuer hat abgesagt. Er hat kurz vor ein Uhr in der Nacht geschrieben, er habe es sich anders überlegt.«

»Was?«

»Er wollte halt nicht mehr einbrechen. Er hat gesagt, dass bei ihm dann gleich die ganze Familie mit drinhängen würde, weil da was wäre zwischen dem Stöckl und seinem Vater. Und er deswegen keine Dummejungenstreiche machen wolle, weil er dann von seinem Vater gehörig den Marsch geblasen bekommen würde. Und wenn er wolle, also der Kevin, könne er zu ihnen kommen.«

»Zum Scheuerbräu.«

»Genau.«

»Und jetzt?«

»Jetzt wird der Scheuer befragt«, sagte Evelyn zufrieden. »Wetten, das waren die vom Scheuerbräu? Die wollten dem Stöckl schaden und ihm sein ganzes Bier verseuchen.«

»Dann war der Dummejungenstreich das mit den Ratten«, sagte ich.

»Möglicherweise«, meinte Evelyn.

»Dann ist der Alex aus dem Schneider?«, fragte ich hoffnungsvoll.

»Wahrscheinlich«, mutmaßte Evelyn.

Ich riss den Duschvorhang auf die Seite, und mein Blick fiel als Allererstes auf Clärchen, die sich gerade meinen neuen Slip vom Stuhl gezogen hatte und dabei war, ihn aufzufressen.

»Wah!«, schrie ich. »Kannst du nicht aufpassen! Ich hatte sie extra rausgesperrt, damit sie mir nicht wieder den Korb mit der schmutzigen Wäsche leert ...«

Ungerührt zuckte Evelyn mit den Schultern. »Du musst sie halt erziehen«, schlug sie vor, während ich mit einem energischen »Pfui, lass das!« meine Hose halb zerkaut wiederbekam.

»Die war nagelneu«, sagte ich betrübt.

Den Rest des Tages blieb ich auf dem Sofa und leerte die Plätzchendose von Vroni. Ich schrieb hauptsächlich WhatsApp-Nachrichten, vor allen Dingen an Alex (ob er denn nun schon frei sei, keine Antwort), an Jonas (ob er denn schon gehört habe, dass der Scheuer sein neuer Hauptverdächtiger sei, keine Antwort), Evelyn (ob sie was Neues wisse, sehr lange Antwort, aber eigentlich: nein, keine Neuigkeiten). Ich stand nur auf, um Clärchen und Milo kurz rauszulassen, oder um vom Wohnzimmerfenster aus meine Camper zu beobachten. Die waren total ruhig, man sah nichts von ihnen, auch wenn es auf dem Instagram-Account von Evelyn wirkte, als wäre irre was los bei uns. Irgendwann schlief ich dann vor dem Fernseher ein und bekam den Schluss vom Film überhaupt nicht mit.

Ich wurde davon geweckt, dass mich jemand ziemlich energisch an den Schultern rüttelte.

»Mann, bist du schwer wach zu kriegen«, sagte Evelyn ziemlich laut an meinem Ohr, und ich hörte mich selbst schreien. »Du musst dich drum kümmern!«, sagte sie kopfschüttelnd über mein Gekreische. »Da schleicht jemand auf dem Platz herum, und ich habe echt ein ziemlich blödes Gefühl!«

Mein Herz hämmerte, und ich konnte mich nicht einmal

Clärchens erwehren, die die Gunst der Stunde nutzte und mir die Nase ableckte.

»Himmel«, sagte ich mit ein paar Sekunden Verzögerung verschreckt. »Können wir den nicht einfach herumschleichen lassen? Wahrscheinlich ist es der Steglmaier.«

»Ist es nicht«, flüsterte Evelyn.

»Ich kann mich erinnern, ihn vor Kurzem mit einer roten Perücke gesehen zu haben. Der will uns ausspionieren …«

»Der bringt uns alle um!«, prophezeite Evelyn.

»Vielleicht ist es der Gröning, der aufs Klo muss«, sagte ich, während ich mich vom Sofa quälte.

Als ich aus dem Fenster sah, wusste ich, was Evelyn meinte: Das war niemand, der aufs Klo ging, sondern eine ziemlich auffällige Gestalt, die eindeutig herumschlich. Und die ich noch dazu sofort identifizierte!

»Das ist die Frau, die uns Clärchen hiergelassen hat«, flüsterte ich. »Ruf die Polizei! Siehst du, sie hat schon wieder ihren Netto-Beutel dabei!«

»Netto-Beutel?«, fragte Evelyn und beugte sich weiter nach vorne. »Das kann ich jetzt nicht bestätigen.«

»Ich schon. Da hat sie immer ihre Ratten drin!«

Das klang selbst in meinen Ohren ziemlich bescheuert.

»Und was schleicht die da herum mit ihren Ratten?«, fragte Evelyn.

»Das werden wir gleich wissen!«, stieß ich empört hervor und schlüpfte schnell in die Flipflops meiner Nonna.

»Jetzt sei bloß vorsichtig!«, warnte mich Evelyn, die mir folgte. »Vielleicht ist sie die Mörderin und sucht sich ihr neuestes Opfer! Du hast doch gehört, was Stefan gesagt hat. Wie sie in der Mordnacht herumgeschlichen ist.«

»So wie jetzt!«, sagte ich, als wir unten in der Rezeption waren und die Außentür öffneten. Wie üblich war sie nicht verschlossen. Mörder konnten bei uns wirklich ein und aus gehen! Als sich meine Augen an die Dunkelheit gewöhnt hatten, sah ich, dass sich die Strickmantelfrau tatsächlich komisch buckelig hinunterbeugte, um das Zelt von Stefan zu öffnen. Und ich hätte meinen Campingplatz verwetten können, dass das, was sie abgestellt hatte, eine Netto-Tüte war!

»Du meinst, sie will Stefan ermorden?«, flüsterte ich, obwohl sie uns bestimmt nicht hören konnte.

»Oder den Gröning«, spekulierte Evelyn und tippte auf ihrem Handy herum. »Da muss jetzt sofort jemand kommen und die festnehmen, finde ich!«

Das fand ich auch. Von hier aus sah es aus, als wäre die Frau ein riesiges, buckliges Wesen. Vielleicht hatte sie eine Zwangsneurose und musste jede Woche einen Mann umbringen? Gerade kniete sie sich in den Schnee vor Stefans Zelt und wollte in dorthineinkrabbeln!

»Stop!«, brüllte ich in die Nacht hinaus. »Hilfe!«

Evelyn zuckte zusammen und hätte beinahe das Handy fallen lassen.

»Bleib hier! Lass dich nicht umbringen!«, rief sie mir hinterher, weil mich plötzlich nichts mehr hielt und ich in Flipflops hinausstürmte, um meine Camper vor dem sicheren Tod zu bewahren.

Ich hatte auf jeden Fall die Kälte unterschätzt. Draußen hatte es Minustemperaturen, und ich hatte nur T-Shirt und Jogginghose an. Die bucklige Gestalt war tatsächlich in das Zelt von Stefan gekrochen. Ich hatte mir noch gar nicht überlegt, was ich tun würde, sollte ich jemand retten müssen. Den

Mörder niederschlagen? Nur schreien? Mein Gehirn war wie leer gefegt!

Ich war fast erleichtert, als ich hörte, dass gleichzeitig mit mir noch jemand herumbrüllte.

Hamster!

Anscheinend hatte er mein Geschrei gehört und nachgesehen! Als ich ihn sah, blieb ich erschrocken stehen, denn so mit seiner Gasmaske und einem seltsamen Tank auf dem Rücken sah er äußerst gefährlich aus. Er richtete einen Sprühschlauch auf mich und kreischte: »Aus der Bahn!«

Wie gut, dass meine Camper allzeit bereit waren, denn im selben Moment kamen auch der Schmidkunz, der Gröning und die Vroni – allerdings alle in Anorak und Winterstiefeln.

Ich sah zu, wie sich ein breiter Hintern aus dem Zelt schob und sich die Strickjackenfrau erschrocken aufrichtete. Sie hob die Hände in die Luft, als hätte sie eine bewaffnete Einheit von Polizisten vor sich, und Hamster begann nichtsdestotrotz auf sie einzusprühen.

»Was ist los?«, wollte Vroni wissen, und erst jetzt merkte ich, dass ich die ganze Zeit geschrien hatte.

»Der Stefan wird ermordet«, erzählte ich atemlos.

»Aufhören!«, schrie nun auch die Strickjackenfrau, die sich die Hände vors Gesicht hielt und sich nicht mehr bewegte.

Hamster hörte tatsächlich zu sprühen auf, hielt aber den Schlauch noch immer auf die Frau gerichtet. Auffälliger und bunter als sie konnte man sich fast nicht kleiden, und wenn ich ihr einen Ratschlag für zukünftige Morde hätte geben wollen, wäre das Überdenken der Kleiderwahl an erster Stelle gewesen!

»Sie!«, stieß ich hervor. Mit dem Apotheker, dem Gröning

und der Vroni an der Seite hatte ich überhaupt keine Angst mehr.

Die Frau brach spontan in Tränen aus.

»Wie konnten Sie nur!«

»Ich wusste mir nicht mehr zu helfen«, heulte die Frau.

»Sie können doch nicht einfach Leute ermorden!«, schrie ich sie an. An ihrem Mantel erkannte ich seltsame Flecken. »Dafür gibt es doch überhaupt keinen Grund!«

Sie sah mich eine Weile fassungslos an, als könnte sie es nicht verstehen, dass Mord nicht auf meiner To-do-Liste stand. Aus dem Zelt vom Wikinger-Stefan hörte man einen erstickten Aufschrei.

»Er lebt noch«, flüsterte Vroni mit schreckensbleicher Miene. »Ihr müsst sofort den Notarzt anrufen!«

Die Frau sah mich an, als wäre ich total verrückt. Dann kam Wikinger-Stefan aus dem Zelt gekrabbelt und sprang sofort auf, als er uns sah. Hinter ihm kam Clärchen aus dem Zelt gelaufen und sprang begeistert an ihm hoch.

Moment. Clärchen stand neben mir und rannte zu dem Clärchen, das aus dem Zelt gesprungen kam. Die beiden begannen sich vor den Füßen von Wikinger-Stefan zu balgen.

»Himmel«, sagte ich. »Habe ich Halluzinationen?«

Die Frau neben mir begann zu weinen, und Wikinger-Stefan sah etwas verlegen aus.

»Nichts passiert«, sagte er. »Ich habe nur nicht bemerkt, dass ein Hund in meinem Zelt war. So aus dem Tiefschlaf gerissen zu werden ...«, fügte er entschuldigend hinzu. »Ich fürchte mich eigentlich nicht vor Hunden.«

Aus einiger Entfernung hörte ich eine Sirene näher kommen. Bestimmt der Brunner oder der Bauer, die uns jetzt das Leben retten würden.

»Clärchen!«, rief ich, und eines der beiden Clärchens drehte sich zu mir um und kam zu mir gelaufen.

»Mit was hast du sie denn eingesprüht?«, wollte Vroni von Hamster wissen. Der senkte verlegen den Sprühkopf. »Ich dachte, eine Zombie-Apokalypse wäre im Gange«, murmelte er.

»Und was ist das? Anti-Zombie Mittel?«, fragte ich.

»Riecht nach Desinfektionsspray«, sagte der Schmidkunz fachmännisch.

»Gegen die Viren«, flüsterte Hamster. »Man weiß ja nie!«

Danach bugsierte uns Evelyn ins Café am See. Ich schnappte mir den Nettobeutel, etwas angewidert erst, bis ich bemerkte, dass er nur Dosen mit Welpenfutter enthielt. Clärchen und Clärchen liefen begeistert mit. Obwohl es mitten in der Nacht war, fanden es alle o. k., sich hier aufzuwärmen, und da das Bootshaus nicht besonders groß war, wurde es auch ratzfatz mollig warm. Außerdem hatte mir Evelyn ihren getigerten flauschigen Strickpulli geliehen – du holst dir ja den Tod –, während sie mit Feuereifer cremige heiße Schokolade braute. Sogar der Gröning trank heiße Schokolade, obwohl er immer wieder betonte, dass ihm das eigentlich zu süß sei.

»Nach dem Schreck, da braucht man was Süßes«, wandte Vroni ein.

Der Gröning sah aber nicht so aus, als hätte er sich irgendwie erschrocken.

Selbst Bauer und Brunner, die in der Zwischenzeit eingetroffen waren, bekamen etwas zu trinken, und auch die

Prepper und Bushcrafter, die bei dem Lärm und bei der Kälte sowieso ganz schlecht schliefen. Alle waren neugierig, was Anja – so hieß die Welpenfrau – uns erzählen würde.

»Mein Mann ist doch gestorben. Vor zwei Jahren«, schniefte sie, während sie sich an der Tasse festhielt. »Und danach brauchte ich einfach eine neue Aufgabe. Und da kam ich auf die Idee, mich beim Tierheim zu engagieren. Mir haben diese Hundchen aus Sardinien so leidgetan – ich meine, das sind doch noch Babys!«

Clärchen hatte tatsächlich wieder ihren Baby-Blick drauf.

»Da habe ich mich wohl übernommen. Vor zwei Wochen habe ich Welpen aufgenommen.«

Wir sahen sie etwas verständnislos an. Deswegen krabbelte sie hier nachts in Zelten herum?

»Fünfzehn Maremannos aus Sardinien«, fügte sie erklärend hinzu.

»Fünfzehn!«, echote Evelyn schockiert.

»Clärchen ist einer dieser Maremannos?«, fragte ich.

»Ja. Ich dachte, das geht ratzfatz, die zu vermitteln. Aber keiner wollte sie aus dem Tierheim abholen. Ich habe die meisten bei mir zu Hause gehabt, aber das ging einfach nicht mehr.«

Die zwei Geschwisterhunde hatten sich zu unseren Füßen zusammengerollt. »Und weil ich nicht weiterwusste, habe ich die Welpen an Leute verteilt.«

»An Leute verteilt?«, fragte Evelyn nach. »An irgendwelche Leute?«

»Natürlich nicht an irgendwen«, verteidigte sich Anja. »Ich habe mir die schon ausgesucht. Nicht irgendwelche Idioten oder so.«

»Na prima«, murmelte ich, weil ich sah, dass Brunner in irgendein Formular: »Keine Idioten« eintrug.

»Sondern Leute, bei denen ich den Eindruck hatte, dass sie sich schon um sie kümmern. Denn wenn man sich erst einmal in einen Hund verliebt hat, gibt man ihn nicht mehr her.«

Sie warf einen Blick in die Runde, als wollte sie, dass wir alle nickten. »Maremannos sind ganz tolle Hunde.«

Ich nahm mir vor, demnächst gleich einmal »Maremanno« zu googeln.

»Vor allen Dingen für jemanden, der viel Platz hat. So wie hier, auf dem Campingplatz. Ich dachte, das ist ideal. So ein Schutzhund, das ist doch super!«

»Bei den vielen Mördern, die bei uns herumlaufen«, bekräftigte Vroni Anjas Worte, »wäre das vielleicht gar nicht so schlecht.«

So recht konnte ich mir nicht vorstellen, dass Clärchen jemals etwas in Sachen Mörder unternehmen würde, außer sich über sie zu freuen. Anja schniefte schon wieder.

»Aber Sie hätten wenigstens fragen können«, sagte ich ärgerlich. »Hätte ja sein können, dass ich eine Hundehaar-Allergie habe.«

Vroni und Evelyn sahen mich mit hochgezogenen Augenbrauen an.

»Dann hat das also alles überhaupt nichts mit dem Mord zu tun«, sagte der Wikinger-Stefan etwas enttäuscht.

»Nein«, bestätigte Evelyn. »Aber wir suchen auch gar keinen Mörder in einem Strickmantel.«

»Nein?«, fragte Wikinger-Stefan. »Wen dann?«

»Wir kennen den Mörder. Von hinten«, erzählte Evelyn.

»Und seine Jacke. Wir kennen sogar die Marke, die Größe der Jacke, und wo die Blutspuren sein müssen.«

Ich warf Evelyn einen erstaunten Blick zu. Davon hatte ich nämlich noch nichts gehört!

»Dann kann es sich ja nur um Stunden handeln, bis der Mörder gefasst wird«, stellte Ferdl mit zufriedenem Gesichtsausdruck fest.

»Das denke ich auch. Unsere Polizei hier, die ist echt auf Zack«, sagte Evelyn mit unüberhörbarem Stolz.

Anja stand nun auf, mit entschuldigender Miene. »Entschuldigen Sie also die Störung.«

»Kein Problem«, sagte ich automatisch. Als sie sich einfach umdrehte und gehen wollte, stoppte ich sie noch einmal: »Dann nehmen Sie also Clärchen gleich wieder mit?«

Anja wirkte etwas panisch.

»Jetzt nehme ich erst einmal Paulchen mit«, sagte sie schuldbewusst. So hieß nämlich das andere Clärchen.

Als Anja mit ihrem Paulchen gegangen war, konnten Evelyn und ich erst einmal nicht schlafen. Ich kuschelte mich aufs Sofa – Clärchen sah es als gegeben an, dass sie sich neben mir einringeln durfte. Ich checkte noch einmal meine Nachrichten, aber weder Jonas noch Alex hatten geantwortet.

»Mach dir keine Sorgen«, sagte Evelyn. »Der Jonas, der ist doch ganz ein Toller. Der wird doch wohl herausbringen, wer der wirkliche Mörder ist.«

Trotzdem schrieb ich Jonas und Alex jeweils eine Nachricht, was der Stand der Dinge war. Aber meine Nachrichten wurden nicht gelesen. Kein Wunder, es war drei Uhr in der Früh.

»Ich brauch jetzt einen Ramazzotti«, sagte Evelyn, und es blieb nicht bei einem. Ich dagegen googelte nach Maremanno. Mir fielen fast die Augen aus dem Kopf.

»Der Maremmen-Abruzzen-Schäferhund ist ein großer archaischer, kräftiger Hund, dabei niemals schwerfällig. Sein Haar ist lang, weiß und nicht gewellt«, las ich Evelyn vor. »Das kleine süße Clärchen wird einmal riesengroß, sieh dir das an! Achtundsechzig Zentimeter Widerristhöhe und vierzig Kilogramm!«

Evelyn wirkte desinteressiert.

»Solche Hunde brauchen viel Beschäftigung«, mutmaßte ich. »Was ich ihr überhaupt nicht bieten kann! Am Schluss wird sie mir die Campinggäste auf dem Platz zusammentreiben, weil sie das Gefühl hat, dass irgendwo ein Bär lauert und sie die Camper vor dem Untergang bewahren muss.«

»Du hast eine komische Art von Humor«, stellte Evelyn seufzend fest. »Vielleicht ist es ja auch ein Mischling. Und wird nur so groß wie ein Pudel.«

Clärchen blieb reglos liegen. Das Sofa war jedenfalls schon einmal ihr Lieblingsplatz im Haus. Vermutlich hatte sie auch ein Faible für Netflix-Serien, in denen es um romantische Verwicklungen ging!

»Maremannos sind reine Arbeitshunde für Schafherden«, las ich weiter und seufzte. »Wollten wir nicht schon immer mal Schafe besitzen? Ich sehe es schon vor mir. Nächstes Jahr, eine Herde Schafe, die zwischen den Wohnwägen den Rasen abknabbert. Dann brauchen wir auch gar keinen Rasentraktor mehr.«

Kapitel 17

Weil ich in der Nacht kaum geschlafen hatte, blieb ich am nächsten Tag entsprechend lange im Bett. Mittags musste Clärchen dann doch mal raus. Draußen wirbelten die Schneeflocken wild durcheinander, und mein Wunsch, die Wohnung zu verlassen, war minimal. Wieder ließ ich den Schlafanzug unter dem Schneeanzug an, das war wirklich eine praktische Kombi, und als ich nach einer kleinstmöglichen Runde wieder reinkam, machte ich mir – noch immer im Schlafanzug – eine viel zu salzige Fertigpizza.

Weder Alex noch Jonas hatten auf meine Fragen von gestern geantwortet.

»Ich werde das jetzt alleine herausbringen!«, teilte ich Jonas beleidigt mit. »Wenn die Polizei nichts unternimmt!«

Ärgerlich zog ich mich an. Ich wusste zwar noch nicht konkret, was ich tun sollte, aber ich würde erst einmal zum Scheuerbräu fahren und Alibis überprüfen.

»Glaubst du, dass Jonas das nicht schon gemacht hat?«, fragte Evelyn, die am Rechner saß.

»Er antwortet mir nicht«, informierte ich sie. »Ich weiß überhaupt nicht, was er treibt!«

»Aha«, machte Evelyn, und ich sah, dass sie auf Instagram ihren Followern Fragen zu ihren Advents-Week-Events beantwortete.

Ich sah hinaus ins Schneegestöber. »Also dann, bis später!«

Milo machte keine Anstalten, sich zu bewegen, also packte ich nur Clärchen neben mich auf den Beifahrersitz fuhr auf die Landstraße hinaus, nicht links in den Ort, sondern nach rechts. Dort musste man schnurgerade durch den Hirschgrund-Forst hindurch, durch zwei weitere Orte, Katzenbach und Brunn, und dann war man schon beim Scheuerbräu.

Bereits in Katzenbach stoppte mich der Brunner.

»Überhöhte Geschwindigkeit«, sagte er.

»Stimmt nicht«, erwiderte ich empört. »Ich bin langsamer gefahren als erlaubt!«

»Trotzdem: überhöht!«, befand der Brunner mit ärgerlicher Miene.

In meiner Jackentasche klingelte das Smartphone.

»Du kannst es echt nicht sein lassen!«, hörte ich Jonas' Stimme. »Du fährst jetzt sofort nach Hause, sonst lass ich dich festnehmen!«

»Hat er festnehmen gesagt?«, fragte der Brunner hoffnungsvoll.

»Nein. Abnehmen, hat er gesagt«, behauptete ich und wandte mich wieder an Jonas. »Ich wollte beim Scheuerbräu essen. Da war ich schon lange nicht mehr.«

»Der Scheuer hat sich nicht mit Kevin getroffen«, sagte Jonas, meinen Essenswusch ignorierend.

»Wieso nicht?«

»Weil Kevin anscheinend ein Meister des Dummejungenstreichs war.«

»Dummejungenstreich?«, fragte ich.

»Leuten Sägespäne übers Essen streuen, in die Kniekehle treten, eine Knackwatsche austeilen, Telefonstreich. Die Sorte Humor.«

»Und wieso wollte er sich dann ursprünglich treffen?«

»Sie wollten saufen, so wie Alex schon richtig geraten hatte«, verriet mir Jonas, entgegen all seinen Prinzipien.

»Ich habe trotzdem Hunger«, sagte ich trotzig.

»Der Scheuer hat ein Alibi«, erzählte mir Jonas. »Mach dir eine Fertigpizza zu Hause.«

»Das kann doch nicht wahr sein! Ein Alibi! Bist du dir sicher!«

Jonas antwortete nicht auf meine Unterstellung.

»Und was ist sein Alibi?«

»Fährst du dann nach Hause?«, wollte er wissen.

»Okay«, stimmte ich unbedacht zu.

»Er war mit vier Kumpels beim Scheuerbräu ...«

»Kumpels! Du wirst doch seinen Kumpels nicht glauben!«

»Anwesend waren in der Wirtsstube auch noch die CSU-Ortsfraktion und der Stammtisch der Freiwilligen Feuerwehr.«

Na gut. Aber vielleicht gehörte ja die gesamte CSU-Ortsfraktion zu seinen Kumpels. Oder sie waren so alkoholisiert, dass sie nicht mehr bis drei hatten zählen können!

Ich seufzte.

»Also wenden, zurückfahren«, erinnerte mich Jonas noch einmal und drückte das Gespräch weg.

Da der Brunner mit vor der Brust verschränkten Armen dastand, legte ich brav den Rückwärtsgang ein.

Als ich wieder zu Hause war, sah ich, dass Alex auf meine ungefähr hundert Fragen, was denn nun los sei, mit »Alles o. k.« geantwortet hatte.

»Was ist okay?«, fragte ich zurück. Die Unterbringung im Gefängnis? Dass er schon wieder entlassen war? Oder dass ihm eingefallen war, dass er tatsächlich jemanden ermordet hatte?

Aber er antwortete schon wieder nicht. Vielleicht ein gutes Zeichen, denn es zeigte, dass er nicht so abhängig von seinem Handy war wie ich! Evelyn war nicht mehr in der Rezeption, nur der schnarchende Milo, und ich setzte mich eine Weile auf mein Sofa.

Das wäre jetzt so einfach gewesen, mit dem Scheuer! Er verabredet sich mit Kevin im Stöcklbräu, stiehlt vorher noch Gasmaske und Stablampe von Hamster – na gut, warum er das hätte tun sollen, war mir nach wie vor unklar –, geht mit den Ratten in die Brauerei ... irgendwie bekam ich die Fäden nicht zusammen!

Danach kontrollierte ich Instagram und sah die neuesten Posts von Evelyn an. Ihre Fangemeinde hatte erstaunlicherweise beschlossen, dass sie heute eine Fackelwanderung machen wolle und keine Glühweinparty.

Entsprechend verzweifelt war auch der Gesichtsausdruck von Evelyn, als sie sich kurz darauf in ihrem St.-Moritz-Glamour-Outfit vor mir auf den Sessel fallen ließ.

»Ich dachte, die wollen eine Glühweinparty! Aber nein, eine Fackelwanderung muss es sein!«

»Hm«, machte ich nur, weil ich mir gerade überlegte, wieso derjenige, der nach Kevin gekommen war, die Tür ohne Mühen geöffnet hatte.

»Willst du nicht die Fackelwanderung leiten?«, fragte Evelyn hoffnungsvoll. »Du musst nur einmal um den See gehen.«

»Es war doch von Anfang an deine Idee«, sagte ich und zog mir die flauschige dunkelgrüne Fleecedecke noch enger um die Schultern. »Du hättest ihnen halt nicht die Wahl lassen sollen.«

Nichts würde mich jetzt davon abhalten, meine winterliche Prinzen-Romanze fertig anzusehen. Alle im Wald, mit Fackeln, ich alleine vor dem Fernseher. Ein Traum!

Evelyn warf mir einen ziemlich fiesen Blick zu.

Es gingen ein paar Tausend Hirschgrundis-Nachrichten ein, die alle fragten, wann wir denn nun endlich kämen, sie hatten sich alle schon einmal in meinem schönen und beheizten Klohäusl untergestellt.

Als Evelyn schließlich mit ihren Fackeln aus dem Zimmer ging, bekam ich ein schlechtes Gewissen. Vom Wohnzimmerfenster aus beobachtete ich meine Hirschgrundis, wie sie der Reihe nach ihre Fackeln entzündeten und lospilgerten. Von hier aus sah das total gemütlich aus. Es dauerte ungefähr drei Sekunden, dann fand ich es von mir selbst total blöd, dass ich nicht mitmachte.

Die paar Schneeflocken! Das bisschen Kälte! Clärchen sah mich erwartungsvoll an. Milo schlief tief und fest und rührte sich nicht, als ich ihn anstupste.

»Wir machen jetzt auch mit!«, beschloss ich.

Ich zog den silbern glitzernden Schneeanzug von Evelyn an und ihre Fellmütze, die mich aussehen ließen wie Amundsen auf Polarexpedition. Als ich draußen war, war die Truppe schon längst losgezogen, und ich beeilte mich, ihnen hinterherzulaufen. Beim Geschirrspülhäuschen angekommen, sah ich sie nicht einmal mehr, obwohl sie alle brennende Fackeln trugen. Ich drehte mich um, weil Clärchen wie eine Irre zwischen den Zelten der Bushcrafter herumschoss. Sie machte Jagd auf Schneeflocken. Ich musste dümmlich grinsen, weil es so süß aussah, wie sie sich aufführte. Das Camp der Bushcrafter war wie ausgestorben, wahrscheinlich, weil sie alle mit

Fackeln unterwegs waren. Vielleicht fiel mir wegen Clärchen ein, dass Anja versucht hatte, einen ihrer Maremanno-Welpen im Zelt von Wikinger-Stefan unterzubringen. Und dass sie das schon in der Mordnacht versucht hatte. Zumindest hatte das Ferdl erzählt.

»Eine eigenartige Frau«, hatte er formuliert. »Sie ist den Seeweg vom Ort her gekommen und dann die Treppe herauf.«

Ich wusste selbst nicht, wieso mir das gerade jetzt durch den Kopf ging. Vielleicht, weil mir eben auffiel, dass man von hier oben den Seeweg überhaupt nicht sehen konnte. Und dass er unmöglich wissen konnte, woher sie gekommen war.

»Komm jetzt, Clärchen!«, rief ich.

Nun gut, wohin sollten die Hirschgrundis mit ihren Fackeln schon gegangen sein? Ich sah zwar keine Fußspuren – der Schneefall war zu dicht und die Schneedecke jetzt schon wie unberührt.

Clärchen entschied sich, nach links zu laufen, und auch ich hielt das für die wahrscheinliche Variante. Schließlich kam man dort in den Wald hinüber und konnte den See umrunden. Ein klein bisschen wunderte ich mich natürlich, wie schnell alle verschwunden waren, aber vielleicht hatte ich auch nur so lange beim Anziehen gebraucht.

Als ich die andere Seite des Sees erreichte, wäre ich am liebsten wieder umgekehrt. Wahrscheinlich hätte ich nachsehen sollen, ob nicht doch eine Fackel beim Klohäuschen für mich bereitgelegt worden war. Ich blieb eine Weile auf der Brücke stehen, die die zwei Ufer miteinander verband, und blickte über den dunklen See. Auch mein Campingplatz war komplett stockfinster, weil alle auf der Fackelwanderung waren. Ein weiteres Mal bereute ich, dass ich nicht sofort mit den anderen mitgegangen war.

»Lass uns umkehren«, sagte ich zu Clärchen, die sich an mein Knie gedrückt hatte. In diesem Moment sah ich einen Lichtschein zwischen den Baumstämmen.

»Sieh an«, sagte ich laut zu meinem kleinen Hund, weil ich mich doch ein wenig fürchtete, so alleine im dunklen Wald. »Da sind sie ja!«

Etwas unschlüssig, ob sie jetzt mit mir mitgehen sollte, blieb Clärchen stehen und blickte mir nach. Vielleicht gruselte sie es auch gerade ein bisschen.

»Soll ich dir was sagen«, verkündete ich laut, um mich zu ermuntern weiterzugehen. »Die nächste Adventsaktion überlege *ich* mir. Und das wird irgendetwas mit Wintergrillen sein. Wo man sich nicht von meiner Straßenlaterne entfernen muss!«

Das Licht war zwischen den Bäumen, was mich hätte stutzig machen sollen, aber nicht tat. Wahrscheinlich dachte ich gar nichts. Oder nur daran, dass der Gröning immer querfeldein ging und dort die schönsten Tierarten fand. Als ich weiter in den Wald stapfte, bemerkte ich, dass es auch keine Menschengruppe war, auf die ich zusteuerte. Sondern ein einzelner Mensch, der auch keine Fackel hatte, sondern ein kleines Feuerchen.

Die Prepper wieder, dachte ich mir, etwas genervt, weil ich es nicht so toll fand, wenn überall offene Feuer entzündet wurden. Ich steuerte auf den Menschen zu, beschloss aber schon jetzt, ihm nicht die Meinung zu geigen. Die Brandgefahr war im Moment tatsächlich ziemlich gering.

Meine Schritte wurden immer langsamer, vielleicht, weil mir mein Bauch schon meldete, dass es an der Zeit war umzukehren und einfach nicht, näher nachzusehen. Aber ich stapfte unverdrossen auf das Feuerchen zu.

Ferdl!, erkannte ich schließlich den jungen Mann, der vor dem Feuer saß, das ziemlich qualmte und rauchte und so gar nichts mit den perfekten Feuern zu tun hatte, die die Prepper sonst entzündeten. Er war auch alleine, was ich ein wenig sonderbar fand. Hatten die anderen ausnahmsweise keine Lust auf ein Feuer gehabt? Clärchen blieb eine Weile mit ihrem lachenden Gesicht neben mir stehen und sah zu. Er hatte neben sich eine prall gefüllte Netto-Tüte stehen.

Das mit den Netto-Tüten war irgendwie schlimm. Immer musste ich an jene denken, die in der Brauerei gelegen hatte.

Misstrauisch geworden, blieb ich stehen und machte ihn nicht auf mich aufmerksam. Instinktiv spürte ich, dass hier etwas nicht stimmte, aber ich wusste partout nicht, was. Auch als er die Tüte ausleerte, dachte ich mir noch nichts. Schließlich war es nicht ungewöhnlich, dass jemand eine Jacke dabeihatte. Vielleicht nicht gerade in einer Netto-Tüte.

Das Feuerchen vor ihm loderte hell, und er zog ein riesiges Messer heraus, mit dem er an der Jacke herumzusäbeln begann. Ferdl hatte mit seinem Messer in Windeseile den linken Jackenärmel abgeschnitten und legte ihn in das lodernde Feuer. Es fing unglaublich zu qualmen und zu stinken an, und schwarze Wolken stiegen auf.

Ich kannte diese Jacke, es war ein olivgrüner Parka von Jack Wolfskin. Ich hatte Ferdl in dieser Jacke gesehen, auch wenn er in den letzten Tagen immer einen Bundeswehr-Parka getragen hatte.

Seine nagelneue Outdoorjacke zu verbrennen war eindeutig ein sehr seltsames Verhalten. Noch dazu, wenn es eine Jacke war, die genau so aussah wie die von Alex. Plötzlich hatte ich das starke Gefühl, es wäre klüger, ihn nicht auf mich aufmerksam zu machen.

Wenn man sich leise davonschleichen will, ist es von ungemeinem Nutzen, wenn kein junger Hund mit von der Partie ist. Clärchen hatte die ganze Zeit so reglos neben mir gestanden, dass ich ganz vergessen hatte, dass sie mit dabei war. Als ich mich jedoch ganz, ganz langsam und vorsichtig umdrehte, war sie sofort unglaublich begeistert. Wie ein kleiner Irrwisch sprang sie an mir hoch, fiepte und bellte und setzte dann mit großen Sprüngen durch den Wald zurück Richtung See. Natürlich war mir sofort klar, dass mich Ferdl entdeckt hatte, und ich nahm die Beine in die Hand. Während ich das entsetzliche Gefühl hatte, einen großen Fehler begangen zu haben, hörte ich, dass auch Ferdl inzwischen rannte.

Vielleicht sieht er mich ja nicht, dachte ich hoffnungsvoll. Aber ich war nicht sehr unauffällig gekleidet. Vermutlich war der silberne Schneeanzug von Evelyn noch leichter zu sehen als der weiße Hintern von Clärchen. Viel schneller als ich und voller Begeisterung sprang Clärchen zurück zum See, und ich nutzte den Hund als Orientierung. Bestimmt sah sie viel besser, wo es hinging.

Kapitel 18

Es ist unglaublich, was einem alles durch den Kopf geht, wenn man Angst hat. Man möchte meinen, dass man nur daran denkt, sich in Sicherheit zu bringen. Aber nein, mein Gehirn meldete mir mit Hochdruck, was ich alles übersehen hatte. Nur einer der Prepper und Bushcrafter hatte merken können, dass Hamster mit Evelyn unterwegs war und seine Gasmaske abgelegt hatte. Im selben Moment fiel mir ein, dass Ferdl auch erzählt hatte, dass er die Tierschützerin erwischt und beobachtet hatte, wie sie am Seeweg entlangspaziert war. Natürlich! Er hatte das gesehen, aber nicht vom Campingplatz aus, sondern er war auch unten am Seeweg gewesen. Denn er war genau zu dieser Uhrzeit von der Brauerei Richtung Campingplatz gegangen!

Meine Beine schienen sich zu verknoten. Ich würde es niemals schaffen, in dieser Geschwindigkeit weiterzulaufen! Ich musste ja nicht nur durch den Wald, sondern noch über die Brücke und den ganzen Seeweg entlang! Vor mir sah ich den weißen Hintern von Clärchen zwischen den dunklen Baumstämmen verschwinden.

So im Dunkeln sah ich nichts mehr, und auch der Hund als Orientierung war weg. Ich drehte mich um, was irgendwie ein Fehler war, denn ich geriet ins Schwanken und rutschte auf etwas aus. Unter mir schien sich ein riesiges Loch aufzutun, und ich rutschte in die Tiefe. Schmerz schoss mir in den Knöchel, ich steckte irgendwo mit meinem rechten Fuß fest, und sosehr ich auch zerrte, ich bekam ihn nicht heraus. Atemlos hörte ich daraufhin, dass jemand näher kam.

Über mir blitzte eine Taschenlampe auf – und war gleich wieder weg. Ich hielt den Atem an, hörte die Schritte von Ferdl, die sich seltsamerweise von mir entfernten, und versuchte, kein Geräusch von mir zu geben.

Irgendwann traute ich mich, an meinem Bein zu zerren. Es war irgendwo zwischen zwei Wurzeln geraten, und ich konnte mich einfach nicht befreien. Am liebsten hätte ich jetzt geheult. Aber ich erinnerte mich daran, dass ich ja mein Handy dabeihatte. Ich musste nur Evelyn anrufen. Und ihr sagen, dass ich irgendwo im Wald in einer Grube hockte und nicht mehr herauskam.

Natürlich unter der Bedingung, dass mein Handy Empfang hatte. Und wie sollte es anders sein: Selbstverständlich saß ich im Funkloch! Am liebsten hätte ich das Handy von mir geschleudert. Und geschrien! Und geheult. Aber wie immer in prekären Situationen sprach meine Nonna mit energischer Stimme ein Machtwort. Reiß dich am Riemen, Mädel!

Also leuchtete ich mir stattdessen mit der Taschenlampenfunktion auf meinen Fuß. Tatsächlich war ich mit Karacho zwischen zwei Wurzeln gerutscht, und wahrscheinlich würde ich den Rest meines Lebens hier feststecken. Natürlich würde irgendwann der Ferdl zurückkommen. Und mich ermorden. Also würde ich nicht sehr lange hier lebend feststecken. Aber die Vorstellung war noch schlimmer, als erst in drei Wochen vom Gröning gefunden zu werden.

Während die Kälte in meine Glieder kroch und ich beschloss, dass ich wahrscheinlich schneller erfrieren als niedergeschlagen werden würde, dachte ich über Ferdl nach. Was er für eine Motivation gehabt haben könnte, Kevin zu ermorden. Schließlich kannte er den wahrscheinlich überhaupt nicht.

Meine Zähne klapperten aufeinander, obwohl ich gar nicht das Gefühl hatte, dass mir schon so kalt war.

Ferdl, der Prepper. Der alles selbst machte, sogar sein Bier, dachte ich mir und zog noch einmal vergeblich an meinem Fuß. Wahrscheinlich war er schon so angeschwollen, dass ich ohnehin nicht mehr hätte gehen können.

Das scheußliche Bier, dachte ich dann wieder an Ferdl. Das alle heimlich in die Landschaft gekippt hatten. Ich meine, wer will schon den Geschmack von nassen Wollsocken im Mund haben.

Unglücklich lehnte ich mich gegen den Abhang, den ich hinuntergekullert war, und sah nach oben. Die Schneeflocken segelten auf mich herab und benetzten mein kaltes Gesicht. So sieht also mein Ende aus, dachte ich, und im selben Moment sprang etwas Schweres auf mich drauf.

Ich kreischte wie am Spieß.

Das Schwere begann mein Gesicht zu lecken, und ich erkannte Clärchen.

»Himmel!«, stieß ich hervor. »Du bringst mich gerade um.«

Begeistert kuschelte sich Clärchen an meinen Bauch, und ich ächzte.

»Hast du gemerkt, dass ich weg bin?«, fragte ich etwas weinerlich, und Clärchen leckte mir die Tränen aus dem Gesicht. »Du Liebe. Jetzt bist du bald wieder ganz ohne Frauchen.« Das war ihr komplett egal. Hauptsache, wir hatten es in unserer Grube kuschelig. Mit ihrem lachenden Gesicht sah sie mich an.

Dieser blöde Ferdl, dachte ich wütend. Mit seinem bescheuerten Bier! Wahrscheinlich war er deswegen so weich in der Birne, weil er immer dieses Bier trank!

Das Bier, genau! Plötzlich fiel es mir wie Schuppen von den Augen. Jeder hatte das Stöcklbier getrunken, weil das natürlich um Welten besser war, als dieses Wollsocken-Gesöff. Und da hatte er sich natürlich gedacht, das versau ich den Stöckls. Ich ermorde einfach jemanden, und dann kauft keiner mehr das Bier ...

Nein, falsch, machte ich mit meinen Überlegungen weiter. Natürlich wollte er niemanden ermorden, er war der Typ mit den Ratten gewesen! Er hätte die Ratten in den Kühlturm geworfen, und das ganze Bier wäre versaut gewesen. Das hatte Alex schon vor seiner Verhaftung gesagt. Und dann hätte jeder Ferdls Bier getrunken, aus Mangel an Alternativen.

Ich sah noch einmal auf mein Handy. Aber natürlich hatte ich auch jetzt keinen Empfang.

Aber wieso war auch Kevin in der Brauerei gewesen? Der Dummejungenstreich mit dem Scheuer. Kevin hatte sich mit dem Scheuer verabredet, und dann war stattdessen Ferdl aufgetaucht. Deswegen war vermutlich auch die Tür offen gewesen. Kevin war eingestiegen und hatte von innen die Tür geöffnet. Aber wieso hatte Ferdl ihn dann ermordet?

Weiter kam ich nicht mit meinen Gedanken, denn ich musste laut ächzen. Der kleine Welpe sprang von meinem Bauch hoch und hüpfte aus der Grube, weg von mir. Ich bereute, dass ich mich nicht an ihr festgeklammert hatte. Alles war halb so schlimm, wenn man Clärchen auf dem Bauch sitzen hatte, so viel war gewiss.

Ich vertrieb mir die Zeit damit, immer wieder eine Telefonnummer anzutippen, obwohl sich keine Verbindung aufbaute, und danach wieder an meinem Fuß zu zerren. Von Ferdl hörte ich nichts mehr. Der Schnee blieb auf mir liegen, in meinem Gesicht schmolz er noch. Aber wahrscheinlich würde er auch dort irgendwann liegen bleiben.

Eine Ewigkeit später hörte ich dann doch Schritte, und der Strahl einer Taschenlampe strich über meine Grube. Ich machte mich so klein ich konnte, und presste ganz feste meine Augen zusammen. So musste mein Leben also enden, dachte ich mir.

»Sofia!«, hörte ich jemanden rufen. »Sofia!«

Das hörte sich nicht nach Ferdl an. Eher nach Alex.

»Sofiaaaaa!«

Im nächsten Moment sprang wieder ein Hund in die Grube, und ich ächzte schwer. Natürlich war es Clärchen, die meinen Mörder zu mir geführt hatte! Dann tauchte der riesige Kopf von Milo auf und sah auf mich herab, ziemlich verständnislos. Er sah aus, als wünschte er sich, in der Rezeption hinter dem Tresen zu liegen und zu schlafen. Und wunderte sich darüber, wieso ich nicht das Gleiche machen wollte. Dann erschien Alex' Gesicht daneben.

»Was machst du denn da?«, fragte er kopfschüttelnd.

»Ich warte auf meinen Mörder«, schniefte ich glücklich. »Außerdem stecke ich hier fest!«

»Du bist vielleicht lustig«, sagte er mit einem entspannten Grinsen im Gesicht. »Mach doch so was nicht!« Er stieg zu mir in die Grube und versuchte mein Bein zu befreien, aber auch ihm gelang das nicht.

»Dann hole ich mal ...«, fing er an.

»Nein, du bleibst da!«, flehte ich ihn an.

Seufzend setzte er sich neben mich in die Grube und holte sein Handy heraus.

»Sag bloß, du hast hier Empfang«, schniefte ich.

»Ich habe sie gefunden«, sagte er.

Ich beschloss, so bald wie möglich zu seinem Mobilfunkanbieter zu wechseln.

»Sie steckt in einer Wurzel fest, wir brauchen eine Säge ... Ja. Am besten mit dem Quad. Der Schlüssel ist im Büro der Brauerei.«

»Wer war das?«, fragte ich.

»Dein Herr Kommissar«, sagte Alex ironisch.

Ich seufzte und kuschelte mich an Alex, der mir den Arm um die Schulter gelegt hatte.

»Ich habe den Fall gelöst.«

»Das hatten wir befürchtet«, sagte Alex. »Du bist einfach nicht aufzuhalten. Wenn du dir mal was in den Kopf gesetzt hast ...«

»Ich wollte nur an der Fackelwanderung teilnehmen«, stellte ich die Sachlage klar. »Ich hatte gar nichts Schlimmes vor.«

»Aha«, machte er und wischte den Schnee von meinem Skianzug. »Die Fackelwanderer sitzen alle im Bootshaus und sind schon ziemlich angeschickert.«

Ach. Darum hatte ich also keine Fackeln gesehen.

»Und das soll eine Wanderung sein?«, fragte ich beleidigt.

»Evelyn hat erzählt, dass sie nur einmal ums Klohäuschen marschiert sind und ein paar Bilder geschossen haben.«

Natürlich für Instagram. Und danach gleich Glühwein saufen, so kannte ich Evelyn! Mir war inzwischen so kalt, dass ich mich nicht einmal über meine eigene Gedankenlosigkeit ärgern konnte. Wie war ich nur auf die dumme Idee gekommen, dass meine Hirschgrundis in Windeseile mit ihren Fackeln im Wald verschwunden waren?

»Danach war allen zu kalt, und keiner wollte um den See

laufen. Bis auf den Gröning«, berichtete Alex. »Aber nach einem halben Topf Glühwein hat Evelyn festgestellt, dass sie einige Nachrichten von dir auf dem Handy hatte.«

Anscheinend hatte ich doch hin und wieder Netz gehabt. Meine fehlgeschlagenen Anrufe.

»Und dann ist auch noch Clärchen gekommen und wieder davongelaufen. Da hat es Evelyn mit der Angst zu tun bekommen und hat die Polizei angerufen.«

Kluge Evelyn. Ich nahm alles zurück, was ich mir gerade bezüglich der Fackelwanderung gedacht hatte.

»Kluges Clärchen«, murmelte ich und kraulte sie zwischen den Ohren. Eigentlich war ein Maremanno doch gar nicht so schlecht. Auch wenn sie das mit dem Hüten von mir noch nicht perfektioniert hatte. Ein richtiger Hütehund wäre wohl bei mir geblieben und hätte mich vor Wölfen und Bären geschützt.

»Und dann sind wir alle ausgerückt, um dich zu suchen«, erzählte Alex. »Ich habe mir Milo geschnappt.«

Milo starrte noch immer schlecht gelaunt auf mich herunter, offensichtlich war es nicht seine Idee gewesen, mich zu finden.

»Er ist mit mir gleich den Seeweg entlanggegangen, und dort vorne ...« Alex wedelte mit dem freien Arm herum. »... hat mich dann Clärchen abgefangen.«

Nun gut. Milo war einfach unsere normale große Hunderunde gegangen, ich war mir sicher, dass er überhaupt nicht kapiert hatte, dass er mich suchen sollte. Er war halt einfach ein Hund im Ruhestand.

Ich knuddelte Clärchen noch einmal eine Runde fester. Als ich das nächste Mal nach oben schaute, sah ich den Gröning, die Vroni und Evelyn. Der Gröning hatte eine Säge mit dabei, und die Vroni eine Thermoskanne mit heißem Tee.

»Damit du uns nicht erfrierst«, erklärte mir Vroni, und ich nahm einen tiefen Schluck.

Der heiße Tee bestand zu größtem Teil aus Alkohol, wie mir schien. Aber das machte mich wenigstens so entspannt, dass ich gar keine Angst hatte, dass mir der Gröning den Fuß absägte.

»Und wo ist Jonas?«, wollte ich träge wissen.

Die Frage beantwortete sich von alleine, denn im nächsten Moment sahen wir die Lichter eines Quads näher kommen, und Jonas hielt zwischen den Bäumen.

»Meine Güte«, sagte er frustriert, als er mich mit Alex in der Grube sitzen sah, während der Gröning an der Wurzel sägte.

»Es ist immer das Gleiche«, bestätigte Alex. »Man kann sie keine Sekunde aus den Augen lassen!«

Jonas zog mich aus der Grube und direkt in seine Umarmung.

»Himmel, du bist die furchtbarste Frau, die ich jemals kennengelernt habe«, flüsterte er an meinem Ohr.

»Danke«, sagte ich und klammerte mich an ihn.

Erst als Vroni mit einem romantischen »Hach!« seufzte, trennten wir uns, und Jonas schob mich zum Geländefahrzeug. Ich durfte mich dann hinter Jonas auf das Quad setzen und zum Campingplatz zurückfahren, während die anderen zu Fuß ingen.

Während der Fahrt erzählte ich Jonas sehr detailliert von meinen Erlebnissen. Keine Ahnung, ob er viel mitbekam, schließlich war das Quad unglaublich laut, und wir hatten Mützen auf dem Kopf.

Aber wahrscheinlich schon, denn als wir am Campingplatz ankamen, sahen wir, dass Ferdl gerade dabei war, sein Zelt abzubauen. Jonas stellte das Quad direkt neben ihm ab.

»Abreisetag?«, fragte er, und Ferdl wurde noch eine Spur bleicher, als er sowieso schon war.

»Seine Mutter ist schwer krank«, erzählte der Wikinger-Stefan.

»Sie liegt im Sterben«, erklärte uns Korbi.

»Aha«, machte Jonas. »Dürfte ich noch einmal das Gepäck ansehen. Insbesondere die Netto-Tüten?«

Ah! Sogar das hatte er mitbekommen, obwohl er keinen Ton dazu gesagt hatte.

»Es war ein Unfall!«, fing Ferdl zu jammern an. Er hatte anscheinend keine Energie mehr herumzulügen. »Ich wollte doch niemanden ermorden. Ich habe nur selbst so Angst bekommen, weil er mich verfolgt hat!«

»Der Kevin?«, fragte ich, vom Quad aus.

»Keine Ahnung, wie er geheißen hat«, heulte Ferdl. »Ich wollte doch nur die Ratten in die Kühltürme werfen.«

Ach, nur. Das war ja interessant!

»Und plötzlich kommt so ein Typ hinter mir auf der Leiter hochgestiegen und brüllt wüst herum.«

»Kevin hat herumgebrüllt? Warum das denn?«, fragte ich ungläubig.

Jonas seufzte über mein ständiges Einmischen, aber Ferdl fand das überhaupt nicht komisch und antwortete mir: »Das weiß ich doch auch nicht! Ich musste an Zombies denken, weil er richtig mit gefletschten Zähnen hinter mir her war.«

»Vielleicht hast du das ja falsch interpretiert«, half ich ihm aus. »Also ich meine, du hattest doch eine Gasmaske vor den Augen.«

»Ja, und ich habe so schwer Luft bekommen«, bestätigte Ferdl. »Und dann dieser schreckliche Mensch, der da in der Dunkelheit auf mich losgegangen ist. Ich war in Panik und hab mich umgedreht und einmal zugeschlagen.«

Stefan und Korbi sahen ihn mit großen Augen an.

»Seht mich nicht so an!«, heulte Ferdl. »Ich wünschte, ich wäre nie in die Brauerei gegangen.«

»Ja, das war totaler Quatsch!«, bestätigte ich ihm. »Noch dazu mit Gasmaske. So einen Schwachsinn habe ich ja noch nie gehört!«

»Weil ich nicht erkannt werden wollte«, wimmerte Ferdl.

»Du hast also dem Hamster aufgelauert, ihm die Gasmaske gestohlen ...«

»Nein, das war Zufall«, verriet mir Ferdl. »Ich habe Hamster und Evelyn in seinen Wohnwagen gehen sehen. Und Hamster ohne Gasmaske ... da hatte ich den spontanen Einfall ... und da lag die Gasmaske, gleich bei der Tür ...«

Das war natürlich seine Chance! Jonas öffnete den Mund, um etwas zu fragen, aber ich kam ihm zuvor: »Aber wie bist du durch die Tür in die Brauerei gekommen? Hattest du einen Schlüssel?«

»Nein. Die Tür war offen.«

»Man kann die Tür von innen entriegeln«, erzählte Jonas. »Vielleicht hat Kevin die Tür entriegelt, nachdem er durch das Fenster eingestiegen war.«

»Aber wieso sollte er herumbrüllen?«, fragte ich noch einmal.

»Er hat ja erwartet, dass sein Kumpel mit in der Brauerei

war. Vielleicht wollte er sich einen Spaß machen und ihn erschrecken ...«

Was für eine Tragödie!

»Und wo ist jetzt die Jacke?«, fragte ich.

Die Jacke, die auch Alex besaß.

»Ach, du warst das im Wald«, sagte Ferdl staunend.

»Ja, hast mich nicht erkannt?«, fragte ich.

»Nein, es war ja stockfinster im Wald. Ich habe nur einen weißen Hund davonlaufen sehen. Da hab ich's mit der Angst bekommen und bin weggerannt.«

Aha! Wir hatten beide voreinander Angst gehabt. Ich bewegte vorsichtig den Fuß, mit dem ich stecken geblieben war. Wahrscheinlich war ich gar nicht kurz vor meinem eigenen Tod gewesen. Und mein Fuß war auch nicht gebrochen. Und ich würde wieder ein ganz normales Leben führen können. Ich kletterte umständlich vom Quad.

»Was machst du?«, fragte mich Jonas.

»Ich sehe mir jetzt eine Prinzessinnen-Romanze an«, sagte ich würdevoll, während ich zum Haus zurückhumpelte. Jetzt, wo mein Adrenalinspiegel wieder ein normales Level erreicht hatte, war mir doch ein bisschen komisch im Kopf.

»Und ich will nicht gestört werden!«, sagte ich, an niemand Bestimmten gerichtet. »Mein Handy werde ich ausschalten, das nur nebenbei. Kein Instagram, kein WhatsApp. Kein Facebook. NIX!«

Ich drehte mich nicht einmal mehr um.

Es reichte für heute einfach, komplett!

Clärchen hüpfte begeistert an mir hoch. Prinzessinnen-Romanzen, genau ihr Ding! Sofa! Und vielleicht noch ein Leckerli! Und vielleicht noch einen Ramazzotti für mich, dachte ich mir.

Kapitel 19

Der nächste Tag war ein wunderschöner Sonnentag. Mit Sonnenbrille und dick eingepackt machte ich in der Früh einen langen Winter-Glitzer-Spaziergang um den See. Weil ich Milo und Clärchen dabeihatte, fürchtete ich mich auch gar nicht. Danach versumpfte ich auf meinem Sofa, zur großen Freude meiner Hunde.

Am späten Nachmittag, als es dunkel geworden war und ein knisterndes Feuerchen genau die richtige Adventsaktion war, versammelten wir uns um die Feuerstelle von Hamster. Der hatte sich dazu entschlossen, seine Gasmaske wegzuräumen und wie ein ganz normaler Camper seinen Abend zu verbringen. Solange man einen Mann mit Prinz-Eisenherz-Frisur und dem Abdruck einer Gasmaske im Gesicht als normal bezeichnen konnte.

Der Hetzenegger lief wieder zur Hochform auf und diskutierte mit Hamster über die richtige Zubereitung von winterlichem Würstchengulasch. Ob es denn nun Rohpolnische oder Pfefferbeißer sein sollten, geschälte oder passierte Tomaten und wie viel Kreuzkümmel. Sie waren sich eigentlich nur einig, dass der Rotwein eine riesige Rolle spielte, und sie schütteten abwechselnd immer wieder ordentlich welchen hinein. Irgendwie hatte ich den Eindruck, dass sie den Überblick verloren hatten, und hoffte nur, dass das wirklich alles verkochte.

Das Feuerchen prasselte jedenfalls sehr gemütlich, und der Kessel hing stilecht an einem Ast quer über dem Feuer.

»Schaut euch das an«, sagte eben der Gröning. Er hatte seinen Personalausweis aus der Jackentasche gezogen. »Meine Kennkarte! Endlich habe ich sie gefunden.«

»Das heißt Personalausweis«, informierte ihn Hamster.

Gröning legte seine Hand hinter das Ohrwaschel und nickte nur.

»War nun wirklich der Ferdl der Mörder?«, wollte Wikinger-Stefan wissen, der gerade etwas bedrückt ins Feuer starrte.

Der Hetzenegger klopfte ihm aufmunternd auf den Rücken.

»Er hat gestanden«, wusste auch der Schmidkunz.

»Echt tragisch«, sagte ich bedrückt.

Alle nickten, und wir starrten eine Weile versonnen ins Würstlgulasch. Dann kam Vroni mit einer Schale Tiramisu aus dem Wohnwagen.

»Würstlgulasch«, rief sie begeistert aus, als hätte sie das nicht längst schon gewusst. »Das ist jetzt genau das Richtige! Wintercamping ist einfach unglaublich kräftezehrend!« Sie saß zwar die meiste Zeit des Tages in ihrem Wohnwagen, las und sah fern, aber trotzdem! Dabei zog sie sich ihre Bommelmütze tiefer ins Gesicht. »Da braucht man am Abend einfach was Deftiges.«

Alle nickten. Obwohl ich den ganzen Nachmittag auf dem Sofa gelegen und noch nicht bemerkt hatte, dass die Kälte mich auszehrte, nickte ich auch. Vorsichtshalber schaute ich nach, was Evelyn gerade gepostet hatte, und ich sah den gleichen Kessel mit dem Würstchengulasch wie direkt vor mir.

Sehr diplomatisch war das Rezept so formuliert, dass es vollkommen egal war, welche Würstchen man hineinschnitt, Hauptsache, die Menge an Rotwein stimmte!

»Innere Wärme vollendet das winterliche Abenteuer!«, hatte sie geschrieben. »Nach einem anstrengenden Tag im Schnee köstliche Speisen zubereiten, die satt machen und wärmen! Jetzt sind wir wieder fit für das nächste Abenteuer!«

»Du bist albern«, raunte ich ihr zu, obwohl ich zugeben musste, dass sie ausgesprochen toll formulierte und man riesig Lust hatte auf Lagerfeuer und Würstlgulasch, sobald man ihren Post gelesen hatte.

»Du bist nicht wettbewerbsfähig. Wenn du mich nicht hättest!«, erklärte mir Evelyn seufzend.

»Du bist Like-süchtig!«, unterstellte ich ihr.

»Bin ich nicht.«

»Du hast grad schon wieder nachgeguckt!«, wies ich sie auf das Offensichtliche hin.

Sie zuckte nur mit den Schultern und rief dann begeistert nach hinten: »Ben Schätzchen, schön, dass du da bist!«

»Ben Schätzchen« war der dreijährige Sohn von Sabrina Gruber, der auch ganz scharf auf Lagerfeuer war. Ich war mir hundertpro sicher, dass Evelyn nur an die Marshmallows gedacht hatte, weil sie den süßen Knopf beim Zuckerbombenschmelzen filmen konnte. Zwar nur von hinten und hauptsächlich seine rote Bommelmütze, aber auf dem Filmchen sah es tatsächlich total süß aus. Und man kriegte auch nicht mit, dass Clärchen Ben den Stock mit dem geschmolzenen Marshmallow stahl und damit durch den Garten galoppierte. Und wie Ben Rotz und Wasser heulte und danach auf den Arm seiner Mutter musste, um sich zu beruhigen.

»Du musst Clärchen unbedingt besser erziehen«, schlug Evelyn vor.

»Ich muss sie einfach ins Tierheim bringen«, sagte ich das,

was ich immer sagte. Aber nicht mehr ernst meinte, besonders seit sie auf meinem Bauch in der Grube gelegen hatte. Ich stiefelte durch den Schnee hinter Clärchen her, die sich mit blitzenden Augen und schlappenden Ohren vor mich warf und treuherzig zu mir aufsah.

»Das kriegst du doch sowieso nicht hin«, sagte eine tiefe Stimme hinter mir.

»Jonas«, sagte ich, und ein Lächeln stahl sich in mein Gesicht, obwohl ich gleichzeitig damit rechnete, dass er schon wieder etwas an mir auszusetzen hatte.

»Was kriege ich nicht hin? Dass ich Clärchen erziehe?«, fragte ich nach.

»Nein, diesen unerzogenen Hund ins Tierheim zu bringen.«

Wir sahen uns einen kurzen Moment an, und ich kicherte plötzlich los.

»Du bist einfach ein unmögliches Frauenzimmer«, sagte Jonas und sah mich sehr lange an. »Ich weiß gar nicht, wieso ich immer wieder zurückkomme.«

Das konnte ich ihm auch nicht sagen. Vielleicht wegen meiner mintfarbenen Höschen, wollte ich antworten. Oder meinem ständigen Herumgekicher. Oder weil ich in der Nacht meine kalten Füße an seinem Bauch wärmte und seinen Kaffee in der Früh austrank.

»Das ist wie eine Sucht«, sagte er ganz leise und sah dabei total verliebt aus. Mit einem glücklichen Quieken stürzte ich mich in seine Arme und drückte mein Gesicht an seins.

»Vermutlich wegen Evelyn«, schlug ich vor. »Und Clärchen. Die beiden machen süchtig.«

Wir begannen zu lachen.

»Oder wegen des Würstlgulaschs«, grinste er.

»Woher weißt du das schon wieder?«

»Bin jetzt auch bei Instagram«, erklärte er mir. »Irgendwie verpasst man alles, wenn man da nicht ständig nachsieht, was ihr Hirschgrundis schon wieder macht.«

»Evelyn«, verbesserte ich. »Nicht wir, sondern Evelyn. Und meist ist es nur halb so toll, wie es aussieht. Bis auf heute vielleicht. Heute ist es in echt noch toller.«

Er zog sein Handy heraus, und man sah, wie die Story von Evelyn weitergegangen war. Auf einem Teller lag ein seltsamer Knollen, der unglaublich gruselig wirkte. Vor allen Dingen, weil »Gebackenes Zombie-Hirn«, dabeistand.

»Hilfe«, machte ich fassungslos.

»Rezept von Jamie Oliver«, lachte Jonas. »Das ist ja mal eine gute Idee.«

»Hm, ich weiß nicht recht«, sagte ich zweifelnd.

Dem entsetzten Ausruf von Hamster nach zu schließen, der zu uns herüberschallte, überreichte Evelyn ihm gerade das Essen. Wahrscheinlich würde er noch heute abreisen. Und sich für den Rest seiner Zeit im Wohnwagen verbarrikadieren. Aber der Entsetzensschrei ging in allgemeines Gelächter über, und ich schmiegte mich wieder beruhigt in Jonas' Umarmung. »Langweilig wird es mit dir jedenfalls nie«, murmelte er in meine Mütze hinein.

»Wohl wahr«, seufzte ich. Auch wenn ich mir, wie nach jedem gelösten Mordfall, fest vornahm, das mit der Leichenfinderei jemand anders zu überlassen.

Clärchen hatte inzwischen den Marshmallow vom Stock genagt und stupste mich mit der Vorderpfote an. Sie sah mich so treuherzig an, dass ich lächeln musste.

»Ich mach dir noch einen«, schlug ich vor und packte Jonas bei der Hand, um ihn zum Lagerfeuer zu ziehen. »Und du hast recht, ich werde Clärchen jetzt einfach nicht mehr hergeben. Ob man nun einen oder zwei große Hunde hat, ist doch eigentlich egal.«

»Und du bist so schutzbedürftig, dass vermutlich zwei Hunde gar nicht reichen.«

Gerade kam auch Alex lässig den Weg von der Straße heruntergeschlendert. Für einen Moment hatte ich den Eindruck, dass sich Jonas verspannte, dann gingen die Männer aber aufeinander zu und gaben sich die Hand.

Puh!

Vermutlich brauchte ich auch zwei Männer, um die nächsten Jahre zu überleben. Nicht auszuschließen, dass es noch mehr Leichen und Mörder hier in der Gegend gab!

»Wieso lächelst du so?«, fragte Jonas misstrauisch, als Alex weitergegangen war.

Schnell gab ich ihm noch einen dicken Kuss und zog ihn dann mit zum Feuer. »Zooooombie-Hirn«, flüsterte ich ihm zu, »und Würstl-Gulasch! Lass uns essen!«

Mit großem Helau wurden wir am Lagerfeuer begrüßt. Was für einen wundervollen Campingplatz ich doch hatte! Und was für supertolle Camper! Und wie wunderbar die unglaubliche Menge an Rotwein im Gulasch roch!

»Weihnachten feiern wir im Café«, sagte Evelyn eben. »Alex hat mir gerade versprochen, einen Weihnachtsbaum aus seinem Wald zu bringen.«

»Das wird großartig!«, erwiderten Vroni und die Schmidkunz gleichzeitig. Anscheinend war es schon längst abgemacht, dass wir gemeinsam feierten.

Seufzend legte mir Jonas seinen Arm um die Schulter, und ich kuschelte mich an ihn. »Solange ich danach dein mintgrünes Höschen sehen darf«, raunte er mir ins Ohr.

Ich lächelte nur.

Das mintgrüne Höschen hatte Clärchen aufgefressen. Aber ich hatte noch jede Menge andere Unterwäsche.

Susanne Hanika

Der Tod braucht keinen Brötchendienst

Ein Bayernkrimi

Weltbild

Kapitel 1

Ein heißer Sonnentag näherte sich gerade seinem Höhepunkt. Als ich die Tür der Rezeption öffnete und nach draußen trat, hatte ich das Gefühl, gegen eine warme Wand zu laufen. Für einen Moment blieb ich stehen, die rot karierte Bettwäsche an die Brust gedrückt, und blickte hinunter zum See am Hirschgrund. Er funkelte und glitzerte zwischen den hohen Pappeln, ein leichter Windhauch brachte die Millionen von Blättern zum Winken, und selbst von hier aus hörte ich das begeisterte Kreischen der badenden Kinder. Ich lächelte breit und stellte mir vor, wie ich gerade aussah: dümmlich grinsend über mein unverdientes Glück, in Flip-Flops über meinen Campingplatz schlappend.

Was für ein toller Tag!

Was für ein tolles Wetter!

Ich begegnete einem Camper, der ein Damenfahrrad schob. Ins Körbchen hinten hatte er die Chemieklokassette gelegt, und er strahlte zurück, als gäbe es nichts Schöneres an so einem wunderbaren Tag, als mit Chemieklogeruch in der Nase über meinen Campingplatz zu spazieren! Ich grüßte und wurde kurz darauf von einer Familie mit einem Leiterwägelchen voller Bade-Gummitiere überholt sowie einer Horde kleiner Kinder, die allesamt knappe Badesachen trugen und sich ausschließlich schreiend verständigten. Ich blieb erneut stehen, inzwischen bei den Johannisbeerbüschen angelangt, die schon knallrote Beeren hatten, und atmete tief die sommerliche Luft ein.

Genauso sollte es sein, wenn die Pfingstferien vor der Tür standen! Warmes Wetter, nette Camper und alle Plätze belegt. Ein Hund rannte volle Kanne in mich hinein und brachte mich ein bisschen zum Schwanken. Clärchen, meine sardinische Maremannohündin, hatte die Kurve nicht gekriegt und war in mich hineingerumpelt. In den letzten fünf Monaten war sie gewaltig gewachsen, zwar war sie noch immer schlaksig und überdreht, dafür jetzt aber fast so groß wie ein Schäferhund. In ihrem Maul trug sie ein Sofakissen.

Aus meinem Wohnzimmer, stellte ich erbost fest.

»Clärchen!«, stieß ich hervor und versuchte, ihr das Kissen zu entwenden, was sich mit Bettwäsche im Arm etwas schwierig gestaltete. Begeistert tobte sie vor mir Richtung »Gruberhäusl«.

Milo, mein geerbter schwarzer Hund, der bald seinen Status »Riesenhund« mit Clärchen würde teilen müssen, blieb mit traurigem Gesichtsausdruck neben mir stehen.

Er sah immer traurig aus, auch wenn er sich irre freute, wie man an dem unmerklichen Hin-und-her-Wippen seines Schwanzes erkennen konnte.

»Na komm«, sagte ich und schlappte in den Flip-Flops meiner Nonna weiter.

Hinter mir hörte ich ein Auto kommen, und als ich mich umdrehte, sah ich den Hetzenegger vor der Schranke zum Campingplatz halten. Ich hielt den Atem an. Noch immer hatte ich mich nicht daran gewöhnt, dass die neue Schranke einfach funktionierte, zu lang war die alte defekt gewesen. Es dauerte ein Weilchen, dann leuchtete eine Lampe neben der Schranke auf. Zufrieden sah ich zu, wie die Schranke hochging. Ganz ohne mein Zutun! Statt sie zu durchqueren, fuhr der Hetzenegger ein paar Meter rückwärts. Dort stand der Schmidkunz, ebenfalls Dauercamper und nebenbei mein Lieblingsapotheker, und die zwei berieten sich durch das Autofenster.

Meine Camper, dachte ich mit einer gewissen Begeisterung. Die beiden waren schon jahrelang Dauercamper auf meinem Platz, zusammen mit ihren Frauen, die sich gerade zu mir gesellten.

»Die Buben«, sagte Vroni zu mir. »Das werden sie jetzt mit Sicherheit jeden Tag machen.«

»Was?«, fragte ich neugierig.

»Die Schranke testen.«

Die Schranke musste nicht getestet werden, sie war nämlich tiptop und nigelnagelneu! Ich konnte am Computer Nummernschilder eingeben, dann identifizierte die Schranke diese und ließ die Leute problemlos passieren. Hetzenegger und Schmidkunz hatten das Spielzeugpotenzial erkannt und waren gerade dabei, die Kamera, die die Nummernschilder aufnahm, neu einzustellen. Das hatte zwar ein Techniker gemacht, aber die beiden fanden wohl, dass das noch optimiert gehörte. Gerade knieten sie beide vor der Kamera und debattierten miteinander.

Wie ein Wirbelwind stürmte Clärchen um die zwei Männer herum und dann wieder zurück zu uns. Direkt vor der Vroni machte sie eine gekonnte Vollbremsung – wieso konnte sie das jetzt für Vroni und für mich nicht? – und ließ das Sofakissen fallen. Sie setzte sich so brav und routiniert direkt vor die Vroni, dass man den Verdacht schöpfen konnte, dass sie auf eine Belohnung wartete. Und dass sie das nicht zum ersten Mal mit der Vroni machte.

»Ich muss weiter«, sagte ich. »Muss noch die Betten im Gruberhäusl beziehen.«

»Ich hab was zum Probieren dabei«, sagte die Vroni und hielt mir ein Glas Eingemachtes vor die Nase.

Die Schmidkunz und ich schauten leicht verdutzt. Der Inhalt war ziemlich grau und unappetitlich, und ich stellte mir vor, dass so Gallensteine aussahen. Aber laut Aufschrift war es »Erdbeerkompott«.

»Uh«, stieß ich hervor und behauptete, gerade keine Hand frei zu haben.

»Von Tante Ottilie geerbt«, seufzte Vroni. »Davon haben wir so viel, ich kann's schon nicht mehr sehen.«

Ich machte, dass ich weiterkam, damit ich keines dieser Gläser in die Hand gedrückt kriegte.

Außerdem hatte ich noch einiges zu tun, heute sollte nämlich Klara kommen, meine beste Freundin aus Hamburg! Zusammen mit ihrem neuen Freund Carlos Sanchez Serrano, einem in Deutschland lebenden spanischen Journalisten, wollte sie ein paar Tage auf meinem Campingplatz verbringen, und ich freute mich schon wie Bolle auf sie. Als ich die Tür zum Gruberhäusl öffnete, sah ich, dass schon jemand Blumen auf den Tisch gestellt hatte. Und meine Putzfrau Fanni hatte auch schon sauber gemacht, alles sah frisch und hübsch aus! Zufrieden begann ich die Betten zu beziehen, als mein Handy »Lollipop« dingelte. Klara!

»Freu mich schon!«, hatte sie geschrieben. »Gerade meinte Carlos, in der Redaktion habe jemand gesagt, dass genau in eurer Region ein Campingplatztester unterwegs sein soll. Also, Augen auf! Wenn wir Glück haben, erkennt Carlos ihn.«

Ich starrte eine Weile auf die Nachricht, dann kam schon die nächste. Ein paar Smileys mit Herzen um den Kopf, eine Konfetti spritzende Tüte, Luftschlangen und ein Kussmund.

»Denk an die Sterne!«, empfahl sie mir. Das verstand ich nicht ganz, vermutlich meinte sie die »Campingtest«-Sterne, die uns bald in den Olymp der Campingplätze schießen würden.

Hinter mir riss jemand die Tür auf, und Evelyn stürmte herein.

»Stell dir vor, es kommt vielleicht ein Campingplatztester!«, stieß ich hervor. »Womöglich landen wir sogar in einem Campingplatzführer!«

Evelyn stemmte die Hände in die Seiten.

»Vom ADAC«, fügte ich hinzu, da sie nicht reagierte.

Seit ein paar Tagen war Evelyn kleidungstechnisch voll auf die Fünfzigerjahre eingestiegen: Heute trug sie ein schwarzes Kleid mit weißen Punkten, darunter einen Petticoat und sehr wahrscheinlich einen Push-up, denn ob man wollte oder nicht, man sah ihr als Allererstes immer in den nicht mehr ganz jungen Ausschnitt. Ihrer Miene nach zu urteilen lief es im Moment nicht so gut für sie, und da hielt sie mir auch schon ein Glas mit grauen Früchten entgegen.

»Tante Ottilie«, stellte ich grinsend fest.

»Vermutlich aus der Nachkriegszeit«, sagte Evelyn ärgerlich. »Dass Vroni nie etwas wegwerfen kann!«

»Meinst du, der Campingplatz-Tester ist schon da?«, fragte ich, während sie die grauen Früchte einfach auf die rot karierte Tischdecke stellte. »Sei vorsichtshalber mal zu jedem nett«, empfahl ich ihr, während ich die Kissen aufschüttelte.

»Ich bin immer nett«, erklärte Evelyn mir augenrollend. »Und du bist ja geradezu anormal nett zu den absonderlichsten Leuten. Sogar zu denen, die es überhaupt nicht verdient haben.«

»Ach.«

»Diesen grässlichen Kindern von eben zum Beispiel hätte ich überhaupt kein Eis mehr verkauft. Dieses Geschrei ist ganz furchtbar!«

Ja, aber mit dem Eis im Mund konnten sie nicht mehr kreischen. Oder erst dann, wenn sie mit dem Eis hingefallen waren.

»Auch zum Beispiel zu deinen Freunden. Dass du in der Hochsaison unser Gruberhäusl einfach für lau an deine Freundin rausgibst. Kann die nicht in der Nebensaison kommen?«, moserte sie weiter.

»Sie hat halt nur jetzt Zeit.«

»Sie hat keine Kinder, die kann doch Urlaub nehmen, wann sie will«, wandte Evelyn ein und behauptete: »Normalerweise dürfen Leute ohne Kinder in den Schulferien keinen Urlaub nehmen. Das ist verboten!«

»In Hamburg sind gerade keine Schulferien«, sagte ich, zog die Bettdecken glatt und nahm das Erdbeerkompott-Glas vom Tisch. Das sah wirklich nicht so einladend aus, dass man es als Deko hätte durchgehen lassen können. Evelyn blieb vor einem Fenster stehen und rückte die rot karierten Vorhänge in gerade Falten. »Wenn ich schätzen sollte, wer der Campingplatztester ist«, fing sie an und sah zum Fenster hinaus, »dann würde ich sagen, Joachim Schulze. Echt ein Jammer.«

Nun sahen wir beide aus dem Fenster. Der Camper Joachim

Schulze war Evelyn in den Sinn gekommen, weil er gerade mit griesgrämiger Miene über den Platz zu seinem Wohnmobil ging. Auf die Idee, er könnte ein Gutachter sein, wäre ich persönlich nicht gekommen. Jedenfalls nicht für Campingplätze, denn er wirkte wie jemand, der absolut kein Interesse am Campen hatte und eigentlich lieber in Fünfsternehotels abhing. Die schlechte Laune schien ihm ins Gesicht gemeißelt zu sein. Wenn er grüßte, dann nur mit nach unten gezogenen Mundwinkeln und stark gerunzelter Stirn. Er mochte um die sechzig sein und war gekleidet, als würde er bei einem Zwanzigerjahre-Spielfilm die Hauptrolle übernehmen wollen. Helle Stoffhose, trotz des warmen Wetters ein langärmeliges weißes Baumwollhemd, ein cremefarbener gestrickter Pullunder und ein heller Hut mit dunklem Band. Während alle anderen Camper Flip-Flops und Crocs trugen, hatte er helle Halbschuhe an. Gerade wich er einer Schar von Kindern aus, die laut schreiend Richtung Strand rannten. So viel zum Thema, dass man nicht schreien konnte, wenn man ein Eis in der Hand hatte.

»Wieso ein Jammer?«, wollte ich wissen. Ich persönlich fände es auch schade, wenn ausgerechnet so ein schlecht gelaunter Typ wie Joachim Schulze der Tester sein sollte. Gerade jetzt, wo so viele kleine Kinder hier waren, gab es von ihm bestimmt Punkteabzug wegen Lärmbelästigung. Ich zog ein wenig das Genick ein, als ich sah, dass ein kleiner Knopf, der gerade bei mir Eis gekauft hatte, mit dem bunt geringelten Wassereis Schulzes teure Stoffhose streifte. Okay, das mit den Sternen für meinen Campingplatz konnte ich mir abschminken.

Der Kopf von Schulze lief erwartungsgemäß rot an, das

Kind rannte wie der Teufel hinter den anderen her, und der Schulze fing an zu schreien. Vorsichtshalber beschloss ich, noch ein Weilchen im Gruberhäusl zu bleiben und dort sinnlos Blumentöpfe von hier nach da zu schieben.

»Ein Jammer auch deswegen, weil ich mich selbstverständlich gerne voll eingebracht hätte, um ihn positiv zu stimmen«, erklärte mir Evelyn. Mit »voll einbringen« meinte sie natürlich, dass sie mit ihm ins Bett gegangen wäre. »Aber ich habe keine Lust.«

»Keine Lust?«, staunte ich, da Evelyn eigentlich immer Lust hatte, mit Männern ins Bett zu hüpfen.

»Ja. Zu alt. Zu spießig«, erklärte sie und setzte zufrieden hinzu: »Außerdem habe ich gerade was am Laufen.«

»Echt?«, fragte ich erstaunt, weil ich noch nicht gesehen hatte, dass sie mit einem der Männer hier auf dem Platz flirtete.

»Niklas«, sagte sie und stemmte eine Hand in die Seite. »Ein cooler Typ.«

»So um die dreißig«, schätzte ich.

»Genau. Woher weißt du?«, fragte sie erstaunt.

Nun, weil ihre Freunde immer so um die dreißig waren. Mal abgesehen von dem Rechtsmediziner Stein, für den machte sie, obwohl er Mitte fünfzig war, gerne eine Ausnahme.

»Nun, das sind die Männer, die deinem wahren Alter entsprechen«, erfand ich eine Begründung, während ich zusah, wie sich Joachim Schulze mit dem weißesten Stofftaschentuch, das ich jemals gesehen hatte, die Hose reinigte.

»Und, was macht er so? Beruflich? Privat?«, bohrte ich nach.

»Keine Ahnung«, gab Evelyn zu. »Recht viel über ihn gesprochen haben wir nicht.«

»Noch keine Zeit dazu gehabt?«, grinste ich.

»Er ist mehr so der schweigsame Typ, der von sich selbst nicht viel erzählt«, gab Evelyn zu. »Der Steppenwolf, den eine geheimnisvolle Aura umgibt.«

Das klang ja interessant!

»Außerdem waren wir anderweitig beschäftigt.«

Noch immer beobachteten wir Schulze, und Evelyn fügte hinzu: »Aber ich habe das Prinzip, nur mit einem Mann zurzeit ins Bett zu gehen«, entschuldigte sie sich.

Ich nickte verständnisvoll, weil das auch mein Prinzip war. Ich ging nämlich nur mit meinem Jonas ins Bett, mein persönlicher Held und Kriminalkommissar, in meinen Augen der bestaussehende Mann in Bayern, Deutschland und überhaupt. Nun gut, neben meinem Jugendfreund Alex, dessen Eltern die Besitzer der örtlichen Brauerei Stöckl waren. Aber an die beiden kam niemand heran. Auch kein einsamer Steppenwolf.

Evelyn stupste mich an und deutete mit dem Kinn nach draußen. Energisch schüttelte ich den Kopf. »Also, für mich kommt das nicht infrage, mit Joachim Schulze aus niederen Beweggründen ins Bett zu hüpfen.«

»Das weiß ich«, sagte Evelyn. »Inzwischen kenne ich dich doch.«

Jetzt sah ich auch, was sie wirklich gemeint hatte, denn den Weg entlanggeschlendert kam Klara, meine beste Freundin aus Hamburg. Ihre dunklen, glänzenden Haare waren zu einem asymmetrischen Bob geschnitten, was ihr schmales Gesicht etwas voller wirken ließ, und irgendetwas hatte sie mit ihren Brüsten angestellt, denn die waren viel größer, als ich sie in Erinnerung hatte. An der Hand hielt sie ihren Carlos. Evelyns Augen begannen zu leuchten, weil er genau ihrem Beuteschema entsprach: Mitte dreißig, gut aussehend und wenige dunkle Haare auf dem Kopf.

»Lass bloß die Finger von ihm!«, warnte ich, während ich nach draußen eilte.

Kapitel 2

Nachdem ich das Glas Erdbeerkompott hinter den Johannisbeerbüschen versteckt hatte, umarmte ich Klara herzlich. Wir quietschten beide begeistert, weil wir uns seit dem vorletzten Weihnachtsfest nicht mehr gesehen hatten, und da war Klara auch noch krank geworden. Danach umarmte ich auch Carlos in meinem Überschwang. Obwohl wir uns so selten sprachen, konnten Klara und ich sofort wieder drauflosquasseln, ohne Punkt und Komma, und kamen vom Hundertsten ins Tausendste.

»Schöner Platz!«, sagte Carlos schließlich in einer der wenigen Gesprächspausen.

»Sagte ich doch«, merkte Klara an, mit stolzer Stimme, als wäre es ein bisschen auch ihr Campingplatz.

»Ja«, sagte ich genauso stolz. »Ihr müsst mal unser Klohäusl ansehen, das ist echt super geworden.«

Klara lachte laut, vielleicht war es auch komisch, frisch angekommene Gäste auf den Eins-a-Zustand der Campingtoiletten hinzuweisen.

»Das wird der Campingplatztester auch so sehen«, grinste Klara. »Erkennst du da jemanden?«

Carlos sah sich um, als würde der Typ hinter uns stehen, und schüttelte den Kopf.

»Ich glaube, wir wissen schon, wer es ist«, flüsterte ich und deutete mit dem Kopf auf das riesige blank geputzte Wohnmobil von Schulze. »Er muss sich nur gerade umziehen, weil ihm ein Kind farbiges Wassereis an die Hose geschmiert hat.«

»Oh, oh«, machte Klara und musste noch mehr lachen.

Mit einem erschrockenen Schrei lief ein kleines Kind in mich hinein, diesmal bekam ich das Eis an die nackten Beine, und ich fing das Kind auf.

»Daran musst du noch ein wenig arbeiten«, grinste Klara.

»An der Farbe des Wassereises?«, grinste auch ich.

»Genau!«, meinte Klara und umarmte mich noch einmal, als das Kind das Weite gesucht hatte.

»Ich mach euch einen Kaffee«, erbot sich Evelyn, die sich bis jetzt aus der Unterhaltung rausgehalten hatte, und dirigierte uns Richtung Bootshaus, das demnächst als Café eröffnet werden würde.

»Für mich bitte Tee. Ich habe heute schon so viel getrunken, ich habe schon Herzrasen von dem Koffein ... Oh süß!« Klara blieb vor der Tür des Cafés stehen und lächelte über das dekorative Schild »Fräulein Schmitts«, weil sie natürlich die ganze Story kannte. Unter anderem, dass niemand Fräulein Schmitts hieß und sich die Bäckerin Meierbeck nur bei Instagram so nannte.

»Wir sind noch nicht fertig«, erklärte Evelyn und deutete auf einen großen Stapel Bretter und Balken neben dem Eingang.

»Das wird die neue Terrasse«, erklärte Evelyn an Klara gewandt. »Die wird rund um das Bootshaus gebaut! Dann können wir bei schönem Wetter auch draußen Tischchen aufstellen. Das wird fantastisch, ich hoffe, wir schaffen das, solange ihr hier seid ... Auf der Vorderseite ist es schon fertig. Das müsst ihr euch ansehen.«

»Ui«, machte Klara, als die Tür aufging.

Alex hatte nämlich die Idee gehabt, auf der gesamten Vorderfront die massive Holzwand durch eine Glasschiebetür zu ersetzen, und nun hatte man einen wunderbaren Ausblick auf den See. Jetzt im Sommer sah das wirklich super aus, besonders da Evelyn die Glasfront frisch geputzt hatte. Davor standen hübsche Stühlchen und kleine Bistrotische, die von Evelyn mit einer pastellfarbenen Mischung aus Rosen, Nelken und Pfingstrosen wunderhübsch dekoriert worden waren. Evelyn hatte dafür wirklich ein Geschick. Seit sie das Bootshaus von mir gepachtet hatte, hatte sie anscheinend all ihr Geld, das wer weiß woher stammte, in das Café investiert. Eine Weile bestaunten Klara und Carlos auch die Glasplatte im Fußboden, durch die man das Wasser unter sich schwappen sehen konnte. Gerade sahen wir zwei badende Kinder darunter treiben, die mit großen Augen zu uns heraufsahen.

»Irgendwie gruselig«, sagte Evelyn, die alles, was mit Kindern zu tun hatte, unheimlich fand.

»In Erinnerung daran, dass es ein Bootshaus war«, erklärte ich die Idee.

Während Evelyn den Kaffee machte, setzten wir uns an eines der Tischchen an der riesigen Glasfront und sahen zu, wie der Gröning, mein dienstältester Camper, seine Runde im See schwamm. Am Nachbartisch entdeckte ich zwei Gläser von Vronis grauem Erdbeerkompott und beschloss, die möglichst schnell verschwinden zu lassen.

»Wunderschön«, strahlte Klara, die das Erdbeerkompott vermutlich nicht gesehen hatte, und stupste Carlos an, als müsste er dazu auch etwas sagen. Er nickte nur und lächelte. Da er nur Augen für seine Klara hatte, konnte ich mir nicht vorstellen, dass er sonst irgendetwas um sich herum aufnahm. Hinter uns zischte die Kaffeemaschine, und es begann sehr aromatisch nach Kaffee zu duften.

»Wirklich ausgesprochen idyllisch«, stellte Klara fest.

»Und von der Terrasse aus können die Eltern auch ihren Kindern beim Baden zusehen«, erzählte ich.

»Ich dachte, wir stellen Paravents auf, damit wir die Kinder nicht sehen«, meinte Evelyn, als sie uns auf einem rosafarbenen Tablett mit der Aufschrift »Fräulein Schmitts« den Cappuccino brachte. Wir bestaunten die perfekt geschäumte Milch und das Herzchen im Milchschaum. Und den Teebecher mit integriertem Teesieb, den Klara bekam. Die cremefarbene Tasse war mit Katzen bemalt.

»Und, wie läuft es bei dir?«, wollte ich von Klara wissen, da sie mir erst kürzlich erzählt hatte, dass sie sich beruflich verändern wollte.

»Die Homepage ist noch nicht fertig«, erzählte Klara, aber sie strahlte mich trotzdem an. »Und ich will natürlich erst kündigen, wenn ich wirklich genügend damit verdiene, um meine ganzen Ausgaben zu decken. Vielleicht hast du noch ein paar Ideen, textmäßig.«

»Klar, das können wir uns zusammen ansehen!«, nickte ich. »Deine Pläne stehen dir gut«, fügte ich hinzu. »du strahlst richtig von innen heraus ...«

Klara lachte und warf einen verliebten Blick auf Carlos, der vielleicht der Hauptgrund für ihre super Ausstrahlung war.

»Was machst du denn?«, wollte Evelyn wissen, während sie uns kleine Quarkküchlein, garniert mit Erdbeeren und einem Minzblatt, auf den Tisch stellte.

»Eigentlich bin ich Eventmanagerin im Motorsport-Sektor«,

antwortete Klara. »Aber ich habe eine Weiterbildung zur Weddingplanerin gemacht. Bis jetzt mach ich das nur im Bekanntenkreis, aber langsam scheint sich das zu tragen.« Schwupps, war eines der Törtchen schon verschwunden. Sollte ich vielleicht auch machen, dachte ich, als ich mir Klaras tollen Busen ansah. »Das wäre echt mein Traumjob!«

Klara und Carlos warfen sich wieder einen verliebten Blick zu.

»Das mit der Glasfront war eine tolle Idee. Aber man ist ständig am Putzen«, sagte Evelyn und sah ebenfalls zufrieden nach draußen. Das Stück fertige Terrasse vor der Glasfront war noch gesperrt, solange das Geländer fehlte.

Gerade ging wieder die Tür auf, und der Hetzenegger und der Schmidkunz kamen herein. Der Hetzenegger hatte ein Laptop dabei, der Schmidkunz einen Stapel Blätter, und im Schlepptau hatten sie einen dünnen jungen Camper. Sie machten es sich am Nachbartisch bequem, mit einer Selbstverständlichkeit, als hätte das Café nicht nur schon geöffnet, sondern schon immer existiert.

»Das mit der Schranke ist das beste Spielzeug am Campingplatz«, flüsterte ich grinsend. »Und der Schmidkunz hat ein richtiges Faible für technische Erfindungen ...«

Der Schmidkunz hatte mein Geflüster anscheinend gehört, denn er sagte in normaler Lautstärke: »Das mit der Schranke hat total Potenzial! Man kann die Autonummern in eine Zwischenablage kopieren und dann mit anderen Daten im Computer verknüpfen.«

»Aha«, machte ich etwas skeptisch, weil ich mir nicht vorstellen konnte, was das für einen Sinn haben könnte.

»Das Programm zeigt nicht nur an, wann das Auto angekommen ist, sondern auch, wann es wieder weggefahren ist. Man weiß also immer, wer gerade da ist und wer nicht. Und kann die Dauer des Aufenthalts ermitteln.«

»Aha«, sagte ich noch einmal, noch skeptischer, aber da die »Buben«, wie Vroni die zwei immer bezeichnete, mit Feuereifer bei der Sache waren, beließ ich es dabei. Über Datenschutz würde ich mir später Gedanken machen. Und wahrscheinlich bekamen sie es auch gar nicht gebacken, das tatsächlich auszuwerten.

»Hat Joachim Schulze unser Café eigentlich schon gesehen?«, fragte Evelyn.

»Weiß ich doch nicht«, antwortete ich. »Ich beschäftige mich doch nicht mit diesem schlecht gelaunten Kerl.«

»Wer ist das?«, fragte Klara.

»Na, der Campingplatztester«, erklärte Evelyn. »Ich bin mir hundertpro sicher, der ist vom ADAC.«

Klara grinste. »Wahrscheinlich. Campingplatztester sind immer schlecht gelaunte Kerle.«

»Echt?«, fragte Carlos.

»Ja. So stelle ich mir die jedenfalls vor«, erklärte Klara. »Schlecht gelaunt, schlecht im Bett und immer miesmuffelig.«

Carlos lachte über die Vorstellung und wandte ein: »Also, ich kenne einen, der ist ein superentspannter netter Kerl.«

»Ich dachte jetzt, du sagst, gut im Bett«, grinste Klara.

»Schlecht gelaunt und miesmuffelig passt«, sagte Evelyn. »Im Bett war ich nicht mit ihm.«

»Und, hast du den Tester schon entdeckt?«, wollte ich von Carlos wissen.

»Nein. Sorry«, erwiderte Carlos und nippte an seinem Kaffee.

»Ich bin mir sicher, dass es Joachim Schulze ist. Ein anderer unserer Gäste kommt nicht infrage. Die anderen haben doch alle Kinder dabei«, warf Evelyn ein. »Weißt du was, du lädst ihn zum Kaffeetrinken hierher ein. Das stimmt ihn bestimmt positiv. Sag mir nur Bescheid, wann, dass ich die Glasscheibe noch einmal putze.«

»Kommt nicht infrage«, erklärte ich sehr bestimmt. »Ich schleim mich doch nicht ein.«

»Für mich kommt das auch nicht infrage«, gab Evelyn zu. »Der verdirbt einem echt die Laune. Sag mal, hast du Instagram?«, wechselte sie an Klara gewandt abrupt das Thema.

»Ja, wieso?«

»Könntest du mal für mich was nachsehen, ich hab gerade mein Handy nicht da«, sagte Evelyn, und ich hatte den Eindruck, dass sie log.

»Klar.«

»Schau mal unter Sissy Campingmaus nach.«

Während Carlos seinen Cappuccino trank und über den See blickte, sahen wir uns auf Instagram Sissy Campingmaus an.

»Huch«, machte Klara und lachte. »Wer ist denn das?«

»Unsere Konkurrenz«, erklärte Evelyn.

Sissy Campingmaus war die neue Freundin vom Steglmaier, meiner Konkurrenz. Und anscheinend hatte sie es sich zum Ziel gesetzt, es Evelyn nachzumachen und auf Instagram mehr Präsenz zu zeigen, natürlich für den Konkurrenz-Campingplatz. Mir war das einigermaßen egal, denn ich hatte einen vollen Campingplatz und nicht das Bedürfnis, ihnen Gäste wegzunehmen.

»Sieh dir das an«, sagte Evelyn düster und nahm Klara einfach das Handy weg.

Sissy hatte eine ewig lange Instagram Story gepostet, in der sie in einem langen und sehr engen Schlauchkleid in Leopardendruck zu sehen war. Das Erste, was auffiel, waren ihre riesigen Brüste, die voll im Bild waren, und die irre schlanke Taille. Ich war wie gefesselt von den Brüsten, aber Evelyn hatte was anderes gemeint: Sissy stand nämlich vor einem Haus, das aussah, als stammte es aus Disneyworld. Es war sehr bunt, mit runden Fenstern, einer Meerjungfrau über dem Eingang und einer Kanone neben der Tür.

»Ich dachte, sie macht Werbung für den Campingplatz?«, sagte ich verständnislos.

»Das IST doch auf dem Campingplatz«, erklärte Evelyn schlecht gelaunt. »Sieh dir das an!«

»Aber was ist das?«, fragte Klara und beugte sich ebenfalls mit über ihr Handy.

»Eine Kanone«, erklärte ich, obwohl ich mir nicht vorstellen konnte, wozu der Steglmaier eine Kanone am Campingplatz brauchte.

Die Insta-Story ging weiter, und selbst ich wollte nicht verpassen, was Sissy zu sagen hatte. Mit gespitzten Lippen strich sie sich gerade sehr dekorativ durch die Haare und hauchte in die Kamera: »Das Mega-Überraschung für Campingsaison, unser Piraten-Waschhaus!«

Obwohl sie sehr gut Deutsch sprach, hatte sie einen leichten osteuropäischen Akzent und etwas Schwierigkeiten mit den deutschen Artikeln.

»Ha!«, machte Evelyn mit zusammengekniffenen Augen. »Ich habe es geahnt!«

»Erste Camping-Erlebnis-Toilette Europas!«, erklärte Sissy mit sehr erotischer Stimme, als würde sie für einen Swingerclub Werbung machen. Das mit dem Campingerlebnis hörte sich wie »Camping-Ärlebnis« an. »Bald ist unsere Eröffnung! Daraus wir machen ein wunderbaren Event! Wollt ihr teilnehmen, dann holt euch Eintrittskarte mit Spezial-Zugangscode ...« Sie deutete mit ihrem Finger quasi auf ihre Brüste, wo der Code ›Sissy14‹ eingeblendet wurde. »Gilt nur vierundzwanzig Stunden!«

»Himmel«, sagte ich nur.

»Sieh dir das an«, lachte Klara und stupste Carlos an, damit sich der auch die nackten Brüste ansah.

Wahrscheinlich war er das gewöhnt, denn Klara liebte es, per WhatsApp irgendwelche halb nackten Männer zu verschicken. Zu Weihnachten waren es nackte Nikoläuse, zu Ostern braun gebrannte, halb nackte Männer mit Plüschohren, und wenn sie auf Wanderurlaub war, halb nackte Senner mit Lämmchen über der Schulter.

»Dass ihr Deutschen so irre lange Wörter benutzt!«, klagte Carlos. »Was soll das sein, eine Camping-Erlebnis-Toilette?« Bei dem langen Wort hörte man ein wenig heraus, dass Carlos Spanier war.

»Du solltest besser Deutsch lernen«, grinste Klara, obwohl Carlos tatsächlich einwandfrei Deutsch sprach, meist sogar ganz ohne Akzent. »Dann wüsstest du es.«

»Die versuchen uns auf Teufel komm raus die Camper abspenstig zu machen!«, motzte Evelyn.

»Ich kann mir nicht vorstellen, dass der Gröning auf eine Camping-Erlebnis-Toilette Wert legt«, wandte ich ein. »Der ist doch froh, wenn er in aller Ruhe bieseln kann.«

»Der nicht, aber all die Eltern. Die sind doch hellauf begeistert, wenn ihre Kinder beschäftigt sind.«

»Aber doch nicht auf dem Klo«, schüttelte ich ungläubig den Kopf. »Die sollen doch baden gehen.« Und Eis an die Beine von schlecht gelaunten Campinggästen schmieren.

»Und was soll das nun sein?«, hakte Carlos noch einmal nach.

»Das ist vermutlich die große Überraschung, die man nur erfährt, wenn man sich mit dem Zugangscode ›Sissy14‹ eine Eintrittskarte erwirbt«, schlug Klara albern vor. »Da hätte ich echt große Lust drauf, und du, Carlos?«

Carlos antwortete nicht, weil Sissy eben ins Mikro seufzte: »Überall kostenfrei schnell WLAN!« Wieder klang es mehr danach, als würde sie ihre sexuellen Dienste anbieten.

»Siehst du, wie wichtig das ist.« Evelyn runzelte noch mehr die Stirn. »Wir brauchen auch ein besseres WLAN.«

»Ich hab jetzt für irre viel Geld eine neue Schranke gekauft«, sagte ich. »Das muss erst mal reichen!«

Als wir das Café verließen, damit Klara und Carlos in aller Ruhe das Häuschen beziehen konnten, blieb Evelyn dicht an meiner Seite.

»Wir müssen was unternehmen«, flüsterte sie mir zu. »Das sieht total schlecht aus! Wenn die ein Erlebnisklo haben …«

»So ein Quatsch! Meine Camper wollen kein Erlebnisklo«, wandte ich ein. Der Gröning bekam einen Herzinfarkt, wenn ich über das Klohäusl eine nackte Meerjungfrau installieren ließ!

»Das wissen die noch gar nicht, ob sie das wollen. Wenn sie das mal gesehen haben, wollen sie vielleicht schon. Du hast echt keine Ahnung von Marketing!«

»Tja. Pech gehabt! Denn ich will gar keine Camper hier

haben, die nackte Meerjungfrauen im Klo haben wollen«, widersprach ich energisch. »Und ich verbiete dir hiermit, etwas in dieser Richtung zu unternehmen.«

»Ich meinte jetzt nicht die Meerjungfrau«, fauchte mich Evelyn an. »Wir wissen ja gar nicht, was die innen gemacht haben.«

»Damit es zum Erlebnis wird, meinst du?«, fragte ich.

»Ja.«

»Was soll da schon sein«, sagte ich. »Ein Klohäusl braucht Klos, Waschbecken und Duschen. Und für meine kleinen Gäste habe ich sogar eine Dusche im Dschungelbuch-Stil. Sehr beliebt übrigens.«

»Ja, und jetzt hat der Steglmaier ein Erlebnisklo, und wir haben das Nachsehen«, stellte Evelyn fest. »Wir müssen uns das unbedingt ansehen. Um informiert zu sein. Um uns rüsten zu können.«

Aber bestimmt würden wir bald wieder informiert werden, denn Sissy Campingmaus sah so aus, als würde sie mit nichts hinter dem Berg halten. Weder mit ihren Brüsten noch mit dem Innenleben ihres Klohäusls.

Evelyn blieb abrupt stehen und begann strahlend zu lächeln. Als hätte man einen Schalter umgelegt. Ihren abrupten Stimmungswechsel verstand ich erst, als ich aufsah und direkt vor uns Joachim Schulze erblickte. Mit der miesepetrigsten Laune, die man sich vorstellen konnte.

Kapitel 3

»Guten Tag, Herr Schulze, ich hoffe, Sie verleben hier bei uns einen wunderbaren Urlaub!«, gurrte Evelyn, obwohl sie gerade noch angekündigt hatte, ihn auf keinen Fall anbaggern zu wollen. »Haben Sie schon unseren Campingladen gesehen? Wir haben komplett umgerüstet auf regionale und gesunde Produkte, die den Campingurlaub zum Erlebnis machen!«

Jaha, wir hatten nämlich einen Erlebnis-Campingladen! Ohne nackte Meerjungfrauen, dafür mit viel Stöckl-Bier. Sehr regional und unglaublich gesund! Und wenn man zu viel davon getrunken hatte, war das echt ein Erlebnis.

»Und außerdem können Sie über unsere Rezeption Ausflüge und Bootstouren buchen!«, erfand Evelyn, was überhaupt nicht stimmte. »Sie können auch gerne unsere Facebook-Seite besuchen oder sich unter dem Hashtag ›CampingAmHirschgrund‹ über die laufenden Angebote informieren …«

Hallo? Unter diesem Hashtag kamen nur Beiträge von unserer Sexy.Hirschin, und das war Evelyn. Und es gab überhaupt keine Angebote! Ich konnte nur hoffen, dass Joachim Schulze keine Zeit hatte für Social Media und Tagesausflüge.

»Im Männerabteil ist ein Klo hochgradig verschmutzt«, sagte Schulze angewidert.

»Um Himmels willen!«, stieß ich entsetzt hervor. Das war genau das, was nicht passieren durfte, wenn ein Campingplatztester unterwegs war. »Wie konnte das nur passieren!«

Evelyn und ich ließen Joachim Schulze sofort stehen und rannten los, um das Männerabteil zu kontrollieren. Als wir uns dort auf die Suche nach der hochgradigen Verschmutzung machten, zischte mir Evelyn zu: »Ich sag's doch, der Schulze ist der Tester!«

»Wieso bietest du Bootstouren an?«, keuchte ich. »Ruderst du ihn persönlich mit unserem alten Kahn herum?«

»Du bist ja wohl nicht dicht«, antwortete Evelyn empört.

Genau wie unser altes Ruderboot. Das war nämlich auch nicht mehr richtig dicht. Wir huschten von einer Toilette zur anderen. Der Gröning sah uns etwas pikiert zu.

»'tschuldigung, sind gleich weg«, sagte ich und riss noch die letzte Tür auf. Dort lag ein halber Meter Klopapier am Boden.

»Hat er etwa den Streifen Klopapier gemeint?«, fragte Evelyn kopfschüttelnd. »Der hat ja wohl nicht alle Tassen im Schrank!«

»Die Kinder«, trompetete der Gröning, der hinter uns stehen geblieben war, um uns über die Schulter zu sehen. »Die lassen einfach alles liegen, wo sie es fallen haben lassen.«

Und der Gröning musste sich auskennen, der war vierzig Jahre lang Biologielehrer gewesen. Ich bückte mich nach dem Klopapier und warf es mit spitzen Fingern in die Kloschüssel.

»Also hochgradig verschmutzt ist was anderes«, sagte ich, inzwischen auch schlecht gelaunt. Das sah man doch, dass das frisch hingeworfen war und keine Putzfrau der Welt so schnell sein konnte, das wegzuräumen! Wenn der so drauf war, dann konnte ich mir eine Aufnahme in den Campingführer abschminken. Während ich hinausging, entdeckte ich noch zwei Erdbeerkompott-Gläser von Tante Ottilie, die anscheinend jemand versehentlich bei den Abspülbecken vergessen hatte. Mit Vroni musste ich mal ein ernstes Wörtchen reden.

Als ich bei meiner Schranke ankam, hatte ich drei weitere dieser Gläser im Arm. Dort stand schon wieder die Limousine vom Hetzenegger, und der Schmidkunz hockte mit dem Laptop daneben und beobachtete interessiert die Ein- und Ausfahrt vom Hetzenegger. Da würde ich jetzt dann gleich einen Datenschutzriegel vorschieben.

»Also, die Fanni putzt richtig ordentlich«, erklärte Evelyn sehr bestimmt neben mir. »Den Schulze nehm ich mir jetzt dann gleich vor.«

»Lass gut sein!«, sagte ich eilig.

Der Schulze blieb bestimmt nicht lang, den Ärger war es wirklich nicht wert. Stattdessen würde ich Fanni lieber noch öfter kommen lassen, jedenfalls solange der Joachim Schulze da war.

Als ich zur Rezeption ging, zeigte mir der Schmidkunz total begeistert ihre Arbeit. »Da sieht man jetzt genau, wer auf dem Campingplatz ist und wer nicht!«

Das sah ich auch, wenn ich meinen Blick schweifen ließ.

»Und wann die Leute rein- und rausgefahren sind.«

»Wie habt ihr denn das so schnell hinbekommen?«, wollte ich wissen, weil ich noch gar nicht bemerkt hatte, dass die beiden solche supertollen Programmierer waren. Aber man sah tatsächlich auf dem Bildschirm, wann der Hetzenegger raus- und reingefahren war. Er war nämlich alle halbe Minute raus- und reingefahren, und das schon mindestens zwanzigmal.

»Der Benni kann das«, fügte er an den jungen Mann gewandt hinzu, der rot anlief.

»Ich hab das schon bei den Steglmaiers gemacht«, verriet uns Benni hinter vorgehaltener Hand. »Die haben so eine ähnliche Schranke. Von einem anderen Anbieter, aber sonst sehr ähnlich.«

Wie das die Steglmaiers handhabten, war mir egal.

»Das ist datenschutzmäßig absolut nicht o. k., das werden wir gleich wieder rückgängig machen!«, sagte ich sehr bestimmt.

Die beiden nickten, sahen aber sehr nach Schulterzucken aus.

»Und das mit den Erdbeerkompott-Gläsern geht so auch nicht!«, rief ich dem Hetzenegger zu, der wieder wohlwollend nickte, aber so wirkte, als würde er das in den nächsten drei Sekunden vergessen.

»Stell sie einfach oben zur Rezeption, ich nehm sie dann schon mit«, versprach er mir.

Und dann fuhr er noch einmal durch die Schranke. Auf dem Bildschirm sah ich den Hinweis aufploppen: Aufenthaltsdauer am Platz 34 Sekunden.

Seufzend machte ich mich vom Acker und stellte die fünf Gläser zu den zweien, die bei der Rezeption schon auf dem Fensterbrett standen. Ich bezweifelte, dass der Hetzenegger die alle mitnahm.

Am Abend setzten Klara und ich uns vor das Gruberhäusl. Carlos wollte noch eine abendliche Runde schwimmen. Mit einem verliebten Lächeln stellte er uns eine Glaskaraffe mit Ingwer und Minze auf den kleinen Tisch neben das Stöcklbier, das ich mitgebracht hatte. Daran konnte sich Jonas mal ein Vorbild nehmen! Er schenkte uns ein, schon in Badehose und mit einem Handtuch über der Schulter.

»Das ist ja toll. Ein halb nackter Ober«, stellte ich fest, während wir ihm dabei zusahen, wie er beschwingten Schrittes hinunter zum See ging. Klara kicherte, während Carlos neben einem kleinen Kind stehen blieb und sich auf den Boden kniete, um ihm den Schuh zu binden.

Gerührt schniefte Klara neben mir. »Ich weiß gar nicht, womit ich diesen Mann verdient habe. Er ist einfach so unglaublich liebenswert. Und zuvorkommend. Und sexy.«

Ich nickte. »Und kinderlieb.«

Klara lächelte. Sie schien gerade an ein paar weitere Eigenschaften von Carlos zu denken.

»Er ist quasi makellos.«

Klara rollte mit den Augen. »Quatsch. Wir streiten ganz schön häufig, um so Haushaltsdinge.«

Das kannte ich auch.

»Und: Lass ihn nie eine Sangria machen.«

»Wieso? Ungenießbar?«, kicherte ich. »Und das bei einem Spanier, der müsste doch wissen, wie das geht.«

»Nein, unglaublich lecker. Aber so hochprozentig, dass das jede Familienfeier sprengt. Wenn du ihn ein bisschen ärgern willst, frag ihn mal nach seiner Tante, Tia Alejandra.« Klara lachte. »Für ihre Geburtstagsfeiern hat er ein explizites Sangria-Herstellungsverbot. Und zu Recht. Wenn alle nur noch besoffen herumgrölen, das ist doch keine Feier mehr!«

»O. k., ich werde es mir merken!«, lachte auch ich. Dann verstummten wir, denn Evelyn kam auf uns zu. Sie zog eine Miene wie drei Tage Regenwetter.

»Na?«, fragte ich, weil auch Klara jetzt verstummt war.

»Sissy Campingmaus hat mehr Follower als ich«, erzählte sie schlecht gelaunt.

Ist doch egal, wollte ich gerade sagen, aber da sich Klara für die Sache brennend zu interessieren schien, rutschte ich ein wenig zur Seite und ließ Evelyn neben mir auf der Bank Platz nehmen.

»Was stimmt mit meinen Stories nicht?«, fragte Evelyn. »Werde ich keinem mehr angezeigt, oder was?«

»Die haben da bestimmt einen Algorithmus«, sagte ich. »Da kannst du nichts dafür. Ignorier Sissy einfach.«

Ich wollte vor allen Dingen nicht, dass Evelyn die nächste Diät anfing, nur weil Sissy Campingmaus eine irre schmale Taille hatte. Da war sie nämlich immer unglaublich schlecht gelaunt, und ich musste das aushalten.

Klara holte ihr Handy heraus und sah sich die neueste Story von Sissy an. Es ging natürlich wieder um das Erlebnisklo, und dass sie morgen mehr dazu enthüllen würde. Und natürlich explodierten die Likes auf den Beitrag, und es gab gleich dreißig Kommentare dazu, allesamt unglaublich positiv, obwohl ich die Meerjungfrau ziemlich geschmacklos fand. Genauso wie die aufgespritzten Lippen von Sissy, das nur nebenbei.

»Ich glaube, dass Zuschauer sich sehr von der Neugier leiten lassen. Momentan schafft es Sissy, die Follower auf den nächsten Tag gespannt zu machen«, analysierte Klara. Sie beugten sich gemeinsam über Evelyns Handy. »Jeden Tag posten ist wichtig, du benutzt ein bisschen zu viele Hashtags, nimm konkretere, dafür nur fünf! Und du machst keine IGTV-Feed-Previews, das wäre besser, wenn du mehr Views bei deinen Videos haben willst.«

Evelyn nickte. Ich bereute, dass ich mein Handy irgendwo liegen gelassen hatte.

»Man braucht wahrscheinlich irgendein größeres Event, auf das man zusteuert, das man vorbereitet, bei dem man den Follower mit integriert, mit Fragen, kleinen, liebevollen Details, die man nach und nach offenbart ...«

»Unser Klohäusl-Projekt ist abgeschlossen«, gähnte ich und machte mir jetzt doch ein Bier auf.

Gerade kam Carlos in Badehose an uns vorbei und warf Klara einen feurigen Blick zu. Sie kicherte.

»Ein neues Projekt«, sinnierte Evelyn. »Das stimmt. Ich brauche ein neues Projekt.«

»Kein Erlebnisklo, bitte«, sagte ich sehr energisch. »Du hast doch dein Café.«

»Richtig. Das Café«, stellte Klara aufmunternd fest. »Weißt du noch damals, als wir geplant hatten, ein Café zu eröffnen?«

Wir lachten beide. Das war vor zig Jahren gewesen, und es war schon in den Kinderschuhen stecken geblieben. Wir hatten nicht einmal eine Location gefunden.

Evelyn scrollte sich durch irgendwelche Beiträge auf Instagram und sagte nichts mehr. Anscheinend dachte sie über ein Projekt nach, das ihr Follower bringen würde.

»Die Anzahl der Follower ist doch nicht so wichtig«, sagte ich. »Wir haben es doch wunderbar hier.«

Auch Evelyn, wie ich fand. Wenn sie sich noch dauerhaft mit dem Stein zusammentun würde, wäre sie vermutlich glücklich und zufrieden.

»Aber so was von«, maulte Evelyn. »Ich will Geld verdienen. Ich brauche mindestens zehntausend Follower, habe ich mir überlegt.«

Zehntausend? Wo sollten die denn herkommen? Ich versuchte sie von ihren Problemen abzulenken und fragte Klara nach ihren Plänen.

»Weiß dein Chef schon, dass er dich demnächst verlieren wird?«

»Noch nicht«, sagte Klara. »Ich habe mir selbst die Auflage gemacht, dass ich noch zwei Hochzeiten brauche und die Website stehen muss. Ich habe mir jetzt erst einmal eine neue Kamera gekauft, mit der ich alle Bilder gleich an mein Handy schicken kann ... «

»Hochzeit!«, stieß Evelyn triumphierend hervor, als hätte sie auch vor, Weddingplanerin zu werden. »Das ist überhaupt die Idee!«

Verständnislos sah ich sie an.

»Eine Hochzeit wäre genau das Event, das wir gerade brauchen. Das interessiert die Leute. Da kann man sie ewig hinhalten, weil man schließlich eine Hochzeit monatelang vorbereitet.«

»Hm«, machte ich, und Klara und ich grinsten.

»Hier am Hirschgrund«, schwärmte Evelyn. »Das könnte man super aufziehen! Was meinst du, Klara, du als Profi?«

»Sehr idyllisch«, bestätigte Klara.

»Hm«, machte ich noch einmal. »Und wen willst du heiraten?«

»Ich?«, fragte Evelyn, als wäre ihr das noch nie in den Sinn gekommen.

»Den Stein«, schlug ich vor, weil sie selber nicht darauf kam.

»Doch nicht ich«, erwiderte sie und strahlte nun mich an. »Ich habe ja keine feste Beziehung, das mit Niklas ist ja nur mal was für zwischendurch.«

»Welcher Niklas?«, bohrte Klara interessiert.

»Ach, so ein Typ. Schläft drüben beim Steglmaier ...«

»Hallo? Du gehst fremd beim Steglmaier?«, fragte ich kopfschüttelnd.

»Ich konnte Niklas nicht davon überzeugen, auf unseren Platz zu kommen, er ist da total uneinsichtig. Aber ist vielleicht auch gar nicht so schlecht, weil ich dann viel mehr vom Steglmaier mitbekomme ...«

»Das mit dem Erlebnisklo hast du nicht mitbekommen«, wandte ich ein.

»Weil ich dort nicht aufs Klo gehe«, sagte Evelyn. »Aber ich habe mitbekommen, dass sie da eine riesige Baustelle haben. Ein Haus, das von oben bis unten mit Plane verhüllt ist. Ich habe ihnen natürlich nicht die Plane weggerissen!«

Sie machte eine dramatische Pause. »Und außerdem habe ich das mit dem Schulze mitbekommen!«

»Schulze?«

»Ja. Deswegen ja auch meine Vermutung, dass der Schulze der Campingplatztester ist. Wieso sonst sollte er sich heimlich beim Steglmaier herumtreiben?«

Das war tatsächlich sehr erstaunlich!

»Aber was heißt herumgetrieben«, wandte ich ein. »Er wollte vielleicht einen Spaziergang machen.«

»Nein. Er hat sich da herumgedrückt, mit finsteren Absichten«, dramatisierte Evelyn.

»Und woran merkt man das?«, fragte ich skeptisch.

»Weil er eben zu Unzeiten dort war! Vorgestern in der Früh um sechs. Und gestern Abend so gegen Mitternacht. Da bin ich gerade heimgefahren und habe gesehen, wie er um das Wohnhaus der Steglmaiers gestreunt ist.«

»Gestreunt?«, wiederholte ich ungläubig.

»Auch gestern Nachmittag ist er über den Platz geschlendert. Und wollte ganz offensichtlich nicht entdeckt werden. Er hat sich seine Schirmmütze so ins Gesicht gezogen, dass man ihn nicht erkennen konnte.«

»Du aber schon«, sagte ich.

»Ja. Ich hatte ihn ja schon bei uns am Campingplatz mit dieser Schirmmütze gesehen.«

»Kann mir nicht vorstellen, dass ein Tester auf dem Campingplatz herumschleicht«, wandte Klara ein. »Die melden sich doch bestimmt beim Campingplatzbesitzer an, bevor sie mit ihrer Kontrolle beginnen!«

»Vielleicht normalerweise. Aber der Schulze hat da total fiese Tricks auf Lager. Erst einmal heimlich recherchieren und dann nachschauen, ob sich die Höflichkeit verändert, sobald man sich als Tester outet«, schlug Evelyn vor.

»Na, ich weiß nicht«, wandte Klara ein. »Das kann ich mir jetzt nicht vorstellen.«

Gerade kam Carlos in kurzer Hose aus dem Häuschen. Nach dem Schwimmen hatte er sich umgezogen.

»Woher willst du das wissen?«, fragte Evelyn. »Kennst du einen Tester?«

»Wir haben vor Kurzem einen Film gesehen, da hat ein Fernsehteam einen ADAC-Tester in Italien begleitet. Der Tester hat sich vorher bei der Rezeption angemeldet«, mischte sich Carlos in das Gespräch ein, während er sich mit einem Handtuch die kurzen Haare trocken rieb.

»Genau«, stimmte Klara zu.

»ADAC-Tester in Italien stelle ich mir toll vor«, sagte ich seufzend. »Vielleicht sollte ich Campingplatztesterin werden.«

Evelyn schwieg kurz, anscheinend war ihr der Wind aus den Segeln genommen. »Wie auch immer. Jedenfalls ist der Schulze da schon dreimal drüben gewesen.«

Wir schwiegen ein Weilchen, Klara hatte schon wieder so ein inneres Grinsen im Gesicht, und ich konnte mir schon vorstellen, was sie mir später alles erzählen würde.

»Jedenfalls werde ich den Niklas nicht heiraten, der ist doch in ein paar Tagen wieder weg«, stellte Evelyn klar.

»Vielleicht bleibt er ja, wenn du ihm vorschlägst, dass du ihn heiratest«, schlug ich albern vor. »Außerdem musst du ja nicht heiraten, du musst es nur auf Instagram monatelang vorbereiten.«

»Und dann, am Schluss?«, fragte Evelyn schlecht gelaunt.

»Dann heiratest du die Vroni. Die hat mir eh gesagt, dass der Hetzenegger sie voll nervt und sie demnächst den Schrubber nimmt und ihm über die Birne zieht«, kicherte ich.

»Aber was ist mit Jonas und dir, beispielsweise?«, fragte Evelyn, als wäre ihr das gerade erst eingefallen. »Ich meine ja nur, du bist langsam in dem Alter, da sollte man ans Heiraten denken.«

Ich verdrehte die Augen. »Ich war schon mal verheiratet«, erinnerte ich sie. »Man muss es ja nicht übertreiben.«

Evelyn begann zu winken und lenkte meinen Blick auf einen attraktiven Mann, der gerade über den Platz schlenderte.

»Das ist Jonas«, flüsterte ich Klara zu, mit einem gewissen Besitzerstolz. Er sah nämlich nicht nur gut aus, sondern war auch meistens gut gelaunt. Jedenfalls wenn ich nicht gerade wieder einmal eine Leiche herumliegen hatte und er sich beruflich engagieren musste. Im Winter hatten wir uns zwar ziemlich gezofft, weil er den Verdacht hatte, dass zwischen mir und meinem Jugendfreund Alex doch etwas mehr war als tiefe Freundschaft. Aber nachdem mir Alex das Leben gerettet hatte, war Jonas ihm gegenüber ein klein wenig nachsichtiger geworden.

»Darf ich vorstellen: meine beste Freundin Klara«, sagte ich, nachdem ich ihm einen Kuss auf die Lippen gedrückt hatte.

Jonas grinste. Für ihn war Klara die mit den nackten Männern.

Kapitel 4

Am nächsten Morgen wurde ich von einem zischelnden Geräusch neben meinem Ohr geweckt. Für einen Moment wusste ich nicht, welcher Tag es war, aber dann fiel mir wieder der Vortag ein, unsere nette Viererrunde unten auf dem Steg am See. Was für ein Glück ich mit Klara doch hatte! Man konnte mit ihr am Steg sitzen und kichern, während unsere Männer zwei morsche Bretter austauschten. Das schweißte zusammen! Dass Klara einen lustigen Mann finden würde, war mir irgendwie schon immer klar gewesen. Aber wer hätte gedacht, dass es irgendein Mann mit Klara aushalten würde, die quasi eine wandelnde To-do-Liste war und nichts lieber machte, als andere Leute durchzuorganisieren?

Was für ein Glück, dass sich unsere Männer gegenseitig mochten.

Das Zischeln an meinem Ohr wurde penetranter und riss mich aus dem glücklichen Halbschlaf.

»Sofia«, hörte ich aus dem Zischeln raus, und ich setzte mich abrupt auf. »Pscht!«

»Was ist los?«, flüsterte ich und starrte Evelyn erschrocken an. Sie trug eine hochgeschnittene Marlene-Dietrich-Schlaghose und wirkte wie aus einer anderen Zeit.

»Wir müssen los!«

Ich warf einen Blick auf den schlafenden Jonas, dann auf meinen Wecker.

»Es ist halb sechs«, flüsterte ich zurück.

»Ja. Eben«, Evelyn schlich in gebückter Haltung aus unserem Schlafzimmer, und neben ihr sprang vergnügt Clärchen herum, die grundsätzlich alles lustig fand.

»Die muss dableiben«, entschied Evelyn, als ich die Schlafzimmertür hinter mir geschlossen hatte. »Die verrät uns ja sofort!«

»Was ist denn los?«, wollte ich gähnend wissen.

»Das Erlebnisklo vom Steglmaier. Das müssen wir uns ansehen. Und jetzt ist der richtige Moment dafür. Um die Uhrzeit schlafen noch alle. Und wir können danach gleich beim Bäcker die Semmeln mitnehmen.«

Mein rationales Ich fand das komplett daneben. Man konnte nicht zum Steglmaier schleichen und sich seinen Campingplatz in aller Heimlichkeit ansehen. Mein emotionales Ich indes war neugierig wie Sau! Und nichts interessierte mich mehr als ein Erlebnisklo. Also, ich meine, allein der Name! Was sollte da ein Erlebnis sein? Direkt am Klo? War vielleicht meine Dschungelbuch-Dusche für Kinder auch schon ein Erlebnisklohäusl, oder passierte beim Steglmaier noch etwas mehr?

»Ich weiß nicht«, sagte ich, obwohl ich wusste, dass ich mitkommen würde. Ich alleine hätte mich nie getraut, aber jetzt, wo Evelyn so energisch war, musste schließlich jemand auf sie aufpassen.

»Unser Campingplatz geht den Bach runter, wenn wir so weitermachen«, erklärte Evelyn mir.

Ich sah zur geschlossenen Schlafzimmertür. Jonas schlief noch bis um sieben. Und wenn wir uns beeilten, waren wir um sieben Uhr schon wieder zurück. Samt Frühstück.

»Siehst du irgendwo mein Handy rumliegen?«, fragte ich.

»Nein«, antwortete Evelyn, nachdem sie sich im Kreis gedreht hatte.

»Ich hole Semmeln«, schrieb ich also auf einen Zettel und legte ihn auf den Esstisch. Clärchen flüsterte ich nur noch zu: »Du bleibst schön hier!«

»Na also«, stellte Evelyn zufrieden fest.

Dass es mit den Semmeln nichts werden würde, konnte ich zu dem Zeitpunkt natürlich nicht ahnen. Mir war ein bisschen schlecht, weil ich es eigentlich nicht okay fand zu spionieren und weil mir immer schlecht war, wenn ich in der Früh so abrupt aufsprang. Außerdem war Evelyn mit meinem Auto ziemlich schnell unterwegs, vor allen Dingen in den Kurven. Ich hatte den Verdacht, dass sie in ihren High Heels mit den Autopedalen ganz schlecht zurechtkam.

Der Campingplatz vom Steglmaier lag noch in tiefster Ruhe, als wir das Auto vorsichtshalber drei Häuser weiter auf der Straße abstellten statt auf dem Besucherparkplatz. Direkt gegenüber vom Parkplatz standen drei kleine Siedlerhäuschen, zwei davon schön verputzt, das dritte hätte einen Anstrich vertragen können. Im Garten sah ich eine kleine alte Frau mit einem Gehwagerl, die gerade an ihren Rosen herumschnitt. Und das um diese Uhrzeit!

Evelyn grüßte freundlich, als wäre das alles ganz normal, während ich das Gefühl hatte, in Deckung gehen zu müssen.

»Die kann das voll verstehen, die Hildegard«, behauptete sie von der alten Frau, während sie mit ihren High Heels die Straße entlangklapperte. »Die ist schon neunzig und hat wahrscheinlich schon alles gesehen!«

Als wir vor dem Steglmaierschen Erlebnisklo standen,

blieb mir die Spucke weg. Und ich war mir sicher, dass die neunzigjährige Hildegard so etwas noch nie gesehen hatte. Evelyn redete in normaler Lautstärke, als würden wir uns in irgendeinem Fun-Park umsehen.

»Sieh dir das an!«, sagte sie kopfschüttelnd. »Ich dachte, Sissy hätte ihre Bilder mit irgendwelchen Programmen bearbeitet.« Das tat Evelyn nämlich stets. »Aber das sieht ja in echt genauso geschmacklos aus wie auf Instagram!«

Das Häuschen war auf jeden Fall ziemlich aufgemotzt, in allen Farben des Regenbogens. Die Wände schienen nicht ganz gerade, die Fenster hatten unterschiedliche Formen. Außerdem war jeder Fensterrahmen in einer anderen Farbe gestrichen. Über dem Eingang hingen die besagten nackten Meerjungfrauen, und im Original waren die Brüste noch größer als auf dem Foto. Ich konnte mir nicht vorstellen, dass das irgendjemandem gefiel. Außer dem Steglmaier und seiner Sissy natürlich.

»Nun komm schon«, sagte Evelyn. »Ich will natürlich wissen, was für Erlebnisse wir da drin haben werden.«

Mir reichte eigentlich schon die Außenansicht, um sagen zu können, dass ich mein Klohäusl garantiert nicht zum Erlebnisklo umgestalten würde! Wir öffneten die Eingangstür, und anscheinend schaltete sich per Lichtschranke ein Lautsprecher ein und spielte das Geräusch einer schlecht geölten Tür ab. Ich unterdrückte einen Schrei, als ich direkt neben mir von einem Skelett angegrinst wurde.

»Himmel«, sagte ich erschrocken. »Was soll denn das? Ist das etwa eine Geisterbahn auf einem Volksfest?«

»Nein, das ist ein Piratenschiff«, erklärte mir Evelyn.

»Schon klar«, sagte ich. »Aber wieso ist es so bunt?«

»Wie sieht das denn aus, wenn alles schwarz ist?«

Evelyn schritt sehr resolut durch die Tür in einen großen Vorraum.

Hastig drückte ich die Tür hinter uns zu, damit niemand mitbekam, dass wir gerade spionierten.

»Mann, Mann, Mann«, sagte sie erschüttert. Wir blieben vor einem dicken roten Pfeil stehen, der auf eine Treppe zeigte, die in den ersten Stock führte.

»Nur für Kinder bis vierzehn Jahren«, las ich vor, weil Evelyn so zielstrebig die Treppe ansteuerte.

»Recherche«, erläuterte sie knapp.

Wir bestaunten die Treppe, die rote Blinklichter hatte, die ebenfalls per Bewegungsmelder angingen. Auf einer gläsernen Treppenstufe blieben wir stehen und sahen hinunter in eine rot beleuchtete Höhle, die wahrscheinlich ein Vulkaninneres darstellen sollte. Als wir oben ankamen, sah ich, dass es tatsächlich ein Piratenschiff war. Wieder schaltete sich ein Lautsprecher ein. Die Schiffsbohlen knarzten. Und schon wieder unterdrückte ich einen erschrockenen Schrei, als sich neben mir etwas bewegte. Ein Skelett an einem Steuerrad! Etwas gehetzt sah ich mich um, vor Angst, dass wir durch die Geräusche jemanden anlockten.

»Und du meinst, meine Camper wollen so etwas?«, fragte ich. Vielleicht bekam die Schmidkunz einen Hörsturz wegen der Skelette, die war nämlich äußerst schreckhaft und hielt nichts aus.

»Das ist ja auch nur bis vierzehn. Die halten so etwas schon aus«, meinte Evelyn.

Ich drehte mich um und ging zurück ins Erdgeschoss, die Piratenrutsche aus dem ersten Stock wollte ich nämlich nicht ausprobieren. Ich hatte schon von oben gesehen, dass man durch diverse Netze rutschte, die vermutlich Spinnennetze darstellen sollten. Geisterbahn hatte ich schon früher nicht ausstehen können.

»Für den Gröning ist das jedenfalls nichts«, merkte ich an und wartete auf Evelyn.

»Der sieht doch sowieso nicht mehr so gut, wegen des grauen Stars. Die ganzen Geschmacklosigkeiten würde der gar nicht mehr mitbekommen«, überlegte Evelyn und marschierte an mir vorbei ins Männerabteil. Als wir die Tür ganz geöffnet hatten, ging neben uns ein Lautsprecher mit Vogelgesang los, und wir zuckten schon wieder zusammen.

»Das kommt nicht infrage«, betonte ich.

»Ja. Scheiß aufs Erlebnisklo«, sagte Evelyn und öffnete eine Klokabine, aus der sofort Countrymusik schallte.

Jede Toilettentür hatte eine andere Farbe und war mit diversen Blumenranken bemalt. Hier hatte jemand seine Märchenfantasien hemmungslos ausgelebt.

»Sieh dir das mal an!«

Mit einem Blick über die Schulter – ich hatte fortwährend Angst, dass die Geräusche Leute aufwecken würden – folgte ich ihr zu der kleinen Klokabine. Es vermischte sich der Vogelgesang von draußen mit Countrymusik und dem ratternden Geräusch der Lüftung, die volle Kanne lief. Evelyn deutete auf einen kleinen Bildschirm. »Siehst du das? Das ist ein Fernseher!«

Evelyn begann zu lachen. »Ein Fernseher am Klo, der Steglmaier hat sie doch nicht mehr alle! Was soll das für ein Erlebnis sein, das ist doch totaler Quatsch!«

»Und was ist mit den Frauenklos?«, fragte Evelyn, und

auch ich konnte gar nicht mehr aufhören zu lachen. Wahrscheinlich würde jetzt gleich etwas Schlimmes passieren, weil ich mich so über meinen Konkurrenten lustig machte. Das tat man einfach nicht. Da sah man dezent weg, das hätte jedenfalls meine liebe Nonna getan, Gott hab sie selig. Vielleicht hätte sie noch ein paar italienische Schimpfwörter drangehängt, aber gelacht hätte sie sicher nicht.

»Ist ja langweilig«, stellte Evelyn fest, denn die Damentoiletten waren genauso wie die im Männerabteil, mit Countrymusik und Fernseher. Trotzdem riss Evelyn jede einzelne Tür auf, um sich noch ein wenig zu amüsieren. Kopfschüttelnd blieb ich am Eingang stehen.

»Das müsste der Schulze sehen«, sagte ich hinter ihr, weil ich auf dem Boden eine breite Dreckspur entdeckt hatte, als hätte jemand eine braune Flüssigkeit verschmiert. »Das nenne ich eine Sauerei – und nicht das bisschen Klopapier in unserer Toilettenkabine!«

Plötzlich war ich sehr zufrieden über meine eigene Anlage. Als ich den Blick von der Spur am Boden löste, sah ich, dass Evelyn bei der letzten Klokabine sehr abrupt stehen geblieben war und gar nichts sagte. Wahrscheinlich war dem Steglmaier jetzt echt einmal die Überraschung gelungen.

»Und?«, fragte ich.

»Ich brauche einen Ramazzotti«, sagte Evelyn mit ihrer rauchigen Stimme und klang überhaupt nicht mehr amüsiert.

»Wieso?«, ich stellte mich hinter sie und linste an ihrer Schulter vorbei ins Innere. Neben der Toilette hatte sich jemand zum Schlafen zusammengeringelt. Es sah unglaublich unbequem aus, der Kopf war an die Kloschüssel gepresst, die

Nase direkt am Porzellan, sodass man sich gar nicht vorstellen konnte, wie man so Luft bekam. Eine Hand hatte die Klobürste umgeworfen und lag nun komisch verdreht hinter der Kloschüssel. In meinem Bauch begann es zu rumoren.

»Das ist Joachim Schulze«, flüsterte Evelyn, die im Gegensatz zu mir auf die wesentlichen Dinge achten konnte. Ich schrie los, weil ich plötzlich genau wie Evelyn sah, dass der da nicht schlief. Jedenfalls, wenn man das viele Blut um ihn herum mit einbezog, konnte man davon ausgehen, dass er das nicht tat.

»Schsch!«, giftete Evelyn mich an. »Halt doch mal den Mund! Willst du, dass der Steglmaier wach wird?«

Mir wurde speiübel, und das, obwohl ich schon so viele Leichen gefunden hatte. Wie immer konnte ich meinen Blick nicht abwenden, obwohl das besser für meinen Magen gewesen wäre.

Natürlich erkannte ich den Schulze inzwischen auch, jetzt, wo ich ihm direkt ins Gesicht sah. Er hatte noch immer seine helle Leinenhose an und sein helles langärmeliges Hemd, das nun aber komplett blutverschmiert war. Sein Gesicht sah wirklich ganz, ganz schlimm aus! Es wirkte, als wäre er in eine brutale Rauferei verwickelt worden – oder konnte man sich solche Verletzungen auch zuziehen, wenn man betrunken mit dem Gesicht auf die Kloschüssel in der Damentoilette fiel? Aber auch von hier aus konnte ich sehen, dass er zusätzlich zu den Gesichtsverletzungen eine Wunde am Hals hatte, deswegen vermutlich diese riesige Menge an Blut.

»Wir müssen nachsehen, ob er noch lebt«, flüsterte ich, obwohl ich wusste, dass ich das unmöglich konnte.

»Meinst du, ich suche an diesem Hals einen Puls?«, fragte Evelyn kopfschüttelnd.

Nein. Das meinte ich natürlich nicht.

Evelyn stupste den Schulze ein bisschen mit dem Fuß an und sagte: »Hallo, Herr Schulze, wie geht es Ihnen?«

Das Bein bewegte sich sehr steif, und da war uns natürlich klar, wie es ihm ging.

»Also, er lebt nicht mehr«, sagte Evelyn sehr pragmatisch und setzte düster hinzu: »Und das auf dem Damenklo. Ich kann mir gar nicht vorstellen, dass eine Frau zu so einer brutalen Tat fähig ist.«

»Frau?«, fragte ich, während ich zwei Schritte rückwärts machte. Ich überlegte mir sogar, ob ich mich nicht lieber auf den Fliesenboden legen sollte, so wirr war mir plötzlich im Kopf.

»Da muss doch eine von den Camperinnen komplett ausgerastet sein! Anders kann ich mir das gar nicht vorstellen. Vielleicht hat sie sich vor dem Schulze so erschrocken, dass sie ihn einfach niedergeschlagen hat. Das kommt davon.«

Ich sah weiße Sternchen vor meinen Augen und fragte mich überhaupt nicht, was wovon kam.

»Ich meine, als Campingplatztester hat man echt einen schwierigen Job! Man muss den ganzen Tag auf Campingplätzen herumschleichen, und dann wird man für einen Psychopathen gehalten und umgebracht«, schwadronierte Evelyn vollkommen unbeeindruckt von Blut und Leiche vor sich hin. Ich hingegen sah nach unten und suchte nach einem geeigneten Platz zum Umkippen. Erst jetzt sah ich, dass die Spur, die ich vorher für eine Dreckspur gehalten hatte, in Wirklichkeit eine Blutspur war, die geradewegs in die Toilettenkabine führte. So wie es aussah, war er von hier aus in das letzte Klo geschleift worden. Ich würgte ein bisschen.

»Wir müssen die Polizei benachrichtigen«, schnappte ich nach Luft. So ein Mist, dass ich kein Handy dabeihatte!

Evelyn packte mich am Arm und sah mich eindringlich an. »Ich würde sagen, wir gehen jetzt mal schön nach draußen an die frische Luft. Zu unserem Auto. Und fahren nach Hause.«

»Und rufen von dort die Polizei«, sagte ich. Oder weckten Jonas auf. Das war dasselbe wie Polizei anrufen.

»Das ist das Klo vom Steglmaier. Ich ruf den Steglmaier an und sag ihm, er soll mal in seinem Klohäusl nachsehen«, sagte Evelyn energisch. »Wir haben damit nix zu tun. Wie stehst du denn da, wenn du eine Leiche beim Steglmaier findest?«

»Ich?«, fragte ich, während Evelyn mich umdrehte und Richtung Ausgang schob. »Den hast doch du gefunden!«

In mir machte sich Panik breit. Tatsächlich. Das war eine ganz ungünstige Situation. Ich beim Steglmaier, mit einer Leiche. Schon wieder!

»Du hattest das letzte Mal schon so viel Ärger mit Jonas, das muss aufhören. Es geht um deine Beziehung!« Evelyn packte mich energisch am Arm.

Kapitel 5

Aus Evelyns Plan wurde nichts. Denn genau in dem Moment, in dem meine Füße sich in Bewegung setzen wollten, kam ausgerechnet Sissy herein, Sissy Campingmaus! Sie hatte wenig glamouröse rosa Gummihandschuhe übergestreift, die ihr bis zum Ellenbogen reichten, und trug einen weißen Emaille-Putzeimer in der linken Hand, aus dem das schaumige Wasser schwappte. Über eine schwarze Leggings und ein Leopardendruck-T-Shirt hatte sie eine blau karierte Schürze gebunden. Das betonte ihre großen Brüste mehr, als es sie verdeckte. Vielleicht sah sie deswegen eher aus wie eine Prostituierte in Putzfrauenverkleidung, unterwegs zu einem Freier mit Spezialinteressen. Meine Fanni trug niemals Glitzer-Flip-Flops zum Putzen. Aber sie war schließlich auch schon achtzig.

Im Gegensatz zu uns sah Sissy als Allererstes die Leiche und fing so hoch zu schreien an, dass mir die Ohren klingelten.

Erst nach ein paar Schrecksekunden hörte ich, dass sie nicht nur einfach schrie, so wie jemand schrie, der gerade eine Leiche gefunden hatte, sondern dass sie ständig »Mörder« brüllte und »Hilfe!«. Scheppernd fiel ihr noch der Blecheimer auf den Fliesenboden, und das schaumige Wasser floss über die Blutspur. Kreischend richtete sie den Wischmopp auf uns. Weder Evelyn noch ich konnten etwas sagen in unserer Schreckstarre.

Natürlich hörten das Geschrei auch andere Leute, Sissy

Campingmaus hatte nämlich eine Stimme wie eine Feuerwehrsirene, wenn es darauf ankam. Und sie hörte erst damit auf, als hinter ihr zwei Camper und der Steglmaier schreckensbleich und mit wirrem Haar auftauchten.

»Ihr Mörder! Bleibt mir vom Leib«, brachte sie noch einmal hervor, bevor sie kraftlos verstummte.

Dann schrie der Steglmaier los, weil er nun auch gesehen hatte, dass da jemand tot in seinem Erlebnisklo lag.

Eine Weile hörten wir nur Countrymusik, die Klolüftung und das Knarzen des Piratenschiffs, und ich wäre am liebsten im Boden versunken.

»Das ist nicht fair!«, schrie uns der Steglmaier nach einem Moment des Innehaltens an. Er war noch unrasiert, sah furchtbar schlecht aus, mit Augenringen, als hätte er die ganze Nacht nicht geschlafen. Seine Haare hätten eine Wäsche und einen neuen Schnitt vertragen können. »Könnt ihr nicht die Leute auf eurem Campingplatz ermorden! Das schlägt doch dem Fass den Boden aus!« Er sprach, als würde er gleich komplett ausrasten. Seine Sissy schluchzte hinter ihm und klammerte sich verzweifelt an ihren Wischmopp. Die zwei taten mir plötzlich total leid.

»Wir waren das natürlich nicht«, sagte Evelyn, ärgerlich darüber, dass wir es nicht geschafft hatten, uns rechtzeitig zu verdünnisieren. »Ich würde mal sagen, ihr ruft einfach mal die Polizei, das muss doch untersucht werden! Mit allem Drum und Dran, Rechtsmediziner, Spurensicherung, Kripo!« Sie stupste mich an. »Und wir haben auch nicht ewig Zeit, um euch dabei zu unterstützen, wir müssen nämlich noch zum Meierbeck.«

Der Steglmaier schrie einfach weiter, Sissy schluchzte hemmungslos, und die beiden ließen sich auch davon nicht beruhigen, dass Evelyn ihnen versicherte, dass sie das natürlich schafften, auch ohne uns.

Bevor wir das mit dem Verdünnisieren in die Tat umsetzen konnten, bauten sich zwei dicke Camper vor uns auf, Typ Hells Angels.

Als Jonas schließlich auftauchte, war er der Allererste, noch vor dem Notarzt, den Sanitätern und der örtlichen Polizei. Das war ihm wahrscheinlich auch noch nie passiert, aber schließlich hatte er nur aus meinem Bett aufstehen und mit seinem Auto fünf Minuten fahren müssen. Obwohl ich an seinem Gesichtsausdruck sah, dass er schon wieder ein klein wenig ärgerlich auf mich war, war ich tatsächlich richtig froh, ihn zu sehen. Jedenfalls war ich bei seinem Eintreffen immer noch in einem ganz schlechten psychischen Zustand.

Als Jonas sich mit »Kripo Regensburg« vorstellte, hatte Sissy die Frechheit und warf sich ihm in ihrem sexy Putzfrauenkostüm an den Hals. Sie schluchzte etwas von Mörderinnen, Sanitärbereich und Angriff. Mit einem Blick auf mich schob Jonas Sissy von sich.

»Ich habe überhaupt niemanden angegriffen!«, schnaubte ich.

»Sie standen genau hier«, betonte Sissy mit großen, tränennassen Augen. »Und haben gesprochen, über Mord! Und dass sie müssen weg, ganz dringend. Wenn nicht meine Mann gebracht Hilfe, sie wären einfach ...« Sie machte eine Handbewegung, weil ihr das Wort nicht einfiel. »... raus. Verschwinden!«

»Die haben einfach in meinem neuen Toilettengebäude einen Mord begangen!«, jaulte der Steglmaier, dem die Worte noch nicht ausgegangen waren. »Um mich in den geschäftlichen Ruin zu treiben.«

Jonas zog die Augenbrauen nach oben, als er mir einen Blick zuwarf.

»Sie machen gleich Festnahme!«, bat Sissy, und ihre Augen waren plötzlich riesengroß. Vertraulich legte sie Jonas die Hand auf den Unterarm.

Vollkommen unbeeindruckt scheuchte Jonas Sissy, den Steglmaier und die Camper mit den dicken Armen aus dem Klo. Ärgerlich wandte er sich an mich: »Was machst du hier eigentlich? Es ist 6:20 Uhr!«

»Ich wollte das Erlebnisklo vom Steglmaier ansehen«, sagte ich mit erhobener Stimme, weil noch immer aus jedem Klo Countrymusik und Lüftungsgeräusche dröhnten. Am liebsten hätte ich mich ihm genauso an den Hals geworfen wie Sissy. »Du kannst mir glauben, dass ich das nicht getan hätte, wenn ich gewusst hätte, dass der Schulze hier tot rumliegt.«

»Der Schulze.« Jonas' Miene verfinsterte sich noch ein bisschen, weil ich schon wieder ein Mordopfer persönlich kannte.

»Joachim Schulze«, ergänzte Evelyn hilfsbereit. »Der Campingplatztester.«

»Campingplatztester«, echote Jonas dumpf. Man sah ihm an, dass er erst vor fünf Minuten aufgestanden war, quer über seine rechte Wange hatte mein Kopfkissen einen Abdruck hinterlassen. Er stierte eine Weile vor sich hin, als müsste sein Ermittlerhirn noch aufwachen.

»Ihr kennt die Leiche.«

»Ja. Er hat bei uns auf dem Platz gecampt«, antwortete ich

brav. »Du weißt doch, dieses riesige Wohnmobil, an der Hecke hinten. Der Typ, der immer mit weißem Anzug und Strickpullunder herumgegangen ist, trotz des warmen Wetters ...«

»Strickpullunder«, wiederholte Jonas. Anscheinend achtete er auf solche Dinge nicht.

»Und ich habe auch seinen Ausweis eingesammelt beim Einchecken«, merkte ich eilig an. »Du hast es also ganz einfach. Ich kann ihn dir zu Hause gleich geben.«

Nach einem letzten strengen Blick auf mich ging Jonas zur letzten Toilette, wobei er einen riesigen Bogen um das Blut und die schaumige Wasserlache auf dem Boden machte. Was wir natürlich nicht getan hatten.

»Sofia wollte erst überhaupt nicht mitkommen. Ich habe sie dazu gezwungen«, erklärte Evelyn und log weiter: »Ich habe ihr als Erstes eingeredet, dass sie mich zum Bäcker begleiten muss, und dann bin ich hierher abgebogen. Sie wäre alleine niemals auf die Idee gekommen ...«

Das stimmte überhaupt nicht.

»Ich wollte das Erlebnisklo auch sehen«, wandte ich ein. Ohne Evelyn hätte ich es natürlich nicht in die Tat umgesetzt, aber wir waren beide total neugierig und ich sehr leicht zu überzeugen gewesen.

»Ja. Aber es war mehr so ein abstrakter Wunsch, ich als Praktiker habe das in die Tat umgesetzt, und du konntest dich nicht wehren«, nahm mich Evelyn weiter in Schutz.

Jonas schien uns nicht zuzuhören. Er war vor der Toilettenkabine stehen geblieben, hatte die Hände in die Seiten gestemmt und sah mit finsterer Miene auf die Leiche.

»Wer hätte gedacht, dass Campingplatztester so ein gefährlicher Beruf ist?«, seufzte Evelyn und sprach weiter gegen die Countrymusik an: »Aber wenn er wegen seines Jobs umgebracht wurde, dann ist die Lösung eigentlich unglaublich einfach. Denn der Mörder muss dann ein Campingplatzbesitzer sein. Schließlich hat nur ein Campingplatzbesitzer einen Grund, einen Tester zu ermorden.«

»Kann man diese Lüftung nicht ausmachen und die Musik?«, fragte Jonas genervt und ohne auf den Quatsch einzugehen, den Evelyn von sich gab.

»Keine Ahnung. Ich bin auch zum ersten Mal hier«, maulte ich.

»Und auch zum letzten Mal«, informierte er mich. »Ihr fahrt jetzt nach Hause und wartet dort auf mich.«

»Willst du uns keine Handschellen anlegen?«, fragte ich spitz. »Und in Untersuchungshaft bringen? Schließlich hat uns Sissy Campingmaus schon längst überführt.«

Wir starrten uns eine Weile böse an, dann ging glücklicherweise die Tür auf, und die Dorfpolizisten Brunner und Bauer kamen herein. Der Brunner superärgerlich wegen Arbeitseinsatz und so und der Bauer wie immer voll motiviert. Ich sah ihn bereits Fortbildungen machen und zur Kripo wechseln, so viele Leichen wie er inzwischen schon gesehen hatte.

Evelyn nahm mich bei der Hand und zog mich aus dem Klohäusl. Draußen war es geradezu totenstill, nach dem Geräuschpegel im Erlebnisklo.

»Sei nett zu deinem Freund«, sagte Evelyn erstaunlicherweise als Allererstes. »Nichts ist wichtiger als eine harmonische Beziehung. Man würdigt das viel zu wenig im Alltag. Das ist der Beziehungskiller Nummer eins.«

»Hä?«, machte ich verständnislos.

»Na ja. Wenn man sich wegen nichts und wieder nichts streitet. Du musst nur daran denken, wie es wäre, wenn du Jonas nicht mehr an deiner Seite hättest.«

Ich blieb stehen und starrte Evelyn an. Was hatte die denn plötzlich? Normalerweise erklärte sie mir, dass jeder Mann ersetzbar war und dass man sich nicht verbiegen durfte. Sie selbst verbog sich nämlich nie, so ein Alltag mit Mann war für sie einfach überhaupt nicht denkbar.

Bevor wir das ausdiskutieren konnten, lächelte sie plötzlich strahlend und winkte den Spusi-Tanten entgegen, mit denen sie ganz dicke war. Die kamen gerade mit ihrem dunklen Passat über den schmalen Campingweg zum Toilettengebäude gefahren und parkten direkt davor.

»Wenn ihr hier fertig seid, müsst ihr unbedingt bei uns vorbeikommen!«, schlug Evelyn vor. »Ich mache euch ein Käffchen, und dann könnt ihr euch ansehen, wie die neue Terrasse vom Café entsteht. Tobias hat versprochen, dass er heute kommt und weitermacht!«

»Ein Kaffee wäre nicht schlecht«, sagte Lilly etwas schlecht gelaunt. »Ich bin einfach kein Morgenmensch. Ich hasse es, wenn ich in der Früh vom Telefon aus dem Bett geworfen werde.« Sie zog sich gerade ihr weißes Spurensicherungsoutfit an. »Und in diesem scheiß Anzug schwitzt man sich zu Tode! Ich bin jetzt schon klatschnass!«

»Diesmal ist das ja alles in einem Erlebnisklo, da könnt ihr euch hinterher noch frisch machen«, sagte Evelyn.

»Haha«, machte Lilly und zog den Reißverschluss nach oben.

»Nach eurer Arbeit hier machen wir es uns einfach gemütlich«, tröstete Evelyn sie, umarmte die beiden noch einmal, mit Küsschen rechts und Küsschen links, und trieb mich zur Eile an. »Ich muss noch zum Meierbeck. Hoffentlich sind auch schon die Törtchen fertig!«

»Wir haben eben eine Leiche gefunden«, sagte ich dumpf. »Ich kann jetzt nicht an Törtchen denken.«

»Du nicht«, nickte Evelyn. »Aber deine Campinggäste haben trotzdem Appetit.«

»Ich dachte, dein Café ist noch nicht eröffnet«, wandte ich ein.

»Offiziell nicht«, bestätigte Evelyn. »Aber inoffiziell wollen natürlich alle Törtchen.«

Kapitel 6

Während ich noch dachte, unser Ziel wäre das Auto und der Meierbeck, zog mich Evelyn hinter das Klohäuschen und hielt sich den Zeigefinger vor die Lippen.

»Was ist?«, flüsterte ich. Hatte sie etwa schon wieder vor zu ermitteln?

»Siehst du die Sissy?«, fragte sie. Als ich mich ein wenig vorbeugte, konnte ich sehen, wie Sissy gerade aus der Rezeption trat, sich durch die Haare strich und mit gespitzten Lippen den Weg entlangging.

»Ja, und?«

»Was hat die vor, musst du dich fragen!«

»Vielleicht muss sie auch zum Meierbeck und Semmeln organisieren?«, überlegte ich. »Die kann die Camper auch nicht verhungern lassen, nur weil sich jemand in ihrem Erlebnisklo umbringen lässt.«

Trotzdem sahen wir uns Sissy neugierig an. Hatte sie so schnell die Ereignisse verkraftet? Auf jeden Fall hatte sie sich sehr schnell aufgehübscht. Die Haare frisch frisiert und neu aufgesteckt, das Gesicht geschminkt mit dezent rosafarbenen Lippen und dunklem Lidstrich unter den Augen!

Gerade kam auch Jonas aus dem Erlebnisklo und sah sich um. Sofort stürzte sie auf ihn zu, was bei mir eine heiße Welle von Eifersucht auslöste. Die warf sich jetzt doch nicht allen Ernstes dauerhaft an meinen Freund ran, oder?

»Wie kann man denn die Geräusche ausschalten?«, fragte

Jonas eben zum wiederholten Mal, schon mit einem leicht genervten Unterton, und ich liebte ihn für diesen Ton.

»Da muss ich fragen meine Mann«, hauchte Sissy sehr erotisch und sah Jonas an, als wäre er ihre allerletzte Rettung. Die blöde Kuh!

»Das darf doch nicht wahr sein!«, machte sie weiter. »War doch noch nicht mal Eröffnung! War doch ausgemacht, dass immer zugesperrt. Wegen Überraschung! Für die Gäste!« Selbst auf die Entfernung konnte ich erahnen, dass sie Jonas zublinkerte. »Armer Mann. Hat sich total verirrt. Muss krank gewesen sein, hier oben.« Sie drehte ihren Zeigefinger neben der Schläfe. »Und hingefallen.« Das hingefallen hörte sich wie »chingefallen« an. Da Jonas zu wenig reagierte, fing sie nun zu heulen an. »Hab gleich gesagt zu Möppelchen ...«, Möppelchen war bestimmt der Steglmaier, »... zu Hause bleiben viel besser, aber Möppelchen wollte Bier trinken! Waren ganze Zeit weg. Bis heute früh.«

Jonas nickte nur.

»Wäre alles nicht passiert, wenn zu Hause geblieben!«

Noch immer lag ihre Hand auf Jonas' Unterarm!

»Bin komplett am Ende! Ganze Nacht nicht geschlafen! Möppelchen hat gesagt ...« Wieder klang das »hat« wie »chat«, »heute gehen wir in Stadt. Heute trinken ein bisschen mit Freunde. Und dann plötzliche ganze Nacht vorbei!«

»Wann sind Sie denn heimgekommen?«, fragte Jonas, und Sissy fing zu schniefen an, deswegen verstand ich die Uhrzeit nicht.

»Habe noch eine halbe Stunde versucht zu schlafen«, erklärte Sissy. »aber nicht funktioniert. In Kopf war zu viel ...« Sie fand das Wort nicht. »Dachte, dann putzen lieber, wenn ich nicht schlafen. Soll alles schön sein, wenn Eröffnung von unsere neue Haus!« Sie schluchzte auf. »... und danach ich leg mich noch mal in Bett ... Aber dann das mit diese Mann! In Klo!«

»Die sind erst nach uns nach Hause gekommen«, flüsterte Evelyn mir zu. »Die hätten uns praktisch schon vorher ertappen können!«

»Glauben Sie, wir hätten ihn retten können, wenn wir früher nach Hause?« Sissy riss ihre Augen auf und blinkerte mit den Wimpern.

»Machen Sie sich keine Vorwürfe«, sagte Jonas brav.

»Werde mich kümmern um Geräusche!«, strahlte sie zurück.

Ärgerlich kniff ich die Augen zusammen. Himmelherrgott noch mal! Mit einem gewagten Hüftschwung drehte Sissy sich weg, und Jonas ging zurück ins Erlebnisklo.

»O. k. Wir können fahren«, sagte ich bestimmt.

Auf dem Hauptweg Richtung Ausgang drehte Evelyn sich immer wieder um und lief fast in zwei Männer hinein. Die zwei waren vom Beerdigungsinstitut Wolf.

»Siehst du den Mann?«, fragte Evelyn und machte im nächsten Moment »Ups!«, weil sie einen der schwarz gekleideten Bestatter angerempelt hatte.

»Welchen?«, fragte ich, denn ich kannte beide. Sie waren nämlich regelmäßig bei mir beim Bootshäuschen und halfen dabei, die Terrasse zu bauen. Vielleicht um ihren traurigen Job zu verarbeiten, denn auf der Terrasse ging es immer sehr lustig zu.

»Hi, Sofia«, sagte der eine und lächelte mir zu.

»Hi«, sagte ich, und Evelyn nahm mich bei der Hand und drehte mich in die andere Richtung.

»Der, der gerade den Weg entlanggeht«, sagte Evelyn. Ehe ich michs versah, bewegte ich mich nicht mehr Richtung Auto, sondern zum See hinunter.

Ein Mann um die dreißig kam gerade vom See hoch. Er hatte eine schwarze Baseballkappe auf dem Kopf, einen rabenschwarzen, relativ langen Bart, der sehr gut gepflegt war, und trug eine verspiegelte Sonnenbrille. Seine breiten Brustmuskeln füllten das Outdoor-T-Shirt gut aus.

»Das ist Niklas«, sagte Evelyn, und in ihrer Stimme klang ein wenig Besitzerstolz mit.

Aha. Ihr derzeitiger Lover!

Niklas war ein gut aussehender Mann. Das Einzige, was ein wenig störte, war seine Nase. Sie sah aus, als wäre sie schon einmal gebrochen gewesen und schief zusammengewachsen. Um genau zu sein, sah sie aus, als wäre sie schon mehrfach gebrochen worden und deswegen nicht mehr so richtig in Nasenform.

»Hallo, Schätzchen«, flötete Evelyn und umarmte den Typen, Küsschen rechts und links, während ich etwas reserviert grüßte.

»Meine Freundin Sofia. Niklas«, stellte uns Evelyn vor.

»Hallo«, erwiderte Niklas, warf mir aber nur einen mäßig interessierten Blick zu.

»Und, wie geht's?«, wollte Evelyn wissen, während Niklas sein Handtuch ins Auto warf. Er sah an uns vorbei auf etwas hinter uns. Wer das war, hörte ich im nächsten Moment, denn Sissy rauschte auf uns zu in sexy Leopardenprint.

»Es reicht!«, zischte sie Evelyn an. »Wenn ihr meint, ihr könnt uns ruinieren, nein! Haut ab von hier! Macht kaputt andere Leute!«

»Schon gut«, sagte ich beruhigend.

»Nix gut!«, kreischte Sissy.

»Wir gehen!«, sagte ich noch beruhigender und zog Evelyn mit mir mit, bevor sie etwas sagen konnte, das die Situation komplett zum Eskalieren brachte.

»Hausverbot habt ihr!«, schrie sie uns nach.

»Platzverbot, heißt das«, korrigierte Evelyn mürrisch.

»Wo steht denn Niklas' Zelt?«, fragte ich, als wir außer Hörweite waren. »Hat er das abgebaut?«

»Er hat kein Zelt dabei«, erklärte Evelyn.

»Und wo hattet ihr dann Sex?«, fragte ich neugierig.

»Na, im Auto«, erklärte Evelyn pikiert. »Er schläft ja auch im Auto.«

Evelyn runzelte die Stirn und drehte sich schon wieder um.

»Der fährt doch wohl nicht einfach ab, ohne sich von mir zu verabschieden?«, fragte Evelyn, da sie sah, dass Niklas in sein Auto stieg. »Wahrscheinlich hatte er gleichzeitig eine Affäre mit Sissy.«

Das würden wir jetzt gleich sehen. Denn Sissy stand noch immer bei Niklas. Wir hörten, dass sie »Gute Fahrt« sagte. Und es klang nicht, als wäre sie traurig, dass Niklas abfuhr. Eher so, als würde sie sich routiniert von einem Campinggast verabschieden.

»Der fährt tatsächlich einfach ab«, maulte Evelyn. »Und Sissy wusste es, und ich nicht.«

»Er musste sich doch beim Campingplatz abmelden und zahlen, oder?«, merkte ich an. »Ist doch klar, dass Sissy das dann weiß.«

Evelyn blieb trotzdem schlecht gelaunt.

»Vielleicht sollte ihm jemand sagen, dass er sich mit seiner Abreise total verdächtig macht«, erklärte ich.

Dieser Jemand hieß Brunner. Denn als der Motor ansprang, kam der Streifenpolizist Brunner aus dem Erlebnisklo geschossen, mit hochrotem Kopf und zerknitterter Stirn, und warf sich energisch vor den schwarzen Passat von Niklas.

»Eine Befragung abwarten?«, wollte Niklas so laut wissen, dass wir es ohne Mühe verstehen konnten.

Der Brunner schien maximal gestresst zu sein, denn er schrie einfach weiter, obwohl Niklas nur eine harmlose Frage gestellt hatte. Woher sollte er schließlich wissen, dass Joachim Schulze tot im Erlebnisklo lag?

»Ja, eine Befragung! Wieso fahren Sie hier einfach ab? Ohne jemandem Bescheid zu geben?«, blaffte der Brunner ihn böse an.

»Was heißt hier ›einfach abfahren, ohne Bescheid zu geben‹«, antwortete Niklas ärgerlich. »Ich habe mich gestern Mittag abgemeldet und gezahlt. Von einfach abfahren kann da nicht die Rede sein.«

»Das wusste der schon gestern Mittag!«, stellte Evelyn beleidigt fest. »Da hört doch wohl alles auf.«

»Du hast echt kein Glück mit deinen Männern«, merkte ich seufzend an. »Weißt du noch, als dieser Martin ermordet wurde ...?«

»Na ja. Niklas lebt schließlich noch, nicht wahr«, sagte Evelyn und klang noch beleidigter als zuvor.

»Oder der Musch. Weißt du noch ...«

»Ich bin ja nicht dement!«, fauchte Evelyn.

»Was hat denn der Brunner für ein Problem«, sagte Evelyn abgelenkt, als der Polizist etwas von ›Keine schnellen Bewegungen!‹ brüllte. »Ich glaube, der sieht zu viele Action-Thriller an, so wie er sich aufführt.«

»Also, ich kann den Brunner verstehen. Findest du nicht auch, dass Niklas ein klein wenig brutal aussieht?«, fragte ich.

»Wegen seiner Nase?«, wollte Evelyn wissen.

»Ein bisschen wie ein Profikiller«, schlug ich vor, obwohl ich überhaupt nicht wusste, wie Profikiller aussahen.

»Seine Nase war mal gebrochen«, erklärte mir Evelyn.

»Von einem Opfer, das sich gewehrt hat?«

»Das war sein kleiner Bruder. Der hat ihm mal ein Brett gegen den Kopf geschlagen.«

»Aha«, machte ich etwas enttäuscht.

»Oder meinst du die Narben?«, wollte Evelyn wissen.

Die hatte ich noch nicht gesehen, aber da Niklas jetzt brav seine Hände aufs Wagendach gelegt hatte, entdeckte ich mindestens eine wulstige Narbe auf dem rechten Unterarm.

»Uh«, machte ich mit großen Augen. »Das sieht ja aus. Bist du dir sicher, dass er da nicht in eine Messerstecherei geraten ist?«

»Das hat er von einem Kletterunfall«, erklärte Evelyn, die über alles informiert war.

Für mich war es eindeutig nicht gut, Leichen zu finden. Ich sah dann sofort überall irgendwelche potenziellen Kriminellen. Und so in dem jetzigen Kontext fand ich Niklas mit seinen Narben sehr verdächtig. Sissy war wieder umgekehrt und blieb nun neben Niklas und Brunner stehen.

»Er hat sich gestern abgemeldet«, bestätigte sie tatsächlich. »Er will nur abreisen.« Sie lächelte den Brunner an, als wäre er der einzige Mann auf dieser Welt, den es anzulächeln sich lohnte.

»Und heute früh? Noch schnell jemanden umgebracht?«, fragte der Brunner, der das mit dem Augengeblinker überhaupt nicht wahrnahm. »Schon länger geplant, dass hier jemand umgebracht wird?«

Aus gutem Grunde befragte der Brunner nie irgendwelche Verdächtigen.

Da hörten wir erneut ein Motorgeräusch. Ein Niederländer fuhr mit seinem Wohnwagen Richtung Ausgang, und der Brunner wurde hektisch, weil er nicht wusste, welchen Killer er jetzt als Erstes von der Abreise abhalten sollte. Auf seiner Stirn bildeten sich Schweißtropfen, und ich war kurz davor, mit ihm Mitleid zu haben.

Glücklicherweise kam jetzt auch Jonas aus dem Erlebnisklo und mischte sich in die Unterhaltung ein. Enttäuscht ließ der Brunner zu, dass Niklas seine Hände vom Wagendach nahm und sich zu Jonas umdrehte. Niklas sah eher amüsiert als ärgerlich aus.

»Die Schranke muss leider noch geschlossen bleiben«, sagte Jonas zu Sissy, die schon wieder ihre Lippen ziemlich sexy spitzte, wie ich ärgerlich bemerkte.

Danach gingen Niklas und der Niederländer zusammen mit Jonas Richtung Rezeption. Leider. So konnten wir nicht hören, was Jonas fragte. Den warnenden Blick von Jonas hatte ich natürlich auch mitbekommen. Geht endlich nach Hause, sagte der.

Ich seufzte und sah auf die Uhr. Es war nun schon sieben Uhr, und ich fand, wir sollten zum Meierbeck fahren. Schließlich öffnete unser Campingladen in einer halben Stunde, und ich hatte dann Semmeln zu verkaufen. Schade, dass ich mein Handy nicht dabeihatte, dann hätte ich jetzt Klara Bescheid geben können!

»Der Campingmaus war es auf jeden Fall megapeinlich, dass wir sie beim Putzen erwischt haben«, sagte Evelyn und klang nun wieder zufrieden. Während wir Richtung Ausgang gingen, machte sie weiter: »Und dafür hat sie sich nun komplett operieren lassen. Nur um dem Steglmaier die Putze zu machen!«

Kapitel 7

Gerade als wir beim Ausgang angekommen waren, drehte Evelyn wieder um.

»Ich muss noch was in der Rezeption erledigen«, sagte sie. »Ein paar Prospekte mitnehmen.«

»Willst du Ausflüge machen?«, fragte ich, obwohl ich wusste, dass dem nicht so war. »Außerdem haben wir Hausverbot. Wenn wir uns daran nicht halten, killt uns Sissy Campingmaus.«

Evelyn legte den Finger auf die Lippen und schlich an der Hauswand entlang zu einem gekippten Fenster.

Wo wollte sie hier Prospekte mitnehmen?

»Seit drei Tagen«, hörte ich Niklas eben sagen. Erstaunt hielt ich inne.

»Sie machen hier Urlaub?«, fragte Jonas freundlich, als würden sie Small Talk machen.

»Ja, mal ein paar Tage weg vom Alltag«, antwortete Niklas, und auch seine Stimme klang sehr entspannt. »Mache ich öfter. An nichts denken, kein Telefon, kein Internet.«

»Ist ja doch relativ weit weg«, überlegte Jonas. »Von Köln hierher.«

Niklas schien nur mit den Schultern zu zucken.

»Und dann entspannen Sie auf dem Campingplatz. Mit dem Zelt im Freien«, fügte Jonas hinzu.

»Nein, ein Zelt habe ich nicht. Ich fahre hin und wieder übers Wochenende auf einen Campingplatz und schlafe einfach im Auto. Da braucht man nur ein paar Wechselklamotten und einen Klappstuhl, das reicht mir fürs Entspannen.«

»Stressiger Job?«, fragte Jonas.

»Softwareentwickler«, sagte Niklas. »Manchmal muss man dann das Gehirn total abschalten.«

Evelyn runzelte die Stirn. Hatte er ihr etwas anderes erzählt? Aber dann sah ich, dass ihr Blick auf den Campingweg hinunter zum See gerichtet war. Dort stand noch immer der Passat von Niklas mitten im Weg, und Sissy ging gerade mit schwingenden Hüften darauf zu. Sie öffnete die Fahrertür und setzte sich hinters Steuer. Was tat sie denn da?

»Sie wirken so, als würden Sie mir nicht glauben«, sagte Niklas, und in seiner Stimme klang ein Lächeln mit.

»Tatsächlich bin ich davon überzeugt, dass es kein Zufall ist, dass Sie heute abreisen«, sagte Jonas. Er klang mehr nach gerunzelter Stirn.

»Es ist auch kein Zufall«, merkte Niklas höflich an. »Das war so geplant.«

»Das befürchte ich auch«, antwortete Jonas.

Jetzt klang Niklas nicht mehr so entspannt. »Was wollen Sie damit sagen?«

Noch immer beobachtete ich Sissy, die gerade seltsamerweise den Motor von Niklas' Auto anspringen ließ. Sie fuhr ein Stückchen nach vorne und etwas weiter an den Straßenrand. Dann stieg sie wieder aus.

»Ich will damit sagen, dass Sie heute eine Konfrontation mit Joachim Schulze hatten. Im Toilettengebäude.«

Evelyn und ich sahen uns erstaunt an. Woher wollte Jonas denn das nun wieder wissen?

»Unsinn«, erklärte Niklas sehr bestimmt. »Ich kenne überhaupt keinen Joachim Schulze.«

»Sie waren heute Nacht im Toilettengebäude und sind dort

auf Joachim Schulze gestoßen. Sie haben ihn erst zusammengeschlagen. Und dann ...«

»Ja? Was dann?«, fragte Niklas, und seine Stimme klang betont ironisch.

»Danach ist Herr Schulze in das Damenabteil geflüchtet, und Sie haben ihn dort erschossen.«

Eine Weile war es still. Ich hörte nur einen Buchfinken, der schmetternd sang, und Schritte, die näher kamen.

»So ein Unsinn«, sagte Niklas mit einem Seufzen.

»Sie haben hier einen kleinen Kratzer am Arm«, wies Jonas auf etwas hin, das wir natürlich nicht sehen konnten.

Niklas lachte.

»Und ich nehme an, Herr Schulze hat sich gewehrt und Sie genau hier erwischt.«

»Vielleicht war es auch nicht so, und Sie haben damit überhaupt nichts zu tun«, gab Jonas nach einer längeren Pause zu. »Aber das können wir ganz leicht klären. Sie geben uns eine DNA-Probe, und wir gleichen das mit den Spuren auf der Leiche ab.«

Nun war es tatsächlich totenstill. Selbst dem Buchfinken hatte es die Sprache verschlagen.

»DNA?«, fragte Niklas. Seine Stimme klang weder nach einem Lächeln noch nach Ironie, sondern war komplett frei von Emotionen.

»Sehr wahrscheinlich irre ich mich sogar.« Jonas klang jetzt ausgesprochen freundlich und entspannt. »Aber wie gesagt, wir können das schnell klären. Sie kommen einfach mit aufs Präsidium. Da brauchen wir auch keine Untersuchungshaft und nichts.«

Wieder war es totenstill.

Mich wunderte ein wenig, dass Jonas behauptete, nach einer DNA-Probe sei alles schnell aus der Welt. Schließlich beschwerte sich Jonas öfter, wie lange das dauerte. Aber vielleicht war das auch nicht der geeignete Zeitpunkt, um das einem Verdächtigen mitzuteilen.

»Okay«, antwortete Niklas zögerlich und atmete einmal tief ein. »Ich denke, das mit der DNA ist nicht notwendig. Ich werde Ihnen sagen, was in der letzten Nacht passiert ist.«

Evelyn riss die Augen auf und sah mich vollkommen entgeistert an. Sie machte stumme Bewegungen mit ihren Lippen und fing mit den Händen an zu gestikulieren. Auch ich hätte am liebsten mit ihr durchdiskutiert, was wir soeben gehört hatten.

»Ja. Gerne«, antwortete Jonas gerade höflich.

»Ich war gestern Nacht noch auf der Toilette«, fing Niklas an.

»Um wie viel Uhr?«, fragte Jonas, und ich hörte einen Stift auf Papier kratzen.

»Muss so um ein Uhr nachts gewesen sein. Gerade als ich gehen wollte, gab es wahrscheinlich einen Stromausfall.«

»Stromausfall«, fragte Jonas und klang ziemlich ungläubig.

»Es war plötzlich stockfinster«, half ihm Niklas aus. »Ich bin erst einmal stehen geblieben, um mich zu orientieren. Aber bevor sich meine Augen an die Dunkelheit gewöhnt haben, hat mich jemand von hinten angegriffen.«

Vor meinem inneren Auge lief schon ein kleiner Film ab. Joachim Schulze, der sich schon Tage vorher informiert, wo der FI-Schalter für das Toilettengebäude ist. Der sich auf die Lauer legt, um Niklas zu überfallen. Er schaltet den Strom aus, betritt das Gebäude und versucht, Niklas zu erwürgen. Sehr mutig, im Übrigen. Weil Schulze so aussah, als hätte er von Nahkampf keine Ahnung.

»Und dann?«, fragte Jonas, weil Niklas schwieg.

»Dann habe ich den Angreifer ausgeschaltet«, erklärte Niklas freimütig.

Jonas sagte nichts.

»Dann ging das Licht wieder an, und der Typ lag am Boden. Hat mir etwas leidgetan, als ich gesehen habe, dass ich ein bisschen zu heftig hingelangt hatte, das war ja ein alter Mann.«

»Und deswegen haben Sie ihn erschossen?«

»Nein!«, stieß Niklas hervor. »Er lag am Boden und hat gejammert, und ich habe mich entschuldigt, aber er hat mich vom Boden aus beschimpft, was mir einfalle ... Schließlich hätte er im Dunkeln nur den Lichtschalter gesucht.«

Evelyn und ich hielten beide die Luft an, so spannend war das alles gerade!

»Das war Unsinn. Das mit dem Lichtschalter«, betonte Niklas. »Er hat mich um den Hals gepackt, und ich bin von einem Angriff ausgegangen. Es war nicht nur eine zarte Berührung, das können Sie mir glauben.«

»Und wann haben Sie ihn dann erschossen?«, fragte Jonas interessiert.

»Hören Sie mir überhaupt zu? Ich kann überhaupt niemanden erschießen, weil ich keine Waffe besitze! Sie als Polizist können das ganz leicht überprüfen! Ich kenne diesen Typen auch überhaupt nicht!« Niklas wurde etwas laut. »Nach dem Vorfall habe ich mich entschuldigt und bin dann raus. Er hat mir noch nachgeschrien. Ich bin zu meinem Auto und habe mich hingelegt.«

»Und Sie hatten nicht den Eindruck, ihm helfen zu müssen?«

»Erst einmal nicht«, erklärte Niklas. »Schließlich hat er mich wüst beschimpft. Aber irgendwann habe ich dann doch ein schlechtes Gewissen bekommen.« Er holte einmal tief Luft. »Obwohl ich nicht so zugeschlagen habe, dass es tödlich hätte ausgehen können. Trotzdem habe ich nach einer halben Stunde beschlossen, noch einmal nachzusehen, ob alles in Ordnung ist.«

»Und da haben Sie ihn gefunden?«, fragte Jonas.

»Ich wollte ihm meine Hilfe anbieten«, betonte Niklas.

»Und?«, hakte Jonas nach.

»Er war nicht mehr da«, erklärte Niklas. »Das Toilettengebäude war leer.«

»Er lag im Frauenabteil«, sagte Jonas.

»Ah.« Niklas klang erleichtert. »Da habe ich natürlich nicht nachgesehen.«

»Dann würde ich gerne Ihr Auto sehen«, sagte Jonas, und ich hörte, dass ein Stuhl zurückgeschoben wurde.

»Der ist Profi-Schläger«, sagte ich zu Evelyn, als die Männer den Raum verlassen hatten. »Und mein Mann ist Profi-Ermittler. Der hat den Fall innerhalb von einer halben Stunde gelöst, da liegt die Leiche noch am Tatort, und die Spurensicherung ist noch nicht einmal fertig!«

Ich war echt richtig stolz auf meinen Jonas.

Evelyn hingegen sah äußerst unzufrieden aus.

»Der ist doch kein Profi-Schläger«, maulte sie.

»Soderla«, sagte ich – eines der Wörter, die meine italienische Großmutter aus dem Bayerischen übernommen und verwendet hatte, wenn sie ein Thema für abgeschlossen hielt.

»Es ist Viertel nach sieben. Ich muss jetzt dringend zum Bäcker!« Motiviert unternahm ich den dritten Anlauf, von hier wegzukommen. »Meine Gäste warten auf ihre Semmelchen. Hopp, hopp!«

»Jetzt finden sie die Mordwaffe«, erwiderte Evelyn dumpf, während sie um das Haus herumschlich, um zu beobachten, wie Niklas und der Brunner Richtung Auto gingen. Das mit dem Bäcker interessierte sie gerade überhaupt nicht. Sie verschränkte die Arme vor der Brust, und wir sahen gemeinsam zu, wie die vollkommen in Weiß gekleideten Lilly und Erika aus dem Erlebnisklo kamen.

»Soll ich dir was sagen?«, fragte Evelyn.

»Ja«, sagte hinter uns die Stimme von Jonas ziemlich ironisch. »Gerne.«

»Ich habe mich gewundert«, sagte Evelyn, während sie sich zu ihm umdrehte.

»Ich mich auch«, bestätigte Jonas, noch immer im Ironiemodus. »Nicht nur, dass ihr schon wieder eine Leiche gefunden habt. Nein, ihr belauscht auch schon wieder Befragungen und wollt jetzt noch dabei sein, wenn die Spurensicherung tätig ist«

Ich nickte und strahlte ihn an.

»So. Ihr fahrt jetzt nach Hause. Ich will euch hier nicht sehen«, sagte er eine Spur ernster.

»Du bist so toll«, schwärmte ich. »Wie hast du das jetzt nur hingekriegt, den Fall so schnell zu lösen? Woher wusstest du, dass Niklas was damit zu tun hat?«

Anscheinend überlegte Jonas, ob er mir seine Tricks verraten sollte, entschied sich aber dagegen und lief Niklas und dem Brunner hinterher Richtung Auto.

»Jetzt lass uns fahren. Du weißt schon. Meierbeck!« Ich zog Evelyn kräftig am Arm.

»Doch nicht jetzt, wo sie vielleicht die Tatwaffe finden. Das sollten wir schon noch kurz abwarten«, meinte Evelyn und steuerte zielstrebig zu der Gruppe Menschen vor Niklas' Wagen. »Vielleicht solltest du mich einfach später abholen. Dann verdirbst du es dir nicht mit Jonas. Und ich kann dir erzählen, was alles passiert ist!«

»Wir haben immer noch Hausverbot!«, zischte ich.

Ich versuchte noch Evelyn aufzuhalten, aber ehe ich michs versah, standen wir beide schließlich doch beim Auto.

»Sie glauben doch wohl nicht allen Ernstes, dass ich heute abgereist wäre, wenn ich gestern jemanden umgebracht hätte!«, sagte Niklas gerade.

Ich musste Niklas recht geben, ein Profikiller hätte auf so etwas geachtet.

»Wenn wir das Auto komplett zerlegen sollen, dann aber nicht hier«, sagte Lilly schlecht gelaunt und griff nach einer Wasserflasche. »Diese Hitze macht mich fertig. Ich bin schon komplett durchgeschwitzt, diese Spusi-Anzüge sind überhaupt nicht atmungsaktiv.«

»Sie können das Auto gerne komplett zerlegen«, sagte Niklas mit zuvorkommender Stimme. »Ist mir alles recht. Ich müsste nur morgen früh wieder in die Arbeit.« Er drehte sich zu Jonas. »Sie werden trotzdem keine Waffe finden. Weil ich keine Waffe besitze.«

Kapitel 8

Jetzt zog ich etwas energischer an Evelyns Arm, und tatsächlich reagierte sie endlich auf mich und drehte sich um. Zum vierten Mal machten wir uns auf Richtung Parkplatz. Hinter uns flog gerade eine Automatte aus dem Wagen und Staub wirbelte auf, als wir hörten, dass Lilly sagte: »Und was haben wir denn da?«

Evelyn und ich wirbelten gemeinsam herum. Die Waffe, dachte ich. Jetzt hat er doch die Mordwaffe im Auto. So schnell kann es gehen. Aber wer legte eine Mordwaffe nach getaner Arbeit unter die Automatte des Beifahrersitzes? Es war plötzlich totenstill, bevor das Getuschel wieder zunahm. In Lillys rechter Hand lag tatsächlich eine schwarze Pistole, und in ihrer linken hielt sie einen braunen Umschlag!

Dem drohenden Blick von Jonas nach zu schließen, war es jetzt echt Zeit, die Biege zu machen. Natürlich nicht ohne vorher noch zu sehen, was in dem Umschlag war. Neunhundert Euro!

Gemeinsam schlenderten Evelyn und ich über den Platz zurück zu meinem Auto.

»Er ist doch ein Profikiller«, schnappte ich nach Luft. »Die Tatwaffe und die Bezahlung unter der Fußmatte!«

»Du findest doch keinen Profikiller für neunhundert Euro. Das ist wahrscheinlich sein Urlaubsgeld«, sagte Evelyn trocken.

»Aber wer hat schon eine Pistole unter der Fußmatte liegen?«

»Die hat ihm der Mörder eben unter die Fußmatte gelegt«, schlug Evelyn vor.

Bevor wir das alles ausdiskutieren konnten, kam das Auto von Rechtsmediziner Stein auf uns zugefahren.

»Ach, Kieselchen!«, jubelte Evelyn begeistert, als der Stein eine Vollbremsung machte.

»Was hast du denn schon wieder angestellt«, fragte der Stein durchs offene Fenster und drohte Evelyn scherzhaft mit dem Zeigefinger.

»Irgendwie muss ich dich ja dazu bringen, mich zu besuchen«, gurrte Evelyn, die Hüfte sexy gekippt, wodurch die Highwaist-Schlaghose eine richtig gute Figur machte.

»Du siehst aus wie Marlene Dietrich«, schleimte Stein. »Fehlt nur der Zylinder!«

»Danke, mein Süßer! Ich hoffe, du hast noch Zeit für ein Käffchen später?«

»Gerne!«, antwortete er und gab wieder Gas. Zufrieden sah Evelyn ihm nach. Wahrscheinlich dachte sie an all die Informationen, die wir durch ihn bekommen würden. Oder daran, dass sie wieder einmal mit ihm ins Bett gehen könnte, jetzt, wo Niklas vielleicht in Haft kam oder abreiste. Je nachdem.

»Niklas war tatsächlich ein klein wenig komisch«, gestand Evelyn, als wir eine Weile schweigend auf der Landstraße gefahren waren.

»Siehste«, stellte ich zufrieden fest.

»Nicht allgemein, sondern nur seine Form von Campingurlaub.«

Sie fuhr wieder viel zu schnell. »Er hatte einfach gar nichts dabei. Im Passat hinten war die Rückbank umgeklappt und eine Matratze ausgebreitet.«

Evelyn machte eine Vollbremsung, als das Ortsschild vor uns auftauchte, und ich krallte mich an den Türgriff. »Aber von irgendwelchen Campingkochern, Bechern und so 'n Kram, den man dabeihat, wenn man campt, habe ich nichts gesehen.«

»Ein Minimalist«, schlug ich vor. »Genau wie der Schulze, der hatte ja auch keinen Tisch und keinen Stuhl dabei.«

Da waren wir auch schon beim Meierbeck angelangt, und Evelyn parkte schief ein.

»Niklas ist nicht einmal spazieren gegangen oder baden oder was man eben macht, wenn man zum Campen fährt.«

»Und woher weißt du das?«, fragte ich.

»Na, ich habe ihn mir halt angesehen«, sagte Evelyn.

»Du hast ihn gestalkt!«, unterstellte ich ihr.

»Ich musste ihn halt erst mal abchecken«, verteidigte sich Evelyn und stieg genervt aus. »Ich bin doch kein Spanner!«

Ihre High Heels knallten auf den Asphalt, während sie mit gewagtem Hüftschwung auf die Tür der Bäckerei zustöckelte. Mit etwas Fantasie ging sie tatsächlich als Marlene Dietrich durch.

Als wir zu Hause waren, war es erst kurz vor acht Uhr, wir hatten das bei der Meierbeck in Rekordzeit geschafft und auch überhaupt nichts weitergetratscht! Vermutlich würde ich das beim nächsten Einkauf in der Bäckerei büßen. Mit den Körben voll duftender Semmelchen im Arm sah ich als Erstes auf dem Fensterbrett vor der Rezeption nach, ob ich dort mein Handy versehentlich hingelegt hatte, hatte ich aber nicht. Immerhin waren die vielen Tante Ottil'schen Erdbeerkompottgläser weg.

Als ich die Tür aufdrückte, kam ich fast nicht ins Haus. Es hatte sich schon eine Schlange vor dem Campingladen gebildet. Ich hatte das unwirkliche Gefühl, aus einer fremden Galaxie wieder in vertrautes Terrain zu kommen. Während Evelyn gleich gut gelaunt Semmeln verkaufte, huschte ich noch schnell in die Wohnung, um die Hunde rauszulassen und nach meinem Handy zu suchen.

Auch hier fand ich auf die Schnelle mein Handy nicht, und Clärchen hatte ins Schlafzimmer gebieselt. Jonas hatte sie natürlich nicht noch einmal rausgelassen, bevor er zu uns gefahren war. Nachdem ich das weggeputzt hatte, drehte ich sicherheitshalber gleich eine Runde mit den Hunden und versuchte mich zu beruhigen. Das ging mich alles nichts an. Ich hatte die Leiche zwar gefunden, aber diesmal wenigstens nicht allein, und sie lag glücklicherweise auch nicht auf meinem Platz. Auch Jonas würde seine schlechte Laune wieder vergessen, da war ich mir sicher.

Danach ging ich erst einmal zum Gruberhäusl, um Klara und Carlos abzuholen. Carlos war schon wach, und Klara sah ziemlich derangiert aus. »Hatte 'n bisschen Magenschmerzen«, erklärte sie mir, sehr bleich und unfrisiert.

»Du wirst doch nicht krank werden?«, fragte ich besorgt.

»Jetzt bin ich ja wieder fit. Mach dir keine Sorgen!«

Schon gestern hatte ich mir gedacht, dass Klara nicht ganz in Ordnung war. Schließlich hatte sie ihr Bier Carlos überlassen, das hatte ich bei ihr noch nie erlebt. Nachdem ich den beiden ein kurzes Update von den Ereignissen des Morgens gegeben hatte, bat ich Klara, mein Handy in Dauerschleife anzurufen. Ich lief eine Runde über den Campingplatz, ins

Klohäusl und zurück zum Haus. Doch nirgendwo hörte ich es klingeln.

Danach gingen wir zusammen hinunter zum See ins Café. Es hatte sich nämlich in Rekordzeit etabliert, dass die Dauercamper dort gemeinsam frühstückten. Carlos warf die ganze Zeit einen Tennisball für Clärchen, den diese irgendwo gefunden hatte.

»Du bist echt ein Pechvogel«, sagte Klara und drückte mich ganz fest. Im Café machte sich Clärchen gleich an ihre Lieblingsaufgabe: von einem zum anderen gehen und mit wässrigen Augen dreinschauen, als wäre sie in ihrem ganzen Leben noch nie gefüttert worden. Evelyn war gerade dabei, die Törtchen in den Kühlschrank zu schieben. Erst vor ein paar Wochen hatte sie einen wirklich tollen roten Kühlschrank organisiert, der nun immer gut gefüllt mit Leckereien war. Es wurde echt Zeit, dass das Café eröffnet wurde, sonst wurde ich noch übermäßig dick, weil wir stets alles aufaßen, was sich im Kühlschrank befand.

»Die Meierbeck übertrifft sich selbst«, stellte die Schmidkunz fest. »Ich hoffe, da sind keine Farbstoffe drin?«

Evelyn drückte der Schmidkunz ein Stück Kreide in die Hand, und die musste alles aufschreiben, was die Meierbeck gebacken hatte. Die Holunder-Himbeer-Traum-Törtchen hatten einen Brownie-Keks-Boden. Der Kirschkuchen bestand aus einem Grieß-Quark-Teig und Kirschen und war überaus hübsch dekoriert. Und die Blaubeer-Käsekuchen-Törtchen waren mit Minzblättern und Blaubeeren auf eine Schicht Wildheidelbeermus geschichtet.

»Das traut man sich ja gar nicht essen, so toll, wie das aussieht«, stellte die Vroni genießerisch fest, und ich wusste, dass es gerade bei ihr eine rhetorische Feststellung bleiben würde.

Ich setzte mich neben Klara, die schon wieder keine Lust auf Kaffee hatte, sondern bei Kamillentee blieb. Gemeinsam sahen wir eine Weile über den See, neben uns der Schmidkunz, der in seine Zeitung starrte. Die zarten morgendlichen Nebelschleier hatten sich schon fast aufgelöst und hingen nur noch wie ein feines Gespinst an manchen Stellen über dem Wasser. Von hier aus konnte man auch super den Strand beobachten. Dort stand der Gröning bis zu den Knien im Wasser und sah zum anderen Ufer. Seine uralte Badehose hing ihm ziemlich labbrig um die Hüften. Obwohl der Sommer erst begonnen hatte, war der Gröning schon braun wie ein Backhendl.

Während alle beschäftigt frühstückten, erzählte Evelyn den Campern lang und breit vom Erlebnisklo und der Leiche.

»Aber wieso schleicht ein Campingplatztester mitten in der Nacht auf einem Campingplatz herum?«, stellte der Hetzenegger Evelyns Theorie infrage.

»Um den Platz zu kontrollieren«, sagte Evelyn.

»Aber Tester kommen tagsüber, melden sich bei der Rezeption und prüfen die Wassertemperatur und die Sauberkeit und so ...«

»Dann können sich die Campingplatzbesitzer ja voll drauf einstellen«, kritisierte Evelyn.

»Die kommen bestimmt unangekündigt«, meinte der Schmidkunz.

Wir alle sahen Carlos an, weil er der Einzige war, der einen Campingplatztester persönlich kannte. »Ja, ich glaube, die melden sich dann schon an«, gab er Hetzenegger recht.

»Ihr meint also, der Schulze schlich aus anderen Gründen beim Steglmaier herum?«, wollte ich wissen.

Der Hetzenegger zuckte mit den Schultern. Er konnte sich nicht einmal erinnern, wer dieser Joachim Schulze gewesen war.

Eine Weile war es still. Dann sagte Klara: »Wie hieß der Typ noch mal?«

Sie holte ihr Handy heraus und gab »Niklas«, »Wolkow« und »Köln« ein. Wir landeten auf einer Seite, die *Krav Magna Base Köln* hieß. »Hundert Prozent Selbstverteidigung« war der Claim. Gleich unter der Überschrift befand sich ein Video »Meet Martial Arts Instructor Nicolai Wolkow«.

»Das ist er!«, stieß Evelyn mit aufgerissenen Augen hervor. »Ich dachte, er heißt Niklas!«

»Er ist gar kein Softwareentwickler, sondern Kampfsporttrainer«, sagte Evelyn beleidigt.

»Geht doch beides«, wandte ich ein, »am Abend Trainer und tagsüber Computerfritze.«

»Kann ich dein Handy mal haben?«, fragte Evelyn Klara. »Dann können wir nachsehen, was Sissy inzwischen gepostet hat...«

»Die wird doch nichts zu den Ermittlungen sagen«, meinte ich. »Und wieso nimmst du nicht dein eigenes Handy?«

»Damit sie sieht, dass ich ihr folge, oder was?«, fragte Evelyn. »Das will ich auf gar keinen Fall!«

Obwohl ich das ziemlich nahe am Stalken fand, beugten wir uns alle gemeinsam über Klaras Handy, die bereitwillig Sissy abonnierte. Trotz des Todesfalls gab es von Sissy erstaunlicherweise bereits neue Stories.

Ein Bild von ihr, auf dem sie ausnehmend sexy gekleidet

war. Ein hautenges Leopardendruck-Etuikleid, und trotz des Mordfalles in ihrem Erlebnisklo tanzten seltsame rosa Blüten um ihr Gesicht. Ihr Gesicht war absolut ebenmäßig und komplett faltenfrei. Evelyn runzelte ärgerlich die Stirn.

»Ich glaube, ich werde langsam alt«, hörte man Sissy im nächsten Video kichern, und die Kamera zoomte an ihr ebenmäßiges Gesicht ran. Daneben war ein Emoticon von einer Frau, die sich die Hand auf den Mund presste. Darüber stand: *Fünf Uhr zwanzig! So lange waren wir schon ewig nicht mehr fort!* Im nächsten Beitrag waren die rosa Blüten verschwunden, und im Übrigen auch der tolle Filter. Jetzt sah sie tatsächlich ziemlich furchtbar aus, sehr zur Freude von Evelyn. Cocktailgläser hüpften neben ihrem Gesicht, zusammen mit Blitzen und Totenköpfen.

»Was soll denn das?«, fragte die Vroni, die das Arrangement überhaupt nicht verstand.

»Das soll symbolisieren, dass sie zu viel gesoffen hat«, schlug ich vor.

»Oder sie hat gerade die Leiche gefunden«, schlug die Vroni vor.

»Aber so hat sie doch vorhin überhaupt nicht ausgesehen«, wandte ich ein. »Die hatte kein Leopardenkleid an!«

»Pscht!«, zischten alle gemeinsam, weil die Story natürlich weiterging.

»Das war alles, bevor sie das mit der Leiche erfahren hat«, stellte ich fest, als ich sah, um welche Uhrzeit die Story hochgeladen worden war.

»Dass der Steglmaier noch so lange weggeht, in seinem Alter«, fragte sich Evelyn, die genauso alt war, selbst gerne lange wegblieb und dabei viel trank. Zu ihrer Verteidigung musste man sagen, dass sie auch danach immer noch sehr gepflegt aussah.

Das nächste Video von Sissy war erst vor Kurzem hochgeladen worden, sie war jetzt so angezogen, wie wir sie gesehen hatten, und hatte einen sehr traurigen, verzweifelten Gesichtsausdruck aufgesetzt.

Man sah einen Rettungswagen vor dem Erlebnisklo stehen, was mich ziemlich wunderte, weil der Schulze selbstverständlich keinen Arzt mehr brauchte. Gab es noch einen Verletzten auf dem Campingplatz? Die anderen interessierten sich dagegen mehr für Sissys Körperformen.

»Ihr findet doch auch, dass sie total operiert ist, oder?«, wollte Evelyn wissen. »Seht euch diese Möpse an.«

Wir sahen uns die Möpse an.

»Vielleicht hat sie auch nur einen guten BH«, schlug ich vor, obwohl ich wusste, dass mir alle lautstark widersprechen würden.

»Da bewegt sich rein gar nichts«, sagte die Schmidkunz. »Wie festzementiert.«

»Und die Lippen«, stellte die Vroni fest.

»Sieht ein bisschen ungesund aus. Als hätte sie eine Allergie auf was«, setzte die Schmidkunz dazu, die immer unglaublich Angst davor hatte, auf irgendetwas allergisch zu reagieren.

»Vielleicht ist das ein Filter von Instagram«, fragte ich.

»Natürlich ist das ein Filter von Instagram, oder meinst du, der wachsen Blumen aus dem Kopf?« Evelyn rollte mit den Augen. »Aber du hast sie doch schon in natura gesehen, und ihre Lippen schauen original so aus wie auf dem Bild! Aufgespritzte Lippen und aufgeblasene Möpse.«

»Das erzählt sie nämlich nicht auf Instagram. Dass sie die Putze vom Steglmaier ist«, sagte Evelyn zufrieden.

»Das hätte ich auch nicht gedacht«, bestätigte ich. »Aber ist ja auch nicht schlimm.«

»Aber dafür dann die ganzen OPs?«, wandte Evelyn ein.

»Vielleicht putzt sie normalerweise auch gar nicht, und die Putzfrau ist nur krank?«, schlug ich vor. Evelyn ignorierte meinen Erklärungsversuch. Er hatte wohl zu wenig Tratschfaktor.

Da sich das Gespräch der Frauen wieder um Schönheits-OPs drehte, verzupften sich die Männer. Selbst Carlos, der von Klara bestimmt einiges gewöhnt war, wollte eine Runde schwimmen gehen.

Klara und ich beschlossen, einen Spaziergang über den Campingplatz zu machen. Evelyn hatte für die Geschirrspülaktion am liebsten ihre Ruhe. Denn noch mussten Tassen und Teller vom Café zurück in meine Wohnung, weil es nur dort eine Geschirrspülmaschine gab.

»Auf deinem Campingplatz ist es wie in einem anderen Universum«, stellte Klara fest. »Das ist so unglaublich erholsam! Es ist so still in der Früh, ich weiß nicht, wann ich das letzte Mal so lang geschlafen habe.«

»Ich könnte auch ewig schlafen«, gab ich zu. »Ich glaube, das liegt daran, weil es in der Nacht dann doch immer schön kühl wird.«

Wenn das mit den ganzen Leichen nicht wäre, hätte ich hier das allerschönste Leben!

»Und die Luft ist so klar und rein«, schwärmte Klara weiter.

Wir wurden von einer Gruppe Jugendlicher überholt, die sich gerade ein bisschen über den Abwasch stritten. Ich hatte schon am Vortag mitbekommen, dass die Mutter der zwei Jungs darauf bestanden hatte, während des gesamten Urlaubs nicht abzuspülen zu müssen, weil es für sie sonst keine Erholung gäbe.

»Und für uns soll das Erholung sein?«, hatte der ältere der Jugendlichen gemotzt, der, soviel ich wusste, Tim hieß. Sein kleiner Bruder Paul war schon genauso groß wie er und sah ihm ziemlich ähnlich. Sie blieben bei den Abspülbecken stehen und diskutierten herum, statt abzuspülen. Klara und ich grinsten uns an. Wahrscheinlich hätten wir das früher auch so gemacht.

»Wir brauchen ein System!«, sagte Tim gerade, als wir weitergehen wollten. »Erst die Töpfe. Dann alle Teller oder so.«

»Mach doch, was du willst«, motzte Paul und schob sich Kopfhörer auf die Ohren, um nichts mitzubekommen.

»So geht das doch nicht!«, mischte sich Vroni ein und schob Tim von dem blauen Abspüleimer weg. »Ihr müsst mit dem anfangen, was am wenigsten schmutzig ist! Und nimm die Kopfhörer von den Ohren, sonst hörst du nicht, was ich dir sage!«

Klara kicherte leise neben mir, als Paul tatsächlich Folge leistete und sich in den ordnungsgemäßen Abspülprozess einweisen ließ.

Sicherheitshalber spülte Vroni einfach alles ab, das ging ratzfatz. Oje!

Ich zog Klara weiter, ich musste ihr dringend meine Hundegassi-Runde am Seeufer zeigen!

Kapitel 9

Zu Mittag machten Klara und ich einen großen gemischten Salat mit Ei, auch wenn Carlos ein wenig jammerte, dass er mehr Protein brauchte. Danach verzupfte sich Carlos ins Häuschen, weil Klara und ich über die guten alten Zeiten redeten, als wir noch keine Männer hatten.

»Soll ich dir vielleicht jetzt einen Kaffee machen?«, fragte ich, weil ich wusste, dass Klara eine richtige Kaffeetante war.

»Mein Magen ist leider immer noch nicht ganz in Ordnung«, seufzte sie, und ich stellte mich zu ihr ans Fenster. Während der Mittagszeit sah mein Campingplatz oft ganz ausgestorben aus. Manche Camper machten Ausflüge, andere einen Mittagsschlaf. Vor allen Dingen Leute mit kleinen Kindern schliefen da oft. Gerade fuhr ein Auto vor die Schranke.

»Neue Gäste«, sagte Klara.

»Nein. Unsere Spusi-Tanten«, seufzte ich, und Klara musste über die Bezeichnung lachen.

»Wenn du auf dem neuesten Stand sein willst, dann musst du jetzt ins Café gehen«, erklärte ich.

Klara nickte begeistert. Als wir beim Café ankamen, standen Lilly und Erika schon am Tresen.

»Nur auf einen schnellen Kaffee«, betonte Lilly. Aber als die beiden die Törtchen sahen, ließen sie sich doch häuslich nieder.

»Das hat jetzt ewig gedauert in dem Toilettengebäude«, klagte Lilly, während sie sich über die Törtchenauswahl beugte.

»Kirschkuchen mit weißer Schokolade«, sagte die Vroni. »Die schmecken fantastisch. Richtig fluffig.« Vroni hatte nämlich schon alles durch.

Ich persönlich hätte nach einem Vormittag spurensichernd im Erlebnisklo keine Törtchen mehr essen können, aber die Lilly war da schmerzfrei.

»Hat Niklas denn den Mord schon gestanden?«, wollte ich wissen.

»Nein. Angeblich behauptet er steif und fest, damit nichts zu tun zu haben«, erklärte Lilly.

»Wir mussten den gesamten Toilettenbereich machen«, ärgerte sich Erika. »Und bis dieser Steglmaier es fertigbekommen hat, dass der ganze Ton da weg war, das hat echt ewig gedauert!«

»Ton?«, fragte die Schmidkunz. »Die haben Lehm in ihrem Klohäusl? Haben die keine Putzfrau?«

»Nicht Schmutz. Sondern die Geräusche. Die machen einen wahnsinnig, da hätte ich keine Minute lang arbeiten können«, erklärte Erika ärgerlich.

»Vogelgesang, Krächzen von Möwen, Knarren von Balken«, zählte Lilly auf.

»Countrymusik. Und das Piratenstöhnen«, machte Erika weiter.

»Das muss er selbst aufgenommen haben«, meinte Lilly. »Das klang absolut unprofessionell.«

Piratenstöhnen? Das musste ich überhört haben. Wir schwiegen beeindruckt.

»Aber er hatte doch die Tatwaffe in seinem Auto?«, bohrte ich nach.

»Das war nur eine Schreckschusspistole.«

»Bestimmt sind seine Fingerabdrücke drauf«, mutmaßte die Schmidkunz. »Dann kann er sich nicht mehr rausreden.«

»Mit einer Schreckschusspistole kannst du niemanden erschießen, da ist es egal, wessen Fingerabdrücke drauf sind«, erklärte Lilly mit Engelsgeduld.

»Dann habt ihr also das ganze Damenabteil auf den Kopf gestellt?«, fragte Evelyn weiter.

»Und das Männerabteil. Und den Vorraum. Da waren überall Blutspuren«, erzählte Lilly. Das durfte sie uns bestimmt nicht weitertratschen, aber für Evelyn und mich war das eh nichts Neues.

Klara sah verdächtig danach aus, als würde ihr geistig der Unterkiefer nach unten klappen.

»Er ist also im Männerabteil zusammengeschlagen worden. Und im Damenabteil ermordet worden«, fasste ich den Stand für alle zusammen.

»So sieht es momentan aus«, bestätigte Lilly. »Denn Schleifspuren gibt es nur im Damenabteil.«

»Der Mörder hat ihn also verfolgt«, hauchte die Schmidkunz nach einer Schrecksekunde. »Gut, dass wir in der Nacht niemals ins Klohäusl gehen. Da benutzen wir immer die Campingtoilette!«

Das erste Törtchen war verzehrt, und Erika stand noch einmal auf, um sich ein anderes zu holen.

»Aprikosen-Tarte mit Zitronencreme«, soufflierte Evelyn.

»Im Damenabteil muss er eine Weile auf dem Boden gesessen sein. Hat sich dort wahrscheinlich an die Wand gelehnt«, verriet uns Erika ihre Einschätzung.

»Und hat sich mit dem Mörder unterhalten«, brachte die Vroni hervor.

»Aber wer war es dann, wenn dieser Niklas sagt, er habe damit nichts zu tun?«, fragte die Schmidkunz.

»Vielleicht der Steglmaier«, schlug die Vroni vor. »Ich kenne seine Mutter, die ist auch eine ganz Hantige! Aber halt mehr so verbal.«

Ich nickte. Die alte Frau Steglmaier kannte ich auch, die ließ sich nicht die Butter vom Brot nehmen. Aber sie war auf gar keinen Fall gewalttätig. Sie konnte zwar herumkeifen wie ein Marktweib, aber körperliche Gewalt war von ihr nicht zu erwarten.

»Das kann doch nicht der Steglmaier gewesen sein!«, wandte ich ein. »Wir haben doch gerade in Sissys Story gesehen, dass er in Regensburg einen draufgemacht hat. Und erst um 5:20 Uhr nach Hause gekommen ist.«

»Ich dachte auch, der steht immer unter der Fuchtel von irgendeiner Frau. Erst von seiner Mutter und dann von seiner ersten Frau«, wusste Vroni zu berichten. »Das hat schon deine Großmutter immer gesagt, ohne eine Frau ist der komplett hilflos.«

»Und jetzt hat er seine Campingmaus«, erklärte Evelyn düster.

»Ist das Alibi von den Steglmaiers denn schon überprüft worden?«, wollte ich von Erika wissen, aber die wusste von nichts.

»Das war doch niemals der Steglmaier«, überlegte die Vroni kopfschüttelnd.

»Das tut jetzt wirklich gut«, sagte Erika und meinte offensichtlich die Zitronentarte, die sie gerade löffelte. »Der Steglmaier hat mich richtig fertiggemacht mit seinem Rumgeheule. Gut, dass seine Frau wenigstens nicht die Nerven verloren hat.«

»Nach der Befragung ist er sogar zusammengeklappt«, ergänzte Lilly. »Stellt euch das vor, totaler Kreislaufkollaps.«
Der arme Steglmaier, dachte ich.
»Und sie mussten den Notarzt rufen.«
Aha, deswegen bei Instagram der Rettungswagen im Hintergrund.
»Ist der jetzt tot?«, fragte die Schmidkunz mit weit aufgerissenen Augen.
»Nein, er ist nur kollabiert«, sagte Evelyn professionell, als wäre sie dabei gewesen. »Gut, dass Sofia nicht so empfindlich ist. Die würde uns sonst ja ständig zusammenklappen.«
Klara sah schon wieder aus, als würde sie loslachen.
»Hör einfach nicht hin«, riet ich ihr.
»Und das ist so dein Standardprogramm?«, flüsterte Klara zurück.
»Klar. Ich könnte hier eine Zweigstelle vom Polizeipräsidium eröffnen.«
»Und vielleicht noch eine von der Rechtsmedizin«, schlug Klara leise vor. »Es ist so spannend gerade, dass ich überhaupt nicht dazu komme, dir einen neuen nackten Mann im Internet zu suchen ...«
»Ich könnte mir den auch nicht ansehen gerade«, erwiderte ich. »Weiß echt nicht, wo ich noch nach meinem Handy suchen soll!«
Dann sahen wir uns noch an, wie Sissy mit großen Augen in die Handykamera sprach, um ihre Augen herum glitzerte es golden. Und sie redete nur davon, dass sie jetzt »Seelenfutter« brauche, weil sie psychisch so irrsinnig angegriffen sei.

Vroni nickte. Die kannte sich mit Seelenfutter aus, und gemeinschaftlich aßen wir alles Seelenfutter auf, was wir im Café hatten.

Dann kamen Alex und Tobi mit ihren beiden Kumpels vom Bestattungsinstitut Wolf herein. Man erkannte sie in Zivil kaum wieder. Die drei Männer nahmen die Terrasse in Angriff, und eine Weile sahen wir zu, wie sie in großer Eintracht arbeiteten. Nach und nach wurden es mehr Männer, weil sich das Terrassenprojekt im Dorf anscheinend herumgesprochen hatte und überraschend viele Kerle Lust hatten mitzuarbeiten. Das Gelächter wehte zu uns herein, und ich versuchte mir vorzustellen, dass eigentlich gar nichts passiert und einfach nur Sommer war.

Kurz sah ich mir auf Klaras Handy die neuesten Stories von Evelyn an. Sie erzählte ausführlich von der Ausrüstung, die man für die Planung eines Junggesellinnenabschieds brauchte. Dabei benutzte sie auch irgendeinen Filter, man sah Glitzer um ihren Kopf herumwabern. Vielleicht war es auch ein Heiligenschein. Hashtag #teambraut.

Den ersten Like erhielt Evelyn von Kieselchen – dem Rechtsmediziner Stein, der sie anscheinend ebenso stalkte wie sie diese Sissy Campingmaus.

»Ich sollte Evelyn als meine Social-Media-Beraterin einstellen«, stellte Klara fest, während wir Wange an Wange auf das Handy sahen und beobachteten, wie die Likes auf den Beitrag explodierten.

»Vielleicht sollte ich aus Sicherheitsgründen noch einmal verdeutlichen, dass ich nicht zu heiraten gedenke«, überlegte ich, und Klara drückte mir einen Kuss auf die Wange. »Ich sag dir nur eins, dieser Jonas ist ein supersympathischer Kerl. Den würde ich nicht mehr gehen lassen.«

Ich lächelte. Nicht nur, weil ich einen supersympathischen Kerl hatte, sondern auch, weil meine beste Freundin ihn gut leiden konnte.

Wir legten Klaras Handy erst weg, als besagter sympathischer Kerl zur Tür hereinkam.

»Käffchen?«, fragte Evelyn zuvorkommend, doch Jonas schüttelte den Kopf.

»Ich brauche erst einmal den Ausweis von dem Toten«, sagte er. »Und außerdem jemanden, der mir sein Wohnmobil zeigt.«

An seinem Finger baumelte bereits der Schlüssel vom Wohnmobil.

»Ich dachte, du hast den Fall schon gelöst«, sagte ich etwas enttäuscht. »Wir wollten heute Abend doch zusammen Stockbrot machen.«

Jonas seufzte, und ich stand eilig auf, um den Ausweis zu holen. Clärchen bekam einen Freudeanfall und sprang abwechselnd an Jonas und mir hoch und konnte gar nicht verstehen, wieso sich Jonas nicht so richtig freute.

»Vielleicht solltest du erst mal was essen«, schlug ich vor. »Das Wohnmobil läuft dir ja nicht davon.«

Während ich hinausging, hörte ich, dass Jonas Erika und Lilly bat, auch noch das Wohnmobil unter die Lupe zu nehmen. Anscheinend hatte Niklas doch noch nicht gestanden. Schade! Ging wohl doch alles nicht so schnell. Mit klatschenden Flip-Flops rannte ich schnell zur Rezeption, um den Ausweis zu holen, während Jonas tatsächlich im Café blieb. Er sah erschöpft aus, wahrscheinlich hatte er noch nicht einmal gefrühstückt. Während ich zurückging, jetzt in normalem Tempo, sah ich mir kurz den Ausweis von Schulze an. Schulze, Joachim. Geboren am 23.5.1957 in Düsseldorf. Der Ausweis war noch bis zum 28.4.2026 gültig. Augenfarbe braun, Größe 181 cm. Ausgestellt war der Ausweis von der Stadt Köln, und die Anschrift lag auch in Köln. Das war ja mal ein Zufall, dass sowohl Niklas als auch Schulze aus Köln stammten. Hören konnte man das jedenfalls bei beiden nicht.

Kapitel 10

Als ich wieder ins Café kam, wurde der arme Kriminalkommissar gerade von allen Frauen betüdelt. Vroni hatte Jonas schon mal ein Semmelchen mit Erdbeer-Rhabarber-Marmelade geschmiert, Evelyn braute Cappuccino, und die Schmidkunz stellte ihm Zucker und ein Croissant vor die Nase. Auch Klara aß schon wieder, obwohl wir gerade erst zu Mittag gegessen hatten.

Jonas nahm den Ausweis entgegen und gab die Daten per Telefon durch. Danach widmete er sich dem Croissant. Dabei lächelte er mich total nett an, was etwas eigenartig war, weil er sonst immer so ärgerlich wurde, wenn ich wieder mal versehentlich eine Leiche entdeckt hatte. Weil er gerade so gute Laune hatte, wies ich ihn darauf hin, dass Schulze aus Köln kam. So wie Niklas.

»Das ist eine Adresse in Rodenkirchen«, wusste die Schmidkunz, die da Verwandtschaft hatte. »Ein sehr nobles Viertel.«

Jonas nahm gerade sein Handy zur Hand und machte ein kurzes Telefonat. Es klang ziemlich kryptisch, aber wahrscheinlich wollte er einen Zusammenhang zwischen Niklas und Schulze überprüfen lassen. Erstaunlicherweise ging er nicht einmal aus dem Café raus, um das Telefonat vor uns zu verheimlichen.

»Das heißt, er ist wahrscheinlich vermögend«, überlegte ich.

»So hat er doch auch ausgesehen«, erklärte mir die Schmidkunz.

»Und wieso macht er hier dann Campingurlaub?«, fragte ich. Und wieso hatte er nicht einmal Crocs oder Flip-Flops dabei? Die hätte er sich doch dann schon noch kaufen können! Ohne die war man ja quasi kein richtiger Camper.

»Das hat doch nichts damit zu tun, ob man sich das leisten kann oder nicht«, sagte die Vroni streng. »Wir könnten ja auch ständig in irgendwelche Luxushotels gehen und Kreuzfahrten machen und was weiß ich noch alles. Aber wieso sollten wir das machen, wo es hier doch so wunderbar ist! Wir fühlen uns hier wohl. Das Einzige, was wir noch bräuchten, wäre ein Geschirrspüler hier am Campingplatz.«

»Und das hat der Schulze sofort erkannt?«, fragte ich kopfschüttelnd. Er hatte eigentlich die ganze Zeit superunzufrieden gewirkt und so, als wünschte er sich in ein Luxushotel oder auf ein Kreuzfahrtschiff.

»Wir vertreten nämlich die These, dass er ein Campingplatztester war«, verriet ich Jonas, weil er momentan so entspannt und aufgeschlossen war. Vielleicht hatte ihn das Erlebnisklo psychisch so mitgenommen, dass er mich nur noch verliebt anlächeln konnte.

»Wie kommt ihr denn darauf?«, wollte Jonas mit vollem Mund wissen.

»Angeblich soll hier in der Gegend einer unterwegs sein. Und es kommt uns komisch vor, dass er sich so stark für Campingplätze interessiert hat. So sehr, dass er auch nachts beim Steglmaier unterwegs war.«

»Kann ich mir nicht vorstellen, dass er so etwas gemacht hat«, sagte Jonas, nachdem er seine Mails gecheckt hatte. »Dass er neben seinem Beruf für so etwas noch Zeit gehabt hat.«

»Er hatte noch einen anderen Beruf?«, fragte ich.

»Joachim Schulze war Banker«, verriet mir Jonas seine neueste Erkenntnis. »Aber ich werde dem Ganzen natürlich nachgehen.«

»Evelyn hat ihn ein paarmal beim Steglmaier gesehen. Da hat er sich anscheinend schon mindestens zweimal das neue Toilettengebäude angesehen«, erzählte ich ihm das Zustandekommen unserer Theorie.

»Ja, ich überprüfe das«, versprach Jonas.

Das fand ich eigenartig. Also, dass er mich jetzt immer noch anlächelte, wo ich mich doch ganz offensichtlich in seine Ermittlungen einmischte. Das konnte er normalerweise überhaupt nicht leiden!

Danach ging Jonas mit Erika und Lilly zum Wohnmobil von Schulze, und ich machte mich erneut auf die Suche nach meinem Handy.

»Ich schau mal nach Carlos«, sagte Klara. »Sonst esse ich hier einfach weiter bis heute Abend. Vielleicht leg ich mich auch noch aufs Ohr.«

»Sicher, dass du nicht krank bist?«, fragte ich besorgt.

Klara verdrehte die Augen. »Das ist das Alter.« Sie zwinkerte mir zu, und ich hatte den Verdacht, dass sie ein bisschen mit Carlos »alleine« sein wollte.

»Hat jemand mein Handy gesehen?«, fragte ich in die Runde, aber ich bekam nur allgemeines Kopfschütteln zur Antwort.

Auf der Suche nach Evelyn sah ich, dass Jonas oben an der Straße bei seinem Auto stand und telefonierte. Und Evelyn war beim Wohnmobil von Schulze, den Kopf halb im Wagen.

Sie hatte sich schon wieder umgezogen. Gerade beugte sie sich so weit nach vorne, dass man sah, dass sie einen schwarzen Petticoat unter ihrem weiß getupften schwarzen Kleid trug.

»Hast du mein Handy gesehen?«, fragte ich ihren Rücken, weil Evelyn so etwas normalerweise immer wusste.

»War das nicht oben auf dem Esszimmertisch?«, sagte sie, ohne sich umzudrehen.

»Dachte ich auch«, sagte ich. »Aber da liegt es nicht mehr.«

Lilly lächelte mich an, als sie aus dem Wohnmobil kam. »Ein super Wohnmobil«, schwärmte sie, obwohl ihr die Schweißtropfen auf der Stirn standen.

»Echt, du magst Camping?«, fragte Erika von drinnen.

»Nein, aber der Kerl hat einfach nichts dabei. Das ist super. Zwei Hosen, zwei Hemden, zwei Paar Socken. Alle Fächer leer und geputzt. Sowieso, alles geputzt«, lobte Lilly. »Kein Dreck nirgendwo, kein Gerümpel, nichts.«

Der Traum jedes Spurensicherungsteams.

»Da macht Arbeiten doch Spaß. Das einzige Seltsame, das wir gefunden haben, ist das hier!«

Sie hielt mir ein Glas Erdbeerkompott entgegen.

»Oh. Tante Ottilie«, sagten Evelyn und ich gleichzeitig.

Lilly sah von dem Glas in meiner Hand zu dem in ihrer Hand.

»Das hat Vroni ihm wahrscheinlich geschenkt. In ihrem verzweifelten Bemühen, die Erbschaft von Tante Ottilie loszuwerden.«

»Was ist das denn?«, fragte Lilly schockiert.

»Erdbeerkompott aus dem Jahr 1943«, sagte ich. »Jedes Museum würde sich die Finger abschlecken. Gib her, ich nehme es mit und stell es aufs Fensterbrett.«

»Nein, das wird eingetütet, für die Asservatenkammer!«, unterbrach mich Evelyn energisch. »Das kommt uns nicht in die Wohnung!«

Danach hörten wir erneut ein Auto, und beschwingten Schrittes kam der Stein kurze Zeit später auf uns zu. Evelyn warf sich ihm quasi in die Arme und zog ihn dann Richtung Café, um ihm das versprochene »Käffchen« zu brauen. Er ging in ziemlich aufgeräumter Stimmung an Jonas vorbei, der seine Telefonate beendet hatte, und klopfte ihm die Schulter. Das Café war inzwischen leer, und Jonas und der Stein setzten sich an den Tisch, der am weitesten vom Tresen und von Evelyn und mir entfernt war.

»Genaues kann ich natürlich noch nicht sagen«, erklärte der Stein, während ihm Evelyn schon mal eine Butterbrezel vor die Nase stellte. »Die tödliche Verletzung stammt aber von einer Schusswaffe.«

»Eine Pistole«, sagte Evelyn schaudernd, während sie die Kaffeebohnen mahlte. Warnend gab ich ihr einen kleinen Stoß. Schließlich erfuhren wir viel mehr, wenn die Männer sich nicht überlegten, ob wir zuhörten oder nicht.

»Nun, es war jedenfalls keine normale Schusswaffe«, schränkte der Stein ein. »Ich habe so etwas noch nie gesehen, aber ich denke, dass die Verletzung am Hals von einer Schreckschusspistole stammt.«

»Ja, die Waffe, die wir bei ihm gefunden haben, war tatsächlich eine Schreckschusspistole. Da müssten wir aber trotzdem Schmauchspuren finden«, sagte Jonas nachdenklich. »Wir lassen das auf jeden Fall prüfen.«

»Ja, die müsste man tatsächlich finden«, bestätigte Stein und sagte an Evelyn gewandt: »Einen Cappuccino, bitte.«

»Ich dachte, mit einer Schreckschusswaffe kann man niemanden umbringen?«, fragte ich erschrocken, da ich mich nun doch nicht mehr zurückhalten konnte.

»Ja. Das denken viele«, bestätigte der Stein meine Meinung.

»Aber ... nehmen das nicht Soldaten zum Üben? Die schießen doch aufeinander«, wandte ich ein. »Das müsste doch ungefährlich sein!«

»Das ist natürlich in gewisser Weise ungefährlich. Aber aus nächster Nähe schießt da natürlich niemand aufeinander. Man muss einen gewissen Sicherheitsabstand einhalten«, erklärte mir der Stein. »Ich glaube, mindestens fünf Meter. Wenn man eine Schreckschusswaffe direkt aufsetzt, gibt das natürlich auch Verletzungen.«

»Nicht unbedingt tödliche«, warf Jonas ein.

»Aber wenn man sie an einer Stelle aufsetzt wie der Halsschlagader ...« Der Stein machte eine seltsame Handbewegung, als wollte er ein explodierendes Geschoss nachahmen, »und dann die Halsschlagader verletzt, kann derjenige ganz schnell verbluten.«

»Himmel«, sagte ich nur.

»So wie es aussieht, ist genau das passiert. Joachim Schulze ist verblutet.«

Evelyn stellte den Cappuccino auf das kleine Tischchen und schob noch ein Tellerchen mit einer Aprikosentarte daneben. »Außerdem hat er Verletzungen an den Fäusten, als hätte er zugeschlagen.«

Jonas sah ziemlich erstaunt aus.

»Siehste, hat Niklas doch gesagt. Der hat ihn angegriffen«, erinnerte Evelyn ihn.

»Aber von Faustschlägen hat er nichts gesagt«, wandte Jonas ein.

Richtig, er hatte gesagt, dass er gewürgt worden sei und sich deswegen verteidigt habe.

»Und warum hätte er uns ausgerechnet die Faustschläge verheimlichen sollen?«

»Na, so im Eifer des Gefechts«, wandte ich ein. »Er hat ihn gewürgt und dann noch ein bisschen mit den Fäusten zugeschlagen!«

»Niklas hat gesagt, er wäre gewürgt worden«, verbesserte mich Jonas. »Und am Hals von Niklas sieht man gar nichts.«

Kurz darauf verschwanden die Männer wieder zur Arbeit, und Carlos und Klara tauchten auf. Nach einer Runde Schwimmen und Ratschen setzten wir uns eine Weile an den Strand und sahen uns Evelyns Story an. Carlos nicht, der hatte sich mit geschlossenen Augen neben uns gelegt, eine Hand auf Klaras Oberschenkel. Evelyn hatte ein »OOTD« gefilmt, ihr »Outfit of the day«, wie sie mir mal erklärt hatte: dazu hatte sie ein neues schwarzes Kleid mit weißen Punkten angezogen, sehr retro, und wieder mit Petticoat.

»Was haltet ihr von einem Fünfzigerjahre-Junggesellinnenabschied?«, fragte Evelyn ihre Follower und zeigte wieder auf ihre Brüste, wo man auf den Button »Ja, find ich super« klicken konnte oder auf »Oh nein, Gott wie schrecklich!«.

»Evelyn ist echt lustig«, sagte Klara und legte sich jetzt ebenfalls auf den Rücken. »Du könntest doch wirklich heiraten.«

»Ich glaube, ich bin noch gar nicht geschieden«, antwortete ich.

»Was heißt, ich glaube?«, wollte Carlos wissen. »Das muss man doch wissen!«

»Oh Mann«, sagte ich und legte das Handy von Klara neben ihren Kopf. »Natürlich. Ich bin verheiratet. Das habe ich komplett vergessen.«

Klara lachte neben mir. Abrupt hörte sie auf und setzte sich auf. »Himmel, hab ich einen Kohldampf!«

»Du hast doch eben erst gegessen«, sagte ich kopfschüttelnd.

»Das ist die Luft«, behauptete Klara. »Ich brauche jetzt dringend irgendetwas mit Salami.«

»Salami?«, fragte ich verständnislos. »Ich dachte, du bist Vegetarierin.«

»Teilzeit-Vegetarierin«, behauptete Klara und sprang auf.

»Ich hätte vorgeschlagen, wir gehen heute Abend ...«, fing ich an, aber Klara rannte schon die Treppe zum Campingplatz hinauf.

»... in die Pizzeria«, vollendete ich meinen Satz, dann sah ich verdattert Carlos an, der etwas verlegen grinste.

»Pizza ist eine gute Idee«, sagte er und sammelte alles ein, was Klara einfach liegen gelassen hatte. »Die gibt es doch auch mit Salami!«

Kapitel 11

Noch mit vom Baden nassen Haaren ging ich auf der Suche nach meinem Handy durch die Rezeption und anschließend Richtung Klohäusl. Ich hatte mein Handy nun schon zwei Tage nicht mehr gesehen. Und was ich schon alles versucht hatte! Wahrscheinlich war der Akku schon längst leer. Obwohl ich mir nicht vorstellen konnte, wieso ich es im Klohäusl abgelegt haben sollte, ging ich ins Damenabteil. Als ich in den Vorraum trat, hörte ich eine Frau schluchzen. Es roch intensiv nach Kaffee, und dem Gemurmel nach zu schließen, war die Frau nicht allein. Als Erstes überlegte ich mir, einfach weiterzugehen, aber dann entschloss ich mich, doch hineinzugehen.

Meine Putzfrau Fanni war nämlich schon über achtzig Jahre alt. Im letzten Jahr war mir öfter aufgefallen, dass sie immer länger blieb, weil sie ihr Pensum nicht mehr schaffte. Immer wieder machte sie Pausen, die sie sich mit Spritzgebäck und einem Tässchen Kaffee versüßte. Ich hatte ihr zwar schon angeboten, bei uns in der Rezeption oder im Café Kaffee zu trinken, aber das wollte sie partout nicht! Vielleicht fühlte sie sich dadurch kontrolliert. Sie hatte in ihrem Putzkämmerchen einen kleinen Tisch mit einer Kaffeemaschine stehen und einen Blümchenteller mit Goldrand, auf den sie ihr Spritzgebäck legte. Zwei kleine Plastik-Klappstühle komplettierten ihren kleinen privaten Bereich zwischen den Klorollen.

»Ich war immer ordentlich«, schluchzte die Frau, die ich

nicht kannte und die sich gerade an der Blümchen-Kaffeetasse von Fanni festklammerte. »Ich habe mich über nichts beschwert!«

Fanni schnalzte mit der Zunge und schenkte noch einmal Kaffee nach.

»Das darfst du dir nicht gefallen lassen!«, sagte sie mit ihrer energischen, keinen Widerspruch zulassenden Stimme, die sie immer hatte, wenn ich eine vorsichtige Anmerkung zu irgendetwas machte. Gerade als ich mich leise zurückziehen wollte – ich wollte auf gar keinen Fall in irgendwelche Streitigkeiten hineingezogen werden –, wurde ich entdeckt!

»Sofia!«, sagte Fanni, als sie mich sah. »Jetzt in der Hochsaison bräuchten wir doch noch eine Putzfrau, oder?«

Ich sah ratlos von der Frau zu Fanni und wieder zurück. Ich konnte schlecht sagen, dass die achtzigjährige Fanni das alles alleine schaffen sollte. Andererseits: Bis jetzt war sie immer ausgeflippt, wenn jemand das Wort »Putzhilfe« auch nur in den Mund genommen hatte!

»Gerlinde Brunner«, stellte sich die Fremde schluchzend vor. Sie war in etwa fünfzig Jahre alt und unglaublich dünn und ausgemergelt. Ihre Haare waren strähnig und ganz schwarz gefärbt, man sah die weiße Kopfhaut sehr deutlich durchscheinen.

»Sofia Ziegler«, sagte ich automatisch.

»Sie ist entlassen worden. Stell dir das vor! Da hat sie jetzt jahrelang für den blöden Sack geputzt. Und nun ist es nicht mehr gut genug!«, schimpfte Fanni. »Ich glaub, ich geh rüber und red mal Tacheles mit ihm!«

»Das liegt alles nur an dieser Frau«, heulte Gerlinde Brunner. »Er hat doch nie irgendetwas gesagt!«

»Weil es nichts zu sagen gab«, erläuterte Fanni. »Weil du ordentlich putzt, deswegen!«

»Die Frau hat mich von Anfang an kontrolliert!«, schniefte Gerlinde.

»Und schikaniert«, fügte Fanni hinzu.

Ich nickte.

»Das macht die Sofia nie«, beruhigte Fanni sie.

Ja. Das würde ich mich niemals trauen, die Fanni mit ihren einundachtzig Jahren zu schikanieren!

»Nun«, sagte ich vorsichtig, ich wollte mich nicht zu weit aus dem Fenster lehnen. Zwei Putzfrauen waren einfach zu viel, vor allen Dingen in der Nebensaison. »Vielleicht während der Schulferien wäre es nicht schlecht. Für zwei Stunden am Tag, oder so ...«

Wenn nur die Dauercamper da waren, gab es sowieso nicht viel zu tun. Meine Dauercamper waren nämlich ordentliche Leute, die benutzten die Klobürste und hinterließen keine Zahnpastaspuren im Waschbecken. An der Tür erschien Evelyn. Sie hatte ein Talent, immer dort zu erscheinen, wo etwas Spannendes passierte.

»Und, wo haben Sie vorher geputzt?«, fragte ich neugierig, bevor mich Evelyn abschleppte.

»Na wo wohl! Beim Steglmaier drüben. Dem blöden Kerl!«, erklärte mir Fanni in Rage. Obwohl ich nicht gemeint war, hatte ich den Eindruck, in Deckung gehen zu müssen.

Gerlinde schniefte. »Bis seine neue Freundin gekommen ist, war er eigentlich nicht blöd. Der hat sich kaum drum gekümmert, was ich gemacht habe. Aber sie hat jetzt immer kontrolliert. Ist durch das Toilettengebäude gestöckelt und hat mit angewiderter Miene herumgeschaut. Und in das neue Gebäude durfte ich überhaupt nicht rein!«

Das war schließlich noch nicht eröffnet gewesen. Und deswegen auch noch nicht schmutzig, mutmaßte ich in Gedanken.

»Wieso das denn ...?«, erregte sich Fanni.

»Wegen Spionagegefahr«, erklärte Gerlinde sauer.

»Was solltest du denn da spionieren?«

»Alles fotografieren. Und danach ins Internet stellen. Und an die Bild-Zeitung verkaufen«, erklärte mir Gerlinde und drehte den Zeigefinger neben ihrer Schläfe, zum Zeichen, dass die Steglmaiers total durchgeknallt waren. »Dabei hatten doch die Handwerker schon alles abfotografiert. Die hatten das doch längst überall herumgeschickt, das musste ich überhaupt nicht mehr machen!«

»Ich habe keine Fotos bekommen«, beschwerte sich Fanni.

»Bin noch nicht dazugekommen«, erklärte Gerlinde beschwichtigend und holte ihr Handy heraus. »Der Emil hat mir das geschickt. Aber das will doch die Bild-Zeitung eh nicht abdrucken, für die Fotos, da kriegst doch kein Geld!«

Die Fanni holte zu meiner Überraschung auch ein Smartphone heraus und sah sich die weitergeleiteten Bilder an.

»Da, schau dir das an. Diese greislichen Barbie-Klos. Die will doch keiner sehen!«

Sie zeigte uns ein paar Bilder, die ihr jemand namens Werkl-Emil geschickt hatte. Ich erkannte die Klos natürlich sofort wieder und hätte mich am liebsten ein Weilchen hingesetzt.

»Eine Geschmacklosigkeit«, nickte Evelyn zufrieden. »Ich hätte auch mehr fotografieren sollen.«

»Was heißt hier mehr?«, wollte ich wissen. Ich hatte in der Situation überhaupt nicht ans Fotografieren gedacht!

»Ich habe sogar ein kleines Video gedreht«, erklärte mir Evelyn und spielte es zur Freude aller gleich ab. Man hörte eine ziemlich gute Tonaufnahme von Countrymusik, Vogelgezwitscher und meinem hemmungslosen Gekicher. Dabei schwenkte die Kamera in ein Klo hinein, damit jeder den kleinen Fernsehbildschirm erkennen konnte.

»Das leitest du mir weiter«, sagte Fanni. »Das schau ich mir zu Hause an!«

Evelyn tippte auf ihrem Handy herum.

»Soll ich dir's auch schicken?«, fragte mich Fanni zuvorkommend.

»Ich kenn die schon«, antwortete ich schwach. »Außerdem finde ich mein Handy nicht.«

»Ist das dein Bub?«, fragte die Fanni nun Gerlinde Brunner und zeigte auf Werkel-Emil.

»Nein. Von meinem Bruder der Bub«, sagte sie.

Ich sah auf das Profilbild und meinte, den Polizisten Brunner in jung vor mir zu haben.

»Ist das nicht der Brunner?«, fragte ich.

»Gerlindes Bruder ist bei der Polizei«, sagte Fanni tatsächlich. »Und sein Jüngster ist Klempner geworden. Der hat sich selbstständig gemacht und verdient sich eine goldene Nase.«

»Und wer putzt jetzt beim Steglmaier?«, fragte ich neugierig, weil ich es ohne Putzfrau gar nicht aushalten würde.

»Erst mal sie selber, die blöde Kuh! Recht gscheit tun, aber nix dahinter! Und dann will sie eine Putzfirma einstellen. Da kommen dann gleich vier oder fünf Frauen, die das alles auf einmal machen, hat sie gesagt, und dann muss sie nicht stundenlang drauf warten, dass ich fertig bin«, erklärte Gerlinde beleidigt. »Als wäre ich langsam gewesen!«

»Aber das macht doch gar keinen Sinn«, wunderte ich mich. »Es geht bei einem Campingplatz nicht drum, dass jemand schnell fertig ist, sondern dass das mehrmals durchgeputzt wird.« Denn kaum war man an einer Seite fertig, hatte schon wieder ein Depp irgendwo Dreck hinterlassen. Eigentlich bräuchte man eine Putzfrau, die neben den Leuten stehen bliebe und sofort den Dreck wegmachte!

»Ja. Hab ich auch gesagt«, erklärte Gerlinde. »Aber die Sissy hat gemeint, dass die Leute das unglaublich stört, wenn sie eine Putzfrau sehen.«

»Ach!«, machte die Fanni und lief vor Wut rot an. Man sah ihr an, dass sie am allerliebsten gleich losgezogen wäre, um der Sissy die Meinung zu geigen.

Evelyn schien jetzt auch langsam zu verstehen, dass sie hier Brunners Schwester vor sich hatte und damit den direkten Draht zur Polizei, denn sie fügte hinzu: »Vielleicht auch gut so, dass du nicht mehr zum Steglmaier musst, nach dem Mord und so.«

»Stimmt, denn die haben den Mörder noch nicht«, verriet uns Gerlinde.

»Doch, diesen Niklas«, erklärte ihr Evelyn bewusst provokant.

»Also mein Bruder hat gesagt ...«, verriet uns Gerlinde, und Evelyn sah plötzlich sehr zufrieden aus, »dass es dieser Niklas auf gar keinen Fall gewesen sein kann.«

»Der Niklas hat sich aber mit dem Schulze geprügelt, das hat er schon zugegeben«, wandte ich ein. »Und er hatte eine Waffe unter der Fußmatte.«

»Und Kieselchen hat mir gesagt, dass das die Tatwaffe ist«, erzählte Evelyn. »Ich weiß nicht, wie sich der Niklas da noch rausreden will.«

»Wegen der Hände«, erklärte uns die Gerlinde. »Die Spurensicherung hat die Hände untersucht und gar nix gefunden.«

»Was sollen die da auch finden?«, fragte Fanni verständnislos.

»Schmauchspuren«, sagten Evelyn und ich unisono, weil wir uns inzwischen ziemlich auskannten.

»Genau. DAS hat er gesagt. Bei dem Niklas haben sie keine Schmauchspuren gefunden.«

»Aber Jonas hat gesagt, dass sie das noch nicht untersucht haben«, wandte ich ein.

»Die Nachricht habe ich auch erst vor einer Viertelstunde erhalten«, erklärte Gerlinde.

Das ließ nun die Einstellung von Gerlinde wirklich unter einem anderen Licht erscheinen! Offensichtlich war sie eine sehr ergiebige Polizeiquelle.

»Dann hat er ihn doch nicht so schwer verletzt, dass der Schulze gestorben ist«, mutmaßte Evelyn, um den Informationsfluss am Laufen zu halten.

»Nein. Der Schulze ist sicher durch die Schussverletzung gestorben. Und die Schlägerei war nur unangenehm, aber nicht tödlich«, wusste Gerlinde.

»Ist der Niklas dann wieder auf freiem Fuß?«, fragte ich.

»Angeblich.«

Zwei Kinder kamen ins Klohäusl gestürmt und rannten in benachbarte Klokabinen. Die Türen ließen sie offen, und man konnte gut mithören. Danach liefen sie nach draußen, ohne zu spülen oder sich die Hände zu waschen.

»Siehst du. Deswegen brauchen wir die Gerlinde«, sagte Fanni bedeutungsvoll.

Ich war mit meinen Gedanken jedoch mehr bei Niklas. Es hatte sich so einfach angehört! Da hatte er nach Minuten schon die Schlägerei gestanden und die Tatwaffe im Auto liegen gehabt, und jetzt das? Keine Schmauchspuren an den Händen! Aber gab es nicht noch eine andere Möglichkeit? Dass Niklas mit jemandem zusammengearbeitet und Schulze gar nicht selbst hatte erschießen müssen?

Ein zweiter Täter. Und jeder hatte vielleicht neunhundert Euro kassiert. Niklas fürs Zusammenschlagen und der andere fürs Schießen. Ich musste unbedingt noch einmal mit Jonas sprechen!

»Kann ich dann gleich heute anfangen?«, fragte Gerlinde hoffnungsvoll.

»Aber natürlich«, antwortete Fanni für mich. »Siehst ja, das ist alleine gar nicht mehr zu schaffen, bei all den kleinen Kindern, die keinerlei Erziehung genießen!«

»Aber nur die nächsten zwei Wochen«, schränkte ich hastig ein. »Während der Pfingstferien!«

»Vielleicht findet der Steglmaier ja auch niemanden, der seine grässlichen Klos sauber macht«, meinte Evelyn. »Wahrscheinlich steht er morgen schon wieder bei dir auf der Matte und will, dass du zurückkommst.«

»Dann verlange ich aber mehr«, sagte Gerlinde sauer. »Wegen der schlechten Behandlung!«

Seufzend ging ich nach draußen und traf dort auf Klara, wieder die Ruhe selbst. Vermutlich hatte sie ihre Salami aufgegessen. Wir setzen uns vor die Rezeption.

»Du brauchst dein Handy jetzt gerade auch nicht«, erklärte mir Klara, als ich die Befürchtung äußerte, ich könne handysüchtig sein. Weil ich mein Handy so sehr vermisste. »Ich zeig dir die Sachen, die ich dir geschickt hätte, einfach auf meinem.«

»Ja bitte. Vielleicht einen nackten Nikolaus«, zog ich sie auf.

»Jetzt ist doch Sommer!«, widersprach mir Klara grinsend und präsentierte mir stattdessen einen superbraunen Kerl mit perfektem Sixpack auf einem Sprungbrett.

»Wo ist dein Mr. Sixpack?«, fragte ich sie.

»Er macht eine Wanderung um den See.«

»Er hätte die Hunde mitnehmen können«, überlegte ich. »Und wieso gehst du nicht mit? Kannst du dich nicht zu weit von den Salamisemmeln entfernen?«

»Ich muss dir jetzt eine Stütze sein«, lachte Klara.

»Danke!«

Gerade war überhaupt nichts los auf dem Campingplatz, die Camper lagen entweder am See oder badeten oder waren ausflugstechnisch unterwegs. Da war es wirklich unglaublich wertvoll, wenn man eine Stütze hatte!

»Wie friedlich alles ist«, seufzte Klara neben mir.

Die Spatzen tschilpten. Ich beobachtete einen Buchfinken, der unter dem Campingtisch von Schmidkunzens herumhüpfte und Brösel aufpickte. Von irgendwo her hörte man ruhiges Gemurmel und Gläserklirren. Eine Zeltplane flatterte. Ein neu angekommenes Pärchen stellte noch immer seinen Wohnwagen auf. Der Mann war nie zufrieden mit der Stelle, auf der er stand, die Frau schaute auf die Wasserwaage und gab Anweisungen.

Als der Mann endlich zufrieden war, wurde die Markise ausgefahren, und kurz darauf roch es nach Nudelsuppe.

»Wie friedlich«, wiederholte Klara.

Im nächsten Moment kam Vroni angerauscht, in überhaupt ganz unfriedlicher Stimmung. »Stell dir vor, der Alte von Platz 44 wäscht sein Gebiss im Geschirrspülbecken! Das geht doch nicht!«

»Ich kümmere mich drum«, sagte ich beruhigend, und obwohl ich sitzen blieb, zog Vroni zufrieden wieder ab. Den Rest des Nachmittags würden sie nämlich vor ihrem Wohnwagen sitzen und jeden grüßen, der vorbeikam, und überhaupt nicht mitbekommen, wer sein Gebiss wo wusch.

»Und was machst du jetzt?«, fragte Klara neugierig.

»Ein Schild schreiben. Nur Geschirr. Nix anderes«, sagte ich, und Klara lachte. »Wenn wir hier sitzen bleiben, werden wir sowieso keine Ruhe haben. Gleich kommen die Schmidkunzens vorbei und erzählen, was sie unternommen haben. Und dann taucht der Hetzenegger auf und berichtet über die Portionsgröße beim Stöcklbräu. Und was genau sie gegessen haben.«

Das fand Klara total toll, und dann kehrte noch Carlos von seiner Wanderung zurück, und Klara kuschelte sich an ihn.

»Ein sehr schön geführter Familienbetrieb«, stellte Carlos fest.

»Sagte ich doch«, lächelte Klara.

Kapitel 12

Der Abend endete dann nicht gemütlich in der Pizzeria, weil Klara ein wenig schwindelig wurde. Ich hatte deswegen Pizza bestellt, aber plötzlich konnte Klara die vorher heiß geliebte Salami nicht mehr ausstehen und zog sich lieber mit Carlos und einer Kanne Ingwertee zurück. Ich war danach sogar so früh ins Bett gegangen, dass ich von Jonas nichts mitbekommen hatte. Vielleicht war er auch in Regensburg geblieben.

Deswegen war ich am nächsten Tag auch schön ausgeschlafen, und auch ein bisschen besorgt wegen Klara. Gar nicht besorgt war Clärchen, die wie ein kleiner Irrwisch um mich herumhüpfte und sich riesig über den zu erwartenden Ausflug zur Bäckerei freute. Wie jeden Morgen.

Mit Begeisterung sprang sie ins Auto und atmete so heftig gegen die Fensterscheibe, dass man schon nach Sekunden nichts mehr im Inneren des Autos erkennen konnte. Mein altersschwacher Milo blieb draußen stehen und sah aus, als würde er an einer depressiven Verstimmung leiden. Als ich ihm die Kofferraumklappe öffnete, drehte er sich stinkig um und schlurfte zurück in die Rezeption.

Ich tuckerte langsam die Landstraße entlang, geblendet von der Sonne und immer noch mit den Gedanken bei Klara. Als ich vor der Bäckerei hielt, hatte ich den Eindruck, dass der Verkaufsraum komplett überfüllt war. Dieser Eindruck bestätigte sich, als ich die Tür aufdrückte.

»Das ist so eine Bixn«, sagte gerade eine Frau, die ich in

dem ganzen Gewühl gar nicht ausmachen konnte. »Die tut recht nett, aber das ist die nicht.«

Ich stellte mich auf die Zehenspitzen und versuchte mit der Bäckerin Kontakt aufzunehmen, aber die ignorierte mich.

»Wie lange muss er denn jetzt im Krankenhaus bleiben?«, fragte sie stattdessen.

»Er kommt heute schon wieder raus, aber ich weiß nicht, ob er sich jemals davon erholt«, sagte die Frau, die ich nicht sah. Obwohl der Verkaufsraum so voll war, war es totenstill.

»Das wird schon wieder«, sagte die Bäckerin und schnalzte beruhigend mit der Zunge, »Frau Steglmaier.«

Plötzlich hatte ich Kopfschmerzen. Das war die Mutter vom Steglmaier! Ich sprang jetzt einmal sehr hoch in die Luft und konnte sehen, dass sie komplett in Schwarz gekleidet war, als wäre ihr Sohn schon verstorben.

»Ich hab es ihm gleich gesagt! Nimm dir keine andere, die Maria, die putzt gscheit, die kann kochen. Aber nein, er muss ja unbedingt eine Jüngere haben, eine die ihm nicht ständig dagegenredet ...«

Alle nickten, als würden sie ihren Männern niemals dagegenreden. »Und die Neue, die ist doch einfach ein Flittchen ...« Die alte Steglmaierin redete sich komplett in Rage. »Wenn eine schon aus dem Internet ist, was soll das schon sein! Diese ...«

»Die Sissy«, half die Bäckerin aus.

»Ja, diese Sissy, die stöckelt nur herum und schaut in ihr Handy rein!«

Na, und jetzt putzte sie Piraten-Waschhäuser. Das war jedenfalls ein totaler Sinneswandel.

»Letzten Sonntag waren sie bei mir, beim Essen. Da fragt sie mich doch in der Küche, weshalb der Bub im Bett nicht mehr kann.«

Alle starrten sie an.

»Die kann über nichts anderes reden! Ich hab hinterher dem Bub gesagt, dass er sich eine suchen soll, die gscheit putzt, und nicht eine, die ständig ins Bett will!«

Da hatte der Steglmaier bestimmt eine andere Meinung zu.

»Die jungen Dinger!«, murmelte die Bäckerin.

»Könnte ich meine Semmeln abholen?«, fragte ich über die Köpfe hinweg, weil ich den Eindruck hatte, dass die Informationen von Steglmaiers Mutter für die Mordermittlungen total irrelevant waren. Die Steglmaierin schnellte zu mir herum, und ich bereute es, etwas gesagt zu haben. Wahrscheinlich wusste sie, dass ich die Freundin von Jonas war, und es war ihr plötzlich irre wichtig, mir noch einiges reinzudrücken, was ich dann hoffentlich Jonas weitertratschen würde.

»Die will dich doch nur ausnehmen, hab ich ihm gesagt!«, sagte sie tatsächlich in meine Richtung. »Das war mir von Anfang an klar.«

Plötzlich sprach sie hochdeutsch, damit ich auch wirklich alles verstand.

»Das ist eine, die liebt dein Geld und nicht dich.«

Sie machte eine Pause und fügte hinzu: »Mein Bubi. Der hat doch was Besseres verdient!«

Nun gut, vielleicht. Aber seine Alte, die ihm immer geputzt hatte, hatte er ja offensichtlich abserviert. Ich drängelte mich durch die Frauen, die so taten, als bräuchten sie dringend Backwaren und als müssten sie dazu stundenlang die

Auslage studieren. Die Bäckerin hob die Schachtel mit den Semmeln über den Tresen.

»Und jetzt wird ständig rumgeballert, seit sie da ist!«, meckerte die Steglmaierin weiter.

»Na ja. Geballert«, beruhigte ich sie.

»Ich hab zwei Schüsse gehört«, sagte eine der Frauen.

»Ich auch.«

»Ich drei«, sagte eine andere.

»Schüsse?«, fragte ich. »Und was hat die Polizei dazu gesagt?«

Sie sahen etwas betreten aus, weil niemand die Polizei informiert hatte.

»Das war so um ein Uhr in der Nacht«, sagte eine kleine, rundliche Frau entschuldigend. »Ich dachte, das wär eine Fehlzündung.«

»Ja genau. Um dreizehn nach eins«, sagte eine andere kleine, rundliche Frau. »Ich hab auf die Uhr geschaut, weil der Aloisi schon dreimal beim Bieseln war und mich jedes Mal aufgeweckt hat. Und ich dachte auch, das wär eine Fehlzündung gewesen. Weil, wer schießt denn bei uns umeinander?«

Dreizehn nach eins, merkte ich mir.

»Hat denn dein Jonas schon was herausgefunden?«, wollte die Steglmaierin wissen.

»Bestimmt«, antwortete ich vage. »Aber er darf mit mir nicht darüber sprechen.«

»Die waren sogar bei meinem Bubi im Krankenhaus!«

»Ja, die müssen jeden vernehmen«, sagte ich freundlich und nahm auch noch die Schachtel mit den süßen Leckereien in Empfang.

»Aber doch nicht Fingerabdrücke nehmen!«, fauchte mich die alte Steglmaierin an, als wäre ich persönlich dafür verantwortlich.

»Fingerabdrücke!«, wiederholten mindestens drei Frauen begeistert.

»Und Schmauchspuren«, sagte dann die Bäckerin, die über ihre Cousine besser informiert war als ich.

»Und, hatte er Schmauchspuren an der Hand?«, fragte ich interessiert nach.

»Natürlich nicht!«, fuhr mich die Steglmaierin an. »Und wenn ich euch's sag, das haben wir alles dieser Bixn zu verdanken!«

»Wo hat er die überhaupt kennengelernt?«, fragte die kleine Rundliche. »So jemanden wie die gibt es doch bei uns überhaupt nicht.«

»Ja, woher wohl!«, fauchte die Steglmaier. »Aus diesem Internet! Das hab ich ihm gleich gesagt, was aus diesem Internet kommt, das hat einfach keinen Taug! Da holst dir nur irgendein Gschwerl rein und kriegst des nicht mehr los!«

»Ich muss dann mal wieder«, nuschelte ich und drängelte mich mit meinen Backwaren Richtung Ausgang.

»Ich wünschte, sie wär in Köln geblieben! Dort mögen sie solche Leute wahrscheinlich«, sagte die Steglmaierin noch empört.

Ich blieb abrupt stehen. »Köln? Die Sissy kommt aus Köln?«

»Jawohl!«

Den Rest des Wortschwalls hörte ich mir nicht mehr an, denn der war meines Erachtens total rassistisch und ging am eigentlichen Thema vorbei. Stattdessen lud ich meine Semmelchen ins Auto und setzte mich wieder ans Steuer.

Konnte das ein Zufall sein? Schulze aus Köln, Sissy aus Köln, Niklas aus Köln?

Dass ich mein Handy noch immer nicht gefunden hatte, war echt ein Drama! Gerade jetzt hätte ich es ganz dringend gebraucht, um Jonas zu informieren.

Clärchen krabbelte halb auf meinen Schoß, anscheinend roch ich jetzt unglaublich gut nach Bäcker, und ich musste sie gewaltsam wieder auf den Beifahrersitz schieben.

»Schluss jetzt!«, schimpfte ich und startete das Auto. Mit einem verliebten Blick schleckte sie mir einmal quer über die Nase, und ich konnte ihr schon wieder nicht mehr böse sein.

Während ich zurückfuhr, nun mit überhöhter Geschwindigkeit, war ich in Gedanken nur bei der Frage, ob sich Sissy, Niklas und Schulze schon vorher gekannt hatten. Ich stürmte in die Rezeption, wo die Camper schon ungeduldig auf die Semmeln warteten.

»Wo bleibst du denn?«, fragte Evelyn.

»Ich brauche dringend dein Handy!«, schrie ich Evelyn fast an.

»Weshalb das denn?«, fragte sie misstrauisch.

»Ich muss Jonas informieren!«, erklärte ich ihr atemlos. In der Rezeption war es totenstill geworden, und ich schämte mich ein bisschen wegen meines Herumschreiens.

Evelyn nickte. »Was soll ich ihm schreiben?«

Clärchen sprang vergnügt an mir hoch, und ich konnte plötzlich nicht mehr tippen.

»Schreib: Die Schüsse wurden um dreizehn nach eins gehört!«

Evelyn begann zu tippen.

»Und: Ich glaube, Niklas, Schulze und Sissy kennen sich. Sie sind alle aus Köln.«

»Köln ist eine große Stadt«, sagte Evelyn und drückte auf Senden.

Dann verkauften wir erst einmal in Teamarbeit die Semmelchen – ich kassierte, und Evelyn packte ein –, und irgendwie war ich heilfroh, dass es Evelyn gab, die nie etwas aus der Bahn warf. Als der letzte Camper den Campingladen verlassen hatte, sah ich nach, ob Klara und Carlos schon wach waren, aber das Häuschen lag noch in tiefster Ruhe. So setzte ich mich in die Rezeption und kraulte Milo den Kopf. Clärchen hatte sich schon längst verzupft, wahrscheinlich saß sie bei Schmidkunzens. Obwohl der Schmidkunz immer so tat, als hätte er kein Interesse an Hunden, hatte ich ihn vor Kurzem dabei erwischt, wie er sich mit Clärchen sein Leberwurstbrot teilte. Und das tat man ja auch nicht mit jedem!

»Hat Jonas geantwortet?«, fragte ich.

»Nein«, erwiderte Evelyn, während sie sich im alten Spiegel meiner Nonna betrachtete und die Fünfzigerjahre-Frisur mit der riesigen Haartolle wieder in Form zog.

»Das hängt doch alles zusammen«, überlegte ich. Milo hatte den Kopf auf meinen Schoß gelegt und die Augen geschlossen, während ich ihm gedankenverloren die Ohren durchknetete.

»Das würde zumindest erklären, weshalb sich der Schulze in der Nacht immer vorne beim Steglmaier herumgetrieben hat. Also, wenn er die Sissy von früher kennt.« Evelyn beugte sich noch näher an den Spiegel und zog sich die Lippen mit knallrotem Lippenstift nach.

»So wirklich erklärt das auch nichts«, fand ich. »Dich kenne ich auch und schleiche dennoch nachts nicht bei dir herum.«

Ich knetete weiter die Hundeohren.

»Wo war der Schulze denn genau in der Nacht? Hat er Niklas besucht?«

»Solange ich bei Niklas war, nein«, berichtete Evelyn. »Das erste Mal habe ich ihn auf dem Besucherparkplatz vorne beim Steglmaier gesehen. Da steht doch diese Wanderkarte, die hat er sich angeschaut.« Sie hielt sich abwechselnd eine rote Ansteckblüte und ein gepunktetes Band ins Haar und legte den Kopf schief.

»Die Wanderkarte. Er hat sich mitten in der Nacht die Wanderkarte angeschaut?«, vergewisserte ich mich. Sie zuckte mit den Schultern.

»Der Schulze war doch überhaupt kein Wandertyp!«, wandte ich ein. »Der hat sich doch für nichts interessiert, was man hier bei uns machen kann. Schwimmen. Radfahren. Wandern.«

»Ich habe mir dabei erst nichts gedacht. Es gibt einfach Leute mit Schlafstörungen«, überlegte Evelyn. »Da sieht man sich eben auch Dinge an, für die man sich sonst nicht interessiert, einfach um die Zeit rumzukriegen. Aber jetzt im Nachhinein habe ich mir überlegt, dass er vielleicht doch etwas anderes vorhatte.«

»Und was?«

»Könnte ja auch sein, dass er auf jemanden gewartet hat.«

»War er vielleicht nach dir noch mit Niklas verabredet?«, überlegte ich.

»Woher soll ich das wissen? Wenn ich nicht da bin, bin ich nicht da«, erläuterte Evelyn sehr logisch.

»Na ja, Niklas hätte beispielsweise sagen können: Hey, ich hab noch was vor, willst du nicht gehen?«

Evelyn sah etwas beleidigt aus. »Es gibt keine Männer, die zu mir sagen, hey, willst du nicht gehen!« Evelyn entschied sich für das gepunktete Haarband. »Außerdem habe ich nicht bemerkt, dass Niklas den Campingplatz verlassen hätte. Der saß immer bei seinem Auto rum.«

»Ist ja jetzt auch erst mal egal, wen Schulze treffen wollte«, überlegte ich. »Die Frage ist eher: Warum mitten in der Nacht? Er war doch ein spießiger Banker!«

»Oder ein korrupter Banker«, spekulierte Evelyn. »Oder weil er zum Beispiel Kokain kaufen wollte.«

»Von Niklas?«, fragte ich skeptisch.

»Glaube ich nicht«, gab Evelyn zu. »Aber dort vorne treffen sich oft die Dealer. Mit denen hätte er sich treffen können.«

»Wie bitte?«, fragte ich fassungslos. »Wo vorne? Von was sprichst du?«

»Na, auf dem Besucherparkplatz vom Steglmaier.«

»Beim Steglmaier kann man Kokain kaufen?«

Evelyn winkte ab. »So genau weiß ich das nicht. Aber die Gerlinde hat so was angedeutet.«

Gerlinde. Meine neue Putzfrau, Cousine vom Dorfpolizisten, wusste, wo man sich hier mit Drogen eindecken konnte!

»Und du meinst, Schulze kam extra aus Köln hierher, um sich beim Steglmaier auf dem Besucherparkplatz Drogen zu organisieren.« Das hörte sich nach einer ziemlichen Quatsch-Hypothese an.

»Nein, das meine ich nicht. Das wissen ja auch nur wir, die Einheimischen«, erklärte mir Evelyn, als wüsste das jeder.

»Die Gerlinde!« Ich sprang auf, um nach draußen zu stürmen. »Die befragen wir doch gleich einmal zum Thema Drogen!« Ich war mir sicher, dass sie noch da war und zusammen mit Fanni im Klohäusl abhing.

Tatsächlich traf ich die beiden noch an. Sie hatten es sich zwischen den Klorollen-Vorräten gemütlich gemacht und tranken aus uralten Blümchen-Kaffeetassen noch mehr von ihrem klassischen Kaffee, ganz ohne Cappuccino, Latte und sonst was, schlicht mit Kaffeesahne wie anno dazumal.

»Sofia interessiert sich für Drogen«, erklärte Evelyn, meine eigentliche Motivation verkennend.

Fanni sah mich kopfschüttelnd an. »Dafür bist du doch zu jung, Mädl.«

»Zu jung?«, fragte ich und verschränkte die Arme vor der Brust. Ich würde ja wohl eher meinen, dass sie zu alt war!

»Tut dir was weh?«, fragte Gerlinde mitfühlend.

Ich musste wie ein einziges Fragezeichen ausgesehen haben. »Ich mach das auch mal, wenn ich nicht mehr kann«, kündigte die Fanni an. »Aber momentan läuft alles ganz gut, mit meinen Knien und so. Nur in der Früh, da tun sie weh, aber wenn ich mal in die Gänge gekommen bin ...«

»Ich glaube, ich steh auf der Leitung«, gab ich zu.

Die Frauen tauschten einen kurzen Blick, um sich zu vergewissern, dass es okay wäre, mich einzuweihen.

»Von mir hast du das nicht. Und dass du mir das fei ned meinem Cousin sagst, oder so einen Schmarrn«, erklärte mir Gerlinde mit gerunzelter Stirn.

»Die Sofia tratscht überhaupt nix weiter«, versicherte Evelyn an meiner statt. »Erzähl ihr das mit dem Dealer auf dem Parkplatz vor dem Steglmaier. Das ist wichtig für die Ermittlungen.«

»Das dürft ihr aber wirklich nicht der Polizei erzählen!«, warnte uns Gerlinde eindringlich. »Die Hildegard, die ist doch total abhängig davon, dass der nicht festgenommen wird!«

»Und irgendwann brauch ich das ja auch«, sagte Fanni kryptisch. »Oder du. Und dann steh'n wir da und haben keinen mehr, der uns das vorbeibringt.«

»Ja, was denn jetzt?«, fragte ich ungeduldig.

»Tilidin«, sagte Gerlinde, als wäre mit diesem einen Wort schon alles gesagt.

»Und?«, fragte ich weiter, weil ich keine Lust hatte, jedes zweite Wort zu googeln.

»Die Hildegard, die hat doch eingebrochene Wirbel. Wegen ihrer Osteoporose. Die Schmerzen, das hältst du nicht aus! Irgendwas muss sie schließlich nehmen, damit sie durch den Tag kommt.«

»Und zum Arzt gehen?«, fragte ich nach dem Naheliegenden.

»Ach, die Ärzte«, schnaubte Fanni abfällig. »Nach einer gewissen Zeit sagen die dir, dass sie nix mehr verschreiben, damit du nicht abhängig wirst.«

»Und dann schlagen sie ihr vor, sie soll Ibuprofen nehmen. Aber davon kriegt man doch Magenschmerzen«, machte Gerlinde weiter.

»Und außerdem kann sie in der Nacht nicht schlafen, wenn sie kein Tilidin nimmt«, berichtete Fanni. »Und mit zwei Stunden Schlaf, da kommt man doch nicht aus.«

Aha. So viel zum Thema Abhängigkeit.

»Und was hat das jetzt mit dem Parkplatz zu tun?«, fragte ich vorsichtig, obwohl ich schon so einen Verdacht hatte.

»Sie wohnt doch in dem kleinen Häuschen auf der anderen Seite der Straße. Und da fährt er halt immer hin, und sie kommt raus und nimmt es in Empfang.«

Er?

»Das bedeutet also, der Niklas hat der Hildegard das Tilidin besorgt?«, fragte ich vorsichtig.

»Doch nicht der Niklas«, antwortete die Gerlinde. »Den kenn ich gar nicht. Und den Namen von dem anderen werd ich dir grad sagen. Dass du es weitertratschst.«

Dem Jonas nämlich und damit der Polizei.

»Und dann steht die Hildegard da.«

Ohne Tilidin nämlich, mit ihrem Wirbeleinbruch.

»Und ihr meint, das hängt mit dem Mord zusammen?«, fragte ich. »War der Schulze wohl der neue Dealer?«

»Er hat sich zumindest auf dem Parkplatz herumgedrückt«, erzählte Fanni. »Hat die Hildegard gesagt. Und dass sie nicht wüsste, ob das jetzt ein Neuer sei oder was der hier wollte.«

»Und, hat sie ihn selbst zur Rede gestellt?«

»Da müsst ihr die Hildegard fragen. Aber sagt ihr nicht, dass ihr das von mir habt«, bat uns Gerlinde. »Sonst erzählt sie mir überhaupt nichts mehr.«

Ich nickte nur und drehte mich stante pede um. Evelyn rannte aufgeregt neben mir her.

»Was hast du jetzt vor?«

»Na, was wohl! Das muss doch der Jonas wissen ... Vielleicht ist das alles eine Drogengeschichte!«

»Nix da, Jonas!«, schnaubte Evelyn und hielt mich am Arm fest. »Meinst du, die Hildegard erzählt dem Jonas irgendetwas? Die hat doch Angst um ihr Tilidin.« Ich lief trotzdem weiter. So ein Mist, dass mein Handy weg war!

»Wenn, dann müssen wir das machen«, sagte Evelyn hinter mir.

Abrupt blieb ich stehen. »Das dürfen wir nicht!«

Auch Evelyn blieb stehen. »Ja, vielleicht. Aber wenn wir das nicht herausbringen, Jonas hat da ganz schlechte Karten. Dem erzählt sie ganz sicher nichts!«

Grübelnd blieb ich stehen. Das stimmte nun auch wieder. Hildegard würde sich bestimmt dumm stellen. Vielleicht ja sogar bei mir! Aber einen Versuch wäre es wert. Und ein bisschen Geheimnis ist auch gut für die Liebe!

»Wir machen das jetzt gleich. Nicht, dass der Mörder noch einmal zuschlägt«, erklärte Evelyn sehr bestimmt. »Ich muss mir nur andere Schuhe anziehen!«

Stimmt. Ihr Petticoat-Kleid zusammen mit der schicken Frisur und dann schweinchenrosa Crocs, das ging gar nicht.

Kapitel 13

Wir gingen im Stechschritt zurück zur Rezeption, wo uns Clärchen voll Karacho entgegenkam. Das ganze Maul voller bunter Socken – die hatte sie garantiert aus meiner Sockenschublade gemopst! – rannte sie zur Schranke. Anscheinend wollte sie den neu angekommenen Gästen ein Gastgeschenk kredenzen. Für neue Gäste hatte sie einen siebten Sinn, und ich war zu langsam, um ihr jetzt noch Einhalt zu gebieten. Mit ihrem »lachenden Gesicht« warf sie dem jungen Pärchen einen Haufen spuckegetränkter Socken vor die Füße und wedelte wie wild mit ihrem Schwanz. Hastig raffte ich alles an mich.

»Grüß Gott, hör auf, Clärchen! Ich mach Ihnen gleich die Schranke auf!«, sprudelte ich los, weil ich so schnell wie möglich weiter wollte.

»Ähm. Entschuldigung«, unterbrach mich der dunkelhaarige Mann und reichte mir die Hand. »Ferdinand Schulze. Ich möchte eigentlich gar nicht campen.«

»Oh«, sagte ich, während ich die nassen Socken mit der linken Hand an die Brust drückte und mit der rechten seine Hand schüttelte.

»Ich bin der Neffe von Joachim Schulze. Ich soll mich um die Sache mit dem Wohnmobil kümmern.«

Evelyn zupfte an meinem Ärmel und deutete auf die Rezeption.

»Mir wurde gesagt, dass Sie die Schlüssel haben.«

»Ja. Natürlich«, sagte ich. »Kommen Sie bitte mit.«

»Die Rechnung«, zischte Evelyn. »Die ist noch nicht bezahlt ...«

»Ich muss da aber erst mit der Polizei sprechen«, erklärte ich den beiden, während wir zusammen zur Rezeption spazierten. »Das ging ja jetzt schnell ..., dass sich jemand um das Wohnmobil kümmert.«

Ich hatte angenommen, dass ich das Wohnmobil noch ein paar Wochen hier stehen haben würde. So wie den Wohnwagen von Musch, der schon vor einem Jahr gestorben war, und die hatten sich bis heute nicht bei mir gemeldet!

»Wir waren ohnehin auf der Rückreise«, sagte Ferdinand und klang ein wenig verstimmt. Bestimmt hatte er eigentlich keine Lust, das Wohnmobil seines Onkels abzuholen. »Wir waren auf Cres in der Adria, und laut meiner Mutter sollte das nur ein Katzensprung hierher sein.«

Die junge Frau lächelte nur.

»Tut mir leid für Sie«, sagte ich, während ich hinter den Tresen der Rezeption trat.

Ferdinand murmelte etwas von ADAC und Rückholservice, und seine Freundin fragte vorsichtig: »Ist er im Wohnmobil gestorben?«

Aha. Die wussten also maximal die Hälfte der Geschichte. »Nein.«

»Okay. Dann kann auch ich das Wohnmobil fahren«, schlug die Frau vor.

Eine Weile starrte ich nur auf mein Telefon und versuchte mich an die Handynummer von Jonas zu erinnern. Ein Ding der Unmöglichkeit, wenn man sich immer auf sein Handy verließ! Ich suchte die Nummer seiner Polizeidienststelle heraus und hinterließ Jonas die Nachricht, dass ich auf Evelyns Handy auf seinen Rückruf wartete.

»Wir müssen leider noch abwarten, dass die Polizei das Wohnmobil freigibt«, erklärte ich.

»Und die Rechnung müssen wir auch noch schreiben«, sagte Evelyn hartherzig. »Sieben Tage.«

Ich stieß sie ein bisschen an, schließlich war Schulze nicht wirklich sieben Tage hier gewesen. Aus dem Augenwinkel sah ich, dass sie sieben Tage Stellplatz und fünf Tage Personenbelegung eingab und die Rechnung ausdruckte. Zusammen mit Ferdinand ging ich dann hinaus, um ihnen schon mal den Weg zum Wohnmobil zu zeigen. Als wir bei dem Fahrzeug ankamen, tauchte auch noch die Vroni neben uns auf, als hätte ich sie hierher bestellt.

»Was für ein schreckliches Ereignis«, flötete Vroni, offensichtlich interessiert an weiteren Geschichten aus dem Leben von Joachim S.

»Er hatte echt kein leichtes Leben«, stimmte Ferdinand zu.

»Und jetzt auch noch so ein Ende!«, nickte Vroni bedauernd.

»Wer hätte gedacht, dass Campingplatztester so ein gefährlicher Job ist«, fühlte Evelyn ihm ungeniert auf den Zahn. »Das ist bestimmt kein leichtes Los!«

Ferdinand sah ziemlich erstaunt aus. »Wieso Campingplatztester?«

»Er ist gar kein Campingplatztester?«, fragte Evelyn enttäuscht. Ferdinand schüttelte verwundert den Kopf.

»Er war bei einer Bank angestellt«, erzählte uns die junge Frau und senkte die Stimme: »Aber nach einem Zusammenbruch hat er dort aufgehört zu arbeiten.«

Wir Frauen steckten die Köpfe zusammen und nickten interessiert.

»Burn-out?«, flüsterte Vroni. »Soll ja immer häufiger vorkommen. Gerade wenn man in leitender Position ist. Da ist das ja inzwischen an der Tagesordnung!«

»Keiner weiß, wieso er sich ein Wohnmobil gemietet hat«, erklärte Ferdinand, während er den Campingstuhl zusammenklappte und ans Wohnmobil lehnte. »Meine Mutter hat auch schon gerätselt, schließlich ist er so überhaupt nicht der Campertyp.«

»Oh«, machte ich naiv. »Er war also kein Campingfan?«

Evelyn verdrehte die Augen.

»Bis jetzt hat er zumindest nur Hotelreisen unternommen. Eigentlich macht keiner aus meiner Familie Campingurlaub.«

Er kurbelte versiert die Markise ein.

»Vielleicht wegen des Burn-outs«, schlug Vroni vor. »Da wollte er mal was machen, was so richtig entspannend ist.«

Für die Vroni war nämlich nichts entspannender, als vor ihrem Wohnwagen unter dem Sonnenschirm zu sitzen und Mohnschnecken zu essen. Da konnte man sie mit keiner Fünfsterne-Reise locken!

»Er hatte keinen Burn-out«, sagte Ferdinand. »Er hatte eine absolut unmögliche Frau. Und seit die ihn verlassen hat, war er komplett verändert.«

»Und hat nicht mehr gearbeitet«, verriet uns Ferdinands Freundin. »Gar nichts mehr! Er hat den ganzen Tag nur in seinem abgedunkelten Haus gesessen. Und ist nicht mal mehr ans Telefon gegangen.«

»Oh, sie ist von ihm gegangen?« Vroni schnalzte mit der Zunge. »Vielleicht war das seine Form von Trauerbewältigung. Nichts ist besser, als hier um den See zu marschieren und in der Stille der Wälder seinen Gedanken nachzuhängen.«

Das Pärchen sah Vroni verständnislos an.

»Seine Frau ist nicht gestorben«, korrigierte Ferdinand. »Elisabeth hat ihn verlassen, von heute auf morgen.«

Die Freundin flüsterte schon wieder: »Von heute auf morgen kann man nicht so richtig sagen. Sie hat ihn als Erstes nach Strich und Faden ausgenommen, und wie ihr dann klar geworden ist, dass es nichts mehr zu holen gibt, hatte sie keine Lust mehr auf ihn. Sie dachte wohl, er hat noch viel mehr Geld.«

»Es gab auch viel von ihm zu holen«, sagte Ferdinand. »Aber irgendwann ist dann halt auch mal Schicht im Schacht.«

»Er hat total nach ihrer Pfeife getanzt, der war ihr richtig hörig«, berichtete die Freundin weiter, und Ferdinand sah so aus, als könnte er das Thema nicht mehr hören. Vroni und Evelyn dagegen sahen unglaublich begeistert aus. Solche Geschichten fanden sie wunderbar!

»Aber das konnte er ja nicht wissen, dass sie ihn nur ausnimmt«, sagte Ferdinand. »Sie war ja auch sehr charmant.«

»Ach was«, erklärte die Freundin. »Natürlich konnte er das wissen, der hat man doch angesehen, dass sie an nichts anderem Interesse hatte. Weshalb wäre sie sonst mit ihm zusammen gewesen?«

Wir Frauen nickten alle, keine von uns hätte sich mit dem Schulze zusammengetan! Ich im Übrigen auch nicht.

»Deine Mutter hat doch immer gesagt, Winter und Frühling zusammen, das hat keinen Sinn!«

»Winter und Frühling?«, fragte ich verständnislos.

»Sie war fast dreißig Jahre jünger als er. Ich glaube, das Einzige, was ihn an ihr interessiert hatte, war der Sex.«

Und sie hatte das nur mitgemacht, solange Geld floss.

»Das wissen wir nicht«, betonte Ferdinand, aber Vroni, Evelyn und seine Freundin verdrehten wissend die Augen.

»Er hat sich finanziell einfach total übernommen, weil er ihr einen gehobenen Lebensstil ermöglichen wollte«, sagte er.

»Meine Schwiegermutter hat die Theorie, dass er komplett pleite ist«, erzählte seine Freundin bereitwillig weiter. »Und seine Gefühle komplett umgeschlagen sind.«

»Er hat sie danach gehasst«, schlug Evelyn vor.

Ich kam mir ein bisschen vor wie bei einer Telenovela.

»Wir hatten Angst, dass er etwas Unvernünftiges tut«, gab Ferdinand zu. »Aber dass er umgebracht wird, daran haben wir natürlich nicht gedacht.«

Dann klingelte Evelyns Handy, und Jonas erlaubte uns, den Schlüssel an die beiden zu übergeben. Bevor die zwei abfuhren, ließ ich mir noch den Ausweis von Ferdinand zeigen, nur so als Sicherheit. Dann sahen wir zu, wie sich seine Freundin ans Steuer setzte und mit dem Wohnmobil vor der Schranke stehen blieb. Die ging ganz brav auf. Eine tolle Schranke hatte ich da!

»Gut«, sagte ich zufrieden.

»Schon eigenartig«, erwiderte Evelyn, während wir dem Wohnmobil hinterhersahen. »Er war tatsächlich kein Campingplatztester.«

»Wir machen das jetzt gleich mit der Hildegard!«, erinnerte sich Evelyn energisch an unser eigentliches Vorhaben. Sie hatte sich inzwischen ultrahohe knallrote Schuhe geholt, die super zu ihrem Outfit passten. »Das ist wichtig, du willst doch wohl nicht, dass Jonas das mit den Ermittlungen vergeigt. Ich hole schnell Gerlinde, und dann geht's los.«

»Ich weiß nicht«, sagte ich unschlüssig.

»Gerlinde brauchen wir als Vertrauensperson, um Hildegard die Zunge zu lösen. Ich meine, die kennen sich schon ewig, Hildegard war früher Grundschullehrerin und hat die Gerlinde vor vierzig Jahren unterrichtet«, erklärte Evelyn.

»Ich meinte damit eigentlich, dass ich das im Grunde nicht darf«, erklärte ich ihr.

»Das ist ja auch die absolute Ausnahme«, stellte Evelyn fest. »Und dem Jonas erzählt doch keiner etwas über Drogendealer, das ist dir doch klar. Und ihm doch bestimmt auch!«

Ich malte auf eine der Bäckertüten ein Herzchen und schrieb dazu: Bin bald wieder da. Danach befüllte ich die Tüte mit Semmeln und Brezen und stellte sie Klara und Carlos vor die Tür des Gruberhäusls. Die beiden hatten wirklich einen gesegneten Schlaf! Als ich zurückging, tauchten vor mir auch schon Evelyn und Gerlinde auf, beide hoch motiviert, sich an den Befragungen zu beteiligen.

»Ich wollte ja ursprünglich auch zur Polizei«, verriet uns Gerlinde. Sozusagen genau die richtige Person für unsere Unternehmung!

Evelyn brauste mit meinem kleinen Auto die Landstraße nach vorne und parkte auf dem Besucherparkplatz vom

Steglmaier. Ich hatte Mühe, mit Evelyn Schritt zu halten, die eiligst die Haustür von Hildegard ansteuerte und dort den Finger für sehr lange Zeit auf den Klingelknopf legte. Es schrillte so laut im Inneren, dass es Tote hätte aufwecken können. Als der Klingelton erstarb, lauschten wir auf Geräusche, aber wir hörten nichts.

»Sie ist ja auch immer unterwegs. Dieses Jahr neunzig geworden, aber noch unglaublich fit«, erklärte uns Gerlinde. »Sie sagt immer, wenn man nicht mehr herumläuft, dann stirbt man. Automatisch.«

Ich nahm rechts von mir eine Bewegung wahr und sah eine alte Frau zwischen zwei Büschen feststecken. Sie hatte sich anscheinend mit ihrem Gehwagerl festgefahren und kam nicht mehr heraus.

»Gerlinde! Hilf mir doch mal!«, rief sie uns zu und versuchte kraftlos, die Räder freizubekommen.

»Was machen Sie denn da?«, wollte Evelyn wissen. Dem Werkzeug im Gehwagerl nach zu schließen, war sie dabei, Büsche zu schneiden. Sie hatte drei verschiedene Gartenscheren und außerdem ein nigelnagelneues Smartphone im Körbchen liegen.

»Das Handy muss ich immer dabeihaben, hat meine Schwiegertochter gesagt«, erklärte Hildegard, als wir sie aus dem Busch befreit hatten. »Wenn ich mal wieder hinfall, dass ich anrufen kann.«

Sie schüttelte den Kopf. »Dabei ist sie so schlecht zu Fuß, die kann mir doch dann gar nicht helfen, die ist ja schon fast siebzig! So, was gibt's?«

Im Gegensatz zum Gröning hörte sie ziemlich gut für ihr Alter, was ein klarer Vorteil war.

»Es geht um den Kerl. Sie wissen schon, der da drüben herumgestanden ist«, sagte Gerlinde.

»Ja, der hat mir richtig Angst eingejagt«, gestand Hildegard, was ich höchst erstaunlich fand. Jedenfalls bei einer Frau, die sich mit neunzig noch mit ihrem Drogendealer traf!

»Der war da bestimmt eine ganze Woche. Ich hatte schon Angst, dass er gar nicht mehr weggeht und ich nicht weiß, wo ich mich verabreden soll.«

»Verabreden?«, fragte ich, und Gerlinde warf mir einen warnenden Blick zu. Aber Hildegard hatte keine Hemmungen, mehr ins Detail zu gehen: »Wegen des Tilidins. Der kommt natürlich nicht, wenn da irgendjemand herumsteht und uns beobachtet.«

Wieder eine neue Idee!

»Vielleicht war der Schulze ja ein neuer Tilidin-Händler«, schlug ich vor.

»Ich hab's mir auch überlegt, aber der hat nicht so ausgesehen«, sagte Hildegard, als könnte man das den Leuten an der Nasenspitze ansehen. »Der war bestimmt fünf Tage in Folge da«, erzählte sie uns ärgerlich. »Da traut sich doch niemand mehr her!« Sie senkte ein wenig die Stimme. »Ich dachte schon, das ist ein verdeckter Ermittler.«

Ich nickte. Einer, der Tilidin-Unterhändlern auf der Spur war!

»Aber jetzt kommt er nicht mehr. Vielleicht hat er die Lust verloren.« Hildegard wirkte sehr zufrieden. Schon wieder rollerte sie los, weil sie ein Ästchen entdeckt hatte, das abzuschneiden war.

»Aber der Dings ist dann schon noch gekommen?«, fragte Gerlinde nach dem Drogendealer.

»Einmal ist er vorbeigefahren, hat aber nicht gehalten, wie er den anderen Typen gesehen hat. Aber ich hab glücklicherweise noch einen Vorrat. Ich lass das gar nicht ausgehen!«

»Und der Schulze hat nur gewartet und ist dann wieder gegangen?«, fragte ich ungläubig.

»Nein, zweimal ist dann schon noch was passiert«, erzählte Hildegard und knipste etwas an einem Rosenbusch ab. »Das hat dann auch die neue Steglmaier bemerkt und ist raus und hat sich mit ihm gestritten.«

»Wie, der Steglmaier hat seine Frau rausgeschickt, anstatt selbst zu gehen?«

»Ja. Der Steglmaier ist gar nicht aufgetaucht«, erzählte Hildegard. »Hätte ich mir auch nicht gedacht, dass der seine Frau vorschickt. Ich mein, das ist doch was für ein Mannsbild, oder?«

»Was?«, fragte ich mit trockenem Mund.

»Na ja, sich schlagen«, erzählte sie und knipste eine vertrocknete Blüte von einer Ringelblume ab.

»Die haben sich geschlagen?«, fragte ich.

»Ja, die Sissy, die hat ihm eine gescheuert. Die wollte nämlich, dass er geht, aber das war ihm ja so was von egal!« Sie nahm eine andere Schere in die Hand und wirkte immer noch sehr zufrieden. »Erst hat sie ihm auf die Brust gehauen und gesagt, dass sie ihn satthat und dass das aufhören muss und dass das kein Zustand sei. Was er geantwortet hat, hab ich nicht verstanden. Aber sie hat dann gekreischt, dass ihr das wurscht sei und dass sie nicht mehr mag.« Zufrieden nickte Hildegard. »Und dann hat sie ihm eine gescheuert.«

»Und das war am Mittwochabend?«, fragte Evelyn.

An dem Tag war der Mord geschehen.

»Nein, das war schon ein paar Tage vorher«, wusste Hildegard. »Vielleicht am Samstag. Ja, das muss Samstag gewesen sein. Das weiß ich so genau, weil da immer meine Schwiegertochter ihren greißlichen Gemüseauflauf vorbeibringt«, verriet sie uns. »Die würzt so schwach, und kauen kann ich das harte Zeugs auch so schlecht.«

»Und am Mittwochabend?«, fragte Evelyn weiter, die sich für Gemüse nicht so interessierte. »Sind da die Steglmaiers in den Ort zum Feiern gefahren? Vielleicht haben sie das nämlich auch nur erfunden ...«

Hildegard schüttelte den Kopf. »Nein, die beiden waren tatsächlich fort.«

Führte sie etwa Buch über die Geschehnisse am Parkplatz? »Mittwochs räumt meine Schwiegertochter immer bei mir in der Küche auf, damit ich nix mehr finde. Nachdem sie gegangen ist, bin ich noch ein bisserl draußen gewesen ...«

Wahrscheinlich, um irgendwelche Blüten abzuzwicken!

»Und da hab ich gesehen, wie die Steglmaiers losgefahren sind. Sie war richtig aufgebrezelt. Die haben auf dem Parkplatz noch mal gehalten, und sie ist ausgestiegen und noch einmal zurückgelaufen. Konnte fast nicht laufen, weil die Absätze so dünn und hoch waren«, erzählte Hildegard, zufrieden, dass sich endlich jemand für ihre Beschattungsarbeit interessierte. »Und ein sehr enges Kleid.« Sie deutete mit ihren Händen an, wie groß Sissys Brüste in dem Kleid gewesen waren.

»Und sind um ein Uhr in der Früh wieder nach Hause gekommen?«, fragte Evelyn hoffnungsvoll. Das war nämlich der Mordzeitpunkt!

»Nein. Die sind wiedergekommen, da habe ich mir gerade Kaffee gemacht. Das muss so um halb sechs in der Früh gewesen sein«, erzählte Hildegard.

»Schade«, erwiderte Evelyn enttäuscht.

Da hätten wir jetzt schön die Steglmaiers überführt gehabt!

Kapitel 14

Ich beschloss, dass ich genug hatte von der heimlichen Ermittlungsarbeit, und machte mir einen vergnügten Badetag mit Klara. Evelyn informierte Jonas über unsere Erkenntnisse (die wir natürlich rein zufällig bei einem Gespräch unter Nachbarn erfahren hatten), und Klara und ich lagen in Liegestühlen auf der Wiese und ratschten, während Carlos mit seinem Laptop vor dem Gruberhäusl saß und arbeitete. Erst am Abend wurden wir wieder munter. Carlos hatte sich mit einem ehemaligen Kollegen in Regensburg verabredet, war dann aber nur widerwillig gefahren. Evelyn und ich trugen den Terrassentisch vor die Rezeption und stellten bequeme Korbstühle dazu, die Evelyn auf dem Speicher meiner Großmutter entdeckt hatte. Der Tisch war zwar alt und die Farbe abgeblättert, aber mit der alten Tischdecke von Nonna sah er richtig gut aus. In einer alten Weinflasche steckte eine Kerze, und auf der Tischdecke lagen ein paar Gänseblümchen-Blüten. Langsam wurde es auch so dunkel, dass die Kerze sehr schön die Sektgläser beleuchtete. Da weder Carlos noch Jonas da waren, wollten wir einen richtigen Mädelsabend machen, ich hatte schon den Prosecco aus dem Kühlschrank geholt. Evelyn hatte sich sogleich angeschlossen und vorsorglich drei Ramazzotti getankt. Natürlich merkte man nur mir den Alkohol an, Evelyn war eigentlich nie betrunken, die konnte reinschütten, was sie wollte, und Klara kam nicht zum Trinken, so sehr war sie damit beschäftigt, uns über Hochzeiten zu informieren.

»Ich an deiner Stelle würde hier auf dem Campingplatz feiern«, sagte Klara eben. »Kann ich mir richtig gut vorstellen, überall weiße Zelte, wenn das Wetter schlecht sein sollte. Und dort, vor dem Klohäusl, bauen wir eine Tanzfläche auf ...« Sie hatte ihr Tablet neben ihre Sektflöte gelegt und klatschte begeistert in die Hände, als sie sah, dass ganz bei uns in der Nähe eine Zeltvermietung ansässig war.

»Ich heirate nicht«, rief ich vorsichtshalber in Erinnerung, weil das anscheinend alle vergessen hatten.

»Aber wenn ...«, mischte sich Evelyn ein. »Wir könnten schon einmal Blumenschmuck aussuchen.«

»Hallo?«, machte ich verständnislos. »Wieso sollte ich Blumenschmuck für eine nicht existente Hochzeit aussuchen?«

Klara lachte so sehr, dass ihr die Tränen über die Wangen liefen und sie kaum mehr Luft bekam.

»Wir könnten einen Probelauf machen«, schlug Evelyn unbeirrt vor. »Wir bauen einfach schon mal alles auf.«

Und sie könnte das dann für Instagram total schön in Szene setzen, das war mir auch klar!

»Kommt überhaupt nicht infrage!«

Klara hatte sich inzwischen wieder beruhigt und scrollte durch ihre eigene Homepage. Mit größtem Entzücken sah sich Evelyn den Blumenschmuck mit zartrosa Röschen und Schleierkraut an. »Sehr klassisch. Sehr vintage. Einfach zauberhaft!«

Clärchen ließ gerade einen alten, eingeschleimten Tennisball in meinen Schoß fallen. Der war auch vintage, aber sehr ekelhaft.

»Willst du vielleicht heiraten?«, fragte ich Klara. »Damit Evelyn was zu tun hat?«

Wir stießen wieder mit unserem Sekt an und kicherten, und ich warf schnell den Ball für Clärchen quer über den Platz. Clärchen sah mich treuherzig an, mit dem Bringen von Dingen hatte sie es nicht so.

Auf der Landstraße hörten wir sehr übertourig ein Auto entlangfahren. Es bremste ziemlich abrupt vor der Campingplatzeinfahrt, dort starb dann der Motor erst einmal so ab, als hätte wer vergessen, die Kupplung zu treten. Der Motor heulte wieder auf, dann hoppelte das Auto quasi bis zur Schranke, und ich kniff für einen Moment die Augen zusammen, weil ich so Angst hatte, dass das Auto in meine nagelneue Schranke springen würde.

Aber das Auto soff einfach ab und ließ meine Schranke heil. Wir hielten alle den Atem an, voller Erwartung, wer uns nun mit seiner Anwesenheit beehren würde.

»Himmel! Die Campingmaus!«, sagte Evelyn mit normal lauter Stimme, denn aus dem Auto stieg Sissy, von Kopf bis Fuß in einen Jogginganzug in Leopardendruck gehüllt, an den Füßen Glitzer-Flip-Flops. Sie sah sich erschrocken um, als würde sie damit rechnen, dass jemand hinter ihr her war. Als sie uns sah, stieß sie erneut einen erschrockenen Schrei aus, als hätte sie nicht erwartet, uns hier zu finden.

»Hallo«, sagte Evelyn. »Können wir weiterhelfen?«

Sissy kam auf uns zu und presste sich die Hand auf den Mund.

»Auch einen Prosecco?«, fragte Klara, da ich Sissy nur anstarren konnte. Deren Wimperntusche war so verschmiert, dass sie aussah wie ein Panda. Clärchen hatte sogar ein bisschen Angst vor ihr, denn sie versteckte sich hinter meinen Beinen und hebelte mich damit fast vom Korbstuhl.

»Gerne«, hauchte Sissy und sah uns an, als würden wir ihr gerade das Leben retten.

Ich stand auf und holte noch ein Sektglas aus der Wohnung. Mir klopfte das Herz bis hoch in die Ohren. Weniger des Laufens wegen. Sondern weil ich den Eindruck hatte, dass uns Sissy etwas ganz Furchtbares sagen würde. Dass sie den Schulze umgebracht hatte. Oder der Steglmaier. Das klang zwar ganz absurd, aber ich konnte mir momentan überhaupt nicht vorstellen, was sie noch für einen Grund haben sollte, bei der Konkurrenz zu erscheinen, noch dazu in komplett desolatem Zustand. Evelyn schenkte ihr das Sektglas randvoll mit Prosecco ein. Wir hoben die Gläser und stießen an.

Die Gläser klirrten, und Sissy murmelte irgendetwas, das keiner verstand. Nach dem ersten Schluck heulte sie los wie ein Schlosshund. Clärchen und Milo erhoben sich und trotteten ins Haus.

»Na, na!« Evelyn stand auch auf und holte aus der Rezeption ein großes Wasserglas und ihren Ramazzotti. Ihr Allheilmittel gegen alle Sorgen und Nöte dieser Welt.

»Ich weiß nicht, was ich soll machen. Dachte, er hört auf. Irgendwann.«

»Er?«, fragte ich.

»Hört auf?«, fragte Klara.

Langsam schob Sissy einen Ärmel nach oben und entblößte ihren Oberarm. Dort sah man einen riesigen blauen Fleck in allen Farben des Regenbogens. Das war bestimmt nicht nur von einem Schlag, sondern gleich von mehreren! Und so schwarz wie es teilweise war, vermutlich nicht nur von einer Schlägerei, sondern auch von welchen, die weiter in der Vergangenheit lagen.

»Er schlägt dich?«, fragte Evelyn, die es sofort kapiert hatte.
Sissy zog den Ärmel wieder nach unten.
»Bis jetzt war nicht schlimm«, flüsterte sie.
»Schlagen ist immer schlimm«, erklärte Klara bestimmt.
»Aber seit Leiche ...«
Wir sahen sie nur an, und Sissy kippte den Ramazzotti auf ex hinunter. Auch sie schien massig Alkohol zu vertragen, denn auch ihr merkte man selbst nach dem dritten Ramazzotti rein gar nichts an.
»Wieso seit der Leiche?«, fragte ich.
»Meint, ich hätte Affäre«, flüsterte Sissy und sah sich schon wieder verschreckt um.
»Mit dem Schulze?«, fragte Evelyn verständnislos, als könnte keine Frau, die bei Trost war, mit diesem Mann etwas anfangen.
»Ja. Und mit Niklas«, schluchzte Sissy. »Kenn die doch gar nicht!«
Wir nickten alle nur.
»Aber er hat dich auch früher geschlagen«, sagte Evelyn und deutete mit dem Kinn auf einen sehr verblassten blauen Fleck am rechten Handgelenk.
»Ja. Braucht nix Grund«, verriet uns Sissy. »Und irgendwann ...« Sie machte eine bedeutungsvolle Pause und dann eine Handbewegung vor ihrem Hals, als würde sie geköpft werden.
Der Steglmaier?
Ich konnte ihn ja auch nicht leiden.
Aber das lag mehr daran, dass er mir das letzte Jahr beruflich ganz schön zugesetzt hatte und der Waffenstillstand zwischen uns noch ganz schön brüchig war. Dass er seine

Ex-Frau geschlagen hatte, hatte ich noch nirgends gehört, und ich war mir sicher, dass so etwas in unserem Dorf nicht zu verheimlichen war. Andererseits war seine Ex eine ziemlich bullige Frau, die ihm wahrscheinlich einfach eine zurückgepfeffert hätte. Sissy dagegen schien nur aus zwei riesigen Brüsten zu bestehen, alles andere an ihr war ziemlich dünn.

»Du kannst gerne heute bei uns schlafen«, schlug ich vor, während mir Evelyn einen warnenden Blick zuwarf.

»Nein, gehe wieder nach Hause ...«, beteuerte Sissy und trank einen weiteren Ramazzotti auf ex.

»Der Steglmaier«, sagte Evelyn verächtlich. »Den musst du verlassen. Männer, die schlagen, die schlagen immer.«

»Aber ich liebe ihn!«, schluchzte Sissy weiter. »Kann ihn nicht verlassen!«

Die Fragezeichen in Evelyns Augen schienen riesengroß zu werden.

Na ja. Wo die Liebe eben hinfällt!

Hektisch sah Sissy auf ihr Handy. »Ich muss heim«, sagte sie hastig. »Wenn er das merkt, ...« Sie ließ den Satz unvollendet und stand hastig auf.

Wortlos sahen wir ihr zu, wie sie mit reichlich Alkohol im Blut ihr Auto rückwärts auf die Landstraße manövrierte.

»Das war doch jetzt wirklich komisch«, sagte Evelyn. »Was wollte sie eigentlich von uns?«

»Sie wollte sich jemandem anvertrauen«, mutmaßte Klara.

»Ich fand das trotzdem komisch«, beharrte Evelyn.

»Ich nicht«, erwiderte ich und ließ Klara nicht aus den Augen. »Ich finde es komisch, dass Klara nur an ihrem Prosecco riecht.«

Klara wurde sofort knallrot.

»Das ist doch wohl klar, was da los ist«, sagte Evelyn und verdrehte die Augen zum Himmel.

Das war natürlich das Gesprächsthema Nummer eins an dem Abend. Klara schwanger! Evelyn verdrückte sich schon nach ein paar Minuten, während Klara und ich auf Johannisbeerschorle umstiegen und ich gefühlt hundertmal sagte, dass sie mir das doch hätte sagen können. Sofort. Bei der Ankunft!

Danach war es Klara wieder blümerant, und sie verzog sich mit Carlos ins Bett, und ich blieb vor der Rezeption sitzen. Gerade während ich umständlich die Sache mit Sissy für Jonas auf WhatsApp formulierte, kam ebenjener Jonas nach Hause. Bevor ich ihm mitteilte, dass der Steglmaier seine Frau schlug, erzählte ich natürlich die Neuigkeiten von Klara. Den konnte natürlich nichts schocken, weder das eine noch das andere!

Wir blieben ganz romantisch auf dem Bänkchen sitzen, Jonas hatte mir den Arm um die Schulter gelegt, und wir sahen beide über den Campingplatz hinunter zum See. Ein Kind, dachte ich mir. Natürlich hatte ich auch schon mal über Kinderkriegen nachgedacht, aber meine biologische Uhr tickte nicht ausgesprochen laut, obwohl es vermutlich an der Zeit gewesen wäre. Jonas als Vater konnte ich mir super vorstellen. Aber mich als Mutter?

»Kannst du dir mich als Mutter vorstellen?«, fragte ich an den See gerichtet.

»Ja«, antwortete Jonas spontan.

Ich lehnte meinen Kopf an seine Schulter. »Nett, dass du da gar nicht zweifelst.«

Er küsste mir die Schläfe. »Willst du jetzt auch ein Kind?«, fragte er mich neugierig, und er klang nicht besonders entsetzt. Weil ich nicht genau wusste, was ich wollte, seufzte ich erst nur.

»Ich habe noch so viel vor«, wandte ich ein. »Und bevor wir über Kinderkriegen reden, müssten wir ja auch mal mehr so das klassische Pärchendingens machen.«

Das zeigte nämlich erst, ob man überhaupt für immer und ewig zusammenbleiben sollte.

»Was ist ein Pärchendingens?«, fragte Jonas, für den anscheinend schon auf dem Bänkchen sitzen und zusammen ins Bett gehen Pärchendingens genug war.

»Na ja. Nicht nur Mordermittlungen zusammen durchstehen ...«

Jonas verdrehte die Augen.

»Diese Dinge, die man gemeinsam macht und die einen komplett in die Verzweiflung treiben. Wenn man sich dann noch liebt, dann kann man für die Ewigkeit planen«, behauptete ich.

»Zum Beispiel?«, fragte Jonas erstaunt, den ja im Gegensatz zu mir selten was in die totale Verzweiflung trieb.

»Zum Beispiel einen gemeinsamen verregneten Urlaub an der Nordsee. Weihnachten mit einem betrunkenen Onkel Walter. Silvester streitend mit den Geschwistern.«

»O. k.«, sagte Jonas zustimmend, als würde er es lieben, mit einem betrunkenen Onkel Walter Weihnachten zu feiern. Clärchen kam aus dem Haus gerannt und hatte ihre schuldbewusste Miene aufgesetzt. Sie machte vor uns eine Vollbremsung und blieb sehr steil und mit aufgerissenen Augen vor uns sitzen.

»Und, hast du da auch ein paar Punkte einzubringen?«, fragte ich neugierig.

»Ich habe keinen betrunkenen Onkel Walter zu bieten«, grübelte er. »Mal überlegen ... ich finde es ja sehr belastend, wenn Clärchen mich um drei Uhr in der Früh weckt. Das hält ja auch nicht jede Beziehung aus.«

»Sie weckt dich?«

»Sie klettert über mich drüber, um neben dir zu schlafen«, behauptete er. »Und was mich echt in die Verzweiflung treibt, sind die Leichen, die du ständig findest. Weiß ja nicht, ob dein Onkel Walter noch schlimmer ist ...«

Ich grinste. Früher hätte ich wohl gesagt, dass nichts schlimmer ist als ein Onkel Walter, der komplett unkomische Witze an Weihnachten erzählte und zwischendrin auch die Pointe vergaß.

»Aber ich bin bereit«, sagte Jonas mit der Stimme eines Helden, der willens ist, bis zum Äußersten zu gehen. »Das Ding mit Onkel Walter durchzuziehen.«

Ich lachte und kuschelte mich an Jonas. Was für ein Mann!

Kapitel 15

Mit unserem Mädelsdings machten wir gleich zum Frühstück weiter – einem späten Frühstück, weil Klara nach wie vor in der Früh übel war.

»Vielleicht brauche ich noch einen Hund«, sagte Klara, während wir um den See spazierten. »Dann gehe ich immer mit Kinderwagen und Hund spazieren.«

»Ja, nichts ist schöner, als wippende Hundeohren«, bestätigte ich. Gut, bei Milo wippte gar nichts, der schlich mehr durch die Landschaft, aber Clärchen trabte ständig vor und zurück und bekam hin und wieder einen Heiterkeitsanfall, bei dem sie wie eine Wilde durch den Wald rannte und danach mit ihrem lachenden Gesicht zu uns zurückkam.

»Weißt du, was ich komplett aus den Augen verloren habe?«, fragte ich Klara.

»Nein.«

»Dass es diesen Campingplatztester gibt«, sagte ich etwas unglücklich. »Der Schulze war es ja nicht.«

»Mach dir keinen Kopf«, antwortete Klara und blieb an einer Stelle des Weges stehen, wo man einen wunderbaren Ausblick über den See hatte und den Campingplatz am anderen Ufer sehen konnte. »Vielleicht hat sich Carlos ja geirrt.«

Das war mir kein Trost.

»Apropos Carlos, ich sehe ihn sogar von hier aus!«

Tatsächlich konnte man auch das Gruberhäusl erkennen, und davor saß tatsächlich Carlos, mit einem Laptop auf dem Schoß. Er schien gerade zu schreiben.

»Voll die Stalker«, grinste Klara.

»Ich glaube, er wird ein wunderbarer Vater. Er ist so nett zu Kindern«, stellte ich fest. »Jonas sagt nie etwas zu Kindern.«

»Das macht Carlos auch erst, seit er weiß, dass er Vater wird«, gab Klara zu.

Wir schwiegen eine Weile, in der ich überlegte, wie das bei Jonas und mir war. Mein Kinderwunsch war nicht besonders ausgeprägt, ich hatte auf keinen Fall Torschlusspanik. Aber wenn ich daran dachte, gar keine Kinder zu bekommen, fand ich das schon etwas traurig. Klara wechselte abrupt das Thema, weil sie gemerkt hatte, dass ich nachdenklich wurde.

»Du hast den idyllischsten Campingplatz auf der ganzen Welt.«

»Und die weltbesten Dauercamper, darf man nicht vergessen«, sagte ich, während wir über die Brücke zurück zum anderen Ufer gingen. »Sonst wäre es hier ja nicht so nett. Stell dir vor, die wären alle blöd.«

»Das stell ich mir lieber nicht vor!«

Einträchtig schlenderten wir weiter, den Uferweg entlang bis zur Badestelle, hinauf zum Campingplatz. Dort sah man unsere Vroni, die schon wieder in Sachen Abspülerziehung tätig war und Paul und Tim ins Abspülhäusl begleitete. Ich hatte den starken Verdacht, dass sie regelmäßig die Hauptarbeit übernahm und deswegen so beliebt bei den beiden Jungs war.

»Sag ich doch, meine Camper sind die Besten«, flüsterte ich, während Klara stehen blieb und so tat, als würde sie ein paar verwelkte Blüten aus den Geranien zupfen.

»Und jetzt noch 'n bisschen Spüli dazu«, sagte Vroni eben. »Sonst geht das Fett ja nicht weg. Sehr schön macht ihr zwei das!«

Eine Weile hörte man nur Geschirrgeklapper, und Klara zwinkerte mir zu.

»Und, gefällt es euch denn hier?«, fragte Vroni eben.

»Na ja«, sagte Tim. »Der andere Campingplatz ist schon 'nen Ticken cooler.«

»Da drüben ist doch nix cool«, hörte ich plötzlich Gerlinde schnauben, die anscheinend gerade im Spülhäuschen putzte.

»Doch. In den Waschräumen, da ist es echt voll weird.«

»Wiird?«, fragte Vroni, die es nicht so mit Englisch hatte.

»Voll spooky ... gruselig und so«, erklärte Paul den zwei Frauen.

»Das könnt ihr doch gar nicht wissen«, meckerte Gerlinde. »Das ist furchtbar geheim da drüben, nicht mal die Camper dürfen da vor der Eröffnung rein.«

Ich spitzte die Ohren.

»Wart ihr etwa schon da?«, wollte Vroni wissen. Vermutlich sahen die Jungs gerade etwas schuldbewusst drein.

»Na ja«, sagte der eine.

»Nur zweimal«, der andere.

»Ihr hättet erschossen werden können!«, sagte die Vroni streng. »Dass ihr da fei nicht wieder rübergeht! Ihr bleibt schön bei uns, da kann euch nichts passieren.«

»Man kommt da nicht rein«, behauptete die Gerlinde steif und fest.

»Doch, in der Nacht ist da alles offen«, erklärte Tim.

»In der Nacht!«, stöhnte Vroni. »Was macht ihr in der Nacht da drüben?«

Das interessierte mich jetzt auch, und ich stellte mich in die Tür.

»Uns umsehen«, erklärte Tim. »Wir waren ja auch tagsüber

drüben. Aber da wären wir doch nicht in das neue Klohäusl reingekommen! Da ist ja ständig jemand unterwegs und schaut ...«

Gerlinde schüttelte den Kopf und wischte gleich hinter Vroni her, die davon nicht besonders angetan war. Schließlich hinterließ sie jedes Spülbecken sauber!

»Und, was habt ihr gesehen?«, fragte ich neugierig.

Die beiden drucksten nur herum.

»Ach, kommt schon«, sagte Karla mit einem Zwinkern. »Wir alten Weiber trauen uns doch in der Nacht nicht alleine auf den anderen Campingplatz! Da könntet ihr uns schon ein bisschen was erzählen!«

Tim, der Jüngere, fühlte sich sehr geschmeichelt. Mit gesenkter Stimme sagte er: »Wir wollten uns ja eigentlich nur dieses Piratenhaus ansehen. Aber dann gab's da die volle Eskalation! Das war total super!«

»Eskalation?«, hakte ich nach. »Haben die sich vielleicht geschlagen?«

»Da ist der Typ gekommen von dem Wohnmobil«, erzählte sein Bruder. »Und hat Gläser an die Wand geworfen.«

»Der Schulze?«, fragte ich erstaunt.

»Weiß nicht, wie der heißt. Der dann gestorben ist«, nickte Tim.

»Was für Gläser?«, fragte Klara interessiert. »Weingläser? Saftgläser? Mit Inhalt, ohne Inhalt?«

»Nein, so was wie Marmeladengläser. Ich glaube, das waren solche, die immer auf dem Fensterbrett bei der Rezeption gestanden sind.«

»Wie, der hat Tante Ottilies Erdbeerkompott an die Wand geworfen?«, fragte ich noch erstaunter.

»Ja. Der hat richtig gezielt. Auf die ...« Tim rang mit Worten, er schien gerade Möpse sagen zu wollen, dann sagte sein Bruder: »Auf das Dekolleté von der Meerjungfrau.«

»Auf die Möpse«, sagte Klara grinsend und klang ausgesprochen begeistert. »Und, hat er auch getroffen?«

Da keiner schimpfte, tauten die zwei Burschen richtig auf. »Ja. Und wie! Der war richtig gut! Und dann ist die Besitzerin gekommen, weil das hat ja gescheppert, so richtig. Und hat zu kreischen angefangen, was das soll und dass sie die Polizei ruft und dass er sich umschauen wird und dass das nicht so weitergeht!«

»Aber da waren die Gläser ja schon an der Wand«, sagte die Vroni.

»Toll«, murmelte ich und versuchte, nicht allzu begeistert zu klingen.

»Tante Ottilies Erdbeerkompott«, seufzte die Vroni. »Wenn sie das gewusst hätte. Sie würde sich im Grab umdrehen.«

Na ja, weg war weg.

»Ach. Dann war das Erdbeerkompott«, staunte Gerlinde. »Ich musste das am nächsten Tag wegwischen. Hab mich schon gewundert, was das für eine graue, klebrige Masse war.«

»Die war doch nicht grau«, sagte die Vroni kraftlos. »Wie viel Gläser hat er denn geworfen?«

»Das waren mindestens sechs.«

Aha. Alle, die ich auf dem Fensterbrett deponiert hatte.

»Bin ich froh, dass ich da drüben bei diesem Gschwerl nicht mehr putze«, erklärte Gerlinde. »Mit denen hätte ich nur Ärger gehabt, die ganze Zeit!«

Die zwei Jungs packten das abgespülte Geschirr und verdrückten sich mit einem gemurmelten »Danke« an die Vroni. Sie wuschelte ihnen noch einmal durch die Haare, wofür sich die beiden richtig schämten.

Gerlinde stützte sich auf ihren Schrubber und sah gedankenverloren auf die Schaumblasen, die gerade durch den Ausguss verschwanden.

»Ja. Du hattest da richtig Glück«, stellte Vroni fest. »Unhaltbare Zustände auf dem Campingplatz da drüben!«

»Ich bin auch sehr dankbar«, seufzte Gerlinde. »Ich mag mir das gar nicht ausmalen, was da alles hätte passieren können!«

Wir sahen gemeinsam den Schaumblasen beim Verschwinden zu.

»Wenn man sich das vorstellt, wenn sie mir nicht in aller Früh gekündigt hätte, dann wäre ich in das Häuschen reingegangen. Es war doch ausgemacht, dass ich an dem Tag noch einmal ordentlich putze, für die Eröffnungsfeier.« Gerlinde hob den Putzlappen auf und warf ihn in den Eimer. »Ich wäre dann vielleicht auf den Mörder getroffen und erschossen worden.«

»Ach was«, sagte Vroni, und wischte hinter der Gerlinde noch mal her, als wäre das nötig.

»Na, wenn du einen Mörder so in flagranti erwischst, dann hat er ja gar keine andere Wahl«, überlegte Gerlinde. »Da wäre es schon logisch, dass auch die Putzfrau umgebracht wird.«

»Putzt du überhaupt so früh?«, wollte Vroni wissen.

»Ja. Um sechs Uhr fange ich an«, erwiderte Gerlinde spitz.

»Und vorher hat dir der Steglmaier gekündigt?«, wollte ich wissen.

»Ja, um halb sechs«, verriet Gerlinde. »Ich wäre ja schon beinahe gestorben, weil das Telefon so früh geläutet hat! Um halb sechs, da ruft doch kein normaler Mensch bei dir an, da muss doch was passiert sein, habe ich mir gedacht. Vielleicht ist mit der Mama was, um die Uhrzeit schläft ja jeder noch. Mir war ganz schlecht!«

»Der Steglmaier hat doch einen Schlag. Um halb sechs in der Früh kündigen«, schüttelte Vroni den Kopf. »Wer macht denn so etwas!«

»Der wusste ja, dass ich um die Zeit losfahre«, berichtete Gerlinde. »Weil normalerweise trink ich da gerade meinen Kaffee. Eine Viertelstunde später fahre ich los, bestimmt hat er sich gedacht, da kündige ich so früh, dann muss ich den Tag nicht zahlen.«

»Du hast keinen Vertrag mit ihm?«, fragte Vroni bedauernd.

»Nein. Dann hätte er nämlich noch weiterzahlen müssen«, murrte Gerlinde. »Aber er gibt mir immer alles bar auf die Hand.«

»Der hat um halb sechs in der Früh gekündigt?«, wiederholte ich fassungslos, und mein Herzschlag explodierte. »Das war also das erste Mal, dass die Sissy zum Putzen gegangen ist?«

»Er hat mir gar nicht gekündigt, sondern sie«, erklärte sie mir. »Sie war total aufgeregt. Ich hab gesagt, ich komm noch den Rest des Monats, und sie hat gesagt, das geht auf gar keinen Fall! Sie hat so viel Dreck gefunden.«

»Was, um halb sechs in der Früh?«, wollte Vroni wissen. »Da hat sie bemerkt, dass du nicht gescheit putzt?«

Ja. Das konnte ich mir blendend vorstellen, was sie da entdeckt hatte, und auch den Grund, weshalb Gerlinde nicht kommen sollte.

»Ja. Alles voll mit Haaren und Zahnpasta, und ich hab gesagt, da werden sich halt irgendwelche Jugendliche einen Spaß gemacht haben, und sie hat gesagt, das waren keine Jugendlichen, das war Sabotage, du steckst mit denen unter einer Decke!«

So ein Unsinn! Da war alles blitzeblank gewesen, bis natürlich auf die Blutspuren!

»Also hab ich gesagt, ich red nicht lang umeinander, ich mach das weg, egal, auch wenn ich das nicht übersehen hab. Das geht ruckizucki, und lassen wir's gut sein!« Gerlinde verdrehte die Augen. »Mei, das könnt ihr euch gar nicht vorstellen, die ist dann total ausgeflippt! Hat mich angeschrien, dass ich mich immer aus der Verantwortung ziehen und dann hinterher tun will, als wär nix gewesen.«

»Aber du wolltest es doch sauber machen«, sagte Vroni verständnislos.

»Ja. Das hab ich ihr auch gesagt, aber sie hat nur noch hysterisch herumgeschrien, und dass das halt der Tropfen war, der das Fass zum Überlaufen gebracht hat. Dass das ja immer wieder passiert ist, und jetzt reicht's ihr halt.«

Sie kniff die Lippen zusammen und sagte dann: »Okay, ich hab vielleicht vergessen zuzusperren, aber Klohäusln sind doch normalerweise immer offen! Geputzt hab ich auf jeden Fall immer gscheit!«

Die Vroni begann über ungerechte Arbeitgeber zu schimpfen, und keiner sagte etwas zu dem wahren Problem.

»Sie wollte also auf gar keinen Fall, dass du an diesem Tag kommst?«, vergewisserte ich mich atemlos.

»Ja. Ich hab noch gesagt, na gut, dann hol ich meine Putzsachen. Weil, ich hab nämlich meine eigenen Handschuhe drüben, und die wollte ich schon wiederhaben. Und sie hat gesagt, nein, du kommst mir nicht mehr her.« Gerlinde sah sehr beleidigt aus. »Ich bring dir das alles vorbei. Das hat sie mir dann noch am Nachmittag vor die Tür geworfen. Zusammen mit einem Umschlag. Rest des Monatslohns.«

Da hatte sie es aber verdammt eilig, die Putzfrau loszuwerden und selber zu putzen!

»Sie hat vorher nie geputzt?«, fragte ich nach.

»Nein, die war sich viel zu fein. Die hat ewig lange Fingernägel, mit denen kann man doch keinen Putzlappen halten!«, schimpfte Gerlinde.

Ich brauchte dringend mein Handy. Ausgerechnet jetzt musste ich mein Handy verloren haben. Das war total schrecklich!

»Was ist denn, Sofia?«, rief mir die Vroni nach, weil ich aus dem Geschirrspülhäuschen rannte, als würde ich von Dämonen verfolgt.

Kapitel 16

War ja wohl klar, was da passiert war. Sissy hatte längst gewusst, wer im Damenabteil lag! Und um zu verhindern, dass die Putzfrau eine Leiche fand, hatte sie die kurzerhand wegorganisiert. Wahrscheinlich hätte Sissy die Leiche vom Schulze einfach verschwinden lassen. Oder zumindest irgendwo auftauchen lassen, wo er nicht mit ihrem Campingplatz in Verbindung gebracht worden wäre. Begeistert rannte Clärchen bellend neben mir her.

»Lass das!«, schimpfte ich, während ich in die Rezeption stürmte und darüber nachdachte, welche Nummer ich anrufen sollte. Ich hatte nämlich keine einzige Nummer im Kopf, das war ein echtes Problem.

Ich rannte weiter hinauf in die Wohnung und schnappte mir das Festnetztelefon. Nicht einmal die Nummer von Evelyn hatte ich dort gespeichert. Allerdings hatte Jonas einmal meine Handynummer eingespeichert, und ich drückte zum wohl hundertsten Mal auf Anruf, mehr aus Reflex und ohne große Hoffnung. Schließlich hatte ich mich mit Evelyns Handy schon stundenlang selbst angerufen. Zu meinem großen Erstaunen hörte ich meine charakteristische Melodie. Mit dem Telefon in der Hand ging ich in die Richtung des Klingelns und fand mich vor Evelyns Zimmertür wieder.

Ich klopfte, obwohl ich wusste, dass Evelyn gerade im Campingladen war, dann öffnete ich die Tür. Ich erblickte mein Handy sofort. Es hing direkt in der Steckdose neben der Tür, und ein »unbekannte Nummer« leuchtete mir entgegen.

Evelyn?

Wie konnte das sein?

Als Erstes das mit Sissy, versuchte ich Ordnung in mein wirres Hirn zu bringen und drückte auf die Rufnummer von Jonas. Er ging nicht ran. »Ruf mich sofort zurück!«, schrie ich ihm aufgeregt als WhatsApp-Sprachnachricht rüber, weil ich wusste, dass der liebe Jonas seine Mailbox nie abhörte. »Stell dir vor, Sissy Steglmaier hat ihre Putzfrau am Mordtag um halb sechs in der Früh entlassen! Die hängt da mit drin!«

Nachdem sich meine Aufregung ein bisschen gelegt hatte, fiel mir wieder ein, dass Sissy ja ein Alibi hatte. Sie war mit ihrem Steglmaier genau an diesem Tag ausgegangen. Das hatte sogar Hildegard gesehen. Mit gerunzelter Stirn starrte ich auf mein Handy und fragte mich, wie das alles zusammenpasste!

Die Nachricht an Jonas blieb ungelesen, auch nach minutenlangem Draufstarren. Das konnte doch jetzt wirklich nicht wahr sein!

Kraftlos sank ich im Esszimmer am großen Esstisch in mich zusammen.

Wieso hatte Evelyn mein Handy in ihrem Zimmer?

Sie hatte gewusst, dass ich es gesucht hatte und dringend brauchte! Und nun versteckte sie es bei sich im Zimmer? Warum hatte ich das Klingeln früher nie gehört? Oder hatte Evelyn es heute zufällig gefunden und schon einmal für mich aufgeladen?

Ich klickte auf meine Nachrichten, sah einige unbeantwortete Anrufe und sehr viele ungelesene WhatsApp-Nachrichten.

Nur von Jonas fand ich keine neuen, was sehr erstaunlich

war. Als ich weiter im Chatverlauf scrollte, erkannte ich auch, weshalb. Alle meine Nachrichten waren nämlich schon gelesen, und da Evelyn das Handy gehabt hatte, wusste ich auch, von wem!

Und Himmel! Was hatte ich alles für Gesülze geschrieben. Von meiner Liebe zu Jonas und so'n Kram. Daran konnte ich mich überhaupt nicht erinnern. Jetzt verstand ich auch, wieso mich Jonas in den letzten Tagen immer so angelächelt hatte, als hätten wir ein Geheimnis! Dass er mich nie darauf angesprochen hatte, war ja sehr erstaunlich! Genauso erstaunlich war, dass er tatsächlich zweimal ein Herzchen gepostet hatte. Also dafür, dass der Herr Kommissar im Leben noch keine Emoticons, Herzchen, Sonnen und Blümchen per Chat verschickt hatte!

Es dauerte eine Weile, bis ich verstand, dass ich das Gesülze auch gar nicht geschrieben hatte. Vor allen Dingen nicht so Dinge wie: »Wie findest du denn dieses Hochzeitskleid?«

Die letzte Nachricht von Jonas war erst vor einer Stunde geschrieben worden und lautete: »Sollen wir mal zu meinen Eltern fahren ... ich meine, wenn du schon so Hochzeitsfantasien hast?«

Ich hätte am liebsten losgekreischt! Und meine Antwort war: »Gerne!« Mit drei pulsierenden Herzchen! Gefolgt von einem Esel, der Herzchen kotzte.

Also natürlich nicht »meine« Antwort, sondern die, die offensichtlich Evelyn geschrieben hatte.

Ich hörte unten die Tür gehen, schwungvoll kam jemand die Treppe nach oben.

»Stell dir vor!«, rief mir Evelyn entgegen, »der Jonas hat die Sissy aufs Revier bringen lassen! Schon vor einer Stunde!«

Sie stürmte ins Esszimmer und wollte mir die WhatsApp-Nachrichten zeigen, die sie erhalten hatte. »Die wird gerade befragt!«

Da war Jonas tatsächlich schneller im Ermitteln gewesen als wir alle zusammen, dachte ich mir enttäuscht. Aber das war mir im Moment ziemlich egal.

»Stell dir vor«, sagte ich in eisigem Tonfall. »Ich habe mein Handy gefunden.«

Einen kurzen Moment war es totenstill, dann flötete Evelyn mit veränderter Stimme: »Das ist ja wunderbar! Jetzt brauchst du dir doch kein neues kaufen! Das sind doch mal gute Nachrichten! Da siehst du, alles löst sich in Wohlgefallen auf. Die Mörderin geschnappt, das Handy gefunden.«

Sie stoppte mit ihrem Gequassel. Wir starrten uns eine Weile an, weil auch ihr klar geworden sein musste, dass ich sie ertappt hatte.

»Das geht einfach gar nicht, Evelyn!«, schnauzte ich sie an. »Da lass ich dich bei mir wohnen, und dann stiehlst du mein Handy und versuchst hinter meinem Rücken eine Hochzeit klarzumachen, die ich gar nicht will! Was fällt dir ein?«

»Du musst das verstehen! Bei euch ging ja gar nichts weiter«, maulte sie. »Ich meine, du bist jetzt in einem Alter, in dem man nicht mehr so lange warten kann!«

Ich fragte nicht, womit! Nur damit sie für mehr Follower auf Instagram eine Hochzeit organisieren konnte, hatte sie mir mein Handy geklaut!

»Ich seh' nicht ganz, wo das Problem ist. Ihr passt unglaublich gut zusammen, ihr seid glücklich. Und in einer Ehe ist man einfach gut aufgehoben. Das schweißt doch noch mal zusammen. Heiraten ist ja nicht a priori falsch, sondern nur, wenn man den falschen heiratet.«

Ich unterbrach ihr Gequassel. »Du spinnst komplett! Und ich verlange, dass das alles umgehend aufhört. Du wirst meine Hochzeit nicht planen, und dein Instagram ist mir auch scheißegal!«

Evelyn zog einen leicht beleidigten Flunsch.

»Außerdem wirst du endlich ausziehen!«, fügte ich ärgerlich hinzu.

Die Worte waren schneller raus, als ich es mir überlegt hatte.

Evelyn sagte für einen Moment gar nichts und sah mich nur stumm an. Ich hatte plötzlich das Gefühl, meine Worte zurücknehmen zu müssen, aber das ging nicht mehr. Mit einem Achselzucken verzog sich Evelyn in ihr Zimmer. »Wie du meinst«, sagte sie über die Schulter, als würde sie das vollkommen kalt lassen.

Während ich zuhörte, wie sie in »ihrem« Zimmer ihr Rollköfferchen packte, scrollte ich unkonzentriert weiter durch die ungelesenen Nachrichten auf meinem Handy. Obwohl ich gerade wirklich wütend auf Evelyn war, hatte ich ein blödes Gefühl im Bauch. Evelyn war natürlich flippig und machte seltsame Dinge. Aber trotzdem mochte ich sie. Irgendwie. Und eigentlich wollte ich auch nicht wirklich, dass sie auszog. Aber jetzt einen Rückzieher zu machen, kam auch nicht infrage.

Als Evelyn mit ihrem Rollköfferchen durch die Tür war, versuchte ich erneut, mich auf meine Nachrichten zu konzentrieren, aber es gelang mir nicht. Diesmal steckte ich das Handy in meine Hosentasche und ging hinunter in die Rezeption. Das musste ich dringend mit Klara durchkauen, wozu hatte ich schließlich meine beste Freundin auf dem Platz!

So weit kam es jedoch nicht, weil die Rezeption mit Evelyn, ihrem Koffer, der Vroni, der Schmidkunz und Gerlinde belegt war. Gerlinde war noch im Putz-Outfit, hielt einen Schrubber in der Hand und einen Eimer vor sich. Ihr Gesicht glühte geradezu vor Begeisterung.

»Ich glaub's nicht«, sagte eben die Schmidkunz.

»Was?«

»Die Sissy ist verhaftet«, erklärte mir die Vroni.

»Die hängen da alle mit drin!«, berichtete Evelyn aufgeregt und in vollkommener Ignoranz der Tatsache, dass sie nicht mehr mit mir zu sprechen gedachte. »Aber du kommst nie darauf, wie das zusammenhängt!«

»Und?«, fragte ich, weil mich alle nur atemlos ansahen.

»Der Schulze ist der Ex-Mann von ihr«, verriet die Schmidkunz. »Der war hier wahrscheinlich gar nicht auf Urlaub oder so, sondern der hat seine Frau gesucht.«

»Ex-Frau«, verbesserte Vroni ihn. »Sie sind ja geschieden. Schon seit Monaten!«

»Aber Sissy ist doch schon eine ganze Zeit lang hier ... Und sie heißt auch gar nicht Schulze ...«

»Die hatte nie den Namen ihres Mannes angenommen gehabt!« Vroni hatte schon ganz rote Bäckchen vor Aufregung. »Die hat sich sofort nach der Beziehung mit dem Schulze an den Steglmaier rangeworfen!«

»Dachte wohl, dass er sie hier nie findet, so im tiefsten Bayern«, überlegte die Schmidkunz.

»Wahrscheinlich ist sie hier noch nicht einmal gemeldet, die ist richtig untergetaucht!«, spekulierte Evelyn.

»Das heißt, die hat den nicht einfach grundlos ermordet«, strahlte die Gerlinde.

»Sissy hat den Schulze ermordet?«, vergewisserte ich mich ungläubig.

»Das wissen wir noch nicht«, erklärte Gerlinde routiniert. »Sie ist ja gerade erst in der Befragung. Spurensicherung und so!«

»Aber wieso sollte sie ihn denn ermorden?«

»Der hat die bestimmt gestalkt, und das hat sie nicht ausgehalten.«

Fassungslos sah ich von einer zur anderen. »Die Sissy und der Schulze? Aber sein Neffe hat doch gesagt, sein Onkel sei verheiratet gewesen mit einer, die ihn so ausgenommen hat.«

»Ja, die hat sich alles zahlen lassen, die ganzen Schönheitsoperationen. Und dann war er pleite.«

»Was meinst du, was das alles kostet!«, sagte Vroni. »Jede Brust achttausend Euro, dann noch die Nase und der Hintern!«

»Die war garantiert runderneuert«, überlegte Evelyn. »Und dann die Klamotten, die sie hat. Das sind ja lauter Designersachen. Die hat den komplett ruiniert.«

»Aber die Frau vom Schulze hieß doch ...«, grübelte ich.

»Elisabeth«, fiel es Evelyn wieder ein. »Die hieß Elisabeth!«

Und die Abkürzung von Elisabeth war Sissy. Sissy Campingmaus. Die den Steglmaier über Tinder kennengelernt und dann ihren mittellosen Mann verlassen hatte!

Eine Weile war ich in Versuchung, mich mit Evelyn offiziell wieder zu versöhnen. Aber Evelyn hatte keinerlei Bedürfnis in der Richtung, sie hatte sich wieder daran erinnert, dass sie stocksauer auf mich war, und warf mir gekränkte Blicke zu. Als wäre alles nur zu meinem Besten gewesen. Sie verschwand souverän in ihrem Wohnmobil, als hätte sie ohnehin vorgehabt, dort wieder einzuziehen. Da sich Vroni erbot, in der Rezeption neue Gäste einzuchecken, machte ich mit Klara und Carlos kurzerhand einen Ausflug nach Regensburg. Gerne hätte ich Jonas dabei gehabt, aber der musste jetzt natürlich mit Hochdruck ermitteln – und die Steglmaiers des Mordes überführen. So stellte ich mir das jedenfalls vor.

Als wir am Abend wieder nach Hause kamen, fuhr gleichzeitig das Auto vom Stein mit uns vor die Schranke. Zu meinem großen Erstaunen ging auch bei seinem Nummernschild die Schranke auf. Evelyn hatte anscheinend seine Autonummer eingespeichert. Ich war kurz davor, einen Kommentar abzulassen, aber als ich hörte, wie Evelyn sagte: »Bin ich froh, dass du da bist. Ohne dich hätte ich es in diesem Wohnmobil gar nicht ausgehalten!«, ließ ich es bleiben.

War schließlich egal, ob der Stein hineinfahren durfte oder nicht.

»Gut, dass Sie da sind!«, flötete auch die Vroni. »Da fühlt man sich doch gleich ein Stückchen sicherer!«

Der Stein lächelte geschmeichelt, und ich fragte mich eher, was ein Rechtsmediziner an der Sicherheitslage änderte. Außer, dass er im Nachhinein unseren Tod feststellen konnte, fiel da doch rein gar nichts in seinen Kompetenzbereich. Mit einem »Siehste wohl«-Blick in meine Richtung hakte sich Evelyn beim Stein unter.

»Jetzt, wo wir die Mörder auf dem Nachbarcampingplatz haben, bin auch ich wirklich froh, dich hier zu haben!«, bestätigte Evelyn.

»Wir waren auch sehr erstaunt. Elisabeth Steglmaier wirkt ja nun gar nicht wie eine Mörderin«, verriet uns der Stein.

»Aber sie war's?«, fragte ich erstaunt.

»Sie hat Schmauchspuren an der rechten Hand«, verriet uns der Stein eine bestimmt total geheime Information.

»Die Sissy?«, hauchte die Schmidkunz fassungslos.

Ich war auch fassungslos. Eher deswegen, weil mir Jonas nichts weitertratschte. Das hätte ich überhaupt nicht ausgehalten, dieses Wissen bei mir zu behalten!

»Wieso hat sie sich denn nicht die Hände gewaschen?«, fragte Vroni kopfschüttelnd.

Tja. Händewaschen half da leider gar nichts.

»Das kann man tagelang nachweisen«, bestätigte der Stein. »Durch den Gasdruck dringen die Partikel ja richtig in die Haut ein, da hilft kein Händewaschen.«

»Und ich habe sie noch wegen der blauen Flecken bemitleidet«, sagte Evelyn. »Das glaubst du doch nicht, einerseits lässt sie sich schlagen, andererseits bringt sie Männer um!«

Kapitel 17

Jonas hatte erneut in Regensburg übernachtet. Anscheinend hatte Sissy noch nicht gestanden, und er musste noch weiterermitteln. Immerhin hatte er mir erneut ein WhatsApp-Herzchen geschickt. Jetzt, wo ich wusste, dass Evelyn alle möglichen süßlichen Nachrichten versendet hatte, war mir natürlich klar, woher das kam, auch wenn ich mich ein klein wenig wunderte, wie stark Jonas darauf ansprang. Eine Weile spielte ich mit dem Gedanken, das Missverständnis zu klären, aber ich ließ es dann doch lieber bleiben. Mir gefiel die Welt, in der Jonas mir Herzchen schickte.

Gehüllt in einen übergroßen Männerpullover von Jonas und meine schwarze Leggings, schlappte ich nach unten, dicht hinter mir Milo, schließlich überholt von Clärchen, die sich dieses langsame Tempo einfach nicht antun konnte. Wir fielen fast zu dritt über die Treppe!

»Sofia!«, rief Evelyn gerade aufgeregt. Ich war überrascht, dass sie mit mir sprach. Sie hatte den Telefonhörer in der Hand und hielt die Sprechmuschel zu. Dabei zischte sie mir etwas zu, das ich nicht verstand.

»Was ist los?«, fragte ich, während ich Clärchen die Tür öffnete, damit sie draußen weiter herumtoben konnte.

»Sissy«, meinte ich zu verstehen.

»Sissy?«, wiederholte ich verständnislos. »Die ist doch verhaftet!«

»Ja. Aber sie will nur mit dir sprechen!«

»Vom Gefängnis aus?«, wiederholte ich, nahm dann aber doch das Gespräch an.

»Ziegler«, sagte ich.

»Sissy«, zwitscherte Sissy.

»Das ist tatsächlich Sissy«, flüsterte ich, während ich die Sprechmuschel abdeckte.

Evelyn verdrehte die Augen.

»Ja?«, fragte ich, während Evelyn immer näher heranrückte und schließlich sogar ihr Ohr mit an den Hörer presste.

»Könntest du mir Gefallen tun, Herzchen?«, zwitscherte Sissy. »Möppelchen und ich gerade sind im Polizeipräsidium ...«

»Ah«, machte ich.

»Und ich darf anrufen jemand.«

Wie bitte, sie verschwendete den einzigen Anruf, den sie tätigen durfte, an mich? Wollte sie, dass ich sie vor Gericht verteidigte?

»Irgendjemand muss sich kümmern um Campingplatz.«

»Putzen?«, fragte ich mit weit aufgerissenen Augen.

»Kassieren, damit Camper können abreisen«, sagte sie. »Und Gerlinde fragen, ob sie putzen wieder bei uns! Sag ihr, dass es mir tut leid, dass Möppelchen sie hat entlassen.«

Wie, das war der Steglmaier gewesen? Das hatte ich ja komplett anders in Erinnerung.

»Und bald ich wieder zu Hause. Nur heute!«, bat mich Sissy, und ihre Stimme klang nun gar nicht erotisch und flirtend, sondern ganz normal.

»Aber ...« Wie sollte ich nur formulieren, dass man sie als Mörderin doch garantiert nicht freilassen würde, damit sie ihre Abrechnungen am Campingplatz machen konnte.

»Ich habe nix gemacht Mord!«, sagte sie mit würdevoller Stimme. »Das war Möppelchen.«

Der Steglmaier? Aber wer hatte denn die Schmauchspuren an der Hand gehabt? Ja wohl sie!

»Und dein wunderbare Freund wird das bestimmt finden raus.« Der Stimme nach strahlte sie. Und blinkerte mit den Wimpern, denn garantiert saß direkt neben ihr Jonas, mein »wunderbare Freund«, der alles herausbringen würde! Am liebsten hätte ich sie gebeten, mir meinen wunderbaren Freund einmal zu geben, damit ich ihn darin erinnerte, dass er sich nicht von Sissy Campingmaus über den Tisch ziehen lassen sollte!

»Machst du's?«, fragte sie. »Wir Camperfrauen müssen halten zusammen! Ich geb' dir Passwort für Computer.«

Evelyn nickte an meiner Wange heftig. Nix war schöner für Evelyn, als die Passwörter von anderen Leuten einzusetzen.

»Okay«, antwortete ich widerstrebend.

»moulinrouge. Zusammengeschrieben und alles klein«, verriet sie mir. »Zweiter Schlüssel ist bei Schwiegermama, und sperr ab Rezeption, man weiß nie!«

Sie klang ganz atemlos von dem schnellen Reden. »Und danke! Du bist echt Schatz! Ohne dich ich wäre verloren!«

Das Gespräch wurde weggedrückt, bevor ich dazu kam, mich zu verabschieden.

»Wie, der Mörder ist ihr Möppelchen?«, fragte Evelyn begeistert.

»Ich Depp«, sagte ich unglücklich. »Ich hätte Nein sagen sollen.«

»Quatsch. Natürlich musstest du zusagen«, erklärte Evelyn sehr bestimmt. »Das kriegen wir schon hin!«

»Ich helfe einer Mörderin! Warum bin ich eigentlich immer so nett?«, erwiderte ich bedrückt.

»Du musst an die armen Camper denken, die abreisen wollen«, erklärte mir Evelyn. »Und denk nur an die alte Steglmaierin. Der hilfst du im Prinzip auch.«

»Die landen jetzt zu zweit im Gefängnis, und ich stehe mit zwei Campingplätzen da«, jammerte ich.

»Los, wir sehen uns das jetzt mal an«, freute sich Evelyn. »Das wird doch ein Riesenspaß!«

Das mit dem Riesenspaß stimmte nicht ganz. Denn uns empfing eine ziemlich aufgebrachte Menge von Campern, die unbedingt abreisen wollte und Semmeln haben und die überhaupt alles, was wir machten, blöd fand. Es dauerte eine Stunde, bis wir notdürftig die Wogen geglättet hatten und die ärgerlichsten Camper abgereist waren.

Endlich war es in der schicken Rezeption vom Steglmaier ruhig, und Evelyn richtete sich häuslich vor dem Computer ein.

»Mach schon mal Kaffee«, sagte sie zu mir. Dank der Nacht mit dem Rechtsmediziner und ihrer Freude an spontanen Katastrophen war sie super gelaunt! Und irgendwie war ich auch ein kleines bisschen froh, dass sie gute Laune hatte. Denn dann war sie immer eine echte Hilfe.

»Ich glaube, wir hängen ein Schild auf. Mit Kassenstunden«, überlegte ich. »Oder meinst du, der Steglmaier kommt heute schon wieder frei?«

Evelyn antwortete mir nicht, sondern klickte sich durch den Computer vom Steglmaier. Echt eine tolle Sache, wenn man ein fremdes Passwort hatte!

»Ha! Er zahlt seine Rechnungen nicht«, verriet mir Evelyn.

»Die müssen ihn doch wieder rauslassen, wenn er keine

Schmauchspuren an der Hand hat«, dachte ich weiter über das Problem nach. »Und das geht bestimmt ganz schnell, das rauszubekommen!«

»Ich glaube, der ist total verschuldet«, verriet mir Evelyn. »Dieses Erlebniskloh hat ihm wahrscheinlich das Genick gebrochen«

Ein Camper kam in die Rezeption und wollte seine Post holen.

»Da, hinter Ihnen«, empfahl er mir, mit der Suche anzufangen.

»Die neue Post liegt hier«, sagte Evelyn und zeigte, ohne den Blick vom Bildschirm abzuwenden, auf einen Stapel Papier. Während ich die Briefe heraussuchte, sah ich aus den Augenwinkeln, dass sich Evelyn ungeniert durch die E-Mails des Campingplatzes klickte.

»Das kannst du nicht machen«, ermahnte ich sie, als der Camper weg war.

»Die Polizei war da schon dran«, sagte Evelyn, als wäre das die Erlaubnis, überall herumzuschnüffeln.

Sie scrollte weiter durch die Mails, und für einen kurzen Moment blitzte ein Gedanke in meinem Kopf auf, der sofort wieder weg war.

»Da war doch ...«, sagte ich, aber ich wusste nicht mehr, was da war, denn Evelyn machte das Mailprogramm zu und klickte auf ein anderes Icon mit dem Namen »Schrankenportal«.

»Sieh dir das mal an! Die haben die gleiche Schranken-Software wie wir!«, sagte sie begeistert.

Es ging sofort ein Fenster auf, eine Liste Nummernschilder mit Uhrzeiten dahinter.

»Schau doch mal, was der Steglmaier für ein Nummernschild hat.«

»Woher soll ich das wissen?«

»Das Auto steht doch vor der Tür«, erklärte mir Evelyn. »Die haben doch die Steglmaiers bestimmt mit dem Streifenwagen abgeholt!«

Ich diktierte ihr die Nummer, und während sie nachsah, wann die Steglmaiers hinaus- und hineingefahren waren, schaute ich schuldbewusst nach draußen.

»Siehste. Hier: Die Steglmaiers sind um halb acht am Abend rausgefahren. Dann sind sie kurz vor Mitternacht wiedergekommen. Ha! Hatten die nicht angegeben, sie seien erst um fünf Uhr in der Früh ... Da!«

Neugierig drehte ich mich auch um. »Schau dir das an! Um 23:47 zurückgekommen, um 1:25 wieder gefahren. Und um 5:21 wiedergekommen!«

Hatte die Polizei das auch gesehen? Bevor ich meine Nachricht an Jonas weggeschickt hatte, ploppte eine Nachricht von Vroni auf, die von »Gerlinde« weitergeleitet worden war.

»Der Steglmaier hat Schmauchspuren an der Hand!«

Sprachlos zeigte ich Evelyn die Nachricht.

Als wir wieder nach Hause fuhren, war unten beim Café ein riesiger Menschenauflauf. Alex kam mir auf dem Weg vom See entgegen und wirbelte mich einmal herum, damit ich wieder quietschen musste wie in alten Zeiten.

»Du siehst fertig aus«, sagte er, während er mich einen Tick zu lange im Arm hielt. »Was ist denn los?«

»Das Leben auf meinem Campingplatz ist manchmal das härteste«, antwortete ich und fragte besorgt, was los war.

»Wir legen gerade letzte Hand an der Terrasse an, und ich dachte, du darfst die letzte Schraube reindrehen. Was hältst du davon?«

»Wer? Ich?«, fragte ich ungläubig.

Alex grinste nur und nahm mich bei der Hand. Alle klatschten, als wir beim See unten ankamen. »Wie habt ihr das denn jetzt so schnell hinbekommen?«, wollte ich wissen. Natürlich hatte ich mitgekriegt, dass sie gearbeitet hatten, aber dass die Terrasse jetzt schon fertig war – ich hatte wirklich überhaupt kein Zeitgefühl mehr! Noch immer stolz lächelnd drückte mir Alex einen Akkuschrauber in die Hand und eine riesige Schraube. Vom letzten Stück Geländer lag schon ein Balken quer, aber es fehlte noch eine Schraube. Die zwei Sanitäter, wieder mit Feuereifer dabei, standen links und rechts und zeigten, wo ich die Schraube eindrehen musste. Hinter mir befand sich einer der Männer, die für das Bestattungsinstitut arbeiteten. Das war jetzt tatsächlich etwas beunruhigend.

»Wunderschön gehobelt«, sagte ich, und einer der Männer, die ich hier noch nie gesehen hatte, wurde rot vor Stolz.

»Und wunderschönes Holz«, fügte ich hinzu, an den Luke gerichtet, das war unser Holzhändler. Den hatte ich in letzter Zeit auch öfter hier gesehen. Vorsichtig setzte ich den Nagel auf das Holz.

»Wir haben Sanitäter da«, erinnerte mich Alex, weil ich zögerte. »Die können dich sofort verarzten.«

Alle lachten, und einer der Sanis zwinkerte mir zu.

»Na dann«, meinte ich und ließ den Akkuschrauber aufheulen.

»Langsam, Mädel«, empfahl der Luke. Alle applaudierten, als ich im Schneckentempo die Schraube reindrehte.

»Nicht schief«, lobte mich der Gröning, und dann nahm er mir den Akkuschrauber aus der Hand und drehte noch einmal selber.

Anschließend setzte ich mich mit Alex auf ein Bänkchen auf die Terrasse und sah zu, wie alle herumwuselten.

»Irgendwann kehrt hoffentlich Ruhe ein«, seufzte ich. Mein Hirn fühlte sich ganz seltsam an, als wäre viel zu viel passiert in den letzten Stunden. »Dann werde ich jeden Tag schwimmen gehen und den Buchfinken zuhören und hier über den See schauen.«

Alex legte mir den Arm um die Schulter. »Das machen wir dann zu zweit. Morgens trinken wir Kaffee. Und ab mittags Bier.«

Wir sahen beide schweigend zu, wie plötzlich ein Lieferwagen rückwärts oben zur Treppe rangierte. Die Typen vom Beerdigungsinstitut und diverse andere Männer halfen und trugen zusammen eine Couch über die Treppe zum See herunter.

»Leberkässemmeln brauchen wir«, sagte ich spontan. »Die armen Leute brauchen bestimmt etwas zu essen.«

»Und Stöcklbier«, sagte Alex.

Die wetterfeste Outdoor-Couch wurde sehr dekorativ unter einem cremefarbenen Schirm aufgestellt.

»Ich fühle mich hier so wohl«, sagte Evelyn und klatschte begeistert in die Hände. »Wir müssen unbedingt alle Helfer zu einem Grillabend einladen!«

»Das machen wir«, sagte ich, und alle applaudierten.

Während die Handwerker ihre Werkzeuge einpackten, testete ich mit Alex die neue Couch. Alex parkte wieder seinen Arm auf meiner Schulter, und wir sahen versonnen über den

See. Er glitzerte in der Sonne, und ein Schwan drehte gemächlich seine Runden.

»Ich muss jetzt echt mal frühstücken«, fiel mir ein.

»Es ist fast Mittag«, lachte Alex.

Danach saß ich gefühlte vierundzwanzig Stunden auf dieser Couch. Eine Weile half mir Klara beim Chillen, und ich schlief fast ein, weil sie ständig von Schwangerschaftsbeschwerden erzählte. Vor uns lagen die Hunde, Milo schlafend und schnarchend, Clärchen zumindest deutlich gemäßigt in ihrem Beschäftigungsdrang. Hin und wieder musste ich sie davon abhalten, zu uns auf die Couch zu kommen. Irgendwann fuhren Klara und Carlos einkaufen, es klang nach irgendeiner Überraschung. Ich hatte den starken Verdacht, dass Carlos eine Sangria machen und die nötigen Zutaten kaufen wollte. Während ich mit halb geschlossenen Augen vor mich hin döste, hörte ich im Hintergrund die badenden Kinder und das Werkeln von Evelyn. Sie hatte es sich in den Kopf gesetzt, einen Grillabend für alle Helfer zu organisieren, und zwar schon morgen, weil das Wetter umschlagen sollte. Deswegen hörte ich nun ständig ihre Kommandos, die sie dem Hetzenegger und dem Schmidkunz gab. Die mussten Tische hin und her tragen. Ich hörte die Schmidkunz mit der Bäckerin telefonieren und die Vroni ihre Wünsche neben meinem Ohr trompeten. Eine Weile war ich dann wohl eingeschlafen, denn plötzlich war es tatsächlich vollkommen still. Die Kinder wurden sicher gerade in meiner Dschungelbuch-Dusche abgebraust, Schmidkunzens und Hetzeneggers hatten sich wohl zum Abendessen verdrückt, nur ich lag eingekuschelt auf der Terrassencouch, und dicht an mich gedrückt lag Clärchen.

»Runter«, murmelte ich, und Clärchen sprang erschrocken auf.

Danach nickte ich noch einmal kurz ein, und als ich aufwachte, hatte ich das sehr penetrante Gefühl, dass ich bei Steglmaiers irgendetwas ganz Wichtiges übersehen hatte. Irgendetwas in den Mails, das überhaupt niemandem aufgefallen war.

Aber dem konnte man ja abhelfen!

Ich stand auf und stupste Milo ein bisschen mit der Zehenspitze an. Ungehalten hob er den Kopf und schaute mich düster an.

»Hopp, hopp!«, sagte ich. »Ich muss noch etwas erledigen!«

Clärchen sprang begeistert um mich herum, sie liebte Erledigungen und brachte sich da auch immer voll ein. Während ich schlief, hatte es Evelyn tatsächlich geschafft, die Terrasse wohnlich zu gestalten. Sie war ein Naturtalent!

Vroni und ihr Mann saßen auf ihren Campingstühlen vor einem reich gedeckten Tisch – sie hatten zu Abend gegessen.

»Wisst ihr, wo Evelyn ist?«, fragte ich. Die hätte ich nämlich gerne dabeigehabt, wenn ich zu Steglmaiers auf den Campingplatz fuhr.

»Die ist noch mal zum Meierbeck«, sagte Vroni. »Sie bespricht noch die Lieferung für morgen. Wenn du sie siehst, dann erinnere sie doch bitte auch gleich an die Beeren-Baiser-Teilchen, die die Meierbeck versprochen hat.«

»Wann will sie denn wiederkommen?«, fragte ich.

»Das wird dauern. Sie will gleich für die ganze Woche einen Plan aufstellen, damit sie einen Aufsteller bei uns machen kann.«

Aufsteller?

»Ich muss noch mal zum Steglmaier«, sagte ich. »Wenn sie wiederkommt, könnt ihr ihr das ja ausrichten.«

»Was willst du denn beim Steglmaier?«, wollte die Vroni wissen. »Mit denen wollen wir doch gar nichts zu tun haben.«

Ich nickte nur und ging weiter. Clärchen hüpfte vor mir her, und Milo war neben dem Stuhl von Vroni zusammengebrochen. Kost und Logis frei, dachte ich mir grinsend und ging mit Clärchen zu meinem Parkplatz. Dort stand natürlich kein Auto, weil Evelyn zum Bäcker gefahren war.

»Dann machen wir jetzt einen gemütlichen Spaziergang«, schlug ich vor, als könnte Clärchen mich verstehen.

Kapitel 18

Als ich jetzt am Abend, so ohne Evelyn, an der Rezeption vom Steglmaier ankam, hatte ich ein ungutes Gefühl. Vielleicht weil es seltsam war, ein fremdes Gebäude aufzusperren. Oder weil mir klar war, dass das jetzt eindeutig unter »Geschnüffel« fiel, diese Art von »Ermittlungen«, die Jonas überhaupt nicht leiden konnte und die er mir auch verboten hätte, wenn er gewusst hätte, dass ich es immer noch machte.

Aber schließlich hatte ich ja Clärchen dabei. Meinen persönlichen Schutzhund. Sie begann auch gleich unter dem Schreibtisch herumzuschnüffeln und fand dann auch irgendetwas zum Herumkauen.

»Lass das«, schimpfte ich. Wer weiß, was der Steglmaier da unter seinem Schreibtisch hatte.

Für einen Moment wollte ich umkehren und weiter spazieren gehen, aber meine Neugierde ließ das nicht zu. Ich fuhr den Rechner hoch, gab das Passwort ein und öffnete das Mailprogramm. Ich scrollte auf und ab und versuchte mich zu erinnern, was ich daran komisch gefunden hatte. War es eine Betreffzeile gewesen? Der Name eines Absenders? Ich wusste es einfach nicht mehr, es war in einem Affenzahn durch mein Gehirn gerast und dann einfach weg gewesen.

Probehalber scrollte ich rauf und runter und versuchte, nicht richtig hinzusehen. Vielleicht sprang es mir dann ja in die Augen?

Tat es aber nicht.

Nachdenklich blickte ich auf die dunklen Fenster. Man

konnte nicht mehr nach draußen schauen, sondern ich erblickte nur mich selbst, bleich gespiegelt in der Fensterscheibe. Ich sah richtig scheiße aus, als wäre ich schwer krank. Während ich mich betrachtete, musste ich daran denken, wie Sissy und der Steglmaier um kurz vor zwölf Uhr in der Früh nach Hause gekommen waren, nachdem sie nett in Regensburg Cocktails getrunken hatten. Und dass sie dann in das Erlebnisklo gegangen waren. Weshalb eigentlich?

Hatten sie sich dort verabredet gehabt? Oder hatten sie nur Licht gesehen und wollten es ausschalten? Und hatte der Schulze ihnen aufgelauert?

Aber zu dem Zeitpunkt war er ja schon von Niklas niedergeschlagen gewesen, das hatte Niklas zugegeben und, soviel ich wusste, auch nie widerrufen.

Ich lauschte eine Weile in die Stille des Hauses. Ganz still war es nicht. Denn hinter mir tropfte ein Wasserhahn. Außerdem schnüffelte Clärchen unglaublich laut und suchte weiter nach etwas Essbarem.

Schulze war wegen Sissy hier aufgetaucht. Einmal hatte er sie mindestens getroffen, draußen auf dem Parkplatz. Das hatte Hildegard gesehen. Und Sissy hatte ihm eine gescheuert und ihn dazu aufgefordert, sich zu verzupfen. Das hatte er nicht gemacht.

Aber wieso? Sissy wollte offensichtlich nicht mehr zu ihm zurück. Sie hatte eine neue Beziehung. Logisch wäre gewesen, dass Schulze den Steglmaier angegriffen und ermordet hätte, aus Eifersucht.

Ich erinnerte mich wieder an mein eigenes Vorhaben: das mit dem Computer. Einfach jede einzelne Betreffzeile und die Absender lesen, dachte ich mir. Das werde ich machen. Dann schepperte es hinter mir richtig furchtbar, und ich kreischte los. Aber es war nur Clärchen, die den Metall-Papierkorb umgeworfen hatte.

»Was machst du denn für einen Unsinn!«, schimpfte ich mit ihr, während sie ungerührt weiter den Müll inspizierte. »Tu doch nicht so, als hättest du den ganzen Tag noch nichts zu essen bekommen!«

Energisch packte ich sie am Halsband und zerrte sie zur Tür. »Du wartest da draußen auf mich!«

Ihr Blick sah ganz danach aus, als würde sie mich für einen psychopathischen Tierquäler halten. Eilig warf ich die Sachen zurück in den Mülleimer. Der Abfall bestand hauptsächlich aus Kekspackungen, und zwar Schokokeksen mit superdicken Schokostückchen. Wow! Hatte Sissy einen Ess-Flash bekommen? Oder ernährte sich der Steglmaier von Keksen?

Hastig setzte ich mich wieder vor den PC und sah mir jede Mail einzeln an. Anscheinend war Steglmaier ein Ebayer ... eine Ebay-Nachricht nach der anderen war zu finden, zu allen möglichen Dingen, Frauenkleidung, Kosmetika, Schminkutensilien ... Vielleicht war ja auch nicht der Steglmaier der Ebayer, sondern seine neue Frau, und sie benutzten beide zusammen eine E-Mail-Adresse. Oder es gab noch einen E-Mail-Account, den ich übersehen hatte? Während ich darüber nachdachte, wie ich an einen anderen Account kommen könnte, bellte draußen Clärchen. Sie hatte sich an der Tür aufgerichtet und schaute durch die Glasscheibe ins Innere. Das sah ziemlich gruselig aus. Noch gruseliger allerdings war meine eigene Spiegelung, denn ich sah glasklar hinter mir eine dunkle, vermummte Gestalt, die gerade die Arme hob.

Du bist langsam wirr, dachte ich mir noch.

Dann wurde es schwarz um mich herum.

Jemand tätschelte meine Wangen. Es roch nach einem Dior-Duft, und eine Stimme zwitscherte meinen Namen. Mein Kopf fühlte sich an, als hätte ich starke Migräne. Oder als wäre ich gegen eine Wand gelaufen, mit dem Kopf voraus.

»Schatzilein!«, flötete die Stimme, und es klang rauchig-erotisch.

Sissy, dachte ich und öffnete die Augen. Die Rezeption war ein einziger blinkend blauer Wahnsinn, und ich sah in die Augen eines Sanis, danach in die von Sissy und dann in die von Evelyn.

»Was machst du denn hier?«, wollte Evelyn wissen.

»Keine Ahnung«, gab ich zu. Ich konnte mich beim besten Willen nicht erinnern, was ich hier machte. Immerhin erkannte ich sofort, dass ich noch in der Rezeption von Steglmaiers war. Dann schleckte mir Clärchen quer über das Gesicht und legte mir die Vorderpfote auf die Brust.

»Sissy hat dir das Leben gerettet«, erklärte mir Evelyn.

»Kannst du erinnern?«, fragte Sissy, sah aber dabei nicht mich an, sondern jemanden, der gerade zur Tür hereinkam.

»Nein«, antwortete ich.

Schon an Sissys Blick wusste ich, dass es ein attraktiver Typ sein musste, der gerade zur Tür hereintrat. Als er »Himmel!« sagte, wusste ich auch, wer es war.

Jonas!

Begeistert sprang Clärchen auf, trampelte über mich drüber und begrüßte Jonas.

Jonas bestand darauf, mit mir ins Krankenhaus zu fahren und mich durchchecken zu lassen. Brav saß ich in den Flip-Flops meiner Nonna und der Lederjacke von Jonas in der Notaufnahme und versuchte ebenso brav, mich an irgendetwas zu erinnern.

»Es tut mir wirklich leid. Aber ich habe die Gestalt nur als Spiegelung gesehen«, erklärte ich zum wiederholten Mal. »Und ich habe überhaupt kein Gesicht erkannt. Meinst du, das hängt mit dem Mordfall zusammen?«

Jonas seufzte, legte mir den Arm um die Schulter und schien zu überlegen, ob er mir ausnahmsweise alles weitertratschen durfte.

»Das wissen wir noch nicht«, gab er zu. »Sissy hat die Tür zur Rezeption aufgemacht und wurde dann von einer Person weggeschubst, die flüchten konnte.«

»Dem Mörder«, hauchte ich. Da war ich ja dem Tod ganz knapp von der Schippe gesprungen.

»Das nehme ich eigentlich nicht an«, sagte Jonas und streichelte mit seinem Daumen meinen.

»Wieso?«

»Weil der Fall gelöst ist. Derjenige, der dich angegriffen hat, muss etwas anderes im Sinn gehabt haben.«

Meine Kopfschmerzen waren einfach zu stark, um jetzt noch erhellende Dinge zu denken.

»Diebstahl. Die Kasse ist leer«, ersparte mir Jonas eigene Gehirnaktivität.

»Mit unseren Tageseinnahmen?«, fragte ich.

»Ja.«

Glücklicherweise hatten die meisten Camper mit EC-Karte gezahlt.

»Da muss jemand mitgekriegt haben, dass die Steglmaiers bei der Polizei sind, und hat das gleich für einen Einbruch genutzt«, meinte Jonas. »Aber wir sind ja erst am Anfang der Ermittlungen.«

Nach den Ermittlungen war vor den Ermittlungen, sozusagen.

»Hauptsache, mit dir ist alles in Ordnung.«

»Ich werde nie wieder alleine ...«

Jonas hob die Hand und schüttelte den Kopf.

»Sag nichts.«

»Wieso.«

»Du vergisst das regelmäßig. Was du nie mehr machen wolltest«, erinnerte er mich und zog mich in seinen Arm.

»Au!«, machte ich, als er mich auf die Haare küsste.

»Du bekommst am Hinterkopf ein ziemliches Horn«, berichtete er mir, aber es klang nicht, als hätte er Mitleid mit mir.

»Gut, dass ihr die Sissy freigelassen habt«, sagte ich. »Sonst wäre es jetzt schlimm um mich bestellt. Aber wieso eigentlich? Ich meine, sie hatte Schmauchspuren an der Hand! Sie muss diejenige sein, die geschossen hat!«

»Steglmaier hatte auch Schmauchspuren an der Hand. Anscheinend wollte sich Sissy verteidigen und hat einmal in die Luft geschossen. Wir sind eigentlich zum Campingplatz gefahren, um an der Decke Spuren zu sichern.«

Wenn ich nicht vorher zusammengeschlagen worden wäre.

»Also, Sissy hat in die Luft geschossen.«

»Und dann hat der Steglmaier das Kommando übernommen.«

»Und hat den Konkurrenten erschossen«, sagte ich fassungslos. Eine Weile schwiegen wir. Mein Kopf dröhnte. Dann sagte ich: »Oder es war umgekehrt. Das kann man doch im Nachhinein nicht mehr nachweisen!«

»Das stimmt. Aber er hat gestanden«, erklärte Jonas.

»Der Steglmaier?«, fragte ich kopfschüttelnd nach.

»Genau.«

»Der Steglmaier hat gestanden, dass er den Schulze erschossen hat?«, vergewisserte ich mich.

»Sie sind in der Nacht nach Hause gekommen und haben gesehen, dass das Toilettengebäude hell erleuchtet war. Dort haben sie im Damenabteil den Schulze gefunden, mit Nasenbluten. Dann sei dieser auf seine Frau losgegangen, und die habe geschossen.«

»Aha. Also doch die Sissy«, sagte ich.

»Aber nur in die Luft«, erklärte Jonas. »Danach haben sie anscheinend eine Weile herumdiskutiert, der Steglmaier hat seine Frau entwaffnet, weil er nicht wollte, dass sie mit der Waffe herumfuchtelt, und dann ist es wohl noch einmal eskaliert. Der Schulze ist auf ihn los und hat nur noch geschrien. Hat ihn am Hals gepackt und zugedrückt. Der Steglmaier hat im Reflex die Waffe genommen und abgedrückt, sagt er.«

Ich nickte.

»Allerdings in der Annahme, dass man mit einer Schreckschusspistole niemanden verletzen kann.«

Damit würde ihn der Anwalt bestimmt heraushauen. Und wahrscheinlich stimmte es ja auch, dass der Steglmaier davon nichts wusste. Auch mir war das neu!

»Es waren sozusagen nur unglückliche Umstände, die zu Schulzes Tod geführt haben.«

»Aber wieso hatte Sissy überhaupt eine Schreckschusspistole? Das ist doch auch nicht normal!«, wollte ich wissen. Ich persönlich hatte so was nicht zu Hause, geschweige denn in Griffweite.

»Weil Schulze sie schon länger gestalkt hatte. Sie hatte die immer in ihrer Handtasche dabei.«

»Aber die Pistole wurde in Niklas' Auto gefunden«, erinnerte ich Jonas.

Er nickte. »Die hat sie ihm ins Auto gelegt. Weil sie dachte, dass der sowieso fährt und die Waffe so elegant verschwindet.«

Ich erinnerte mich vage daran, wie Sissy das Auto von Niklas vom Weg weggefahren hatte.

Eine Tür ging vor uns auf, und eine Krankenschwester steckte den Kopf heraus.

»Frau Ziegler?«, sagte sie. »Kommen Sie bitte?«

»Stell nix an!«, empfahl mir Jonas.

Kapitel 19

Am nächsten Tag hatte ich das Gefühl, irgendetwas komplett verschlafen zu haben. Vielleicht weil es Evelyn tatsächlich geschafft hatte, innerhalb eines Tages eine kleine Terrassen-Einweihungsparty vorzubereiten.

»Nur der innere Zirkel«, sagte sie, als wären wir die Illuminaten und hätten geheime Verabredungen. »Und die Handwerker.«

Zum inneren Zirkel gehörte seit Neuestem auch Sissy, mit der Evelyn plötzlich ganz dicke war.

»Sie hat dir das Leben gerettet«, erklärte sie mir ihre plötzliche Freundschaft. »Und steht nun ganz alleine auf der Welt da. Das musst du dir vorstellen!«, wollte Evelyn mir die Dramatik vermitteln. »Wenn dein Möppelchen dein Ex-Möppelchen ermordet hat.«

Ich verdrehte die Augen. Weil ich noch nie ein Möppelchen als Freund gehabt hatte und Jonas natürlich nie jemanden ermorden würde.

»Hallo!«, hörten wir da Sissy rufen. Sie umrundete gerade die Schranke und lief zu uns. Sie sah plötzlich sehr natürlich aus, so ohne ihr ganzes Make-up und die Designer-Leopardenkleider. In dem weißen T-Shirt und der Highwaist-Jeans wirkte sie wie eine ganz normale Camperin. Eine normale Camperin mit riesigen Brüsten und ultraschmaler Taille. Sie wurde sofort von meinen Campern umringt, die ihr alle ihr Beileid ausdrückten.

»Vielen Dank«, sagte ich zu ihr. Ich konnte mich zwar nicht erinnern, dass sie mir das Leben gerettet hatte, aber dankbar war ich trotzdem.

»Ach, sag nichts!«, bat sie mich verlegen. »Hab nicht viel gemacht! Eigentlich nur Tür auf. Von Rezeption. Hab gar nicht genau gesehen, was ist passiert!«

Atemlos lauschten wir ihrer Schilderung. »Wenn dein Hund nicht wäre gekommen, weiß nicht, ob ich Typ vertrieben!«

»Himmel«, entfuhr es mir. Dann war es ja Clärchen gewesen, die mich gerettet hatte!

»Ich muss mich jetzt um die Gäste kümmern!«, rief Evelyn aus und lief mit klappernden Pumps hinunter Richtung See. »Es gibt Sekt!«

»Hast du den Typen erkannt?«, fragte ich Sissy, während wir Restlichen noch stehen blieben und uns weiter unterhielten.

»Er hatte so Stoff in Gesicht. Wie Skifahrer«, antwortete Sissy.

»Eine Gesichtsmaske«, flüsterte Vroni.

»Ganz schwarz. Haare schwarz. Gesicht schwarz. Jacke schwarz. Vielleicht Brille.«

Eine Brille! Alle nickten begeistert.

»Aber was war mit dem. Hatte der was gegen dich?«, fragte Sissy.

»Keine Ahnung. Ich wollte gerade die Abrechnungen für den nächsten Tag vorbereiten«, log ich.

Für einen kurzen Moment schnellte eine Augenbraue von Sissy nach oben, und man sah plötzlich die Intelligenz in ihren Augen. Sie wusste haargenau, dass es keine Abrechnungen zum Vorbereiten gab. Aber sie nickte nur.

»Vielleicht irgendwas mit Drogen«, überlegte sie.

»Die brechen ja wegen der kleinsten Beträge ein!«, nickte Vroni.

»Und die Tageseinnahmen waren ja auch weg«, dachte ich laut nach.

Ich musste an Hildegard denken und ihre Tilidin-Abhängigkeit.

»Unsere Sofia hätte sterben können«, sagte Vroni dramatisch.

Für einen Moment sah es aus, als würde Sissy anfangen zu heulen. Dann atmete sie einmal tief ein.

»Weiß nicht, was ich hätten machen können anders«, seufzte Sissy mit einer Stimme, die weit entfernt von Erotik war. »Musste total fliehen. Mitten in die Nacht, total Angst vor Joachim. Kannst du dir nicht vorstellen. Alle denken, Joachim nette Mann, aber zu Hause überhaupt nicht nett. Voll Brutalo!«

Alle hingen ihr atemlos an den Lippen.

»Hab ihm gesagt, es ist aus. Hat mich auf die Treppe geschubst, und ich überall blaue Flecken!« Sie zeigte wieder auf ihren Arm und Oberschenkel. Dann war das also gar nicht der Steglmaier gewesen, sondern der Schulze?

»Und dann noch mit die Fuß ...« Sie machte mit dem Fuß eine Bewegung, als würde sie jemanden treten. »Voll brutal.«

Was in so einem scheinbar langweiligen Banker doch alles steckte!

»Tja, hab ich auch nicht gedacht. Bei Hochzeit«, verriet sie uns düster. »Und dann, blockiert auf WhatsApp. Und Telefonnummer. Aber Joachim war voll gaga da oben!« Sie zeigte auf ihren Kopf. »Weiß nicht, wie er mich hat gefunden. Ist doch voll krasse Wahnsinn!«

Die Schmidkunz war kreidebleich geworden.

»Der wollte mich umbringen. An dem Tag!«, sagte Sissy

leise. »Wollte sich verstecken. Und dann umbringen. Und der Typ, der Niklas, den hat er geschlagen. Weil er dachte, bin ich. Oder mein Möppelchen.« Sie schniefte bei dem Gedanken, dass Schulze ihr Möppelchen angegriffen hätte. Niklas hatte sich wenigstens sehr effektiv verteidigt.

»Vielleicht hat er dich ja wirklich geliebt«, schlug Vroni, unsere Romantikerin, vor.

»Nein, das war bestimmt so ein Machtdingens«, analysierte Evelyn. »Der wollte dich zerstören.«

»Außerdem wollte er Geld«, verriet uns Sissy. »Aber wusste genau, keine Chance bei mir. Kleidung war geschenkt. Und Ringe. Und Ketten. Muss gar nicht, hab ich gesagt.« Sie senkte ihre Stimme. »Außerdem waren Ringe weg. Wegen Toilette, kostet doch viel Geld!«

Aha, Sissys Schmuck hatte zur Finanzierung des Erlebnisklos dran glauben müssen!

»Er hat das gute Kompott von Tante Ottilie an die Wand geworfen«, beschwerte sich Vroni. »Das zeigt ja schon, was für ein schlechter Mensch er war!«

»Und dann, er hat gesagt, wenn kein Kohle ...« Sissy machte eine Handbewegung, als würde sie sich selbst den Kopf abschneiden.

»Weshalb denn Kohle?«, fragte Vroni. »Wollte der nicht, dass du wieder zu ihm zurückkommst?«

»Entweder zurückkommen oder Kohle«, erklärte Sissy. »Und Möppelchen sollte zahlen.«

Sie fasste sich an die Brüste.

»Die Möpse«, nickte ich, und alle sahen mich strafend an.

Sissy tat, als hätte sie mich nicht gehört.

»Aber Möppelchen hatte keine Kohle«, seufzte Sissy.

Das passierte auffallend oft im Umfeld von Sissy, wie ich fand. Erst die gesamten Schönheitsoperationen, dann diese absurde Erlebnisklohäusl-Sache.

»Aber dein Möppelchen kommt sicher bald wieder frei, das war ja Notwehr!«, stellte die Vroni fest.

»Und, was machst du jetzt?«, fragte ich. »Wo Möppelchen im Gefängnis sitzt?«

Ich sah schon, der Steglmaier würde sein Lebtag nicht mehr bei seinem richtigen Namen genannt werden.

»Mit Campingplatz?«, fragte Sissy. Sie seufzte. »Ich liebe Campingurlaub. Hab immer gemacht Campingurlaub.«

»Der Schulze und du?«, fragte Vroni neugierig. Das war bestimmt total gelogen, ich war mir sicher, dass der Schulze in seinem ganzen Leben noch keinen Fuß auf einen Campingplatz gesetzt hatte!

»Nein, mein Ex und ich«, erzählte Sissy. »Campingurlaub ist total schön. Erholsam. Spontan!«

Vroni nickte begeistert und gab Sissy bestimmt ein paar Extra-Sympathiepunkte. So konnte man sich irren!

»Spontan sein ist unglaublich befreiend«, schwärmte jetzt Vroni, obwohl sie komplett unspontan immer wieder zu mir auf den Campingplatz kamen und schon Monate vorher wussten, an welchem Tag sie anreisen würden. »Da muss man nichts planen, reservieren ... einfach einsteigen und losfahren! Und wenn es nicht gefällt, einfach weiterfahren!«

So einfach war das zwar nicht, mit dem Einsteigen und Losfahren. Ich sah bei den Campern immer jede Menge Arbeit, bis man alles verstaut hatte.

»Das Schlichte!«, schwärmte sie. »Ungeschminkt! Klamotten komplett egal! Das ist wahrer Urlaub!«

»Schön stehen ist natürlich auch unglaublich wichtig«, wandte die Schmidkunz ein. »Schon in aller Früh mit der ersten Tasse Kaffee einfach über die Bucht blicken, im Liegestuhl mit einem Buch, und beim Lesen mal aufschauen und das Wasser funkeln sehen ...«

Alle nickten begeistert.

»Genau«, nickte Sissy glücklich.

»Da kommt kein Cluburlaub ran«, bestätigte die Schmidkunz.

»Joachim wollte keine Campingurlaub«, erzählte Sissy. »Wegen Klo in die Nacht, musste so oft in die Nacht gehen, wegen Prostata.«

»Aber es gibt doch Campingtoiletten«, wandte die Schmidkunz ein. Ihr Mann hatte es auch an der Prostata.

»Wollte nix leer machen«, erwiderte Sissy verächtlich. »War nix für ihn.« Sie seufzte.

»Na ja. Aber liebe Camper. Campingplatz haben ist toll. Und jetzt so tolle Toiletten, deswegen mach ich das. Und Möppelchen kommt ja wieder! Ist kein Mörder, nur Notwehr!«

Langsam schlenderten wir hinunter zum See, wo auf der Terrasse unsere ganzen Helfer standen, etwas verlegen, weil es nichts zu tun gab. Hinter uns kamen nun auch Jonas und der Stein die Treppe hinunter, und Jonas lächelte mich an.

Alles gut, dachte ich mir. Immerhin lebe ich noch, auch wenn der Kopf schmerzt! Jonas legte mir den Arm um die Taille und zog mich ein bisschen von den anderen weg.

»Ich werde mich jetzt nicht über die Ermittlung unterhalten«, flüsterte er mir ins Ohr.

Schade, dachte ich. Da hätte es noch einiges zu besprechen gegeben. Aber ich konnte verstehen, dass er jetzt Feierabend haben wollte, und so schlenderte ich mit ihm über die Terrasse. Sie war in Weiß gehalten. Alle Tische waren zusätzlich mit weißen Blüten dekoriert und goldenen Herzchen. Und es sah aus, als würde gleich jemand heiraten.

»Sieht hübsch aus«, sagte Jonas, ließ sich auf die Couch fallen und streckte die Beine aus. Ich kuschelte mich an ihn.

»Fass bloß nicht meinen Hinterkopf an«, warnte ich Jonas. »Meine Beule tut irre weh!«

Die Abendsonne ließ den See erglühen – es sah herrlich kitschig aus. Wie auf einer Postkarte. Und dazu noch der Feuerkorb am Ufer, in dem schon ein schönes Feuerchen knisterte.

»Für eine Hochzeitsgesellschaft ideal«, sagte Klara, die gerade vor uns in die Hocke ging und Bilder von uns beiden machte. »Ist das ein super Licht, schaut mal beide nach rechts!«

Brav machten wir, was wir angeschafft bekamen.

»Zwar eher kleine Hochzeitsgesellschaften – aber in so einem idyllischen Setting sollte man sowieso keine Riesenhochzeiten veranstalten.«

Ich sah Jonas von der Seite an, aber er lächelte nur, als hätte er kein Problem damit, dass jeder hier von Hochzeiten sprach, obwohl kein Mensch heiraten wollte.

»Darf ich die Bilder für meine Webseite verwenden?«

»Wenn du auf die Deko scharf stellst«, schlug ich vor und lehnte mich noch enger an Jonas. Wir sahen uns die Deko an, sehr maritim, wie Evelyn nicht müde wurde zu betonen, helle Muscheln auf einem weiß gestrichenen Holztablett und ein paar unterschiedlich hohe Kerzen. Währenddessen krabbelte Klara auf dem Boden herum und machte Fotos am laufenden Band.

»Fühle mich gerade ziemlich prominent«, kicherte ich.

»Wenn ihr heiratet, müsst ihr mich als Weddingplanerin einstellen. Das müsst ihr mir versprechen«, sagte Klara undeutlich, weil sie jetzt auf dem Boden lag.

Jonas lachte und drückte mir einen Kuss auf die Haare. Ich stieß einen Schmerzensschrei aus, wegen meiner Beule.

»Geschieht dir recht, du neugieriges Weibsbild«, raunte er in mein Ohr.

Ich schlug ihm spielerisch auf den Oberschenkel.

»Und ich will solche Puschel-Brautjungfernsocken«, sagte die Schmidkunz, die eben aus dem Inneren des Cafés kam und sich schon in ihrer Rolle als Brautjungfer sah. Sie wirkte ziemlich angesäuselt.

»Ja, da lassen wir uns alle die Nägel machen«, fügte die Vroni hinzu, als wäre es schon ausgemacht, dass auch sie eine Brautjungfer sein würde. Auch sie wirkte ziemlich angesäuselt.

»Hat jeder was zu trinken?«, hörten wir Evelyn rufen.

Natürlich nicht! Vroni und Schmidkunz verschwanden im Inneren des Cafés. Die große Schiebetür war nun ganz aufgeschoben, und die weißen, durchsichtigen Vorhänge wehten ein Stückchen heraus, als sie hineingingen.

»Ich befürchte, Carlos hat doch die likörgetränkten Orangenstückchen in die Sangria geworfen«, seufzte Klara. »Seid also ein bisschen vorsichtig beim Trinken ...«

Oje!

»Weißt du, wen wir jetzt ganz aus den Augen verloren haben?«, murmelte ich, während ich die Augen geschlossen hielt. Es war unglaublich beruhigend, sich an Jonas zu lehnen! »Diesen Campingplatztester.«

Klara begann auf dem Boden liegend zu lachen. »Ich hätte echt nichts sagen sollen.«

Ich riss die Augen auf. »Weshalb?«

»Dein Campingplatz hat es einfach nicht nötig. Er ist immer gepflegt und ansprechend, und ihr seid immerzu freundlich.«

»Hm, selbst zu unmöglichen Leuten«, bestätigte ich und schimpfte im nächsten Moment: »Runter, Clärchen, du hast ja wohl einen Vogel.«

»Und, war er jetzt schon da, dieser ominöse Campingplatztester?«, fragte ich. Klara drehte sich um und warf einen Blick auf Carlos, der eben die Terrasse betrat. In der Hand ein Tablett mit Gläsern, gefüllt mit Sangria und likörgetränkten Orangenstückchen.

»Nein«, stieß ich empört aus. »Sag nicht, dass ich ihn schon kenne ...«

Klara lachte wieder nur, überhaupt nicht schuldbewusst. »Er ist natürlich kein richtiger Campingplatztester. Er wollte nur einen kleinen Artikel schreiben, über den Erholungswert von Campingurlaub und die klare Luft in Bayern.«

Ich nahm eine Muschel aus der Dekoschale und bewarf Klara damit. »Echt wahr! Du hast ja einen Vogel! Mir so einen Schreck einzujagen!«

»Den Schreck hast ja wohl eher du uns eingejagt!«, stellte Klara fest und wich der nächsten Muschel aus. »Ich weiß nicht, wie du ohne ständige Polizeibegleitung überleben kannst ...«

»Das ist mein Trick«, verriet Jonas und zog mich wieder in seine Arme. »Sie kann mich gar nicht verlassen. Ohne mich ist sie all den Ganoven hier vollkommen ausgeliefert.«

»Bin ich auch so«, jammerte ich. »Oder wo warst du, als ich niedergeschlagen wurde?«

Seine Miene verfinsterte sich kurz. »Das bekomme ich auch noch raus«, versprach er mir.

Wir lächelten uns verliebt an, und dann kam auch noch Vroni mit einem Tablett voller Gläser heraus. Sie schwankte ein bisschen. So wie jemand, der schon von der Sangria probiert hatte. Evelyn gesellte sich zu uns, sie hatte rote Bäckchen und war wieder konsequent fünfzigerjahremäßig gestylt, viel Pünktchen und im Haar eine riesige rote Blüte neben der Haartolle. Sie wirbelte geschäftig über die Terrasse, begrüßte neue Gäste und verteilte Gläser.

Evelyns Handy klingelte, sie drehte sich herum, dass der Petticoat nur so flog, und ich hörte sie mit ihrer unnachahmlich rauchigen Stimme in den Telefonhörer sagen: »Natürlich haben wir Platz frei. Und für Aktivurlaub sind wir die ideale Adresse!«

Sie drückte das Gespräch weg und reichte mir ein Glas.

»Lasst uns anstoßen! Auf alle, die uns so wunderbar geholfen haben, ihr seid einfach großartig!«, sagte sie, und die Gläser klirrten.

»Und jetzt du, Sofia!«, sagte sie und zog mich vom Sofa hoch.

Jonas lächelte mir zu, erwartungsvolle Stille senkte sich über die Terrasse. Meine Beule pochte. Nach dem ersten Glas Sangria sauste mir schon der Kopf.

»Auf eine friedliche Zukunft!«, sagte ich und hob das Glas.

Susanne Hanika

Der Tod liegt unterm Sonnenschirm

Ein Bayernkrimi

Weltbild

Kapitel 1

Die Abendsonne glitzerte malerisch auf dem spiegelglatten See und färbte alles um mich herum in einen orangefarbenen Ton. Träge lehnte ich mich auf der Bank zurück und streckte meine Beine weit von mir. Ein langer, heißer Sommertag näherte sich seinem Ende, und ich hatte auf meiner abendlichen Hundegassirunde ein kleines Päuschen eingelegt. Von der Bank aus waren es drei Schritte zum See, und direkt auf der anderen Uferseite lag sehr idyllisch mein Campingplatz – umgeben von hohen Pappeln, der riesigen Birke und den akkurat geschnittenen Hainbuchenhecken.

Von hier aus sah das unglaublich malerisch aus. Die Bäume. Die weißen Wohnwägen mit ihren Vorzelten. Die Badebucht mit dem langen Steg und direkt daneben das alte Bootshaus meiner Nonna. Es war in den letzten Monaten komplett überholt worden, und meine flippigste Dauercamperin Evelyn hatte ein Café daraus gemacht. Die nagelneue Terrasse war zu dieser Stunde verwaist, genau wie der Badestrand. Ich stellte mir vor, wie es gerade in meinem Klohäuschen zuging. Das Geschrei kleiner Kinder, die keine Lust hatten, sich den Sand aus den Ohren waschen zu lassen, die nicht geföhnt werden wollten und vor allen Dingen eins hatten: ganz viel Hunger. Ich seufzte zufrieden. Wenn keine Schulferien waren, kamen nur Eltern mit ganz kleinen Kindern. Das war zwar besonders abends sehr laut, aber auch ungemein süß, wenn die Zwerge mit den lustigen Bademäntelchen – die Kapuzen halb über die Köpfe gezogen – über den

Platz getragen wurden. Entweder sie schliefen schon halb oder brüllten so laut, dass die Gesichter karmesinrot leuchteten.

Aber hier hörte man nichts davon. Vor mir lag Clärchen, meine Maremanno-Hündin. Auf dem Rücken liegend, den Kopf so verdreht, als wäre sie soeben verstorben, wartete sie darauf, dass sich endlich jemand erbarmte und ihr den Bauch streichelte. Selbst dafür war ich zu faul. Es war so wunderschön, hier zu sitzen, nachdem die Hitze des Tages einer perfekten Temperatur gewichen war.

Wie still und friedlich. Nicht einmal der Gröning, der bei jeder Wetterlage bereit war, sich in die Fluten zu stürzen, stand im Wasser.

»Was ist denn dort drüben?«, fragte ich Clärchen, und hinter mir sagte die Stimme vom Gröning: »Ich seh nix.«

Ich quietschte ein bisschen und atmete zur Beruhigung einmal tief durch. Offenbar kam der Gröning von seinem abendlichen Spaziergang zurück.

»Unser Ruderboot«, beantwortete ich meine rhetorische Frage selbst.

Der Hetzenegger hatte die Ruder geholt und half gerade seiner Frau Vroni ins Boot. Ob das gut ging? Ich hatte nicht mitbekommen, dass die beiden jemals einen Ausflug mit Nonnas altem Ruderboot gemacht hatten. Sie saßen am liebsten bei Kaffee und Kuchen vor ihrem Wohnwagen. Und seit Evelyn das Café eröffnet hatte, nun meistens im Bootshaus. Nur wenn ihre Enkelkinder vorbeikamen, gingen sie auch ein Stückchen den Seeweg entlang.

»Die rudern zu uns«, erläuterte ich, weil ich schon ahnte, dass der Gröning wieder mal nix sah.

»Ich seh nix«, bestätigte der Gröning meine Einschätzung und schaute ziemlich schlecht gelaunt durch sein Fernglas. »Heute ist alles so trübe.«

Die Luft war klar und rein, und man konnte fantastisch sehen. Zum Beispiel, wie das Ruderboot schwankte, als sich die Vroni hinsetzte. Sie krallte sich an die Reling und wirkte, als würde sie am liebsten wieder aussteigen. Das einzig Trübe heute waren die Augen vom Gröning.

»Waren Sie in letzter Zeit beim Augenarzt?«, schrie ich ihn an. Der Gröning war nämlich zusätzlich auch noch schwerhörig.

»Das ist der graue Star«, sagte er schlecht gelaunt.

»Aber das kann man doch operieren«, wusste ich.

Der Gröning drehte sich einfach um und ging den Weg weiter. Ob er meine Worte gehört hatte? Wenn er etwas nicht hören wollte, war er nämlich besonders schwerhörig.

»Sofia!«, schrie mir die Vroni entgegen. Clärchen sprang am Ufer hin und her und beteiligte sich mit aufgeregtem Gebell an der Unterhaltung.

Um Himmels willen! War etwas auf dem Campingplatz passiert? Das konnte durchaus sein, bei dem Glück, das ich immer hatte. Hin und wieder fand ich Leichen, und mein Freund Jonas beschwerte sich gerne bei mir darüber, dass das Absicht war, um ihm besonders viel Arbeit zu bescheren. Er war nämlich Kriminalhauptkommissar. Ohne die Leichen auf meinem Campingplatz hätte ich ihn wahrscheinlich nie kennengelernt und mich deshalb auch nicht in ihn verlieben können. Ich hatte Jonas eigentlich Besserung gelobt, aber vielleicht hatte Vroni jetzt die nächste Leiche gefunden, nicht wissend, was ich wem versprochen hatte.

Mit einem Rums fuhr der Hetzenegger ans Ufer, und Vroni fiel fast ins Wasser.

»Kannst du nicht aufpassen!«, beschwerte sie sich.

»Ich seh mit dem Rücken nicht. Du solltest aufpassen und mir sagen, wann das Ufer da ist!«, erinnerte der Hetzenegger sie.

Die Vroni war ziemlich aufgeregt, sie hatte knallrote Bäckchen, und ihre blondierte Dauerwelle sah aus, als hätte sie in die Steckdose gefasst. Oh nein!

Clärchen schmiss sich mit Karacho vor Vroni, die ins Wanken geriet und bestimmt rückwärts in den See geplumpst wäre, wenn ich sie nicht schnell bei der Hand gepackt hätte.

»Neue Gäste«, keuchte sie.

Ich sah sie verständnislos an. Hin und wieder übernahm Vroni meinen Platz in der Rezeption. Normalerweise zu Zeiten, in denen nicht so viel los war, wie gerade jetzt, Montagabend. Aber auch neue Gäste waren kein Drama! Das kam manchmal vor bei einem Campingplatz!

»Neue. Dauercamper!«, brachte Vroni abgehackt hervor. »Das kann doch nicht sein, oder?«

Ich schüttelte erst brav den Kopf, dann nickte ich aber. »Doch, doch. Das hat schon seine Richtigkeit.«

»Neue Dauercamper?«, wiederholte die Vroni entgeistert. »Aber ... bist du dir sicher ... also, ich meine nur, wir haben doch überhaupt keinen Platz!«

Begeistert wälzte sich Clärchen in den Kiefernnadeln. Sie bezog grundsätzlich jede Gefühlsäußerung auf sich. Und Aufregung liebte sie!

»Also, ich dachte, man kann den Platz dreiundzwanzig zu einem Dauercamper...«

»Dreiundzwanzig!«, stieß Vroni entgeistert hervor.

»Der ist ja unserem Platz gegenüber«, rügte mich der Hetzenegger. »Wenn da jemand steht, sehen wir die drei Birken nicht mehr!«

»Okay«, sagte ich, weil ich bis jetzt nicht gewusst hatte, dass die Birken einen derart hohen Stellenwert für das Glück der Hetzeneggers besaßen. »Dann natürlich nicht. Aber vielleicht Platz ... fünfundzwanzig?«

»Fünfundzwanzig!«, stieß Vroni noch entgeisterter hervor, als hätte ich gerade angekündigt, ein Hochhaus zu errichten.

»Da haben wir aber ganz viel Schatten«, meinte der Hetzenegger schlecht gelaunt.

»Der ist doch von euch aus im Norden«, wandte ich unbedacht ein.

»Eher Westen«, sagte Hetzenegger grantig. »Da geht die Sonne unter. Die letzten Sonnenstrahlen kommen immer von dieser Seite! Das genießen wir richtig!«

»Nordnordwest«, verbesserte ich ein wenig kleinlich, während ich zum Ruderboot ging.

»Kennst du die Leute überhaupt«, flüsterte Vroni, als würden sie direkt hinter uns stehen.

»Noch nicht«, gab ich zu. »Aber er hat gestern angerufen, und ich hatte den Eindruck, dass er sehr nett ist.«

»Haben die ein polizeiliches Führungszeugnis?«, fragte Vroni streng, während ich ins Boot stieg.

Ich verdrehte die Augen. Hatte meine Nonna, die frühere Campingplatzbesitzerin, von irgendeinem der Dauercamper ein polizeiliches Führungszeugnis verlangt? Das wollte ich bezweifeln!

»Ich meine ja nur, nicht, dass wir uns irgendein Gschwerl auf den Platz holen«, merkte die Vroni an. »Weil, die Frau ist schon ein bisserl komisch.«

Das Pärchen, das uns auf meinem Campingplatz erwartete, sah überhaupt nicht nach Gschwerl aus. Die Frau mochte um die dreißig sein, trug eine rosa Caprihose und ein rosa Poloshirt mit dunkelblauem Kragen und dunkelblauer Aufschrift *Yachtclub de Cannes*, das ihre sehr schlanke Figur betonte. Obwohl sie gerade aus dem Auto ausgestiegen war, sah alles aus wie frisch gebügelt. Ihre blonden Haare glänzten in der Sonne, und sie war ein bisschen zu aufwendig, fast maskenhaft geschminkt.

Ich wusste aus dem Telefonat, dass der Mann älter war, so um die fünfzig. Trotzdem sah er wie ein Junge aus. Wie ein zu groß gewordener, dicker Junge. Obwohl er schon ein paar graue Haare hatte, wirkte er, als hätte er die abgelegten Kleidungsstücke seines Vaters angezogen. Und dessen Lesebrille aufgesetzt, mit der er überhaupt nichts zu sehen schien, so wie er mit seinen kleinen Augen in die Sonne blinzelte.

Die beiden hatten einen riesigen nagelneuen Wohnwagen, der in der Sonne glitzerte. Evelyn hatte schon ein angeregtes Gespräch mit den beiden angefangen, und auch der Schmidkunz und mein geerbter, uralter Riesenhund Milo standen mit dabei. Der Schmidkunz redete nie viel, und auch jetzt sah er aus, als wäre er komplett woanders. Wie übrigens auch Milo, der wirkte auch meistens sehr geistesabwesend und wollte sich hauptsächlich nicht anstrengen. Als Milo mich sah, wedelte er sachte mit dem Schwanz, was praktisch einem Gefühlsausbruch gleichkam.

»Robert«, sagte der Mann, als hätte er keinen Familiennamen, und reichte mir die Hand. Er war so groß, dass ich meinen Kopf ins Genick legen musste, um ihm in die Augen sehen zu können. »Und meine Ehefrau Clarissa.« Das mit der Ehefrau schien ihm unglaublich wichtig zu sein, denn er strahlte richtiggehend. »Freut mich sehr, dass wir kommen dürfen!«

»Ich dachte, ihr wolltet erst einmal den Platz ansehen«, erinnerte ich ihn an unser Telefonat und warf einen Blick auf den überlangen Wohnwagen. Platz fünfundzwanzig war auf jeden Fall zu klein für das Teil.

Ich fühlte mich ein bisschen überrumpelt. Mein »Kommen Sie doch einfach mal vorbei« war eigentlich keine feste Zusage gewesen, sondern nur so ein »Mal sehen, ob es Ihnen überhaupt gefällt«.

»Der ist ja ziemlich groß«, stellte ich fest.

Robert strahlte. »Wir wollten nicht auf jede Annehmlichkeit verzichten. Es soll ja auch Spaß machen. Und vielleicht kommen ja auch noch irgendwann Kinder …« Wieder strahlte er wie eine Tausend-Watt-Lampe und sah seine Clarissa sehr verliebt an. Was bei jemandem, der wie ein kleiner Junge aussah, etwas komisch wirkte.

»Wir haben auch eine Bewerbungsmappe mitgebracht«, sagte Robert.

Er sah von einem zum anderen, als erwartete er eine begeisterte Reaktion, aber meine Dauercamper starrten ihn nur an – und auch ich war sprachlos.

Was für eine Bewerbungsmappe?

»Wir wollen uns nämlich gerne in die Gemeinschaft einbringen«, machte Clarissa weiter. Es klang, als hätte sie sich für das Gespräch vorbereitet und nun ihren Part vorgetragen. Ihre Stimme klang piepsig.

»Schön«, nickte ich etwas ratlos.

»Wenn es Gemeinschaftsaktionen gibt. Müllsammeln. Häuschengrundreinigung und so Dinge. Da machen wir gerne mit!«, piepste sie in die Runde.

Das Starren unserer »Gemeinschaft« wurde noch etwas starrer, wenn das überhaupt möglich war. Denn bei uns sah »In die Gemeinschaft einbringen« so aus, dass wir im Café abhingen und Törtchen von der Meierbeck aßen.

»Jetzt seht euch doch erst einmal um«, schlug ich vor. Bevor wir gemeinsam Müll einsammelten, konnte es ja sein, dass es den beiden hier überhaupt nicht gefiel. Trotzdem überreichte mir Robert feierlich eine blaue Mappe. Als ich sie aufschlug, sah ich, dass es eine sehr ordentliche Bewerbungsmappe für einen Dauercampingplatz war. Clarissa und Robert Meindl stand groß da, und darunter war ein Bild von den beiden im Hochzeitsgewand vor einer malerischen Kapelle. Sie sah aus, als wäre sie in einen explodierenden Tüllsturm geraten, und er, als hätte er seinen vierzig Jahre alten Kommunionsanzug aus dem Schrank gekramt.

»Dann wollen wir mal schauen, wo wir euch fürs Erste unterbringen«, sagte der Hetzenegger, als hätte er hier etwas zu sagen. »Platz fünfundzwanzig und dreiundzwanzig sind auf jeden Fall zu klein.« Das schien ihn sehr zufrieden zu machen.

»Macht ihr schon lange Camping?«, fragte Vroni misstrauisch.

»Nein. Wir haben noch nie gecampt«, verriet uns Robert. »Aber wir haben uns überlegt, dass wir irgendetwas brauchen, um den Kopf freizubekommen. Natur ist so wichtig, das ist ein Gefühl wie Freiheit. Sich einfach mal durchpusten lassen.«

Alle nickten. Das Gefühl von Freiheit kannten wir hier alle! Das gab Pluspunkte für die beiden.

»Wenn das Wetter schön ist, sind wir alle da«, verriet die Vroni. »Manchmal fahren wir auch nach Hause, aber da ist es uns inzwischen zu einsam. Hier hat man immer jemanden – und es ist trotzdem still. Die Sofia macht das richtig gut. Man kann wirklich nur jedem empfehlen, Dauercamper zu werden.«

Ich sah sie erstaunt an. Gerade hatte sie noch so gewirkt, als wollte sie den beiden das Campen ausreden.

»Camper sind einfach herzlicher als andere Leute. Weil sie die himmlische Ruhe genießen wollen«, verriet Vroni den beiden, vielleicht, um einer potenziellen Lärmbelästigung durch die zwei vorzubeugen.

»Eine Stadtwohnung ist einfach nicht vergleichbar mit dieser Naturnähe, die wir hier haben«, bestätigte die Schmidkunz.

»Wir könnten ja auch nach Spanien fahren. Aber wer will das schon?«

»Die absolute Stille. Wenn ich am Abend im Bett liege, dann ist da einfach gar kein Geräusch«, machte die Vroni weiter.

Alle lauschten in die Stille, in der man nur eine Amsel sehr melodisch flöten hörte. Im selben Moment wurde der Vogelgesang durch das bollernde Geräusch eines näher kommenden Fahrzeugs unterbrochen. Ich drehte mich um. Hinter dem langen Gespann von Robert und Clarissa hielt ein schwarzer 5er-BMW mit dem Kennzeichen BM.

»Wenn man seine Ruhe haben will, dann ist die Ecke hinten bei Evelyns Wohnmobil sehr schön«, schlug Vroni noch sehr eigennützig vor.

Evelyn widersprach nicht, wahrscheinlich war es ihr ganz recht, wenn hier jemand campte, der keine Kinder hatte. Sie hatte die letzten Monate bei mir im Haus geschlafen, aber seit drei Wochen war sie wieder in ihr Wohnmobil gezogen. Wir hatten uns ziemlich gefetzt, weil sie mein Handy geklaut und dann sülzige Nachrichten an meinen Freund Jonas geschrieben hatte. Beinahe hätte sie ihn damit dazu gebracht, mir einen Heiratsantrag zu machen!

»Ich zeige euch das mal alles!«, erbot sich der Hetzenegger, der anscheinend bereit war, alles zu tun, damit sich keiner vor seine Birken stellte. Oder in die Sonne.

Ich machte mich mitsamt der Bewerbungsmappe auf den Weg zur Rezeption.

Aus dem schwarzen BMW stieg ein Mann aus. Er war unglaublich groß und dick, sein Gesicht war schwammig und großporig, als würde er zu viel trinken oder Drogen einwerfen, und sein Nacken bestand aus zwei dicken, speckigen Wülsten, über die sich ein Schnitt wie von einem Rasiermesser zog. Seine Hose und sein Muskelshirt waren schwarz und seine Arme so stark tätowiert, dass man seine natürliche Hautfarbe nicht sah. Deswegen wirkte es, als hätte er kein Muskelshirt, sondern ein Langarmshirt an. Sein Alter war schlecht zu schätzen. Zwischen dreißig oder vierzig vielleicht. Er hatte auf jeden Fall nur Augen für mich, und ich hatte das Gefühl, dass ich ihn eigentlich nicht auf dem Campingplatz haben wollte. Und keinerlei Gesprächsbedarf hatte!

»Hammse noch einen Platz frei«, nuschelte er, während er mich mit seinen kohlschwarzen Augen ansah. Milo neben mir versteifte sich und begann zu knurren. Das machte er sonst nie! Ich tätschelte ihm beruhigend den großen Kopf, und während ich noch »Ja, kommen Sie mit« sagte, hatte ich das Gefühl, dass ich lieber »Nein, alles besetzt« hätte antworten sollen. Mein Blick fiel auf Clarissa, die den Mann anstarrte und knallrot wurde.

Kapitel 2

»Wieso hast du den denn aufgenommen?«, fragte Evelyn. »Der ist mir super unsympathisch.« Sie stand vor dem Spiegel in der Rezeption und ordnete ihre neue schicke rote Kurzhaarfrisur, an der es nichts zu ordnen gab.

»Ich kann doch nicht jeden abweisen, der uns unsympathisch ist«, wandte ich ein und stand von meinem Stuhl auf, weil meine nackten Schenkel von der Wärme am Kunstleder klebten. »Vor allen Dingen ist mir so auf die Schnelle kein Grund eingefallen. Der Platz ist doch halb leer, das sieht man auf einen Blick.«

Außerhalb der Schulferien war das meistens so.

»Du hättest eine Jugendgruppe erfinden können«, sagte Evelyn, zog den Bauch ein und betrachtete ihr ultraenges T-Shirt in Leopard-Optik.

»Ja. Das ist mir jetzt auch eingefallen. Aber gerade eben nicht.«

Da hatte ich nur ziemlich belämmert auf die schwarz tätowierten Unterarme gestarrt. Frauenköpfe, nackte Frauenkörper, Vogelschwingen, Vogelkrallen, ein bunter Mix von Tätowierungen, die nicht besonders vertrauenserweckend erschienen.

»Hast du gesehen, dass er sich einen Spruch ins Gesicht hat tätowieren lassen?«, fragte Evelyn und sah jetzt mich an und nicht ihr Spiegelbild.

»Vom linken Ohr hinunter den Kiefer entlang«, bestätigte ich mit einem leichten Schauder. »Ja. Aber ich wollte da nicht so hinstarren. Was steht denn da?«

»Weiß nicht. Ich wollte auch nicht so direkt hingucken«, sagte Evelyn, die eigentlich nie Probleme hatte, irgendjemanden anzustarren.

»Das nächste Mal werde ich eine Veranstaltung erfinden«, überlegte ich. »Vielleicht einen Katholikentag oder so.«

»Du musst Interessenten gar nichts erklären«, seufzte Evelyn kopfschüttelnd, »reicht ja, wenn du sie zu den Steglmaiers weiterverweist. Die sind doch froh um jeden.«

Die Steglmaiers waren unsere Konkurrenz, nur eineinhalb Kilometer von uns entfernt. Und seit vier Wochen hatten sie das erste Erlebnisklohäusl Bayerns und waren hoch verschuldet. Wahrscheinlich hatten sie aber trotzdem zurzeit keine Schwierigkeiten, genügend Gäste zu bekommen. Ich hatte mitgekriegt, dass heute irgendein Event zu steigen schien, denn schon in der Früh, als ich von meinem Bäcker-Einkauf zurückgekommen war, hatten mehrere Camper auf unserem Nachbarcampingplatz Bierbänke herumgeschleppt.

Andererseits war der Steglmaier gerade im Knast, und da war es auch nicht nett, so dubiose Typen an seine Frau zu verweisen.

»Weiß auch nicht, wieso mir auf die Schnelle keine Ausrede eingefallen ist.« Das Problem hatte ich öfter, dass mir die guten Argumente erst in den Sinn kamen, wenn die Situation längst verstrichen war. Vielleicht hatte es in dem Moment auch daran gelegen, dass ich mich gefühlt hatte wie ein Kaninchen beim Anblick eines Raubtiers oder so. Was totaler Quatsch war, heutzutage ließen sich viele Leute tätowieren. Und dass der Typ so einen unheimlichen Blick draufhatte, dafür konnte er schließlich nichts!

»Der macht Ärger«, erklärte Evelyn mir. »Da bin ich mir ganz sicher.«

Ich stellte mich ans Fenster und sah über den Platz. Gerade hatte Sven Gerstenberg, denn so hieß der Tätowierte, ein zusammengerolltes Zelt aus seinem Auto geworfen und blieb mit grimmiger Miene daneben stehen. Kam es mir nur so vor, oder hielten die anderen Abstand zu ihm? Vielleicht lag es auch nur daran, dass die anderen Camper alle bei den neuen Dauercampern waren, die sich glücklicherweise überhaupt nicht auskannten und jede Menge über Jahrzehnte gesammeltes Fachwissen brauchen konnten. Das rettete zumindest dem Hetzenegger den Tag.

»Ein bisschen verhuscht, diese Clarissa«, wechselte Evelyn das Thema.

»Aber sie würde sich in die Gemeinschaft einbringen«, erwiderte ich, weil ich gerade die ersten Sätze der Bewerbung las. Immerhin wussten wir jetzt, wie alt die beiden waren, nämlich zweiunddreißig und einundfünfzig Jahre.

»Spießige Klamotten«, sagte Evelyn.

»Nicht jeder kann so flippig gekleidet sein wie du«, wandte ich ein.

Evelyn interessierte sich sowieso mehr für Sven.

»Sieht irgendwie wie ein Rocker aus«, stellte ich fest.

»Wegen der Tätowierungen?«, meinte Evelyn. »Hast du gesehen, was der für Hände hat?«

»Ja. Mit tätowierten Fingern«, sagte ich.

»Hände wie Klodeckel«, fügte Evelyn hinzu.

Wir schwiegen eine Weile, und ich wartete darauf, dass Evelyn irgendetwas an dem Kerl positiv fand, so wie sie meistens, wenn sie gerade Single war, an Männern grundsätzlich Gefallen fand. Aber sie sagte nichts, sondern kündigte schließlich an: »Ich hab noch einige To-dos vor mir!«

Erstaunt sah ich zu, wie sie die Treppe hochging.

»Und wozu brauchst du dann meine Wohnung?« Vielleicht hatte sie vergessen, dass sie wieder in ihr Wohnmobil gezogen war.

»Duschen und mich zurechtmachen!«, hörte ich sie rufen, während sie einfach weiterging. »Mein neuer Instagram-Content muss richtig cool werden!«

»Was für To-dos hast du denn sonst noch?«, rief ich ihr besorgt nach. »Sissy besuchen?« Das war die neue Besitzerin des benachbarten Campingplatzes Steglmaier. Ihr Mann, ursprünglich mein Erzfeind, schmorte jetzt in Untersuchungshaft, weil er den Ex von Sissy erschossen hatte.

Evelyn blieb auf der Treppe stehen und drehte sich um. »Sissy hat keine Zeit«, maulte sie. »Heute zum Beispiel hat sie das alljährliche Grillfest, das immer im Juli auf dem Campingplatz stattfindet.«

»Aha!«

»Außerdem hat sie doch 'nen neuen Typen, mit dem sie die ganze Zeit zusammen ist.«

Mannometer, das ging ja mal schnell!

»Das ist doch erst drei Wochen her, dass der Steglmaier ins Gefängnis gekommen ist«, stellte ich fest.

Niemand wusste, wie lange er im Gefängnis sein würde. Sehr lange bestimmt nicht, denn er machte Notwehr geltend. Schließlich hatte er nicht wissen können, dass man mit einer Schreckschusspistole auch jemand umbringen konnte. Was der wohl sagen würde, wenn er nach Hause kam und auf den neuen Typen der Frau traf, die er hatte schützen wollen? Hoffentlich hatte er dann wenigstens keine Schreckschusspistole zur Hand.

»Ein riesiger Kerl mit voll den Muckis«, wusste Evelyn schon wieder alle Details.

»Und wo hat sie den so schnell aufgegabelt?« Bei uns hier gab es eigentlich keine riesigen Kerle mit Muckis. »Kennt sie von früher. Sie braucht ein bisschen Trost, hat sie mir gesagt. So alleine in dem großen Haus, da fürchtest du dich doch.«

»Nein«, stellte ich fest. »Ich fürchte mich nicht.«

»Denk doch nur dran, was in letzter Zeit bei den Steglmaiers alles passiert ist!«, korrigierte mich Evelyn. »Der Tote im Klohäusl. Der Überfall auf dich in der Rezeption!«

Stimmt. Irgendjemand hatte mich niedergeschlagen, während ich am Computer der Steglmaiers herumgeschnüffelt hatte. Der Überfall war noch immer nicht aufgeklärt, obwohl Jonas den Fall nicht zu den Akten gelegt hatte, wie es wahrscheinlich mit jedem anderen so gearteten Fall gewesen wäre. Und mir war noch immer nicht eingefallen, was ich damals auf dem Computer gefunden hatte – aber ich hatte noch immer den Eindruck, dass es ein wichtiges Indiz im letzten Mordfall gewesen wäre. Doch wie gesagt, meine Erinnerung war komplett weg!

»Außerdem habe ich auch nicht so viel Zeit für Sissy. Übermorgen ist doch die Eröffnungsfeier des Cafés, da muss ich noch einiges vorbereiten«, erklärte Evelyn, während sie auf dem Treppenabsatz wieder kehrtmachte.

»Na dann«, murmelte ich.

Evelyns Café in meinem Bootshaus war eigentlich schon seit Wochen in Benutzung, denn meine Dauercamper frühstückten schon seit Längerem gemeinsam dort. Und ich hatte auch gesehen, dass zwei Mütter sich Cappuccino gekauft hatten.

Doch Evelyn liebte Eröffnungsfeiern und war jetzt auch sehr motiviert, eine zu planen. Soviel ich wusste, hatte sie noch immer den Plan, als Influencerin mit ihrem Instagram-Kanal so richtig viel Geld zu verdienen.

»Und wieso gehst du dazu in meine Wohnung?« Denn eigentlich lebte sie seit drei Wochen wieder in ihrem Wohnmobil. Und meine anderen Dauercamper gingen auch nicht einfach so in meine Wohnung, um dort zu duschen und sich zurechtzumachen!

»Duschen!«, hörte ich sie rufen, während sie einfach weiterging. »Mein Content muss richtig cool werden!« Dann fiel die Wohnungstür im oberen Stockwerk hinter ihr ins Schloss.

Weil mich das mit Sissys neuem Freund interessierte, trat ich vor die Tür der Rezeption und setzte mich auf mein Lieblingsbänkchen. Ich holte mein Handy heraus und klickte auf das Instagram-Symbol. Sissy war genau wie Evelyn eine Instagramerin, die nichts lieber tat, als jede Lebensregung in ihrer »Story« zu verewigen. Diesmal war ihre Story ohne Ton, man sah nur irgendwelche Kinder, die in ihr neues »Erlebnisklo« hineinrannten, und dann lief der Film rückwärts, und die Kinder rannten rückwärts wieder raus. Noch immer hatte ich ein ziemlich schlechtes Gefühl, wenn ich dieses Klohäuschen sah. Schließlich hatte ich dort eine Leiche gefunden und würde diese Bilder nicht aus dem Kopf bekommen. Ihr neuer Freund war jedenfalls nicht verewigt. Ich hatte den Verdacht, dass sie offiziell gar keinen Freund hatte, da ja der Steglmaier noch immer ihr Ehemann war. Und vielleicht auch Internet im Knast hatte und Instagram und nicht unbedingt mitbekommen sollte, was Sissy zu Hause ohne ihn so trieb! Ich legte mein Handy weg und stand auf, um nachzuschauen, was die neuen Camper gerade machten. Da sah ich eine alte, dicke Frau mit einem sehr alten Fahrrad schlingernd von der Landstraße zu uns einbiegen. Ich schloss kurz die Augen, in der Befürchtung, sie gleich stürzen zu sehen, aber sie hielt schwer atmend direkt vor mir an. Trotz des warmen Wetters trug sie einen schwarzen Rock, der bis zur Wade ging und ziemlich eckig um ihre Hüfte spannte, und eine dunkle Strickweste.

Frau Steglmaier senior! Himmel, was machte die hier? Seit ihr Sohn im Gefängnis war, war sie eigentlich ganztags im Dorf unterwegs, um alle Dorfbewohner von der Unschuld ihres Sohnes zu überzeugen. Natürlich konnte ich ihr Vorhaben verstehen, und wahrscheinlich wollte sie gerade bei mir ihr Glück versuchen. Das änderte aber nichts an der Tatsache, dass ihr Sohn, der Steglmaier, schon alles gestanden hatte und außerdem so viel über den Tathergang wusste, dass auch nicht anzunehmen war, dass er log.

»Sofia!«, stieß sie hervor, und ihre Stimme klang von der körperlichen Anstrengung im Moment sehr asthmatisch. Sie war bestimmt schon fünfundachtzig, und ich war mir sicher, dass die meisten Leute in ihrem Alter überhaupt nicht mehr Rad fuhren. Ihrem Fahrstil nach zu urteilen hatte sie es ein paar Jahre lang auch nicht mehr getan.

»Frau Steglmaier«, sagte ich höflich und schielte parallel runter auf meinen Campingplatz, wo der riesige Wohnwagen von den Meindls gerade hin- und hergeschoben wurde. Nichts war nämlich wichtiger, als sich dafür Zeit zu nehmen, predigte der Hetzenegger immer. Man musste natürlich alle möglichen Dinge mit einberechnen, wie die Himmelsrichtungen, Bodenbeschaffenheiten und Windverhältnisse, um den optimalen Standplatz zu finden. Denn später ärgerte man sich rasend, dass man beim Frühstücken keinen Ausblick auf den See hatte oder von der Morgensonne geblendet war. Und dann war man natürlich zu faul, noch einmal hochzukurbeln und den Wagen anders auszurichten.

»Ich war gestern bei meinem Buben«, keuchte sie. »Und er hat mir gesagt, er war's tatsächlich nicht.«

Aha. Das war ein ganz neues Statement aus dem Knast, nachdem er jetzt drei Wochen lang versichert hatte, dass er – nicht ahnend, dass eine Schreckschusspistole tödliche Verletzungen erzeugen konnte – einfach mal abgedrückt hatte.

»Oh«, machte ich freundlich und nickte. »Das sollte er schleunigst der Polizei erzählen!«

»Ja. Das hat er natürlich getan«, giftete sie mich an.

»Und wieso ist ihm das gerade jetzt eingefallen?«, fragte ich.

»Ich hab ihm von der Sissy erzählt, das wollte er immer. Was macht mein Sissy-Mauserl, das hat er immer gefragt. Als könnte sie nicht selbst hingehen und ihm sagen, wie es ihr geht!«

Das fand ich auch. Bei der einzig wahren Liebe geht man doch jeden Tag in den Knast und besucht sein allerliebstes Möppelchen, wie sie ihn nannte.

»Aber sie hat natürlich keine Zeit! Muss den Campingplatz führen, hat sie gesagt!« Die Steglmaierin verzog ärgerlich den Mund. »Aber fürs Geldausgeben, da hat sie schon Zeit! Da ist ihr kein Weg zu weit!«

Ich enthielt mich eines Kommentars.

»Da hab ich ihm halt immer erzählt, was sein Sissy-Mauserl schon wieder Wichtiges vorhat.« Sie senkte die Stimme. »Und da hab ich ihm halt auch von dem Neuen erzählt.«

Oh, oh! Das hatte dem Steglmaier bestimmt gefallen!

»Und da ist es ihm wieder eingefallen! Dass das damals ganz anders war, als er jetzt die ganze Zeit gesagt hat.«

Wie Eifersucht doch das Erinnerungsvermögen wieder auf Trab brachte!

»Und was sagt die Polizei dazu?«, fragte ich.

»Die ignorieren ihn doch, wo es nur geht. Wahrscheinlich hat die Sissy mit allen schon Sex gehabt, und jetzt will keiner gegen sie aussagen.«

Diese Theorie musste ich unbedingt Jonas unterbreiten. Wenn sie mit Jonas zum Beispiel Sex gehabt hätte, dann müsste ich jetzt ausflippen.

»Okay. Trotzdem würde ich das alles mit der Polizei besprechen«, schlug ich vor. »Aber ich kann das gerne heute Abend Jonas erzählen. Dann kümmert der sich drum.«

»Die machen doch überhaupt nix!« Die Steglmaierin sah verzweifelt aus. »Und du hast doch bis jetzt jeden Fall gelöst! Wenn du mal zu meinem Bub ins Gefängnis gehen könntest und ihm ein paar Fragen stellen! Dann hättest du den Fall bestimmt ruckzuck gelöst!«

Ich sah sie sprachlos an. Ich? Sollte eine Auftragsarbeit annehmen? Das würde ich garantiert nicht tun! Jetzt, wo es zwischen Jonas und mir gerade so gut lief.

»Aha«, machte ich nur ausweichend und fügte hinzu, als würde ich es tatsächlich in Betracht ziehen: »Die lassen auch nicht einfach irgendwen ins Gefängnis spazieren und Insassen befragen. Aber ich glaube, dass die das sowieso sehr gründlich untersuchen und dass alles ans Licht kommt. Deswegen immer am Ball bleiben und die Polizei noch mal dran erinnern!«

Ich an ihrer Stelle würde indes die Information unter den Tisch fallen lassen, dass dem Steglmaier die neue Version erst eingefallen war, nachdem er von dem neuen Freund von seiner Ehefrau Sissy erfahren hatte.

»Aber du kümmerst dich drum!«, blieb die Steglmaierin am Ball.

»Okay«, antwortete ich, was nur eine halbe Lüge war, denn ich würde es bestimmt Jonas erzählen.

Ich sah ihr noch hinterher, während sie das schwarze alte Fahrrad bis zur Landstraße hochschob und dann nach etlichen Anläufen losfuhr.

Eilig schlappte ich mit den Flipflops meiner Nonna über den Platz, um meinen Campern beim Aufstellen des Wohnwagens mit Rat und Tat zur Seite zu stehen.

Das war gar nicht mehr nötig: Der Wohnwagen der Meindls stand nun schon ordentlich in der Waage, die Stützen waren runtergekurbelt, die Dachluken ausgeklappt. Der Hetzenegger hatte schon Paletten organisiert, die man vor den Wohnwagen legen konnte, um keine nassen Füße zu bekommen, und ein Plastikteppich war darüber ausgebreitet. Mitten drauf lag ein riesiger, originalverpackter Sack mit Zeltgestänge. Bevor das Vorzelt in Angriff genommen wurde, wollte Robert jedoch erst einmal mit seinem neuen Wohnwagen angeben und lud alle zur Hausbesichtigung ein.

»Das ist ja mal ein Komfort«, sagte der Hetzenegger, während die Vroni mit einem Finger über ein Sideboard wischte und leider keinen Staub fand.

»Zwei Fernsehsessel«, staunte ich. Mit Trinkglasbehältern!

»Doppelsofa«, korrigierte mich Robert und drückte auf einen Knopf. Erschrocken quietschte ich, als direkt vor mir etwas aus dem Sideboard hochfuhr.

»49-Zoll-Fernseher. Und wenn ich will, kann ich drunter noch ein elektrisches Kaminfeuer anschalten«, prahlte Robert.

Das war bei der momentanen Hitze natürlich nicht nötig. Seine Frau stand an der Tür und sah nach draußen. Sie schien dieser Luxus nicht so zu interessieren, aber wahrscheinlich hatte Robert für sie schon Tausende von Malen den Fernseher aus der Versenkung hochfahren und wieder verschwinden lassen.

»Warmwasserfußbodenheizung«, erzählte Robert weiter. »Und ein belüftetes Schuhstaufach.«

Der Hetzenegger schwieg und wusste nichts zu sagen. Das hatte er nämlich alles nicht.

»Fußbodenheizung wär im Winter schon ein Ding«, sagte seine Vroni ein bisschen neidisch.

»Aber dann ständig die Gasflaschen wechseln im Winter, weil man so viel Energie braucht ...«, wandte der Hetzenegger kritisch ein.

»Gasflaschen. Wechseln?«, fragte Robert erstaunt, und der Hetzenegger begann zu strahlen, weil Robert zwar Fußbodenheizung hatte, aber keine Ahnung davon, dass so eine Gasflasche schnell auch mal leer war!

»Sieht auf jeden Fall alles sehr komfortabel aus«, unterbrach ich die aufkommende Missstimmung und bestaunte noch das gemütliche französische Bett mit der edlen Patchworkdecke.

Das Vorzelt müsse jedenfalls aufgebaut werden, erklärte

der Hetzenegger. Daran würde man sehen können, ob Camper oder nicht. Wenn Robert das nicht gebacken bekam, dann würde der Hetzenegger auf jeden Fall einen Kurs für korrektes Aufstellen eines Zeltes geben. Clarissa stand noch immer an der Tür und sah nach draußen. Sie schien sehr angetan davon zu sein, was sie gerade sah.

Als ich hinausging, blieb ich kurz hinter ihr stehen und folgte ihrem Blick. Was sie gerade mit sehr interessierter Miene beobachtete, war Sven Gerstenberg. Er hatte noch kein Zelt aufgestellt, sondern nur seinen BMW auf dem Platz geparkt und den Zeltsack danebengeworfen. Recht viel schien er nicht dabeizuhaben, ein Campingstuhl fehlte wohl, denn er setzte sich auf den Beifahrersitz, zündete sich eine Zigarette an und warf einen finsteren Blick auf sein Handy.

Kapitel 3

Die Diskussion, ob man das Vorzelt noch am Abend oder erst am nächsten Tag aufbauen sollte, interessierte mich nicht sonderlich. Außerdem sah ich von hier aus, dass vor der Schranke ein Gespann angehalten hatte. Ich drängelte mich an Clarissa vorbei, verabschiedete mich von den Campern und lief eilig zurück zur Rezeption, um den neuen Gästen die Schranke zu öffnen. Irgendjemand hatte die Tür zugemacht, und Clärchen lag direkt dahinter, etwas verzweifelt, weil sie mir nicht hatte folgen können.

Draußen wurde es schon leicht dämmrig, die Sommerhitze staute sich noch in der Rezeption, und ich spürte den Schweiß auf der Stirn, als ich die Formalitäten mit den neuen Gästen abwickelte. Ich hätte wirklich große Lust gehabt, mich abzukühlen, aber brav blieb ich in der Rezeption sitzen, heftete noch Papierkram ab und gab die Bestellung beim Meierbeck telefonisch auf. Sehnsüchtig sah ich hin und wieder durch das Fenster und überlegte mir, ob ich es mir irgendwann würde leisten können, jemanden für die Rezeption einzustellen. Wenigstens stundenweise.

Schließlich schrieb ich einen Zettel, dass die Rezeption eine halbe Stunde geschlossen war. Arbeit hin oder her. Ich zerfloss hier in der Rezeption und würde jetzt in den See hüpfen! Eilig lief ich in die Wohnung hoch, dicht gefolgt von Clärchen, und zog mir meinen neuen roten Badeanzug an. Im Bad hörte ich Musik von Elvis Presley und das Plätschern von Wasser. Manchmal sang Evelyn die Melodie von »No More« mit, und ich musste grinsen, weil sich das sehr schräg anhörte.

»Ich geh schwimmen!«, rief ich ins Bad. »Kannst du die Rezeption für ein Weilchen übernehmen?«

»Klar!«, hörte ich die Antwort.

Das Lied wechselte zu »Spanish Eyes«, und beschwingt machte ich mich auf den Weg zum See. Ebenfalls beschwingt begleitete mich Clärchen, die bei jedem Wohnwagen einen kleinen Stopp einlegte. Als sie die neuen Camper entdeckte, rannte sie begeistert eine Runde um den riesigen Wohnwagen. Das Aufbauen des Vorzeltes hatte die Truppe anscheinend auf den nächsten Morgen verschoben. Clarissa kam uns gerade auf dem Weg entgegen, offensichtlich um duschen zu gehen. Sie trug einen Bademantel, und man konnte erahnen, dass sie darunter nackt war. Im Gegensatz zu den anderen Campern hatte sie nämlich keinen schlichten Frotteemantel, sondern einen rosa Satin-Bademantel an, der nur bis zum halben Oberschenkel ging. Unten hatte er noch rosa Spitze, aber unwillkürlich betrachtete man hauptsächlich den Ausschnitt, denn sie hatte ihn so gebunden, dass sie ziemlich viel von ihrem Dekolleté zeigte. Gut, dass der Gröning nicht mehr so gut sah. Den hätte sie mit ihrem Outfit ziemlich aus der Fassung gebracht.

Als Erstes dachte ich, sie würde auf mich zusteuern, aber das tat sie nicht, sie hatte nur Augen für Sven Gerstenberg. Sie blieb hinter dem Mann stehen und sah ihm eine Weile dabei zu, wie er mit wuchtigen Schlägen Heringe in den Boden schlug. Automatisch verlangsamte ich meine Schritte, vielleicht, weil ich so erstaunt über ihr Verhalten war. In diesem Bademantel würde ich definitiv zusehen, dass ich schnell im Frauenabteil des Klohäusls verschwand. Und garantiert würde ich mich nicht neben Sven Gerstenberg stellen und vielleicht auch noch eine Unterhaltung beginnen. Als er bemerkte, dass sie stehen geblieben war, stand er tatsächlich auf und drehte sich zu ihr um.

Ich erwartete fast, dass sie jetzt schnell das Weite suchen würde, denn sie wurde wieder knallrot. Aber statt weiterzugehen, antwortete sie auf etwas, was er gesagt hatte.

»Komm her, Clärchen!«, rief ich, da sich Clärchen total unpassend zwischen die beiden schmiss und darauf wartete, gekrault zu werden. Clärchen interessierte es null, was ich von ihr wollte, und sie wälzte sich zwischen den beiden auf dem Rücken.

»Komm jetzt!«, rief ich noch einmal, aber das half natürlich gar nichts. Verlegen ging ich zu den beiden und zerrte Clärchen am Halsband weg. Sven warf mir einen Blick zu, den ich nicht interpretieren konnte. Halb zornig, halb belustigt? Warnend oder einfach nur durchgeknallt? Der Typ war super unheimlich, und zum wiederholten Male bereute ich es, ihn nicht zu den Steglmaiers weitergeschickt zu haben. Das hörte sich jetzt gemein an, aber ich hatte den Eindruck, dass Sissy mit solchen Leuten besser klarkam als ich.

»'tschuldigung«, murmelte ich und hielt den Atem an. Sven roch sehr aufdringlich nach Tabak und Alkohol. Und nach ungewaschener Wäsche. Eilig zog ich Clärchen hinter mir her in Richtung der Treppe, die hinunter zum See führte.

»Fuß!«, zischte ich ihr ärgerlich zu. Aber Clärchen kannte diesen Befehl gar nicht, sie sah mich mit ihrem »lachenden«

Gesicht an und freute sich schon auf den Moment, in dem ich sie losließ.

»Ein paar Tage«, sagte Sven eben, und ich schlussfolgerte, dass Clarissa gefragt hatte, wie lange er zu bleiben gedachte.

Ein paar Tage!, dachte ich entsetzt. Das war ja furchtbar! Clarissa fand das überhaupt nicht, denn sie zwitscherte mit ihrer piepsigen Stimme: »Es ist so wunderbar hier. So ruhig und idyllisch! Ich habe noch nie so einen großartigen Platz gesehen.«

Da sie noch nie campen war, war das kein Wunder. Sven hatte dazu keine Meinung, und ich konnte mir nicht vorstellen, dass so ein Typ für irgendetwas das Adjektiv »wunderbar« verwendete und »idyllisch« als Entscheidungskriterium in Betracht zog.

Als ich auf Höhe des Geschirrspülhäuschens war, drehte ich mich noch einmal um, weil ich Clarissa auf ihre piepsige Art und Weise kichern hörte. Von hier aus sah es aus, als würde sie absichtlich ihren Bademantel über die rechte Schulter rutschen lassen.

Ich war hin- und hergerissen zwischen abhauen und neugierig glotzen. Im nächsten Moment trat Robert aus dem Wohnwagen, sah sofort, dass da etwas lief, und kam auf die beiden zugeschossen. Das fand ich ziemlich mutig. Ich hätte keine Lust, mich mit einem Typen wie Sven anzulegen. Auch wenn beide sehr groß und dicklich waren, sah Sven so aus, als müsste er nur ein einziges Mal zuschlagen, um Robert direkt ins Krankenhaus zu bringen.

Während ich mir noch überlegte, ob ich mich in den Streit einmischen sollte oder nicht, packte Robert Clarissa am Arm und zog sie ein Stück von Sven weg.

Gut!

Er hatte nicht vor, sich zu prügeln! Ziemlich erregt begann Robert, sehr leise auf Clarissa einzureden. Ihr Bademantel war noch mehr verrutscht, als wäre sie gerade aus dem Bett gestiegen und hätte vor, gleich wieder dorthin zurückzukehren.

»Duschen«, hörte ich Clarissa genervt sagen.

»Aber nicht ...«, erwiderte Robert sehr ärgerlich.

Sie waren inzwischen beide knallrot geworden, und ich reimte mir zusammen, dass sich Robert darüber beschwerte, dass sie in diesem sexy Outfit auf dem Campingplatz unterwegs war. Ich konnte mir auch lebhaft vorstellen, dass Jonas etwas dagegen hätte. Dem Grinsen von Sven nach zu schließen, schien ihm das alles großen Spaß zu machen. Aber er mischte sich in die Diskussion des Pärchens nicht ein, sondern verschränkte lediglich seine massigen Arme vor der Brust.

Als Clarissa mit einer hochmütigen Miene die Hand von Robert abgeschüttelt hatte und Richtung Klohäuschen ging – diesmal ohne Zwischenstopp bei Sven –, atmete ich auf und drehte mich um. Dabei kreuzten sich noch einmal Svens Blick und meiner. Er hatte eine ziemlich süffisante Miene aufgesetzt und musterte nun mich, während er den Campinghammer aufhob. Er ließ den Campinghammer in seine Faust sausen, und das war so eine aggressive Geste, dass mir ziemlich mulmig wurde. Hastig wandte ich mich ab und lief schnell die Treppe nach unten zum See.

Während ich mich ins Wasser gleiten ließ – es war so warm, dass es keine wirkliche Abkühlung war –, ging ich gedanklich den Tag durch und ärgerte mich ein wenig über mich selbst.

Ich musste wirklich aufhören, so auf heile Welt zu machen. Clarissa und Robert hätte ich gleich darauf hinweisen sollen, dass sie noch keine feste Zusage hatten und Sven ohne Angabe von Gründen schlichtweg die Aufnahme verweigern sollen.

Aber was hatte meine Nonna immer gesagt? Man darf Fehler machen, aber besser nur einmal! Und das nächste Mal würde ich eben auf meine innere Stimme hören. Als ich am anderen Ufer umkehrte, sah ich, dass Clärchen schon längst wieder verschwunden war und dafür Sven am Ufer stand, mit vor der Brust verschränkten Armen. Das sah ziemlich unheimlich aus, als würde er auf mich warten. Ich spielte mit dem Gedanken, an einer anderen Stelle an Land zu gehen, obwohl das natürlich ziemlich albern war. Wahrscheinlich genoss er nur die Abendstimmung am See. Er hatte sich ja auch Clarissa gegenüber höflich und korrekt verhalten.

Vielleicht hatte ich in letzter Zeit einfach zu viele Leichen gefunden und war etwas überempfindlich.

Als ich das Ufer fast erreicht hatte, kamen glücklicherweise die Vroni und die Schmidkunz die Treppe hinunter zum See, und Sven schien keine Lust mehr auf Strand zu haben. Er kehrte um und stapfte die Treppe nach oben zum Campingplatz. Herzlichen Dank, dachte ich, an Vroni und die Schmidkunz gerichtet, die jede mit einem Gitterkorb mit Gläsern und Besteck im Arm in Richtung Café gingen.

»Evelyn braucht unbedingt einen Geschirrspüler«, beklagte sich die Vroni, als ich aus dem Wasser stieg. »Wenn mal richtig Gäste kommen, können wir doch nicht wegen des schmutzigen Geschirrs immer zu dir hoch in die Wohnung laufen und es dort spülen.«

Ich wickelte mich in mein Badetuch ein und begleitete die beiden bis ins Café.

»Und das Geschirr leidet da auch drunter«, sagte die Schmidkunz. »Schau, der schöne Blümchenteller ist schon angeschlagen!«

Der schöne Blümchenteller war original von meiner Nonna und wahrscheinlich älter als die Schmidkunz!

»Wieso macht das eigentlich nicht Evelyn?«, wollte ich wissen.

»Die ist frustriert«, erklärte mir die Vroni.

»Gerade war sie noch sehr motiviert.« To-do-Liste-mäßig und so.

»Sie hat die erste Anfrage bekommen für Werbung auf ihrem Kanal«, verriet mir die Vroni.

»Oh«, machte ich nur, weil ich gedacht hatte, dass das nie eintreffen würde.

»Wofür denn?« Und wieso war sie dann frustriert, wenn genau das eingetroffen war, was sie sich immer gewünscht hatte!

»Frag sie lieber selbst«, sagte die Schmidkunz. »Ich bin mir nicht sicher, ob wir das weitersagen dürfen.«

Das klang ja sehr mysteriös.

Ich lief nach oben in die Wohnung und fand Evelyn vor meinem Fernseher. Sie zappte sich durch verschiedene Filme und hatte eine Miene wie drei Tage Regenwetter. Sonst superflippig angezogen, trug sie gerade nur eine stinknormale Jeans und ein weißes T-Shirt. Das T-Shirt war garantiert aus meinem Kleiderschrank. Evelyn hatte eigentlich nur enge Wickeltops, hautenge Leopard-Lycra-Shirts und Etuikleider.

»Wird das nix mit Influencerin?«, fragte ich mitfühlend, weil ich nicht zugeben durfte, dass ich von einem Angebot wusste.

»Hm«, machte sie als Erstes nur.

Ich rubbelte mir schon einmal die Beine trocken.

»Ich habe ein Angebot bekommen«, gab sie schließlich zu.

»Oh! Super!«, rief ich begeistert aus, obwohl sie bereits sehr nach »aber« klang.

»Ich werde es nicht annehmen«, sagte sie in einem besonders würdevollen Tonfall, den sie immer draufhatte, wenn sie beleidigt war.

»Wieso nicht?«, fragte ich unschuldig.

»Ich mache keine Werbung für Einlagen.«

»Schuhsohlen?«

»Schuhsohlen!«, fauchte sie mich an, als wäre ich an etwas schuld. »Doch nicht Schuhsohlen! Diese ... diese Inkontinenzeinlagen! Windeln!«, stieß sie sehr akzentuiert hervor.

»Uh«, machte ich, was ihrem Blick nach zu urteilen die falsche Reaktion war. Schnell fügte ich hinzu: »Wie kommen die denn auf dich, bitte schön?«

»Weil ich aussehe wie über vierzig!«, fauchte sie mich weiter an. Evelyn war mindestens fünfundfünfzig Jahre alt, insofern war über vierzig natürlich richtig, auch wenn Evelyn das nicht hören wollte.

»Und ab vierzig ist man inkontinent?«, fragte ich erschrocken nach.

»Was weiß denn ich! Ich bin nicht inkontinent!«, brachte sie hervor.

Da ich nicht den Eindruck hatte, dass mir geeignete Worte des Trostes einfallen würden, murmelte ich etwas von »trockene Sachen anziehen« und verschwand sehr schnell in meinem Zimmer. Außerdem mussten die Hunde noch raus, und es war schon dämmrig. Während ich in eine lockere kurze Hose schlüpfte, piepsten auf meinem Handy WhatsApp-Nachrichten.

Seit Evelyn so viele WhatsApp-Nachrichten in meinem Namen an Jonas geschickt hatte, hatte es sich bei uns etabliert, einfach so weiterzumachen und uns unglaublich viele Nachrichten zu schreiben. Ich teilte Jonas mit, dass ich jetzt alleine meine Hunderunde drehen würde, worauf er mir noch ein paar Nachrichten schickte, wo er die Hunde danach nicht finden wollte. Nämlich in unserem Bett. Vorzugsweise auf seiner Seite.

»Miss you«, schrieb ich ihm und machte ein paar Herzchen in diversen Varianten, von einer rosa Ente, über der mehrere rosa Herzchen schwebten, bis zum blauen Esel, der rote Herzen spuckte.

»Emoticon Epileptiker«, warf mir Jonas vor, aber dahinter war ein Zwinker-Smiley. Das war ganz neu, dass er Emoticons benutzte!

»Wann kommst du endlich heim?«, fragte ich. »Dreh jetzt meine Hunderunde und bin in einer halben Stunde da.«

»Wärmst du schon mal meine Pantoffel vor?«, wollte er wissen.

»Mein Freund wünscht sich eine Fünfzigerjahre-Ehefrau«, schrieb ich meiner besten Freundin Klara parallel.

»Mein Mann ist mir hörig«, schrieb sie sofort zurück, und

ihre Emoticons hatten ein Teufelchen als Leitmotiv. Das letzte kotzte Buchstaben. Was sie mir damit sagen wollte, wusste ich nicht.

»Kommt darauf an, auf welchem Gebiet«, schrieb ich.

Milo hatte sich inzwischen vor mich hingestellt und sah mich tieftraurig an.

»Schon gut. Wir gehen schon!«

Kapitel 4

Inzwischen war es ganz dunkel geworden, und ich schlenderte mit den zwei freilaufenden Hunden über den Platz. Clärchen war in dem Moment aus dem Nichts erschienen, als Milo und ich vor die Tür getreten waren. Eine Gassirunde wollte auch sie um nichts in der Welt verpassen. Zusammen mit den Hunden hatte ich sogar im Dunkeln überhaupt keine Angst. Zwar waren beide Hunde sehr freundlich und würden mich niemals gegen irgendjemanden verteidigen, aber es fühlte sich trotzdem so an, als wäre mit ihnen alles sehr viel sicherer. Clärchen besuchte noch die Hetzeneggers, die sich schon bettfertig machten.

»Ich will heute nicht mehr raus«, kündigte die Vroni an. »Ich setz mich jetzt ganz gemütlich in den Wohnwagen und mach ein Kreuzworträtsel.«

Wir sahen Robert und Clarissa hinunter zum See schlendern. Hand in Hand, und es sah aus, als wäre wieder alles in Ordnung und die Episode zwischen Clarissa und Sven vergessen. Hoffentlich! Ärger zwischen den Campern kam letztendlich immer bei mir an, und da konnte ich echt drauf verzichten.

»Ich muss noch mit den Hunden gehen. Und dann leg ich mich auch vor den Fernseher«, erzählte ich.

Zu Evelyn, das nur nebenbei. Und wie ich sie kannte, musste ich mir jetzt den gesamten Abend anhören, wie unverschämt die Menschheit war. Meine große Hoffnung war, dass Jonas bald kam und Evelyn Hemmungen hatte, vor Jonas Inkontinenzthemen durchzukauen.

Nun gut. Evelyn hatte nie Hemmungen.

Vielleicht sollte ich in Erwägung ziehen, sofort mit Jonas ins Bett zu hüpfen!

»Musst du so spät gehen? Doch wohl nicht in den Wald!«, rief Vroni entsetzt.

»Nur den Seeweg. Bei uns passiert doch nichts.«

Vroni hob gekonnt eine Augenbraue und sah aus, als wollte sie die letzten sieben Leichen aufzählen, die bei uns in der Gegend gefunden worden waren. Alle von mir, das nur nebenbei.

»Aber der Steglmaier ist doch im Gefängnis«, sagte ich beruhigend. Der war zwar nur für eine der Leichen zuständig, aber auch die anderen Täter schmorten jetzt im Gefängnis.

»Da laufen noch ganz andere draußen herum«, unkte die Vroni. »Vor fünf Jahren hat da drüben ein Jäger einen anderen über den Haufen geschossen.«

»Bei einer Treibjagd«, korrigierte ich sie.

»Der kann noch immer nicht normal aufs Klo gehen«, erzählte die Vroni und hakte sich bei ihrem Mann ein, um mit ihm zum Klohäusl zu gehen. »Der hat jetzt immer so ein Beutelchen dabei.«

Ich ging eilig hinter meinen Hunden her, die sich das alles auch nicht anhören, sondern dringend zu ihrem Lieblingspinkelbaum wollten.

»Einen künstlichen Darmausgang nennt sich das«, hörte ich den Hetzenegger sagen.

»Das ist doch nix, dass so ein junges Mädl wie die Sofia allein in der Nacht im Wald herumläuft«, konterte die Vroni vorwurfsvoll.

»Hat ja die Hunde dabei«, meinte der Hetzenegger.

Dann begegnete ich noch den Schmidkunzens. Sie war total aufgeregt, wegen dem Sven, vor dem sie sich fürchtete. Ich tat, als bräuchte sie sich nicht zu fürchten.

»Hast du den Spruch gelesen, den er im Gesicht stehen hat?«, fragte sie schaudernd.

»Nein.«

»Vivere militare est.«

»Ich hatte in Latein eine Fünf«, erklärte ich bedauernd.

»Zu leben heißt zu kämpfen«, übersetzte sie mir, und ihr Mann verdrehte die Augen, weil er sich das sicher anhörte, seit Sven Gerstenberg auf unserem Campingplatz angekommen war.

»Du gehst doch jetzt nicht alleine in den Wald rüber!«, schimpfte auch die Schmidkunz, und dann an ihren Mann gerichtet: »Sag doch was. Das arme Mädel kann doch nicht alleine ...«

Der Schmidkunz zog sie mit den Worten »Hat ja die Hunde dabei« weiter, und ich armes junges Mädel rannte die Treppe zum See hinunter.

Milo sah man in der Dunkelheit wegen seines schwarzen Fells überhaupt nicht, aber Clärchen konnte man trotz Dunkelheit noch erkennen. Das lief normalerweise so: Milo pinkelte an seinen Lieblingspinkelbaum, hinter ihm wartete Clärchen und pinkelte auch. Und dann pinkelte Milo noch mal drüber, damit er das letzte Wort hatte.

Ausnahmsweise ging ich erst einmal Richtung Dorf. Schon von Weitem hörte ich die laute Musik von Steglmaiers Fest und schlenderte weiter bis zum Nachbarcampingplatz. Während die Hunde am Seeweg herumschnüffelten, ging ich die Stufen hinauf zum Campingplatz und sah dem munteren Treiben zu. Es gab anscheinend Bier vom Fass – sah nicht so aus, als wäre es von unserer örtlichen Brauerei. Sissy stand beim Bierausschank, sie war wieder einmal ziemlich nuttig gekleidet, mit hohen Lederstiefeln, obwohl es so warm war. Ein Typ, den ich noch nie gesehen hatte, hatte ihr den Arm um die Taille gelegt. Das musste Gregori sein! Er war in der Tat sehr riesig, breit wie ein Schrank und auf eine muskulöse Art und Weise dick. Seine Haut wirkte, als würde er regelmäßig ein Solarium besuchen. Um seinen gebräunten breiten Nacken lagen zwei goldene Kettchen, und an seiner rechten Hand trug er mehrere große Siegelringe. Sein dunkles, dichtes Haar hing ihm in ungestümen Wellen bis zur Schulter.

Der sah ja aus! Evelyn hatte ausnahmsweise nicht übertrieben.

Neben ihm wirkte Sissy noch kleiner, zarter und zerbrechlicher, als sie ohnehin schon war.

Ich gab mir einen Ruck und ging auf die beiden zu.

»Hallo, Sissy«, sagte ich.

»Sofia!«, stieß Sissy hervor und lachte ziemlich künstlich. »Du auch hier!«

Ich warf einen Blick auf ihren Typen und streckte schon meine Hand aus, um mich ihm vorzustellen. Aber der Kerl hatte die Frechheit und drehte sich einfach weg, als hätte er mich nicht gesehen. Im nächsten Moment war er bereits in der Menge der Camper verschwunden.

»Willst du Helles? Bist eingeladen!«, zwitscherte Sissy und zapfte Bier in einen Krug.

»Danke, das ist nett. Aber nein, ich habe die Hunde dabei«, antwortete ich. Sie reichte den Krug gleich dem nächsten Camper, mit dem sie auch zu flirten anfing und mich nicht weiter beachtete.

Ich ging ohne Verabschiedung wieder zurück zum Seeweg und schlenderte meinen Hunden hinterher, die beide vorgeprescht waren, Milo mit bemerkenswertem Elan. Eigentlich liebte ich diese Spaziergänge im Dunkeln. Wenn der Himmel noch eine gewisse Helligkeit hatte und alles andere bereits finster war. Und man vielleicht noch am Nachthimmel ein paar Fledermäuse sausen sah. Dann fühlte ich mich ganz unwirklich, fast losgelöst von all meinen Gedanken und Problemen. Zufrieden stapfte ich in die Richtung, aus der das Rascheln und Schnaufen kam.

Die Wirklichkeit holte mich im nächsten Moment ein, denn Clärchen rannte volle Pulle in mich hinein, dass ich ins Schwanken geriet, und dann mit fliegenden Ohren weiter, den Weg zurück.

Schon sah ich den Campingplatz durch die Bäume schimmern. Ein paar Camper hatten Lichterketten an ihre Vorzelte gehängt, und in allen Wohnwägen brannte warmes Licht. Das sah sehr heimelig und gemütlich aus. Besonders die kleinen weißen Lampions vom Hetzeneggerschen Wohnwagen konnte man hier sehr deutlich sehen. Ich holte mein Handy heraus, um ein Bild zu machen. Auf dem Foto sah es nicht ausgesprochen gut aus, eher ein bisschen verwackelt und gruselig. Als hätte ich einen Tatort fotografiert.

Jonas hatte mir vor ein paar Minuten noch eine Nachricht geschrieben. »Fahre jetzt los.«

Ich schickte ihm das missglückte Bild und steckte das Handy weg. So ohne die Hunde war es nun tatsächlich ein wenig unheimlich alleine am Seeweg.

Zum Fürchten kam ich nicht richtig, denn schon im nächsten Moment packte mich jemand von hinten und drehte mich mit voller Wucht gegen den nächsten Baum. Ich schrie erschrocken auf, als mein Gesicht gegen die Rinde schlug und mir ein stechender Schmerz in den Kopf fuhr. Riesige Hände schlossen sich um meinen Hals, und obwohl ich unwillkürlich aufschreien wollte, kam kein Ton aus meinem Mund, nur ein hilfloses Krächzen.

Luft!, war mein einziger Gedanke, und ich versuchte verzweifelt, die Hand des Unbekannten wegzuschieben, was mir nicht gelang. Die Hände waren nämlich riesig.

»Fünfzigtausend Euro«, sagte eine Reibeisenstimme dicht an meinem Ohr. Es roch sehr stark nach Nikotin und Alkohol und ungewaschener Wäsche, und ich konnte nur an Luft denken, während mir der Schmerz noch stärker in den Kopf fuhr. »Oder die Polizei erfährt alles!«

Polizei?, dachte ich. Was redete der Typ für einen Schwachsinn? Obwohl ich den Typen, der hinter mir stand, nicht sehen konnte, wusste ich, dass es Sven Gerstenberg sein musste.

»Polizei!«, krächzte ich, weil ich gerade nichts mehr wollte als die Polizei, die sich um mich kümmerte!

»Fünfzigtausend Euro. Bei meiner Abreise. Zusammen mit meinem Ausweis«, sagte er. »Sonst fliegt alles auf!«

Dann drückte er meinen Kopf so heftig gegen die Rinde des Baums vor mir, dass mir kurz schummrig wurde vor Augen. Im nächsten Moment ließ der Druck an meinem Hals nach.

»Hilfe«, dachte ich und klammerte mich an den Stamm, wie gelähmt von dem, was eben passiert war.

Bestimmt waren es nur ein paar Sekunden, bis ich wieder sehen konnte, doch es fühlte sich an, als hätte ich jegliches Zeitgefühl verloren. Mein Herz hämmerte so stark in meiner Brust, dass es schmerzte, und meine Beine wollten nicht mehr tun, was sie sollten. Stand da noch jemand hinter mir? Wartete er nur darauf, dass ich mich umdrehe, um mir dann noch einmal ins Gesicht zu schlagen?

Als ich es endlich schaffte, mich umzudrehen, sah ich hinter mir nur den dunklen See am Hirschgrund, die Pappeln und das Schilf. Plötzlich konnte ich meine Beine wieder bewegen, und vermutlich waren sie schneller als jemals zuvor! Ich spurtete blindlings den Weg entlang, stolperte über die fette Wurzel der Pappel, die dort schon seit meinen Kindheitstagen wuchs, und schlug voll Karacho auf den Boden. Ohne einen Schmerz in den Knien zu spüren, rappelte ich mich auf und rannte weiter, nahm bei der Treppe zwei Stufen auf einmal und raste über den Platz. Direkt vor der Rezeption prallte ich auf eine Person, die ebenfalls einen erschrockenen Ruf ausstieß.

»Sofia«, sagte Alex und hielt mich fest. »Um Himmels willen, wie siehst du denn aus?«

Wie ich aussah, verriet mir der alte Spiegel von Nonna in der Rezeption. Plötzlich umringt von meinen Campern, fiel die gesamte Anspannung von mir ab, und ich fragte mich, ob ich das alles geträumt hatte. Jonas tätschelte meine rechte Hand, Alex hielt meine linke, vor mir kniete der Schmidkunz und kümmerte sich um meine Wunden. Wie gut, dass ich einen Apotheker vor Ort hatte! Meine Nase schmerzte höllisch, und ich hatte den Verdacht, dass ich sie mir gebrochen hatte!

»Fünfzigtausend Euro«, schniefte ich. »Und ich bin mir sicher, dass es dieser Sven war. Es war zwar dunkel, aber ich meine, dass es genau seine Tätowierungen waren. Außerdem hat er gerochen wie Sven.«

Jonas ließ meine Hand los.

»Welcher Wohnwagen gehört ihm?« Er sah ziemlich grimmig aus und zu allem entschlossen.

»Kein Wohnwagen, sondern das Zelt vor dem Geschirrspülhäuschen«, sagte ich. »Bei dem der BMW steht, der dunkle. Bleib da! Wer weiß ...«

Meine Einwände wurden ignoriert. Mit einer ziemlich heftigen Handbewegung schlug Jonas auf den Lichtschalter, der die Außenbeleuchtung einschaltete, und ließ die Tür hinter sich zuknallen. Auch Alex ließ meine Hand los und folgte Jonas nach draußen.

»Oh Gott, ruft die Polizei. Nicht, dass Sven jetzt die beiden niederschlägt!«, stieß ich hervor. »Vielleicht ist er bewaffnet!«

Wer sich so durchgeknallt aufführte, dem war alles zuzutrauen. Brav holte Evelyn ihr Handy aus der Tasche, und ich hörte zu, wie sie dem Brunner oder dem Bauer – unsere Dorfpolizisten – die Sachlage zu verklickern versuchte. Aber bis die da waren, war bestimmt alles schon zu spät. Und der Brunner war nun wahrlich auch kein Nahkampfspezialist. Der Hetzenegger machte eine Kopfbewegung zum Schmidkunz, und der stand jetzt auch auf.

Meine Camper!, dachte ich gerührt, während auch die Frauen hinauseilten, um ihre Männer zu beschützen. Alleine in der Rezeption bekam ich wieder ein bisschen Angst und humpelte hinter den anderen her.

Schon von Weitem sah ich, dass es gar keinen Grund zur Sorge gab. Jonas und Alex standen alleine aufrecht neben dem Zelt, Sven war nicht da.

»Wohin ist er denn gegangen, nachdem er dich losgelassen hat?«, wollte Alex wissen und kam schon wieder meine Hand tätscheln.

Da ich nur Sternchen gesehen hatte, konnte ich diese Frage natürlich nicht beantworten.

»Der kommt jetzt bestimmt nicht zurück«, sagte der Schmidkunz.

Dank der Außenbeleuchtung war es fast taghell auf dem Platz. Inzwischen waren sämtliche Camper aus ihren Wohnwägen aufgescheucht worden und hatten sich um uns versammelt.

»Jetzt, wo er sich drauf einstellen kann, dass er eine gehörige Abreibung bekommt«, bestätigte der Hetzenegger, der auch ganz schön auf Krawall gebürstet war.

Meine Camper, dachte ich, schon wieder zu Tränen gerührt. Die waren die Besten überhaupt!

Wir beschlossen, dass das Zelt abwechselnd beobachtet werden sollte, und dann hörten wir schon Blaulicht und Sirene näher kommen. Heute hatte anscheinend der Bauer Dienst, der seinen Job noch wirklich ernst nahm und zu allem bereit war.

Nachdem wir den Bauer unverrichteter Dinge wieder zurück ins Dorf geschickt hatten, nahm ich Svens Autonummer aus dem Schrankenprogramm. Er würde also die Schranke niederfahren müssen, um den Campingplatz mit seinem BMW verlassen zu können. Das traute ich ihm zwar auch zu, aber vielleicht würde ihn das ein wenig aufhalten – und wir würden es zumindest hören! Der Hetzenegger hatte die Aufgabe übernommen, die erste Stunde ein Auge auf das Zelt von Sven zu haben, während Jonas sich meine Verletzungen im Gesicht ansah. Alex trug gerade die Bierkästen in den Campingladen, was der eigentliche Grund für seinen abendlichen Besuch gewesen war.

»Sollen wir nicht lieber ins Krankenhaus fahren?«, wollte Jonas wissen.

»Ich glaube, die ist doch nicht gebrochen«, meinte ich, während ich vorsichtig die Nase berührte. »Es ist schon gar nicht mehr so schlimm.« Seit alle um mich herumhüpften, fühlten sich alle Schrammen erträglich an.

»Hab ich doch gesagt«, stellte Evelyn fest, während sie Jonas Wattepads reichte, die sie aus ihren eigenen Vorräten organisiert hatte. »Der bringt nichts als Ärger.«

Kapitel 5

Sven Gerstenberg tauchte die ganze Nacht nicht mehr auf, und auch am Morgen war sein Zelt verwaist. Noch immer hatte ich den Eindruck, dass Jonas auf hundertachtzig und seine Ruhe nur gespielt war. Treu wie ein Hündchen folgte ich ihm überallhin, mehr aus Angst als Interesse daran, was er jetzt wieder vorhatte. Als er sich Einmalhandschuhe anzog und zum Zelt von Sven ging, blieb ich noch dichter an seiner Seite. Alles um mich herum fühlte sich ziemlich wattig an, weil ich in der Nacht kaum ein Auge zugemacht hatte.

»Du willst doch jetzt wohl nicht dieses Zelt durchsuchen?«, fragte ich. »Brauchst du da nicht eine Erlaubnis? Vom Staatsanwalt oder so?«

»Nicht, wenn Gefahr in Verzug ist«, wusste Jonas und öffnete das Auto von Sven. Das war erstaunlicherweise nicht abgesperrt.

Auch die anderen Camper hatten sich um uns versammelt, in der Hoffnung, hautnah Ermittlungsergebnisse mitzubekommen.

»Der hat doch bestimmt gestern mitgekriegt, dass du sofort die Polizei gerufen hast«, erklärte die Schmidkunz. »Und jetzt traut er sich nicht mehr zu seinem Auto.«

»Erst wenn unsere Aufmerksamkeit nachlässt«, bestätigte die Vroni, als hätte auch sie die gesamte Nacht das Auto observiert.

»Du meinst, er hat bemerkt, dass ich ständig geschaut habe?«, fragte die Schmidkunz ängstlich.

Nicht nur ich hatte also kaum geschlafen.

Jonas fand keine Wagenpapiere. Er ging ein Stückchen von uns weg und telefonierte, ich sah, dass er auf das Autokennzeichen blickte und anscheinend die Nummer weitergab. Dann sagte irgendjemand etwas, das ihn verärgerte. Wahrscheinlich, dass er das alles der Spurensicherung überlassen sollte. Statt die zu rufen, zog Jonas einen Rucksack aus dem Zelt und durchsuchte ihn. Ganz am Boden fand er etwas, das er uns erst nicht zeigen wollte, wir aber natürlich trotzdem alle sahen.

Eine Pistole!

»Ui«, sagte der Hetzenegger, »zeig doch mal! Das ist eine Makarew!«

»Lang sie bloß nicht an!«, quiekte die Vroni. »Die ist bestimmt geladen!«

»Das ist ja toll. Das ist das Nachfolgemodell der Tokarew TT33!«, berichtete der Hetzenegger begeistert. »Eine russische Pistole, neun Millimeter!«

»Der ist jetzt unbewaffnet unterwegs«, wies Evelyn kopfschüttelnd auf das eigentlich Interessante hin. »Komisch. Ich hätte angenommen, dass er die immer mit sich rumträgt.«

»Der hat doch bestimmt mehr Waffen als nur diese«, sagte die Schmidkunz, die immer vom Allerschlimmsten ausging. »Das ist nur seine Reserve.«

Jonas ließ das Magazin aus der Pistole rutschen, und wir sahen alle, dass da ganz viele Patronen drin waren.

»Der hätte dich auch erschießen können, Herzchen«, sagte Evelyn mit ziemlich gechillter Stimme. »Du hattest wirklich Glück!«

»Na prima«, sagte ich frustriert. »Vielleicht holt er das ja noch nach.«

Die Schmidkunz quietschte auf.

Danach fuhr Jonas doch noch in die Arbeit. Und er schärfte mir nochmals ein, was ich zu tun und zu lassen hatte. Nämlich nicht ohne Begleitung irgendwohin zu gehen, immer das Handy und alle Hunde dabei. Und keinesfalls eine Spazierrunde zu drehen. Vorsichtshalber blieb ich einfach im Café. An die Rezeption hatte ich einen Zettel gehängt mit der Aufschrift: »Anmeldung bitte im Café ›Fräulein Schmitts‹ unten am See«.

Beruhigenderweise tranken daraufhin die Polizisten Bauer und Brunner in unserem Café Latte macchiato am laufenden Band. Der Polizeiwagen stand sehr gut sichtbar direkt vor der Schranke. Und zwar so, dass überhaupt niemand den Campingplatz verlassen konnte, auch wenn er die Schranke niederfuhr. Schließlich kamen auch noch zwei mir unbekannte Männer, die sich voll bekleidet an den Strand stellten.

»Das sind Zivilbullen«, sagte Evelyn und bekam leuchtende Augen. »Die lade ich zum Kuchenessen ein.«

»Die sind zwanzig Jahre zu jung für dich«, sagte Vroni kritisch.

»Und top in Form«, schwärmte Evelyn.

Ich daddelte zur Ablenkung auf meinem Handy herum und konnte mir die Stories von Evelyn sowohl live, während sie ins Handy quatschte, als auch anschließend auf Instagram ansehen.

»Die Eröffnungsfeier muss ich leider verschieben, ihr Lieben«, flötete sie. »Aber das heißt natürlich nicht, dass ihr nichts zu essen bekommt bei Fräulein Schmitts!«

Die Likes explodierten auf den folgenden Beitrag, der mit den Hashtags »FräuleinSchmitts«, »coffeelover«, »coffeeholic« und »Hirschgrundis« getagged war.

Auch mittags war Sven noch immer nicht aufgetaucht, dafür war Alex da und aß mit mir eine Kleinigkeit. Ich hatte den starken Verdacht, dass Jonas ihn gebeten hatte, auf mich aufzupassen. Wahrscheinlich, weil der Bauer und der Brunner keinen Kaffee mehr trinken konnten und außerdem ein paar Parksünder aufschreiben mussten. Und die Zivilbullen auch nicht den ganzen Tag am Strand verbringen konnten.

Alex erwähnte die Sache mit Sven zwar kein einziges Mal, aber es schwebte wie eine dunkle Wolke über uns. Evelyn kredenzte uns ein Baguette mit Tomaten und Mozzarella und stellte uns dann auch noch ungefragt Cappuccino vor die Nase.

»So, und jetzt schminke ich dich mal«, sagte Evelyn sehr energisch. »Ich kann mir das nicht länger mit ansehen! Dein Gesicht verfärbt sich ja schwarz!«

»Ich hab heute noch gar nicht in den Spiegel gesehen«, verriet ich den beiden. Alex lachte. »Gekämmt hast du dich sicher nicht«, stellte er grinsend fest und wuschelte mir durch die Haare.

Evelyn holte ihren Schminkkoffer, während ich appetitlos an meinem Baguette knabberte. Gleichzeitig mit Vroni kam nun auch die Schmidkunz auf die Terrasse.

»Das kann ja eigentlich nur eine Verwechslung sein«, rief Vroni, als sie auf die Terrasse gestürmt kam. »Ich meine, weswegen sollte man dich erpressen?«

Ich zuckte unglücklich mit den Schultern. Das wusste ich auch nicht.

»Du siehst schrecklich aus!«, verriet mir die Vroni.

Die Schmidkunz sah auch ganz schrecklich aus, das nur nebenbei. Sie hatte dunkle Augenringe und wirkte übermüdet.

»Hat er das denn nicht genauer formuliert?«, wollte Vroni wissen. »Er muss doch gesagt haben, weshalb er dich erpresst.«

»Ja«, stimmte die Schmidkunz zu. »Man kann doch nicht von irgendjemandem, der kein düsteres Geheimnis hat, Geld erpressen. Da zahlt doch keiner!«

Inzwischen konnte ich mich überhaupt nicht mehr daran erinnern, was Sven überhaupt gesagt hatte, sondern nur, dass es um fünfzigtausend Euro ging.

»Irgendetwas aus deiner Vergangenheit vielleicht?«, fragte Alex träge, während er über den See blickte. Er hatte seinen Arm um meine Schulter gelegt, dankenswerterweise, das fühlte sich sehr sicher an. Und außerdem krault er mein Ohr. Gut, dass Jonas das nicht sah! »In der du deine dunkle Seite ausgelebt hast.«

Obwohl die Lage so verfahren war, musste ich lachen. Wahrscheinlich war ich der einzige Mensch hier am Tisch, der keine dunkle Vergangenheit hatte.

»Vielleicht hat er dich ja mit mir verwechselt«, überlegte Vroni.

Das war eigentlich ein Ding der Unmöglichkeit. Wir waren zwar beide blond, aber sie war klein und rund und ich groß und schlank.

Alex nickte höflich. Das war das Schöne an Alex, er konnte in jeder Situation noch nett sein und musste auch nicht lachen. »Ja. Eine gewisse Ähnlichkeit ist da.«

Ich schlug ihn mit der Hand auf den Bauch, und Vroni drohte mit dem Zeigefinger.

»Aber weswegen sollte man dich erpressen?«, fragte Evelyn neugierig, ohne auf die Verwechslungsthematik einzugehen.

»Ich hatte mal eine Affäre mit dem Freund meiner Schwester«, flüsterte Vroni. »Sagt das bloß nicht dem Franz. Nicht, dass er mich verlässt!«

Wir sahen sie alle mit großen Augen an.

Die Vroni!

»Der Franz und ich waren da zwar überhaupt nicht zusammen«, erklärte die Vroni hastig und sah sich erneut um. »Aber vielleicht denkt er dann, dass ich ein liederliches Frauenzimmer bin.«

Evelyn verdrehte die Augen. »Das ist dann ja schon Jahre her.«

»Jahrzehnte«, korrigierte Vroni Evelyn. »Da hatte ich noch dreißig Kilogramm weniger auf den Rippen und war richtig unternehmungslustig.«

Ich sackte wieder zusammen. So richtig half uns das auch nicht weiter.

»Und du bist da einfach mit dem ins Bett gegangen?«, fragte Evelyn nach. Sie betrachtete die Vroni mit ganz neu entdecktem Interesse.

»Doch nicht ins Bett gegangen. Wir haben mal geknutscht«, verbesserte Vroni.

Evelyn verdrehte die Augen. Man konnte förmlich dabei zusehen, wie ihr die Neugierde wieder abhandenkam.

»Aber er muss dir doch irgendeinen Hinweis gegeben haben, weswegen er dich erpresst!«, sagte die Schmidkunz. »Oder meint ihr, er wird morgen mich erpressen?«

»Oder meinst du, er ist ein Irrer, der einfach so lange Leute erpresst, bis sich jemand erbarmt und ihm die fünfzigtausend Euro gibt?«, fragte Evelyn kopfschüttelnd.

»Er muss dich verwechselt haben«, erklärte die Vroni.

»Wir müssen nur eine andere blonde Frau hier am Campingplatz finden, die dir ein bisschen ähnlich sieht, und dann sind wir der Lösung des Falls schon ein Stückchen näher!«

Ich starrte auf den Badeplatz, wo zwei junge Mütter mit Kleinkindern im Wasser standen und ihren Sprösslingen beim Herumtreiben im Wasser zusahen. Eine davon war ähnlich blond wie ich, sah aber sonst ganz anders aus. Vorsichtig betastete ich meine Nase. Vielleicht hätte ich doch ins Krankenhaus fahren sollen, sie fühlte sich definitiv ein bisschen geschwollen an. Eigentlich konnte ich mir auch nur vorstellen, dass Sven mich verwechselt hatte.

Ich betrachtete mich in dem kleinen Handspiegel von Evelyn und erkannte mich nicht wieder. Sie hatte mir dunkle Smokey Eyes geschminkt, die mich ziemlich sexy wirken ließen, fast verrufen. Die blauen Flecken sah man so tatsächlich nicht mehr.

»Ciabatta putanesca?«, fragte Evelyn den Gröning, der gerade auf die Terrasse gestapft kam und verärgert aussah, wie oft in letzter Zeit. »Oder ein ...«

Gröning hörte wieder nichts.

»Sofia, du musst mir jetzt helfen«, platzte er einfach ohne Gruß heraus. »Ich hab meine Sonnenbrille verloren. Die steck ich mir immer hier rein ...« Er zeigte auf die Brusttasche seines grünen Hemds. »Ich glaub, ich weiß auch, wo ich sie verloren habe. Aber in letzter Zeit seh ich so schlecht.«

»Sie müssen sich operieren lassen«, schlug ich vor. »Das ist der graue Star.«

»Und du müsstest schauen, ob die im schmalblättrigen Rohrkolben drinliegt.«

»Schmalblättrig«, echote ich. »Rohrkolben.«

»Da wächst nämlich der Froschbiss. Und ich bin mir nicht sicher, ob nicht auch eine Schwanenblume dort ist. Das wäre ganz besonders.«

»Froschbiss«, wiederholte ich verständnislos.

»Den wollte ich mir ansehen, unten am Ufer, und hab mich vorgebeugt. Da muss sie mir rausgerutscht sein.«

»Aha«, machte ich. Den Seeweg würde ich die nächsten Tage meiden wie der Teufel das Weihwasser! »Ich kann nicht. Nicht ohne männliche Begleitung.«

Der Gröning sah mich verständnislos an. »Ich geh schon mit.«

»Ich geh auch mit«, sagte Alex und kürzte so die Debatte ab.

»Soll ich euch mein Pfefferspray leihen?«, fragte die Schmidkunz und holte aus ihrer Hosentasche eine schwarz-rote Spraydose heraus.

»Du hast ein Pfefferspray?«, fragte Evelyn irritiert.

»Ja. Normalerweise nur, wenn ich abends unterwegs bin.«

»Aufs Klo?«, fragte ich.

»Nein, in der Nacht gehe ich immer im Wohnwagen«, sagte die Schmidkunz sehr bestimmt. »Der Gefahr setze ich mich nicht mehr aus!«

Damit drückte sie mir das Spray in die Hand.

Mit dem Pfefferspray in der einen Hand und Alex an der anderen ging ich nun hinter Gröning den Seeweg entlang. Milo schlurfend hinter uns, Clärchen herumtobend vor uns.

»Siehst du den schmalblättrigen Rohrkolben schon?«, fragte der Gröning alle halbe Minute, während wir den Seeweg entlanggingen, und ich musste als Erstes googeln, wie der überhaupt aussah. Weil ich Ignorant natürlich keine Ahnung hatte von der Schönheit der bayerischen Natur und ihrer Gewächse.

»Sehen Sie nicht mehr so gut?«, fragte Alex, und ich wiederholte die Frage brüllend, weil der Gröning nur verständnislos seine Hand hinters Ohrwaschel legte.

»Ich sehe sehr gut. Da zum Beispiel. Das ist eine Schwarzerle.«

Die stand da auch schon seit Jahrzehnten, da brauchte der Gröning gar nicht richtig hinzusehen, um das zu wissen!

»Früher habe ich eine Brille gebraucht, um so nah was zu sehen, und jetzt nicht mehr«, prahlte er und ging mit seinem Gesicht bis zehn Zentimeter vor die Rinde. »Aber das sehe ich jetzt sehr scharf, auch ohne Lesebrille!«

»Und das hier«, fragte ich misstrauisch und zeigte auf den See hinaus.

»Was?«, fragte der Gröning.

»Der Vogel. Auf dem Wasser.«

»Der ist zu weit weg und zu klein«, meinte der Gröning. Obwohl der Schwan nur zehn Meter entfernt und riesengroß und weiß war.

»Na dann«, seufzte Alex. »Wo ist jetzt der Krötenbiss?«

»Froschbiss«, verbesserte ich ihn.

Ich bemerkte, dass sich Clärchen direkt auf den Weg gesetzt hatte und uns auffordernd ansah. Gröning blieb vor ihr stehen und sagte: »Da.«

Die schlecht einsehbare Bucht war hier total überwuchert von Rohrkolben, und man hatte überhaupt keinen Blick mehr auf den See. Clärchen verdrückte sich hinter meine Beine und wollte sich den Rohrkolben nicht ansehen. Vielleicht hätte mich das stutzig machen sollen.

»Das muss die Stelle sein. Ist das der schmalblättrige Rohrkolben?«

»Hm«, machte ich einfach mal.

»Da habe ich mich vorgebeugt, und da müsste auch meine Brille sein. Schau doch mal da rein, Sofia!«

Ich nickte, beugte mich über die hohen Halme, die im Wasser standen, und tauchte in die tiefen Schichten der Halme ein. Das war irgendwie toll und erinnerte mich an meine Kindheit. Da hatte ich gerne die Augen halb geschlossen, mich ganz von Grün umgeben lassen und nur für den Augenblick gelebt. Im Hintergrund rief der Zilpzalp sein monotones Lied, und der leichte Wind raschelte im Rohrkolben. Hinter mir hielt der Gröning einen Vortrag über den Froschbiss und seine Bedeutung in diesem Biotop.

»Der wächst da schon seit Jahren. Die Blätter sehen aus wie winzige Seerosenblätter. Und ein bisschen wie die Schnauze von einem Frosch«, erklärte er uns. Deswegen war es auch nicht so wichtig, dass er das persönlich sah, denn er wusste ja eh, wie es aussah. Genauso wie er auch immer wusste, was geredet wurde, auch ohne es zu hören.

Ich seufzte innerlich.

Da, dachte ich mir. Da ist doch was! Und tatsächlich glitzerte etwas silbern auf. Während ich die Halme auseinanderdrückte, sah ich auch, was es war. Keine Sonnenbrille, sondern vier silberne, breite Ringe, die alle mit eigenartigen Runen verziert waren. Es dauerte wahrscheinlich keine Sekunde, bis ich verstand, was ich da sah, obwohl ich schon wieder das

Gefühl hatte, dass die Zeit stehen geblieben war und die Welt die Luft anhielt.

Eine Hand mit vier Ringen. Ein Arm, der komplett tätowiert war.

Ich richtete mich so abrupt auf, dass mir ganz schwarz vor Augen wurde.

»Was ist?«, fragte Alex, weil ich mich an seinen Arm klammerte.

»Da liegt ...«, brachte ich hervor, als ich wieder etwas sah, und gestikulierte zum schmalblättrigen Rohrkolben hin. »Da ist ...« Ich wedelte mir mit meiner freien Hand Luft zu, weil ich den Eindruck hatte, dass sie knapp wurde.

Der Gröning war da, natürlich, und er beugte sich nun selbst über das Gras. So nah, dass ich den Eindruck hatte, dass er gleich einfach nach vorne kippen würde.

»Da ist ...«, krächzte ich.

»Meine Brille«, sagte der Gröning sehr zufrieden und streckte seine Hand aus.

Kapitel 6

»Mir reicht's jetzt!«, fing ich zu schreien an. Vielleicht lag es daran, dass ich das Leichenfinden doch nicht so hundertprozentig gewöhnt war. Dass ich jetzt meinen ältesten Dauercamper angiftete, war vermutlich komplett daneben, aber das kam einfach aus mir heraus, von ganz tief innen. »Nix hören und jetzt auch noch nix sehen! So geht das nicht weiter!«

Wenn der Gröning nämlich besser sehen würde, wäre das alles nicht passiert! Früher hatte er nie irgendwelche Hilfe gebraucht, und jetzt musste ich mitgehen und die Leichen finden, die er gefunden hätte! Das musste ihm doch auffallen, dass er überhaupt nix mehr sah! Nicht einmal den riesigen weißen Schwan! In mir kochte es so richtig, und ich beschloss, mir nichts mehr gefallen zu lassen.

»Das ist einfach unerträglich! Wir machen jetzt sofort einen Termin aus, beim Augenarzt!« So laut, wie ich herumschrie, verstand mich der Gröning natürlich. Und er war so erschrocken über meine Verärgerung, dass er einfach nur nickte, während er seine Sonnenbrille wieder in die Brusttasche seines Hemds steckte.

»Und dann wird operiert, damit das nur klar ist!«, schrie ich ihm hinterher. Denn die Leiche war ihm nämlich jetzt, wo er seine Sonnenbrille gefunden hatte, überhaupt nicht aufgefallen. Er ging einfach den Seeweg zurück zum Campingplatz und ließ mich mit dem toten Sven zurück. Wie im Übrigen auch Clärchen und Milo, die keinen Sinn darin sahen, noch weiter bei einer Leiche herumzuhängen.

Wenn Alex nicht neben mir gestanden hätte, hätte ich einen hysterischen Anfall bekommen. Und einen Herzinfarkt! Und ein Leichenfinde-Trauma!

Okay. Ich bekam auch so einen hysterischen Anfall und ein Leichenfinde-Trauma.

»Ich mach das nicht länger mit! Und dann nicht mal merken, dass ein Toter im Gebüsch liegt! Das sind keine Zustände!«

Alex nahm mich bei den Schultern und drehte mich zu sich. »Sofia«, sagte er behutsam. »Jetzt mal ganz langsam!«

Langsam ging jetzt gar nichts mehr. Ich bekam ganz schlimm Schluckauf.

»Das gibt's doch einfach nicht, dass der nix sieht und nicht merkt, dass er nix sieht!«, heulte ich und hickste, während ich auf den blöden schmalblättrigen Rohrkolben zeigte. »Weißt du, wer da liegt?«

Ganz sicher war ich mir natürlich nicht. Ich hatte ja nur den Arm bis zum Ellbogen gesehen. Glücklicherweise hatte ich Alex mit dabei, der erst einmal kontrollierte, ob Sven noch lebte – tat er nicht, und zwar schon länger –, und dann beschloss, ihn so liegen zu lassen, wie wir ihn gefunden hatten.

Während wir an Ort und Stelle auf die Polizei warteten, die Alex vom Handy angerufen hatte, übte ich mich in Tiefenatmung und Meditation. Ich starrte auf die Jeans von Alex, die jetzt bis zu den Knien nass war. Und sah trotzdem nur die Hand von Sven vor meinem geistigen Auge. Die hatte ausgesehen, als hätte er sich verletzt. Hin und wieder wanderte mein Blick automatisch zum schmalblättrigen Rohrkolben.

Man sah auch jetzt, nachdem sowohl ich als auch Alex hineingetreten waren, kaum die Stelle, wo Sven liegen musste. Nur drei Halme waren so umgeknickt, dass sie nun auf den Weg ragten.

Um mich davon abzulenken, nahm ich das Handy von Alex und rief den nächsten Augenarzt an. Ich klang so entnervt am Telefon, dass ich sofort für den nächsten Tag einen frei gewordenen Termin bekam. Anscheinend hatte ich der Sprechstundenhilfe das Gefühl gegeben, dass es um Leben und Tod ging.

»Das macht bestimmt kein Campingplatzbesitzer für seinen Gast«, stellte Alex fest, während er mir seinen Arm um die Schulter legte.

»Aber kein Campinggast führt den Campingplatzbesitzer zu einer Leiche und haut dann einfach ab!«, stellte ich klar.

Erst als es vor Leuten um mich herum nur so wimmelte, konnte ich wieder einigermaßen durchatmen. Als Erstes kamen die Polizisten Brunner und Bauer, der Brunner ganz mies gelaunt. Danach Jonas, der mit angespannter Miene als Allererstes ein paar Bilder vom Tatort machte.

Wobei Tatort wohl der falsche Begriff war, musste ich mir eingestehen, da ich trotz meines Widerwillens immer wieder zwanghaft hinsah. So unberührt, wie der schmalblättrige Rohrkolben wuchs, konnte ich mir überhaupt nicht vorstellen, wie Sven dorthin gekommen war. Hatte er einen Kopfsprung mit Salto gemacht und war über alle Halme geflogen?

»Ich muss wissen, ob er es ist«, beharrte ich, als Jonas mich wegschicken wollte.

Jonas sah seufzend auf Alex und mich, Alex hatte noch immer seinen Arm auf meiner Schulter geparkt. Und Jonas beschwerte sich nicht einmal! So schlimm war es inzwischen schon. Dass Jonas nicht einmal seinen grimmig-giftigen Blick auflegte, den er normalerweise hervorholte, wenn Alex nur ansatzweise nett zu mir war.

Schließlich nickte Jonas.

Sven Gerstenberg hatte nicht allzu lang in dem schmalblättrigen Rohrkolben gelegen, er sah noch immer aus wie am Vortag. Deswegen konnte ich ihn auch sofort identifizieren. Genau wie ich hatte er ein blaues Auge und eine ziemlich verbeulte Nase. Seine war noch etwas mehr in Mitleidenschaft gezogen, und ich war mir ziemlich sicher, dass sie gebrochen war, so schief, wie sie in seinem Gesicht saß. Über seiner rechten Augenbraue war eine Platzwunde, und direkt an der Stelle, wo die Halsschlagader sein musste, hatte er einen kleinen Schnitt in der Haut. Viel Blut sah man dort nicht, entweder weil es durch das Wasser weggewaschen war oder weil es nicht stark geblutet hatte. Das sah auf jedenfalls sehr gefährlich aus, als hätte ihm jemand fast die Halsschlagader aufgeschnitten! Und das, nachdem er eine ganz brutale Schlägerei hinter sich gebracht hatte.

»Ist er das?«, fragte mich Jonas, weil ich nur wortlos starrte.

»Ja«, antwortete ich.

»Hat er, während er dich bedroht hat, schon so ausgesehen?«

Ich starrte den Toten weiter an.

»Mit diesen Verletzungen«, konkretisierte Jonas die Frage.

»Ich habe ihn ja nicht gesehen«, sagte ich. Ich hatte meine Nase an der Rinde eines Baumstammes! »Aber als er bei mir eingecheckt hat, hat er noch nicht so ausgehen. Die einzige Wunde war ein Rasierschnitt auf seinen Nackenrollen.«

»Nackenrollen?«, fragte Jonas.

»Sein speckiger Hals«, erklärte ich. »Da war so ein Schnitt.«

Eine Weile starrten wir wieder auf den Toten.

»Aber so, wie seine Nase aussieht, hätte man das ja auch an der Sprache hören müssen«, überlegte Jonas. »Hat er irgendwie nasal gesprochen?«

Ich versuchte mich zu erinnern, aber mein Gehirn machte nicht mehr mit.

»Hast du ihn denn geschlagen?«, wollte Alex wissen.

»Nein!«, sagte ich empört. »Ich wünschte, ich hätte mich getraut, aber nein.«

Glaubte ich wenigstens. So ganz sicher war ich mir nicht.

»Was steht denn da im Gesicht?«, fragte Jonas.

»Das ist lateinisch«, erklärte ich. »Und bedeutet: Zu leben heißt zu kämpfen.«

Das war bestimmt sein Lebensmotto gewesen. Und sein letzter Kampf war nicht gut für ihn ausgegangen. Vielleicht hatte er noch ein paar andere blonde Frauen erpresst, und die letzte hatte ihm so eins übergebraten, dass er sich davon nicht erholt hatte!

»Er muss mich verwechselt haben, so im Dunkeln«, sagte ich. »Anders kann ich mir das nicht erklären.«

»Mit einer anderen blonden Frau, die mit ihren Hunden am Abend am See spazieren geht«, überlegte Jonas, während er mich an den Schultern packte und umdrehte. »Welche blonde Frau hätte er denn kennen können? Ist Sven Gerstenberg jemand aus dem Dorf?«

Natürlich nicht!

»Clarissa«, platzte ich heraus, obwohl ich mir gar nicht so sicher war. »Unsere neue Dauercamperin.«

Jonas hob eine Augenbraue.

»Als er ankam, hat er sowohl mich als auch Clarissa so intensiv angesehen. Und Clarissa ist ganz rot geworden.«

Und dann hat sie ihn auch noch angebaggert, obwohl ihr eigener Mann nur fünfzig Meter entfernt im eigenen Wohnwagen war!

»Sie hat später auch noch mit ihm geredet.«

Fast im Negligé!

»Und worüber?«, wollte Jonas wissen.

»Ich hatte den Eindruck, dass es nicht um die Unterhaltung ging. Sondern dass das die erste Kontaktaufnahme war.«

»Wofür?«

»Um danach in die Kiste zu hüpfen. Ich weiß, das klingt jetzt seltsam, schließlich wollte sie nur unseren Campingplatz kennenlernen und sich einen Stellplatz aussuchen. Sie hat ja auch ihren Mann dabei und so. Und der hat das sogar mitbekommen, aber ich hatte den Eindruck, dass sie mit Sven ins Bett wollte.«

Ich versuchte mich an die Situation zu erinnern.

»Es war ja auch nicht so, dass sie das hinter dem Rücken ihres Mannes gemacht hätte. Mir ist das so vorgekommen, als wäre es ihr einfach egal. Oder als hätte sie komplett vergessen, dass sie ihren Mann dabeihat!«

»Und danach wollte er sie deswegen erpressen?«, fragte Alex interessiert.

Ich zuckte mit den Schultern. »Weiß ich nicht. Ihr Mann hat die beiden ja auch gesehen. Er hat sie sogar von ihm weggezogen!«

Die beiden Männer antworteten nicht, sondern sahen mich eine Weile irritiert an. Es klang tatsächlich nicht so, als könnte Sven ein Interesse daran gehabt haben, Clarissa zu erpressen.

»Ich kann mir ja auch nicht vorstellen, dass mit dem jemand ins Bett will. Ich erzähle ja nur, was ich miterlebt habe«, entschuldigte ich mich.

Dann kamen der Stein und die Spusi-Tanten, und Alex und ich wurden weggeschickt.

Das Café war inzwischen verwaist, anscheinend hatte das mit der Leiche schon die Runde gemacht, und alles war ausdiskutiert. Meine Dauercamper konnten ja dank meiner Leichenfunde mittlerweile auf substanzielle Erfahrungen mit Todesfällen zurückgreifen. Nur meine Hunde hatten es sich bei Evelyn gemütlich gemacht. Sie stellte gerade schmutziges Geschirr in einen Korb, um es zu mir in die Wohnung zu tragen. Währenddessen erzählte ich pausenlos, und sie schnalzte hin und wieder mit der Zunge.

»Du glaubst es nicht!«, sagte sie abschließend kopfschüttelnd.

»Wieso immer ich«, jammerte ich.

»Du musst eben schon vorher genauer schauen«, schlug Evelyn mir eine Strategie vor, das Leichenfinden zu vermeiden. »Ich mein, das siehst du doch, wo jemand eines gewaltvollen Todes gestorben ist. Blutspritzer, Kampfspuren. Und dann musst du halt umkehren.«

Ärgerlich stierte ich in meine Tasse. Was hieß hier Blutspritzer und Kampfspuren!

Missmutig sah ich zu, wie Alex Evelyn dabei half, eine Fritteuse aus einem Paket zu heben und hinter dem Tresen zu platzieren.

»Das wäre das Highlight für die Kinder geworden. Bei der Eröffnung«, seufzte Evelyn.

»'tschuldige! Dass ich schon wieder mit einer Leiche die Stimmung kille«, sagte ich. Dann entschuldigte ich mich noch für das Wort »killen« und ging zu meinem Cappuccino hinaus auf die Terrasse.

»Schätzchen«, sagte Evelyn nur, schon wieder kopfschüttelnd.

Alex und ich blieben auf der Terrasse sitzen, als Evelyn mit dem Korb verschwand.

Ich trank den abgestandenen, kalten Cappuccino und starrte nur vor mich hin. Jetzt, nachdem sich die Aufregung gelegt hatte, spürte ich eine bleierne Müdigkeit in mir, die sich nach so einem starken Adrenalinkick immer über mich legte. Auch Alex fiel nichts mehr ein, er schrieb Nachrichten auf dem Handy und seufzte nur hin und wieder.

Nach einiger Zeit kam Jonas und rief mir vom Weg her zu, ich solle mitkommen, um ihm die neuen Dauercamper vorzustellen.

Wir gingen zu dritt die Treppe hinauf zum Campingplatz, und ich führte Jonas zu dem Platz der Meindls. Dort war gerade Hochbetrieb. Meine Dauercamper halfen Robert und Clarissa mit vereinten Kräften, das Vorzelt aufzubauen. Es sah auch aus, als hätten es die beiden alleine niemals geschafft, irgendetwas aufzubauen. Denn meistens steckten sie etwas zusammen, was der Hetzenegger dann freundlich wieder auseinanderzog und geduldig darauf hinwies, wie es wirklich funktionierte.

»Die Kleinen kommen in der Mitte oben rein«, sagte der Hetzenegger und raschelte mit den Papieren der Aufbauanleitung.

»Natürlich muss man hier auch immer arbeiten«, sagte Vroni eben zu Clarissa. »Ist aber alles im Kleinformat und überschaubar. Das ist doch das Schöne am Campingurlaub. Dass die lästigen Haushaltspflichten schnell erfüllt sind, und danach kann man sich schön hinsetzen und sich ausruhen. Die Ruhe genießen!«

»Sturmabspannung mit Sturmleinen ist richtig wichtig«, sagte Hetzenegger zu Robert und deutete auf die Heringe. »Die Heringe, die taugen überhaupt nix. Die sind gleich verbogen. Die müssten dreißig Zentimeter sein, und nicht so windige! Da kannst dir gleich andere besorgen. Wenn mal ein Orkan aufkommt, fliegt dir das alles um die Ohren!«

Einen Orkan hatte es meines Wissens bei uns am Campingplatz noch nie gegeben.

»Hallo«, unterbrach ich die Erklärungen vom Hetzenegger. »Clarissa und Robert Meindl. Jonas Schneider«, machte ich die drei miteinander bekannt.

»Kriminalpolizei Regensburg«, sagte Jonas. »Ich würde mich gerne mit Ihnen unterhalten. Es geht um Sven Gerstenberg.«

Schon wieder lief Clarissa rot an.

Kapitel 7

Während Jonas mit den Meindls sprach, musste ich doch noch einmal im Detail erzählen, wie ich den Gerstenberg im schmalblättrigen Rohrkolben gefunden hatte. Die Männer fanden das anscheinend nicht so interessant, sie bauten weiter das Vorzelt der Meindls auf.

»Und? Habt ihr das eben gesehen?«, fragte ich die anderen mit gesenkter Stimme. »Die Clarissa ist rot geworden.«

»Die wird ständig rot«, merkte Vroni an.

»Besonders wenn es um diesen Sven geht«, beharrte ich. »Dabei schaut doch ihr Männertyp ganz anders aus, wenn man Robert betrachtet!«

»Na, das Milchgesicht hat sie geheiratet. Aber auf wen sie wirklich abfährt, kann man doch da nicht wissen«, sagte der Hetzenegger, während er dem Schmidkunz eine Stange gab. »Leg die mal da drüben dazu.«

Aha! Anscheinend hörten sie doch zu, was wir so am Quatschen waren.

»Der eine verdient das Geld, und der andere ...«, der Schmidkunz vervollständigte den Satz nicht, weil ihm seine Frau einen warnenden Blick zuwarf.

»Du hast momentan wirklich Pech«, sagte die Vroni und tätschelte meinen Unterarm. »Erst wirst du niedergeschlagen. Dann wirst du erpresst. Und nun findest du auch noch eine Leiche!«

Das waren tatsächlich unhaltbare Zustände!

»Weiß man inzwischen eigentlich, wer dich neulich beim Steglmaier niedergeschlagen hat?«, fragte der Schmidkunz.

»Nein.« Schließlich war ich niedergeschlagen worden und hatte eine Gedächtnislücke von ein paar Minuten.

»Zweimal angegriffen. Wenn das mal nicht derselbe war«, sagte der Schmidkunz, und ich starrte ihn nur fassungslos an. Daran hatte ich überhaupt noch nicht gedacht! Ich wollte schon losrennen, um meine neueste Erkenntnis Jonas mitzuteilen, als der Hetzenegger ergänzte: »Aber logisch ist das nicht. Wieso sollte Sven Gerstenberg bei den Steglmaiers einbrechen und Sofia dann drei Wochen später bedrohen?«

»Vielleicht, weil er gemeint hat, dass ich ihn erkannt habe!«, schlug ich vor.

»Und wieso sollte er dann Geld von dir fordern?«, fragte der Hetzenegger. »Eigentlich hättest du ja ihn erpressen können. Wenn du gewusst hättest, dass er der Einbrecher ist!«

Dass er von mir dann im Anschluss Geld haben wollte, war tatsächlich höchst unlogisch. Trotzdem holte ich mein Handy heraus und tippte eine Nachricht an Jonas. Während ich eine Weile den anderen beim Zeltbau zusah, fiel mir noch ein, dass ich gar nicht wusste, was die Polizei über den Überfall damals in der Rezeption herausgefunden hatte.

»Habt ihr inzwischen was auf dem Computer von Steglmaiers gefunden?«, fragte ich per WhatsApp. Eine Weile starrte ich auf die Lesebestätigung, aber da Jonas noch die Meindls befragte, war nicht davon auszugehen, dass er meine Nachrichten las.

»Vielleicht wartet ihr, bis Robert wieder da ist«, schlug Vroni gerade vor. »Und baut ihm nicht einfach irgendwie das Zelt auf.«

»Wir bauen nicht irgendwie das Zelt auf«, entrüstete sich der Hetzenegger. »Sondern so, wie sich das gehört!«

»Aber vielleicht will er dabei sein.«

»Ach, das geht viel einfacher, wenn der nicht mit dabei ist«, erklärte der Hetzenegger. »Der hat doch solche Hände ...« Er drehte sie so, als hätte er zwei linke Hände, und die beiden Männer lachten.

Mir war jedenfalls ganz schwächlich zumute. Ich erlaubte Alex, endlich wieder seiner Arbeit nachzugehen und sich zu Hause eine frische Hose ohne Schlammspuren anzuziehen. Ich versprach ihm, dass ich im Haus bleiben würde. Außerdem musste ich jetzt, wo Sven tot war, nicht mehr bewacht werden, wie ich fand.

Danach erzählte ich sehr empört Evelyn noch einmal die ganze Geschichte.

»Ich weiß nicht, weshalb du dich aufregst«, sagte Evelyn und scrollte weiter auf meinem Tablet herum, während sie sich auf mein Sofa lümmelte.

»Eine Leiche!«, rief ich empört. »Das ist zum Aufregen!«

»Na ja, aber jetzt bist du den Typen los. Das ist doch das Wichtigste, oder nicht? Ich meine, wir wären unseres Lebens nicht sicher, wenn dieser durchgeknallte Kerl hier noch länger rumhängen würde.«

»So sehe ich das nicht«, sagte ich. »Der wäre jetzt ruckizucki verhaftet.«

»Was mir eher Sorgen macht, ist, dass es anscheinend jemanden gibt, der noch durchgeknallter ist als dieser Sven«, stellte Evelyn fest, sah sich aber weiterhin etwas auf dem Tablet an. »Und zudem noch stärker!«

»Na danke!«, kreischte ich los.

Im Gegensatz zu Evelyn konnte ich bei dieser Aussage überhaupt nicht ruhig bleiben. »Das hilft mir jetzt weiter!«

Kopfschüttelnd sah Evelyn nun doch auf, verständnislos angesichts meiner starken Emotionen. »Sag mal!«

»Vielleicht ist Clarissa die Durchgeknallte«, flüsterte ich und sah mich um, als würde sie schon hinter mir stehen.

»Also zu Jonas hat sie gesagt, dass sie Sven noch nie vorher gesehen hat«, erzählte Evelyn.

»Woher weißt du das?«

»Ich saß vorhin vor dem Computer in der Rezeption«, erzählte sie. »Aber Jonas hatte da was dagegen und hat mich weggescheucht. Ein bisschen was konnte ich trotzdem noch hören.«

Das war normalerweise mein Part. Das mit dem vor dem Computer sitzen und Verhöre belauschen.

»Und Clarissa hat erzählt, dass sie ihn noch nie gesehen hat vor dem gestrigen Tag. Und dass sie überhaupt keine Verwandten, Bekannten und Freunde in Nordrhein-Westfalen hat.«

»Was hat das damit jetzt zu tun?«

»Dieser Sven kommt doch aus Nordrhein-Westfalen. Autokennzeichen BM.«

Nachdem ich nun so lange herumgetigert war, ließ ich mich neben Evelyn auf die Couch fallen.

»Und Robert kannte ihn ebenfalls nicht.«

»Der ist auch nicht rot geworden, als er ihn gesehen hat«, wandte ich ein. »Und er ist auch keine blonde Frau.«

»Du meinst, Sven hat Clarissa und dich verwechselt.«

»Welche Erklärung gibt es denn sonst?«

»Sie sieht doch unglaublich spießig aus«, wandte Evelyn ein. »Ich kann mir nicht vorstellen, dass es in ihrem Leben etwas gibt, das sie erpressbar macht. Außer vielleicht geschmacklose

Klamotten. Aber das lockt doch keine brutalen Rocker aus Nordrhein-Westfalen hinter dem Ofen hervor.«

»Sehe ich etwa so aus, als gäbe es etwas in meinem Leben, weswegen man mich erpressen könnte?«, fragte ich empört nach. »Ich bin doch so was von harmlos.«

Evelyn nickte. »Daran musst du noch arbeiten. Stell dir vor, am Ende deines Lebens denkst du über dein Leben nach und kommst zu dem Ergebnis, dass du immer superspießig gewesen bist.«

Ich sackte in mich zusammen. Gestern hatte ich mich gefühlt, als würde ich am Ende meines Lebens stehen. Und da hatte ich an meine Spießigkeit überhaupt keinen Gedanken verschwendet! In so einem Moment war es doch komplett egal, ob man ein gebügeltes Poloshirt trug oder nicht.

»Vielleicht ist der Mörder von Sven jetzt hinter mir her«, sagte ich.

»Vielleicht, vielleicht«, verdrehte Evelyn die Augen. »Vielleicht wollte der Mörder dir auch einen Gefallen tun. Darüber zu spekulieren hat doch keinen Sinn!«

Sie tätschelte mir die Schulter.

»Aber du hast recht. Wir sollten Clarissa auf gar keinen Fall aus den Augen lassen.«

Dann klingelte es, und Evelyn lief die Treppe ins Erdgeschoss hinunter.

Ich folgte ihr. Mehr aus Angst denn aus Neugier, musste ich mir eingestehen. Sogar jetzt, wo Sven tot war. In meiner Hosentasche klingelte mein Handy, und ich zog es, während ich nach unten ging, heraus.

Eine unbekannte Nummer? Ich überlegte kurz, ob ich überhaupt drangehen sollte, dann wischte ich doch über das Display. Eine aufgeregte Frauenstimme schrie ins Telefon.

»Sofia!« Die Stimme war so verzerrt, dass ich nicht wusste, wer das war.

»Wer spricht?«, fragte ich, während ich beobachtete, dass Evelyn gerade beim Postboten unterschrieb und ein großes Paket entgegennahm.

»Steglmaier Karin!«, schrie die Frau herein. »Ich bin grad bei meinem Buben im Gefängnis!«

»Ah«, machte ich. Die Mutter vom Steglmaier.

»Der ist fix und fertig! So hab ich den noch nicht erlebt.«

Da konnte ich doch nichts machen!

»Und jetzt leugnet er auch noch, dass er den Mord geleugnet hat!«

Himmel, das war natürlich ein Ding!

»Du musst unbedingt kommen und ihn befragen, dann fällt es ihm bestimmt wieder ein!« Aufgeregt erzählte sie mir noch einmal den Tathergang, und ich sah mich eilig nach einem Stuhl um, weil mir erneut ganz schwächlich wurde. Ich konnte der Ausführung der Steglmaierin nicht folgen.

»'tschuldigung, ich muss jetzt aufhören«, sagte ich schließlich und drückte einfach das Gespräch weg. Ich konnte mich jetzt unmöglich auch noch um den Steglmaier kümmern! Der hatte schließlich schon alles gestanden! Und war außerdem in Sicherheit, während er in seiner Gefängniszelle saß. Was man von mir nicht behaupten konnte.

»Mein neuer Style, jung und frisch!«, sagte Evelyn zufrieden und hielt mir den neu angekommenen Karton entgegen.

»Weißt du was«, sagte Evelyn begütigend. »Wir lenken uns

jetzt mal so richtig ab. Ich brauche neue Fotos, die machen wir jetzt.«

»Ich kann jetzt nicht fotografieren«, sagte ich und schlang meine Arme um mich. »Ich muss mich in die Rezeption setzen.«

»Natürlich kannst du das. Das lenkt dich ab. Und meine Fotos sind auch supiwichtig. Ich muss meinen ganzen Content jünger gestalten! Weißt du was, ich zieh mir jetzt mein erstes Outfit an. Du wirst sehen, das wird dir guttun!«

Als Evelyn zurückkam, trug sie einen schwingenden dünnen Blümchenrock und dazu schwarze, klobige Stiefel. Auf dem Kopf hatte sie einen Filzhut. Für das schöne warme Wetter war das nicht das passende Outfit, aber ich hatte keine Lust, Stellung zu nehmen. Im Gegensatz zu ihren sonstigen Push-up-BHs hatte sie jetzt einen an, der den Busen verkleinerte.

»Zwanzig Jahre jünger«, behauptete sie, während sie mir meine digitale Kamera in die Hand drückte.

Ich nickte einfach nur. Eben kam Robert aus dem Campingladen. Er sah ziemlich gestresst aus, seine Haut war fleckig, und er schaute uns nicht an, als er aus der Rezeption stürmte und Richtung Wohnwagen eilte. Jonas kam nun auch heraus und umarmte mich einmal kurz.

»Alles klar?«, fragte er.

»Alles klar, Herr Kommissar«, sagte ich. »Ich geh jetzt fotografieren.«

Er zog sein Handy heraus und las meine Nachricht. »Bei dem Überfall auf dich in der Rezeption sind wir nicht weitergekommen«, antwortete er persönlich. »Auf dem Computer der Steglmaiers haben wir auch nichts Verdächtiges gefunden.«

Es klang ein bisschen so, als wäre das momentan auch nicht seine wichtigste Baustelle.

»Vielleicht war das Sven«, schlug ich vor.

»Aber wieso sollte er deswegen von dir Geld fordern?«, wollte auch er wissen. Okay. Diese Theorie schien nicht zu tragen.

Jonas begleitete uns Richtung See. Schon von Weitem erkannte ich, dass die weiß umhüllten Spurensicherungstanten inzwischen bei Svens Zelt und Auto angelangt waren. Als sie uns kommen sahen, warfen sie mir einen ungehaltenen Blick zu, während ich freundlich grüßte. Wahrscheinlich war der Anruf – schon wieder Leiche auf dem Campingplatz – inzwischen der Horror für die beiden!

»War sein Handy im Zelt?«, frage Jonas.

»Noch nichts gefunden.«

Neugierig sah ich mit ins Auto, obwohl mir Lilly und Erika weiter böse Blicke zuwarfen. Der Fußraum vor dem Beifahrersitz war komplett zugemüllt mit Getränkedosen, verschmutzten Servietten und Zigarettenpackungen. Im Handschuhfach waren alte Landkarten von Deutschland, aber keine Papiere.

»Das Auto war nicht abgesperrt«, sagte Jonas in nachdenklichem Tonfall.

»Und was heißt das?«, flüsterte ich erschrocken.

»Dass er nicht vorhatte, sehr lange wegzubleiben, vielleicht«, schlug Evelyn vor. »Da würde ich das Auto auch nicht absperren.«

Evelyn sperrte nie das Auto ab, egal, wie lange sie es danach nicht nutzte, insofern war das eine etwas irreführende Aussage.

»Das Auto ist auf jeden Fall nicht auf diesen Gerstenberg zugelassen«, verriet Lilly.

»Sondern?«, fragte Jonas.

»Auf eine Frau. Mascha Schuhmann. Wohnhaft in Kerpen.«

Noch nie gehört.

Während Jonas weiter zum See hinunterging, blieb Evelyn noch sehr entspannt bei den Spusi-Tanten stehen. »Schrecklich, ihr müsst total überarbeitet sein«, sagte Evelyn. »Sofia macht schnell Fotos von mir, dauert nicht lange. Kommt danach gerne noch ins Café«, schlug sie vor, und die Laune der zwei besserte sich augenblicklich.

Kapitel 8

Auch Clärchen hüpfte neben uns auf und ab, sie hatte überhaupt keine Angst, während ich mich ziemlich an die Kamera krallte, als wir den Weg hinunter zum See einschlugen. Die Ereignisse der letzten Stunden aus dem Kopf zu bekommen war schwieriger als gedacht!

Clarissa verschwand gerade im Klohäusl, den Kulturbeutel unter den Arm geklemmt. Aha! Nach der Befragung ein bisschen frisch machen. Evelyn bog so abrupt ins Klohäusl ab, dass sie in mich reinrannte.

»Das war doch Clarissa«, stellte Evelyn fest. »Da schauen wir doch gleich mal ...«

Was sie da schauen wollte, wusste ich nicht, aber brav dackelte ich neben ihr hier. Sie steuerte schnurstracks auf Clarissa zu, die sich eben die Zähne putzte. Clarissa hatte sich umgezogen, sie hatte jetzt ein weißes Poloshirt an und eine weiße Hose.

»Wir machen jetzt dann ein kleines Shooting, unten am See. Neuen Content für meinen Instagram-Kanal, das muss alles jugendlicher, frecher und pfiffiger werden!«, sagte Evelyn, lehnte sich gegen die Wand und wackelte herum. »Könntest du vielleicht mitfilmen? Das wäre super, dann braucht sich Sofia nur um die Fotos zu kümmern.«

Clarissa strahlte. Dass sie so schnell in unsere Gemeinschaft integriert wurde, fühlte sich wahrscheinlich toll an. Antworten konnte sie nicht, weil sie die Zahnbürste und ganz viel Zahnpasta im Mund hatte. Ich unterdrückte ein tiefes Einatmen, weil ich Evelyns wahre Motivation natürlich kannte.

»Ups«, machte Evelyn, als sie sich von der Wand wegdrückte und den Kulturbeutel von Clarissa auffing, den sie mitgerissen hatte. »Sorry!« Mit einem Lächeln stellte sie ihn wieder vor Clarissa und tätschelte den Kulturbeutel, als müsste sie ihn trösten.

»Kain Prblm«, brachte Clarissa mit schaumigem Mund hervor. Mit schwingenden Hüften und herausgedrückter Brust verließ Evelyn das Klohäusl und sah äußerst zufrieden mit sich aus.

»Sag mal«, merkte ich an. »Meinst du nicht, sie hat dich durchschaut? Das war doch ein bisschen auffällig!«

»Die hat bestimmt nicht gemerkt, dass ich es mitgenommen habe«, widersprach sie und blieb neben dem Geschirrspülhäuschen stehen, um auf das Handy zu sehen.

»Mitgenommen?«, fragte ich, weil ich das auch nicht mitbekommen hatte.

»Mal sehen. Ich würde sagen, sie ist der Z-Typ.«

»Z?«, fragte ich.

»Sie ist spießig und ordentlich. Sie macht bestimmt kein Chaos-Passwort, sondern ein ordentliches Z. Und die meisten Leute fangen bei Wischpasswörtern in der linken oberen Ecke an. Ist dir das noch nie aufgefallen?«

Nein. Mich interessierten Passwörter anderer Leute nicht.

Evelyn wischte über das Display des Handys und lächelte dann triumphierend. »Sagte ich doch. Ein Z. Vielleicht hat sie Svens Telefonnummer ...«

Evelyn scrollte durch die WhatsApp-Kontakte.

»Sag mal, spinnst du?«, fragte ich fassungslos. »Du kannst doch nicht Clarissas Handy klauen!«

»Pscht!«, zischte Evelyn. »Kannst du bitte leiser sprechen?«
Am liebsten hätte ich laut geschrien.

»Und ich habe es auch nicht geklaut, sondern kurz ausgeliehen. Wir treiben damit nur die Ermittlungen voran, denn Jonas kann sich das Handy natürlich nicht ausleihen, der braucht wieder zig Unterschriften von irgendwelchen Leuten, die keine Ahnung von schnellen Ermittlungen haben.«

»Ähm«, machte ich erschrocken.

»Aber wenn ich ein Handy finde, muss ich doch nachsehen, wem es gehört.«

»Und wo hast du das gefunden?«

»In ihrem Kulturbeutel«, sagte Evelyn und tippte auf dem Handy herum. »Stell dich nicht so an. Dieses Mal kannst du dich wirklich nicht herausreden, wir müssen ermitteln. Schließlich geht es um deine Sicherheit! Wenn Clarissa und Sven ein gemeinsames Team waren und dich erpressen wollten oder umbringen, schlimmstenfalls, dann bist du doch wohl froh, wenn ich das vorher herausgefunden und verhindert habe! Schließlich wäre dann auch Clarissa dran beteiligt und könnte dich nun auch noch um die Ecke bringen«, stellte Evelyn eine weitere ihrer wagemutigen Hypothesen auf. »Und Jonas sind doch ständig die Hände gebunden!«, erklärte sie mir ihre hohe kriminelle Energie. Gleich darauf stieß sie einen wirklich überraschten Laut aus, der meine Einwände sofort im Keim erstickte. »Sieh dir das mal an …«

Nun beugte auch ich mich über das Handy, in der Erwartung, ein Profilbild von Sven zu sehen. Stattdessen sah ich eine Frau in kurzem Höschen und kurzem Top an einer Stange kleben und sich weit nach hinten beugen.

»Eine Pole-Tänzerin!«, grinste Evelyn. »Hättest du das gedacht, dass sie an der Stange tanzt?«

»Das ist Clarissa«, stellte ich noch fassungsloser fest.

»Ja. Spießig bis sonst was, und dann tanzt sie für Männer ...«

»Männer sieht man auf dem Foto nicht«, wandte ich ein.

»Stimmt. Aber du weißt ja nicht, ob sie das nicht auch macht.«

Mit trockenem Mund starrte ich auf die Bilder, durch die Evelyn mit Begeisterung klickte. Auf dem letzten war nur der Hintern – anscheinend von Clarissa – zu sehen, samt einer Tätowierung. Eine Feder, deren Kiel sich in einer Achter-Schleife wand, auf der geschrieben stand: Love Life.

»Tätowierung!«, erklärte mir Evelyn begeistert. »Ich würde mal sagen, wir haben die Verbindung zu Sven gefunden!«

»Heutzutage ist doch Krethi und Plethi tätowiert«, wandte ich ein. »Außerdem wissen wir überhaupt nicht, ob das ihr Hintern ist.«

Was wir wussten, war, dass Clarissa unglaublich beweglich war und die erstaunlichsten Verrenkungen an einer Stange machen konnte. Mein Bild von Clarissa hatte sich in den letzten drei Sekunden komplett verändert. Die gebügelten Poloshirts waren die beste Tarnung.

»Das kriegen wir auch noch heraus«, behauptete Evelyn.

Das war zu befürchten!

»Also, sie ist eine tätowierte Stangentänzerin. Und Sven sieht aus wie ein Zuhälter. Da kannst du dir doch eins und eins zusammenzählen.«

»Moment!«, rief ich, während Evelyn auf die Treppe zum See hinunter zusteuerte. »Das kann ich mir nun überhaupt nicht vorstellen!«

»Was hat sie denn in ihrer Bewerbungsmappe als Job angegeben?«, fragte Evelyn.

»Ich hab mir das noch nicht fertig durchgelesen«, gestand ich.

Evelyn schüttelte ungläubig den Kopf, während ich ihr nachrannte. »Das ist doch das Erste, was man machen muss, wenn jemand eine Bewerbungsmappe abgibt!«

»Und wieso sollte mich eine tätowierte Stangentänzerin erpressen?«, fragte ich.

»Keine Ahnung. Wir befinden uns ja erst am Anfang unserer Ermittlungen.«

Als wir unten beim See ankamen, stand gerade der Gröning wieder bis zu den Hüften im Wasser und erklärte Robert die wesentlichen Dinge des Camperdaseins. Der sah ein bisschen verzweifelt aus, vermutlich, weil der Gröning nicht hörte, was Robert sagte.

»Ab sechzehn Grad gehe ich rein«, erklärte der Gröning gerade seine Prinzipien. »Ich habe ein Thermometer und messe. Nicht gleich am Ufer, sondern vom Steg aus. Am Ufer ist das Wasser meist wärmer, deswegen vom Steg aus.«

Das Thermometer kannten wir alle, es war uralt und rosa, und wahrscheinlich hatte es ihm die Vroni einmal geschenkt, als ihre Kinder groß geworden waren, denn es war ein Badethermometer für Babys. Wenn man wissen wollte, wie warm es war, musste man nur den Gröning fragen. Er führte auch eine Liste und konnte einem verraten, wie die Wassertemperatur an einem bestimmten Tag der letzten vierzig Jahre gewesen war.

»Das hält gesund! Außerdem kann man vom Wasser aus viel mehr Tiere beobachten.«

Robert bedankte sich für die Info und stürzte sich dann schleunigst in die Fluten.

Vroni und die Schmidkunz traten gerade aus dem Café. Vroni hielt eine blaue Mappe in der Hand, die sie uns aufgeregt entgegenhielt. Ich erkannte, dass es die Bewerbungsmappe der Meindls war. Wie praktisch!

»Wisst ihr, wo sie arbeitet?«, fragte sie atemlos. »Im Finanzamt in Nürnberg.«

»Sicher?«, fragte Evelyn skeptisch. »Und woher kannten sich dann Sven und Clarissa?«

»Sein Auto ist in Kerpen zugelassen«, erzählte ich der Runde. »Vielleicht kennen sie sich daher.«

»Clarissa und Robert kommen nicht aus Kerpen«, stellte Vroni bedauernd fest.

Die beiden wohnten in Nürnberg. Kerpen mussten wir erst einmal googeln. Wir beugten uns gemeinsam über das Handy von Evelyn und sahen uns an, wo Kerpen, Nürnberg und der Geburtsort von Clarissa lagen – Wiesbaden nämlich, das auch nicht in der Nähe von Kerpen war.

»Das sagt überhaupt nichts«, beschloss Evelyn und fügte ein beschwörendes »Pscht, los, zum Steg!« hinzu.

Denn Clarissa, in einem schlichten schwarzen Badeanzug und hellen Hotpants, kam gerade die Treppe herunter.

»Siehst du«, flüsterte ich ihr zu. »Finanzamt. Und keine professionelle Stangentänzerin!«

»Das geht auch beides«, behauptete Evelyn, während sie auf den Steg ging und sofort zu posieren begann, als würden wir das schon seit mehreren Stunden machen. »Du wirst schon sehen, wir haben da ratzfatz eine Verbindung zwischen den beiden hergestellt. Lass mich nur machen!«

Mein Herz schlug so unregelmäßig, dass mir schlecht wurde, als Clarissa uns neugierig auf den Steg folgte. Ihr war bestimmt aufgefallen, dass ihr Handy fehlte!

»Gut, dass du kommst!«, stellte Evelyn fest, die überhaupt nicht danach aussah, als würde ihr das mit dem Handy etwas ausmachen. »Ups, sieh doch nur, dir ist da was runtergefallen!«

Evelyn bückte sich hinter Clarissa und hielt ihr das Handy entgegen.

»Oh«, machte Clarissa nur erstaunt. »Danke.«

Verlegen sah ich an Clarissa vorbei.

»Gut, dass es nicht ins Wasser gefallen ist, das kann auf dem Steg schnell mal passieren«, sagte Evelyn. »In der Hosentasche ist nicht der beste Ort! So, jetzt nimm doch mal meins, schau, hier, da kannst du Boomerang-Videos machen.«

Clarissa nickte. Ich war nervlich so am Ende, dass ich gar nicht fotografierte, sondern nur Clarissa dabei zusah, wie sie mit Evelyns Handy Videoaufnahmen machte. Evelyn schwadronierte eine Weile über ihre Karriere als Influencerin, bis sie ziemlich abrupt sagte, als hätte sie die ganze Zeit nur von Sven geredet: »Woher kanntest du eigentlich Sven so gut?«

Dabei ging sie mit schwingenden Hüften auf Clarissa zu.

»Ich kannte Sven gar nicht!«, antwortete Clarissa ziemlich erschrocken und betonte sofort: »Ich habe ihn hier auf dem Campingplatz zum allerersten Mal gesehen. Wirklich!«

»Eigenartig. Ich dachte, so wie ihr euch angesehen habt ...« Irgendwie schaffte es Evelyn, einen Tonfall zu treffen, der sich so anhörte, als wären sie die allerbesten Freundinnen. Das klang nicht nach Vorwurf, sondern nach begeisterter Anteilnahme! Jetzt warf Evelyn ihr einen Schlafzimmerblick zu, wahrscheinlich, um ihr zu demonstrieren, in welche Ecke sie die Kontaktaufnahme der beiden einordnete.

»Wir kannten uns überhaupt nicht«, wiederholte sich Clarissa, und auch jetzt hatte sie wieder rote Bäckchen bekommen. »Nicht einmal vom Sehen!«

»Na gut, schade, aber wenn du es sagst. Kannst du jetzt mal statt der Bohlen vor deinen Füßen mich filmen?«, fragte Evelyn nach, und hastig hob Clarissa das Handy und richtete es wieder auf Evelyn. Es sah aus, als würde ihre Hand zittern.

»Echt schade, dass ich das gestern noch nicht wusste«, sagte Evelyn.

»Ja?«, fragte Clarissa nach und sah zu, wie Evelyn sich in ihrem schwingenden Rock von rechts nach links drehte und wieder zurück.

»Dann hätte ich ihn natürlich angebaggert«, log Evelyn ohne mit der Wimper zu zucken. »Dachte nur, da ist was zwischen euch«, fügte sie hinzu und fragte im selben Atemzug: »War das jetzt ein Boomerang-Video?«

Clarissa, komplett aus dem Konzept gebracht, sah auf das Handy und lachte künstlich. »Oh! Ich habe nicht auf Aufnahme gedrückt.«

Evelyn rollte mit den Augen, und ich hob schnell die Kamera vors Gesicht und machte ein Foto, als wäre wenigstens ich voll bei der Sache.

»Okay, dann drück jetzt drauf. Und mach ein Boomerang-Video. Ich geh mal auf dich zu.« Erneut schritt Evelyn mit stark schwingendem Rock auf Clarissa zu, die schon wieder vergaß, dass sie filmen sollte.

»Ich weiß gar nichts über ihn«, sagte Clarissa mit ihrer

piepsigen Stimme. »Ich habe ihn wirklich hier zum allerersten Mal gesehen.«

»Echt erstaunlich! Normalerweise habe ich für so etwas nämlich voll den Riecher!«

»Wofür?«, hauchte Clarissa.

»Wenn jemand was am Laufen hat«, meinte Evelyn, während sie sich einmal im Kreis drehte, stehen blieb und ihren sexy Blick bekam. »So, wie er dich angesehen hat. Hat dich ja direkt mit Blicken verschlungen.«

Ich vergaß, genau wie Clarissa, zu fotografieren, weil ich mir gerade vorkam wie in einem Film, von dem ich keine Szene verpassen wollte. Clarissa sah angestrengt auf das Display von Evelyns Handy. Inzwischen war sie knallrot geworden.

»Nein, dazu ist es leider nicht gekommen«, flüsterte sie.

Leider? Hatte sie gerade das Wort »leider« verwendet?

»Schade«, meinte Evelyn, als fände sie es auch sehr schade, nicht mit Sven Sex gehabt zu haben. »Lass mal das Video sehen.«

Die beiden beugten sich übers Handy.

»Ich hätte ihn ja auch nicht von der Bettkante gestoßen«, behauptete Evelyn, was glatt gelogen war. »War ja ein unglaublich heißer Kerl.«

Wie bitte?

»Ich hätte ihn ja gerne ... näher kennengelernt«, flüsterte Clarissa.

Ich drehte mich abrupt zu ihr um. Evelyn warf mir einen warnenden Blick zu, hob den Hut nach oben und setzte ihn wieder auf.

»Ich auch«, log Evelyn ungerührt weiter.

Mir klappte die Kinnlade nach unten.

»Ich geh jetzt mal so auf dich zu«, sagte sie, offensichtlich, um Clarissa von meinem Verhalten abzulenken, »und du machst wieder ein Boomerang-Video. Und geh in die Knie, das sieht besser aus, von schräg unten.«

Clarissa nickte brav, und ich hielt brav meine Klappe. Wahrscheinlich war es besser, die Gesprächslust von Clarissa nicht mit meinem »Hä, der Typ war heiß?« und gefühlt tausend Fragezeichen zu unterbrechen.

Danach sahen wir uns alle das neue Video an, Seite an Seite, und Evelyn sagte zu Clarissa: »Auf mich hat es gewirkt, als hättet ihr sogar schon Sex gehabt. Öfter. Als würde die Luft zwischen euch brennen.«

»Nein! Haben wir natürlich nicht!«, stieß Clarissa hervor, halb entsetzt, halb geschmeichelt.

Evelyns geschicktes Schweigen bewirkte, dass sich Clarissa doch dazu hinreißen ließ zu fragen: »Hattest du das Gefühl auch?«

»Klaro. Das hat man doch sofort gesehen, wenn man ein bisschen Gespür dafür hat.« Evelyn wackelte mit den Augenbrauen. »Der hätte dich doch am liebsten gepackt und in sein Zelt gezogen.«

Uäääh, dachte ich, aber Clarissa lächelte verträumt.

»Na, gut, dass dein Robert das nicht mitgekriegt hat«, stellte Evelyn fest, und wir sahen alle zu Robert hinüber, der gerade auf der anderen Seite des Sees aus dem Wasser stieg. Selbst von hier aus sah er wie ein zehnjähriger, dicker Junge aus. Er war so dermaßen das Gegenteil von Sven, gegenteiliger ging faktisch gar nicht. Clarissa antwortete zunächst nicht, dann sah sie sich gehetzt über die Schulter.

»Na ja, hat er ja.«

Kapitel 9

Ich hatte noch immer meinen Blick auf Robert gerichtet, und plötzlich fiel es mir wie Schuppen von den Augen. Natürlich! Ich hatte ja selbst gesehen, wie Robert Clarissa von Sven weggezogen hatte. Und dass er ziemlich schlechte Laune davon bekommen hatte! Jeder Mann hätte davon schlechte Laune bekommen.

Dieser Hand-in-Hand-Spaziergang am Abend hatte nur so gewirkt, als hätten sie sich wieder versöhnt. In Wirklichkeit war er danach komplett ausgeflippt und hatte Sven umgebracht!

»Hallo!«, rief vom Ufer her Vroni zu uns hinüber, und ich wäre beinahe umgekippt vor Schreck. »Wann gibt es denn den Nachmittagskaffee?«

»Schalt schon mal die Maschine ein!«, rief Evelyn zurück und wedelte mit den Händen, in der Hoffnung, dass Vroni schnell verschwinden möge. »Ich komm gleich, wir müssen nur noch unser Shooting beenden!«

Vroni verstand das mit dem Händewedeln nicht und kam näher. Direkt hinter Clarissa blieb sie stehen und schaute sehr interessiert. Leider fühlte sich Clarissa jetzt nicht mehr so wohl, sie murmelte etwas von »muss das Mittagsgeschirr abspülen« und drückte Evelyn ihr Handy wieder in die Hand. Wir sahen ihr hinterher, als sie eilig den Seeweg entlang zur Treppe ging.

»Mist! Die hätten wir beinahe weichgekocht! Die hätte uns noch viel mehr erzählt!«, murrte Evelyn.

»Ist sie jetzt wegen mir gegangen?«, wollte Vroni wissen. »Mir kann man doch alles erzählen!«

»Egal. Ich werfe jetzt mal die Fritteuse an, um zu sehen, ob sie auch funktioniert«, seufzte Evelyn, nahm ihren Hut ab und rief ein »Hallo ihr beiden!« zu den beiden Spusi-Tanten, die uns auf dem Seeweg entgegenkamen. Erika hatte ein Handy am Ohr und sagte gerade etwas von »Boot« und »Okay. Dann fragen wir mal«.

»Na, schon fertig?«, fragte Evelyn gut gelaunt. »Käffchen gefällig?«

Lilly sah etwas mürrisch drein und wischte sich den Schweiß von der Stirn. »Nein. Wir sind noch nicht fertig. Und ich hab schon total Kohldampf.«

»Ich kann dir Pommes machen«, schlug Evelyn vor und fügte als Aufforderung, uns noch mehr Informationen rüberwachsen zu lassen, hinzu: »Ihr Armen! Also, ich meine, dort hinten Spuren sichern zu müssen. Im Wasser! Für euch ja nicht einfach, denn die ganzen Spuren müssen ja weggewaschen worden sein.«

»Er ist dort auch nicht umgebracht worden«, gab Lilly erstaunlicherweise preis. Vermutlich hatte sie vergessen, dass wir das nicht wissen durften. »Den Tatort haben wir noch gar nicht gefunden.«

»Tatsächlich? Interessant!«, sagte Evelyn.

»Er ist nicht auf dem Seeweg umgebracht worden?«, wollte ich atemlos wissen.

»Nein. Er muss irgendwo anders zusammengeschlagen worden sein und ist dann von der Seeseite aus in das Schilf manövriert worden.«

»Der Mörder ist mit der Leiche durch den See geschwommen?«, fragte Vroni erschrocken.

»Nein, wir nehmen an, dass er mit einem Boot transportiert worden ist«, sagte Erika. »Er ist jedenfalls nicht vom Seeweg ins Schilf gezogen worden. Hat dein Freund gesagt«, fügte sie an mich gerichtet etwas süffisant hinzu. »Außerdem soll ich dich fragen, ob ihr vielleicht ein Boot habt?«

»Das weiß Jonas doch«, sagte Evelyn.

Ja. In dem Boot hatten wir schon so manche Runde am Abend gedreht und in versteckten Buchten herumgeknutscht.

»Genau genommen hat er gesagt, ich soll dich fragen, wo das Boot ist.«

Mein Blick schweifte zur Badestelle und dem dünnen Erlenstamm, an dem ich das Boot immer anband. Dort lag es heute nicht.

»Da, wo es der letzte Benutzer festgemacht hat?«, sagte ich vorsichtig.

»Was heißt ›letzter Benutzer‹?«, fragte Lilly etwas entnervt. Die konnte es gar nicht leiden, wenn irgendetwas von vielen Leuten benutzt wurde. Allein wegen der Fingerabdrücke war das dann nämlich eine Heidenarbeit!

»Man kann sich in der Rezeption die Ruder holen«, erklärte ich. »Und dann für eine Stunde herumrudern. Kostenlos.«

Lilly stöhnte.

»Am Abend kontrolliert dann der Sepp immer, ob das Boot richtig angebunden ist.«

Wir hatten es nämlich auch schon treibend auf dem See wiedergefunden, weil es Leute gab, die keine guten Knoten machen konnten. Der Sepp war mein Mädchen für alles, und auch wenn er so aussah, als könnte er nicht eins und eins zusammenzählen – in diesen Dingen war er immer sehr gewissenhaft.

»Aber der Sepp hat Sommergrippe«, erläuterte ich. »Der ist schon seit einer Woche nicht mehr da.«

»Ach, da fällt mir ein, der Franz, der hat das Boot ein paar Meter weiter vorne angebunden«, unterbrach mich die Vroni. »Der hat's doch im Kreuz, und in der nächsten Bucht, da hat er sich nicht bücken müssen.«

Zusammen gingen wir nun den Seeweg entlang, an der Badestelle vorbei, und schon von hier aus sah man, dass das Boot ordentlich vertäut am Ufer lag, nur einen Baum weiter. Von hier aus sah es nicht so aus, als wäre darin eine blutige Leiche transportiert worden. Aber Lilly und Erika würden natürlich alles unternehmen, um genau das zu überprüfen.

Evelyn waren diese reinen Routineuntersuchungen zu langweilig, und sie scheuchte uns in die Gegenrichtung zum Café. »Wenn ihr fertig seid, ruft einfach kurz vorher an, dann werf ich die Pommes rein!«, erinnerte sie die Spusi-Tanten. Wir sahen die weißen Anzüge zwischen den grünen Bäumen verschwinden.

»Oh Gott, ich werf das Boot weg!«, stöhnte ich, während wir anderen umkehrten. »Ich werde mich da nie wieder reinsetzen!«

»Das kann man doch bestimmt waschen«, tröstete mich Vroni.

»Außerdem ist noch nicht erwiesen, dass die Leiche in deinem Boot transportiert wurde!«

Bei dem Glück, das ich normalerweise hatte, war dem aber so! »Wir müssen uns jetzt auf Robert und Clarissa konzentrieren«, flüsterte Evelyn und bog zum Café ein, wo die Schmidkunz schon an der Kaffeemaschine stand. Schön, dann würde es jetzt schnell gehen mit unserem Cappuccino!

»Ich bin mir sicher, dass es Robert war«, sagte Evelyn, während die Kaffeemaschine zischend den Betrieb aufnahm.

Etwas beunruhigt beobachtete ich vom großen Panoramafenster aus, wie Robert auf unserer Seite des Ufers wieder aus dem Wasser stieg, in seine schwarzen Crocs schlüpfte und sich von dem kleinen Bänkchen am Strand sein weiß-blau gestreiftes Handtuch nahm. Dafür, dass er letzte Nacht einen Rocker umgebracht hatte, sah er ganz schön harmlos aus!

»Und wie hat er ihn umgebracht? Erwürgt?«, fragte die Schmidkunz erschrocken, die genau wie ich Robert beobachtete.

»Erschossen«, mutmaßte die Vroni, die sich auch zu uns gesellt hatte.

»Wissen wir nicht«, sagte ich.

»Vielleicht sollte ich Kieselchen mal wieder einladen«, seufzte Evelyn. Kieselchen war der Rechtsmediziner Dr. Stein.

»Wir brauchen dringend ein bisschen was Härteres als Kaffee«, setzte sie sehr bestimmt hinzu und holte ihren Ramazzotti aus dem Regal hinter sich. »Die Zeit ist reif für Sommercocktails!«

Die Schmidkunz sah tatsächlich aus, als könnte sie ein bisschen Alkohol brauchen.

»Und wie hängt der Mord mit der Erpressung zusammen?«, fragte ich.

»Vielleicht wollte Sven nicht nur mit ihr ins Bett, sondern wollte sie auch noch erpressen«, schlug Evelyn vor.

»Oder sie schuldet ihm Geld und wollte mit ihm ins Bett, um das Geld abzuarbeiten«, sagte ich.

»Wie, die kriegt dafür fünfzigtausend Euro?«, hauchte die

Schmidkunz. »Aber wieso arbeitet sie als Finanzbeamtin noch zusätzlich als Prostituierte?«

Evelyn hatte auf unsere Spekulationen keine Lust mehr. »Jonas soll einfach diesen Robert festnehmen, und basta!« Damit war für sie der Fall gelöst, und sie kam auf dringendere Probleme zu sprechen.

»Ich brauche unbedingt noch Limettensaft, du hast da noch was in deiner Küche«, erklärte sie mir. »Außerdem sind dort noch die Erdbeeren, die Cantaloup-Melone, und der braune Rum. Jetzt, wo der Fall quasi gelöst ist, können wir auch die Eröffnungsparty machen, finde ich. Ich könnte mir vorstellen, dass es eine Cocktailparty wird.«

Bevor ich das Gewünschte bringen konnte, kamen Lilly und Erika, um sich die versprochenen Pommes abzuholen.

»Gibt es hier einen Bootsverleih?«, fragte Lilly und beantwortete damit die Frage, was sie auf meinem Boot gefunden hatten, nämlich nichts.

Erleichtert atmete ich auf.

»Es gab mal einen Bootsverleih, vorne im Ort, aber der hat zugemacht. Es liegen zwar noch ein paar Boote am Strand, aber ich glaube, die sind alle nicht mehr dicht. Das müsstet ihr euch vielleicht mal ansehen«, sagte die Vroni und tätschelte Lilly die Schulter. »Das wird aufwendig. Da sind bestimmt zehn Boote.«

Lilly stöhnte auf.

Jonas war nicht ganz so optimistisch wie Evelyn bezüglich der Aufklärung des Mordes. Am Ende des Tages wussten wir noch immer nicht, wo genau Sven umgebracht worden und wie genau er dorthin gelangt war, wo ich ihn gefunden hatte.

Ihn zu tragen hätte zwei sehr starker Männer bedurft, er wog bestimmt um die hundertdreißig Kilogramm. Auch ein Boot mit Blutspuren hatte die Spurensicherung bis jetzt nicht gefunden, denn die Boote des ehemaligen Bootsverleihs waren allesamt nicht mehr seetüchtig.

Normalerweise wäre Jonas an so einem Tag mit irre viel Arbeit komplett genervt von mir gewesen. Doch heute war dem nicht so, wahrscheinlich saß ihm auch noch die Sache mit der Erpressung in den Knochen, und er war sich der Verletzlichkeit des Lebens bewusst geworden. Statt mit mir zu streiten, fragte er mich, was wir zusammen unternehmen wollten.

»Och. Ich habe grad gar keine Lust auf Unternehmungen«, verriet ich ihm.

»Dann wenigstens eine Runde ...«

»Nicht Bootfahren«, sagte ich hastig.

»Schwimmen wollte ich sagen«, seufzte er.

Das war zwar auch ein bisschen grenzwertig, aber wir strampelten trotzdem langsam über den See und setzten uns dann tropfnass auf das Bänkchen. Jonas legte mir den Arm um die Schulter und kraulte mir träge mein Ohr, während ich die Augen schloss und genoss. Eigentlich wäre es der perfekte Tag gewesen, die Luft war erfüllt vom Zirpen der Heuschrecken, Libellen mit blauen Flügeln sausten um uns herum, und es roch wunderbar nach sonnenwarmen Kiefernnadeln. Hin und wieder sah ich hinüber zum Café, dort hatte Evelyn nämlich ihre Fritteuse eingeweiht. Die Kinder vom Campingplatz hatten das natürlich sofort gerochen und standen jetzt Schlange, um sich Pommes zu kaufen. Obwohl das alles so friedlich und nett aussah, konnte ich den Gedanken an die Mordermittlungen nicht wegschieben.

»Und mein Boot ist ganz sicher sauber?«, vergewisserte ich mich.

»Dein Boot wurde definitiv nicht benutzt«, beruhigte Jonas mich und hörte bedauerlicherweise mit der Kraulerei auf. »Wir wissen bis jetzt noch überhaupt nicht, wie der Tote da hingekommen ist. Es gibt ja auch noch andere Transportmöglichkeiten auf dem Wasser.«

»Echt?«, sagte ich und lehnte mich, nass, wie ich war, an ihn.

»Könnte ja auch beispielsweise ein Stand-up-Paddle-Brett gewesen sein. Oder ein Kanu. Ich musste nur irgendwie an dein Ruderboot denken, weil das schließlich für jedermann leicht zugänglich ist.«

»Bis auf die Paddel. Die sind bei mir in der Rezeption«, sagte ich.

Zu der auch jedermann Zugang hatte, das nur nebenbei.

»Du hast Sommersprossen auf den Knien«, flüsterte mir Jonas ins Ohr, der anscheinend keine Lust auf eine Unterhaltung über Tote hatte.

Danach knutschten wir eine Runde.

Am anderen Ufer sahen wir Evelyn auf der Terrasse erscheinen. Sehr beschwingt in ein oranges Blümchenkleid gekleidet verteilte sie kleine Windlichter und kümmerte sich um die Deko. Anschließend winkte sie zu uns herüber und machte eigenartige Handbewegungen, als würde sie sich auf den Mund schlagen und winken.

»Was ist?«, brüllte ich.

»Ich fang jetzt mit Cocktailmixen an!«, schrie sie zurück. »Wenn ihr auch welche wollt!«

Wir zeigten beide unsere Daumen zum Zeichen unserer großen Zustimmung.

»Wir sind also auf der Suche nach einer Transportmöglichkeit«, schlussfolgerte ich.

»Ich. Ich bin auf der Suche«, korrigierte mich Jonas nachdrücklich und streichelte über die Sommersprossen auf meinen Knien.

»Und was ist nun mit der Erpressung?«, fragte ich. »Die verlieren wir irgendwie total aus den Augen.«

»Sven hat in Nordrhein-Westfalen ein gar nicht mal so kurzes Vorstrafenregister.«

Ich drehte mich zu Jonas und starrte ihn an. »Und das sagst du mir jetzt? Hat er schon öfter Leute erpresst?«

»Von Erpressung ist nichts bekannt. Hauptsächlich sind es irgendwelche Prügeleien, Ruhestörung und so etwas«, sagte er.

»Und was hat er gearbeitet?«, fragte ich.

»Jedenfalls nicht im Campingsektor«, antwortete Jonas.

»Sondern?«

»Gelegenheitsjobs. Das Einzige, was er ganz regelmäßig gemacht hat, war so ein Selbstverteidigungstraining. Da war er jahrelang Trainer.«

Selbstverteidigung war ja wohl ein Witz! Er war doch just der Typ, der direkt zum Angriff überging.

»Und wo hat er trainiert?«, bohrte ich weiter.

»Willst du da auch anfangen?«, fragte mich Jonas mit hochgezogener Augenbraue. »Krav Maga Base irgendwie. Habe ich vergessen.«

Das erinnerte mich dunkel an etwas.

»Krav Maga. Ist das nicht ... diese krasse Kampfsportart des israelischen Militärs?«, fragte ich und grübelte gleich weiter: »Aber wie hängt das mit mir zusammen?«

Jonas zuckte mit den Schultern.

»Hat er 'ne Frau? Kinder?«, fragte ich weiter. »Pflegebedürftigen Vater?«

Jonas verdrehte die Augen, was wohl hieß, dass so ein Typ nicht heiratete, gezeugte Kinder nicht anerkannte und einen pflegebedürftigen Vater ignorieren würde. Frustriert lehnte ich mich wieder gegen Jonas und ließ mir das Ohr kraulen.

»Apropos pflegebedürftig. Ich habe für morgen einen Augenarzttermin mit dem Gröning. Da fahre ich ihn hin. Er ist stinksauer auf mich.«

Er hatte sich zwar bei mir beschwert, aber ich hatte es endlich geschafft, mich durchzusetzen, und ihm klargemacht, dass dieser im Leichenfund-Schock ausgemachte Termin absolut bindend war und auf gar keinen Fall abgesagt werden konnte. Seitdem hatte der Gröning kein Wort mehr mit mir gesprochen, aber das war mir so was von schnurzpieps!

Da Evelyn drüben auf der Terrasse inzwischen wie ein Windrad zu winken begann, entschieden wir, uns der Camperrunde anzuschließen, und schwammen zurück.

Frisch geduscht schlenderten wir eine halbe Stunde später auf die Terrasse. Inzwischen war es so dunkel, dass sich die Windlichter sehr romantisch auf den Tischen machten.

»Geschlossene Gesellschaft«, las Jonas das Schild vor, das Evelyn an der Terrasse angebracht hatte. »Sind wir da überhaupt erwünscht?«

Anscheinend schon, denn Evelyn stellte uns zur Begrüßung einen cremigen Cocktail vor die Nase, der mit Sicherheit sämtliche Erdbeeren enthielt, die ich für mich gekauft hatte.

»Ab morgen dürfen auch die Campinggäste kommen«, beschloss Evelyn. »Das mit den Mordermittlungen dauert mir einfach zu lang!«

»Florida on Ice«, sagte der Stein hinter uns zufrieden und stieß mit uns an. Aha! Den Rechtsmediziner hatte sie auch eingeladen! Evelyn gab ihm einen Kuss, dann lief sie wieder ins Innere des Cafés.

»Erdbeer-Caipirinha«, erklärte die Vroni und zeigte auf ihren hübsch dekorierten Cocktail.

»Gin mit Grenadinesirup«, schloss sich die Schmidkunz an.

Evelyn kam mit einem ganzen Tablett voller Cocktails aus dem Café und stellte es auf eines der Tischchen. Beleuchtet von dem flackernden Kerzenlicht sahen die Cocktails schön farbenfroh aus, außerdem waren sie sehr hübsch mit Früchten dekoriert. So, wie ich Evelyn kannte, hatte sie vor, Jonas und den Stein abzufüllen, um an Informationen zu kommen.

Aber statt dem Stein einen neuen Cocktail anzubieten, sagte sie nur: »In dem hier ist ein bisschen viel Rum drin. Also Vorsicht.«

Erstaunt sah ich von ihr zu Stein und wieder zurück. Sie zwinkerte mir zu.

»In meinem ist auch ordentlich was drin. Ich denke, ich muss heute hier übernachten«, kündigte der Stein an.

Evelyn lächelte nett. »Das habe ich gehofft.« Dabei zog sie mich von Jonas weg und zeigte auf eines der Cocktailgläser, das vor einer dekorativen Ananas stand. Sie senkte die Stimme. »Ha! Jetzt unterhalten sie sich. Vielleicht gehst du mal unauffällig vorbei und hörst zu, was sie sagen! Oder lass mich das machen, damit du keinen Ärger bekommst.«

»Evelyn...«, fing ich an, aber sie unterbrach mich sofort: »Das mache ich nur für dich und deine Sicherheit, Schätzchen!«

Sie drückte mir den nächsten Cocktail in die Hand, obwohl ich den ersten noch nicht ausgetrunken hatte, und segelte quer über die Terrasse. Sie strahlte Geschäftigkeit aus und wirbelte zwischen den Leuten herum. Anscheinend hatte ich den Auftrag, mich eine Weile von Jonas fernzuhalten, damit der sich mit Stein besprechen konnte.

Tatsächlich kehrte Evelyn nicht viel später wieder zu mir zurück und strahlte eine gewisse Frustration aus. »Sie haben sich leider nicht über den Obduktionsbericht unterhalten.«

»Schade«, sagte ich. »Die Cocktails sind übrigens fantastisch.«

»Und Sven hatte sein Handy in der Hosentasche. Das immerhin wissen wir«. Evelyn klang noch immer nicht begeistert.

»Und?«, fragte ich neugierig.

»Es ist natürlich nass«, erklärte mir Evelyn entnervt. »Und zu nichts mehr zu gebrauchen.«

Kapitel 10

Am nächsten Tag hatte ich ein wenig Kopfschmerzen. Richtig gesprächig waren Herr Kriminalkommissar und Herr Rechtsmediziner auch durch die Cocktails nicht geworden, so war es einfach ein lustiger Abend in beschwipster Runde gewesen. Man konnte nicht alles haben!

Nach dem Mittagessen fuhr ich den Gröning zum Augenarzt. Ich hatte noch nie mit ihm gestritten, aber gerade wurde unsere Beziehung auf eine ziemliche Probe gestellt. Er fand, es sei total übergriffig, ihn zum Augenarzt zu schleifen. Ich fand, dass es total übergriffig war, nix zu sehen und zu hören und mich zu zwingen, nach Brillen zu suchen und Leichen zu finden.

Wir schwiegen uns an, das war ein richtig bockiges Schweigen, und zwar über eine ziemlich lange Zeit, weil man bis zum Augenarzt dreißig Kilometer fahren musste. Doch das war es mir wert!

Während ich auf den Gröning wartete, schrieb ich Jonas jede Menge WhatsApp-Nachrichten, in denen ich ihm ankündigte, ihn beim ersten Anzeichen von Schwerhörigkeit zum Ohrenarzt zu schleifen und dass ich auch den grauen Star bei ihm nicht akzeptieren würde!

»Das war eine der schönsten Liebeserklärungen, die ich kenne«, whatsappte er mir erstaunlicherweise sofort zurück. Ich hatte gar nicht damit gerechnet, dass er reagieren würde. Und auf mein »Hä?« antwortete er: »Dann willst du also noch die nächsten hundert Jahre mit mir zusammen sein.«

Mein Ärger fiel in sich zusammen. Ich schickte ihm ein paar herzenspuckende Esel.

»Heute komme ich früher heim«, versprach Jonas.

Ich schickte ihm noch ein Herz und ein »Dann machen wir es uns gemütlich!«.

Auf dem Rückweg schwiegen Gröning und ich uns weiter an, der Gröning noch einmal deutlich grantiger als vorher.

»Lass mich hier raus«, bat er, als wir auf Höhe vom Steglmaier Campingplatz waren. »Ich geh auf dem Seeweg. Das viele Sitzen im Auto, das ist nichts. Davon wirst du alt!«

»Was hat er denn gesagt, der Augenarzt?«, wollte ich jetzt endlich wissen, während ich auf dem Besucherparkplatz von Steglmaiers anhielt.

»Da kann man nicht operieren. Wegen der Hornhaut«, behauptete er und knallte die Wagentür von außen zu.

Wie bitte? Ich spürte schon wieder so eine leichte Hysterie, holte mein Handy heraus und rief sofort beim Augenarzt an. Während ich darauf wartete, durchgestellt zu werden, sah ich die neunzigjährige Hildegard mit ihrem Gehwagerl auf mich zukommen. Endlich hatte ich den Augenarzt an der Strippe, dem ich vorlog, ich sei Grönings Tochter.

»Natürlich kann er operiert werden«, sagte der Augenarzt erstaunt. »Ich glaube, er hat nicht alles gehört, was ich gesagt habe.«

Wohl wahr! Leider war der Gröning bereits verschwunden, doch nachdem ich schon so im Übergriffigsein drin war, machte ich gleich noch einen OP-Termin aus. Bevor ich das Auto wieder starten konnte, klopfte Hildegard an die Scheibe.

»Kannst du mir mal helfen?«, fragte sie. »Ich müsste was in den Schuppen tragen. Das kann ich alleine nicht.«

Ich zog den Autoschlüssel ab und ging hinter Hildegard her, die in Zeitlupentempo ihr Gehwagerl zurück zum Garten schob. Dort standen mehrere gestapelte Tontöpfe, die ich anscheinend mitnehmen sollte.

»Das ist vielleicht ein Saustall dahinten«, sagte Hildegard, und wir sahen in die Stichstraße direkt neben ihrer Einfahrt hinein, ein Schotterweg, der dicht mit Unkraut bewachsen war. Soviel ich wusste, führte der Weg zu einem brachliegenden Grundstück, das ebenfalls den Steglmaiers gehörte. Normalerweise nutzte der Steglmaier es im Winter, um Campern die Möglichkeit zu bieten, ihre Wohnwägen abzustellen, wenn sie nicht den teuren Campingplatz zahlen wollten. Von hier aus sahen die Wohnwägen, die dort standen, aber aus, als wären deren Besitzer schon längst verstorben. Wahrscheinlich hatte der Steglmaier ein riesiges Entrümpelungsproblem an der Backe.

»Da. Diese Blumentöpfe«, sagte sie, drehte sich dann aber um und kniff die Augen zusammen, als wollte sie sehen, was auf der anderen Straßenseite geschah.

»Und wohin?«

»Da kommen sie schon wieder«, sagte sie. »Diese Verbrecher!«

Ich drehte mich erschrocken um, in Erwartung, einer Horde Mörder gegenüberzustehen, und sah stattdessen nur Sissy und ihren neuen Typen.

»Das ist die Elisabeth Steglmaier«, korrigierte ich sie, aber mein Herz schlug schon wieder bis in den Hals. Ich hob die Hand zum Gruß und winkte Sissy zu.

»Verbrecher, alle zusammen«, wiederholte Hildegard ärgerlich und hörte glücklicherweise zu sprechen auf, als Sissy die Straße überquerte, um mit mir ein paar Worte zu wechseln.

»Na, wie ist Lage bei euch?«, fragte Sissy.

»Die Lage«, verbesserte Hildegard sie.

»Die Lage«, sagte Sissy und rollte ein bisschen mit den Augen. »Hab gehört, ihr habt tote Mann gefunden.«

»Einen toten Mann«, korrigierte Hildegard mit sehr artikulierter Aussprache. Sie war früher Grundschullehrerin gewesen und konnte es nicht leiden, wenn jemand kein korrektes Deutsch sprach.

»Und, wie ist gestorben?«, fragte sie weiter.

Ich antwortete, bevor Hildegard die Möglichkeit zu weiteren Korrekturen hatte: »Das weiß ich nicht. Er ist jetzt gerade in der Rechtsmedizin. Jonas erzählt mir nichts. Und das, wo mich der Typ erpresst hat. Irgendwie finde ich, dass ich dann schon das Recht hätte, mehr zu erfahren als andere Leute.«

Sissy sprang das Erstaunen geradezu aus dem Gesicht. »Dich? Erpresst?«

»Warum denn das?«, fragten Hildegard und Sissy gleichzeitig.

»Keine Ahnung«, antwortete ich.

»Dann du hattest Motiv«, stellte Sissy fest und zwinkerte mir zu.

Hildegard drehte sich mit dem Gehwagerl um und schüttelte den Kopf. Anscheinend fand sie, dass bei Sissy grammatikalisch Hopfen und Malz verloren war. Eilig lief ich Hildegard hinterher und packte die Blumentöpfe.

»Stell sie mir einfach in die Speisekammer«, sagte Hildegard, schob sich mit ihrem Gehwagerl von der Haustür zum Wohnzimmer und rollte dort weiter bis zu dem großen Fenster, von dem aus man den Besucherparkplatz vom Steglmaier überblicken konnte.

»Diese Verbrecher, die«, wiederholte sie ärgerlich und sah

hinaus. Dort stand Sissy noch auf dem Parkplatz und unterhielt sich mit ihrem Freund.

»Wieso Verbrecher?«, fragte ich nach.

»Die haben einfach den Baum umgeschnitten, die große Salweide! Und im Frühjahr haben die Bienen keine Nahrung! Aber schau dir diesen Brutalo doch an, der hat doch überhaupt kein Herz in der Brust!«, stieß Hildegard empört hervor. »Was hat das immer gesummt und gebrummt in dieser Salweide. Da bin ich gerne rüber und habe mir das angeschaut.«

Ich sah mir den Brutalo nun bei Tageslicht näher an, und ich musste Hildegard recht geben, dass der Kerl auch auf den zweiten Blick nicht besonders sympathisch aussah. Er war zwar nicht so stark tätowiert wie Sven, aber auf seinem Unterarm konnte ich selbst von hier aus einen schwarzen Dolch erkennen. Was Sissy für einen Männergeschmack hatte!

»Ich hab von den beiden Fotos gemacht! Um den Tathergang zu dokumentieren und die Täter sicher zu identifizieren«, verriet mir Hildegard. »Und ich werde Strafanzeige stellen! Wenn es ein bisschen kühler ist, vielleicht im September. Jetzt ist es immer so heiß, da habe ich schnell Kreislaufprobleme. Bis ich bei der Polizei vorne bin, muss ich schon Medikamente nehmen!«

Bis zur Polizei waren es auch locker vier Kilometer, mit dem Gehwagerl nicht so einfach!

»Da fällt mir ein, du könntest mich mit dem Auto fahren. Dann geht das ruckzuck!«

Oh nein! Ich hatte keine Lust auf Diskussionen bei der Polizei ...

»Also. Nein«, sagte ich schnell, mich daran erinnernd, dass

ich nicht ständig andere Leute über mich bestimmen lassen wollte. »Das geht jetzt nicht.«

»Weißt du was, dann machst du es, wenn du gerade Zeit hast«, strahlte die Hildegard. »Ich leite dir das Bild weiter, das geht, glaube ich, ganz einfach ...«

Sie holte aus ihrer blau geblümten Kittelschürze ein nagelneues Smartphone heraus und tippte darauf herum. »Musst mir nur deine Handynummer sagen.«

Moment! Ich war mir eigentlich sicher, dass das Fällen einer Salweide auf dem eigenen Grund und Boden kein Straftatbestand war. Oder doch? Auf jeden Fall wollte ich nicht die sein, die Hildegard desillusionierte. Ich nannte ihr meine Handynummer, die ich dann selbst in ihr Handy eingeben und mir danach auch noch das Bild weiterleiten musste, weil sie das nicht selbst konnte. Eine Weile sah ich mir den Typen auf ihrem Handy an. Es war ein ziemlich gutes Bild. Hildegard war sehr nahe dran gewesen. »Ich bin extra rübergegangen«, sagte sie stolz. »Ich dachte, ich kann ihn noch stoppen, mit seiner Motorsäge!«

Himmel, hilf!

»Sie können sich doch so einem Kerl nicht in den Weg stellen! Das kann ziemlich dumm ausgehen!«, schimpfte ich.

»Meine Großmutter mütterlicherseits war eine Suffragette«, erzählte sie stolz. »Die hat sich damals an die Kutsche eines Politikers gekettet. Und ich sage dir, wenn ich nicht so lange bis da drüben gebraucht hätte – ich hätte mich auch an die Salweide gekettet!«

Ich öffnete den Mund und schloss ihn wieder.

»Ist mir nur zu spät eingefallen«, sagte sie schulterzuckend.

Ich stellte ihre Blumentöpfe in die Speisekammer und sah zu, dass ich weiterkam.

Als ich zum Campingplatz einbog, zeigte meine Uhr im Auto schon siebzehn Uhr. Während ich parkte, sah ich, dass Evelyn und Gerlinde bereits bei der Schranke standen. Es sah aus, als würden sie auf mich warten. Gerlinde war meine neue »Zweitputzfrau«. Seit ihr der Steglmaier gekündigt hatte, beschäftigte ich sie während der Schulferien. Obwohl Sissy Steglmaier ihr angeboten hatte, sie wieder einzustellen, weigerte sie sich standhaft, zu dem »Mörderpack«, wie Gerlinde die Steglmaiers seit dem letzten Mordfall nannte, zurückzukehren. Aber jetzt gerade waren keine Schulferien, deswegen wappnete ich mich im Geiste, dass Evelyn mich beknien würde, ich solle Gerlinde einfach jeden Tag kommen lassen.

»Da bist du ja endlich!«, empfing mich Evelyn begeistert. »Ich habe schon vor Stunden die Todesursache herausbekommen, und du bist einfach nicht erreichbar!«

»Bist du jetzt am Rechtsmedizinischen Institut tätig?«, fragte ich, während ich aus dem Auto ausstieg.

»Nein«, sagte Evelyn.

»Warst du mit dem Stein im Bett?«, fragte ich nach dem wahrscheinlichen Grund. Vielleicht war ja der Stein heute früh nicht in die Arbeit gefahren, sondern bei Evelyn geblieben. »Und das am hellichten Tag!«

»Das zwar auch, aber leider hatten wir da keine Zeit, über den Fall zu sprechen. Doch heute hat die Gerlinde das Klohäusl geputzt – weil die Fanny hat's doch im Kreuz ...«

Gerlinde war nicht nur Putzfrau, sondern auch Mitglied des weitverzweigten Brunner-Clans. Die waren alle mit dem Polizisten Brunner verwandt und wussten deswegen immer als Allererste von irgendwelchen Polizeiaktionen und Ermittlungsergebnissen. Am liebsten hätte ich das ja mal Jonas gepetzt, aber ich schnitt mir damit ja ins eigene Fleisch, weil dann auch ich nichts mehr erfahren würde.

»Erzähl«, forderte Evelyn Gerlinde auf.

»Ertrunken, hat der Stein gesagt«, berichtete sie freudig.

»Echt?« Das wunderte mich nun wirklich.

»Erst muss er sich wohl mit jemandem geprügelt haben, und dann wurde er mit einem Messer verwundet. Anscheinend ist er dann verletzt ins Wasser gefallen und dort ertrunken.«

»Aber ist er nicht erstochen worden?«, vergewisserte ich mich.

»Nein.«

»Und war er betrunken?«

»Nein, kein Alkohol und keine Betäubungsmittel im Blut«, berichtete Gerlinde in einem Tonfall, als würde sie für die Pressestelle der Polizei arbeiten.

»Der Mörder wollte ihn also gar nicht umbringen?«, fragte ich.

»Wahrscheinlich nicht. Anscheinend hat keine der Verletzungen direkt zum Tod geführt«, berichtete Evelyn.

»Andererseits, wenn man einen verletzten Mann ins Wasser legt, ist ja wohl klar, was passiert«, überlegte ich. »Also, ob keine Tötungsabsicht, kann man jetzt so gar nicht sagen.«

»Stimmt. Sehr wahrscheinlich wurde er nach der Prügelei ins Wasser geworfen. Dass man da ertrinkt, wenn man bewusstlos ist, dürfte ja dem größten Deppen klar sein«, dachte Evelyn nach. »Aber, stell dir vor, wir wissen noch mehr: Der Mörder muss größer sein als Sven! Von den Stichverletzungen her gesehen.«

Und Sven war ja schon ein Prackl von Mann!

»Das bedeutet, Clarissa fällt weg«, sagte ich.

»Pscht«, sagte Gerlinde und drehte sich schnell um, ob Clarissa vielleicht hinter ihr stand. Die beiden zogen und schoben mich halb in die Rezeption, wo sie als Erstes die Tür zudrückten.

»Aber wer von der Größe optimal passt, ist ihr Mann! Robert!«, sagte Evelyn begeistert und senkte die Stimme. »Der Meinung bin ich ja eh schon lange. Und heute holen wir uns Gewissheit!«

»Das ist Aufgabe der Polizei!«, widersprach ich. »Außerdem, wie willst du das herausbringen?«

Das hätte ich vielleicht nicht fragen sollen, das klang so, als würde ich doch die Ermittlungen übernehmen wollen.

»Angeblich muss auch der Angreifer Verletzungen davongetragen haben!«, zischte mir Evelyn zu.

»Dann kann sich Jonas ja ansehen, ob Robert verletzt ist«, nickte ich.

»Das haben wir doch viel schneller geklärt!«, widersprach Evelyn. »Wenn Robert zum Schwimmen geht, müssen wir ja nur mal eine Körperkontrolle durchführen!«

»Hilfe«, sagte ich.

»Ich meine Sichtkontrolle«, erwiderte Evelyn und verdrehte die Augen nach oben. »Und mal nachsehen, ob er irgendwelche Verletzungen hat. Wahrscheinlich irgendwo am Oberkörper oder an den Händen!«

»Ich darf nicht mitmachen«, sagte ich. Ich war schließlich auf den Schutz der Polizei angewiesen und durfte es mir mit keinem Polizisten verscherzen!

Kapitel 11

Nachdem wir weder Robert noch Clarissa finden konnten, setzte ich mich dann doch durch – ich hatte schließlich auch noch anderes zu tun – und kümmerte mich um meinen Bürokram. Als ich damit fertig war – es war erfreulich wenig –, hängte ich ein Schild an die Rezeptionstür und schlenderte hinunter zum Strand. Vroni saß auf ihrem Liegestuhl und informierte sich in einer Zeitschrift über Adelshäuser. Evelyn verkaufte gerade wieder einmal Pommes – die Kinder hatten darauf anscheinend schon gewartet, denn sie standen Schlange. Als alle Kinder versorgt waren, setzte sich Evelyn zu Vroni und mir. Sie reichte mir ein Tütchen Pommes, und ich seufzte wohlig, als ich mir die heißen, fettigen und salzigen Pommes in den Mund schob. Noch immer war es bullenheiß, deswegen hatte ich mich so in den Sand gesetzt, dass ich meine Füße im Wasser kühlen konnte. Eigentlich wünschte ich mir gerade nichts anderes als eine Dusche. Gerade als ich aufstehen und ankündigen wollte, genau das zu tun, kam Clarissa die Treppe heruntergeschlendert und gesellte sich zu uns. Nervös stand ich auf und watete ins Wasser hinein, dabei drehte ich mich so, dass ich die Treppe im Blick hatte, um zu sehen, ob Robert herunterkam.

Tat er aber nicht.

Evelyn fing wieder an, über ihr Influencer-Dasein zu schwadronieren, nachdem keiner von uns ein Wort sagte.

»Vielleicht solltest du doch das mit den Binden machen«, fand Vroni, die ihr Kreuzworträtsel weggelegt hatte und entspannt mit den Zehen wackelte.

»Das kommt überhaupt nicht infrage!«, stieß Evelyn hervor. »Das wäre mein Untergang als Influencerin!« Sie beugte sich zu Clarissa, als hätte auch diese vor, als Influencerin zu arbeiten. »Du musst wissen, dein langfristiges Image ist viel wichtiger als Geld. Wenn ich als die dastehe, die immer in die Hose macht, macht doch jeder einen riesigen Bogen um mich!«

»Aber es gibt Frauen, die sind inkontinent. Und das ist nicht weiter schlimm«, beharrte die Vroni. »Mit den richtigen Binden ist das alles gut zu managen.«

»Genau«, sagte ich, weil mich die Vroni auffordernd ansah, und schob mir genüsslich die letzte Pommes in den Mund.

»Dann mach du das doch«, sagte Evelyn böse zur Vroni. »Man darf eben nur mit Marken zusammenarbeiten, hinter denen man voll und ganz steht.«

»Ich steh doch nicht hinter Inkontinenzeinlagen«, sagte Vroni empört. »Ich sag doch nur, dass das vielen Frauen so geht, und die würden sich total freuen, wenn jemand wie du zugibt, dass sie auch inkontinent ist.«

Evelyn stöhnte auf. »Aber ich bin nicht inkontinent! Ich hab keinen ausgeleierten Beckenboden. Meine Brand steht für einen ganz anderen Lebensstil!«

Ich stand auf und watete wieder ins Wasser, drehte mich aber so, dass ich es sehen würde, sollte Robert kommen.

»Und wofür genau?«, wollte die Vroni wissen.

»Für die Frau, die voll durchstartet. Die sich von nix aufhalten lässt!«

Clarissa verfolgte dies alles mit großen Augen. Sie watete zu mir herüber, bückte sich und ließ sich Wasser über die Arme laufen.

»Wenn man inkontinent ist, lässt man sich dank Binden auch nicht aufhalten«, wusste die Vroni und stand ärgerlich auf. Als sie ihren Liegestuhl zusammenklappte und nun hinauf zu ihrem Wohnwagen ging, seufzte Evelyn. Gedankenverloren rieb sich Clarissa das Wasser von den Armen.

»Vroni hat keine Ahnung von Influencern«, erklärte Evelyn. »Ihr müsst das so sehen: Man macht viele Türen zu, wenn man für etwas Werbung macht, hinter dem man nicht wirklich steht! Und du merkst das überhaupt nicht, weil du es ja gar nicht mitbekommst, wenn du das geile Angebot nicht kriegst! Ich muss auf so etwas achten. Wenn ich davon leben will, muss ich ja auch Geld zurücklegen können. Wer weiß schon, wie lange ich die Arbeit machen kann? Bei einem Sportler, da gibt's Erfahrungswerte. Aber so als Influencer –«

Hola, Evelyn hatte sich damit echt auseinandergesetzt. Ich beobachtete eine der riesigen Libellen, die mit knisternden Flügeln vor mir ihre Runden drehte, atmete die warme Sommerluft ein und beschloss, mich nicht mehr um irgendwelche Ermittlungen zu scheren.

»Für mich wäre das nichts«, stellte Clarissa fest, und ich sah auf ihre Arme, auf denen das Wasser gerade abperlte. Plötzlich tauchte auf ihrer Haut ein blauer Fleck auf. Er zog sich über den gesamten Bizeps und sah aus, als hätte sie da einen ziemlichen Schlag abbekommen.

»Ja. Der Job ist 24/7. Du musst dir selbst Grenzen setzen, ein Team aufbauen am besten. Für alles, was man auslagern kann, Experten finden ...«

Ich starrte auf den blauen Fleck. Wir suchten doch jemanden mit Verletzungen – hatte es nicht geheißen, die Person musste so groß wie Sven gewesen sein? Demnach schied Clarissa natürlich aus. Aber trotzdem ...

»Ich muss mal nach Robert sehen«, sagte Clarissa und watete zum Ufer. Sie griff nach ihrem Handtuch und trocknete sich energisch ab. Während ich sie beobachtete, entdeckte ich zwischen ihren Beinen weitere blaue Flecken. Und noch mehr dunkle Stellen, als ich meinen Blick über ihren gesamten Körper schweifen ließ. Offensichtlich hatte sie all das überschminkt und wischte sich die Creme nun ins Handtuch.

»Ach was. Sag ihm doch, er soll zu uns an den Strand kommen«, schlug Evelyn vor.

»Nee, der ist heute ein bisschen grummelig«, antwortete Clarissa. Fasziniert beobachtete ich ihre blauen Flecken jetzt in ihrer vollen Pracht. Da hatte jemand ordentlich zugeschlagen, und den Farben nach zu schließen, war das auch nicht das erste Mal gewesen. Die Flecken hatten nämlich alle möglichen Schattierungen und waren nicht nur von gestern und vorgestern!

»Der hat keine Lust auf Gesellschaft«, fügte sie hinzu.

»Tja. Wen wundert das«, sagte Evelyn, hielt aber Clarissa noch immer zurück. »Du darfst dir das alles nicht gefallen lassen!«

»Wie bitte?«, fragte Clarissa erstaunt.

»Mal ganz ehrlich«, sagte Evelyn und ließ sie nun doch aus. »Wie er mit dir umgeht, das ist ja schon ein bisschen krass.«

Fassungslos sah Clarissa von Evelyn zu mir und wieder zu Evelyn.

»Und wie geht er mit mir um?«, fragte sie irritiert. »Er ist doch immer lieb und nett.«

»Und was ist dann mit deinen Armen?«, fragte Evelyn mit hochgezogenen Augenbrauen.

»Oh.« Clarissa wurde schon wieder rot. »Na ja. Das ist natürlich nicht Robert. Der fasst mich doch nicht an.«

Wir sahen sie sehr erstaunt an.

»Ich wünschte, er würde mich so anfassen!«, erklärte sie sehr bestimmt. »Ich hätte lieber richtig Sex als dieses Rumgelusche. Ich will nicht ständig nur so Softsex, sondern ...«

Evelyn nickte, obwohl Clarissa den Satz nicht beendete.

»Du hast dich also gestoßen?«, fragte Evelyn sehr skeptisch.

»So ähnlich«, antwortete Clarissa, und es hörte sich nach einer fetten Ausrede an.

»Ich dachte, er hat dir Ärger gemacht. Weil du mit Sven geflirtet hast?«, machte Evelyn unbeeindruckt weiter. »Und hat dich hier und hier und hier geschlagen.«

»Hat er nicht«, sagte Clarissa und verdrehte die Augen. »Er ist ja nicht so der körperliche Typ. Ich wünschte, er wäre es!«

»Du wünschst, er würde dich schlagen?«, fragte ich fassungslos.

»Das natürlich nicht«, seufzte Clarissa. »Aber ...« Sie senkte die Stimme. »Dass ich mit Sven geflirtet habe, war doch Absicht. Und vor allen Dingen, dass es Robert mitgekriegt hat!«

»Wie, das war Absicht?«, fragte ich erschrocken.

»Ja. Er kann doch nicht ... richtig ... wenn ...« Sie geriet ins Stottern. »Also, wenn er nicht so richtig eifersüchtig ist. Wenn er nicht die Vorstellung hat, dass es da noch einen anderen Mann gibt. Wir machen das regelmäßig. Deswegen doch auch das mit dem Camping ...«

Ich sah wohl wie ein einziges Fragezeichen aus.

»Weil da immer wieder neue Männer sind, auf die er eifersüchtig sein kann«, erzählte sie. »Der hat ja überhaupt keinen Trieb.«

Vroni hätte jetzt bestimmt den Kopf geschüttelt, besonders bei dem Gedanken, dass Clarissa ihren Mann mit dem Hetzenegger oder dem Gröning hätte eifersüchtig machen wollen. Aber ich versuchte es mit einem möglichst neutralen Blick.

»Du flirtest also absichtlich mit anderen Leuten«, fasste Evelyn zusammen. »Und dann geht's total ab zwischen euch.«

»Ja. Genau.«

»Also kanntest du Sven tatsächlich überhaupt nicht?«, fragte Evelyn enttäuscht.

»Sag ich doch!«, bestätigte Clarissa.

»Hattet Robert und du dann wenigstens noch coolen Sex?«, wollte Evelyn wissen.

»Nein. Danach war die ganze Aufregung hier am Campingplatz, da wollten wir dann nicht mehr.«

Ziemlich abrupt stand Clarissa auf, um sich endlich um ihren Mann zu kümmern. Auch ich ging wieder zurück zum Haus, um mich endlich zu duschen. Dazu kam ich jedoch nicht, denn bei der Rezeption standen schon wieder neue Camper, und zwei Familien wollten abreisen. Der neue Camper beschwerte sich, dass ich mich nicht an meine Bürozeiten hielt, und ich musste ihm zähneknirschend recht geben. Ich schrieb noch einmal einen Zettel mit neuen Öffnungszeiten.

Als ich endlich in die Wohnung kam, um zu duschen, fand ich Evelyn in ihrem ehemaligen Zimmer vor, wo sie gerade vor dem hohen Spiegel posierte.

»Und was sagst du zu der Geschichte von Clarissa?«, fragte ich nach, während ich ihr zusah, wie sie sich ein neues Outfit zusammenstellte. Diesmal eine hohe cremefarbene Hose, die weit um ihre Beine flatterte, und ein sehr enges Top. Sie zog den Bauch ein, während sie sich im Spiegel ansah.

»Ich glaub ihr die Sexnummer nicht.«

»Aha«, machte ich und warf mich auf das Bett, in dem Evelyn früher geschlafen hatte.

Darauf lag ein ziemlicher Turm an Kleidung. Es sah fast so aus, als würde Evelyn noch immer hier wohnen.

»Wie kommst du denn darauf?«

»Das hat doch voll gewirkt, als würde sie lügen. Die hat mit Sven geflirtet, weil sie mit Sven flirten wollte. Und sie wäre mit ihm auch in die Kiste gehüpft, wenn Sven nicht vorher ermordet worden wäre«, erklärte mir Evelyn, die nicht verstehen konnte, wieso ich nichts kapierte. In Gedanken ging ich den Mordabend noch einmal durch. Clarissa hatte mit Sven geflirtet. Sven hatte nicht abgeneigt gewirkt. Robert war dazugekommen und hatte sich eingemischt.

Ich musste zugeben, dass ich die Geschichte von Clarissa auch recht eigenartig fand. Und sehr lückenbehaftet. Die Frage nach den blauen Flecken hatte sie nicht ansatzweise beantwortet.

»Wir vergessen immer die Sache mit der Erpressung«, sagte ich. »Ich glaube, dass das der wichtigste Punkt ist, der zu klären ist.«

Ich drehte mich auf den Bauch und sah mir auf Instagram die neuesten Entwicklungen an. Evelyn hatte wieder nur Kuchen gepostet, unter dem Motto »Fruchtiges für heiße Tage« von #FräuleinSchmitts, #tasty, #yummy #lovecake. Anscheinend wollte sie sich erst einmal outfitmäßig jünger stylen, bevor man wieder Bilder von ihr bewundern konnte.

»Und was glaubst du, wie es wirklich war?«, fragte ich.

»Was?«, fragte sie.

»Mit Clarissa und Sven.«

»Die wollten miteinander in die Kiste«, behauptete Evelyn. »Und sind auch miteinander in die Kiste, wenn er nicht vorher gestorben ist. Ich bin mir hundertpro sicher, dass dieser Robert einfach nie einen hochbekommt. Da kann sie ihn eifersüchtig machen, wie sie will.«

»Ich glaube, wir kommen so nicht weiter«, stellte ich fest.

Sie holte ihr Handy heraus. »Außerdem kann ich mich auf nichts konzentrieren, wenn ich zwei Baustellen habe.«

»Brauchst du Hilfe?«, fragte ich.

»Vielleicht.« Sie warf mir einen Blick zu. »Content Creation ist ja irgendwie kein Problem. Aber bei der Verhandlungsführung könnte ich noch Hilfe brauchen.«

»Mit der Inkontinenzfirma?«, fragte ich neugierig, und sie stöhnte auf.

»Weißt du, was mein größtes Problem ist? Die Internetverbindung von meinen Fans!«, sagte Evelyn und warf ihr Handy neben sich auf das Bett. »Da funktioniert doch kein einziger Swipe-up-Link, wenn die hier auf dem Land leben! Funktioniert das bei dir?«

»Ich swipe nie up«, gestand ich.

»Wieso nicht? Interessiert dich das nicht?«

»Ich führe einen Campingplatz«, erinnerte ich sie.

Gerade im Moment verbrachte ich damit sowieso viel zu wenig Zeit. Ich müsste dringend meinen restlichen Bürokram in Ordnung bringen und mich an meine Öffnungszeiten der Rezeption halten. »Und ich bin in Mordermittlungen verwickelt. Ich habe keine Zeit!«

Evelyn zog einen Flunsch.

»Genau das ist das Problem! Meine Rede! Ich sollte mich online mehr engagieren, und was ist die ganze Zeit? Ständig habe ich mit Mordermittlungen zu tun! Ich muss meine Stories machen, mich um meinen Videocontent kümmern. Und IGTV-Videos produzieren. Mit nur Feed kriegst du doch keinen Fuß auf den Boden!«

Ich musste ihr zustimmen. Morde lenkten unglaublich ab. Vor allen Dingen, wenn man das Gefühl hatte, mehr mit drinzustecken als nötig!

»Das muss doch zu beschleunigen sein. Wir wissen immer noch nicht, ob Robert auch Verletzungen hat. Lass uns das jetzt ein für alle Mal klären!«

Kapitel 12

Eigentlich hätte ich an dem Punkt sagen müssen, dass ich mir vorgenommen hatte, den Kühlschrank im Campingladen auszuwischen. Aber gerade war meine Motivation, irgendetwas zu putzen, gleich null, und nur zu gern ließ ich mich von Evelyn und dem Mordfall ablenken.

Als Erstes machten wir uns also auf die Suche nach Robert. Das war leicht diesmal – er hatte sich mit seiner Frau gerade in ihren superschicken Wohnwagen zurückgezogen.

Evelyn, die im Turbomodus war, schmiss sofort ihre Pläne um. »Weißt du was, wir finden erst einmal den Tatort«, sagte sie, als wäre das alles ein Klacks. »Dann kann Jonas diesen Robert sehr viel besser überführen. Wenn wir dort DNA-Spuren finden und so.«

»Und wie willst du den Tatort finden?«, fragte ich. Und vor allen Dingen DNA-Spuren!

»Sherlock-Holmes-mäßig«, erklärte sie mir. »Durch reines Nachdenken.«

»Aha«, machte ich nur, weil bei mir beim reinen Nachdenken selten etwas rauskam.

»Okay. Lass uns den Tag noch mal rekonstruieren. Robert, Clarissa und Sven kommen zeitgleich an. Clarissa scheint Sven zu kennen.«

»Flirtet mit ihm«, fügte ich hinzu.

»Robert entdeckt das und ist zornig.«

»Dann gehe ich zum Schwimmen. Und Sven folgt mir.«

»Weil er dich mit Clarissa verwechselt«, sagte Evelyn.

»So ein Quatsch«, sagte ich und grüßte die Vroni. Neben ihrem Liegestuhl lagen sowohl Milo als auch Clärchen, die sofort aufsprang, als sie mich kommen sah, und wild um mich herumsauste. »Er hatte uns doch schon nebeneinanderstehen sehen. Und wenn er Clarissa erpressen wollte ...«

»Im Dunkeln«, sagte sie.

»Er muss mir doch nachgegangen sein. Da muss er das doch bemerkt haben, wer ich bin«, widersprach ich. »Er hat mitbekommen, dass ich mit den Hunden Gassi gehen wollte.«

»Wie auch immer«, unterbrach Evelyn meine Widersprüche. »Du gehst jetzt mal los, genau wie an dem Abend.«

Sie schien sich auf keine Diskussion einlassen zu wollen, und obwohl mein Herz wieder schlug wie wild, ging ich brav los.

»Ich gehe jetzt aber nicht vor bis zum Steglmaier«, sagte ich. Begeistert sauste Clärchen vor mir her, während Milo langsam an meiner Seite schlurfte. Es war genau wie am Tatabend. Die Hunde liefen zum Pinkelbaum, wo sie eine Runde Wasser ließen. Dann den Seeweg entlang Richtung Brücke. Dann umdrehen, Blick hinauf zum Campingplatz.

»Hier habe ich ein Foto gemacht«, sagte ich und blieb stehen.

»Super. Zeig mir das. Bestimmt überführen wir ihn so!«, begeisterte sich Evelyn.

Wir sahen uns beide das Foto an. Man sah verschwommen die Lichterkette der Hetzeneggers und sonst gar nichts.

»Das hätte ich schon längst gelöscht«, sagte Evelyn kopfschüttelnd, weil sie alle Bilder auf Instagram-Tauglichkeit scannte. »Sieht grässlich aus.«

Mein Herzschlag war mittlerweile bei zweihundert pro Minute.

»Das hier muss dann auch der Baum gewesen sein«, sagte ich.

Er sah sehr unauffällig aus. Ich schloss die Augen und hörte auf das Dröhnen des Herzschlags in meinen Ohren.

»Und, wohin ist Sven dann gegangen?«

Ich zuckte mit den Schultern.

Evelyn kehrte um und ging den Weg zurück Richtung Campingplatz.

»Was ist?«

»Er hat doch bestimmt keinen Waldspaziergang gemacht, nachdem er dich erpresst hat«, sagte sie. »Er ist natürlich zurück zum Campingplatz gegangen.«

»Sagt Sherlock Holmes«, merkte ich an, während ich, erleichtert, dass wir die Suche abbrachen, Evelyn folgte.

Auf dem Weg zurück kam uns der Gröning entgegen. Seiner Miene nach zu schließen, hatte er den Augenarzttermin noch immer nicht verkraftet. Und ich war so gemein und setzte noch einen drauf: »Der Augenarzt hat mir gesagt, dass der OP-Termin schon steht!«, trompetete ich mit übertriebener Begeisterung. Der Gröning sah jetzt richtig grantig aus. Mit tief gerunzelter Stirn bog er einfach zum Campingplatz ab und stieg die Treppen hinauf.

»Ich habe Hunger«, sagte ich zu Evelyn, aber die ging einfach weiter. »Wohin willst du denn jetzt?«

»Was macht so ein Kerl wie der Sven, wenn er seine Arbeit erledigt hat?«

Evelyn klang nach »Na?«, und weil mir zu dem Typen

nichts einfiel, schlug sie vor: »Setzt sich vor sein Zelt und bestaunt den Sternenhimmel?«

»Er geht was trinken«, schlug ich vor.

»Richtig. Der wollte doch ganz bestimmt zum Stöcklbräu vor, was saufen«, erklärte sie mir den Sven Gerstenberg.

In Ermangelung eines besseren Plans folgte ich ihr.

»Du musst auch ein bisschen schauen«, forderte sie mich auf, während sie mit der Hand nach rechts und links deutete. »Nach Spuren suchen. Irgendetwas, was darauf hindeutet, dass er hier umgebracht worden ist.«

Auf meinem Handy dingelte eine Nachricht, und ich holte es aus meiner Hosentasche.

»Wo bist du?«, fragte Jonas per WhatsApp.

»Ich suche gerade den Tatort«, antwortete ich ehrlich.

Umgehend klingelte das Handy in meiner Hand.

»Sag mal, hast du sie noch alle?«, fragte Jonas ärgerlich. »Wo bist du gerade?«

»Ich gehe mit den Hunden spazieren«, relativierte ich meine Aussage. »Bin gerade kurz vor dem Steglmaier-Campingplatz.«

Ich hörte, dass Jonas einmal tief einatmete und die Luft anhielt, um bis drei zu zählen. Eine seiner bewährten Methoden, um nicht gleich auszuflippen.

»Bist du schon zu Hause?«, fragte ich freundlich.

»Nein, ich bin noch im Auto«, antwortete er in einem etwas resignierten Tonfall.

»Gut«, antwortete ich. »Ich bin auch in zwanzig Minuten daheim! Freu mich auf dich!« Ich wischte das Gespräch weg und steckte das Handy wieder in die Hosentasche. »Ich kehr jetzt um«, erläuterte ich an Evelyn gewandt.

»Sieh dir das an. Die haben neuen Sand an den Strand geschüttet«, sagte Evelyn und ging weiter. Genau wie bei unserem Campingplatz war der Strand vom Steglmaier direkt am Seeweg. Verlassen lagen ein kleines rotes Sandsieb und ein blaues Eimerchen in *Eiskönigin*-Optik herum.

»Musst du auch mal wieder machen lassen«, sagte Evelyn. »Sieht sehr gepflegt aus. Besonders mit dem Feng-Shui-Muster im Sand.«

Tatsächlich hatten die Steglmaiers den neuen Sand in wunderschöne konzentrische Rechenspuren geformt. Das war natürlich toller als mein Strand, wo jedes Kind seine eigenen Burgen und Seen baute.

»Wenn ich dem Sepp sage, er soll schöne Kreise mit dem Rechen in den Sand malen, kriegt er einen Anfall«, lachte ich.

Evelyn lachte ebenfalls und wollte weitergehen.

»Ich muss wirklich umkehren«, sagte ich und pfiff nach den Hunden. Die beiden waren ein Stückchen weiter den Seeweg entlanggegangen und standen nun einträchtig am Rand und schnupperten. »Jonas kommt gleich nach Hause. Und er ist schon richtig sauer, weil ich Tatorte suche.«

»Wir haben aber noch keine Spuren gefunden«, widersprach Evelyn.

»Wir werden auch keine finden«, erwiderte ich und pfiff noch einmal, weil meine Hunde nicht reagierten.

»So lösen wir den Fall nie!«

»Milo! Clärchen!«, rief ich energischer, um mich bei meinen Hunden mal durchzusetzen.

Mit einem Aufseufzen ging ich vor bis zu den Hunden und packte Milo am Halsband. Widerwillig ließ er von der Spur ab, aber Clärchen flippte richtig aus. Auch Milo hätte gerne mitgemacht, was sehr ungewöhnlich war, weil er normalerweise alles sofort sehr anstrengend fand.

»Immer diese Angler, die ihre toten Fische ins Gebüsch werfen!«, schimpfte ich. Wenn sich Clärchen jetzt in einem toten Fisch wälzte, wäre jede Romantik mit Jonas dahin, denn dann würde ich die nächsten Stunden Hunde schamponieren und duschen!

»Komm jetzt, Clärchen! Wenn du nicht folgst, muss ich dich bei einer Hundeschule anmelden!«

Weil ich mich bückte, sah ich plötzlich auch den Boden sehr deutlich vor mir, und erstaunlicherweise lagen da die Fichtennadeln relativ geordnet in eine Richtung weisend. In dem sandigen Boden sah man eine Schleifspur von einer Wegseite auf die andere. Das sah man trotz der Fußspuren, die in der Mitte des Weges schon wieder alles geebnet hatten. Rechts von mir waren Gräser niedergedrückt, und links war das Schilf über einen längeren Streifen komplett umgelegt. Wieso war mir das eben nicht aufgefallen? Hatte ich mich vom Feng-Shui-Muster des Strandes ablenken lassen?

Clärchen riss sich abrupt von mir los und stürmte in die andere Richtung davon. Im Rücken hörte ich die Stimme von Jonas »Runter« sagen. Ich drehte mich um und sah Clärchen an ihm hochspringen. Jonas hatte wohl bei den Steglmaiers geparkt, um mich am Spurensuchen zu hindern. Vielleicht redete er gerade auch mit mir, aber so richtig hörte ich das nicht. Denn während ich mich aufrichtete, sah ich ganz genau, wie es abgelaufen sein musste, und entdeckte plötzlich auf dem Weg etwas, das verdammt nach einer Blutspur aussah.

»Siehst du, hab ich's nicht gesagt?«, war Evelyn hochzufrieden mit ihrer Ermittlungsarbeit und tätschelte Jonas den Arm, der bestimmt innerlich schon wieder zählte. Diesmal wahrscheinlich bis hundert statt bis drei.

»Die Spur endet beim Strand!«, stieß ich aufgeregt hervor.

»Ja. Direkt dort, wo der Sand so schön gerecht ist« Evelyn zeigte auf das Feng-Shui-Muster, als könnte Jonas das nicht selbst sehen. »Ist ja auch logisch! Die Leiche da durchs Schilf zu zerren im Morast, das ist bestimmt schwierig. Aber hier am Strand kann man prima mit einem Boot anlegen und eine Leiche an Bord nehmen. Zu uns hinter ins Schilf.«

Zufrieden klatschte sie in die Hände.

»Der Fall ist gelöst. Robert ist Sven nachgelaufen, und genau hier hat er ihn dann angegriffen und umgebracht. Ich muss umkehren, ist noch einiges zu tun.«

Jonas kommentierte diese Analyse nicht, sondern rief die Spurensicherung an. Unseren romantischen Abend sah ich endgültig den Bach runtergehen.

»Du spazierst jetzt mit Evelyn zurück zum Campingplatz«, sagte er, wieder die Ruhe in Person. »Und nimm die Hunde mit!«

Das war ein Moment, um zu tun, was Jonas verlangte. Kleinlaut sputete ich mich, um Evelyn einzuholen, die schon ein Stück Seeweg zurückgelegt hatte.

Kapitel 13

»Du bist nicht für jede Leiche verantwortlich, die auf deinem Platz rumliegt«, versuchte Evelyn mich aufzumuntern. Das wäre tatsächlich schlimm, bei der Menge an Leichen in den letzten Monaten. Ich wäre eine Massenmörderin!

»Haben die Steglmaiers eigentlich ein eigenes Boot?«, fragte Evelyn schließlich nach einer kurzen Pause. Sie war so abrupt stehen geblieben, dass ich in sie hineinlief.

»Keine Ahnung«, gab ich zu.

»Das müssen wir Jonas berichten«, sagte Evelyn fröhlich, während sie wieder umdrehte.

»Was? Dass wir keine Ahnung haben?«, fragte ich verständnislos.

»Das müsste ja auch ganz leicht zu finden sein, so ein Boot ist im Sommer doch bestimmt irgendwo am Ufer angebunden ... Da ist es ja schon!«, freute sich Evelyn und deutete auf ein altes Ruderboot, das versteckt hinter einem dichten Weidengebüsch auf dem Wasser schaukelte. Immerhin war es nutzbar, auch wenn es bestimmt genauso alt war wie mein Ruderboot. »Schau doch mal gleich, ob du etwas siehst. Blutspuren. Haare. Kampfspuren. Keine Ahnung, nach was du da suchen musst.«

»Du musst da gar nichts suchen«, hörte ich die Stimme von Jonas schlecht gelaunt hinter uns, der uns schon wieder erwischt hatte. »Hab ich nicht gesagt, dass ihr nach Hause gehen sollt?«

Statt weiter zu schimpfen, zog er sich die Schuhe aus und krempelte seine Hose nach oben, um zu dem Boot zu waten.

»Und?«, fragte Evelyn.

»Keine offensichtlichen Blutspuren, Haare oder Kampfspuren«, antwortete Jonas mit ironischem Unterton.

»Schade«, stellte Evelyn fest, »das wäre jetzt das i-Tüpfelchen auf unseren Ermittlungen gewesen!«

»Und bevor ihr jetzt als Nächstes Zeugenbefragungen durchführt«, stellte Jonas klar, »geht ihr nach Hause. Und bleibt dort.«

»Kein Problem. Wir haben anderes zu tun, als Zeugen bei den Steglmaiers zu befragen«, erklärte ihm Evelyn etwas gönnerhaft.

»Nämlich die Meindls befragen«, fügte sie hinzu, als wir wieder außer Hörweite waren.

»Ich befürchte, Jonas hat etwas ganz anderes gemeint«, wandte ich ein.

»Wir wollten doch ursprünglich schauen, ob Robert Verletzungen am Körper hat. Von dem Kampf mit Sven«, erläuterte Evelyn, während wir wieder hintereinander den Seeweg entlang Richtung Campingplatz gingen. »Und das machen wir jetzt auch!«

»Das geht nicht, Jonas hat doch ...«

»Es geht um deine Gesundheit und dein Leben!«, fiel Evelyn mir ins Wort. »Außerdem um meine Karriere. Ich kann mich auf nichts konzentrieren, solange ich in Sorge um dich bin!«

Als wir auf den Campingplatz kamen, sahen wir gleich, dass die Meindls ihren Wohnwagen verlassen hatten. Sie standen zusammen mit den Hetzeneggers beim Vorzelt. Nachdem sich Evelyn einfach dazugesellt hatte, machte ich dasselbe. Hier ging es ja ganz klar um Campingangelegenheiten! Und keine Mordermittlungen.

»Das muss noch mal gescheit abgespannt sein«, dozierte eben der Hetzenegger. »Wenn das mal regnet, hat man richtig Wassersäcke hängen ... und das ist ganz schlecht fürs Vorzelt. Außerdem flattern sonst die Planen im Wind.«

Und außerdem störte es die Optik vom Hetzenegger, wenn er über den Platz schlenderte und so schiefe Zelte anschauen musste.

»Ohne das Vorzelt wär das ja gar nichts«, erklärte der Hetzenegger. »Da stehst gleich im Freien, bei jedem Wetter. Nichts kannste draußen lassen über Nacht ...«

»Und man hat gleich den Schmutz im Wohnwagen«, nickte die Vroni. »Kochen tun wir auch nicht drinnen, sonst hängt der Essengeruch so in den Polstern. Wir haben uns extra eine Küchenzeile gekauft fürs Vorzelt, da kannst du dich richtig ausbreiten.«

»Wenn ihr kein Winterzelt habt, müsst ihr das natürlich im Winter abbauen«, bemängelte der Hetzenegger, der um das Zelt kreiste und nach weiteren Fehlern suchte.

Robert ging brav mit dem Hetzenegger mit. »Beim Winterzelt kann das Dach deutlich mehr belastet werden. Wenn's mal schneit – das hält das aus!«

Auch Evelyn ging mit um das Zelt, als hätte sie Ahnung von Winterzelten, und ich betrachtete erneut die blauen Flecken von Clarissa. Sie waren zwar wieder überschminkt, doch jetzt, wo ich wusste, wo sie waren, sah ich sie sofort durchschimmern. Die länglichen, die aussahen, als wären sie durch einen Stock entstanden, schillerten inzwischen grün und schwarz.

»Und Bodendämmen ist wichtig. Hält die Feuchtigkeit und Kälte ab. Sofia hat diese Holzpaletten, die kann sich jeder nehmen, der trockene Füße behalten will.«

Evelyn sah etwas enttäuscht aus und schüttelte an mich gewandt den Kopf. Anscheinend hatte sie keine Verletzungen gefunden. Superschade. Sonst hätte ich schnell Jonas anrufen können, er hätte Robert verhaftet, und danach hätten wir uns doch noch unseren schönen romantischen Abend gemacht!

»… ich hab mir da eine eigene Unterkonstruktion gebaut aus Fichte«, dozierte der Hetzenegger weiter und bedeutete Robert, mit ihm mitzugehen. »Zur Wärmedämmung ist da eine Lage Styropor drauf, eine Lage Styrodur und dann noch OSB 4 Platten.«

»Ist das nicht PVC?«, fragte Robert.

»Ja. Damit man schön durchwischen kann«, erläuterte Vroni, während die drei zu dem Hetzenegger'schen Wohnwagen gingen, um sich das im Detail anzusehen.

Evelyn und ich blieben bei Clarissa stehen, die sich offensichtlich für das Wischen nicht so interessierte, sondern gerade feuchte Badetücher an eine nigelnagelneue Wäschespinne hängte.

»Was habt ihr eigentlich gemacht, nachdem ihr den Wohnwagen aufgestellt hattet?«, fragte Evelyn, ohne das Wort »Mordabend« zu verwenden. Aber dem Blick von Clarissa nach zu schließen, hatte sie trotzdem kapiert, dass Evelyn gerade ihr Alibi abklopfte.

»Ich habe geduscht, um mich ein wenig frisch zu machen. Danach wollten wir noch den Ort vorne erkunden«, erzählte Clarissa, während sie in einem Stoffbeutel nach Wäscheklammern suchte. »Also, ich wollte den Ort erkunden, und Robert wollte einmal um den See gehen. Da wir beide Hunger hatten, sind wir dann doch vor zum Wirtshaus. Den Seeweg entlang.«

»Da müsst ihr ja dem Mörder direkt über den Weg gelaufen sein«, sagte Evelyn sehr suggestiv.

»Wir sind niemandem begegnet«, entgegnete Clarissa, die gar nicht merkte, dass sie Evelyns Misstrauen erregte. »Wir haben eine Kleinigkeit gegessen und auf dem Rückweg noch einen kleinen Stopp bei dem anderen Campingplatz eingelegt.«

Sie drehte sich zu uns. »Das haben wir aber alles der Polizei schon erzählt.« Dann bückte sie sich wieder zum Wäschekorb und nahm ein Geschirrtuch heraus.

»Und was habt ihr auf dem Campingplatz gemacht?«, wollte Evelyn wissen.

»Wir sind einmal über den Platz geschlendert«, erzähle Clarissa. »Da war voll das Remmidemmi, der Campingplatz war komplett überfüllt, es gab verschiedene Grillstationen und Livemusik ...« Clarissa hängte das letzte Geschirrtuch auf und drehte sich wieder zu uns. »Und das Toilettengebäude ist ja lustig. Da geht überall Musik los.« Sie kicherte.

Wir kicherten nicht. Schließlich hatten wir da erst vor Kurzem bei totaler musikalischer Beschallung eine Leiche gefunden.

»Und dann?«, fragte Evelyn mit steinerner Miene. »Dann seid ihr Sven begegnet?«

»Nein«, sagte Clarissa.

»Doch«, behauptete Evelyn.

Clarissa schluckte, dann nickte sie. »Okay. Dann sind wir Sven begegnet. Er war auf dem Weg vor in den Ort.«

»Siehste wohl«, stieß mich Evelyn an. »Genau wie ich gesagt habe! Ihr seid also Sven begegnet. Sven hat dich wieder angebaggert, daraufhin ist Robert ausgerastet und hat ihn umgebracht.«

Oh, oh! Ich hätte am liebsten den Kopf eingezogen. Einem Mörder so etwas an den Kopf zu werfen, fand ich nicht besonders sinnvoll. Glücklicherweise blieb Clarissa erstaunlich cool, sie riss nur erstaunt die Augen auf.

»Oder?«, hakte Evelyn nach.

»Nein. Er ist einfach an uns vorbeigegangen, wir haben uns gegrüßt, und das war's.«

»Das war's?«, echote ich. »Und, wie hat er ausgesehen?«

Das musste ja direkt nach dem Erpressungsversuch gewesen sein.

»So im Dunkeln konnte man das nicht so genau sehen«, erzählte Clarissa. »Er war ziemlich in Eile und hat uns auch nicht weiter beachtet.«

»Und was hat Robert dann gemacht?«

»Robert ist ein Weichei«, sagte Clarissa sanft. »Der würde nie im Leben einen anderen Menschen angreifen. Er hat natürlich nichts gemacht.«

»Soll ich dir was sagen?«, entgegnete Evelyn energisch. »Das glauben wir dir einfach nicht! Gerade hast du es gut hingekriegt, dass wir das Thema blaue Flecken aus den Augen verloren haben. Und komm mir jetzt nicht mit diesem »Ich habe mich nur gestoßen«-Unsinn! Sogar zwischen den Beinen hast du blaue Flecken, und uns redest du ein, dass dir der Sex zu luschig ist! Ich lass mich doch nicht verscheißern!«

Diesmal sah Clarissa nicht erstaunt aus, sondern fing zu lachen an.

Die Erklärung war dann doch ein bisschen peinlich für uns. Evelyn gab spontan ihre Ermittlungsversuche auf, und wir verdrückten uns gemeinsam in mein Haus vor den Fernseher.

»Das konnten wir nicht wissen«, sagte Evelyn. »Wieso macht sie auch Pole Dance, wenn man dann aussieht wie jemand, der zusammengeschlagen worden ist?«

»Na ja, so schlimm sieht das auch wieder nicht aus«, widersprach ich. »Man bekommt halt blaue Flecken.«

Clarissa hatte uns ein Video mit den Figuren an der Stange gezeigt, bei denen sie sich diese »Pole-Kisses« geholt hatte. Sah ziemlich akrobatisch aus und auch überhaupt nicht nach Striptease oder Prostitution. War eben ein Sport wie jeder andere auch, wie Clarissa nicht müde geworden war zu betonen. Das fand ich zwar nicht, weil ich niemanden kannte, der als Sport Akrobatik machte, aber Evelyn war jedenfalls komplett der Wind aus den Segeln genommen worden. Die Theorie mit Robert als heimlichem Schläger, der jeden umbrachte, der sich seiner Frau näherte, konnte restlos als verworfen gelten.

Ich sah mir auf Netflix die zweite Staffel von *Sex Education* an, während Evelyn neben mir lag und mit ihren Fans auf Instagram kommunizierte.

War vielleicht ganz gut, dass Evelyn sich jetzt wieder ganz ihrem Influencer-Dasein widmen konnte.

Mein Magen knurrte plötzlich und erinnerte mich daran, dass ich noch nicht gegessen hatte. Draußen war es schon stockfinster, und praktischerweise hörte ich Jonas unten gerade zur Tür reinkommen.

Er war ziemlich auf hundertachtzig, und Evelyn war so klug und verdrückte sich.

»Bestimmt habt ihr den Täter bald gefasst«, sagte ich beschwichtigend, während ich das Abendessen herrichtete. »Sollen wir vor dem Fernseher essen?«

»Ich muss dir was erzählen«, sagte Jonas, während ich Tomaten und Gurken auf einen Teller legte. Er blieb so dicht hinter mir stehen, dass wir uns fast berührten. Ich drehte mich um und drückte ihm den Teller in die Hand. »Ja?«

Er blieb mit dem Gemüseteller vor mir stehen und sagte: »Die Nachrichten von Svens Handy konnten teilweise wiederhergestellt werden.«

»Hm«, machte ich und bekam gleich ein ungutes Gefühl. Schließlich erzählte mir Jonas sonst nie etwas über die laufenden Ermittlungen. »Und, was hat er so geschrieben?«

»Seine letzte Mail war: Sofia Ziegler, done.«

Ich bekam große Augen.

»Die allerletzte Nachricht vor seinem Tod war sehr kurz und bestand nur aus drei Fragezeichen. Fragezeichen. Nicht Ausrufezeichen. Danach hat er noch mit einer unbekannten Telefonnummer telefoniert ...«

»Worüber?«, fragte ich.

»Das wissen wir nicht. Es ist auch eine nicht registrierte Nummer aus dem Ausland, bei der wir nicht herausfinden können, wer der Besitzer des Handys ist.«

»Fragezeichen?«, fragte ich.

»Ja. Drei Fragezeichen. Und danach hat Sven diese unbekannte Nummer angerufen.«

»Und was heißt ›Sofia Ziegler, done‹?«

Jonas machte eine Pause.

»Ich würde mal vermuten, dass er damit seinem Auftraggeber mitteilen wollte, dass er seinen Auftrag erfüllt hat«, sagte Jonas und sah mich weiter an.

Mein Mund wurde trocken. »Es gibt also Leute, die jemandem den Auftrag geben, mich zu erledigen«, brachte ich hervor.

Jonas nahm mich in den Arm.

»Natürlich nicht, dich zu erledigen. Vermutlich hatte er den Auftrag, dich zu erpressen, und hat dem Auftraggeber mitgeteilt, dass er das getan hat. Mach dir keine Sorgen. Schließlich ist Sven tot.«

»Aber der Auftraggeber von Sven ist überhaupt nicht tot!«, jammerte ich. »Der wird doch jetzt nicht aufgeben, nur weil Sven tot ist, oder?«

In der Nacht hatte ich einen fiesen Albtraum. Ich wachte schweißgebadet auf und hatte die Szene so real vor mir, als hätte ich sie wirklich erlebt. Sven Gerstenberg mit einer Stöcklbier-Maß in der Hand. Den Bieratem konnte ich so deutlich riechen, als stünde Sven vor mir, er lallte vielleicht ein bisschen, aber er sagte genau das, was er mir an jenem Abend gesagt hatte.

»Fünfzigtausend Èuro«, wiederholte er wieder und wieder und schien sich konzentrieren zu müssen. » Fünfzigtausend Euro. Bei meiner Abreise. Zusammen mit meinem Personalausweis!«

Mein Herz schlug mir bis in die Ohren, als ich hinter Sven eine seltsame Gestalt entdeckte, die wie Darth Vader wirkte, allerdings mit Haferlschuhen. Dieser bayerische Darth Vader schien Sven Anweisungen zu geben, was er mir zu sagen hatte. Dann wachte ich glücklicherweise auf. Irgendwie war ich irre froh, dass neben mir Jonas schnarchte und daneben Milo. Clärchen fiepte ein bisschen, als würde sie im Traum jemandem hinterherrennen. Alles gut, dachte ich mir. Träume sind Schäume.

Trotzdem konnte ich nicht mehr einschlafen. Ich sah Jonas beim Schlafen zu und dachte über die eigenartige Erpressung nach. Und was Sven wohl getan hätte, wenn ich ihm den Personalausweis zusammen mit ein paar Handschellen überreicht hätte.

Himmel! Das mit dem Personalausweis hatte ich einfach komplett vergessen gehabt! Ich hatte das verdrängt, weil Sven tot war und es gar nicht mehr dazu gekommen war, wann und wo ich ihm die ganze Kohle überreichen sollte. Ich hätte ihm das Erpressungsgeld zusammen mit seinem Ausweis am Tag der Abfahrt überreichen sollen.

Ich war so aufgeregt, dass ich sofort an Jonas zu rütteln begann. »Stell dir vor!«, schrie ich ihn an, während er hochfuhr und sofort aus dem Bett sprang, als müsste er irgendwohin.

»'tschuldige«, sagte ich betreten. »Du kannst dich wieder hinlegen. Mir ist nur was eingefallen.«

Jonas sah mich an, als wäre ich eine Außerirdische.

»Was Wichtiges«, stellte ich klar, weil er gerade wütend zu werden schien.

»Er hat mich nicht verwechselt«, sagte ich. »Er wusste, dass ich die Besitzerin vom Campingplatz bin. Und dass ich ihm seinen Ausweis wiedergeben würde. Das hat er nämlich gesagt: Dass er das Geld überreicht kriegen will, wenn ich ihm seinen Ausweis beim Check-out zurückgebe! Das hätte er doch niemals zu Clarissa gesagt!«

Jonas ließ sich rückwärts ins Kissen plumpsen. »Aber da

waren wir doch schon«, gähnte er. »Dann muss er ja gemeint haben, dass es bei dir was gibt, das dich erpressbar macht.«

Das gab es natürlich nicht. Aber es war trotzdem des Rätsels Lösung! Jonas fing sofort wieder zu schnarchen an. Es war unglaublich, wie schnell dieser Mann einschlafen konnte! Und ich hatte das Gefühl, ganz, ganz dicht davor zu sein. Es zu verstehen. Hätte Jonas nicht so geschnarcht, wäre es mir auch eingefallen, sofort.

Stattdessen fiel auch ich in einen traumlosen Schlaf.

Kapitel 14

So ganz sorgenfrei sah Jonas die Situation auch nicht, denn am nächsten Morgen bekam ich gleich eine ganze Latte von Anweisungen, was ich zu tun und zu lassen hatte. Den Gröning beispielsweise ins Krankenhaus zu fahren, das sollte ich sein lassen. Das sollte einer von meinen Campern machen. Außerdem sollte ich mich nicht alleine herumtreiben. Deswegen hatte ich tatsächlich auch gleich einen jungen Polizisten an der Seite, der mich überallhin begleiten sollte. Jonas hatte die Hunde noch Gassi geführt, und als er um halb acht fuhr, war der Polizist schon da. Evelyn war tierisch eifersüchtig. Der Polizist war zwar irre jung, und ich wusste auch nicht, ob er ein so großer Schutz war, denn er sah nicht nach Nahkampfspezialist aus.

Aber Evelyn hätte trotzdem gerne einen Polizisten gehabt, der sie überallhin begleitete. Ich versuchte ihn zu ignorieren, während ich zu den Schmidkunzens schlappte, um sie zu bitten, den Gröning ins Krankenhaus zu fahren.

»Ich habe das alles schon ausgemacht«, sagte ich, als ich den genervten Blick vom Schmidkunz sah. »Er darf auch bis morgen im Krankenhaus bleiben. Und ich hoffe doch stark, dass ich morgen wieder mit dem Auto durch die Gegend fahren darf.«

Die Schmidkunz sagte im Namen ihres Mannes zu, obwohl sich dessen Miene drastisch verfinsterte, und erzählte mir noch: »Ich glaube, der Gröning hat vor, seinen Platz zu kündigen.«

Ihr Mann sah auch so aus, als wäre er kurz davor, das zu tun.

»Weswegen denn das?«, fragte ich unschuldig.

»Weil ihm Dinge aufgezwungen werden«, erklärte die Schmidkunz und tätschelte ihrem Mann den Unterarm. Dem wurde nämlich auch gerade was aufgezwungen.

»Danke!«, sagte ich zum Schmidkunz und tat, als hätte ich von seiner schlechten Laune nichts gemerkt. Danach lief ich just dem schlecht gelaunten Gröning über den Weg und wünschte ihm viel Glück.

Nach alldem war ich ziemlich spät dran mit meinen Bäckerei-Erledigungen. Ich setzte mich neben den Polizisten, der mich in den Ort fahren würde. Auf der Höhe vom Steglmaier-Campingplatz rutschte ich etwas tiefer. Nicht etwa, weil ich vor Sissy Angst hatte, sondern weil ich schon von Weitem erkennen konnte, dass die Hildegard gerade mit ihrem Gehwagerl aus dem Garten kam und die Straße überqueren wollte. Der Polizist wusste natürlich nicht, dass sie nur auf den geeigneten Moment wartete, um zum Besucherparkplatz hinüberzurollen und neue Beweise zu sichern, um diese Verbrecher der Umweltsünde zu überführen. Seltsamerweise hatte sie eine unglaubliche Menge an Plastikflaschen voll mit Wasser in dem Körbchen ihres Gehwagerls. Ich sah starr nach vorne, ich hatte heute nämlich noch was anderes zu tun! Aber Hildegard erkannte mich glücklicherweise nicht, und der Polizist gab wieder Gas.

Schon von Weitem sah ich, dass mehrere Fahrräder vor der Bäckerei standen – anscheinend herrschte momentan ein erhöhter Informationsbedarf in unserem Ort. Als die Kundinnen – Männer waren nicht darunter – mich sahen, machten sie mir natürlich sofort Platz, und es war plötzlich totenstill. Erst ging ich davon aus, dass sie von mir erwarteten, dass ich alles preisgab, was ich wusste. Aber dem war nicht so, denn die Bäckerin fing sofort begeistert zu erzählen an.

»Der Steglmaier ist angeblich einer Gehirnwäsche unterzogen worden«, teilte sie wichtigtuerisch mit.

»Von wem denn?«, fragte ich kopfschüttelnd. Die Polizei in Regensburg hatte doch wirklich was Besseres zu tun, als Gehirnwäschen bei Campingplatzbesitzern durchzuführen!

»Von der Mafia, vermutet die Steglmaierin.«

»Und die sitzt in Regensburg in der Kripo? Das finde ich etwas weit hergeholt«, stellte ich fest. »Ich hole die Schachteln für Evelyn ab. Und die Semmeln.« Dabei streckte ich schon mal meine Hände über die Theke, um die Sache zu beschleunigen. Ich war nämlich der Backwaren wegen hier und nicht zum Tratschen!

»Vorstellen kann man sich das nicht«, sagte die Bäckerin und ignorierte meine ausgestreckten Hände. »Aber ihr Bub, der hat ihr doch jetzt gestanden, dass er überhaupt nicht der Mörder ist.«

Ich nickte nur, und hielt der Bäckerin weiterhin meine Arme entgegen.

»Deswegen Gehirnwäsche. Wieso sonst sollte er jetzt plötzlich das Gegenteil erzählen?«, informierte mich die Bäckerin und rückte jetzt endlich eine der Schachteln heraus.

»Und pass auf, dass du die Schachtel nicht schief hältst! Sonst verrutscht alles und zerdrückt!«, ermahnte sie mich. Vorsichtig machte ich den Klappdeckel auf, um zu sehen, was

Evelyn diesmal gekauft hatte. Ein allgemeines, begeistertes »Ah!« ertönte von rechts und von links.

»Momentan steht alles unter dem Motto ›Apfel‹«, erklärte mir die Bäckerin strahlend. »Das sind unsere Apfel-Rosen-Tartelettes. Sehr aufwendig, aber sehr hübsch.«

»Das stimmt«, nickte ich. Die Apfelschnitze wirkten tatsächlich wie eine Rose und glänzten von dem karamellisierten Zucker.

»Und Evelyn hat auch noch ein paar deftige Teilchen bestellt ... Nach dem Schwimmen haben doch alle einen rechten Kohldampf, hat sie erzählt!«

Ja, besonders der Hetzenegger, der hatte auch schon vor dem Schwimmen einen Kohldampf.

»Tomaten-Ziegenkäse-Tarte«, stellte sie ihre Kreation vor, in der sehr ordentlich die Tomaten ausgerichtet lagen, garniert mit einem kleinen Zweigchen Rosmarin.

»Das ist unsere neue Kartoffeltorte mit Spinat und Ricotta, und hier ... die Zucchini-Tarte«, machte sie weiter, »mit cremiger Käsefüllung...« Die Zucchini waren sehr dünn in perfekte Spiralen gelegt. Alles sah insgesamt sehr, sehr appetitlich aus, und mir knurrte richtig der Magen. Aber ich wusste, bevor ich nicht alle Informationen hatte, ließ mich hier keiner raus!

»Jedenfalls hat mich die Steglmaierin gebeten, dir auszurichten, dass du dem Jonas das alles erzählst sollst.«

»Das von der Gehirnwäsche?«, fragte ich und sagte mit allem Ernst, den ich aufbringen konnte: »Kann ich gerne machen.« Weil der Jonas hatte nämlich auch gerne mal was zum Lachen am Abend. Wir lachten alle viel zu selten. Und bei der Vorstellung, dass der Steglmaier eine professionelle polizeiliche Gehirnwäsche erhalten hatte, würden wir bestimmt Tränen lachen. Das war sicherlich sehr gesund!

»Doch nicht von der Gehirnwäsche. Sondern, dass es nix zu bedeuten hat, dass er jetzt wieder was anderes sagt!«, korrigierte die Bäckerin mich.

»Ich bräuchte noch eine Butterbreze«, sagte ich. »Für ...« meinen persönlichen Polizisten, verkniff ich mir, sondern sagte: »... meinen Fahrer.«

Die Weiber bekamen ihren Mund nicht mehr zu.

Kapitel 15

Am nächsten Tag aßen wir Frauen wieder einmal alle zusammen im Café ein spätes Mittagessen. Evelyn hatte glücklicherweise ihr Interesse an den Mordermittlungen komplett verloren, sie steckte ihre Energie jetzt lieber in die Eröffnungsfeier. Ich persönlich hatte eigentlich auch beschlossen, die Ermittlungen Jonas zu überlassen, aber trotzdem dachte ich fast pausenlos über das eine Thema nach: Wenn die Erpressung von Sven eine Auftragsarbeit gewesen war, dann musste ein Auftraggeber existieren, der mich erpressen wollte. Aber auch durch intensives Nachdenken fiel mir kein Grund ein, der mich erpressbar machte. Und auch niemand, der einen so starken Hass auf mich haben könnte, dass er mich mit einer Erpressung nur einschüchtern oder erschrecken hätte wollen.

Wir Hirschgrundis saßen gerade im Inneren des Cafés, denn die Terrasse des Cafés war noch überfüllt von Eltern und Kindern – nicht, dass mich das gestört hätte. Es war schön, so viel Leben hier zu sehen, und es lenkte mich auch ziemlich gut von der unheimlichen Frage ab, wer hinter mir her sein könnte!

»Wo ist denn dein Polizist?«, fragte Vroni und sah zur Tür.

»Der kann heute Vormittag nicht«, erzählte ich. »Ich soll mich nirgends herumtreiben, hat Jonas gesagt.«

»Am besten bleibst du bei uns«, schlug die Schmidkunz vor. »Dann kann nichts passieren.«

Ich setzte mich an den Tisch und nahm mir ein knuspriges

Croissant aus dem Brotkorb, das vom Frühstück liegen geblieben war, und das Schälchen mit der Erdbeermarmelade.

»Cocktails«, kam Evelyn wieder auf ihr Thema zurück. »Einen der Cocktails werde ich neu erfinden, und zwar in Erinnerung an deine Nonna! Das mögen die Leute, wenn man irgendetwas in memoriam macht. Irgendetwas mit Pfirsich. Pfirsich mochte sie, oder?«

Ich nickte, während ich mir das letzte Tomaten-Mozzarella-Baguette schnappte, das die hungrigen Eltern übrig gelassen hatten. Sehr knusprig und saftig im Übrigen.

»Sommer, Sonnenschein pur in einem Drink, er soll ideal für Temperaturen um die dreißig Grad sein.«

Evelyn kritzelte »Hello Summer« auf einen Schmierzettel und darunter: »California Sour, ein Cocktail aus Roséwein, Zitronensaft, Zuckerrübensirup, getoppt mit Pfirsichsahne. Für alle, die es cremig, süß und sauer lieben.« Sie sprang auf und mixte, während die anderen sich über das Handy von Vroni beugten und sich bei Instagram umsahen. Im Hintergrund schlug Evelyn Sahne und aromatisierte sie mit Vanilleschote und Pfirsichsaft.

»So, probiert das mal!«, sagte Evelyn. »Das müssen wir jetzt alle testen!«

Die drei Frauen stießen an und tranken von dem Cocktail, während ich noch nicht mit dem Kaffee fertig war. Ich fühlte mich so richtig erschöpft. Das mochte auch an der gewittrigen Stimmung liegen, es war total schwül, und das Kindergeschrei, das vom Badeplatz zu uns wehte, klang inzwischen auch eher streitlustig.

»Sehr lecker. Wenig Alkohol«, meinte die Schmidkunz.

Das hielt ich für ein Gerücht, dass irgendein Getränk von

Evelyn wenig Alkohol enthielt! Ich holte mein Handy heraus und fragte Jonas, ob der Polizist heute noch einmal komme. Er antwortete mit einem knappen Ja. Irgendwie war es trotz allem toll gewesen, dass der Polizist da gewesen war. Allein die Informationen, die man abgreifen konnte! Gestern zum Beispiel hatte er in Unkenntnis, dass er das nicht weitergeben durfte, verraten, dass wir tatsächlich den Tatort gefunden hatten. Und dass das Boot vom Steglmaier dazu genutzt worden war, den Sven vom Strand der Steglmaiers wegzutransportieren. Die Untersuchung des Bootes hatte indes nicht viel über den Täter verraten, es gab zwar massenweise Fingerabdrücke, doch sie waren nicht zuzuordnen.

Vroni und die Schmidkunz lachten über etwas, das sie bei Instagram sahen, während Evelyn schon den nächsten Cocktail brachte.

»Jemand muss den Gröning abholen«, erinnerte ich die anderen. Inzwischen war ich aufgestanden, um über die Schulter von Vroni spitzen zu können. Während die Frauen bereits den nächsten Cocktail schlürften, sahen wir uns zusammen die neueste Story von Sissy an. Sie machte Werbung für einen faltenfreien Busen. Genauer gesagt für die Creme, die einen faltenfreien Busen beschert. Wir sahen alle zwischen unsere Brüste, um unsere Falten da zu kontrollieren. Über die Falten zwischen meinen Brüsten hatte ich mir noch nie Gedanken gemacht. »Alle schmieren in Gesicht. Alle nur Gesicht, aber Hals und Dekolleté voll vergessen«, wusste Sissy, ihre Augen waren riesig, und um ihren Kopf flogen wie ein Sandsturm Glitterwolken. »Wenn ihr auf Seite schlaft, dann müsst ihr das pflegen. Sonst seht aus wie Walnuss!«

Sie zeigte mit ihren ultralangen knallroten Fingernägeln

auf ihre Brüste. »Hab Code für euch. 'Fünfzehn Prozent Rabatt.«

»Waah!«, kreischte Evelyn los. »Sie hat einen Rabattcode!«

»Na ja. Für Runzeln im Dekolleté«, sagte ich. »Das interessiert doch auch niemanden!«

Ich sah da keinen großen Unterschied zu Inkontinenzeinlagen.

»Also mich schon«, sagte die Vroni, überhaupt nicht verschämt.

Evelyn schenkte in die leeren Cocktailgläser noch einmal nach und trank ihren Cocktail auf ex. Inzwischen hatte sie auch eine sehr auffällige Falte. Allerdings direkt auf der Stirn zwischen den Augenbrauen.

»Eincremen und dann Frischhaltefolie drauf«, erklärte Sissy den Weg zum Traumbusen.

Vroni und die Schmidkunz lachten Tränen, weil Sissy sich jetzt tatsächlich Frischhaltefolie auf ihre Brüste legte, und stießen wieder mit dem Cocktail an. So vergnügt hatte ich die beiden noch nie erlebt.

»Ich frag mich, wieso sie ihre Brüste in die Kamera halten muss«, beschwerte sich Evelyn.

»Ich dachte ihr seid Best Friends«, sagte ich beruhigend.

»Dachte ich auch!«, meckerte Evelyn weiter. »Aber dass sie Werbung für eine Creme macht, hat sie mir nicht gesagt! Wenn sie meine Freundin wäre, hätte sie mir das gesagt.«

Ich tätschelte Evelyn die Schulter.

»Und soll ich dir verraten, weshalb sie es mir nicht gesagt hat?«, fragte Evelyn böse.

»Warum?«

»Weil sie Angst hat, dass ich dann auch auf den Zug aufspringe! So weit geht ihre Freundschaft nicht. Hat sich von mir alle Tricks verraten lassen, und ich steh mit den Inkontinenzwindeln da, während sie die Kohle einschiebt.«

»Das weißt du nicht«, sagte ich. »Vielleicht würdest du mit den Windeln viel mehr Geld verdienen.«

Evelyn schnappte nach Luft. »Vielleicht muss ich ein wenig Diät halten.«

»Unsinn!«, mischte ich mich energisch ein.

»Leichtes Fasten«, grummelte sie.

»Fasten ist nicht richtig. Wenn man Hunger hat, soll man essen!«, sagte die Vroni. »Dazu ist der Hunger doch da!«

»Und es gibt Leute, die sterben bei einer Diät«, behauptete die Schmidkunz schaudernd. »Die können dann nicht mehr aufhören mit Diät und haben Mineralstoff- und Vitalstoffmangel.«

»Jemand muss den Gröning in einer Stunde aus dem Krankenhaus holen«, wiederholte ich mich, weil ich fand, dass das wichtiger war als Diätprobleme.

»Ich kann jetzt nicht mehr Auto fahren«, erklärte Evelyn und trank noch einen der Cocktails auf ex. »Ich bin in einem psychischen Ausnahmezustand.«

»Ich auch nicht«, sagten Vroni und die Schmidkunz synchron, die einfach nur betrunken waren.

Ich atmete einmal tief ein. Mein persönlicher Polizist war auch noch nicht da.

»Und eure Männer?«, fragte ich.

»Die sind zusammen zum Einkaufen«, berichtete die Schmidkunz. Sie klang tatsächlich nicht mehr ganz nüchtern.

Ich sah auf meine Handyuhr. Irgendeiner musste jetzt losfahren. Und so, wie ich das sah, war ich die einzige Person, die gerade nicht betrunken war.

Aber was sollte schon passieren! Im Krankenhaus würde ich unter Leuten sein. Niemand brachte einen um, wenn man unter Leuten war!

»Ist das ihr Freund im Hintergrund?«, fragte Vroni und deutete mit dem Zeigefinger auf den Mann, den man kurz durchs Bild gehen sah.

»Gregori?«, fragte Evelyn.

Wir beugten uns alle über Vronis Handy. Doch es war nichts Genaues zu erkennen.

»Ich habe ein Bild von ihm. Hat mir Hildegard geschickt«, sagte ich.

»Zeig mal«, sagte Evelyn und rupfte mir das Handy aus der Hand.

Noch immer fand ich es ziemlich mutig von Hildegard, sich dem Typen so genähert und ihn auch noch fotografiert zu haben!

»Ich muss jetzt wirklich los«, drängelte ich, als Evelyn mein Handy in die Runde reichte.

»Der kommt mir unglaublich bekannt vor. Irgendein Schauspieler oder so«, sagte die Vroni. »Ist das nicht Costa Cordalis?«

»Costa Cordalis ist tot«, sagte ich und wollte ihr mein Handy wieder wegnehmen.

»Irgendein Schauspieler. Da bin ich mir sicher«, ließ die Vroni nicht locker. »Hat der nicht mal bei dem Hamburger Tatort irgend so einen Typen gespielt ...«

»Einen Zuhälter?«, fragte ich, weil ich fand, dass das die einzige Rolle war, die er hätte spielen können.

»Quatsch«, lachte die Vroni. »Einen vom Bestattungsinstitut.«

Ich rollte mit den Augen.

»Das haben wir gleich«, sagte die Schmidkunz. »Schick mir das Bild, ich mache eine Rückwärtssuche. Dann sehen wir, ob es ein Schauspieler ist.«

Ich leitete also das Bild weiter und durchdachte noch einmal gründlich, wie gefährlich es wäre, alleine ins Krankenhaus zu fahren.

Dann dingelte mein Handy, und ich schloss mit mir den Pakt, dass ich nicht fahren würde, wenn es eine Nachricht von Jonas war.

Es war eine WhatsApp-Nachricht von Hildegard.

Kapitel 16

Das war jetzt auch wieder sehr eigenartig. Allerdings fand ich es stets eigenartig, wenn mir ältere Menschen elektronische Nachrichten schickten. Besonders wenn sie so uralt waren wie Hildegard.

Der Gröning beispielsweise weigerte sich beharrlich, sich ein Handy anzuschaffen. Obwohl das doch so praktisch wäre, wenn er mal drüben in den Wäldern hinfiel und sich was brach. Dann könnte er zwar niemanden anrufen, weil er mit dem Handy garantiert nicht zurechtkäme, aber man könnte ihn wenigstens orten!

Hildegard hatte diese Schwierigkeiten jedenfalls nicht. Sie hatte mir eine ziemlich harsche Nachricht geschrieben. »Komm sofort!«

Ich konnte es mir nicht verkneifen, eine Gegenfrage zu stellen: »Wieso?«

Anscheinend hatte sie das Handy auch in der Hand, denn ich sah, dass sie sofort zu tippen anfing, und zwar das Wort »Hilfe«, was mich ziemlich hastig aufspringen ließ.

»Ich hole jetzt den Gröning«, sagte ich den anderen, die nur nickten, ziemlich Cocktail-selig grinsten und mir auch keine guten Ratschläge mit auf den Weg gaben.

Hatte Hildegard nicht gesagt, dass sie eine Schwiegertochter hatte, die sich ungefragt in alles einmischte? Wieso bat sie die nicht um Hilfe? Doch hatte ich Angst, dass etwas wirklich Schlimmes passiert war, weswegen ich eiligen Schrittes zum Auto ging und in einem Affenzahn Richtung Camping

Steglmaier raste. Ich parkte ziemlich unqualifiziert auf dem Bürgersteig vor dem Haus und rechnete damit, dass ich Hildegard erst einmal suchen musste. Ich war ziemlich erstaunt, als ich sie neben ihrem Postkasten stehen sah. Quietschfidel war sie weder kurz vor dem Herzinfarkt, noch lag sie zusammengebrochen in ihren Blumenrabatten. Mit wummerndem Herzschlag ging ich auf sie zu.

»Hallo«, sagte sie und sah die Straße entlang, als würde sie auf etwas warten.

»Hallo«, antwortete ich. »Und?«

»Und?«, wiederholte sie, blickte aber noch immer die Straße runter.

»Was gibt's?«, fragte ich.

»Ich warte auf meine Schwiegertochter«, erklärte sie mir. »Die müsste jetzt dann kommen.«

»Wie, die auch?«, fragte ich.

Jetzt sah mich Hildegard erstmals an, ziemlich verständnislos. Das Missverständnis klärte sich dann ziemlich schnell. Anscheinend war Hildegard doch nicht so bewandert in technischen Dingen. Sie hatte ihrer Schwiegertochter eine Nachricht schreiben wollen, diese aber an mich geschickt, weil sie normalerweise nur einen Kontakt nutzte, und zwar den ihrer Schwiegertochter. Und weil sie mir ja das Foto geschickt hatte, hatte sie eben die folgenden Nachrichten auch an mich geschickt.

»Aber wenn du schon da bist, kannst du mir gleich helfen. Ich habe nämlich meinen Haustürschlüssel da drüben verloren, und ich finde den alleine nicht mehr.«

Mit »da drüben« meinte sie den Besucherparkplatz der Steglmaiers, auf den sie jetzt zielstrebig ihren Rollator ausrichtete.

»Ich hab mir das zu Herzen genommen. Dass so eine Strafanzeige wahrscheinlich nichts bringt«, erzählte sie, während wir ziemlich holpernd über den Kiesboden rollten. »Und da ich in der Nacht so schlecht schlafe, habe ich mir überlegt, was ich machen könnte. Und da ist mir eingefallen, dass ich neue setzen kann.«

Ich nickte, obwohl ich nichts verstand.

Der Besucherparkplatz war komplett leer. In der einen Ecke lag ein gefällter Baum, das war die Salweide, die die Sissy hatte fällen lassen. Direkt davor stand ein blitzender Mercedes, ein wahrhafter Bonzenschlitten und untypischer Anblick in unserem Ort.

Als wir kurz vor dem Auto angekommen waren, wurde mir ein wenig mulmig.

»Was genau muss ich denn helfen?«, fragte ich, weil mich das Gefühl beschlich, dass ich das gar nicht unbedingt tun wollte.

»Ich habe meinen Haustürschlüssel da hinten verloren«, erläuterte sie mir und steuerte zielstrebig Richtung Bonzenschlitten. »Und ohne den Schlüssel komme ich nicht mehr in mein Haus.«

Das stimmte natürlich.

Wir rollten in gemäßigtem Tempo an dem Auto vorbei Richtung Salweide. Das Auto war seitlich ziemlich verschrammt, was mich wunderte. Leute, die solche Autos fuhren, hatten keine Kratzer im Lack.

»Weißt du, wieso die den Baum gefällt haben?«, schnaubte sie ärgerlich. »Wegen der Blätter. Weil Blätter auf das blöde Auto fallen!« Sie schob energisch weiter und kam dem Auto immer näher. »Was ist wohl wichtiger? So ein Auto oder ein Baum?«, giftete sie.

Irgendwie sah es aus, als wären die Kratzer erst vor Kurzem entstanden. Hildegard wich einem Stein aus und kam der Fahrertür sehr nahe. Ich hörte ein Quietschen, und dann schrammte der Rollator mit dem Körbchen an der Tür entlang.

»Ähm«, machte ich, aber mit Gewalt schob Hildegard weiter, und ich sah einen neuen, tiefen Kratzer im Autolack. »Sie ... beschädigen gerade das Auto.«

»Ja. Und was haben die gemacht? Der Baum ist nicht beschädigt, sondern einfach gefällt! Der ist tot! Und deswegen auch die Idee mit dem Pflanzen von Salweiden! Ich werde jetzt jeden Tag hier drüben Äste von der gefällten Salweide abschneiden und die rund um den Parkplatz stecken. In ein paar Jahren haben wir da einen schönen Wald. Wie das Summen und Brummen wird! Wie viel CO_2 wir da sparen können, durch so ein schönes Wäldchen«, stieß Hildegard triumphierend hervor.

Himmel! Die war ja richtig rebellisch! Etwas betrübt sah sie auf die Kratzer im Lack. »Das war aber keine Absicht«, behauptete sie. »Das ist gerade nur passiert, weil ich noch einen Zettel unter die Windschutzscheibe klemmen wollte.«

Ja, aber das Auto war trotzdem zerkratzt. Und wenn ich eine grobe Schätzung abgeben durfte, handelte es sich um mindestens dreitausend Euro Schaden. Für den Besitzer wahrscheinlich ein Totalschaden. Was für ein Campinggast wohl so einen Schlitten fuhr? Und wieso stellte er ihn nicht auf dem Campingplatz ab?

Ich entdeckte tatsächlich einen Zettel von Hildegard unter der Windschutzscheibe. Er war auf einem Blockblatt geschrieben, das eine Lineatur wie für ein Grundschulkind hatte. In ihrer schönsten geschwungenen Schrift hatte sie geschrieben: »Autofahren ist schlecht für die Umwelt. Wenn Sie schon nicht darauf verzichten können, kaufen Sie sich das nächste Mal ein spritsparendes Modell! Besser wäre es allerdings, den öffentlichen Nahverkehr zu nutzen!« Ich knüllte den Zettel zusammen. Wegen dieser Nachricht fast zusammengeschlagen zu werden, war echt nicht schön.

Wir waren endlich bei dem gefällten Baum angelangt, und wieder mit reichlich viel Kraft schob Hildegard ihren Rollator in ein Gestrüpp. »Da war ich«, sagte sie und deutete mit ihrem Kinn Richtung Mitte. »Ich habe da hinten Zweige abgezwickt, man kann da schön frische nehmen!«

»Aha«, machte ich knapp und hielt sie am Ellbogen fest, damit sie nicht stürzte.

»Und irgendwo da in der Gegend muss ich auch den Schlüssel verloren haben.«

Das war ja wie die Nadel im Heuhaufen, dachte ich verzweifelt und verfluchte mich dafür, dass ich mir von Hildegard das Foto hatte schicken lassen. Sonst wäre hier nämlich ihre Schwiegertochter und nicht ich am Werk!

»Heb mir mal den Rollator da hinter«, sagte sie. »Da sind noch so viele schöne Äste.«

Wie, sie wollte jetzt auch noch Äste zwicken, statt sich auf die Suche nach ihrem Schlüssel zu konzentrieren? Bevor ich mich beschweren konnte, hörte ich Stimmen näher kommen. Bestimmt der Besitzer vom Bonzenschlitten, dachte ich verzweifelt und hob eilig den Rollator über einen dicken Ast.

»Pscht!«, zischte ich Hildegard zu, und wir gingen beide in die Knie. »Da kommt vermutlich der Besitzer.«

Hildegard lugte zwischen dem Astgestrüpp hindurch. »Genau. Der neue Freund von der Steglmaierin«, bestätigte sie.

»Der bringt uns um, wenn er uns hier entdeckt«, warnte ich sie. »Vor allen Dingen, wenn er rausbekommt, dass Sie ihm den Lack zerkratzt haben.«

Ich wünschte mich ganz weit weg von dem Unvermeidlichen. Jetzt sah ich auch noch Sissy näher kommen.

»Ich fürchte mich nicht«, behauptete die Hildegard aufsässig, blieb aber trotzdem in der Deckung. Vielleicht konnte sie sich auch ohne meine Hilfe einfach nicht mehr aufrichten.

»Der sieht aus, als wäre er sehr ungeduldig. Mir wäre es echt lieber, wenn wir nicht entdeckt werden würden«, wisperte ich.

Hildegard hob einen Zeigefinger. »Ich muss sowieso bald sterben. Ich habe beschlossen, dass ich keiner Konfrontation mehr ausweiche!«

Glücklicherweise flüsterte sie inzwischen auch.

»Das habe ich von meiner Großmutter. Die hat sich noch mit fünfundsechzig Jahren direkt an eine Kutsche gekettet ...« Ja, ja, die Geschichte kannte ich. Aber sie hatte die Kutsche vorher bestimmt nicht mit ihrem Rollator zerkratzt. Und der Politiker in der Kutsche war auch kein Brutalo gewesen, und das Allerwichtigste: Ich war da noch überhaupt noch nicht auf der Welt gewesen und hatte überhaupt nichts damit zu tun gehabt!

»Ja. Die von Polizei sind aber nicht größte Schwierigkeit«, jammerte Sissy, die mit ihren hohen Schuhen etwas ungelenk auf dem Kiesboden herumstöckelte.

»Aber das sind die, um die du dich kümmerst«, sagte ihr Freund ärgerlich. »Um alles andere kümmere ich mich.«

Hildegard war komplett verstummt. Inzwischen betete ich, dass sie das nicht ernst gemeint hatte mit dem baldigen Sterben.

»Aber ...«, fing Sissy wieder an zu jammern. »... ist doch wichtig, dass ich mit dabei!«

»Ich nehme dich nur mit, wenn du dich komplett raushältst, verstanden? Ich will kein Wort von dir hören!«, fauchte er sie an und blieb dann so abrupt neben der Fahrertür stehen, dass mir klar war, was er eben entdeckt hatte.

»Was ist das?«, brüllte der Typ los. Bis gerade hatte ich noch die Hoffnung gehabt, dass die Lichtverhältnisse zu unseren Gunsten ausfallen würden. »Sieh dir das an!«

Glücklicherweise durchsuchte Gregori nicht das Gebüsch. Er brüllte noch eine Weile herum, was Sissy komplett kaltließ, denn sie stakste mit ihren Stöckelschuhen einfach zur Beifahrerseite und setzte sich ins Auto. Entnervt setzte sich dann Gregori hinters Steuer, und sie diskutierten noch ein bisschen herum – was wir aber leider nicht hörten, weil sie die Autofenster nicht öffneten. Oder auch glücklicherweise, schlimm genug, dass ich mit Hildegard im Gebüsch saß!

Danach schoss er mit seinem Auto hinaus auf die Straße und musste gleich wieder neben meinem Auto abbremsen, das da ziemlich blöd geparkt war. Die Sekunden zogen sich in die Länge – von hier aus sah es so aus, als würden die zwei im Auto auch noch über mein Fahrzeug debattieren.

Bitte. Lass sie weiterfahren!, drückte ich mir selbst die Daumen.

Mein Wunsch ging in Erfüllung.

Ich hatte das Gefühl, etwa zwei Stunden die Luft angehalten zu haben.

»So ein Verbrecher«, sagte Hildegard schon wieder.

Ohne das zu kommentieren, wuchtete ich den Rollator aus dem Astgewirr und zog Hildegard nach oben. Erstaunlich, was man nach so einer Nahtoderfahrung doch für Kräfte hatte!

»Da liegt er ja«, sagte Hildegard und deutete auf etwas Blitzendes zwischen den Ästen.

Mit zittrigen Knien bückte ich mich und hob den Haustürschlüssel auf.

»Das nächste Mal schreibe ich auch wieder dir«, teilte mir Hildegard mit, während wir zurück zu ihrem Haus rollten. »Du bist viel fitter als meine Schwiegertochter! Glaub mir, die hätte niemals das Gehwagerl aus dem Gestrüpp heben können.«

Das war genau das, was ich jetzt hören wollte.

Im Nachhinein betrachtet wäre dies der Moment gewesen, die Entscheidung zu treffen, doch nicht zum Gröning zu fahren. Nicht nur, weil mir irgendwie natürlich klar war, dass ich auf den Polizisten hätte warten sollen. Sondern weil ich nach der Unterhaltung zwischen Sissy und Gregori den starken Verdacht hatte, dass es da eine Verbindung gab, die bis jetzt niemandem aufgefallen war! Zwischen Sissy, ihrem toten Ex-Mann Joachim Schulze, wegen dem ihr aktueller Ehemann der Steglmaier im Gefängnis saß, und dem toten Sven Gerstenberg. Und dass alle Fäden bei Sissy zusammenliefen, auch wenn ich nicht wusste, aus welchem Grund.

Was hatte sie genau gesagt? Die Polizei war nicht ihre größte Schwierigkeit? Wieso sollte die Polizei überhaupt ein Problem darstellen?

Aber hinterher ist man immer klüger als vorher, so viel zu meiner Entschuldigung. In dem Moment bekam ich die Fäden einfach noch nicht zusammen, denn immer, wenn ich kurz davor war, einen Zusammenhang zu sehen, schien mein Gehirn einfach dichtzumachen. Erst einmal den Gröning holen, dachte ich mir, während ich durchs Dorf kurvte.

Du siehst Gespenster, hätte Evelyn jetzt gesagt. Was sollte Sissy denn für ein Motiv haben, Sven zu ermorden? Ich gab wieder Gas, ließ den Ort hinter mir. Inzwischen hatte ich die Autofenster komplett offen und ließ mir die heiße Hochsommerluft ins Gesicht pusten. Ich hatte das Gefühl, dass ich nur lange genug darüber nachdenken musste, und dann würde es mir wie Schuppen von den Augen fallen. Sven. Sissy. Gregori. Steglmaier.

Als ich beim Krankenhaus ankam, war mein Hirn auf jeden Fall noch nebelig, und dank des schwülen Wetters war ich komplett durchgeschwitzt.

Der Gröning war Gott sei Dank noch nicht fertig, er saß voll angezogen auf seinem Krankenhausbett, und ein riesiger weißer Verband klebte über seinem operierten Auge. In ärgerlichem Tonfall erzählte er mir sehr ausführlich, dass die Operation komplett unnötig gewesen sei. Selbst mit einem Auge konnte er mich nämlich erkennen und auch die Vase neben der Tür sehr genau sehen. Die Vase war eigentlich der Schirmständer, aber ich war gedanklich zu sehr abgelenkt, um mich darüber aufregen zu können.

Ich schloss eine Weile die Augen, während der Gröning mir weiter irgendein Zeug erzählte, und dachte darüber nach, was wir über Sven wussten. Und dass es doch irgendeine Verbindung zu mir geben musste.

Mein Albtraum fiel mir wieder ein, und plötzlich wusste ich, was ich in der Nacht so eigenartig gefunden hatte: Sven Gerstenberg hatte mir seinen Ausweis gegeben. Und hatte erwartet, dass ich ihm den trotz seiner kriminellen Machenschaften aushändigen würde, zusammen mit dem Geld. Aber wieso sollte ich das tun, statt die Polizei zu rufen und denen den Ausweis zu geben? Das klang komplett verrückt!

Ich versuchte mir noch einmal vorzustellen, wie Sven überhaupt auf mich gestoßen war. Was hatte Jonas mir vor ein paar Tagen erzählt? Sven war ein Kampfsporttrainer in Nordrhein-Westfalen. Ich googlete nach Krav Maga und Sven Gerstenberg und war höchst erstaunt, dass ich sofort mehrere Treffer erhielt.

Die ersten Treffer waren alle von »*Krav Maga Base Köln*«. Stimmt. Das hatte mir Jonas auch schon erzählt. Ich sah mir die Homepage an, und ich erkannte sofort, dass ich mir diese Seite schon einmal angeschaut hatte. Und zwar vor nicht allzu langer Zeit!

In der *Krav Maga Base Köln* hatte nämlich noch jemand gearbeitet, den ich erst vor Kurzem kennengelernt hatte: Niklas, ein Mann, der damals auf dem Campingplatz von Steglmaiers genächtigt hatte, als der Steglmaier seinen Nebenbuhler erschoss. Er war damals der erste Hauptverdächtige des Mordfalls gewesen, aber aufgrund mangelnder Beweise und seines hartnäckigen Leugnens der Tat hatte er schließlich abreisen dürfen.

Trotzdem seltsam, denn dieser Mord war aufgeklärt, und Niklas hatte damit rein gar nichts zu tun. Schließlich hatte der Steglmaier den Mord gestanden. Zwischenzeitlich hatte er das zwar kurz wieder geleugnet, doch inzwischen war er ja offensichtlich wieder zu seiner ursprünglichen Meinung zurückgekehrt.

Ich scrollte mich eine Weile durch die Homepage, und es dauerte auch nicht lange, bis ich diesen Niklas gefunden hatte. »100 % Selbstverteidigung« stand da, und direkt unter der Überschrift befand sich ein Video mit dem Titel »Meet Martial Arts Instructor Nicolai Wolkow«. Wir hatten es damals schon angesehen, als wir die Hintergründe von Niklas recherchieren wollten, deswegen schaute ich es mir jetzt nicht so genau an. Man fand eine Seite mit den neuen Kursen, einige davon gab Niklas, andere aber auch Sven Gerstenberg.

Die zwei kannten sich!

Was hatte Lilly damals gesagt, das Auto sei in Kerpen zugelassen ... ich sah mir auf Google Maps auch noch Kerpen an. Quasi ein Vorort von Köln!

Kapitel 17

Schließlich wurde der Gröning zur Abschlussuntersuchung geholt, und weil ich nicht zugeben konnte, dass die Sache mit der Tochter komplett gelogen war, musste ich mit und dabei zusehen, wie dem Gröning der riesige Verband abgenommen und sein Sehsinn kontrolliert wurde.

Ich starrte aus dem Fenster und überlegte, weshalb erst Niklas und danach Sven hier in unsere Region gekommen waren. Nur wegen Sissy? Schließlich hatte sie mit ihrem Ex-Mann auch in Köln gewohnt. Ich scrollte mich auf der Website noch einmal durch die Selbstverteidigungskurse, um irgendeine Verbindung zu ihr zu entdecken, fand aber nichts.

Mit dem Internet kam ich da bestimmt auch nicht weiter. Sie musste nur irgendwann einmal die Freundin von Niklas gewesen sein. Oder von Sven. Oder einen Kurs belegt haben. Es gab tausend Möglichkeiten, in welcher Verbindung die zwei Kampfsportler mit Sissy standen, und keine davon würde ich von hier aus herausbringen können!

Aber irgendwie drängte sich mir die Frage auf, ob Niklas nicht doch etwas mit dem Mord an Steglmaiers Nebenbuhler zu tun gehabt hatte. Es war und blieb erwiesen, dass Niklas die Waffe nie in der Hand gehabt hatte. Und er hatte auch nicht mit einer Handfeuerwaffe geschossen, denn die Polizei hatte keine Schmauchspuren an seinen Händen gefunden. Und ich war mir sicher, dass die Polizei das unmöglich übersehen haben konnte! Ich nahm mein Handy heraus, um Jonas zu schreiben, dass sich Sven und Niklas gekannt hatten.

»Alles bestens«, sagte die Ärztin so dicht neben meinem Ohr, dass ich verlegen aufsprang und mit einer Miene großer Anteilnahme so auszusehen versuchte, als hätte ich die Untersuchung mit Interesse verfolgt.

»Die Tropfen muss Ihr Vater jeden Tag dreimal eingetropft bekommen. Das machen am besten Sie. Sehr wichtig; nicht, dass er eine Infektion im Auge bekommt, das kann zu Blindheit führen ...« Sie drückte mir abschließend das Rezept in die Hand. Gröning ging, ohne etwas zu sagen, an mir vorbei, und ich rannte ihm schleunigst hinterher.

»Und, sehen Sie was?«, wollte ich keuchend wissen, als ich ihn eingeholt hatte.

»Ja. Natürlich«, sagte er knapp.

Während wir losfuhren, waren wir beide in unseren Gedanken gefangen. Der Gröning weiterhin in sehr schlechten Gedanken, denn Freude über die Entlassung aus dem Krankenhaus war ihm nicht anzumerken. Wahrscheinlich sah er doch nicht so gut wie erhofft! Aber ich war schon froh, dass er sich nicht schon wieder über die OP beschwerte. Und wieso antwortete eigentlich Jonas nicht sofort? Das waren doch mal tolle Ermittlungsergebnisse, die Sache mit Niklas, und von ihm kam überhaupt keine Reaktion!

Plötzlich war ich mir unsicher, ob ich die Nachricht überhaupt abgeschickt hatte. Mist! Als ich durch unseren Ort fuhr, fing der Gröning plötzlich an zu reden.

»Da ist eine Ampel«, sagte er, »Ist die neu?«

Oje!

»Nein, die steht da schon seit mindestens fünfundzwanzig Jahren«, antwortete ich.

»Und da drüben, da sind Leute!«, stellte er fest.

Mein Blick schweifte kurz in die angegebene Richtung.

»… wahrscheinlich siehst du das nicht«, befand er, »aber ich sehe da ganz deutlich Gesichter!«

Ja, die erkannte ich auch. Das war nämlich die alte Steglmaierin, die sich mit anderen Frauen aus dem Ort unterhielt.

»Ich seh das ganz deutlich!«, prahlte er jetzt richtiggehend, »sogar das Doppelkinn von der Frau. Ganz deutlich!«

Ich schwieg lieber und brauste schnell durch den Ort, um noch bei der Apotheke das Rezept einzulösen. Dort erzählte der Gröning dem Apotheker noch, dass er die Medikamentenpackungen im Regal sehen konnte. Ich raffte das Medikament an mich und zog den Gröning nach draußen. Plötzlich war der Mann wie verwandelt, alles, was er sah, berichtete er mit größtem Nachdruck. Ich bog bei der Kirche Richtung Campingplatz ab und bremste etwas ab, weil eine Frau mit einem Kinderwagen die Straße überquerte. Nun wusste ich durch Gröning, auch ohne selbst hinzusehen, was die Frau trug, dass sie seiner Meinung nach ziemlich dick war und eine schlechte Haltung hatte. Als ich wieder Gas geben wollte, sagte der Gröning immer begeisterter: »Und da drüben, da stehen fünf Männer! Vor einem schwarzen Mercedes mit dem Kennzeichen…«

Die Frau mit dem Kinderwagen war nun auf der anderen Seite, aber da mein Blick zu dem Auto gewandert war, gab ich nicht erneut Gas. Das war nämlich das Zuhälterauto von Gregori, noch immer mit verkratzter Fahrertür. Es stand am Straßenrand direkt vor der Einfahrt zu Steglmaiers Caravan-Parkplatz.

»Ich sehe da jedes Detail!«, trompetete der Gröning inzwischen richtig begeistert. »Der Mann runzelt ärgerlich die

Stirn! Ich seh das von hier aus! Er reißt den Mund auf, als würde er schreien!«

Da war tatsächlich ein Streit im Gange. Und ich erkannte auch einen der anderen Männer, von dem ich gedacht hatte, ihn hier nie wieder zu sehen! Die fünf hatten anscheinend bemerkt, dass sie gerade beobachtet wurden, denn sie drehten sich alle zusammen ziemlich abrupt weg und gingen in die Stichstraße hinein, die zu dem Grundstück mit den alten Wohnwägen führte.

»Das war doch ...«, flüsterte ich, während ich langsam weitertuckerte. Aber konnte das sein? Dass Niklas wieder hier war? Und sich ausgerechnet mit Gregori, Sissys neuem Liebhaber, stritt? Ich musste mich verguckt haben!

»War das Niklas?«, fragte ich. Niklas. Sven. Gregori, dachte ich mir. Köln. Niklas, Sven, Gregori, Sissy und der Ex von Sissy, rekapitulierte ich.

»Ich kenn keinen Niklas«, sagte der Gröning. Na, wie auch! Er sah ja schon seit Monaten praktisch nix.

Und wer waren die anderen Männer gewesen? Die drei waren mir gar nicht bekannt vorgekommen, doch so richtig hatte ich auch nur auf Niklas geachtet.

»Ich muss noch mal umkehren, tut mir leid, aber ich muss unbedingt wissen ...«, kündigte ich an, während ich eine Vollbremsung machte.

Ich wendete in acht Zügen und blockierte sowohl dem Müllauto als auch dem Bierlaster von den Stöckls den Weg, die beide mit genervter Miene darauf warteten, dass ich endlich in die andere Richtung fuhr.

»Soll ich dir das Kennzeichen von dem Müllauto sagen?«, fragte der Gröning, total begeistert über seine neuen Fähigkeiten.

»Danke. Nein«, antwortete ich knapp und parkte ziemlich schief in der Einfahrt zu Hildegards Haus. Von Hildegard war glücklicherweise nichts zu sehen. Solange Gregori hier draußen herumlief, war es bestimmt besser, dass ihm weder sie noch ihr Rollator ins Auge fielen und er vielleicht doch Zusammenhänge mit seiner demolierten Autotür herstellte. »Sie warten hier. Kurz. Ich muss nur was erledigen! Geht ganz schnell.«

Sobald ich überprüft hatte, dass Niklas tatsächlich wieder aufgetaucht war, würde ich sofort Jonas informieren!

Der Gröning sagte brav: »Ja«, stieg aber trotzdem aus und las mir dann noch das Straßenschild und die Hausnummer von Hildegards Haus vor.

»Danke«, erwiderte ich automatisch. Obwohl es nun schon bald fünf Uhr war, war es so heiß, dass mir das T-Shirt am Oberkörper klebte und der Schweiß auf der Stirn stand. Im Westen ballten sich Gewitterwolken und kündigten an, dass demnächst ein reinigender Regen auf uns herabprasseln würde. Momentan fegte nur hin und wieder ein heißer Windstoß zwischen den Häusern hindurch, und man hatte das Gefühl, jemand hätte irgendwo einen Backofen geöffnet.

Einen kurzen Moment dachte ich darüber nach, ob das, was ich tat, überhaupt sinnvoll war. Weil ich so im Rausch der Ermittlungen war, überlegte ich mir das vielleicht nicht besonders lange und intensiv. Ich lief den schmalen Schotterweg entlang, der zu dem Caravan-Parkplatz von Steglmaiers führte. Disteln zerkratzten meine nackten Beine, und ich wurde ein wenig langsamer. Natürlich wollte ich von niemandem entdeckt werden! Erst als ich am Ende der Stichstraße angekommen und hinter dem ersten Wohnwagen in

Deckung gegangen war, machte sich ein eigenartiges Gefühl in meinem Bauch breit. Mein Gehirn war wie leer gefegt. Von hier aus sah ich die Männer, die auf einem größeren, leeren Platz zwischen den Wohnwägen standen. Es sah nicht nach einer gemütlichen Unterhaltung aus, sie standen breitbeinig voreinander, die Arme vor der Brust verschränkt. Tatsächlich. Da standen Gregori und Niklas!

Und auch die drei weiteren Männer, die in ihrem etwas brutalen Aussehen den beiden nicht nachstanden.

Was machten die da?

Ich huschte in geduckter Haltung hinter den nächsten Wohnwagen und ging dort wieder in Deckung. Von hier aus hatte ich einen optimalen Blick auf die fünf, allerdings war ich zu weit weg, um etwas zu hören. Aber ich wusste, noch näher würde ich es tatsächlich nicht wagen! Du hast gesehen, was du sehen wolltest, dachte ich mir. Es war Niklas. Ich wusste zwar nicht, wie das alles zusammenhing, aber dass es zusammenhing, war so was von klar! Es müsste jetzt nur die Polizei kommen und die Leute befragen, am besten alle fünf auf einmal. Und am besten auch noch die Sissy. Denn wenn eine das Bindeglied zwischen all diesen Leuten war, dann Elisabeth Steglmaier!

Und zum ersten Mal zog ich ernsthaft in Erwägung, dass die alte Steglmaierin tatsächlich recht hatte mit ihrer Ansicht, dass ihr Sohn nicht schuld gewesen war am Tod von Joachim Schulze und zu Unrecht im Gefängnis saß. Ich erschrak bei dem Gedanken, und in meinem Gehirn verknotete es sich noch mehr, als ich versuchte, die Fäden zusammenzubringen.

Aber das war auch gar nicht meine Aufgabe, schärfte ich mir ein. Sondern meine Herausforderung war zum einen, dass ich selbst auch irgendwie mit drinhing, und zwar so massiv, dass jemand fünfzigtausend Euro von mir hatte erpressen wollen. Und die andere und viel wichtigere Herausforderung war, dass ich die Polizei benachrichtigen musste! Eigentlich galt es nur, eben geschwind Jonas anzurufen oder den Brunner. Aber da plötzlich die Unterhaltung der Männer einen Tick lauter wurde, hielt ich es nicht für ratsam, den Mund zu öffnen. Vorsichtig ging ich in die Hocke. Jonas schaute selten aufs Handy, eine WhatsApp würde ihn vielleicht erst Stunden später erreichen.

Evelyn schreiben, fiel mir erleichtert ein, die sah jede Minute einmal aufs Handy und würde es garantiert mitbekommen! Hektisch tastete ich in meiner Hosentasche nach dem Handy.

Mist!

Das hatte ich in der Handtasche. Im Auto! Es hatte jedenfalls überhaupt keinen Sinn, hier irgendjemanden zu belauschen, viel wichtiger war es, Jonas zu benachrichtigen!

Bevor ich mich auf Samtpfoten wieder auf den Weg zurück machte, um der Polizei Bescheid zu geben, hörte ich jemanden ganz laut und deutlich sagen: »Sozusagen eine kleine Entschädigung.«

Das hatte Niklas gesagt! Sein Tonfall klang ein wenig spöttisch, als würde er das, was er sagte, nicht so meinen. Ich hielt den Atem an, um auch jedes Wort zu verstehen, doch die Männer gingen nun noch weiter in den Fuhrpark hinein und verschwanden hinter einem der großen Wohnwägen. Meine Knie fingen an zu zittern, und ich spürte ganz deutlich, dass ich jetzt nicht mehr in der Lage war, ihnen zu folgen. Allein die Vorstellung, von den Typen entdeckt zu werden!

»Ich seh das ganz genau«, hörte ich neben mir den Gröning trompeten. »Das schaut hier ja aus!«

Ich kippte vor Schreck aus der Hocke nach hinten und rumpelte gegen den anderen Wohnwagen.

»Die Wohnwägen sehen ja aus, als wären sie nicht mehr dicht.«

Wie absurd! Da war ich einem kriminellen Komplott auf der Spur, und neben mir testete der Gröning seine neue Sehfähigkeit!

»Da vorne, der Wohnwagen, der hat einen Aufkleber!« Während er mir den Aufkleber vorlas, – da stand nämlich »25 km/h« im Fenster –, explodierte mein Herzschlag. Ich packte ihn am Arm und gestikulierte hektisch, um ihm zu bedeuten, dass jetzt der Moment gekommen war, die Klappe zu halten. Er war so nett und hörte tatsächlich auf, mir zu berichten, was er sah. Stattdessen hielt er mir meine Handtasche hin und merkte an: »Die Handtasche im nicht abgesperrten Auto liegen zu lassen, ist nicht besonders vernünftig.«

Wohl wahr. Und wie wunderbar, dass der Gröning mitgedacht hatte! Ich setzte mich auf einen alten Wohnwagenreifen und wühlte hektisch nach meinem Handy, um Evelyn eine Nachricht zu schreiben. Ich sah, dass ich zig Nachrichten aus meiner WhatsApp-Gruppe »Die Hirschgrundis« erhalten hatte. Die Schmidkunz hatte mir mehrere Bilder weitergeleitet, auf denen man den Freund von Sissy sah.

»Der kommt auch aus Köln«, stand darunter.

Das wusste ich ja bereits. Was mich aber in allem bestätigte, war, dass auf einem der Bilder nicht nur Gregori, sondern auch Niklas zu sehen war!

Das musste Jonas sehen! Als ich es an ihn weiterleiten

wollte, merkte ich zu meinem Entsetzen, dass ich meine frühere Nachricht an ihn, mit den Infos zu Niklas, Sven und Krav Maga, tatsächlich nicht abgeschickt hatte! Ich tat es jetzt, zusammen mit dem Foto und wenig Hoffnung, dass Jonas es zeitnah lesen würde. Und schickte noch ein »Ich brauch Hilfe! Jetzt!! Caravan-Parkplatz Hildegard!!!« hinterher. Als ich mich gerade wieder hochrappeln wollte, tauchte neben dem Gröning die Hildegard auf. Schwer atmend schob sie mir ihr Gehwagerl vor die Füße.

Kapitel 18

Hildegard hatte einen ganzen Buschen von Salweidenzweigen im Körbchen und zwei Literflaschen Wasser. Sie sah sich um, als hätte sie vor, auch hier einen Wald anzulegen. Als sie uns sah, erhellte sich ihre Miene.

»Das ist ja wunderbar!«, stellte sie freudig fest. »Schön, dass ich euch treffe, ihr müsstet mir helfen ...«

»Pscht!«, sagte ich und hielt mir verzweifelt den Mund zu, als könnte ich damit Hildegard zum Verstummen bringen. »Verbrecher!«, flüsterte ich.

Ihre Miene verfinsterte sich umgehend, und sie sagte mit gesenkter Stimme: »Das sage ich ja schon die ganze Zeit! Nichts als Verbrecher!«

Nervös begann ich eine Nachricht an meine Hirschgrundis zu schreiben. Mein Handy flutschte mir fast aus den Händen, so nass waren meine Finger inzwischen.

»So was hätte es bei den Steglmaiers nie gegeben, das muss ich schon mal betonen! Dass sich da richtig die Verbrecher treffen! Das hätten die doch alle niemals mitgemacht! Aber seit der Steglmaier im Gefängnis ist, geht es da richtig bergab!«

Das war mir jetzt auch egal. Ich beschloss, dass jetzt der Moment gekommen war, um abzuhauen und alles der Polizei zu überlassen! Aber bevor ich dazu kam, Hildegard und dem Gröning meine Überlegungen zu verklickern, sah ich, dass die Männer über den freien Platz zwischen den Wohnwägen gingen und genau so stehen blieben, dass sie uns den Rückweg abschnitten.

Was jetzt?

Ich starrte auf die Lesebestätigungen bei WhatsApp, aber aktuell kam keiner auf die Idee, sein Handy in die Hand zu nehmen.

»Das hat sich ja damals, auf dieser Grillfeier schon abgezeichnet, wie es mit den Steglmaiers bergab geht!«, flüsterte die Hildegard.

Wir starrten alle eine Weile vor uns hin, und der Gröning schaffte es tatsächlich, der Begeisterung über seine neue Sehkraft schweigend Ausdruck zu verleihen. Die Hildegard setzte sich jetzt auch neben uns auf einen alten Reifen. Ob ich sie jemals wieder hochgezogen bekam? Ein bisschen sah es aus, als hätten wir einen Sitzkreis gebildet.

»Damals auf dieser Grillfeier, die ist ja richtig eskaliert«, sagte sie mit gesenkter Stimme. »Das hätte es definitiv bei den alten Steglmaiers niemals gegeben. Da war das richtig gepflegt!«

Ich nickte als Erstes nur, bis ich kapierte, von welcher Grillfeier sie wahrscheinlich sprach: War das etwa das Fest, das gleichzeitig mit dem Mord an Sven stattgefunden hatte?

»Die Grillfeier von Steglmaiers vor ein paar Tagen?«, vergewisserte ich mich. »Waren Sie da auch?«

»Ja. Natürlich«, sagte Hildegard. »Früher bin ich auf beide gegangen, die von deiner Großmutter und die von den Steglmaiers. Und die von deiner Großmutter hat mir besser gefallen. Aber seit du da bist, gibt es die ja nicht mehr. Leider. Das solltest du wieder einführen. Früher ist da immer so ein Wagen gekommen, da gab es wirklich leckeren Steckerlfisch. Und dann haben wir auf den Bierbänken gesessen und zusammen gesungen.«

Ich nickte nur und drückte wieder meinen Finger auf die Lippen. Schon wieder wurde einer der Männer etwas lauter. Vielleicht sollte ich es doch wagen, ein Telefonat zu führen. Ich konnte ja auch flüsternd telefonieren! Ich drückte auf Jonas' Nummer, aber die war besetzt. Dann der Brunner. Da ging keiner ran. Dann Evelyn. Auch die telefonierte! Mit zunehmender Verzweiflung drückte ich mich bis zu Vronis Nummer, aber auch die war nicht erreichbar!

»Nein!«, hörten wir jemanden schreien. »Wenn du meinst, dass ich mir das gefallen lasse ...«

Ich zog den Kopf ein und überlegte mir, wie ich unbemerkt hinter den Wohnwägen vor zur Straße kommen konnte. Aber zum Garten von Hildegard war eine hohe Mauer gebaut. Und um auf die andere Seite des Grundstücks zu gelangen, hätte ich über den freien Platz gehen müssen, wo mich die Männer garantiert gesehen hätten! Ich hatte uns da tatsächlich in eine ziemlich ausweglose Position manövriert.

»Und bei den Steglmaiers ... das war ja richtig skandalös das letzte Mal. Ich habe mir nicht einmal etwas zu essen geholt, weil ich mich so unwohl gefühlt habe.«

Der Gröning verstand glücklicherweise nichts, er sah ziemlich entspannt in die Ferne und schwieg. Und ich sagte nichts, weil ich auf gar keinen Fall entdeckt werden wollte.

»Die Sissy hat auf den Tischen getanzt«, flüsterte die Hildegard weiter. »Das könnte ich ja noch verstehen. Wir waren ja früher auch mal jung. Und lustig und alles. Und getanzt haben wir natürlich auch sehr gerne. Zwar nicht auf den Tischen, aber so einen kleinen Walzer zwischendurch ... Aber du willst nicht wissen, was sie angezogen hatte. Sie war gekleidet wie eine ...« Ihr fehlten die Worte. Oder sie wollte es nicht aussprechen.

»Eine Nutte?«, fragte ich.

Sie nickte.

»Sie hatte nur einen Bikini an. Er hat aus winzigen Dreiecken bestanden und kaum die nackte Haut bedeckt!«, empörte sich die Hildegard. »Er war goldfarben. Und alle sind herumgestanden und haben gegafft. Früher hätte es das nicht gegeben. Da hätte doch die Frau Steglmaier auf den Tisch gehauen!«

Den Steglmaier wollte natürlich auch niemand auf den Tischen tanzen sehen, vor allen Dingen nicht in einem winzigen goldenen Badehöschen. Allerdings fand ich es erstaunlich, dass Sissy das auf ihrem Campingplatz veranstaltete. Schließlich warb sie dafür, dass Leute mit Kindern kamen, deswegen ja auch dieses wahnsinnige Erlebnisklo.

»War die Sissy betrunken?«, fragte ich. Das war die einzige Erklärung, die mir als Grund einfallen wollte.

»Die war nicht betrunken, der hat das doch gefallen, dass sie sich so produziert hat!«

»Und den Leuten?«, flüsterte ich.

»Mir nicht«, wisperte Hildegard fast unhörbar.

Ich starrte wieder auf die Lesebestätigung bei WhatsApp, aber noch immer hatte niemand meine Nachrichten gelesen. Ich klickte auf Instagram und sah, dass Evelyn durchaus aktiv war! Wie war das möglich, sie müsste doch gesehen haben, in welchen Nöten ich gerade war! Stattdessen sah man auf Instagram ein wunderschönes Foto von einer mit Zitronenscheibchen verzierten Torte.

»Heute in meinem Café: Fräulein Schmitts fruchtige

Zitronen-Buttermilch-Torte! Erfrischend sommerlicher Cheesecake mit Biskuitschneckenboden und einem leicht sauren Lemoncurd-Aufstrich! #coffeelovers #FräuleinSchmitts«

Na toll! Und ich saß hier in der brütenden Hitze in einer Rentner-Sitzgruppe und wurde demnächst von irgendwelchen Kriminellen ermordet! Ich versuchte, Evelyn noch einmal zu erreichen, aber anscheinend telefonierte sie ununterbrochen!

»Ich hab da also nichts gegessen, sondern bin runter Richtung See. Aber das ging auch nicht.«

»Weshalb«, fragte ich, obwohl ich es schon ahnte.

»Weil dort Sissys Freund war«, erzählte sie uns.

»Und Sven«, flüsterte ich. Wieso hatte sie uns das nicht schon längst erzählt?

»Nein, er war da ganz alleine«, korrigierte sie mich. »Der arbeitete gerade am Strand.«

Nun war ich voll bei der Sache. »Um wie viel Uhr war das denn?«

»Nach zehn muss es gewesen sein, weil ich mir immer die *Rundschau* anschau, und die ist um 21.45 Uhr.«

»In der Nacht«, flüsterte ich, während ich geistig die Puzzleteile zusammensetzte. Sven hatte mich etwa um neun Uhr an dem Abend erpresst. Danach war er den Seeweg nach vorne zu Sissy gegangen. Dort gab es eine Auseinandersetzung. Aber mit wem? Wollte Sissy Sven seinen Lohn nicht zahlen, nachdem er mich erpresst hatte? Aber wieso sollte sie ihm Geld zahlen, wenn ich ihm später fünfzigtausend Euro Erpressungsgeld geben würde, dann war das doch sein Lohn?

»Am Abend wird der Faule fleißig«, erklärte sie den plötzlichen Arbeitseifer von Gregori. »Er hat da Sand aufgeschüttet, gleich mehrere Schubkarren voll aufgehäuft und sie dann mit einem Rechen glatt gemacht.«

Aha! Das war ja mal ein Ding! Mitten in der Nacht den Strand sauber machen, während seine Freundin im goldenen Bikini auf den Bänken tanzte. Da fielen mir ja gerade tolle Zusammenhänge auf.

Hildegard verstummte dankenswerterweise, als wir die Stimmen der Männer plötzlich lauter hörten. Es klang, als würde der Streit gleich eskalieren. Verzweifelt tippte ich eine Nachricht nach der anderen an alle Leute, die mir einfielen. An Flucht war jetzt nicht mehr zu denken – ich konnte schlecht Hildegard und den Gröning hier ihrem Schicksal überlassen. Gröning setzte sich gerade ganz gemütlich auf einen anderen Reifen neben mich, bestimmt verstand er nicht, was ich hier machte, aber wenigstens hielt er die Klappe. Denn wenn der Gröning sprach, dann meist sehr laut, wie es Schwerhörige eben tun.

Ich schaute wieder wie hypnotisiert auf mein Handy. War das denn die Möglichkeit? Da brauchte man wirklich mal Hilfe, und alle machten digital detox! Ich spähte zwischen den Wohnwagen hindurch und sah jetzt von der anderen Seite Sissy kommen. Schon wieder hatte sie für den Untergrund das komplett unpassende Schuhwerk an, sie schwankte ziemlich, brachte es aber trotzdem fertig, ihre Brüste voll zur Geltung zu bringen.

»Was hab ich gesagt?«, hörte ich Gregori schreien, und ich zog den Kopf ein.

»Geht mich auch an«, antwortete Sissy in ziemlich aufsässigem Tonfall.

»Du schuldest mir noch was«, hörte ich jetzt Niklas sagen.

»Ich habe gezahlt«, erklärte Sissy. »Hab dir den Umschlag damals ins Auto gelegt. Neunhundert Euro. War so ausgemacht.«

Oha! Sie hatte Niklas bezahlt! Aber nur neunhundert Euro für einen Mord, das war ja erstaunlich wenig.

»Ja. Aber es war nicht ausgemacht, dass der Typ dann tot im Waschhaus liegt und ich mit ihm in Verbindung gebracht werde!«, erklärte Niklas ärgerlich. »Und ich eine Nacht in Untersuchungshaft verbringen muss!«

»Es war auch nicht ausgemacht, dass du den Typen mit Samthandschuhen anfasst und er danach noch Lust auf eine Diskussion hat!«, mischte sich Gregori ein. »Hättest mal deinen Job besser erledigt, dann wäre das für dich auch anders ausgegangen!«

»Und, was war der Auftrag?«, fragte Niklas plötzlich ziemlich ruhig, und das klang noch bedrohlicher, als wenn er geschrien hätte.

Es trat eine unangenehme Stille ein. Das interessierte uns jetzt auch alle brennend, was sein Auftrag gewesen war.

»Der Auftrag war, ein paar aufs Maul«, erinnerte ihn Gregori mit einem leicht spöttischen Unterton. »Und die Ansage, dass er sich verpfeifen soll.«

»Ja. Aber! Hat nicht verpfiffen«, erklärte Sissy ärgerlich, und ihre Stimme klang plötzlich schrill. »Hab ihn gefunden im Waschhaus. Ist gesessen am Boden und hat gesagt, dass er holt Polizei.«

»Aber noch lange kein Grund, ihn zu erschießen«, sagte Niklas und klang gespielt freundlich.

Es trat eine Pause ein, und in der Pause fiel es mir wie Schuppen von den Augen. Das war mal echt eine mutige Aktion von Joachim Schulze gewesen. Trotz der von Sissy beauftragten Einschüchterungsversuche zu bleiben und mit der Polizei zu drohen. Gerade hatte ich das Gefühl, dass ich nicht so mutig sein würde!

»Ist halt passiert«, antwortete Sissy, und es klang nach Schulterzucken.

»Und vor allen Dingen kein Grund, mir deine Pistole ins Auto zu legen. Mit der du vorher deinen Ex erschossen hast.«

»Dachte halt, du fährst!«, keifte Sissy ihn etwas hysterisch an.

Ja. Damals hatte die Polizei Niklas vor seiner überstürzten Abreise noch aufhalten und sein Auto filzen können. Und hatte natürlich auch die neunhundert Euro und die Tatwaffe gefunden, was Niklas reichlich Ärger eingebracht hatte.

»Jedenfalls«, sagte Niklas sehr ruhig und auch sehr bedrohlich, »bin ich jetzt polizeilich registriert. Und ich finde, da steht mir einiges an Entschädigung zu.«

»Fünfzigtausend Euro?«, keifte Sissy weiter.

»Nicht viel Geld. Dafür, dass du nicht in den Knast kommst.« Der Stimme nach schien Niklas zu grinsen. »Musst dir nur vorstellen, wie nett das ist, im Gefängnis!«

Fünfzigtausend Euro von Sissy! Das konnte kein Zufall sein, dass Sven von mir so viel verlangt hatte. Sven hatte mich doch verwechselt! Mit Sissy nämlich! Er hatte sich einfach im Campingplatz geirrt! Die ganzen Puzzleteile rutschten ineinander und gaben plötzlich ein wunderbares Bild.

Sven erpresst mich. Er meldet danach Niklas, dass er Sofia Ziegler erpresst hat.

Niklas schickt drei Fragezeichen, weil er keine Sofia Ziegler kennt.

Sie telefonieren miteinander.

Niklas sagt vermutlich, du Schwachmat! Das ist die falsche blonde Campingplatzbesitzerin!

Und Sven sagt: Woher soll ich wissen, dass es zwei blonde Campingplatzbesitzerinnen gibt!

Und Niklas sagt: Dann mach das wieder gut, und geh zur anderen. Elisabeth Steglmaier. Das hatte er dann auch gemacht, nicht ahnend, dass die inzwischen mit Gregori liiert war. Und der dann für seine Sissy die Drecksarbeit gemacht hat!

»Das war Notwehr«, wandte Gregori ein. »Sie käme überhaupt nicht in den Knast.«

»Notwehr«, lachte Niklas auf. »So ein Unsinn! Der Typ war doch überhaupt nicht mehr in der Lage, jemanden anzugreifen. Wieso du zur Pistole greifen musstest, ist mir nicht ganz klar. Ich glaube, wenn mir das einfällt ... und ich das der Polizei erzähle ...«

»Du blöde Sack!«, fauchte Sissy.

»Und wenn ich noch sage, dass du durchaus wusstest, dass das mit der Schreckschusspistole tödlich ausgehen kann«, überlegte Niklas weiter. »Die hast du doch von mir, nicht wahr? Und ich kann mich deutlich daran erinnern, dass ich dir eingebläut habe, dass du Abstand halten musst, wenn du schießt. Dass ein aufgesetzter Schuss auf den Hals ...«

Es trat wieder eine unangenehme Stille ein.

»Vielleicht ist es jetzt ja auch ein bisschen teurer«, fügte Niklas hinzu, noch immer mit sehr ruhiger Stimme. »Schließlich musste ich meine Kumpels mitbringen. Und die wollen ja auch was davon haben.«

Das Handy in meiner Hand begann zu vibrieren, und ich

drückte hektisch darauf herum, um es zum Schweigen zu bringen. Evelyn, endlich hatte sie bemerkt, dass es gerade wirklich um die Wurscht ging!

Bevor ich das allerdings in mein Handy eintippen konnte – eigentlich wäre das sinnvollerweise eine Sprachnachricht geworden –, sah ich plötzlich zwei Typen vor uns stehen, die sich uns unbemerkt genähert hatten. Auch aus der Nähe betrachtet sahen sie nicht besonders vertrauenserweckend aus.

Mist! Ich hätte Hildegard den Mund verbieten sollen! Und mein Handy auf »lautlos« stellen! War ja wohl klar, dass die Männer irgendwann unser Getuschel mitbekommen würden. Ich drehte mich um in der Hoffnung, dort meinen Fluchtweg zu entdecken. Hinter uns standen aber nun Gregori, Niklas und Sissy. Sie starrten auf uns herunter: eine Neunzigjährige mit einem Gehwagerl, die zusammen mit einem Siebenundachtzigjährigen auf einem alten Reifen saß und eine Campingplatzbesitzerin, der wahrscheinlich die Panik ins Gesicht geschrieben stand. Hastig sprang ich auf.

»Wir schauen uns gerade nach Wohnwägen um«, sagte ich mit weit aufgerissenen Augen und zittriger Stimme. »Wie viel kostet denn der hier?« Ich zeigte auf den Wohnwagen, der neben uns stand und so aussah, als wäre er zu nichts mehr zu gebrauchen. »Er bräuchte natürlich einen Mover, weil die beiden keinen Wohnwagen mehr schieben können ...«

Sissi sah mich ziemlich irritiert an.

»Sie da!«, unterbrach Hildegard mich mit fester Stimme und zog sich an mir nach oben. Sie klang ziemlich wütend und versuchte mit ihrem Gehwagerl näher an Gregori heranzufahren. »Ich werde zu verhindern wissen, dass Sie weitere

Bäume fällen! Ich werde die Untere Naturschutzbehörde benachrichtigen und die Polizei und Feuerwehr! Wir werden uns das nicht gefallen lassen, dass Sie jetzt, in Zeiten der Klimaerwärmung, sinnlos Bäume abholzen und ...«

Gregori hob die Hand und machte einen schnellen Schritt auf Hildegard zu. Ohne viel nachzudenken, sprang ich dazwischen und gab ihm mit meiner Schulter einen so starken Rempler, dass er kurzzeitig ins Schwanken geriet. Ich war leider nicht so stabil, denn ich knallte danach einfach auf den Boden und spürte einen ziemlich fiesen stechenden Schmerz auf der Stirn. Erstaunt darüber, dass jemand schrie wie am Spieß, fasste ich an meinen Kopf und merkte, dass ich diejenige war, die so brüllte. Ich rappelte mich auf und wunderte mich kein bisschen, dass ich lauter blau-weiße Blitze durch mein Gesichtsfeld rasen sah. Ich war mehr darüber erstaunt, dass sich keiner der Männer auf mich stürzte, um mich zu ermorden. Oder wenigstens niederzuschlagen. Stattdessen drehten sich alle von mir weg.

Es stellte sich heraus, dass die blau-weißen Blitze doch keine Lichterscheinungen waren, sondern das Blaulicht der Dorfpolizisten Brunner und Bauer, die eben die Zufahrtsstraße zum Caravan-Park abgeriegelt hatten und nun besonders breitbeinig auf uns zukamen. Hinter ihnen sah ich meinen persönlichen Schutzpolizisten auftauchen, der es endlich geschafft hatte, herauszufinden, wo ich war. An seiner Seite ging Evelyn, und sie sah in ihrer schwarzen Lederhose und dem superengen schwarzen Top ziemlich martialisch aus. Und außerdem viel zu warm gekleidet für die Jahreszeit. Direkt hinter dem Streifenwagen hielt jetzt noch ein Mannschaftswagen der Polizei, und aus einiger Entfernung hörte ich Sirenen. Hörte sich wie Rettungswagen, Feuerwehr und Notarzt gleichzeitig an.

Meine Knie gaben unter mir nach, und ich sank wieder zwischen die alten Wohnwagenreifen. Mein Kopf dröhnte von dem vorangegangenen Sturz. Hildegard tätschelte mir die Hand und beträufelte mich mit dem Wasser, das sie eigentlich zum Gießen ihrer Salweidenschößlinge mitgebracht hatte. Schließlich tauchte Evelyn direkt neben mir auf und sonnte sich in ihrem Erfolg, eine groß angelegte Rettungsaktion organisiert zu haben.

»Das nächste Mal sagst du mir vorher, was du vorhast«, bat sie mich dennoch.

»Das nächste Mal liest du einfach mal deine Nachrichten«, stöhnte ich.

»Die habe ich natürlich gelesen. Sofort nachdem du geschrieben hast«, erklärte mir Evelyn und verdrehte die Augen.

»Hab ich nicht gesehen«, jammerte ich.

»Ich hab doch seit Neuestem eine Smartwatch, auf der ich lesen kann, ohne dass der Empfänger eine Lesebestätigung erhält.«

Was für ein Glück aber auch!

»Ich habe dich angerufen, aber du hast ständig telefoniert!«, erzählte ich ihr.

»Na klar, ich musste ja die Rettungsaktion organisieren«, erklärte mir Evelyn kopfschüttelnd. »Hätte ich stattdessen mit dir telefonieren sollen?«

Ja. Ein bisschen trösten zum Beispiel, dachte ich mir, war aber doch froh, dass sie das nicht gemacht hatte. Ich fühlte mich gerade sehr behütet.

»Ich will gar nicht wissen, was passiert wäre, wenn ich das nicht getan hätte«, sagte Evelyn sehr laut, damit es auch jeder hörte.

Endlich war auch Jonas da. Er ging in die Hocke und strich mir über die Wange. Er sah ziemlich nach »Himmelherrgott« aus, aber er sagte netterweise nur: »Sag mal, was hatten wir denn ausgemacht?«

Ich zuckte mit den Schultern, obwohl ich genau wusste, was er meinte. »Keine Ahnung. Ich habe eben einen echt schrecklichen Schlag auf meine Birne abgekriegt und kann mich an nichts mehr erinnern.«

Das war zwar gelogen, entlockte Jonas jedoch ein schwaches Lächeln. »Und irgendwann wirst du auf mich hören«, seufzte er. »Und wirst aufhören, Verbrecher zu verfolgen.«

Ich nickte nicht, weil mein Kopf dröhnte, und ließ mir weiter von Hildegard die Hand tätscheln. Jonas stand wieder auf und kümmerte sich um »die Verbrecher«, wie Hildegard ständig betonte.

In der Ferne grollte der Donner, und hin und wieder fegte ein heißer Windstoß über den Platz und wehte den Staub auf.

»Stell dir vor!«, sagte ich zu Evelyn. »Eben fällt mir ein, was mir damals an dem Computer von Steglmaiers extrem seltsam vorgekommen ist.«

Vielleicht hätte man mich einfach schon viel früher noch einmal niederschlagen müssen.

»Und?«, wollte Evelyn wissen.

»Ich habe eine Mail gesehen, die von Niklas war. Ich glaube, ich habe sogar draufgeklickt und gelesen, dass er neunhundert Euro bekommen wird.«

Ich war erstaunt darüber, was mir plötzlich alles wieder einfiel. »Und jetzt weiß ich auch wieder, wer hinter mir stand!«

Mein Blick schweifte zu Sissy, die gerade versuchte, den Arm vom Polizisten Brunner abzuschütteln. »Alle Probleme nur von dir!«, fauchte sie zu mir hinüber. »Wenn du nicht Leiche gefunden, keiner hätte Idee gehabt, dass Joachim bei mir gewesen!«

Hildegard hob ihren Zeigefinger. »Keiner wäre auf die Idee gekommen, uns damit in Verbindung zu bringen«, verbesserte sie Sissys Grammatik.

Ja, dann hätte Sissy nämlich die Leiche entsorgt und wäre auf immer glücklich mit ihrem Möppelchen gewesen. Aber den Schuh ließ ich mir nicht anziehen!

»Du hättest ihn halt gleich entsorgen müssen«, schlug ich vor. Jeder andere vernünftige Mörder hätte das getan. »Dann hätte ich ihn auch nicht gefunden.«

Hätte, hätte, Fahrradkette, würde jetzt meine Freundin Klara anmerken.

»Meinst du, ich rühr an so warme Leiche, nix da!«

Dann schob der Brunner Sissy glücklicherweise in den Polizeiwagen, sonst hätten wir uns noch weitere Unappetitlichkeiten anhören müssen!

»Sie müsste erst einmal ein gutes Deutsch lernen«, erklärte mir Hildegard die Misere. »Und mehr auf die Umwelt achten. Das mit der Salweide ist wirklich ein Unding!«

Inzwischen war es fast stockfinster geworden, denn das Gewitter, das sich den ganzen Tag angekündigt hatte, war endlich bei uns angekommen. Im nächsten Moment prasselte der Regen auf uns nieder.

Kapitel 19

»Auf dich muss man echt aufpassen«, sagte Evelyn. »Nicht mal alleine zum Krankenhaus kann man dich fahren lassen, ohne dass etwas passiert!«

Sie drückte mir eine Packung Tiefkühlerbsen auf den Kopf. Die Tiefkühlerbsen hatten wir schon eine Zeit lang. Das Haltbarkeitsdatum war schon längst abgelaufen, und ich nutzte sie eigentlich nur dafür, irgendeines meiner Körperteile zu kühlen, wenn ich wieder einmal in meinem Mörderfang-Wahn zu weit gegangen war.

»Ich mach dir einen Tequila Sunrise, dann bist du schnell wieder auf den Beinen«, schlug Evelyn vor.

Eher unter dem Tisch. Aber ich legte meinen Kopf einfach auf den Tresen des Cafés, während die Vroni Lampions aufhängte und die Schmidkunz die Tischchen draußen mit einem Lappen abwischte und dekorierte. Das Gewitter hatte die Luft etwas abgekühlt, es war jetzt angenehm warm und nicht mehr schwül. Evelyn füllte ein paar Eiswürfel in mein Glas, gab Tequila und Orangensaft dazu. Anschließend ließ sie ganz vorsichtig die Grenadine am Rand ins Glas laufen und rührte mit einem kleinen Glasstäbchen so vorsichtig um, dass sich farblich ein wunderschöner Sonnenaufgang bildete.

»Du bist fantastisch«, sagte ich.

Clarissa setzte sich neben mich und zog die Cocktailkarte unter meinen Armen weg.

»Ich habe gehört, dass der Sven ein Erpresser war«, sagte sie ehrfürchtig.

»Ja. War«, sagte ich. »Er hat mich mit Sissy verwechselt. Nicht, weil wir uns so ähnlich sind«, beeilte ich mich zu sagen.

Schließlich hatte er den Auftrag, die blonde Campingplatzbesitzerin zu erpressen. Vielleicht hat er sich ein bisschen über mein Aussehen gewundert, schließlich hatte Sissy auch im Nachtclub-Milieu gearbeitet und war auch nicht vor dem Escort-Service zurückgeschreckt.

Evelyn schüttelte den Kopf. »Soll ich dir auch was mixen? So als Trost, weil wir keine Männer mehr am Platz haben, mit denen du Robert eifersüchtig machen kannst?«

Clarissa wurde wieder ein bisschen rot, und sie beugte sich ein klein wenig in unsere Richtung. »Das war eigentlich gelogen. Das mit der Eifersucht«, gab sie flüsternd zu. »Eigentlich klappt es überhaupt nicht zwischen uns. Mit dem Sex.«

»Aha«, machte ich. »Und wieso hast du dann den Sven angebaggert?« Jetzt, wo mir der Kopf vor Schmerzen halb platzte, hatte ich keinerlei Hemmungen mehr, solche Dinge zu fragen.

»Ich steh halt auf solche ... starken Männer«, umschrieb es Clarissa. »Hatte schon mal eine Affäre mit einem, der bei den Hells Angels war.«

»Dir mach ich einen Caipirinha«, sagte Evelyn zu Clarissa und viertelte mit schnellen Handbewegungen gekonnt eine Limette, um sie mit Zucker in ein Glas zu füllen. Ich hörte, wie der Alkohol ins Glas gluckerte und Evelyn es mit Crushed Ice auffüllte.

»Das sieht alles sehr professionell aus«, merkte ich an.

»Ja. Besonders wenn noch Leute halb über dem Tresen liegen, die mir ihre Probleme offenbaren«, merkte Evelyn trocken an. »Sieht richtig original nach einer Bar aus.«

Ich musste lachen, obwohl mein Kopf schmerzte. Über mir gingen plötzlich bunte Lampions an.

»Das sieht wunderbar aus«, strahlte Vroni. »Die habe ich selber gemacht. Mit Luftballons, bunten Wollfäden und Kleber.«

So wie früher im Kindergarten.

»Bei euch ist es echt so unglaublich wunderbar!«, stellte Clarissa fest. »Ich hoffe wirklich sehr, dass ihr uns aufnehmt!«

»Na klar!«, sagte Evelyn.

»Sie hat hier überhaupt nichts zu sagen!«, erklärte ich sehr streng, und Evelyn sah mich höchst erstaunt an.

»Du nimmst sie nicht auf?«, fragte sie total baff.

»Das habe ich nicht gesagt«, erwiderte ich und hob mein Glas. »Aber das ist meine Aufgabe, das zu entscheiden. Willkommen bei den Hirschgrundis!«

Clarissa hob erleichtert auch ihr Glas und stieß mit mir an. Danach nahm sie mich noch in den Arm und flüsterte mir ein »Das ist so wunderbar« ins Ohr.

Der Hetzenegger kam mit einem Karton Alkoholika herein, direkt gefolgt vom Schmidkunz, der einen Träger Bier trug, und gleich danach der Alex, der rechts und links ebenfalls einen Kasten Bier in der Hand hatte. Anscheinend hatten die Männer nicht vor, sich an unserer idyllischen Cocktailorgie zu beteiligen.

»Wie siehst du denn aus!«, rief Alex aus und zog mich zusammen mit meiner Erbsenpackung hoch, um mich dann gehörig zu umarmen und festzuhalten. »Du wirst nie wieder alleine ...«, fing er an, und ich vollendete den Satz: »Den Gröning aus dem Krankenhaus holen.« Ich nickte. »Das nächste Mal macht das nämlich jemand von euch. Er hat nämlich noch ein Auge, das operiert werden muss. Und seine Ohren wären eigentlich auch mal fällig!«

Durchs Fenster sah ich, dass der Gröning auf der Terrasse des Cafés stand und abwechselnd das eine und das andere Auge zuhielt. Er sah schon wieder grantig aus.

»Er hat mir gerade erzählt, dass er so schlecht sieht. Mit dem nicht operierten Auge«, verriet mir Alex. »Und dass es wirklich Zeit wird, dass das andere Auge auch operiert wird.«

Ich musste schmunzeln ob seiner Wankelmütigkeit. Und als ich sah, wie der alte, schwerhörige und vor allen Dingen starrsinnige Mann dem Schmidkunz gerade einen Fischreiher auf der anderen Seite des Sees zeigte, ging in meinem Herzen die Sonne auf. Wie schön, dass er wieder seine geliebten Vögel sehen konnte! Er gehörte halt doch dazu, auch wenn er fast nichts von dem verstand, was wir erzählten. Und in letzter Zeit nicht einmal etwas gesehen hatte. Der Gröning und der Schmidkunz lachten über etwas und grüßten dann eine alte Frau, die eben auf die Terrasse trat.

Die Steglmaierin!

Ich folgte den anderen Frauen auf die Terrasse. Die alte Steglmaierin kam sofort auf mich zu und begann lautstark zu weinen.

Himmel, war nicht ihr Sohn aus dem Gefängnis entlassen worden? War das nicht ein Grund zur Freude?

»Ich kann dir gar nicht sagen, wie dankbar ich bin!«, schluchzte sie in meinen Armen, und ich tätschelte ihr verlegen den Rücken.

»Gern geschehen«, sagte ich, obwohl ich das Gefühl hatte, dass ich damit nun rein gar nichts zu tun hatte.

»Ich verstehe nur nicht, wieso Ihr Sohn den Mord überhaupt gestanden hat, wenn er gar nicht geschossen hat«, wunderte sich Evelyn. »Das hätte uns jede Menge Ärger erspart!«

»Er hatte ja geschossen«, verriet mir die Steglmaierin und ließ mich glücklicherweise los. »Aber in die Luft. Die Sissy hat ihm gesagt, los schieß, aber ihm war das unangenehm, obwohl es nur eine Schreckschusspistole war.«

»Und dann hat sie das selbst in die Hand genommen?«, wollte ich wissen.

»Ja.« Sie sprach jetzt noch lauter, weil sich alle versammelt hatten, um die Aufklärung des letzten Mordes mitzubekommen. »Und dann hat sie ihm eingeredet, dass er auf Notwehr argumentieren kann und sie nicht. Was natürlich ein großer Unsinn ist!« Sie schnaubte verächtlich.

»Und wieso hat er schließlich geleugnet und dann wieder nicht?«, erkundigte sich Evelyn nach der Gehirnwäsche vom Steglmaier.

»Nach dem zweiten Mord hat er halt Angst bekommen«, erklärte die Steglmaierin. »Das sind ja alle Verbrecher. Wenn er die Sissy beschuldigt hätte, hätte sie bestimmt ihren Freunderln den Auftrag gegeben, ihn auch zu ermorden. Das wollte er natürlich nicht.«

Evelyn drückte jetzt auch der Steglmaierin einen Cocktail in die Hand, die schon wieder losheulte. Ich nahm auch einen riesengroßen Schluck Tequila Sunrise.

Inzwischen war es so dunkel geworden, dass die bunten Lampions unglaublich schön zur Geltung kamen und zusammen mit dem sanften Licht der vielen Windlichter eine zauberhafte Stimmung erzeugten. Überall stand schön dekoriertes Obst herum; wer das so liebevoll geschnitzt hatte, wusste ich nicht.

Evelyn blieb zum wiederholten Male neben mir stehen, sie strahlte richtig von innen heraus. »Weißt du was«, sagte sie,

»vergiss die ganze Sache mit Anti-Falten-Creme und Inkontinenz. Ich werde etwas machen, das besser zu unserem Campingplatz passt.«

Gespannt sah ich sie an.

»Ich werde über unser normales Leben bloggen«, sagte sie aufgeregt.

»Und das soll so spannend sein?«, fragte ich verwundert nach.

»Na ja, diese Kriminalfälle und alles.«

»Das wird doch hoffentlich mal aufhören«, wandte ich ein. Das war zumindest meine große Hoffnung.

»Mal sehen«, erwiderte Evelyn. »Ich überleg mir da was. Was ganz Innovatives.« Mit diesen Worten wirbelte sie weiter über die Terrasse, sammelte leere Gläser ein und wechselte mit allen ein kurzes Wort.

Ich seufzte wohlig, als ich sah, dass eben ein äußerst attraktiver, jugendlich wirkender Mann auf die Terrasse des Cafés trat. Er wechselte ein paar Worte mit dem Gröning, ließ sich vom Hetzenegger und dem Schmidkunz auf die Schulter klopfen und kam schließlich auf mich zu.

Jetzt war der Moment gekommen, wo mich dieser attraktive Mann zum wiederholten Male verbal zusammenfalten würde. Natürlich nur aus Sorge heraus, dass irgendwann die Polizei doch nicht rechtzeitig auftauchen würde, um mich zu retten! Aber heute umarmte mich der attraktive Mann nur und ließ mich eine sensationell lange Zeit nicht los.

»Und, was soll ich dieses Mal versprechen?«, fragte ich neugierig an seinem Ohr.

»Gar nichts«, antwortete er. »Ich glaube, bei dir ist Hopfen und Malz verloren.«

Damit hatte er wahrscheinlich recht.

»Ich habe mir nur überlegt, ob ich dir so einen Alarmknopf von den Johannitern bezahle«, grübelte er. Seine Lippen kitzelten an meinem Ohr.

»Du meinst, dass wenigstens ein Altenpfleger vorbeikommt, wenn ich ermordet werde?«, fragte ich etwas empört nach.

»Die haben auch eine Sanitätsausbildung«, sagte er ziemlich gechillt, und ich gab ihm einen noch entrüsteteren Rempler. »Die können dir auch einen Druckverband anlegen, die Schulter einrenken oder ein gebrochenes Bein schienen.«

»Du bist gemein«, entschied ich.

»Lasst uns noch einmal anstoßen, bevor die Feier losgeht!«, rief Evelyn eben aus, und genau wie Sissy damals auf ihrem Grillfest kletterte auch Evelyn auf eine Bank. »Gleich kommen unsere Gäste vom Campingplatz, aber vorher will ich noch einen Toast aussprechen!«

Sie streckte die Hand nach mir aus, und ich stieg brav neben sie auf die Bierbank. Wir schwankten beide ein wenig, dann immer stärker, und schließlich klammerten wir uns albern kichernd aneinander. So viel zum Thema, dass die Cocktails kaum Alkohol enthielten!

»Genau so ist unsere Beziehung«, sagte ich zu den anderen, während alle über unsere Bemühungen, uns aufrecht zu halten, lachten. »Wir schwanken manchmal wie im Sturm, aber im richtigen Moment sind wir doch alle füreinander da.«

Vroni hatte Tränen in den Augen, und auch die Schmidkunz tupfte sich mit einem Taschentuch im Gesicht herum.

»In den letzten Tagen wart ihr alle eine unglaubliche Stütze für mich. Ich bin froh, dass das jetzt vorbei ist, aber noch mehr bin ich darüber froh, dass ich euch habe und ihr Teil meines Lebens seid!«

Ich hörte ein Gemurmel von »eingeschweißte Camper«, »nix bringt uns auseinander« und »einer für alle, alle für einen«. Vielleicht hatte ich auch nur zu viel getrunken und hörte gar nichts! Denn nach meinen Worten geriet ich so ins Schwanken, dass ich von der Bierbank fiel, direkt in die Arme von Jonas.

Inzwischen strömten nun auch andere Campinggäste auf die Terrasse, während Evelyn auf der Bierbank stehen blieb, um schließlich ihre offizielle Café-Eröffnungsrede zu halten. Alle prosteten sich zu, während mich Jonas noch immer in den Armen hielt.

»Und danke, dass du mich immer auffängst«, murmelte ich und gab Jonas einen Kuss.